BEST 嚴選

奇幻基地出版

刺客後傳3

經典紀念版

The Tawny Man Trilogy 3

弄臣命運・上冊（最終部）

Fool's Fate

羅蘋・荷布 著

麥全 譯

Robin Hobb

BEST 嚴選

緣起

在繁花似錦的奇幻文學花園裡，你或許還在門外徘徊，不知該如何抉擇進入的途徑；也或許你已經置身其中，卻因種類繁多，或曾經讀過不合口味的作品，而卻步、遲疑。

BEST嚴選，正如其名，我們期許能透過奇幻基地對奇幻文學的瞭解，以及對讀者的理解，站在出版者與讀者的雙重角度，為您精選好作家與好作品。

他們是名家，您不可不讀：幻想文學裡的巨擘，領域裡的耀眼新星。

它們最暢銷，您怎可錯過：銷售量驚人的大作，排行榜上的常勝軍。

這些是經典，您務必一讀：百聞不如一見的作品，極具代表的佳作。

奇幻嚴選，嚴選奇幻。請相信我們的眼光，跟隨我們的腳步，文學的盛宴、幻想世界的冒險，就要展開。

excellent bestseller classic

讓想像飛翔

人活在眞實與想像之間。

眞實有具象的一切：工作、學習、親人、朋友……想像則無所不能：可能存在、也可能發生，但更可能永遠不實現、也不可能發生。想像塡補了眞實的不足，可能也引領了眞實的未來方向，更彌補了人類眞實的痛苦，形成一個可以寄託的空間。

奇幻文學是人類諸多想像的一部分，和許多的創作類型一樣，自成一個流派、各自吸引一群讀者，形成一個以想像爲主軸，與眞實相去甚遠的虛擬世界。

在西方，這個閱讀（創作）類型是成熟的，從中古的騎士、古堡、魔怪，到演化成科幻……等不同特性的分支類型。本身就有足夠的閱讀人口，不斷形成創作的動力。

有時候也會因爲某些事件、作品，一下子使奇幻文學成爲大眾關注的焦點，像《哈利波特》、《魔戒》等作品，不但擴張了奇幻文學的版圖，也給奇幻文學帶來新的生命。

在華文世界裡，沒有西方式的奇幻文學，或者說沒有出版機構，有計畫大規模地引進西方式的奇幻作品。但是我們逃不過穿透力強大的奇幻話題，《哈利波特》、《魔戒》都是例證。可是中國有他自己的奇幻傳統，從《鏡花緣》、《東周列國演義》、《西遊記》，到近代的武俠，其想像與虛擬的特質，其實是東西相互輝映的。

我們可以確定，奇幻文學已在中國社會萌芽，雖然人口可能不夠多，雖然讀者的理解可能像瞎子摸象一般，人人不同，人人只得其中一小部分，但做爲一個出版工作者，我們要說：是時候了！應該下定決心，在閱讀花園中，撒下奇幻的種子，並許願長期耕種、呵護。

「奇幻基地」出版團隊是在這樣的心情與承諾下成立的。以基地爲名，意義深遠。這是奇幻讀者永遠的家，這是意義之一，家是不會關門的，永遠等待奇幻讀者的遊子們，隨時回來，補充知識、停留、分享。當然也是所有奇幻作者、工作者的家，長期陪伴奇幻文學前進。

不擇類型、不論主流與支流、不論傳統或現代、不論西方或中國本土，這種寬容的出版涵蓋面，則是基地的第二項意義。讀者可以想像，未來奇幻基地的出版園地，繁花似錦、眾聲喧譁。

從原點出發，奇幻基地是城邦出版團隊的新許願，讓想像飛翔，在眞實之外，有一個讀者可以寄託的世界，有興趣的，大家一起來！

奇幻基地發行人　何飛鵬

For RUTH AND
HER LOYAL STRIPERS,
ALEXANDER AND
CRUSADES

謹獻給
茹絲與她的忠實夥伴，
亞歷山大
及
好朋友們

弄臣命運 一

目錄

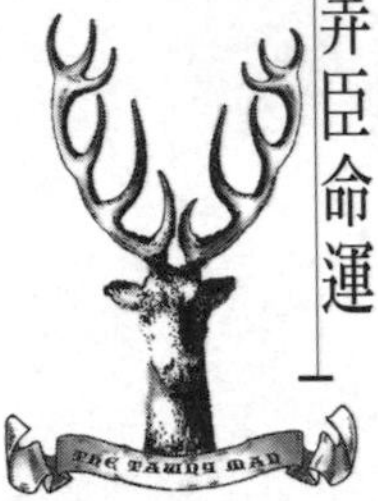

上冊

瞻遠家族家系表

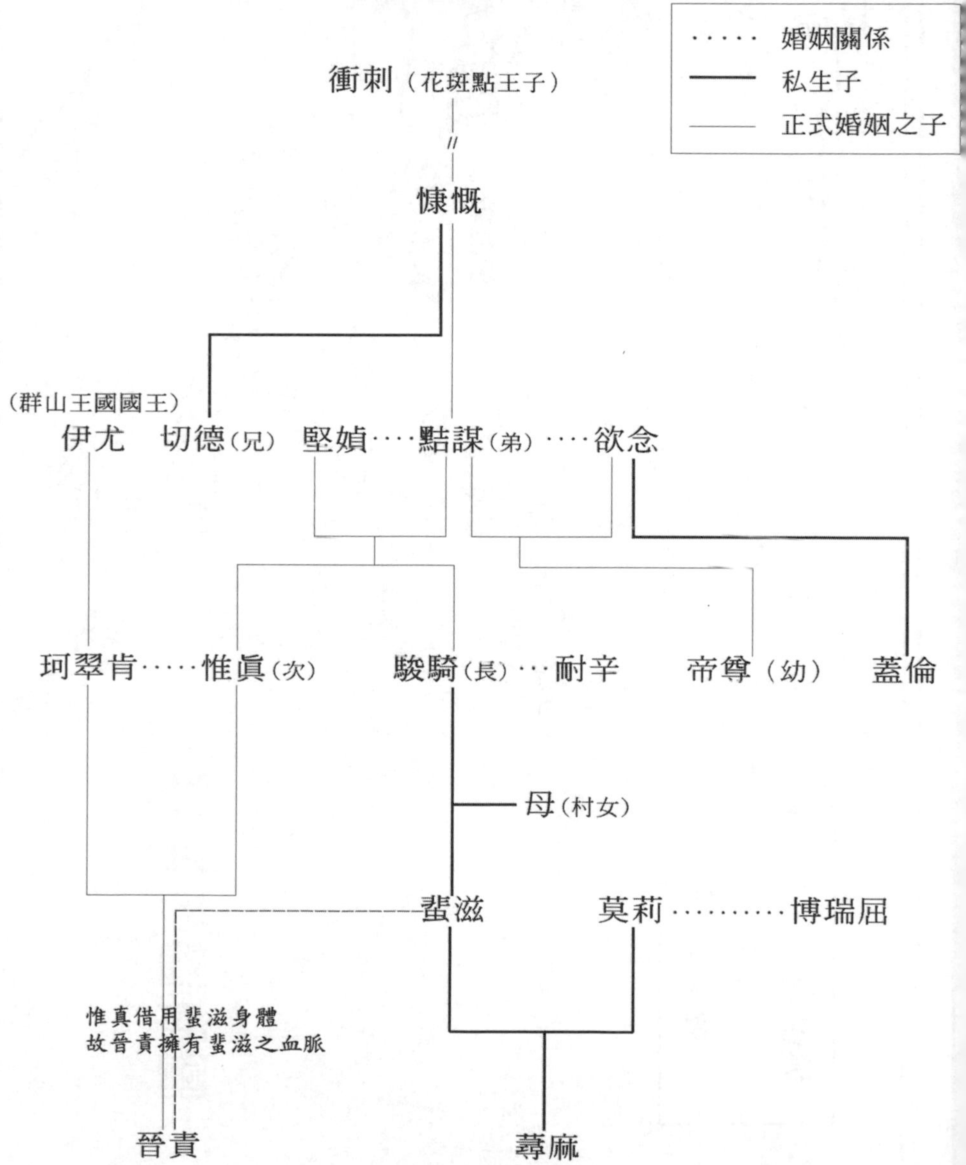

婚姻關係
私生子
正式婚姻之子
衡刺（花斑點王子）
慷慨
（群山王國國王）
伊尤
切德（兄）
堅媜
黠謀（弟）
欲念
珂翠肯
惟真（次）
駿騎（長）
耐辛
帝尊（幼）
蓋倫
母（村女）
蜚滋
莫莉
博瑞屈
惟真借用蜚滋身體
故晉責擁有蜚滋之血脈
晉責
蕁麻

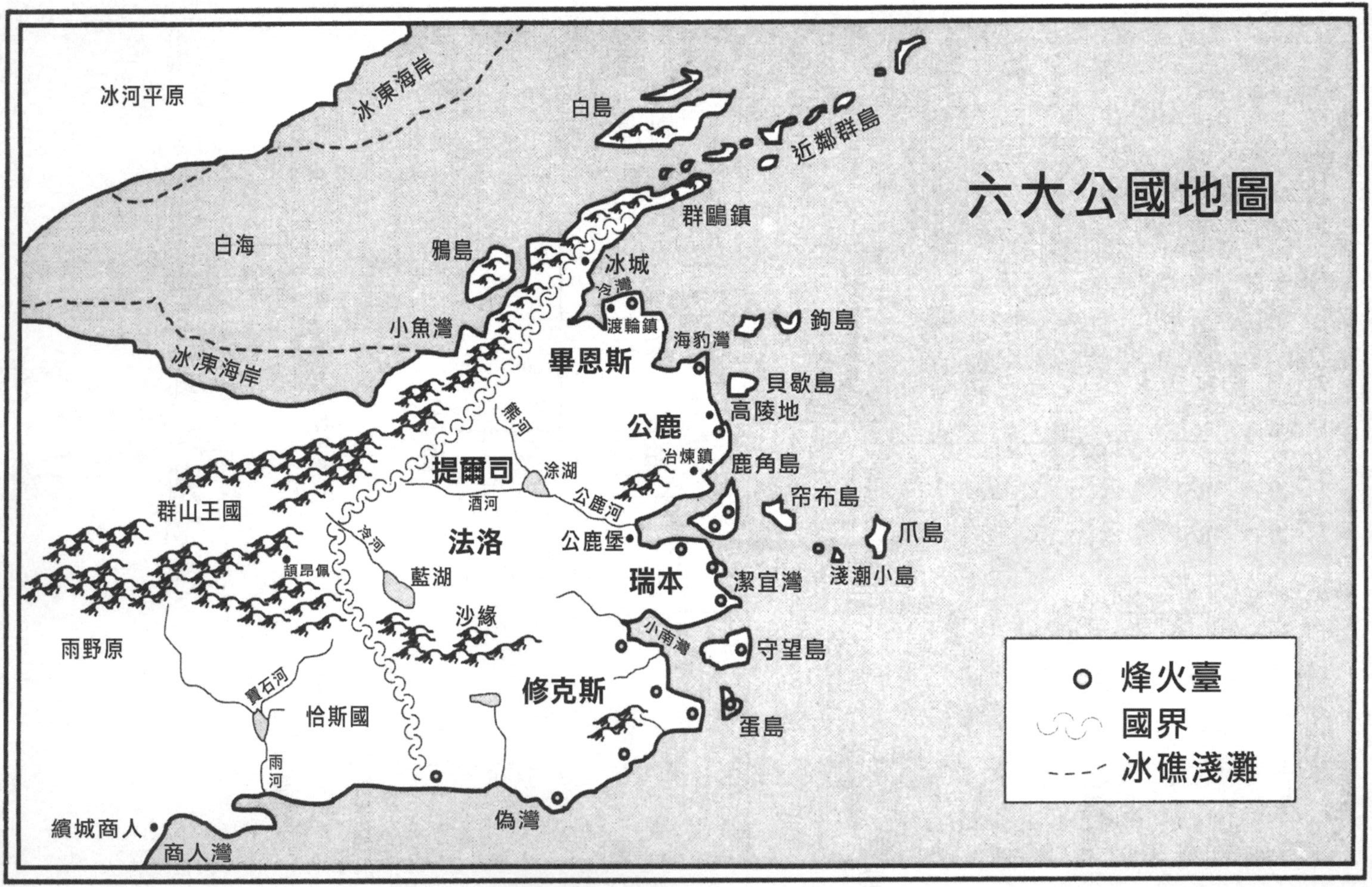
六大公國地圖
冰河平原
冰凍海岸
白島
近鄰群島
白海
群鷗鎮
鴉島
冰城
冷灣
渡輪鎮
小魚灣
冰凍海岸
鉤島
海豹灣
畢恩斯
貝歇島
高陵地
公鹿
熊河
冶煉鎮
鹿角島
提爾司
涂湖
帘布島
酒河
公鹿河
群山王國
爪島
法洛
公鹿堡
冷河
頡昂佩
瑞本
潔宜灣
淺潮小島
藍湖
沙緣
小南灣
守望島
雨野原
寶石河
恰斯國
修克斯
蛋島
雨河
偽灣
繽城商人
商人灣
烽火臺
國界
冰礁淺灘

序

命運交戰

白色先知的目的，說起來很簡單，就是要將世界推上與目前運行的不同軌道。根據先知的說法，時間總是不斷重複，每次循環時，人們都會重犯與之前幾乎無二的愚蠢錯誤；畢竟尋常的人總是隨著欲望浮沉，一天度過一天，並深信自己所做的事情，與大局和過往歷史無關。

根據白色先知的說法，事實便是如此，無可增刪加減。每一個細微的、大公無私的行爲，都會將世界推向更好的軌道，而細微行爲不斷累積，便可改變世界。天下的命運往往繫於一人之死——或因爲此人倖存而轉變方向。而對於這位白色先知而言，我算是什麼呢？我是先知的催化劑，我是改變世界的人。先知將一塊石頭墊在時間巨輪之下，藉此將時間巨輪震離原來的軌道，我，就是那一塊石頭。他告訴我，只要一小塊石子，便足以將時間巨輪推離原來的軌道；不過他也警告我，對那塊石子而言，這往往不是什麼愉快的經驗。

這位白色先知聲稱，他所見者，不只是未來，而是許多可能的未來。這許多可能的未來大多都相去無多，只有極少數的可能未來與眾不同，然而光是這個差異，便足以引導時代走向全新的光明領域。

我們所促成的這個未來與眾多可能未來的最大差異，就在於這個未來之中，瞻遠家是有繼承人的——這個人便是我。然而時光巨輪時時都想將我抹殺掉，以便跳回原本運行已久的軌道之中，所以這位白色先知一生的功課，主要就在於迫使我求生、不斷將我從鬼門關拉回來。我既死過，也多次瀕死，每一次，他都將傷痕累累的我拖回人間，以便我襄助他的大業；他冷血無情，卻也不無遺憾地運用我這個人。

因此，他成功地將世界的命運從原本注定的軌道裡拐出，並推入更光明美好的軌道之中。他是這麼說的。不過世上另有人與他的想法背道而馳，在他們預見的未來之中，既沒有瞻遠傳人，也沒有龍群，而其中有一名女子，爲了確保她所追求的未來，於是決心剷除阻擋她去路的弄臣。

1

蜥蜴

古老的事件竟能夠跨越時空，將爪子深深勾入未來人生的某一刻，然後扭轉隨後的一切，這樣似乎不太公平。然而，也許這其實是很公平的：畢竟我們乃是過去自己所做的一切、加上我們所遭遇的一切之總合。這一點，任何人都無法逃脫。

因此，弄臣跟我說過的那番話，以及他暗藏在心、沒說出口的話，其總和加起來就是：我背叛了他。但我深信這樣做是爲了他好，也是爲了我好。他已經預告了，如果我們一同前往艾斯雷弗嘉島，他必死無疑，我則可能會再度碰上生死劫。不過他向我保證，由於他心繫的是改變未來的龐大計畫，這個大業不能少了我這個人，因此他會盡一切力量讓我活下去。然而由於最近這一次死裡逃生的經驗可謂刻苦銘心，所以他的承諾並未讓我鬆了口氣，反而使我心裡壓上了千斤重。此外他還漫不經心地提醒我，我們抵達艾斯雷弗嘉之後，我勢必得在我們的友誼，以及我對晉責王子的忠誠之間做一選擇。

他死、我死，或是在友誼與忠誠之間做一選擇等事，若是只有其中一件，也許我還能勇敢面對。但這也不一定。這三件事情之中的任何一件，都足以使人膽怯畏縮，更何況是三件一起來，這根本就遠超乎我的能力之外。

於是我去找切德，並將弄臣的話源源本本地告訴他，而我的老導師則告訴我，等我們啓程前往外島之時，弄臣絕無法與我們同行。

春天已經來到公鹿堡。這個蟠踞在公鹿堡城上方峭壁懸崖之上的黑色碉堡，看來依然陰沉，但是公鹿堡後起伏的山丘上，新生的綠草已經熱切積極地將去年殘存的棕黃枯莖給推到一旁。在森林裡，原本光禿禿的枝幹一下子蒙上綠意，因爲每一根枝椏上都有新萌的樹葉；懸崖底下累積了一冬的枯海藻，已經被浪潮沖走；候鳥回來了，牠們爲了在懸崖上搶個好地方做窩而尖聲大叫，就連遠在森林裡都聽得見；春天甚至伸入了城堡裡的陰暗走廊與屋頂極高的房室之中，幾乎壁上每個凹入的壁龕與每個廳堂的門框上，都可見到樹上摘來的枝椏，與地上採來的花朵。

暖和的微風似乎也吹走了我的陰鬱心情，我所掛慮的心事一件也沒少，但是春日的確有解憂消愁的良效。我的身體狀況大有改善；現在的我，感覺上比二十幾歲的時候還要年輕。我不但長了肉，也變得結實，而且還突然擁有我這個年紀的健康男子所應有的體格。這是因爲那幾個生疏沒經驗的精技小組成員，在大刀闊斧地爲我做精技治療時，也粗率地抹去了我的舊傷。因此無論是蓋倫趁著教導精技之便而對我拳腳交加的傷痕、我因爲屢次與人格鬥而造成的大小傷口，還是由於在帝尊地牢裡遭受酷刑折磨而留下的烙印，都一併抹消了；如今我幾乎不再頭痛，疲倦時視線不至於模糊，而且也不會因爲清晨的沁冷而痛徹骨髓。現在的我，生活在健壯的軀體之中，而在清朗的春日早晨中享受健康身體，實在是無上快意。

我站在高塔的塔頂，遠眺起皺的海面。在我身後，一桶桶新近施肥的泥土盛捧著一株株小型的果樹，綻放出一樹雪白與粉紅的花朵；小盆子裡種的是吐出綠芽的藤蔓，球莖類的開花植物竄出長長的綠葉，彷彿是一個個派出來刺探空氣的尖兵。有的花盆裡雖只見光禿禿的枯莖，卻也生機乍露，靜靜等待著更暖的天氣。花盆與花盆之間，恰到好處地點綴著石雕與引人就座的長椅；罩在燈罩裡的蠟燭，等著在柔和的夏夜之中散發光輝。珂翠肯王后的確使王后花園重現往日的光輝。這個塔頂花園是珂翠肯的私人領域，其簡潔的安排反映出她在群山長大所受到的教養，然而此處之所以爲王后花園，卻出於更古老的公鹿堡傳統。

因爲心裡靜不下來，所以我繞著王后花園的環形步道走，但最後我還是強迫自己停下來站定。那少年並未遲到，而是我早到了；而我之所以會有分分秒秒都彷彿走不完的痛苦，並不是那少年的錯。此刻我正等待與迅風，也就是博瑞屈之子的首次私下會面。王后已經交代下來，要我肩負起教導迅風習文練武的責任。這個任務，我想起來就害怕。那孩子不但有原智，而且還倔強任性、不受管束，這兩個條件，再加上他聰明伶俐，所以往後可能難免惹上麻煩；王后雖已經頒布，一般人應該尊重原智者，但是許多人仍然深信，若要治癒野獸魔法，最好的工具還是圈住脖子的套索、刀劍以及火堆。

王后之所以把迅風託付給我，其實別有用心，這我能夠體會。由於迅風不肯放棄原智，所以他父親，也就是博瑞屈，將這孩子逐出家門；然而當年我那身爲王儲的父親，因爲不敢承認自己在外有私生子，而拋棄了我的時候，就是博瑞屈貢獻了許多年的青春，將我撫養長大。如今我以此來回報他的情分，可說是再適合也不過，即使我永遠也不可能讓那少年知道，我就是受他父親照顧多年的那個蜚滋駿騎。所以儘管迅風才十歲，而且又瘦巴巴，但是我等著他的心情，卻像是等著要跟他父親見面一樣緊張。我深吸一口清涼的早晨空氣，果樹的花香在空氣裡浮動。我提醒自己，這個任務用不著扛上多久；再過一陣子，我就要隨同王子啓程前往外島的艾斯雷弗嘉島了，所以我只要忍耐過去，好好給這年輕人上幾天的課就行了。

原智魔法使我體察到其他的生命體，所以迅風還沒將那扇沉重的木門推開，我就轉過身等他了。他輕輕地將門關上。雖然通往王后花園的石梯又陡又長，但是他卻臉不紅、氣不喘。我繼續半藏身在花叢後觀察他。他穿著樣式簡單的公鹿堡藍衣裳，與身為侍童的身分相配。切德說得沒錯，這孩子的身材的確適合使斧；他是瘦沒錯，不過在他這年紀，凡是好動的男孩子皆是如此，況且從他皮背心下的肌肉起伏看來，他長大後必像他父親一樣壯碩。據我看來，以後他不見得長得高，但是必能以結實的胸膛與臂膀彌補過來。迅風有父親的黑眼睛與黑捲髮，但是下巴的線條與眼型則透出莫莉的影子。莫莉，我無緣再聚的戀人，如今是博瑞屈的妻子了。我深深地吸了一口氣。這堂課可能比我想像中還要困難。

我看得出迅風已察覺到有人在此，我佇立不動，讓他用眼睛找到我。一時之間，我們兩人默默站著，相對無語。接著，他穿過蜿蜒的小徑走到我面前。從他鞠躬的姿勢看來，他曾經為了施行優雅的鞠躬禮而費心苦練。

「大人，我是原智者迅風。他們要我來跟您報到，所以我來這裡見您。」

我看得出他花了一番工夫苦學宮廷禮儀，不過他在道出姓名的時候，露骨地加上「原智」二字，顯得近乎粗魯，像是想藉此測試王后下令保護原智者的旨意是否各處適用，以及我是否膽敢逾越，而且，他還以直率到會令大多數貴族斥為放肆無禮的眼神瞪著我。不過我提醒自己，我可不是貴族，同時也對他講白了：「年輕人，我不是什麼『大人』，我是湯姆．獾毛，王后衛隊的侍衛。你可以叫我『獾毛先生』，而我就叫你迅風，我們就這樣說定了如何？」

他眨了兩次眼睛，點點頭，接著他突然想到這個反應不太對。「是，獾毛先生。」

「很好，迅風，你知道他們為什麼要你來找我嗎？」

他咬了咬上唇，深吸了一口氣之後才垂下眼睛說道：「我想這是因爲我得罪了什麼人物。」然後他一下子又揚起眼來直視著我。「可是我不知道自己哪裡做得不好，也不知道我是惹惱了誰。」他爲自己辯白道：「我天生就是這樣的人，無法改變。如果是因爲我有原智而得罪了什麼人，那實在很不公平，畢竟王后殿下已經說了，人們不應該因爲我有原智，而待我有所不同。」

我差點一口氣喘不過來。感覺上，像是博瑞屈在盯著我，而且他那一點也不打折扣的坦誠，以及堅持要講眞話的決心，也跟博瑞屈一般無二。不過，那孩子急躁得不知節制，這點倒頗有乃母之風。我愣了一會兒，都忘記要講話了。

那少年把我的沉默解釋爲惱怒，他垂眼看地，不過肩膀仍挺得很直，他看不出自己哪裡有錯，然而除非錯在他身上，否則他是絕對不會懊悔自責的。

「你並沒有得罪別人，迅風，而且你會發現，在公鹿堡裡，有些人根本就不在乎你有沒有原智；因此我們既不是因爲你得罪別人，也不是因爲你有原智，而把你跟別的孩子區隔開來。之所以要對你單獨授課，是爲了你著想；你識字的程度超過同齡的孩子，若是硬教你跟著一群年紀比你大得多的大孩子一起唸書，恐怕不大妥當，除此之外，多練練戰斧，一定也對你有好無壞——而且我相信，他們一定就是因爲這個原因，才找我來教你的。」

他突然抬起頭來，以困惑與失望交加的眼神望著我。「戰斧？」

我點點頭，這不但是爲了要讓他安心，同時也是爲了要讓我自己安心。看這情況，切德又在玩他的老把戲：看來根本沒人問過這孩子想不想學著用戰斧。我努力擠出一絲笑容。「就是戰斧，一點也沒錯。公鹿堡的戰士都知道，你父親用起戰斧無人能及，而你既然繼承了他的體格及長相，戰斧自然就是你最上手的武器了。」

「我跟我父親一點都不像，先生。」

我差一點就忍俊不禁——不是因爲我樂得他跟他父親不像，而是因爲他說這話的口吻態度，看來跟博瑞屈格外相像；往年一向都是博瑞屈低下頭來瞪我，如今竟換作是我低頭俯瞰著他，這感覺滿古怪的。不過十歲的孩子畢竟不適合用這種態度跟人說話，所以我只是冷冷地說道：「王后與切德顧問倒覺得你跟你父親頗爲相像，難道你不服王后與顧問所做的決定嗎？」

迅風猶疑起來。他是可以拒絕，然而此舉可能會讓人覺得他太不知感恩，因而將他送回家去，於是我看出他在一瞬間下了決定：再怎麼令人嫌惡的任務，也要低著頭接下來，這樣他才能留在這裡。所以他低聲說道：「不，先生，既是王后與顧問的吩咐，那就這樣吧。」

「很好。」我假意熱忱地說道。

我還來不及說別的話，他便說道：「可是我已經學了別的武器了。我會用弓箭，先生，我之前沒對別人提起，是因爲我原以爲，我會用什麼武器，大概沒人會感興趣，但如果我除了侍童的訓練之外也要接受戰士的訓練，那麼我已經有我最上手的武器了。」

這倒有趣。我默默地打量著他，既然這孩子與博瑞屈十分神似，那麼，若是他用弓箭的功夫不入流，他大概不會隨便誇口吧。「很好，我們再找個機會讓我瞧瞧你弓箭的技巧如何吧，但是這個時間是用來上別的課程的，而且因爲要替你上課，所以我們獲准使用公鹿堡書庫的經卷；這對你我而言，都是莫大的殊榮啊。」我等著他回應。

他點了個頭，然後突然想起這樣太沒規矩。「是，先生。」

「很好，那麼我們就明早在這裡見面，頭一個小時先講經卷、學寫字，之後再到練武場磨練磨練。」我再度停下來等他的答案。

「是，先生。可是，先生？」

「什麼事？」

「我也善於騎馬，先生，雖說現在有點生疏了。去年一整年，我父親都將我跟他的馬隔得遠遠的，但是我對馬也很在行。」

「多會點本事總是好的，迅風。」我知道那孩子心裡打什麼主意。聽到這個不冷不熱的反應，那孩子原本熱切發光的臉色頓時黯淡下去。像他這個年紀的男孩子，尚不應該考慮要跟動物牽繫在一起的事情，然而看到他失望地低下頭，我不禁想起，多年之前我也曾像他那般孤寂——當年博瑞屈也盡了一切的努力保護我，以免我跟動物牽繫在一起。不過就算我現在領略到他此舉甚為明智，我記憶中的孤獨感卻也不會稍減。我清了清喉嚨，希望讓自己的聲音聽來沉穩自然。「很好，迅風，那麼你就明天來這裡跟我報到吧。噢，對了，明天穿舊衣服來就好；我們會流一身汗水，又弄得髒兮兮。」

他似乎很震撼。

「怎麼了，年輕人？」

「我……先生，我沒辦法穿舊衣服來。舊衣服沒了。現在我只有兩套王后給的衣服。」

「那你的舊衣服呢？」

「我……我把舊衣服燒了，先生。」他的口氣突然變得桀驁不馴，他咬緊下巴，迎向我的眼神。

我本想問他為什麼把衣服燒了，其實答案不用問，看他那個姿勢就知道了；他故意藉著焚燬那些物事，以顯示他已經跟過往切斷關係。我揣度著自己到底該不該逼他承認這一點，但想想還是算了。畢竟，就算逼他承認又如何？當然，把一套好好的衣服糟蹋掉了，他的確應該羞愧。我不禁懷疑，迅風與父親之間到底起了多大的衝突。突然，今天看來彷彿黯淡了一些。我聳聳肩，不在意地說道：「那麼，有什麼，就穿什麼吧。」

他站起來瞪著我，我這才想到我還沒准許他退下。「你可以走了，迅風，明天見。」

「是，先生。多謝了，獾毛先生。」他鞠了個躬，姿勢有點突兀，但是大體上並沒有錯。然後他又停了下來。「先生？我可以再問個問題嗎？」

「當然。」

他幾乎是以懷疑的目光四下張望，最後問道：「爲什麼我們要在這裡上課？」

「這裡安靜，景致又宜人。我像你這麼大年紀的時候，最討厭春天時悶在屋子裡了。」

聽了這話，他臉上遲疑地漾起笑容。「我也有同感，先生。除此之外，我也討厭跟動物隔得這麼遠。我想，這大概是因爲我的天賦在呼喚我吧。」

我眞希望他能稍停一下，不要時時把原智的事情掛在嘴邊。「也許吧。不過，你在回應天賦的呼喚之前，也該要先想個清楚才是。」這一次，我刻意讓他聽到我話裡的斥責之意。

他瑟縮了一下，接著臉上露出憤慨的表情。「王后說了，人們不應該因爲我有原智，而待我有所不同。她說人們不應因爲我有原智而鄙視我。」

「的確。不過人們也不會光是因爲你有原智而善待你。我勸你低調一點，迅風，不要大肆張揚你的原智天賦，除非你與對方熟識。如果你想知道應該如何對待你的天賦，我建議你多跟原智的羅網請教請教，不妨趁他在壁爐前講故事的時候多問問。」

我話還沒說完，他已經對我怒目而視。我隨便做個手勢叫他退下，於是他便走了。我原本還以爲自己看透了這孩子的心思，誰知全不是那麼一回事。迅風之所以跟父親勢不兩立，原因就在於他有原智，不過他的反抗行動已經成功，現在他已經逃到公鹿堡來，並且決心公開地以原智者的身分，在較能容忍的珂翠肯宮廷裡出入；然而如果那孩子單純地以為他只需靠著這個身分，就可以掙得自己的地位，那麼我很快就會把這個雜思遐想從他的心裡掃出去。我不會故意鎮壓他的原智天賦，但是他把原智天賦拿來招搖的行徑，實在是不可取之至。這就好比說，一個人若是拿塊破布在好鬥的獚犬面前抖著，逗逗看狗會不會咬上來，那麼難免會鬧出禍事；迅風再不改一改，遲早會碰上哪個年輕氣盛的貴族青年，因為這野獸魔法而與他對峙，終至鬧到不可收拾的地步。常人之所以對原智者容忍，是因為王室有令，不得不然，但其實許多人心裡仍對於我們特有的天賦痛恨至極。迅風的態度使我下了雙重的決心，說什麼也不能讓他發現我也有原智；他拿自己的原智天賦來四處炫耀，就已經夠糟糕了，我可不會讓他把我的事情也洩漏出去。

我再度凝視遼闊的大海與藍天。這景色熟悉得使人放心，卻又美得令人屏息。我強迫自己靠在那堵若是一越過去必死無疑的矮牆上，並強迫自己探頭下望。想當年，我在身體與心靈上都遭到精技師傅蓋倫的百般折磨之際，曾經動念想從眼前的牆垛間一躍而下，幸虧博瑞屈伸手將我抓了回來，把我揹回他的房間、治療我的傷勢，然後替我向那個精技師傅報仇。我欠博瑞屈的人情太多了，然而我無以回報，頂多也只能教教他兒子，讓他兒子在宮廷裡的生活安全無虞。我把這個念頭釘在心裡面，以便把自己意興闌珊的心情撐起來，然後便離開了塔頂。我還得趕赴另外一個約會，而從太陽的角度看來，我已經快要遲到了。

切德已經對外表明，他已開始對王子教授家傳的精技魔法；精技課有此變化，我是一則以喜，一則以憂。切德既放出消息，他與王子就不必偷偷摸摸地到精技塔上課，至於王子帶著腦筋遲鈍的僕人去上精技課，則被眾人視為是王子古怪的習性作祟。宮裡的人再怎麼猜，也猜不到阿憨竟是王子的同學，而且阿憨的精技天賦比任何在世的瞻遠家人都更為高強。憂的是，我這個真正的精技老師卻變成課堂上唯一一個必須掩人耳目、祕密出入的人；如今我的身分是湯姆．獾毛，而湯姆．獾毛這個卑微的侍衛，是絕不會跟瞻遠王室的皇家魔法扯上關係的。

我抱著這個心情從王后花園走下來，匆匆地穿過大半個城堡。僕人區有六個出入口，可以通達如迷宮一般的間諜密道，我每天都挑一個不同的出入口走，而今天我走的是廚房儲肉室附近的出入口；我趁著四下無人之時，從走廊閃身進入儲肉室，然後撥開三大架吊掛的香腸，拔開壁板，走入如今已經十分熟悉的黑暗之中。

我並沒有爲了讓眼睛調適到暗處而稍等一下再走。這一段路既無天光，也無燈光，我前幾次從這裡出入時，都帶著蠟燭照路，但如今我認爲自己已經熟門熟路，所以就算這裡一片漆黑也無所謂。我算準自己走了幾步，然後摸索著走進狹窄的樓梯；走到樓梯頂，我往右一轉，這裡才稍微有幾個隙縫透著光，朦朧地映照出灰塵飄逸的走道。我弓著身子匆促前行，不久便來到平日常走的這一段；再過一會兒，我便從望海塔的壁爐側面出來。我才剛把壁爐的飾板推回原位，就聽到門閂開啓的聲音，嚇得我動也不敢動，這下子我是來不及搶在那人進來之前，躲入稍微可以遮身的薄窗簾裡了。

我屏住呼吸，幸虧來人不過是前來上課的切德、晉責與阿憨。我等到他們把門關緊了，這才朝他們走去。阿憨嚇了一跳，不過切德只是有感而發地說道：「你知不知道你左邊臉頰沾了蜘蛛網？」

我伸手將蜘蛛網揩掉。「我倒驚訝怎麼只有左臉沾到。春天一到，蜘蛛大軍就勤奮地結起網來了。」

切德聽了我的觀察心得之後，嚴肅地點了點頭。「我以前都是隨身帶著雞毛撢子，一邊走，一邊伸手在身前撢蜘蛛網。這法子還滿好用的──多少會好一些。當然啦，那年頭，就算我從密道出來時身上沾了蜘蛛網，也無關緊要，只是我不喜歡牠們的小細腿在我頸背上爬的感覺就是了。」

晉責王子一想到這位全身上下打扮得一絲不苟的王后顧問，竟然也會弓著身子在密道裡鑽來鑽去，便不禁偷笑。其實很久以前，切德大人乃是公鹿堡的神祕居民，而且身分只是皇家刺客，此外無他；當時的他因爲一臉麻子而羞於見人，所以總是躲在幕後執行國王的正義。現在可不同了，如今的切德，在公鹿堡裡高視闊步，同時以深具外交手腕，又身爲王后顧問而廣受衆人稱頌；他那高雅大方、深淺相間的藍綠衣裳，以及寶石項鍊和寶石耳環，正巧反映出他的身分；他那雪白的頭髮和銳利的綠眼睛，與這一身服飾搭配得恰到好處；而年紀大了之後，曾經令他懊惱困窘的麻斑也漸漸消退了。對於切德這一身華服，我既不羨慕，也沒有埋怨；他在盛年時不得不虛度時光，就讓他以此稍微彌補一下吧。這一身打扮又不會害人，而那些因爲他華貴體面而懾服的人，往往忽略了一個重點：其實切德那敏銳的心靈，才是他最厲害的武器。

王子與切德恰恰相反，他那一身衣服跟我身上穿的一樣樸素。據我看來，一方面是因爲珂翠肯出身於具有簡約傳統的群山王國，再者是因爲她天性本來就節儉，畢竟晉責天天長大，衣服一下子就小得穿不下，要不然就是因爲在練武場比武而把衣服刺破，那麼爲他製作精緻華服、供他天天穿戴，有什麼用?他的黑眼與黑捲髮像他父親，不過他的身高與下巴，倒更像是畫裡的駿騎，也就是我父親。

陪晉責前來的矮胖男子，身材則與王子天差地別。據我估計，阿憨大約快三十歲了，他耳朵小且擠，舌頭則傻傻地垂在嘴外。王子與阿憨穿著一式的藍色束腰外衣與緊身褲，胸前也都繡著公鹿紋章，不過那小個子男子凸腹上的束腰外衣沾著污漬，緊身褲的膝蓋與腳踝處也鬆垮垮的，看來十分滑稽。在不知情的人眼中，阿憨這個人是個古怪的組合：一方面好玩，卻又有點討人厭；但是我卻感覺得到，他的精技能力就像鐵匠鎔爐裡的火那般旺盛。常人的腦海裡轉著念頭，阿憨的腦海裡卻少有思緒，只有無盡的精技音樂；如今他開始學著稍做控制，所以他的精技音樂收斂了些，不像以前那麼惱人了；不過，由於他的精技能力不同凡響，所以他時時刻刻都放出音樂與我們分享。我是可以設下精技牆以擋掉他的音樂，但這一來，也會擋掉大部分的技傳，包括能力不如阿憨的切德與晉責所傳來的思緒，所以目前我對阿憨的音樂是盡量忍耐。

今天阿憨的精技音樂，是以吱吱嚓嚓的剪刀聲與喀達喀達的織布機聲構成的，其間還夾雜著女人尖聲咯咯直笑的聲音。「這麼說來，你們又一整個早上都待在裁縫那裡試衣服了？」我對王子問道。

他不意外我這麼問，他知道我是怎麼推算出來的。晉責疲倦且無奈地點點頭。「阿憨跟我都去了。他們弄了好久。」

阿憨煞有介事地點點頭。「站在凳子上。不要抓癢，不要動。用針刺阿憨，還叫阿憨不要動。」他不客氣地加上最後面這一句，同時以指責的目光瞪著王子。

王子嘆了一口氣。「那是意外，阿憨。她叫你不要動啊。」

「她壞心。」阿憨大著膽子，低聲補了這一句。不過據我猜測，他所言可能比較接近眞相；王子把阿憨當朋友看待，但是許多貴族都看不過去，而且不知怎地，有的僕人還比貴族更嚥不下這口氣。阿憨今天之所以在裁縫那裡吃虧，可能就是因爲有些人以此來發洩怨氣。

「事情都過去了，阿憨。」王子勸慰道。

房間中央擺著一張大得不得了的桌子，我們各自在自己的老位子上坐下來。自從切德宣布他要在望海塔替王子上精技課之後，這個房間就重新裝潢過了；此時細長高窗的護窗板是開著的，讓清爽的微風吹進來，而窗框上則繫著長到地上的窗簾；房裡的石牆與石地板重新磨洗過，桌椅也上油拋光；幾個適當的卷軸架上放著切德典藏的經卷，另外還有一個結實且上鎖的櫃子，放著他認爲比較寶貴，或是比較危險的卷軸；又有一張大寫字桌，放了墨水、新削的鵝毛筆以及大量的紙張和羊皮紙；此外還有個餐具櫃，放著葡萄酒、玻璃杯與其他為求王子舒適而準備的東西。如今這個房間變得很舒服，甚至可說是很享受，而與其說這個改裝是反映出王子的品味，不如說是反映出切德的品味。

我覺得這個變化滿好的。

我環顧這三個學生。晉責專注警覺地望著我，阿憨正在為了他左邊鼻孔裡的什麼東西忙得不可開交；切德精神飽滿，坐得直挺挺，然而不管他為了讓自己神采奕奕地來上課而喝了什麼東西，那對他眼裡的血絲也起不了作用，所以此時切德是紅眼綠睛，看起來有些可怕。

「我們今天要做……阿憨，麻煩你停一停。」

阿憨面無表情地朝我看了一眼，手指仍插在左邊的鼻孔中。「沒辦法。刺刺的，很難過。」

切德揉揉額頭，望向他處。「拿條手帕給他。」他說道，但沒特別針對王子或我。

晉責王子離阿憨最近。「來，把鼻子擤一擤，也許那東西就出來了。」

晉責將一方繡花的亞麻布遞給阿憨，阿憨懷疑地朝那手帕看了好一會兒，最後還是接了過來。我以蓋過阿憨那震耳欲聾的擤鼻子聲的聲音，對學生們問道：「昨天晚上，應該每個人都做過精技漫遊了吧。」其實，我要求大家做這個練習的時候，心裡忐忑不安，但是我感覺得出晉責與切德已經躍躍一試了；至於阿憨，晚上要做的事情，他十之八九會忘掉，所以我倒比較放心。所謂精技漫遊，就是暫時離開自己的身體，改而透過其他人的身體來體驗生命；我自己曾經精技漫遊過多次，不過大多都是因為意外而造成。精技卷軸上寫道，精技漫遊是蒐集資料的好方法，除此之外，也可藉此找出對於精技漫遊最為開放的人——而這種人往往頗有精技潛力，可以成為「吾王子民」，也就是能夠對國王提供精技力量的人。切德昨晚一定試過精技漫遊，但是只消瞄一眼，就知道他屢試屢敗，因為他若是好不容易成功了，此時必定會綻放出勝利的光輝。晉責也愁眉不展。「這麼說來，沒人成功嗎？」

「終於成功了！」阿憨興奮地大叫道。

「你昨晚精技漫遊了？」我非常驚訝。

「才——不——是。我把那個弄出來了，看到沒？」王子的繡花手帕裡，躺著一坨綠綠的戰利品。切德發出不屑的叫聲，別過頭去。

才十五歲的晉責大笑起來。「噢，很壯觀嘛，阿憨。眞的好大，簡直就像是綠蠑螈似的。」

「是呀。」阿憨得意地應道，他高興得嘴巴開開。「我昨天晚上夢見一條好大的藍蜥蜴。比這還大！」阿憨也應和著王子，彷彿狗兒噴氣一般地大笑起來。

「王子殿下暨未來的國君。」我嚴格地提醒道。「我們有課要上。」我嘴上雖這麼說，但其實我是好不容易才忍住笑、板起臉孔的。雖說這事幼稚得很，但是難得晉責能這麼開懷大笑，這是我第一次看見他的舉止像個春日的少年。看到他臉上的笑容突然收住，我心裡又懊悔起來。晉責以遠比我凝重得多的態度，轉過身去對著阿憨，一把搶過手帕，將那坨鼻涕包起來。

「不，阿憨，停一停，聽我說。你昨晚夢見好大的藍蜥蜴？有多大？」

王子問話的急切模樣引得切德朝他望過去，但是王子的聲調與態度突然大變，使得阿憨既困惑又氣憤。他眉頭皺起，氣得舌頭凸出、下唇嘟起。「這樣不好喔。」

這句話別有涵義。近來我們頗注重阿憨的餐桌禮儀，畢竟他既然要陪同王子前往艾斯雷弗嘉島，總不能太過失禮。但是可惜的是，除非能斥責旁人缺乏餐桌禮儀，否則他老是把那一套忘光光。

「對不起，阿憨，你說得沒錯，搶東西是不好的。好了，快把你夢見的那條藍色大蜥蜴的事情告訴我吧。」

王子誠心地對阿憨微笑，但是對於這個小個子男子而言，如此轉變話題實在太快。他搖了搖頭，轉過身去背對王子，並叉著手臂抱胸。「不要。」他粗暴地拒絕了。

「求求你，阿憨。」晉責開始勸道，但是切德插嘴：「你這事不能等一等嗎？再過沒幾天就要啓程了，然而我們若要有個精技小組的樣子出來，還得把許多課程趕完才行。」那老人心急如焚，這點可想而知，因爲我也有同感：王子這趟歷險到底能不能成功，關鍵可能就在精技魔法上。切德與我都認爲，那條龍既然封在堅冰之中，王子大概也用不著眞的屠龍了，而精技魔法的眞正價值，很可能是在於切德與我能不能藉著技傳對晉責通風報信，好讓他這樁聯姻進行得順利一點。「不，切德，這很重要。我認爲，唔，可能很重要。因爲昨天晚上，我也夢見一條很大的藍蜥蜴——說得眞切一點，我夢見的其實是龍。」

無人回應，因爲切德與我都沉思不語，之後切德猶豫遲疑地切入道：「這個嘛，你若跟阿憨做同樣的夢也不足爲奇，畢竟你們兩個成天藉著精技而心連著心，偶爾晚上連心做夢也是稀鬆平常，不是嗎？」

「可是那一刻我並沒睡著，當時我正在試著要做精技漫遊。蜚——湯姆說，他在半睡半醒之間，最容易進入精技漫遊的境界，所以當時我躺在床上，一邊施展精技，一邊想要睡著，但也只是淺眠而已。後來我就感覺到那個東西了。」

「什麼東西？」切德問道。

「我感覺到那個東西的眼睛在搜尋我，它的眼睛很大，是銀色的。」答話的不是晉責，而是阿憨。

「對。」王子慢慢地應和道。

我的心沉了下去。

「聽不懂。」切德煩躁地說道。「從頭開始報告，好好把話講清楚。」他這話是對晉責說的。我感覺得出，切德是氣上加氣；首先，氣的是三個學生同時做練習，而這次又是阿憨與晉責多少有點小成就，他卻一事無成；其次，氣的是晉責提到一條龍。最近跟龍有關的事情太多了：晉責即將要去掘開一條封在堅冰裡的龍，並把龍頭斬下來；繽城使節團誇口說他們養了一群龍（而且據說只要繽城商人一召喚，龍群便會飛來），如今又有一條龍闖進了我們的精技練習之中，我們卻對這些龍一無所知。我們不敢把這些龍視為無稽的傳奇或謊言，因為我們清楚記得，十六年前，石龍龍群曾經起而捍衛六大公國；然而我們對外島龍、繽城龍，或是夢中的龍，實在是知道得太少了。

「沒什麼好報告的。」晉責答道。他深吸了一口氣，雖然他才剛說沒什麼好報告的，但接著便按著切德對我們兩人的一貫訓練，有條不紊地從頭講起：「當時我人在臥室裡，就像平常要入睡時一般。我躺在床上，一邊凝視著壁爐裡燃著的小火，一邊讓心思自由漫動，希望藉此漸漸產生睡意，並仍清醒得足以施展精技。我兩次打盹睡著，但兩次我都把自己叫醒，重新培養氣氛。到了第三次，我決定要反過來做；我先施展精技，穩住，然後設法讓自己睡著。」他清了清喉嚨，眼神輪流看過在場的每一個人。「接著我就感覺到了。很大。真的很大。」他望著我。「就像那次在沙灘上碰到的那個那樣。」

阿憨嘴巴微開，小小的圓眼睛因為思索而骨碌骨碌地轉，聽到這裡，他碰運氣般地說道：「就是又肥又大的藍蜥蜴。」

「不，阿憨。」王子的語調耐心且柔和。「我並不是一開始就碰見蜥蜴。一開始的時候，我只感覺到那個龐大的……生命體吧，而我既想靠上前，卻又不敢。倒不是因為那個生命體刻意地威脅我；恰好相反，那個生命體像是……無限地慈悲，讓人安全又放心。我之所以不敢靠上前，是因為我深怕……我深怕自己靠過去之後，就再也不想回來了。那個東西，像是事物的終結，又像是全新事物起始的臨界點。不對，應該說，那個生命體的所在地，乃是全新事物的起始之處。」王子越說越小聲。

「聽不懂。這不合理啊。」切德斥道。

「其實很合理。」我安靜地插嘴道。「我知道王子說的那種生命體，或者說那種地方、那種感覺是怎麼回事。我自己也碰過一、兩次。其中一個還幫過我們，不過我的感覺是，幫了我們的那一個，其實是個例外；換作是別的，或許連我們都還沒注意到，就把我們吞噬掉了也說不定。那種力量具有非凡的吸引力，切德，像母親對子女的愛一般地溫馨、包容且柔和。」

王子的眉頭微微地皺了起來，他搖了搖頭。「我碰到的這個不一樣，很強壯，很可靠，又很睿智，就像父親一樣。」

我心裡想到別的念頭，但是我隱忍不言。我在很久以前就對這些強大的力量有了定見：我認為，我們內心最渴望什麼，那種力量就會以該種面貌來與我們相見；我母親在我很小的時候就拋棄了我，而晉責從未見過自己的父親，這種事情，會在人心裡留下很大的缺口。

「為什麼你之前從沒提過？」切德惱怒地問道。

到底是為什麼？因為那個際遇切中個人隱私，實在不宜跟別人提起；但此時，我只是順口找了個藉口：「因為就算我說了，你也只會像剛剛那樣，說我講的『不合理』。那個現象我實在解釋不出來，說不定我剛才那一番說法，也只不過是找個理由來解釋自己的經驗罷了。這就好像人在追憶夢境的時候，總是編出個故事，以便解釋夢裡那一連串違反邏輯的事情，是一樣的道理。」

切德消氣了，不過看來還是不滿意；我想他免不了在事後對我大肆盤問，逼著我把當時的情況、我的想法和印象等通通講出來。

「我要講大蜥蜴的事情。」阿憨氣憤地說道，但這話倒不是特別針對哪一個人講的。他有時候就是喜歡成為眾人矚目的焦點，而此時他的心情，可說是不耐寂寞到了極致；不用說，他一定是認為王子的故事搶走了眾人對他的關注。

「好呀，阿憨，你先說你夢到什麼，再換我說。」王子禮讓阿憨。

切德往後靠在椅背上，並發出刺耳的嘆息聲。我望向阿憨，發現他的臉上放出了光彩；他像是被人撫摸得很愉快的小狗一般，咯咯地笑了起來，然後若有所思地眨了眨眼，並竭盡心力地模仿晉責和我向切德報告的模樣，鉅細靡遺地報告道：「昨天晚上，我上床睡覺，蓋著紅毯子。然後，阿憨快要睡著了，已經融入音樂中。然後，我感覺到晉責在我附近。有時候，阿憨會跟著進入晉責的夢裡，他常常做好夢，女孩的夢……」

阿憨越講越小聲，他一邊張嘴呼吸，一邊思索。王子顯得非常不自在，切德與我則都努力維持沒什麼興趣的表情。

阿憨突然接口說道：「然後我心想，晉責在哪裡？也許他在跟我玩遊戲，躲著不讓阿憨看到。我叫：『王子。』而他就說：『別出聲。』所以阿憨不出聲，而且音樂只圍繞在阿憨身邊，就像躲在簾子後面一樣。然後我偷偷看一眼，只一下下而已。噢，那隻母蜥蜴又肥又大，像我的襯衫這樣藍，但是走動起來的時候，像廚房的刀子一樣亮閃閃的。母蜥蜴說：『出來，出來，我們來玩遊戲嘛。』但是王子說：『噓，不管牠，別動。』所以阿憨就不動，然後蜥蜴就生氣了，越變越大。母蜥蜴的眼睛發光，眼裡一圈一圈地旋轉，就像我上次失手打破的那個盤子那樣。然後阿憨想：『可是蜥蜴是夢裡的事情。但是我不想做夢了。』於是阿憨把音樂變得很大聲，後來就醒過來了；醒來之後，就沒有蜥蜴，但是我的被子掉在地上。」

阿憨上氣不接下氣地急著講，講完之後便大口喘氣，同時又輪流看著每一個人臉上的反應。我悄悄地對切德做了個細微至極的精技信號。切德朝我看了一眼，但他就是能高明地把這個動作弄得像是他在隨意打量的模樣。我感到無比驕傲，因爲那老人接著便說道：「你報告得好極了，阿憨，你的報告讓我想到好多事情。我們先聽聽王子的故事，讓我邊聽邊想想看有沒有什麼問題要問你。」

阿憨一下子坐得好直，胸膛也驕傲地挺了起來，挺得他圓肚子上的襯衫布都拉撐了。他像青蛙般地笑得嘴巴開開，舌頭也伸了出來，但是他的小眼睛則輪流看著晉責與我，以便確認我們也注意到他的成就。我不禁納悶道，爲什麼他會覺得讓切德刮目相看有這麼重要？隨後才突然恍悟：原來阿憨這也是在模仿王子。

晉責明智地多等了一會兒，讓阿憨多享受一下衆人的注目，才說道：「阿憨已經說了十之八九了，不過讓我再稍做補充。剛才我提到那個偉大的生命體，當時我在看——不對，不是在用眼睛看，而是用心靈體會那個生命體，而且那個生命體慢慢地把我越吸越近。那個情況並不恐怖，我明明知道被那個生命體吸過去很危險，但卻又覺得，就算被吞噬掉了，此後永遠迷失，也不值得放在心上，就是一切都變得無足輕重的感覺。然後那個生命體開始後退，我想追上去，但此時我察覺到另外有什麼東西在盯著我看，而那個東西可沒那麼慈悲。我的感覺是，那東西是趁著我在思索著那個龐大的生命體之際，悄悄地盯上了我。

「我四下張望，發現我人在一條渾濁的河邊，腳下是一塊非常小的黏土河灘，身後則是無垠的森林，林木高聳，遮蔽了陽光。起初我什麼也沒看見，後來才注意到有個小小的生物，像條蜥蜴似的，只是比較胖而已；那蜥蜴棲在一片寬大的葉子上，直盯著我看，可是我一看到牠，牠便開始變大；要不然，也可能是我縮小了，我不是很確定。那蜥蜴通體銀藍，美極了。我感覺到牠是雌性的。接著那母蜥蜴對我說道：『好。你看見我了。唔，我才不管這麼多，不過反正你往後都得聽我的了。你跟那個人是一類的。現在快告訴我，你對於黑龍的事情知道多少？』接下來的發展就奇怪了：我找不到自己身在何處，彷彿我因為太注意那條母蜥蜴，所以忘了自己應該存在於某處。接著我決心要待在大樹後面，於是我就在大樹後面了。」

「這聽起來不像精技。」切德不耐地打斷晉責的話。「反倒像是夢境。」

「正是。我醒來之後，也是以這是夢境為由，叫自己別掛心。我知道我施展過精技，但說不定在那之後，我就睡著了，所以在我施展過精技之後所發生的一切全是夢境。而夢往往是說不上有什麼道理的，也因此阿憨才會突然出現在夢境中跟我在一起。我不知道他有沒有看到藍龍，我叫他別出聲，別讓藍龍看到。因為我們兩個都躲了起來，藍龍變得非常生氣；我想牠氣的是我們仍在場，卻故意躲起來、不跟牠見面。然後突然之間，阿憨不見了，我嚇了一大跳，嚇得醒了過來。」王子聳聳肩。「醒來時發現我人在臥室裡，心想剛才可能是個非常鮮明的夢境。」

「我看也是，就是你跟阿憨一起做夢，如此而已。」切德答道。「現在可以把夢境擱到一邊，專心上正課了。」

「我看這事可能沒那麼單純。」我說道。切德三言兩語就把這個話題打發掉，使我不禁猜測他是不是不希望我們繼續談下去，但是我倒願意犧牲自己的一部分祕密，以套出切德的祕密。「依我看來，那條龍是真的，而且我們也聽說過那條龍的事情。牠就是婷黛莉雅，也就是蒙面的繽城使節提起的那條龍。」

「瑟丹·維司奇。」晉責平靜地補上那蒙面少年的名字。「那麼，龍也有精技囉？為什麼婷黛莉雅要追問黑龍的事情？牠說的黑龍，指的是冰華嗎？」

「應該就是冰華沒錯。不過你問的其他問題，我就答不上來了。」我勉強地轉過頭，面對切德的怒視。「婷黛莉雅也曾闖入我的夢境，並質問我知不知道黑龍與小島的事情。我想，牠之所以知道我們要遠征外島，十之八九是因爲繽城使節團來訪，並熱忱地邀請我們參戰、一起對付恰斯人；不過據我猜測，牠知道的消息，跟繽城使節團知道的一樣有限，也就是說，牠大概只知道晉責要去屠殺一條困在堅冰裡的龍。」

切德無奈地發出近似狗吠的嘟囔聲。「這麼說來，牠一定會知道那個島叫做艾斯雷弗嘉島，而且牠遲早會曉得艾斯雷弗嘉島在什麼地方。繽城商人之所以舉世聞名，就在於他們很會做交易，如果他們打定主意要弄到前往艾斯雷弗嘉島的地圖，他們就一定弄得到手。」

雖然內心起伏，但我仍攤開手，裝出平靜的模樣。「這我們無能爲力，切德。不管事情怎麼發展，總之我們看著辦就是了。」

他把椅子往後一推。「這個嘛，如果情報多一點，那我會應付得比較好。」他拉高了音量說道。他踱到窗邊，眺望著大海，然後轉過頭來問我：「你還有什麼沒說的？」

倘若此時只有切德與我兩人，我可能會告訴他，當時婷黛莉雅如何威脅蕁麻，而蕁麻又如何化解牠寸步進逼的勢力，但是我不想在晉責面前提起我女兒，所以只是搖了搖頭。切德轉過頭，繼續眺望。

「這麼說來，除了艾斯雷弗嘉島上的堅冰之外，我們還有別的大敵哪。唔，至少告訴我這條龍身形多大？力量多大？」

「我不知道。我只在夢中見過婷黛莉雅，夢中的牠時大時小；依我看來，夢裡的身形跟牠實際的身形可能是兩回事。」

「噢，哼，這條線索還眞有用處哪。」切德喪氣地答道。他走到桌邊，一屁股坐在自己的椅子裡。

「你昨晚有沒有感覺到這條龍？」他突然問我。

「沒有。」

「但是你昨晚精技漫遊了，不是嗎？」

「只有一會兒而已。」我藉著精技漫遊去瞧瞧蕁麻的情況，但是我可不想在此多談。切德似乎沒注意到我答得有點勉強。

「我也沒成功，雖然我盡了全力。」他的口氣就像是受傷的孩子般苦悶。我望著他，只見他眼裡不只是失望，還充滿了痛苦；他看著我的眼神，彷彿我藏了什麼珍貴的祕密不跟他說，或是做了什麼精采歷險，卻獨不讓他參加似的。

「切德，這需要時間醞釀。我覺得你有的時候太急了。」我嘴上雖這麼說，心裡卻對這些話不太篤定，然而我內心偷偷懷疑的事情，是怎麼也說不出口的：我唯恐是切德這麼大年紀才開始學精技，已經太晚，或許他可能永遠也學不會他長久以來苦無機會接觸的精技魔法了。

「你老是這麼說。」切德虛應道。

這句話就不知道該怎麼回答了。接下來的課程中，我們按著精技卷軸所載，做了幾個練習，但是都不太成功。原本就垂頭喪氣的切德更是難以發揮實力。如果我們兩人手搭著手，那麼他是可以收到我傳送給他的思緒，然而如果彼此分開，各據一地，那麼不但我無法傳訊給他，他也無法對晉責與阿憨傳訊。切德越來越氣憤，這個情緒感染了眾人。上完課之後，晉責與阿憨便離開了，可是今日我們不但沒有進展，還連昨天的程度都夠不上。

課堂裡只剩切德與我兩人。「又過了一天，但是我們這樣的水準，離真正的精技小組還差得遠呢。」他苦澀地對我說道，走向餐具櫃，給自己倒了一杯白蘭地。他做手勢問我要不要來一杯，我搖了搖頭。

「謝謝，但是不用了。我還沒吃早餐呢。」

「我也還沒吃呀。」

「切德，我看你累壞了，與其喝白蘭地，還不如睡上一兩個小時、好好吃一頓來得實在。」

「你要是能在我這一天的行程中找到兩小時的空檔，那我一定樂於從命。」他不帶嘲諷意味地說道，端著酒杯走到窗前，望著大海。「事情太多了，蜚滋。我們非得跟外島聯盟不可。恰斯國跟繽城在打仗，我們對南方的貿易少到只有涓滴之流。恰斯國很有可能會擊敗繽城，然而果真如此，下一步，恰斯人就會攻打我們，所以我們一定得在他們出手之前跟外島結盟。

「可是，為出門而做的籌備也就罷了，麻煩的是公鹿堡的安全防護要如何安排。」切德啜了口酒。「再十二天我們就要出發了。才剩十二天哪。我將離開整整六個星期，這短短十二天哪夠我處處安排，以便我不在的時候一切仍運作如常？」

我知道切德講的並不是公鹿堡的儲糧、稅收和侍衛訓練等事，那些系統自有專人管理，並直接對王后報告。切德所擔心的，是他的間諜及情報網。這次到外島的外交任務要花上多久的時間才能完成，誰也無法確定，至於王子遠征艾斯雷弗嘉島的任務費時多久，更是無從估算。我心裡仍希望——雖說這個希望已經越來越渺茫——所謂的晉責「屠龍」，不過是什麼古怪的外島儀式而已；但是切德深信，冰河深處確實藏著龍的遺骸，我們必得挖掉不少冰雪，才能讓晉責砍下龍頭，並公開將龍頭呈獻給貴主。

「你不在的時候，把事情交代給你的學徒不就得了。」我努力以不冷不熱的語調說道。我是對於切德收的這個女徒弟頗有微詞，但是我從未當面跟他提起此事。畢竟，迷迭香小的時候，就被窩國的帝尊利用為對付我們的工具，以至於至今我對她仍無法完全信任；就我的想法，迷迭香夫人在王后的宮廷裡占有一席之地，就已經很不妥了，更何況切德竟然將她收為刺客學徒。不過，別的時候就罷了，若此刻對切德揭露我已經發現他的女徒弟是何人，恐怕不宜，畢竟他的心情已經很低落了。

他煩躁地搖了搖頭。「有些接頭的人只相信我，他們只肯跟我接頭，別的人都不行；再說，我之所以能掌握這一切，有一半是靠我一聽就知道哪些話該繼續追問下去，以及哪些謠言值得追蹤的這個本領。不行哪，蜚滋。我已經有心理準備了，就算我的學徒會盡量處理我的事情，但我回來的時候，蒐集情報的網絡仍不免有破洞。」

「你在紅船之戰的時候也離開過公鹿堡，那時你是怎麼處理的？」

「啊，當時的情況跟現在差遠了。當時我是循線追蹤出去，但這次，老實說，我是要出席一個非常關鍵的協商，可是同時公鹿堡這裡仍有許多狀況需要多加觀察呀。」

「花斑幫。」我幫他說了。

「一點也沒錯。除此之外還有別的，不過我最擔心的就是花斑幫的動態，雖然他們最近平靜了一陣子。」

我知道他話裡的意思。近來花斑幫少有活動，我們卻無法因而放下心；我雖殺了花斑幫的首領，但是路德威死後，恐怕不免有人取而代之。爲了贏得原智者的信任與合作，我們下了不少工夫；走極端的花斑幫靠著仇恨與怒火而壯大，那麼，說不定靠我們的安撫就會使花斑幫的勢力逐漸消散。我們的策略是對原智者提供庇護，藉此來引開原本可能會注入花斑幫的力量。畢竟，如果瞻遠家的王后不但歡迎原智者混入一般人的社會，甚至還鼓勵他們將自己的天賦公諸於世，那麼他們就比較不會滿腦子想著要推翻瞻遠家族了。至少我們衷心盼望事情會朝這個方向發展，而這個作法好像還行得通。不過，如果這個作法行不通，那麼原智者說不定還是會對付王子，甚至把王子有原智的事情公布出來，讓他在眾貴族面前威信盡失。王室雖然頒布命令，說原智魔法並非人身污點，卻無法就此扭轉數代以來人們對於原智者的偏見與懷疑；若要移風易俗，靠的就不是官方的力量，而是要靠王后宮廷裡面那些善良的原智者了，而且不只要靠像迅風這樣的少年，還要靠像羅網這樣的成年人。

切德凝視著海水，眼裡盡是疑難。

我說這話的時候有點遲疑，但是仍忍不住問道：「有沒有什麼我幫得上忙的地方？」

他猛然轉過頭來望著我。「你這話可是眞心的？」

他的口氣使我有點不安。「是眞心的。你爲什麼這樣問？你希望我怎麼幫你？」

「讓我派人去找蕁麻來。你用不著跟她相認。讓我勸勸博瑞屈，叫他讓我把她帶到公鹿堡來，讓她接受精技教育。據我看來，博瑞屈仍把他對瞻遠家族的舊誓當一回事，所以我若是跟他說，王子殿下需要蕁麻，那麼博瑞屈是會讓她來的。再說，有了大姊在身旁，迅風一定甚感安慰。」

「噢，切德。」我搖了搖頭。「你要我幫什麼別的都行，但你就放過我女兒一馬吧。」

他搖了搖頭，並不作答。我繼續在他身邊站了一陣子，最後終於把他的沉默視爲叫我退下。我離開時，切德仍站在原地，繼續朝東北，也就是外島方向的海面瞭望。

2

人子

征取者是第一個在公鹿堡稱王的人。征取者來自外島，跟許多先他來過這一帶海岸的外島人一樣，目的是來此地掠奪。有人說，征取者一眼看出河口懸崖上的那個木頭城寨，乃是長期經營這塊土地的理想性永久據點；有人則說，其實征取者是個又溼，又冷，又神經質的水手，恨不得趕快再度出洋，滿載而歸。不管他原本的動機爲何，他終究成功地攻下蓋在古老石基上的木頭城寨，成爲公鹿堡的第一個瞻遠國王。由於征取者是一路燒殺進去的，所以他重蓋城堡時，便以本地盛產的黑色石頭爲材。由此可知，六大公國的王室乃是起源於外島。當然，這並不是特例，因爲六大公國之人與外島人之間，不但彼此打殺開戰不斷，通婚生子的也多。

——凡尊所著之《歷史》

等到只剩五天就要啓程時，我才覺得這個旅程變得十分眞實。在這之前，我總有辦法將之擱置在一旁，當作是令人分心的瑣碎事務。我雖然一直爲這趟出門而做準備，但只不過是把前往外島的旅程，當作是可能發生的情況之一；我已經研讀過外島文字，並常常在一家有許多外島商人和水手光顧的酒館裡泡上一整晚。我在那家酒館中盡情學習外島語文，主要是練習聽力；外島文的字根與我們的語文字根類似，努力地聽上許多晚之後，就不再覺得外島文那麼陌生了。我還說不順口，但是可以粗略達意，而最重要的是絕大部分都已能聽懂，希望這就夠用了。

我跟迅風上的課日日都有進展。這孩子好的地方，會使我在出海之後想念他，但是糟糕之處，則會使我樂得在出海之後把他丟開。他自稱對於弓箭有一手，事實也誠如他所言。以十歲的孩子而言，他算是一等一的弓箭手了。我請兵器師傅魁斯維看了一下，他看了之後，恨不得馬上把這孩子接手過來訓練，並評估道：「這孩子天生是射箭的料子。別人是站穩、瞄了半天才小心翼翼地射出去，而這年輕人是眼睛看到哪裡，就拉弓射到哪裡。這樣的人才練斧頭太可惜了，我們且把斧頭丟下，多訓練他的力道，讓他從小弓箭練起，以後再逐步換成長程的大弓。」我把魁斯維的話講給切德聽，但是那老刺客只稍微讓了一步。

「一開始，還是讓他斧頭弓箭雙管齊下。」切德吩咐道。「這對他有好無壞。」

能把一部分訓練時間推給魁斯維，我心裡輕鬆了不少，雖說我不大願意坦白承認這點。迅風這孩子很聰明，也好相處，但就是有兩點不好：第一，我一看到他就會陡然想起博瑞屈和莫莉，第二，他隨時隨地都把原智魔法的事情掛在嘴邊；不管我替他上的是什麼課程，他都有辦法把話題扭轉到原智上頭。他對於原智無知到使我震驚，但要我糾正他的錯誤觀念，我又做不來，所以我決定去請教羅網。

然而現在羅網左右逢源，難得有獨處的時候。他進駐公鹿堡，爲原智者，以及原智這個廣招誣衊的魔法代言以來，就廣受衆人尊重，這其中不乏曾經鄙視原智者的人。如今大家直呼他爲「原智師傅」，這個名號原本是在諷刺王后竟然坦然接受這個長久以來遭人排斥的魔法，但是過了不久，就變成名副其實的榮譽。如今跟羅網討教的人可多了，問的也不盡然是跟原智，或是原智者有關的問題；羅網這個人親切和藹，誰找上門他都歡迎，不管什麼話題都能說得頭頭是道。然而即使如此，他也不會喋喋不休，反而多聽少言。大家都喜歡言而有信的人，據我看來，就算羅網不是非正式的原智大使，他也會迅速成為宮中最受歡迎的人物。不過非正式的原智大使這個身分，使得他備受重視，因為如果有人想要展現自己崇尚王后對於原智者的政治態度，那麼還有比邀請羅網參加晚宴，或是各種餘興活動更好的辦法嗎？許多貴族都想藉此巴結王后，我敢說，羅網之前的經歷，一定與這種繁雜的社交生活差得很遠，但是他坦然迎接這一切，而且遊刃有餘。我也看不出他因此而有何改變，不管是跟最高尚的貴族談論細膩敏感的話題，還是跟侍女閒聊，他都一樣談得興致昂揚，所以我難得看到他落單。

不過，在優雅循禮的社會中，總有幾個場所是不會有人跟著出入的。我站在廁所門口，等著羅網出來，跟他打了招呼。「我有件事情想請教一下，不知你有沒有空到女人花園逛逛，講上一、兩句話？」

他好奇地揚起灰眉毛，接著點點頭。我帶路，他一語不發地跟在後面，輕鬆地以水手的閒散步伐跟上我急速的大步。我從小時候起就一直很喜歡女人花園，夏日的公鹿堡廚房所需的香料與蔬菜等，泰半都產自此地，然而女人花園不但有實際的出產，同時因為安排得疏落有致，所以散步其中也頗為快意。此地之所以被人稱之為「女人花園」，不外乎是因為照顧這些花草的，十之八九都是女人，而羅網與我在這裡散步，也不會有人好奇地多瞧一眼。我在經過茴香花圃的時候摘了幾片茴香葉子，遞了一片給羅網。頭上的樺樹枝椏吐出了新芽，我們找了張長椅坐下來。在這張長椅周圍，盡是一畦一畦的大黃，肥厚的紅色節瘤從泥土裡竄出來，有一些則已經長出皺摺密合的葉莖，正準備迎著春日的暖陽舒展開來。若要讓這些大黃的長莖抽高到可以實用的程度，就得移植到廣闊的菜圃裡，這樣植物才有生長的空間。我如此隨口對羅網說道。

他若有所思地搔了搔他的短鬍子，開口問我的時候，眼裡閃著有趣好玩的光芒。「這麼說來，你要問的，就是大黃該怎麼種才好？」他一邊把茴香莖放到嘴裡嚼食，一邊等待我的回答。

「不，當然不是，我知道你很忙，所以我就直接問了，以免耽擱你的時間。人家託了個小男孩給我照顧，讓我幫那孩子上上課、練練武藝。那孩子名叫『迅風』，他父親是博瑞屈，當年是公鹿堡的馬廄總管，不過他們父子倆因為迅風堅持要展露原智而起了衝突，現在這孩子不提父親的名字，自稱為『原智者迅風』。」

「啊！」羅網用力地點了個頭。「是啊，我知道那個年輕人。我晚上講故事的時候，他常常坐在人群邊緣聽講，不過就我記憶所及，他從未跟我說過話。」

「是。這個嘛，我已經告訴迅風，不但要去聽你講課，也要多跟你講講話才好。我煩惱的是，在他的觀念裡，他的原智比什麼事情都重要，且時時刻刻把原智的話題掛在嘴邊。他沒有受過原智的訓練，因為他父親對於原智非常反對。然而迅風雖然對於原智知道得很少，他卻並未因此而舉止謹慎，反而因此而行事魯莽、不顧後果。他不管碰到什麼人，都會把他有原智的事情拿出來大肆招搖，然後再進一步逼對方承認他的確是個原智者。我已經跟他警告過，就算王后頒行了法令，對原智者多加保護，但是公鹿堡裡仍有許多人認定原智是個卑鄙無恥的魔法；法令的變動無法迫使人們改變觀感，但是這一點，他就是無法領略。他對原智炫耀太過了，我擔心他可能會因此而招致危險，而再過幾天，我就要隨同王子啟程，到時候迅風就得靠他自己了，所以我只能趁剩下的這五天多勸他一點。」

我一口氣說到這裡，差點喘不過氣來，羅網則同情地說道：「我知道迅風為什麼會讓你這麼不自在了。」

羅網的評語使我有點意外，所以一時之間，我不曉得該怎麼接口才好。然後我為自己開脫道：「迅風四處招搖自己有原智魔法，不免使他自己涉險，但是我擔心的還不只是這一點而已。他公開表明他要擇定動物伴侶，而且還要越快越好。他已經請我幫忙了，他問我能不能帶他到馬廏裡走一圈。我跟他說，要找牽繫伴侶，不是這樣找的，人與動物之間的牽繫關係不能這麼草率，但是他聽不進去；他對我的話嗤之以鼻，還說就是因爲我沒有原智，才會不懂他爲什麼急著要找個伴、塡補內心的孤寂。」我補上最後面這句話的時候，努力將煩躁的語氣壓抑下來。

羅網輕咳了一聲，露出慧黠的微笑。「這一點，想必也令你苦不堪言吧。」

聽到這話，我不禁打了個寒顫；這句話看似輕鬆，實則有如千斤重，因爲其背後暗示著一件彼此心照不宣的事情。我故意當作沒聽出他有什麼言外之意。「就是因爲這樣，所以我才來找你，羅網。能不能麻煩你跟迅風談一談？他應該要接受自己的天賦，但不該太過張揚，這些事情由你來告訴他是再適合也不過了。還請你勸勸迅風，找個牽繫伴侶的事情應該要稍安勿躁。再告訴他，公布自己的天賦並無不可，但是態度上應該要謹慎保留，無須一味強調他有原智。總而言之，你一定可以教導迅風，讓他像個男人一樣，既有尊嚴，又不失隱私地對待自己的天賦。」

羅網靠在長椅的椅背上，一邊思索，一邊嚼著茴香莖，露在嘴外的茴香葉子一轉一轉地跳起舞來。最後他平靜地說道：「蜚滋駿騎，只要你有心教他，這些事情，你親自教他，也與我無二啊。」他定定地望著我，而在這晴朗的春日中，他的眼珠看來不灰，倒是一片澄藍；他的表情並不冰冷，但是我卻覺得彷彿被人用堅冰刺穿。我緩慢且穩定地吸了一口氣，面無表情，動也不動，以免被他看出我正在思索他如何得知我眞正的身分。是誰告訴他的？切德？珂翠肯？晉責？

羅網毫不留情地繼續推論道：「當然了，除非你告訴迅風你也跟他一樣擁有原智的天賦，否則你的話，他是聽不進去的。另外，如果你把眞名告訴他，再把你跟他父親的關係告訴他，那麼你的話就更有恢弘的效果了。不過迅風未免太年輕了些，現在就全盤托出，可能爲時太早。」

接下來的兩個呼吸之間，羅網繼續凝視著我，之後才轉頭望向他處；我正感謝他大發慈悲，誰料此時他又補了一句：「從你眼裡看來，你的狼性還是不減；你心裡想，如果你動也不動，那麼別人就看不見你了。年輕人，這招對我是行不通的。」

我站了起來。我很想否認自己的眞名，但是他說得那麼篤定，我若是開口否認，必定會被他笑作是傻瓜，但我可不想被羅網先生看扁了。「我倒不認爲我自己是年輕人。」我反駁道。「不過也許你說得沒錯。我還是自己去跟迅風說好了。」

「你比我年輕啊。」他對著我的後背說道。「而且不只年紀輕，其他方面也嫌生嫩哪，獾毛先生。」

我停下腳步，轉過頭瞄了他一眼。「需要多學學原智魔法的人，不只是迅風一人。」羅網的音量不大不小，剛好只讓我一人聽到。「但是除非是自己來請教，否則我是不教的；這話你自己聽清楚了，回去也順便跟那孩子說一聲吧。你跟他說，他必得親自來找我，請我教他，因爲我絕不強迫別人學習。」

我知道他這就是在斥退我了，我提起腳步繼續前行，但接著我又聽到他提高音量說道：「荷莉最愛這樣的天氣了，天空清朗，微微有風，荷莉的老鷹若是在此，一定樂得展翅翱翔！」

羅網這句話答覆了我埋在心底的大疑問，由此觀之，他的確很體恤我。他知道我大概在尋思，到底是公鹿堡裡的誰洩漏了我的祕密，他不讓我想下去，而是直接告訴我，說出我眞名的另有他人。原來是荷莉啊。黑洛夫死後，她成了寡婦，在多年之前，她曾經教導我許多原智的事情。我繼續往前走，彷彿羅網的話只不過是自言自語的感嘆，但此時我已經想到使我心裡更加不安的念頭了：荷莉是直接告訴羅網呢，還是這事傳了一人又一人，最後才傳入他耳裡？有多少原智者知道我眞正的身分？知道我身分的人，會不會以此來對付我？或者以此來威脅瞻遠王室？

隨後我不管做什麼事情都心不在焉。我跟衛隊的同僚一起練武過招，而心不在焉的結果，就是練完之後，我身上的瘀青比平常多得多；接著要到裁縫那裡進行最後一次試衣，因爲我們全都要穿新制服。王子衛隊剛成立，而我也是其中一員；在切德的悉心安排下，我不但成爲王子衛隊的一員，還「幸運地」被抽中，可以陪同王子出海遠征。王子衛隊的制服是藍色的襯衫配藍色的束腰外衣，胸口繡上瞻遠公鹿的紋章。我心裡只希望新制服早點做好，我才來得及在衣服裡面加上幾個暗袋。雖然我已經聲明，往後我再也不是瞻遠王室的刺客了，但我也不必因此而放棄刺客的所需工具。

我覺得很慶幸，因爲今天下午我既不需跟切德見面，也不需跟晉責見面；倘若碰上了，那麼切德或晉責都會立刻察覺我變得不大對勁。我知道我早晚會將此事告訴切德，他確實有必要知道，但我不想現在就說，我想先把這件事情擱在自己心裡沉澱一下。

而若要把這件事情擱在心裡沉澱，最好的辦法就是將心思轉到別的地方。到了晚上，我前往公鹿堡城，並打算今天輕鬆一下，不去外島人光顧的酒館學外語，而是去跟幸運聚一聚。我得將我已經「獲選」陪同王子遠征之事告訴養子，並趁此提早跟他道別。接下來這幾天，我說不定會忙得沒空再跟他見個面。我已經好一陣子沒跟那個年輕人見面了，既然臨行在即，就算幫幸運跟晉達斯師傅請一個晚上的假，應該也不爲過吧。自從幸運搬進學徒宿舍，把全副心思都放在師傅的作坊裡之後，手藝就突飛猛進，我也引以爲豪。在公鹿堡，晉達斯師傅做的木工是一流的，當初幸虧有切德幫忙說項，晉達斯才肯收下幸運當學徒。只要這孩子好好學，等他學藝期滿之後，不管他決定在六大公國的哪個角落落腳，都會有大好的前程等著他。

我到的時候，學徒們正在準備晚餐。晉達斯師傅不在，但是他手下資歷較深的弟子答應放幸運出去一晚。我心裡納悶，那人答應我的請求時，爲何答應得不情不願，但隨即便將這個念頭壓下來，心想這必是因爲那人自己有什麼煩惱。幸運看來也不像是高興見到我的模樣，他弄了半天才披了件斗篷出來，而我們出去之後，他只是默默不語地跟在我身邊走。

「幸運，你還好吧？」最後我終於問道。

「還好啦。」他低聲答道。「但是想也知道，你一定覺得我不大好。我都已經跟晉達斯師傅保證這事我以後一定會克制，但他還是派人去把你找來罵我一頓，這就太侮辱人了。」

「你在說什麼啊？」我對他問道，努力保持平淡的語調，雖然我的心已經沉入靴子裡面了。我不禁想道，我再過沒幾天就要出海，不管他闖下了什麼禍，我來得及在短短這幾天之內彌補起來嗎？我心頭亂紛紛，忍不住就衝口說道：「我獲選隨同王子同行，所以過幾天就要出發前往外島了。我來就是要告訴你這個消息，順便趁此找你出去聊一晚。」

他不屑地悶哼了一聲，不過我看他弄出那個聲音是在自責；方才他這麼一說，反倒讓我知道他碰上大問題，然而要不是他過於魯莽，這事他本來是可以藏在心裡，不讓我察覺的。他光想著這一點，也顧不得要對即將遠行的我說些什麼話了。我沉默地與他同行，等他開口。今晚公鹿堡城頗爲安靜，由於白天明媚清朗，雖然晚了，天色卻仍微亮，人們也因爲起得更早、多忙了幾個小時的事情，所以天色還沒全黑就想睡了。幸運還是沉默不語，最後我提議道：「狗與哨子酒館，那裡食物好、啤酒也好，我們就去那裡如何？」

幸運眼也不抬地反駁道：「我倒寧可去籬笆卡豬，反正酒館都差不多。」

「不，差多了。」我以輕快的口氣說道。「籬笆卡豬離吉娜家太近，你明知偶爾吉娜晚上會到那裡坐一坐，再說你也知道她跟我已經不相往來了，如果可以，今晚我倒想迴避她。」

我後來才知道，在一般人眼中，籬笆卡豬是原智者聚集之地，雖然人們並不會大剌剌地講出來，然而這家酒館之所以名聲不好，除了因爲據稱多有原智者出入之外，另外則是因爲很實在的理由：籬笆卡豬的確比較髒，而且很破舊。

「你之所以反對，該不會是因為絲凡佳她家就在那附近吧？」幸運特別問道。我忍住不讓自己嘆氣。我轉個方向，改朝籬笆卡豬而去。「絲凡佳不是為了她那個送了好多禮物的水手男友而把你甩了嗎？」

幸運瑟縮了一下，盡力保持平穩的聲調答道：「我也是這麼想，但是盧夫頓出海之後，絲凡佳就得空了，於是她就找我出來，把實情告訴我。原來是她父母親安排他們兩人認識，又應允他們兩人結婚，就是因為這個對象是父母之言，絲凡佳才會這麼討厭他。」

「這麼說來，她父母親認為，你明知道絲凡佳已經有婚約，卻還繼續追求她？」

「應該是吧。」幸運的口氣還是淡淡的。

「那麼，絲凡佳從頭到尾都沒想到要跟她父母親坦承說她騙了你，也不跟你說起盧夫頓的事情，未免太可惡了。」

「不是你想的那樣，湯姆。」此時幸運的口氣稍微有了一絲怒意。「她從頭到尾都無意騙人。一開始的時候，她想說，我們只是朋友而已，所以用不著跟我說她已有婚約；等到我們開始彼此有感情之後，她又不敢說了，她怕說了之後，我會認為她對盧夫頓不忠。其實，她從未對盧夫頓動過真情，盧夫頓所有的，不過就是她父母親的承諾罷了。」

「那盧夫頓回來之後呢？」

幸運深吸了一口氣，繼續保持戒備。「這個事情很複雜，湯姆，絲凡佳的母親有病在身，她一心希望看他們兩人結婚，因為盧夫頓是她母親兒時玩伴的孩子。絲凡佳的父親則是因為已經答應婚姻了，因此不肯食言，他那個人很驕傲的。所以，絲凡佳認為盧夫頓若是回公鹿堡城來，最好還是假裝一切照舊，反正他總是停留不久。」

「而如今盧夫頓走了，所以她又對你投懷送抱。」

「對。」幸運咬著牙關說出這個字，他看來沒別的話好說了。

我們仍並肩而行，我伸出一手搭在他的肩膀上。他的肩膀很緊張，肌肉繃得像石頭一樣硬，但是該問的還是得問：「那如果盧夫頓的船再度進港，又送了許多禮物，而且舉止之間，就把絲凡佳當作是心上人了呢？」

「果眞如此，那麼絲凡佳會跟他說她愛的是我，而且現在她是我的人了。」幸運低聲說道。「就算她不說，我也會說。」我們繼續沉默地走了一段路，他的肩膀還是繃得很緊，但至少沒把我的手抖開。我們彎進籬笆卡豬那條路時，他終於說道：「你認爲我很傻。你認爲她在玩弄我，而盧夫頓回來時，她會再度把我丟開。」

我盡量以柔和的語調說出重話：「據我看來，那頗有可能。」

他嘆了一口氣，我的手搭住的那個肩膀突然垮了下來。「我也覺得那頗有可能。但是我能怎麼辦呢，湯姆？我愛她啊。我只愛絲凡佳一個，別人都不愛。跟她在一起，人生就圓滿了，但是少了她就不行，這點是再眞切也不過了。跟你走在一起，跟你講這一番話，連我自己都覺得自己被她騙得團團轉，我心裡也有疑問啊，跟你一樣的疑問。但是我倆一見面，當她的眼睛凝視著我的時候，我只知道她跟我講的是眞話，絕無虛假。」

我們繼續沉默前行。周遭的公鹿堡城換了個步調，在白天的勞力工作之後，此時人人都回到家人身邊共進晚餐；做生意的關上店門，準備休息，住家的房子裡飄出烹飪的香味，至於像幸運和我這樣的人，就只能上酒館了。我眞希望他與我只是單純地找個地方坐下來用餐。我本以爲他萬無一失，也以此來安慰自己，無論我何時離開公鹿堡，都無須擔心他。我問了一個雖然非問不可，但是非常愚蠢的問題：「你能不能暫時不要跟絲凡佳見面？」

「不行。」他不加考慮地說道。他說話的時候，眼睛望著前方。「沒辦法，湯姆，我不能不呼吸、不喝水、不吃東西，同樣地，我也不能不見絲凡佳。」

於是我把我的恐懼坦白地說了出來：「幸運，我怕我出門的時候，你會因此而惹上麻煩。我煩惱的還不只是你爲了那個女孩去跟盧夫頓打上一架，雖然那已經很糟糕了；我最擔心的是賀瓊恩先生，他對你我都無好感，如果他認定你玷污了他女兒，那麼可能會找你報復。」

「這我應付得來。」幸運粗暴地說道，我感覺到他的肩膀又緊張起來。

「你怎麼應付？是讓他打一頓，還是打他一頓？幸運，你別忘了我跟他打過架；他這個人既不會討饒，也不會給人討饒的機會。那一次若不是城市衛隊把我們拉開，我們恐怕要繼續打到其中一人昏倒，或是死掉爲止。然而就算賀瓊恩先生沒找上你打一架，他也還有別的手段；他可以去找晉達斯師傅，責怪他教出來的徒弟跟年輕少女亂來。果眞如此，晉達斯可不會善罷甘休，是不是？你自己都說了，現在你師傅已經看你不順眼，到時候他說不定會把你攆出去。或者，說不定賀瓊恩先生會乾脆把自己的女兒攆出去，到時候，你怎麼辦？」

「那我會接她出來。」幸運冷冷地答道。「而且會好好照顧她。」

「怎麼照顧？」

「總有辦法。我還不知道怎麼做，但是我知道我一定會好好照顧她！」他的回答怒氣騰騰，但是他氣的不是我，而是他自己，因爲他實在無法將這個問題斥爲無稽。我評估現況，覺得還是保持沉默較好；我兒子就是要走這條路，連他自己都控制不了自己的腳步，既然如此，要是我強迫他，那麼他可能會乾脆把我丟開，一心一意地追求絲凡佳。

我們繼續前行，快要到籬笆卡豬時，我不禁問道：「你現在沒有公開跟她見面吧？」

「沒有。」他垂頭喪氣地答道。「我先走過她家門前，她會注意看我來了沒有，但是假裝沒看到我，而我也假裝沒看到她。不過她一看見我，就會找個藉口在晚一點的時候溜出來見我。」

「在籬笆卡豬見面？」

「不是，當然不是。我們另外發現了一個地方，可以私下相會。」

因此，我在與幸運走過絲凡佳的家門口時，不免覺得自己在幫助他們兩人行騙。我一直都不知道絲凡佳住在哪裡，此時我們經過她家小屋，而她則跟一名男童坐在門口的台階上。看到我們，她立刻牽著那個小男孩往屋裡走，彷彿對幸運與我十分不屑。我們繼續走到籬笆卡豬。

我很不願意進去，但是幸運先一步踏進酒館裡，所以我不得不跟上去。店主人無禮地對我們兩人點了個頭，我倒驚訝他沒立刻叫我出去。上次我在這裡跟賀瓊恩打了一架，鬧到要找城市衛隊來才擺得平，也許那種事情在這家店裡司空見慣吧。從那跑堂少年跟幸運打招呼的模樣，看得出幸運已經變成這裡的常客了。他直接走到角落的桌子坐下，看來他一向都坐在這桌。我把銅板放在桌上，不久便換得兩杯啤酒、兩盤不同的魚菜雜燴。跟著魚菜雜燴送上來的麵包硬得要命，可是幸運好像食不知味。我們進餐的時候幾乎沒講什麼話，同時我察覺到他很注意時間，他大概在估算絲凡佳要多久才能找到藉口溜出來，到那個祕密場所跟他碰面。

「我心裡惦記著要託一些錢給晉達斯，請他幫你保管，這一來，我出門之後你若需要錢，就不必煩惱了。」

幸運搖了搖頭，他滿嘴都是食物。過了一會兒，他平靜地說道：「那是不行的，若是晉達斯因爲什麼原因而看我不順眼，我就別想拿到錢了。」

「你爲什麼認定你師傅會看你不順眼？」

他沒有馬上回答，過了一會兒他才說道：「他認爲他必須把我當十歲孩子來管教，可是晚上應該是我自己的時間，我愛做什麼就做什麼。你已經幫我繳了學費，我白天也努力工作，既然如此，他就不該多管。但他可不是這樣就鬆手，他要我跟別的學徒一起坐下來，把襪子的破洞通通補起來，直到他妻子吼著叫我們別浪費蠟燭了，我們才去睡覺。我才不要被人管得那麼緊。我受不了。」

「我懂了。」我們默默地繼續進餐。我心裡左右爲難，不知道該怎麼辦才好。幸運是因爲很有自尊，所以沒有直接開口跟我拿錢，我也可以拒絕把錢交給他，以表達我的不滿。我當然不喜歡幸運的所作所爲，這樣下去，他必定會惹上麻煩……然而如果他在我出門之後出事，那麼他可能會需要一些錢來把事情擺平。公鹿堡城的監牢是什麼情況，我心裡有數，我說什麼都不希望我兒子因爲付不出罰金而被困在監牢裡。可是我若把錢交給他，他會不會因此而走上歹路，無法回頭呢？他會不會用這筆錢多買禮物送給心上人，並偕同上酒館大吃大喝？這是很有可能的。

種種掙扎都濃縮爲一個疑問：我到底相不相信我養了七年的兒子？我教的東西，幸運泰半都已拋在腦後，然而，我像他這麼大的時候，博瑞屈若是知道我經常施展原智，也會這麼說；切德若是知道當年我常常私下溜進城裡玩耍，也會說我把他的話都當作是耳邊風。但如今坐在這裡的我，依然是博瑞屈和切德打造出來的男人，一點也沒有變：我十足像是他們打造出來的男人，像到我絕不會在這種惡名昭彰的酒館裡拿出滿滿一口袋的錢幣。「那麼，我就把錢交給你，希望你好好收藏運用了。」我輕輕地說道。

幸運的臉頓時亮了起來，我知道他高興的不是錢財，而是我對他的信任。「謝謝你，湯姆。我會小心的。」

在那之後，我們吃得比較愉快。我們談起數日之後的遠行，他問我會去多久，我說我不知道。幸運問道，這一趟出門危不危險？大家都聽說王子此行要去屠龍，以贏得嬌妻。我只是輕輕笑道，說不定翻遍那島上的冰層也找不出有什麼龍。然後我眞心地對他說，據我看來，這趟旅程可能既枯燥又不舒服，但倒不至於危險，畢竟我身爲無足輕重的侍衛，只是光榮得選，得以陪同王子出門而已。想也知道，我的時間十之八九都是用於等待別人下令叫我做這做那。我們兩人大笑了一陣，但我希望幸運聽得出我話裡的深意：成年男子的人生職責有很多，其中免不了會有遵奉長上命令這一項，這並不是什麼幼稚的局限。不過，就算他聽出了我的弦外之音，他也沒提。

吃飽之後，我們並未久留。這裡的食物並沒有好吃到使人留戀，況且我察覺到幸運急著要去與絲凡佳相會。我一想到這事，心頭就往下沉。我知道自己實在擋不住他，因此我們匆匆用過餐之後，便推開油膩的盤子，離開籬笆卡豬。我們一起走了一段路，看著夜色慢慢地籠上公鹿堡城。在我小時候，每逢這個時刻，街道上就空無一人，但如今公鹿堡城規模比往日大上許多，而且入夜之後才做的生意也變多了。不少女人在一個往來頻繁的十字路口漫步徘徊、逗留不去，她們一邊等著生意上門，一邊有一搭、沒一搭地彼此聊著，又用眼睛斜睨著路過的男子。幸運走到這裡停下腳步，輕輕地說道：「我得走了。」

我點點頭，克制自己什麼話都別說，接著我把收在皮背心裡的錢袋拿出來，悄悄地塞給他。「這錢別帶著到處跑，只把當天要用的擺在身上就好。你可有安全的地方收錢？」

「謝謝你，湯姆。」幸運嚴肅地接過口袋，收在襯衫裡面。「你放心，這倒不成問題。絲凡佳有安全的地方收錢，我就找她幫我收著就行了。」

我使出了一生所學的本事，好不容易克制住自己擺出表面的臉色，不讓疑懼憂慮出現在臉上或眼裡。我點了點頭，彷彿我眞的認爲未來光明燦爛。我抱了幸運一下，而他則叮嚀我路上小心，然後他便離去了。

可是我還不想回公鹿堡。我心亂如麻，早上羅網戳破了我的僞裝，晚上幸運道出他與絲凡佳復合，而我在籬笆卡豬吃的那頓飯，不但沒有把我的腸胃安頓下來，反倒在我肚子裡翻滾不止，我猜那些食物在我肚子裡是待不久了。我跟幸運反向而行，以免他以爲我在跟蹤他，然後在公鹿堡城的大街小巷裡閒晃了一陣。我焦躁不安又寂寞難耐，發現自己信步走到當年莫莉賣蠟燭，但如今已變成裁縫店的鋪子。我對自己搖了搖頭，接著刻意往碼頭走去。我在岸邊走來走去，心裡默數著碼頭上有幾艘外島來的船、有幾艘從繽城、遮瑪里亞，或是比遮瑪里亞更遠的地方來的船，以及有幾艘我們自己的船。如今泊船用的突堤碼頭，比我兒時記憶中延伸得更遠、更加擁擠，而且外國船隻的數量並不比我們的少。我經過其中一艘船的時候，聽到一個外島人粗魯地跟同事笑鬧打趣，也聽到他的同事們喧鬧地答應著；我感到很自豪，因爲他們說的話我都聽得懂。

要載我們前往外島的那幾艘船停靠在最大的那幾個突堤碼頭上，我放慢腳步，抬起頭來，凝視著那一枝枝沒有揚帆的船桅。天黑之後，上貨的工程就停了下來，但是甲板上仍有人點著燈籠看守。現在看來船好像很大，但等我們在海上走了幾天之後，就會覺得船小了。此行前往外島，除了搭載王子與隨員的那艘船之外，另外還有三艘搭載貴族與他們的行李的船，以及一艘裝載禮物與貿易商品的船。王子搭的那艘船叫做處女希望號，這是艘舊船，其速度與耐性早已得到證明；此時處女希望號已經徹底刷洗過、上了新漆，又加了新帆，看來彷彿剛下水的新船一般。因爲這是商船，原本只爲裝載貨物，所以這船在起造時，先考慮到的是容納量與穩定度，至於船行的快慢，就顧不得那麼多了。處女希望號的船體圓鼓鼓，像是懷了孕，爲了讓貴賓享有寬敞的艙房，特別將甲板上的艄樓加大，如今這船看來上重下輕，而我不禁納悶，船長是否眞的贊成爲了讓晉責起居舒服而進行改建。數日之後，我將隨同王子以及王子衛隊的同僚一起搭乘這條船出海，我遐想著切德會不會幫我弄間個人艙房，還是我得與衆侍衛一同擠在統艙裡，然後我提醒自己，多想無益，管他是什麼安排，我也只能順其自然。突然之間，我眞希望我們根本就用不著出海。

我還記得，有一段時間，只要是去外地，不管是去哪裡，我都引頸企盼；我熱烈渴望未來的歷險，啓程當天總是黎明即起，而別人才睡眼惺忪地從被子裡爬出來的時候，我已經整裝待發了。

我不知道自己對於旅行的憧憬與熱忱到哪裡去了，但反正就是不見了。我不但感受不到興奮，還越來越害怕。一想到要朝東北走那麼多天，且天天都要塞在擁擠的艙房裡，我就忍不住想要打退堂鼓。抵達之後，外島人對我們的招待會有多麼冷淡，以及我們會在那種寒冷貧瘠的地方待上多久，我壓根不准自己去想，至於找出一隻困在堅冰裡的龍，並把龍頭砍下來的事情，根本就超出了我的想像力之外。我幾乎每天晚上都不禁揣想，爲何貴主不選別的任務，偏偏指定王子必須以屠龍來證明他配得上她；我一再考慮各種合理的動機，但是什麼理由都說不通。

如今，走在颳風的公鹿堡城街道上的我，再度陷入了巨大的恐懼之中。說來說去，我最怕的還是弄臣發現我把他的計畫都洩漏給切德知道的那一刻。我雖已經盡量與弄臣修好，把因爲吵架而生的嫌隙彌補起來，但是從那之後，我就很少跟他碰面。我之所以避他，多少是因爲我怕他從我的表情或姿態之中，看出我已經背叛了他，然而我們兩人之所以見不到面，主要還是因爲他自己的關係。

如今他所用的是黃金大人這個身分，而最近黃金大人的態度起了很大的變化。早先，黃金大人因爲豪富，穿著用度皆精緻奢華，但現在他則像是暴富一般地大肆揮霍，花起錢來有如傭人抖落抹布上的塵土一般，不把錢當錢。除了公鹿堡的房間之外，他又將上流人士經常出入的銀鑰酒店二樓整層租下來。銀鑰酒店攀附在陡峭的岩壁上，在我小時候，這個位置算是差的，說什麼也不適合蓋房子，然而從銀鑰這個高高在上的地點望出去，恰巧可以將整個公鹿堡城和港灣盡收眼底。

黃金大人不但在銀鑰的住處中養了自己的廚子，還養了自己的僕役。根據傳聞，他在這別所裡待客，用的都是罕見的美酒以及前所未見的菜餚，比王后待客的場面更勝一籌。每當他大開盛宴之時，六大公國最出名的吟遊歌者與賣藝人，無不爭取要在宴會上亮相。此外他竟經常在宴會廳中同時邀請吟遊歌者、玩雜耍特技的人和魔術師在房間各處表演；再者這種豪宴前後多安排了賭局，賭資之高，只有最有錢，也最揮金如土的年輕貴族，才跟得上黃金大人的水準。黃金大人每日晏起，而他的夜晚，則是在黎明時結束。

此外還有傳聞說黃金大人欲望橫流，已不僅以名酒美饌為滿足。每次有來自繽城、遮瑪里亞或是海盜群島的船靠岸，黃金大人就有訪客了。這些遠來的客人形形色色，從刺了青的妖媚妓女、曾在遮瑪里亞為奴之人、眼部上了妝的削瘦少年、穿著戰士服飾的女子，到目光凶惡的水手等，不一而足。他們一進了黃金大人的房間，就門窗緊閉，一待就是兩、三天，出來之後便搭船離開。有人說，他們來此是為了給他送來一流的燻煙用香草，以及一種叫做「辛丁」的草葉——吸辛丁葉是最近才在公鹿堡流行起來的惡習。其他人則說，他們來此是因為黃金大人沉溺於某些具有「遮瑪里亞風味」的嗜好。有人大著膽子問他那些客人是怎麼回事，但是他不是高傲得不屑作答，就是四兩撥千斤地輕輕帶過。

說也奇怪，這些毫無節制的行徑反而使得六大公國的某些貴族人士格外欽慕黃金大人，並且追隨著不肯離去；許多貴族青年是因為家中下了最後通牒，或是因為父母詫異待在宮中的年輕兒子，怎會突然需要高昂的索費而親自來訪，才不得不離開公鹿堡回到外地的家中。比較保守的貴族經常抱怨那個外國人把公鹿堡的年輕子弟都帶壞了，但是就我的直覺，他們除了不以爲然之外，其實還對於黃金大人在金錢方面揮霍無度、在欲望方面恬不知恥的作風，抱有淫穢的幻想。從人們一再轉述黃金大人的故事之中，不難嗅出加油添醋的部分。然而，風言閒語就算再怎麼加油添醋，總有個無法否認的緣起，而照這情況看起來，如今黃金大人奢侈無度的行徑，直追當年的帝尊王子，其他人都望塵莫及。

這個現象，我百思不解，同時也一籌莫展。以湯姆·獾毛的身分之卑微，我是不能公開造訪像黃金大人這種高高在上的大人物的，然而他卻也沒有派人找我去見他。就算他在公鹿堡裡過夜，房間裡總是時時高朋滿座、夜夜盡歡直到天明。有些人說，黃金大人之所以把他的根據地轉移到公鹿堡城，是爲了要更加接近賭博與聲色場所。但是據我猜測，他之所以轉移陣地，是爲了要避開切德的觀察，而他那些遠來的賓客，並非他的縱欲對象，而是間諜，以及他在南方的朋友派來的使者。我不禁納悶，到底那些人帶來了什麼消息，而他又爲什麼執意要貶損自己的名譽、大肆揮霍財富？此外，他又託他們帶什麼消息回到繽城與遮瑪里亞呢？

不過這些問題就像貴主何以指定要晉責殺死黑龍冰華，都是無解的謎題，只會使我就算再累，卻仍在應該好好睡覺的時候東想西想。我抬起頭，望著銀鑰酒店的格子窗格。我並未刻意走來，只是走著走著就來到這裡。二樓的房間燈火通明，隱約可見到在那些豪華廳堂內走動的賓客。一名男子與一名女子在唯一的陽台上聊得起勁，從他們的講話聲中，聽得出他們已經喝多了酒。一開始，他們悄悄地講話，但不久便越來越大聲，像是在鬥嘴一般。我跪了下來，假裝在綁緊鞋帶，但其實是在偷聽。

「我眼前就有個大好機會，可以把無邪大人的錢通通贏過來，但前提是我得有錢擺在桌上做賭注才行。妳現在就把欠款還我！」那年輕人對女子說道。

「沒辦法。」女子答道，她小心地控制自己的音調，以免透露出醉意。「我現在沒錢，但是我很快就會有錢了。昨天黃金大人賭輸了，如今還欠著呢。等他付清，我就還你錢。早知道你對錢這麼斤斤計較，我就不跟你借了。」

那年輕人又急又氣地叫了一聲。「妳要等黃金大人付清他的賭債？那妳永遠也等不到了。大家都知道他已經還不出錢來，早知道妳要借我的錢去跟他賭，我說什麼也不會把錢借給妳。」

那女子驚訝地沉默了一會兒，隨即對那男子斥責道：「瞧你，知道得這麼少，還敢拿來誇口。大家都知道黃金大人錢多得花不完。等到下次從遮瑪里亞來的船一靠岸，他就可以一口氣把欠我們的錢通通還清了。」

我躲在酒店角落的暗影之中，仔細觀察他們兩人的應對。

「等到下次從遮瑪里亞的船一靠岸……哼，這恐怕難了，現在戰爭打得正凶呢……他可得有金山銀山，才夠把欠我們的錢通通付清！難道妳沒聽說，他連房租都積欠著，要不是他替銀鑰帶進許多別的生意，店主人早就趕他走了！」

那女子聽到這話，生氣地別過臉去，但是那男子伸出手，一把抓住女子的手腕。「妳這個愣頭愣腦的娼婦，妳給我聽著！我警告妳，妳跟我借的錢，我不准妳再欠下去了。我不管妳用什麼辦法，反正妳今晚就得還清！」他上下打量那女子，然後以嗄啞的聲音補了一句：「但不見得一定要用錢來還。」

「啊，向日葵小姐，原來妳在這裡。我一直在找妳呢，妳這個小騷貨！妳該不會是在躲我吧？」

黃金大人一派輕鬆的語調傳進我耳裡時，人也已經走到陽台上。他身後的燈光映出了他亮閃閃的頭髮以及瘦長的身型。他走到陽台邊緣，輕輕地倚在欄杆上，眺望著底下的公鹿堡城。那男子見狀，立刻放開女子的手腕，而女子則退開一步，高傲地一甩頭，走過去跟黃金大人一起倚在欄杆上，接著以天真聒噪的口氣抱怨道：「親愛的黃金大人，能耐大人剛才告訴我，你是不太可能把賭債還給我了。快告訴他，他錯得有多離譜！」

黃金大人不在乎地略聳一聳他那優雅的肩膀。「只是欠好朋友賭資，又只是遲了一、兩天，謠言就傳得滿天飛啊。我說，一個人若是輸不起那麼多錢……或是在拿到欠款之前動彈不得，那根本就不該賭那麼大；你說是不是呀，能耐大人？」

「也許應該說是，一個人若是無法立刻還出賭債，就不該賭那麼大。」能耐大人狡猾地說道。

「哎呀，哎呀，這麼一來，賭資不就局限於一個人的口袋裡所能裝的錢，不能超出了嗎？這麼一點錢能有什麼用？無論如何，甜美的小姐，妳想，若不是要結清我們的賭債，我怎麼會來找妳？妳瞧，這就夠把我欠妳的還得差不多了。不過我還妳的是珍珠，而非銀錢，希望妳不介意。」

她甩了個頭，故意給躁悶的能耐大人難堪。「我一點也不介意，而倘若有人在意，哼，那麼這種人就只好繼續等待人家以俗不可耐的銀錢還債了。賭博爲的是樂趣，才不只是爲了錢呢，親愛的黃金大人。」

「可不是嗎？我總是說，贏錢算是樂趣，而風險最是刺激。你說是不是呀，能耐大人？」

「如果我不以爲然的話，對我會有什麼幫助嗎？」能耐暴躁地問道。他跟我都注意到了，那女人收了黃金大人的賭債之後，並不急著馬上還清積欠能耐的部分。

黃金大人大笑起來，那音樂般的笑聲在清涼的春夜中迴響。「當然沒什麼幫助囉，親愛的能耐，當然沒幫助囉！好啦，現在我希望你們兩人都進來跟我一起品嘗一種新酒。站在這種冷風裡，難保不會染上致命的風寒。好朋友們要私下聊天，總也得待在暖和一點的地方吧？」

那一男一女都回到燈火通明的房間裡，但是黃金大人卻多逗留了一下，鬱鬱地望著我的藏身之處——我本以爲我藏得很隱密，誰也不會發覺。最後他對我點了個頭，才轉身離去。

我又多等了好一會兒才從暗影中走出來。我有點氣他，因為他不但不費吹灰之力就看到我，而且他看似要跟我約在什麼別的地方見面，可是他的姿態又隱晦到我看不出個所以然來。然而，我雖然很渴望要坐下來跟他長談，但我最怕的還是他會察覺出我的背叛。所以，我心裡想道，與其面對他注視我的目光，還不如避開他算了。我悶悶不樂地孤獨走過黑暗的街道，夜晚的冷風將我吹回山上的公鹿堡，也吹得我後頸發涼。

3

顫慄

由於眾人都質疑何昆苛待他的催化劑，所以何昆生氣了，決心讓眾人都見識到他的催化劑本來就應該臣服於他。「她雖是孩子。」他對眾人宣布道。「但是這個重擔必得有人承擔，而且必得由她一肩挑起。這本來就是她應盡的責任，既不該質疑，也不應因爲她心志動搖，而致使整個世界遭殃。」

他命令那小女孩前往探訪自己的父母，並當面說道：「我沒有父母，我什麼都不是，只是白色先知何昆的催化劑。」除此之外，她還必須說：「現在我將你們給我的名字還給你們，往後我再也不叫做蕾妲，只以狂眼爲名，因爲這乃是何昆幫我取的名字。」何昆之所以將她叫做狂眼，是因爲這個小女孩一眼斜視。

這件事情違逆小女孩的心意，她一路哭著去見她的父母，一路哭著把話說完，又一路哭著回來，接下來那兩天兩夜，她的淚水流了又乾、乾了又流。然後何昆對她說：「狂眼，別再哭了。」

於是她就不再哭了，因爲這是她的宿命。

——文書柯德仁所記之先知何昆的軼事

離啓程還有十二天的時候，感覺上好像多得是時間。就算到了離啓程七天時，你也覺得一切必可準時打理完畢。但是等到日子只剩下五天，然後變成只剩下三天的時候，你會覺得一兩個小時也都像泡沫一般倏地就沒了，而原本看來簡單容易的事情，則一下子變得複雜起來。我必須把我身爲刺客、間諜與精技師傅所需的一切通通打包帶著，而且表面上還得維持得像是我只帶著尋常侍衛用品的模樣。我必須跟許多人道別，而有些容易，有些困難。

這個旅程我所期待的，頂多也只是終於返回公鹿堡時的愉悅罷了。恐懼銷蝕人心，更勝於費勁的苦力，而我的恐懼則一天比一天多。再過三晚就要啓程了，我只覺得自己筋疲力竭，而且快要生病。由於緊張，不到黎明，我便早早驚醒過來，再也睡不著覺。我坐了起來。火爐裡琥珀色的餘光，只照出倚在爐壁上的爐灰鏟子和撥火棍，房裡其餘物事一概都看不見。然後我的眼睛慢慢調適過來，並打量著這個無窗的塔頂房間。這地方我十分熟悉，打從我還是刺客學徒時開始，就常常在此出入，不過我從沒想到有一天會把這裡當作自己的基地。我從切德的舊床上爬起來，將因爲夢魘而拉得亂七八糟的被子，以及溫暖的睡意都丟在一旁。

我踱到壁爐前，添上一根小柴，又將一壺水掛在掛鉤上，將之轉到微弱的爐火上頭。我想到要拿出茶壺茶葉來泡茶，但因爲疲倦而作罷。我既擔心得睡不著覺，又累得無法承認自己必須苦命地在這深更半夜就起床，如今因爲出門的日子漸漸逼近，所以我越來越熟悉這個悲慘的境界。我就著爐火點了一根細蠟燭，再用這根細蠟燭點著了斑駁舊工作台上大燭臺的那些蠟燭。椅子十分冰冷，我坐下去的時候不禁埋怨了一聲。

我穿著睡衣坐在工作台前，瞪著我昨晚集合起來的那幾張海圖；這幾張圖都出自於外島，但是圖的尺寸與構圖各有不同，很難看出它們彼此之間是什麼關係。外島人有個奇特的風俗，那就是海圖只能畫在海中哺乳動物的皮，或者是魚皮上。我懷疑這些圖都是以尿液來鞣製的，因爲圖上都有一股強烈且奇怪的味道。根據外島的風俗，每一個島嶼都代表著一個不同的神符符號，所以一張圖只能畫一個島，圖上的島嶼同時畫了許多與該島的地理特性不相干的彎勾和轉折。其實對於外島人而言，這些花稍的裝飾別具意義，可能是表示何處可以下錨，或者是表示海流流向，又或者是表示該島嶼的「運勢」屬於上、中，還是下。對我而言，只覺得眼花撩亂。我手上的這四張圖各出於不同人之手，比例各有不同；我把圖攤開來放在桌上，根據各圖之間的大概相關位置擺好，但即使如此，對於我們的海上行程，我還是只有模糊的概念而已。我估計著我們從這張圖到下一張圖之間會怎麼走，而老舊桌面上的灼痕與圓圈印子，則代表著島與島之間的危險與大海。

我們將從公鹿堡城出發，前往史愷林島。史愷林島並非外島諸島的最大島，但是據稱該島的港口優越性，在外島諸島之中名列前茅，所以這島上的人口是最多的。貴主的舅舅皮奧崔提起柴利格鎮的時候總是語帶不屑，他曾經對切德和珂翠肯解釋道，由於柴利格鎮是外島最忙碌的港口，此處因而變成各種怪人的天堂。往訪柴利格鎮的外國人多不勝數，就他的想法而言，到了該鎮就逗留不走的外國人也未免太多；所有爲了毛皮或油脂而往北捕獵海豹、鯨魚等等的船隻，都會停靠在鎮上的港口裡補給，那些船上的粗鄙船員把許多外島少年少女都帶壞了。聽皮奧崔講起來，柴利格鎮似乎骯髒卑劣、危機四伏，其人口十之八九都是社會上的殘渣。

柴利格鎮是我們的第一站。阿肯．血刃的母屋在史愷林島的另外一邊，但是他們家在鎮上有個要塞，所以我們抵達時，可以在他們那兒住下。到了鎮上，我們將會與外島的「首領團」會面，討論王子屠龍之事。所謂的首領團，是外島各個首領所組成的鬆散聯盟。切德與我都認爲，與首領團見面必沒好事，畢竟對於許多外島人而言，冰華乃是他們的守護神，王子若要把冰華的頭斬下來，他們勢必難以接受。

在柴利格鎮開完會之後，我們就要轉往外島的船上，這是因為接下來的航路水淺，六大公國的船吃水深，不如外島的船靈活；而由於外島人對於這一帶航道較為熟悉，因此船長和水手均沿用當地人。貴主艾莉安娜和皮奧崔所屬的「獨角鯨族」世代居於瑪烈島，接下來我們就是要前往該島上的威思林鎮。到了威思林鎮之後，晉責將到貴主的母屋覲見她的家人，接下來會舉行訂婚慶典，並談談晉責的屠龍任務。拜訪過貴主家族所在的小村之後，我們會回到柴利格鎮，再從鎮上搭船前往艾斯雷弗嘉島，去找那條困在冰河裡的黑龍。

我一時衝動，將海圖都推到旁邊去，疊起雙臂，將額頭埋在交疊的手腕上。我的肚腸因為痙攣而絞痛起來。我所擔心的還不只是眼前的航程而已，在我們能夠出發前往艾斯雷弗嘉島之前，就不知必須要化解掉多少暗藏的風險。精技小組的成員至今仍然無法精通精技。此外，雖然我再三告誡，但我懷疑晉責還是跟他的朋友儒雅大人一起施展原智魔法。我很怕晉責會在施展原智的時候被人逮個正著，即使王后已經頒布命令，擁有原智天賦不足為恥，但是一般民眾以及眾多貴族仍不屑地將原智魔法斥為「野獸魔法」。晉責有原智的事情若是被人揭穿，不但他自己蒙受危險，甚至連他與貴主成婚的協議都可能會破局。外島人是怎麼看待原智魔法的，我一點概念也沒有。

我越想越多，焦躁到無處可逃。幸運又跟絲凡佳廝混在一起了，我這趟出了門之後，真不曉得他會不會出事。我偶爾幾次夢到蕁麻，她都神祕兮兮，而且愁眉不展；迅風則是一日比一日更難捉摸，我雖樂得丟下照顧他的責任，卻也顧慮我不在的時候他會變成什麼樣子；羅網知道我真正的身分，我至今仍未跟切德提起此事，也沒有跟羅網多談。我越是想找人傾訴，就越是發現自己孤獨無依。在這種時候，我格外想念夜眼。

我的額頭結實地撞在桌面上，使我突然驚醒過來。方才我躺在床上睡不著覺，現在則是連趴在桌上也睡不著了。我嘆了一口氣，坐直起來，動一動肩膀，然後逼自己開始一天的生活。要做的事情太多，可用的時間卻太少，但一等我們上了船，我就會有很多時間睡覺，還有更多時間徒勞無功地煩惱一切。對於我而言，比長期的海上旅程更枯燥的事情少之又少。

我站起來伸了個懶腰。該換上衣服，到王后花園去給迅風上課了。剛才我打了個盹，此時爐火上的水已經快要燒滾，我倒了熱水之後，又在水盆裡加了些涼水洗臉。我穿上襯衫和公鹿堡藍的長褲，套上平實的皮製束腰背心，又穿上軟靴子，接著硬把短髮梳成短短的戰士馬尾。

今天替迅風上過課之後，接著是替精技小組上課。我對於精技課一點也沒有興奮的期待，這是因爲，雖然我們每天都有進展，但是進展的幅度卻不足以使切德感到滿意。他把緩慢的進展視爲失敗，以至於懊惱不已，而且嚴重到每次我們碰頭的時候，他都氣到快要爆發出來。我昨天就注意到，阿憨根本不敢直視切德，而晉責雖有笑容，表情卻很僵硬。我私下勸切德看開一點，要他多容忍精技小組的缺陷，他卻把我的好言相勸當作是責怪，所以氣得更厲害。精技課的緊張氣氛一點也沒有緩和。

「蜚滋。」有人輕輕叫道。我大驚失色地轉過身。弄臣站在門口——說是門，其實也就是關起來時與牆壁齊平的葡萄酒酒架罷了。

我這輩子認識的人就數弄臣的動作最輕盈，而我的原智偏偏知覺不到他。我不管對於人或動物都很敏感，但世上唯有弄臣能夠不知不覺地靠到我身邊，把我嚇一大跳。這一點，他自己也清楚得很，也頗以此爲樂。他歉然地笑笑，然後走進房間裡。他的金髮俐落地綁在頸後，臉上全無黃金大人慣有的油膏粉彩，因爲沒有化妝，所以我察覺到他的膚色變得比以前深。他穿著黃金大人的浮誇晨褸，但是此時他既放下了黃金大人的高傲態度，那一身衣飾就看來格格不入了。

據我所知，他這個人是從來不會不請自來的。「你怎麼來了？」我衝口說道，接著禮貌地補了一句：「但你來我總是很歡迎。」

「啊，之前我還以為你不見我呢。我看到你在我窗外探頭探腦，心想你大概是想要跟我見面，於是隔天我送了一封簡函給切德，暗示說我要跟你見面，結果卻全無下文。所以我就決定自己來見你，免得你費事。」

「噢。唔，進來吧。」弄臣突然出現，加上他說出切德故意不幫他傳訊的事情，使我一下子回不過神。「你來得不湊巧，我不久就得去王后花園跟迅風見面了，不過我們可以小聚一下。呃，要不要喝點茶？」

「好啊，那就麻煩你了，如果你有時間的話。我無意耽擱你，我知道這幾天你我要做的事情都多得不得了。」他一下子住口不語，兩眼瞪著我，臉上的笑容漸漸退去。「瞧我講得這麼客氣、這麼小心翼翼，唯恐冒犯你的模樣，我們兩個怎麼變得這麼陌生？」他吸了一口氣，坦白直率地說道：「簡函送出去卻全無下文，對此我心裡總是靜不下來。之前我們兩人鬧得不愉快，我本以為我們已經修好了，但碰上這事之後，我就開始起疑。到了今天早上，我決定要好好面對心裡的疑慮，所以我就來了。那天你是不是想要跟我見個面，蜚滋？為什麼我約你的時候，你既不來，也不回信？」

他突然改變語調，更使我一下子手足無措。「我不知道你要約我，因為我沒得到消息。也許切德會錯了意，還是忘了，近來他事情很多。」

「那麼那天晚上你到我窗邊來，又怎麼說呢？」他走到壁爐邊，添了新水到燒水壺裡，又把燒水壺轉回爐火上。接著他跪下來撥動柴枝，又添了柴，以便把火生得更大一些，因此我幸而暫時不必面對他的目光。

「那天我是因爲滿腦子想著自己的問題，所以在公鹿堡城裡亂逛。其實我並沒打算要找你，只是走著走著，就走到你那裡去了。」

這番話聽起來既古怪又愚蠢，但他還是默默地點頭。他與我都很尷尬，而這尷尬就像一堵牆，把我們兩人隔了開來。我雖已盡力跟他修好，但是他與我都對於之前的裂痕記憶猶新。他會不會因爲我避開他的目光，而推論我仍然怒氣未消？還是他已經猜出我其實是在極力遮掩自己的愧疚？

「自己的問題？」他拍掉手上的灰，輕盈地站起來，而我則樂著抓住這個話題往下講，畢竟就目前而言，我們能聊的話題之中就數幸運的事情最安全。

於是我一五一十地道出幸運怎麼令我擔憂，而我們兩人也在一講、一聽之中，重拾舊日的熟悉感。我找了些茶葉出來泡茶，又把昨晚剩的麵包放在火邊烤；他一邊聽，一邊把我的地圖和筆記捲好收在桌子的另外一端，當我快要想不出還有什麼可以講的時候，弄臣就已經開始把熱騰騰的茶水倒入我拿出來的那兩個茶杯裡了。我們兩人一起張羅吃喝，使我想起我們一向配合得天衣無縫。然而想到這裡，又想到我竟背著他做出這種事情，心裡更覺得失落。我之所以要阻擋他，不讓他去艾斯雷弗嘉島，是因爲他深信他會死在那裡，而切德之所以助我一臂之力，是因爲他不想讓弄臣干擾王子屠龍。然而不管切德與我有什麼理由，結果都是一樣的：到了啓程那天，弄臣會陡然發現自己竟然不能隨團出航，而這是我做的好事。

想到這裡，我沉默了下來，於是我們兩人無語地落座。他舉起杯子啜了一口。「這不是你的錯，蜚滋。既然他自己拿定了主意，那麼無論你怎麼勸、怎麼攔阻，也無從改變他的決定了。」在那一瞬間，我緊張得寒毛直豎，因爲他像是聽到我心裡在想什麼，而且由於他知我甚深，所以把事情分析得格外透徹。他補充道：「有時候，做父親的人只能旁觀、目睹禍事成眞，然後收拾殘局。」

我一下子回過神來。「我擔心的是，禍事成眞的時候，我人不在這裡，所以也無法收拾殘局了。要是他眞的惹上麻煩，而且沒人出面幫幫他怎麼辦？」

他兩手捧著杯子，抬起眼睛來看著我。「難道留在這裡的人，沒一個能讓你託付幸運嗎？」

我把自己想要說「託你如何？」的衝動壓抑下來，搖了搖頭。「我跟他們都不熟。當然，珂翠肯會待在這裡，但是幸運是侍衛的兒子，若請王后出面幫忙，並不合適。而吉娜，我不太信得過她的判斷，就算我們沒斷交，我也不會把幸運託給她。」我在煩悶之中又接口說道：「有時候，一想到我眞正信任的人竟然如此之少，就覺得很恐怖；姑且不論我信得過的，光說跟我相熟之人——當然，我的意思是與湯姆．獾毛相熟之人——就已經少之又少了。」我思索著這句話，沉默了一會兒。湯姆．獾毛是個僞裝，是個我天天佩戴的面具，然而我雖然身在這個身分之中，卻從來沒有眞正覺得自在過。老溫和月桂都是好人，我卻騙了他們，這點我著實過意不去，所以，這個身分變成是我結交眞正朋友的障礙。「你是怎麼弄的？」我突然對弄臣問道。「你隨著年歲增長、在不同的地方落腳而轉換身分，卻沒有人眞正知道你生下來時是個什麼樣的人，難道你不覺得這是一大憾事嗎？」

他緩緩搖頭。「如今的我，早就不是出生時候的那個人了；別說是我，就連你也不是當年出生時的那個人。你說，誰不是這樣呢？說眞的，蜚滋，我們對人認識再怎麼深刻，也不過是知道對方人生的幾個面向罷了。通常只要是知道他人的幾個人生面向，我們就自認爲相熟得不得了。父親、兒子、兄弟、朋友、情人、丈夫……一個人可以同時擁有所有的面向，然而卻沒有人能夠深知他在每一個角色之中是什麼情況。我看到你身爲幸運之父的情況，然而，我對於你教養孩子的了解，卻遠不如對於我父親教養孩子的了解來得多；然而我對我父親的了解，卻又不如我的叔叔伯伯對我父親的了解來得深。所以，當我以不同形態出現時，我並不是在以假面具示人，而是在展現出世人前所未見的面向。說眞的，在我心底的某一處，我永遠是弄臣，也永遠是你的玩伴；然而在我心底也有一處地方，是眞正的黃金大人，嗜好名酒佳釀、精緻餚饌、華麗衣裳以及狡黠的言語。因此，當我以黃金大人的身分出現時，我並不是在騙人，而是在展現自己的不同面向。」

「那麼琥珀呢？」我輕輕地問道。但是話一說出口，我就納悶自己怎會如此大膽地問出這個問題。他針鋒相對地迎向我的目光。「琥珀是我的面向之一，如此而已，既不加多，也不稍減。」

我眞恨不得自己沒問。我努力把話題轉回剛才的方向。「唔。但是我的問題還是解決不了，到底要把幸運託給誰照顧，我還是很傷腦筋。」

他點點頭，接著我們兩人又尷尬地沉默了一陣。如今我們都光顧著自己，顧不了對方，這眞是可惡，可是我又想不出該如何解決。弄臣仍是我兒時以來的好友——但說起來又不是，如今得知他還有別的「面向」，把我對他一貫的看法都給打亂了，我一方面覺得自己被困住，卻又想要留在網中，將我們的友誼化為舊日的模樣，但另一方面，我卻又想要趕緊逃開。他也感覺到我左右為難，於是開口幫我解圍。

「唔，抱歉我來得不是時候。既然你待會兒得去替迅風上課，那麼我們就另外約個時間，在啓程之前見個面吧。」

「讓他等一等無妨。」我聽到自己立刻接口道。「只是多等一會兒而已，不要緊的。」

「謝謝你。」弄臣說道。

然後我們又講不下去了。幸虧他及時拿起其中一幅海圖，塡補了這個尷尬的空隙。「這個就是艾斯雷弗嘉島？」他一邊問，一邊把圖擱在桌上展開。

「不，這個是史愷林島，我們第一站就停靠在島上的柴利格鎮。」

「這是什麼？」他指著史愷林島某處岸邊畫著的渦捲紋問道。

「應該是外島人畫的裝飾吧，要不然，可能是意指那個地方有大漩渦、有洶湧的海潮，或是長了很多海草，我不知道。外島人的想法跟我們大不相同。」

「的確如此。你有沒有艾斯雷弗嘉島的圖？」

「那捲小的就是了，有個棕色斑漬的那一個。」

他展開第二幅圖，跟史愷林島的圖並排在一起，接著互相比較。他一邊盯著艾斯雷弗嘉島的一處蕾絲般的海岸——眞正的海岸線根本不可能長成那個樣子，一邊喃喃地說道：「我知道你的意思了。」然後又問道：「你看這可能是什麼東西？」

「融化的冰河。至少切德是這麼想的。」

「切德爲什麼將我要約你見面的事情壓下來不告訴你，我眞是不解。」

我假裝自己什麼都不知道。「我剛說了，也許他忘了。我今天會跟他碰面，到時候我再問他好了。」

「老實說，我也想跟他講講話。私下一談。我乾脆和你一起去上精技課好了。」

我覺得很彆扭，但我實在無可拒絕，非得邀請他一起去不可。「不過我要替迅風講課，再教他習武，所以精技課要到下午才上。」

他滿不在乎地點點頭。「那也好，反正我也要收拾下面的房間。」接著他彷彿要引我多問問似的補了幾句：「下面的房間我已經搬得差不多了，沒剩什麼東西，到時候不會給人添太多麻煩。」

「這麼說來，你是打算搬到銀鑰長久住下？」我問道。

一時之間，他臉上變得毫無表情。我這話把他給嚇了一大跳，他慢慢地朝我搖了搖頭，溫柔地說道：「蜚滋，我說的話，你是不是壓根就不信？啊，可是話說回來，過去也有許多次是因爲你把我的話當作耳邊風，所以你我才度過難關。不，吾友，你想錯了。我會在離開的時候，把公鹿堡的房間搬空，而銀鑰裡那些美不勝收的家具畫作，早就已經是別人的了；我的債務就是用那些東西做抵押，而我已不打算還債。我離開公鹿堡城的那一天，我的債主們會像烏鴉一般地蜂擁而上，把銀鑰裡的東西一搶而空，那就是黃金大人的下場。此行一去，我再也不會回到公鹿堡，也不會回到任何別的地方了。」

他的聲音穩定，絲毫沒有顫抖，語調平靜，兩眼直視著我，然而他這一番話，卻讓我覺得像是狠狠地被馬踢了一腿。那口氣十足就是知道自己即將赴死，因而要把人生的線頭理一理的人。我的態度之所以這麼彆扭，一方面是因爲我們不久之前失和，另一方面是因爲我騙了他；至於他會死，這我倒不擔心，因爲我已經預作防範了。但弄臣之所以這麼尷尬，則出於迥然不同的根源：他彷彿即將赴死之人對摯友傾訴般地跟我說話，但我的反應，卻活像是我對於好友即將赴死無動於衷；這些日子以來我避著不跟他見面，他必定覺得我麻木無情吧。也許他認爲，我是故意慢慢地在他死前將我們之間的關係切斷，以免在他死時突然大慟。我衝口說出今天跟他說的話裡面唯一徹底眞心誠意的一句：「你快別傻了！我不會讓你死的，弄臣！」我突然覺得喉嚨好乾，於是拿起杯子，匆匆地灌下已經冷去的茶水。

他吸了一口氣，大笑起來，那笑聲有如玻璃碎裂聲，他眼裡噙著淚水。「你眞的相信你能擋住不讓我死，是不是？啊，小親親啊，一切人物之中，我最難割捨的就是你。原諒我這段時間以來對你視而不見，然而，說不定這樣反而好，因爲你可以趁著命運席捲而來之前，就先慢慢適應。」

我大力把茶杯往桌上一放，茶水一下子潑濺出來。「別再說那些喪氣的話了！艾達神在上……埃爾神在上——哎，該求哪個神都分不清了！弄臣，莫非你是因爲這樣，才大肆揮霍財富，過著與墮落的遮瑪里亞人無異的生活?我求求你，請你告訴我，你並未散盡所有財富，至少也還留一點讓……讓你歸來時生活無虞吧?」我停住不語，因為再多講一個字，我就會說出背叛他的事情。

他的笑容很古怪。「都沒了，蜚滋。通通都沒了，就算現在還看得到的那幾樣，也等著要送人。我老實告訴你吧，把這如海的財富散盡不但是個挑戰，而且比坐擁財富更有樂趣。我已經留下文件，要把麥爾妲送給博瑞屈。你想，博瑞屈收到這樣的好馬時，不曉得會高興成什麼樣子!我知道他一定會重視麥爾妲，並且好好照顧牠。至於耐辛呢，噢，你真應該在我把東西送出去之前，瞧瞧我送她的是什麼!滿滿一車的卷軸和書冊，其內容含括了各種稀奇古怪的題目。嘉蕾莎，我的花園侍女，我也打點好了;我買了一幢小屋和一塊地送她，又留下充足的錢財，讓她生活無虞。人們勢必會因此而講得很難聽，他們必會揣測，黃金大人為何替照管花園的女僕留下這麼大的家產。但是他們愛講就去講吧，嘉蕾莎自然了解我的心意，況且她才不會把流言放在心裡。至於喬馮，我那個住在頡昂佩的朋友，我已經送她上好的木料，並把我所有的雕刻工具都送給她了;收到這些東西，她一定愛不釋手，就算當年我突然離開了她，她也會想起我往日的好。如今喬馮已經非常知名，她做的玩具很有名，我有沒有告訴過你?」

弄臣笑著道出諸般慷慨且淘氣的行徑之時，眼中對於自己將死的陰影幾乎消散不見。「求求你別再說了。」我懇求道。「我向你保證，我不會讓你死掉的。」

「別保證那些會讓我們失和的事情了，蜚滋。況且——」他深吸了一口氣。「就算你真能對抗宿命，讓我活下去，黃金大人還是必須消失。黃金大人的用處已經盡了，我一離開這裡之後，就再也不會成為黃金大人了。」

聽著弄臣談起他如何散盡財富，以及他的名聲應該逐漸隱沒，我只覺得暈頭轉向。他已經打定主意，而且做得很徹底，所以我們若是把他丟在碼頭上、棄他而去，那麼他的處境將會悲慘至極。當然，無論他如何揮霍財富，珂翠肯都一定會照顧他，這點無庸置疑。我決心要在我們離開之前與珂翠肯私下一談，好讓她有個心理準備，必要的時候一定要拉他一把。弄臣正以古怪的眼神盯著我，我趕快把心思轉回現場。

我清了清喉嚨，努力講一點合情合理的話。「我看你太悲觀了。如果你名下還有一、兩塊錢沒花掉的話，你可要省著點用——這是為了預防萬一，說不定我真的保住了你的性命。不過現在我得走了，迅風在等我。」

他聽了點點頭，同時站了起來。「你能不能先到我的舊房間來找我，我們再一起到上精技課的地方找切德？」

「可以呀。」我應和道，努力不讓自己的口氣顯得太消沉。

他有氣無力地笑了笑。「祝你跟博瑞屈的兒子一切順利。」他說道，接著便離去。

茶杯與海圖仍留在桌上，我頓時覺得整個人倦到不想收拾桌子，更不想急著趕去給迅風上課。話雖如此，我還是盡快前往塔頂的王后花園。我到的時候，迅風正背靠著冷颼颼的石牆，立在一方鋸齒狀的陽光之中，窮極無聊地吹著笛子。在他腳下有好幾隻不停啄食的鴿子，看到這個場景，我的心都涼了。我一走上前去，鴿子便通通飛走，而迅風用以將鴿子誘來的那一把穀粒則飛散在空中。他放下笛子，抬頭時看見我臉上的表情露出鬆了口氣的模樣。

「你以為我是用原智將鴿子吸引過來的，所以很害怕。」他有感而發地說道。

在回答他之前，我頓了一下。「剛才我是有點嚇到了沒錯。」我應和道。「但我之所以會如此，並不是因為你可能是在使用原智，我怕的是你會想辦法跟鴿子建立牽繫關係。」

他慢慢地搖了搖頭。「不，我才不跟鴿子牽繫呢。我曾經試過要跟鴿子心靈交流，但是牠們卻對我的心思完全不予理會，彷彿牠們是流水，而我是從水面上一路跳過去的石子。」他傲慢地笑了一笑，又補了一句：「我倒也不會期望你能了解我說的是什麼意思。」

我努力壓抑自己別衝動作答，過了半晌，我才反問他：「你是否已將談『屠人國王』跟收購當今畢恩斯公國這塊土地的經卷讀完了？」

他點點頭，然後我們便開始上課。他的態度仍舊使我火冒三丈，我把怒氣都發洩在練武場上，堅持他必須拿起一把斧頭，讓我試試他的力氣之後，才能去上弓箭課。我拿起斧頭，只覺得這武器比我記憶中還要沉重，而且雖然斧刃都已用皮條包起來了，這種課程弄出的瘀青還是多得驚人。直到迅風連斧頭都舉不起來，我才放他走，讓他去找魁斯維拉弓。之後，我為了懲罰自己竟然把脾氣出在那少年身上，所以找了個年輕力壯，而且使起斧來虎虎生風的對手過招。直到我充分且真心地體認到自己使斧的技巧已經非常生疏之後，我才離開練武場，疾步前往到蒸氣浴室。

把汗水與沮喪都洗淨之後，我匆匆地在守衛室吞下麵包、喝點湯。守衛室裡的人說話很大聲，內容不外乎這趟外島之行、外島女人與外島的酒；聽說外島的女人跟酒一樣，都是既強勁又可口。我努力順著眾人的樣子大笑，但是年輕侍衛大笑之時那種深以為是的心情，使我覺得自己不但老了，而且樂得離開守衛室，回到我的工作室。

我從工作室沿著密道，朝我還是黃金大人的僕人時所住的房間而去。我仔細傾聽片刻，才推開密門進去。外面的各個房間靜悄悄地，希望黃金大人也不在房裡就好了，然而我才剛把舊臥室通往密道的密門關上，他便推開臥室的房門進來了。他穿著式樣簡單的黑色束腰外衣和緊身褲，腳下踏的是低跟黑鞋。從窗戶打進來的陽光映出他頭上的金髮，又從他身形與門框之間的縫隙穿了進來，照亮了原是我離職時丟下來，如今在我舊床上堆得高高的物品：一件件弄臣特別請人量身縫製的五彩繽紛奢華衣裳，當中擱著他送我的那把寶劍。我困惑地望著他。「那些是你的東西。」他輕聲說道。「你理當帶走。」

「我看我往後恐怕沒場合穿這種樣式的衣服了。」我說道，一說完便想到這樣回絕他好意給我的東西，未免太過冷峻。

「誰知道呢。」他輕輕說道，轉開了頭，望向他處。「也許有一天，蜚滋駿騎大人會再度漫步在公鹿堡大廳裡也說不定。果眞如此，那麼這些顏色和剪裁，可說是再適合也不過了。」

「那可難了。」這句話聽起來還是太冷漠，所以我又補上一句：「不過我還是一樣感謝你。而且我會把這些衣服帶走，以防萬一。」

「還有那把劍。」他提醒道。「別忘了劍。我知道你崇尙輕簡，這把劍對你而言可能太過炫燿，可是……」

「可是這仍是我所拿過數一數二的好劍。你放心，我會好好珍惜的。」我努力修補我一開始萬分排斥這些東西的輕慢，現在我已經看出，當初我轉移陣地的時候沒帶走這些東西，的確傷了他的心。

「噢，還有這個，最好也趁現在還你。」他舉起手，就要解下黃金大人一向掛在耳朵上的木耳環。那個木耳環裡包著象徵自由的耳環，這是博瑞屈的祖母傳給他、他傳給我父親，之後再輾轉傳到我手上的。

「不！」我抓住他的手腕。「別再辦什麼喪事了！我不是說了嗎？我根本不想讓你死。」

他一動也不動地站著。「喪事啊。」他低聲說道，接著大笑起來。我聞得出他喝了杏桃白蘭地。

「弄臣，你要振作起來，這實在太不像你，我都不曉得要怎麼跟你講話了。」我煩躁地叫道，深深感覺怒火與憂慮實在很容易把人激怒。「既然所餘的日子不多，我們何不放輕鬆一點呢？」

「所餘的日子不多。」他應道。然後他的手腕輕巧地一扭，便毫不費力地擺脫了我的束縛。我跟著他走回那個又大又透氣的客廳，如今他的家具都搬走了，房裡因此而更顯得空曠。他走向裝著白蘭地的水晶瓶，替自己倒了一杯多一點的，又替我倒了杯少一點的。

他舉起酒杯，而我也一邊舉起酒杯，一邊替自己開脫道：「我的意思是說，在開航之前，所餘的日子不多了。」我四下張望，這房間只剩一張大桌、幾張椅子和一張寫字桌，除了這幾樣必需品之外，別的不是已經搬走，就是正要搬走；捲成厚厚一捲捲的織錦畫和地毯堆在牆邊，他的工作室門戶大開，裡面空無一物，他所有的祕密都收拾好了。我手裡拿著白蘭地走進他的私室，當我開口時，房裡響起空洞的迴音。「你把自己的每一根線索都剪除乾淨了。」

他跟著我走進來，我們一起站在窗邊望著。「我喜歡把事情理得乾乾淨淨。人生有太多剪不斷、理還亂的東西，所以我倒覺得，把能理一理的事情處置完畢，倒也滿好玩的。」

「以前你從不會沉緬於這種情緒之中，但如今你幾乎像是以此爲樂似的。」我盡量壓抑，以免語氣露出輕蔑之意。

他的嘴角扭出一抹古怪的笑容，他深吸了一口氣，彷彿擺脫了什麼重負。「啊，蜚滋，全世界就只有你一人會跟我講這種話。你或許說得沒錯，我在面對這個必然的結局之時，的確有點小題大作。我以前從不曾有過這種情緒……不過，由於心境不同，也難怪你對此無動於衷。你曾經花了許多口舌跟我解釋，狼總是活在當下，並教你要盡可能地享受當下的一切幸福，那部分你的確學得很好。而我，如今我這個總是在未來尚未來臨之前，便設法定義未來的人，卻突然發現，在那個時間點之後，竟然什麼都沒有。這就是我的夢境，夜夜如此。當我刻意地坐下來，努力定心展望未來，想要看看我未來的路要怎麼走的時候，看到的就是這個情況：一片黑暗。」

我不知道該怎麼接話。我看得出他想要抖開這個宿命，就像狗想要把緊咬著自己喉嚨的大狼甩開一樣地積極。我啜了一口白蘭地，杏桃的滋味以及夏日的暖意一下子將我淹沒，舌尖的感觸瞬間將我拉回過去，使我憶起弄臣待在我小屋裡的情況，當時是多麼單純且快樂呀。「這眞的很不錯。」

他目瞪口呆地轉過頭來望著我。他突然眨眨眼、抑制淚水，眞誠地朝我一笑。「是啊。」他輕輕地說道。「你說得一點也沒錯，這白蘭地非常好，而且無論未來如何變化，這個滋味都不會稍減。未來是無法伸手過來取走我們僅餘的日子的……除非我們坐視。」

我看得出他內心的煎熬起伏已經過去，現在變得比較平靜了。我又淺嚐了一口白蘭地，眺望公鹿堡後起伏的丘陵。我瞄了他一眼，發現他正以我無法承受的鍾愛目光看著我。要是他知道我把他騙得多慘，就不會用這種眼神看我了。然而，正是因爲他恐懼來日，所以我才更下定決心，一定要爲他做出最好的安排。「實在不想趕的，可是切德他們已經在等了。」

他嚴肅地點點頭，然後舉起他的玻璃杯，彷彿跟我敬酒似的一飲而盡。我也學著他舉杯祝酒，一飲而盡，一時之間，我呆著不能動，任由那酒的熱力在我五腑六臟內發散出來。最後我深吸了一口氣，用鼻子聞、用舌頭品嘗杏桃的滋味。「這酒非常之好。」我又再說了一遍。

他虛弱地一笑。「我會把剩下的酒都留給你。」他平靜地說道。我狠狠地瞪了他一眼，他看得大笑起來。不過，當他與我穿過蜿蜒在內外壁之間的甬道與樓梯時，他的步履變得比較輕盈了。我一面在黑暗中前進，一面思索，若是我知道自己何日何時必死無疑，那麼我會有什麼感覺。不過我有一點跟黃金大人大不相同，那就是我需要處置的財產少之又少。我暗數自己的寶藏，心裡想著，這些東西只對我而言有些意義，但別人是不會放在眼裡的——接著我便領悟到其實不然。我下定了決心，該做處分的財產一定要有適當的歸宿。我們走到望海塔的密門，卸下壁爐的飾板，跟弄臣兩人魚貫鑽入房裡。

衆人都到了，所以我沒機會跟切德私下說句話，讓他有個心理準備。我們從密門裡出來之後，切德一聲不響，王子倒是滿心喜悅地打招呼，並走上前歡迎黃金大人。阿憨不大放心，皺著眉頭，狐疑地望著我們；切德則以深切斥責的眼神瞄了我一眼，然後換了表情，跟弄臣打招呼。打完招呼之後，場面又尷尬起來。阿憨因為陌生人在場而焦躁不安，桌邊的座位也坐不住了，開始漫無目的地繞著房間遊走。儘管此時黃金大人的服飾簡單得與平常有很大出入，但我仍看得出王子正在努力地把這位黃金大人，跟他從母親那兒聽來的那位「黠謀國王的弄臣」湊合在一起。最後切德終於近乎粗魯地說道：「好啦，親愛的朋友，到底是什麼風把您吹來？我們當然是歡迎之至，但是我們該學的還很多，卻已經沒多少時間上課了。」

「這我了解。」弄臣答道。「但是我也難得有機會來此一聚，將我的道理說給您聽。我來這裡，是希望能在下課之後私下與您小談一番。」

「您能來這裡是再好不過！」王子硬生生地插嘴道。「依我看來，我們本來就該找您一起上課，畢竟當初若不是您，我們勢必無法聯合力量，透過您將湯姆治好，所以，您跟我們這裡的人一樣，都有權加入這個精技小組。」

弄臣似乎聽得很感動，他低下頭，而那雙套著黑手套的手則漫無目的地交摩著，最後他坦白承認道：「其實我沒有精技天賦，只是我的手曾碰到惟真，而至今那一觸仍多少有點殘餘，再加上我自己對……湯姆相知頗深，如此而已。」

王子一聽到父親的名字，就像是聞到獵物氣味的獵犬一般，此時他又朝弄臣湊近了些，彷彿光是弄臣所知的惟真國王往事，就足以將他吸引過去。「即使如此。」晉責對黃金大人保證道。「我仍期待與您一同漫遊。我想，您若加入這個精技小組，必定是個很有價值的成員，無論您的精技力量是高是低都一樣。您願不願意跟我們一起上課，讓我們探究您精技能力的極限呢？」

我看得出切德左右為難。弄臣若肯加入，那麼精技小組便添了生力軍，這點切德求之不得，同時他卻又擔心，我們目的在於屠龍，弄臣卻大唱反調。而我則納悶，切德恍如利箭一般朝弄臣射過去，又朝我射過來的目光之中，是否帶著嫉妒的成分。但弄臣跟我一向很親，所以切德知道他不能對我動之以情，只能對我曉之以理，然而即使如此，他卻更想駕馭我。

最後是他對於精技的貪念勝出，他順著晉責的話尾說道：「黃金大人，就請入座吧，就算一無所獲，您至少也會覺得很好玩。」

「唔，那我就恭敬不如從命了。」弄臣以近乎開心的口氣應道，然後拉開椅子，滿懷期待地坐下來。切德與我在弄臣的左右兩邊坐下，而晉責則說服阿憨回座。弄臣一坐定，我們四人便同時深吸一口氣，敞開胸懷，以便施展精技。在此時，我突然有了個一則以喜、一則以憂的心得。我們組成精技小組的時間並不長，但卻已經能齊心一意了。就此觀之，弄臣是闖進了我們圈子裡的外人，在我的心思與晉責和阿憨交流之際，我則感覺得到切德就在我們三人聯合體的邊緣上，像瘋狂的蝴蝶般猛拍翅膀，阿憨則伸出手穩穩地拉住他，所以切德跟我們是一起的，但弄臣不是。

弄臣雖近在眼前，但是卻碰不到、摸不著。我在多年之前便注意到，在我的原智知覺中，他可說是隱形人，而此時我刻意嘗試，更加領悟到要以精技探求弄臣，簡直就跟想要掬起湖面上所反射出來的陽光一樣困難。

「黃金大人，莫非您刻意避開我們？」切德輕柔地問道。

「可是我就在這裡啊。」他答道，聲音輕輕地在房裡迴響，感覺上，彷彿我既聽到他的話，也知覺到他的話。

「煩您伸出手來。」切德提議道，他將自己的手放在桌上，掌心向上，朝我的朋友伸過來。我看在眼裡，只覺得切德的動作既是邀請，也是挑戰。

我突然察覺到一絲恐懼，而這個恐懼感乃是從弄臣與我之間的精技牽繫來的，我這才知道，他與我之間的連結仍在。弄臣扯下手套，將手放在切德的手上。

於是我就知覺到他了，不過那個層次很難形容。如果說我們的集合精技體是個平靜的池塘，那麼弄臣就是漂浮在池面上的落葉。「大家再試試看。」切德說道，於是我們再度朝弄臣探去。我從他與我之間的牽繫，知覺到他越來越害怕，但依我看來，其他人大概是知覺不出來的。他們幾乎碰到了弄臣，然而那就像是他們伸出指頭拖過水面，他們一碰到他，他便一分爲二，等到他們走後，他又合起來，所以他們只是徒然地打亂他的心神，但卻怎麼也碰不到他。弄臣越來越害怕了，我悄悄地沿著我們兩人之間的牽繫探尋過去，以便弄清他爲什麼怕成這樣。

占有。他們以精技探觸到弄臣之後，可能會因此而占有他，所以他對於精技接觸避之唯恐不及。我這才想到，帝尊和他的精技小組就曾經藉著這個辦法來操縱弄臣，他們透過他與我之間的連結找到他，然後利用他的神智來對付我、監視我，並套取莫莉的下落。當年弄臣背叛好友之事，至今仍使他羞愧痛苦不已，直到現在，他仍因爲久遠之前發生的事情而背負著重擔。然而我見此狀更是心如刀割，因爲再過不久，他就會發現我也背叛他了。

那不是你的錯。我利用我們之間的連結來安慰他，但是他卻不肯就此放下。接著，他傳來他的思緒，雖像是來自遠處，卻很清楚。

我早就知道會有這個下場。我在很小的時候就預言：「最是親近的人，反而會背叛你。」只是我從沒想到這講的是我，所以到頭來，是我應驗了自己的預言。

我們都活過來了不是嗎？

只是勉強生存著而已。

「你們在彼此技傳對話嗎？」切德不耐煩地問道。我既聽到，也知覺到他在講話。

我深吸了一口氣，穩住弄臣與我之間的連結。「對。」我答道。「我雖能碰觸到他，但也只是若有似無，而且僅是因爲以前我們曾經有過精技連結。」

「要不要再試試看？」弄臣的聲音微弱到幾乎聽不見，我聽得出他口氣中有挑釁的味道，雖說我想不出此舉有何用意。

「好呀，請再試試吧。」我應道。

我知道坐在我身邊的弄臣不曉得在做什麼小動作，我的眼神在注意房裡的動靜，所以一點也沒有察覺他的意圖，直到最後才發現他已經伸手搭在我的手腕上了。他的指尖絲毫不差地按在多年前他留在我手腕上的灰色指印。雖只是輕觸，那感覺卻強得像是一箭射穿了我的心，我覺得自己像是被魚叉刺中的魚，我眞的痙攣起來，然後便定住無法動彈。弄臣流過我的血脈，他既熱得像烈酒，又冷得像堅冰。在那電光石火的一瞬間，我在他的心裡與他同在，而他也在我的心裡與我同在，那感覺比我這一生所經驗過的任何心靈或肉體結合更爲強烈；那個感覺，比親吻更親密，比刀子刺得更深，超越精技牽繫，也超越了肉體之親，甚至超越了我與夜眼的原智牽繫，痛苦或歡愉都不足以形容它。更糟的是，我竟然對它完全開放，彷彿那是愛人與我的深情之吻。然而，我卻不知道自己會在那一吻之中吞噬對方，或是被對方吞噬；再過一眨眼的時間，我就會變成他，而他則會變成我，我們會深知彼此的一切，其知之深，遠超過任何兩個不同的個體之間應有的了解。

這一來，他就會知道我的祕密。

我搶在他發覺我瞞住他的詭計之前大叫出來：「不！」我極力扭動，讓自己的心靈和身體都跟他脫開來。一時間，我整個人直往下掉，最後撞上了冰冷的石地板。我為了逃開他的碰觸而在桌下打了幾個滾，同時大喘不止。我的眼前一片黑暗，感覺上這狀態彷彿持續了好幾個小時，但實際上，切德一下子就從桌底下把我蜷曲的身體拉出來。他跪下來，讓我靠在他的胸膛上，我若有似無地察覺到他在追問我：「怎麼回事？你受傷了嗎？弄臣，你怎麼把他弄成這樣？」

我聽到阿憨嗚咽了一聲，也許唯一看得出方才來龍去脈的，只有他一人而已。我渾身發冷，而且什麼也看不見，然後我才發現，原來我眼睛緊閉，整個人縮成一團球狀。縱然如此，我也花了好一會兒才勸得動自己張開眼睛、舒展肢體。就在我睜開眼睛的那一剎那，弄臣的思緒有如見到陽光的葉子般在我心裡伸展開來。

而我對你的愛從不設限。

「那太多了。」我以破碎的聲音說道。「沒有人能夠給得那麼多。那是不可能的事。」

「喝點白蘭地。」在我附近的晉責說道。切德攙著我坐起來，把酒杯靠到我唇邊。我當作是水一般地大口飲灌，接著因為烈酒的刺激而大喘起來。我好不容易轉頭張望，這才發現現在只剩弄臣一人坐在桌邊；他的雙手又戴上了手套，而他望著我的表情則深奧難解。阿憨蜷縮在房間角落裡，把自己摟得很緊，抖個不停。此時他為了不要擔心害怕，所以用他母親的歌做為精技音樂的曲調。

「怎麼回事？」切德尖銳地質問道。我仍靠在他的胸膛上，感覺得出他的怒火像是熱氣一般地散發出來。我知道他問的是弄臣，而且一定用指責的眼神怒視著他，但我還是代他答了。

「剛才太濃烈了。剛才我們的精技牽繫非常徹底，徹底到我都不知道自己是誰了，彷彿我們兩人變成一個人。」我將之稱為精技，但其實我不知道剛才那情況該怎麼說才好，也許說那是太陽閃爆還比較恰當。我深吸了一口氣。「我嚇壞了，所以我掙脫開來，因為我並未預料到會碰上這樣的場面。」這話既講給弄臣聽，也講給其他人聽。弄臣聽是聽了，但據我看來，他在我欲表達的言語中，似乎接收了另一種不同的訊息。

「可是你卻一點影響都沒有？」切德對弄臣問道。

晉責扶著我站起來，我也的確需要他幫忙。我一屁股在椅子上坐下來。我感覺到的並不是疲倦，而是精力散佚；平日我的力氣連登上公鹿堡最高的塔都不成問題，但如今我必須先能夠將自己的膝蓋彎起來。

「我也受到影響。」弄臣平靜地答道。「但是我受到的影響與他不同。」他直視著我。「剛才那樣，我一點也不害怕。」

「我們再試試如何？」晉責毫無戒心地問道，但切德、弄臣與我三人同時或輕或重地叫道：「不！」

眾人沉默片刻，弄臣以比較平靜的口氣重複說道：「不了。對我而言，課上到這個程度就夠了。」

「其實大家也都上夠了。」切德嗄啞地應和道，他清了清喉嚨，接口道：「大家也該下課，各自去忙各自的事情了。」

「時間還很多啊。」晉責反駁。

「就平常日子而言，課上到這裡的確還不急著下課。」切德應和道。「但是眼前時間緊迫，啓程在即，你要準備的事情多得很。你去把感謝外島人歡迎的致謝詞再練習一次。」

「我已經背過上百次了。」晉責埋怨道。

「到了你致詞的時候，你可不能死板板地背出來，必須要有感而發地說出來才行。」

晉責不情不願地點頭，他對著窗外明朗的春日凝視了一會兒。

「你們兩個都去忙吧。」切德對他說道，於是情勢一下子變得很明顯，原來切德叫阿憨和晉責兩人都退下去。

王子露出失望的表情，他轉過頭對黃金大人說道：「等我們出航之後，事情就少了，而且有的是時間，到時候希望有機會聽聽您跟我父親相處的情況——如果您不介意的話。我知道您曾在我父親……的日子終了之時照顧過他。」

「的確如此。」弄臣溫和地答道。「而且我樂意把記得的事情告訴你。」

「謝謝。」晉責答道。他走到角落，溫和地勸阿憨跟他一塊走，並問阿憨怎麼會驚嚇得這麼厲害，因爲事實上並沒有人受傷。阿憨的回答讓人無法理解，對此，我心裡很是感激。

他們兩人快要走到門口，我才想起自己先前打定的主意。「晉責王子，今晚能不能到我工作室來一下？我有件東西給你。」

他揚起眉毛，但他看我仍沒作聲，便答道：「我會騰個時間。晚上見了。」

阿憨跟在晉責身後離去，但是走到門口時，他回過頭，先以古怪的目光打量弄臣，然後又打量我。我有點不安，生怕他察覺到方才弄臣與我之間如何往來。之後他就走了，今天關門的時候，手勁特別重。

一時之間，我只怕切德會追問方才是怎麼回事，但是他還來不及開口，弄臣便說道：「晉責王子一定不能殺死冰華，這點非常重要，切德，所以我非告訴你不可。我們必須盡一切力量保全冰華的生命。」

切德走到那一列列酒瓶之前，挑了一瓶出來，默默地替自己倒了一杯酒，接著轉過身來面對我們。「既然那條龍早就冰封在冰河之中，那麼現在才擔心要如何保全牠的性命，會不會太遲了一點？」他啜了口酒。「還是你認爲世上眞的有一種生物，即使長久封於寒冰之中，既不吃也不喝，卻照樣能存活至今？」

弄臣聳聳肩，搖了搖頭。「你我對於龍族知道多少？蜚滋叫醒石龍之前，石龍沉睡了多久？如果石龍的本質與眞龍有幾分相似之處，那麼說不定冰華的體內仍有生命的火花。」

「你對冰華知道多少？」切德懷疑地問道。他走回桌邊坐下，我則繼續站在一旁，看著他們兩人一來一往。

「我對冰華所知不比你多，切德。」

「那麼，你爲什麼要阻止我們斬下冰華的頭？你明知道這是貴主對這樁婚姻所開出來的條件。還是說，就你的看法，若是六大公國與外島繼續廝殺上一、兩百年，世界就會步上更好的軌道？」

切德這番冷言冷語聽得我畏縮起來。弄臣說他要改變世界，我雖半信半疑，但是從未嘲笑過他，如今切德出言譏刺，眞把我嚇了一大跳，並使我體會到他是如何地跟弄臣的目的勢不兩立。

「切德·秋星，衝突紛擾乃是慘事，我也不忍見。」弄臣輕柔地說道。「但即使人間發生戰火，也還不是最糟糕的結果；我們寧可要戰爭，也不能進一步斲傷我們的世界啊！尤其是我們眼前正有個稍縱即逝的機會，可以改正一件幾乎無法挽回的錯事。」

「你說的是什麼事情？」

「果眞冰華仍活著的話……當然我也承認，牠若至今未死，那實在古怪至極，或許牠不太可能活到現在……但若是牠體內仍有絲毫生命的火花，那麼我們就必須把所有的事情都丟下來，一心一意地把牠從冰層裡救出來，讓牠完全活過來。」

「爲什麼？」

「你還沒告訴他嗎？」弄臣以指責的目光朝我一瞥。我避開，不與他四目相對，而他也不等我回答，便繼續說道：「繽城的龍，名為婷黛莉雅，牠乃是世上碩果僅存的成年母龍。時光一年一年地過去，看來那些從龍繭裡孵出來的小龍要長大成龍的機會，是越來越渺茫了，因為至今牠們仍然孱弱幼小，既無法覓食，也無法飛翔；可是，龍乃是在飛行中交配，若是不飛，就不能交配了。這樣一來，龍族遲早會滅絕，而這次龍族一滅絕，就永遠都無法挽回了。除非世上還有成年的公龍，能夠飛上青天與婷黛莉雅交配，產下新一代的小龍。」

這些我都跟切德講過了，難道切德是故意拿這問題來問弄臣，以便測試弄臣是否坦白嗎？

「照這樣說起來。」切德謹慎地闡釋道。「為了復興龍族，就算將外島與六大公國之間的長久和平置於險境，也在所不惜？這對我們有什麼益處？」

「其實這對人類沒什麼益處。」弄臣坦承道。「不但沒什麼益處，反而人類還得處處退讓、多作調適才行。龍族既傲慢又好勇鬥狠，牠們不把人間的疆界放在眼裡，更不知『財產』是何物。龍若是餓了，看到牛欄裡有一頭牛，就不管三七二十一地將牛吞吃入腹。對龍而言，事情就是這麼簡單：需要什麼吃喝，儘管向世界取用，愛拿多少，就拿多少。」

切德狡猾地笑道：「那麼，為了人類著想，也許我應該以其道還治其『龍』之身，既然世界讓我們免於龍的騷擾，那麼我輩也就大方地接受吧。」

我凝視著弄臣。他並未因為切德這番話而惱怒喪氣，而是心平氣和地靜待了兩口氣的時間，才接口說道：「大人，您大可這麼想，只是在關鍵的那一刻，您可能無權置喙，只能看我，或者是蜚滋如何決定了。」切德的眼裡冒出怒火，而弄臣則悠閒地補了一句：「況且不但世界需要龍，連人類自己也需要龍。」

「這話是怎麼說？」切德不屑地問道。

「爲了保持平衡。」弄臣眺望著我身後的窗外，他的眼神既遙遠又憂鬱。「人類自比爲萬物之尊，但龍族是跟人類一樣優越超絕的生物，人類卻早已忘記跟這樣的生物共存於世是什麼情況了。人類只想著要把世界安排爲自己喜歡的模樣，所以要標示地界，且就憑著你能把這塊地標在地圖上，就聲稱這土地屬於自己所有；於是人類不但聲稱在土地上滋長的植物與動物，一概屬於自己的財產，還聲稱明日土地上滋長的一切，也都任憑自己宰割。此外，人類還因爲生性自負好鬥，且自認爲世界的表面上有一條想像的界線，而興起戰爭、互相砍殺。」

「這麼說來，龍族之所以比人類強，就在於牠們不做這些事情，只會看到什麼，就拿什麼；龍族可眞是自由精神的代表、大自然的嬌客，而且因爲不具思考能力，所以在道德上格外崇高。」

弄臣搖了搖頭，笑道：「不，龍族比人好不到哪裡去，牠們跟人沒什麼兩樣。龍族的私心就如同人類的鏡中倒影一般，牠們的存在讓人們恍悟到，人們對於土地的執著，跟上了狗鍊的狗兒咆哮怒吼，以及鳥雀以歌聲嚇敵比起來，其實相去無多。人也好，狗兒也好，鳥雀也好，都宣稱地盤乃歸自己所有，但是其實擁有云云，只存於他們嘴上。人類喜愛爲大地命名也好，想要宣稱大地乃自己的私產也罷，然而世界並非人類所有，人只不過是世界的一份子而已。大地並不是人的私產，人終將化爲塵土，大地也不會記得人類所取的地名。」

切德並未馬上回答。據我看來，他是被弄臣的話嚇到了，而他的整個世界觀都因此改觀。但接著他便不屑地哼了一聲。「照這樣說來，更可見得拯救龍族的確對誰都沒有好處。」他疲倦地揉了揉眼睛。「噢，我們何必做這些不著邊際的辯論？誰知道我們到了之後會看到什麼情況？事情還沒發生，講這些哲學奧思與幼稚的猜測都是多餘，等到碰上了，我再想想到底該怎麼做才好。這樣你可滿意了吧？」

「恐怕對你而言，我滿不滿意，根本就無足輕重哪。」弄臣說出這句古怪的話，意味深長地朝我瞥了一眼，然而他這一眼不是爲了要看我，而是爲了要做給切德看。

「你說得一點也沒錯。」切德流暢地應和道。「其實我在意的，不是你滿不滿意，而是蜚滋決定要偏向哪一邊。然而我也知道，如果光交給他一個人做決定，那麼他可能會把你的滿意看得很重，甚至到有損瞻遠家族繁榮昌盛的程度。」我的老導師以擔憂的眼神朝我上下打量，彷彿我是一匹傷了腳，不知道還能不能再度上戰場的馬。最後，他以幾乎是孤注一擲的態度對我笑道：「不過我希望他也會把我的觀點聽進去。」他與我四目相對。「等我們碰上的時候再決定吧，在碰上之前，什麼決定都別做，一切保持開放。好啦，這樣可以了吧？」

「就差一點點。」弄臣以冷靜的聲調提議。「還要請你以瞻遠家族之名對我們起誓，蜚滋可以用他自己的判斷下決定。」

「我以瞻遠家族之名起誓！」切德氣極地叫道。

「一點也沒錯。」弄臣安之若素地答道。「除非你的誓言，只不過是爲了使蜚滋未來服順你的心願而丟出來的空話。」他泰然自若地靠在椅背上，手腕和手都輕鬆地搭在扶手上。一時間，我突然認出，那個一身黑衣、金髮綁在頭後的瘦削男子，就是當年的少年弄臣長大成人的模樣。他轉過頭去注視著切德，於是方才那分熟悉感消逝了，因爲他臉上的每一個起伏線條，都表現出堅毅的決心。我從未看過任何人敢如此自信地挑釁切德。

切德接下來所說的話讓我嚇了一大跳。他一邊古怪笑著，一邊看看我、看看弄臣，然後又看看我，直到我與他四目相對，他才說道：「我以瞻遠家族之名起誓，我不會要求蜚滋做出任何有違他個人意志的事情。好啦，這你可滿足了吧？」

弄臣慢慢地點了點頭。「噢，是啊，這樣我滿足了，因爲蜚滋終得做出決定，而在我眼中，未來是再清楚也不過了。」他對自己點了點頭。「你我還有別的事情要商量，不過等到登船啓程之後，我們多的是時間。此時光陰寶貴，而且我在離去之前，仍有很多東西要收拾。就此別過了，秋星大人。」

他的嘴邊掛著一抹若有似無的笑容，先朝我，又朝切德瞥了一眼。接著，他做了個令人不解的姿勢：他揮開雙臂，優雅地對切德鞠躬爲禮，彷彿他們彼此給了對方多大的恩惠禮遇。弄臣直起身子之後，以親切的口吻對我說道：「今天能夠跟你小聚一下眞好，蜚滋。我很想念你。」他突然嘆了一口氣，像是猛然想起一樁令人不快的職責。據我猜測，一定是因爲他預言自己必死的事情突然浮現心頭。他的笑容退去。「二位，容我告退了。」他喃喃地說道。接著他優雅從容，有如從盛宴退場的大人物一般，從壁爐側板那個擁擠窄小的出口離去。

我坐著凝視他的背影。方才的精技結合仍使我心裡七上八下，而他講的那些怪話和他行的那個怪禮也令人百思不解。他好像在跟切德爭什麼東西，而且得到大勝，不過我至今仍看不出他們兩人是不是把什麼事情擺平了，也看不出他們是爲了什麼事情而彼此較量。

我的老導師像在回答我的心思般地說道：「他竟敢拿你的忠誠來挑釁我！他怎敢這麼做？我可是一手將你撫養長大的人哪！你我深知六大公國的興衰全繫於這次遠征能不能成功，既然如此，他怎會認爲我倆可能意見相左？他竟還要我以瞻遠家族之名起誓。是喲！他把你當作是誰啊？」

切德望著我問出了這個問題，彷彿他認爲我想都不想就會應和他。「也許是因爲，」我平靜地答道。「他深信他是白色先知，而我是他的催化劑吧。」然後我深吸了一口氣，反問他一句：「我又不是對於自己的決定不加三思，也不是沒有自己的想法，你們兩個憑什麼拿我的忠誠來彼此較量？」我不屑地哼了一聲。「就算是狗或馬，我也不會把牠們當作是毫無心機的盤中棋子，但你們兩個怎麼就這麼看待我呢？」

切德講話的時候，眼睛望著我身後的窗戶，而且據我看來，他並未想到這番話對我而言有多麼重要。「不是把你當作狗或馬，蚩滋，我從來就不把你當作狗或馬。不，你是一把寶劍，一把我造就出來，由我揮舞的寶劍。然而他卻認為，還是由他來使用你這口劍最上手。」那老人輕蔑地嘟囔一聲。「那個人哪，直到今天，仍是個無足輕重、與人取樂的弄臣。」他轉過來對我點點頭。「還好你明智地把他的打算告訴我。幸虧我們不帶他走。」

我無言可答，經由公鹿堡牆內的密道離開了望海塔。

今天，對我的好友與老導師，我看得比以往更透徹，雖說我並不願看到這麼深。我不禁納悶，弄臣之所以要抓住我的手腕，是不是為了要顯示他對我有十足的影響力，並且要讓切德與我都看個清楚。可是，感覺上又不是那麼一回事。他不是事先問了我願不願意再試一試嗎？不過，感覺上仍像是他要讓我看出某件事。難道那不是他唯一可以跟切德展示他的影響力的機會嗎？或者，他的用意其實是要讓我看清切德如何看待我？我搖了搖頭，切德總認為他可以按著他的意思操縱我，其實這點我早就知道了，難道弄臣沒想到嗎？我咬了咬牙，再過幾天，弄臣就會發現切德與我聯合起來對付他，到時候他就會領悟到今天我忍了多少話沒講。

我往我的工作室走，十分厭惡自己帶往工作室的所有思緒。

我一推開門，就發現弄臣已經先一步來過這裡了。他把送我的禮物擺在我的椅子前方的桌面上，我快步走過去，伸手拂過夜眼的背脊。弄臣刻的是夜眼盛年的模樣：夜眼的前腿踩住死兔子，抬起頭來，黑色的眼睛睿智且耐心地望著我。

我拿起雕像。我還記得，弄臣是坐在我小屋的桌邊時開始雕這一尊雕像的。我一直沒猜出他要雕的是什麼，也幾乎忘了他曾向我保證，等他雕好了一定會讓我瞧瞧。我摸摸夜眼翹起來的耳朵，在椅子上坐下來，凝視著爐火，而我的狼則倚在我手裡。

4

交換武器

浩得是在兵器師傅克鐮手下當了多年的大徒弟之後，才晉升爲兵器師傅的。浩得師傅一點也沒有浪費身爲大徒弟的那段長久歲月，因爲她不但變得對各種武器都極爲熟稔，還精於鍛造武器。事實上，她鍛造武器的本事之高，以至於至今仍有人說，她的長才就是在於此，而王室若能將「兵器師傅」的頭銜頒給別人，將浩得留在鎔爐旁，這才是各得其所。不過黠謀國王可不這麼想。克鐮師傅一死，黠謀國王便立刻讓浩得接了克鐮的位子，讓她監管公鹿堡所有士兵的訓練事宜。浩得在這個位置上發揮了大用，最後還爲了當時身爲王儲的惟眞而在戰場上捐軀。

——費德倫所著之《紀事》

弄臣如此用心地處置自己的財產，使我暗下決心，也要把我自己的東西理個清楚。今天晚上，我也不打包行李了，而是在切德那張舊床的一角，將自己的東西都擺出來。要是我採取弄臣那種宿命式的憂鬱態度，那麼我的心情可能會越來越消沉。但是我一點也不難過，反而因爲自己的身外之物少之又少而沾沾自喜，就連在我那些東西之間鑽來鑽去的小黃鼠狼吉利，都覺得這些東西不怎麼樣。

我的財產主要就是從弄臣房間裡搬來的那些美輪美奐的衣服，和那一把劍柄裝飾得燦爛華麗的寶劍。當年我在小屋裡穿的那些衣服，大多都丟到工作台旁邊去當破布使用了。加入王子衛隊之後，我領到兩套制服，其中一套已經小心摺好，跟著我的換洗衣物收進擱在床角的那個海運箱裡。此外我又在衣物下面藏了切德與我所準備的一包包毒藥、迷藥和興奮劑。我身邊的床上有個小小的捲包，可以藏在我的襯衫裡，捲包一打開來就是各式各樣的小工具，像是開鎖以及其他好用的器具。我把這個捲包也收在海運箱裡。我一邊收拾其他零碎的東西，一邊等待晉責。

夜眼的木雕擱在壁爐的爐台上。這個雕像太寶貴了，我不會冒險帶著它跟我出航。另外有個鄉野女巫吉娜特別為我做的護符項鍊，當時她跟我還頗為要好，如今我是永遠也不會再戴了，但卻又不願意就此丟掉。於是，我將護符項鍊跟黃金大人為我做的衣服放在一起。珂翠肯送我的狐狸別針我則從不離身，總是別在襯衫裡面靠近心臟之處，這個我不想割捨。另一邊，我放了幾個要交給幸運的東西，大多是我在他小時候親手做，或是買來的東西：陀螺、彈跳玩偶之類的。我小心地將這些東西裝在盒蓋上雕著橡實的木箱子裡，準備在去跟幸運道別的時候交給他。

床的正中央放著我從異類出沒的海灘拾來的那包羽毛。我敢說弄臣那一頂木頭王冠，配的就是這把羽毛，我曾試著將羽毛送給弄臣，誰知他只瞄了一眼就婉拒了。我將柔軟的包布打開，把每一根羽毛拿起來端詳，之後再將之包起來。一時之間，我心裡為了到底該怎麼處置這些羽毛而掙扎，最後還是把布包塞進海運箱裡。除此之外，我又在箱裡擺了針線、備用的靴子和內衣，還有剃刀，以及船上用的湯匙和碗。

就是這樣了，行李箱之中再也不必塞別的東西，而除此之外，世上屬於我的東西已經不多了。我有一匹名叫黑瑪的馬，但是黑瑪除了我騎馬出門時不得不配合一下之外，對我這個人是一點也不感興趣；

牠喜歡跟自己的同類作伴，無論如何都不會想念我。馬廄的幫手會定時把牠牽出來跑步運動，而只要阿手仍爲公鹿堡的馬廄總管，我就不用擔心牠會遭到冷落，或是被人利用。

吉利爬到衣服堆上，在床上東闖西闖地挑釁我，牠玩鬧地威脅要攻擊我的手，而我則輕輕對牠說道：「你大概也不會想念我吧。」夾壁裡有不少老鼠足以餵飽牠，況且牠大概還樂得獨自占有這張大床，畢竟如今牠已經不客氣地將枕頭據爲己有了。我的目光慢慢巡過房裡各處。切德已經把我從小屋帶回來的卷軸通通收走、加以分類，把無害的擱在公鹿堡書庫裡，並將明白地道出太多眞相的卷軸鎖在他的櫃子裡。對這點，我一點都不感到悵然若失。

我把那一堆衣服搬到切德的舊衣櫃裡，打算就此將衣服都收進去。然而我的良心開始囓啃我，所以我還是仔細地把每一件衣服抖開、摺好，才收進衣櫃。這時我才發現，這裡有許多衣服並不如我想像的那麼虛耀浮誇，因此又把那件暖和的斗篷收進海運箱中。衣服都收拾好之後，我將那一把鑲了寶石的劍放在海運箱上。這把劍是要跟著我出門的，雖然劍柄過度裝飾，但是畢竟鍛造得很好，拿起來很平衡。說起來，這把劍跟送我劍的人一樣，都以閃閃發光的外表遮掩了自己眞正的內涵。

我聽到斯文有禮的敲門聲，接著葡萄酒架便戛然而開。晉責才剛疲倦地邁步走進房裡，吉利便跳下床衝到他面前，露出白牙，徒勞無功地在他腳邊跳躍，意圖阻擋。

「是啊，我也很高興見到你。」晉責打著招呼，一手撈起那隻小黃鼠狼，輕柔地在牠的喉間搔搔癢，這才把牠放下去。但是吉利一下地就立刻攻擊晉責的腳。他一邊小心不要踩到吉利，一邊走過來。「你該不會是想到什麼額外的東西要讓我塞在行李裡吧？」他沉重地嘆了一口氣，挨著我在床邊坐了下來。「我的東西都已經打包不完了。」他坦白承認道。「希望你要給我的這樣東西不大。」

「東西在桌上。」我對他說道。「不過挺大的。」

晉責朝桌邊走去的時候，我心裡一時無限惋惜，幾乎想要就此將禮物收回來。這樣東西對我而言意義非凡，哪是那少年能懂的？晉責瞧瞧那口劍，抬起頭來看我，臉上十分驚訝。「怎麼，你要把劍送我？」

我站起身，輕輕地說道：「那是你父親的劍。惟眞在我們最後離別之時把他的劍送給我。如今我又轉送給你了。」

一時間，那少年狂喜不已，使我方才的懊悔煙消雲散。他伸手朝劍摸過去，半途又縮手回來，然後又看看我，臉上露出不可置信的表情。我笑了起來。

「這劍就是要送你的，何不拿起來感覺一下？我已經把劍擦乾淨，劍刃也磨尖了，所以要小心點。」

他探手握住劍柄。我等著看他把劍拿起來，並感受到這把劍無懈可擊的平衡感，但是他又把手抽回去了。

「不。」他竟會拒絕，眞使我大感意外。「請你在這裡等我，我馬上就來。」他丟下這句話就轉身衝出房間，匆忙跑過密道的腳步聲逐漸隱去。

他這個反應眞使我百思不解。一開始他看來是很高興的。我走到桌邊，再度低頭望著這把劍。由於才剛擦過，又上過油，所以劍光可鑑人。這劍既美又優雅，外表的裝飾無礙於它眞正的功能：它乃是不折不扣的殺人工具。浩得師傅，也就是教我用劍的人，幫惟眞造了這把劍。當惟眞遠征時，浩得不但隨行，之後還爲他而死。這的確是一把配得上國王的好劍，爲什麼晉責不肯收下呢？

我兩手捧著茶杯，坐在火爐前，這時晉責回來了，手上拿著一個長長的布包。他進門後便解下綁住布包的皮帶，同時說道：「我母親第一次把你的事情告訴我的時候，我就該想到要把這個交給你了，但怎麼就是沒想到呢？我猜是因爲這是多年以前的贈禮，而且又是我母親幫我收起來的。你瞧！」

包裹的布掉了下來，晉責將劍高高舉起，他咧嘴大笑，將劍柄朝我遞過來。他滿臉堆笑，眼裡滿是喜悅與期待。「拿去吧，蜚滋駿騎．瞻遠，這是你父親的劍呢。」

霎時間，彷彿一道電流竄過我全身，令我寒毛直豎。我放下茶杯，慢慢地站起來。「駿騎的劍？」

「對。」我本以爲他的嘴不可能笑得更開，但是我想錯了。

我瞪著那把劍。沒錯，即使晉責不提，我也看得出來。這把劍跟惟眞的劍是兄弟，兩劍大同小異，但是這把裝飾得比較華麗，而且劍身較長，顯然是設計給比惟眞還高的人使用。劍柄上刻著一隻公鹿，我一見便恍悟，它乃是爲有朝一日將受封爲國王的王子所打造的，不過我還是很渴求這把劍。「這劍是哪裡來的？」我上氣不接下氣地問道。

「當然是耐辛送我的。她到公鹿堡來之後，便將劍留在細柳林。紅船之戰過後，她爲了要搬到商業灘，所以在收拾『雜七雜八的東西』時——這是耐辛自己說的——碰巧看到這把劍。劍原來是收在櫃子裡的，耐辛把劍送我的時候跟我說：『幸虧我一直沒把這劍帶到公鹿堡來，否則難保不會被帝尊拿去賣掉換錢。』」

這實在是十足的耐辛風格，我不由得笑了出來。「國王的劍，跟她那些『雜七雜八的東西』放在一起啊。」

「拿去吧！」晉責熱切地命令道，而我不得不從命。這是我父親拿過的劍、我父親握過的劍柄，我非得感覺一下不可，就算只有一次也好。我將劍接過來，只覺得它輕若無物，像小鳥一般地棲息在我的手上。我一從晉責手裡接過劍，他便走到桌邊去將惟眞的劍拿起來。我聽到他發出心滿意足的叫聲，咧嘴笑著。我看著他雙手握住劍把，在空中揮舞。這兩把劍都是精良的武器，不但能劃開皮肉，也能刺入人身弱點。一時之間，我們兩個就像小孩子似的以各式各樣的花樣來玩劍，從小小的交手、格開對方的攻勢，到晉責舉劍過頭然後無情地揮下，最後硬生生地在桌面上的卷軸上空停住。

駿騎的劍很適合我。我覺得很滿足，雖然我也體會到，以我的劍術實在配不上這等好武器，我的劍術只是勉強過得去而已。我不禁想著，那位遜位的國王若是知道他唯一的兒子使起斧頭來，比使劍還要靈巧，而與其使用斧頭或劍，他的獨子更寧可用毒藥殺人，不曉得會有什麼感觸。這念頭一想起來就傷心，不過我還無暇多想，晉責便走到身邊，把我們兩人手上的劍比較一番。

「駿騎的劍比較長！」

「他比惟眞高啊。不過依我看來，這把劍比惟眞的劍輕。惟眞比較壯，能夠使得動重劍，我猜就是因爲這個緣故，浩得才將惟眞的劍鑄得重些。等你長大之後，看看這兩把劍的哪一把比較合乎你的體型，一定很有趣。」

他一下子就聽出了我的意思。「蜚滋，這把劍就此送給你了，我是眞心要把劍送給你。」

我點點頭。「你有這份心意，我心領了。你有意送我就夠了，我用不著眞的收下。這是國王的劍哪，晉責，這劍不是給侍衛，更不是給刺客，也不是給私生子使用的。你有沒有看到劍柄這裡的標記？瞻遠家的公鹿標誌，大而清晰，惟眞的劍上也有這個標記，但是比較小。即使如此，紅船之戰過後的這些年來，我仍用皮條將劍把包妥，以免被人認出來。任誰一看到我帶著惟眞的劍，就知道我必定不是這劍的主人，更何況駿騎劍上的標誌更爲明顯。」

晉責小心翼翼地放下惟眞的劍，他臉上露出頑固的表情。「我送你駿騎的劍，你都不收了，那麼我父親的劍，我怎麼能收？這劍是我父親送你的。他送你劍，用意就是要你把它留在身邊。」

「我相信在那當下他的用意確是如此，多年來我收著這把劍，也已心滿意足了，如今把劍交給你，我更是開心。惟眞若是知道我這麼做，一定也很讚許。好了，我們兩個暫時把駿騎的劍擱到一邊去吧，等你受封爲國王的時候，你的臣民可是會期望看到你佩著國王的劍出現呢。」

晉責思考著，皺起眉頭。「黠謀國王難道沒有劍？他那把劍下落如何？」

「他一定有，至於下落，我就不甚清楚了。也許已交給耐辛，也許被帝尊賣掉，或在帝尊死後，被別的鼠輩偷走了。反正就是沒有了。你受封爲王的時候，應該要佩國王的劍，而你出發前往艾斯雷弗嘉島的時候，則該佩你父親的劍。」

「我就帶著我父親的劍啓程。不過，萬一人們納悶這把劍是怎麼出現的呢？」

「應該不會吧。我會請切德傳出個說法，就說這把劍一直都是由他幫你收著。一般人最愛這種故事了，他們會高高興興地認定事實就是如此。」

他若有所思地點點頭，慢慢地說道：「可是你不能像我一樣公開佩戴自己父親的劍，這樣的話，這事情再怎麼好也不是滋味。」

「對此，我也很遺憾。」我坦白地說道。「但我就是不能公開佩戴這把劍啊，晉責，事情就是這麼簡單。黃金大人送了我一把劍，那把劍也好到我的劍術根本配不上，我會帶著它出門。況且如果我眞有必要拿起武器來保護你的話，還是拿斧頭最好。」

他低頭沉思，接著把手放在駿騎的劍上。「我希望你將這把劍留在身邊，直到我受封時再還給我。」他吸了一口氣。「等我收下你父親的劍時，我再把我父親的劍還你。」

這個作法我實在無法拒絕。

不久他就帶著惟眞的劍離去。我替自己泡了杯新茶，然後坐下來，仔細打量我父親的劍。我努力揣想這把劍對我而言到底有什麼意義，但是想來想去，也只是一再想到他的確是在我的生命中缺席。即使我最近才發現，原來我父親曾經透過精技，藉著弟弟的眼睛探望我，卻仍無法彌補他從未眞正出現在我生命中的這個事實。也許他一直在遙遠的地方關愛我，但是管教我的是博瑞屈，教育我各項知識的是切德。我看著這把劍，努力想要營造出父子相連的感覺，或是任何什麼別的情緒都好，但終究還是放棄了這個嘗試。等我喝完茶時，我還是沒有答案，甚至連自己到底有什麼疑問都說不出來了。不過我打定主意，一定要在出發之前找時間去看看幸運。

我上了床，把枕頭從吉利那裡搶回來，不過我睡得很差，而且即使如此淺眠，還是不得安寧。蕁麻像是不情不願地尋求大人慰藉的小孩子般溜進了我的夢境裡，不過她跟我的處境可眞是天南地北。在夢境中，我剛從山中的暫居處出來，手上抱著弄臣軟弱無力的身體，行過這一片隨時都可能會整個崩塌下來的陡峭滑石坡。夢境中的我步履維艱，但是山坡卻越來越陡，這一跌下去必定粉身碎骨。我的腳一踩下去，碎石子便狡詐地從我腳下滑開；我隨時都可能會像從我身邊滾落下去的石頭般跌入萬丈深谷之中。我全身肌肉繃緊，急得背上滲出了汗水。此刻我的眼角瞄到什麼動靜。我不敢動得太快，只能慢慢地轉過頭去。我看到蕁麻平靜地坐在我頭上的山坡上，看著我痛苦萬分地在山壁上前進。

她坐在草地與野花叢中，禮服是綠色的，頭髮上飾著小雛菊。即使以我身爲父親的眼光來看，也會覺得她比較像是大人，不像是孩子了，但是她仍像孩子般地坐著，她收起腿，以下巴抵住膝蓋，並且伸手抱住雙腿。她並沒穿鞋，眼神很是憂慮。

她與我的處境眞是差得太遠了。我掙扎著要在鬆動的碎石坡上踩定，以免滾落下山，可是她的夢境不但與我的夢境緊鄰，甚至還恬靜地坐在山坡的草地上。蕁麻的出現，迫使我承認自己其實是在做夢，但是我卻無法捨棄，而一直讓自己繼續被夢魘折磨下去。我到底是怕自己會滾落萬丈深谷而死，還是怕會猛然驚醒過來，我自己也說不清楚。所以，我一邊繼續寸步難行地橫越陡峭的山壁，一邊對蕁麻叫道：「什麼事？」不管我走了多遠，堅實的地盤就是遠在天邊，而蕁麻則一直離我一臂之遙。

「我的祕密。」她平靜地說道。「一直啃噬著我，所以我來找你，聽聽看你有什麼好辦法。」

她頓了一下，但是我並未回答。我既不想知道她的祕密爲何，也不想給她建議。她有了麻煩，但我勢必是無法幫忙到底的，即使只是在夢中給她個承諾也不行。再過沒幾天我就要離開公鹿堡了，就算我不搭船遠行，也不能大膽地踏入她的生活之中，因爲我一出現，她的平靜人生可能就完了。我最好還是繼續待在她的眞實世界邊緣，扮演這個捉摸不定的夢境生物吧。然而，雖然我一語不發，她還是開口了。

「如果有人立誓說他絕口不提起某一件事情，但是他立誓的時候，並不知道這會使自己懊悔痛心，甚至會使別人痛苦不堪，那麼他還必須堅守誓言嗎？」

這個問題實在太沉重，不回答不行。「答案爲何，妳清楚得很。」我氣喘吁吁地說道。「如果立了誓卻又做不到，那就是言而無信。」

「可是當初我立誓的時候並不知道這會惹出這麼大的麻煩。如今小敏整天都魂不守舍，彷彿整個人少掉了一半。況且我當時也不知道媽媽會因此而怪罪爸爸的不是，也不知道爸爸會因此而喝得酩酊大醉，自責得比媽媽責怪他還要深切。」

我停下動作，轉頭看她這個動作其實很危險，但我還是轉過頭了。底下那個隨時要將我吞噬掉的深谷的確很危險，但是再怎麼恐怖，也不及蕁麻方才說的那一番話。我小心翼翼地說道：「所以妳認爲，妳已經找到辦法可以迂迴避開妳所立下的誓言，然後把妳立誓不說的事情告訴我。」

她將額頭抵在膝蓋上。「你說你認識爸爸，雖然那已經是舊事了，我不知道你到底是誰，但也許你至今仍與爸爸相熟，所以你可以跟他談談啊。上次迅風逃家的時候，你跟我說，迅風和爸爸很平安，已經在回家路上了。噢，影狼，你幫幫忙呀！我不知道你跟我們家的人到底熟到什麼程度，但是彼此之間畢竟不陌生。我爲了幫助迅風，把一個好好的家都拆散了。除了你之外，我實在沒有別的援手，況且我又沒跟迅風保證說我絕不會告訴你。」

我低頭看著自己的腳。蕁麻的夢已經吞沒了我的夢，而我也已經被她化爲她心目中的印象了，所以此時我明明是個人，卻是狼形。我的黑爪子插入鬆垮的碎石間，由於是四腳著力，重心較低，因此我一步步地爬上陡坡，朝蕁麻而去。等我靠近到看得出她臉頰上有乾去的淚痕時，我以狼聲問道：「告訴我什麼？」

這就夠讓她將心底的話一吐爲快了。「他們認爲迅風逃到海邊去了——畢竟迅風跟我就是處處安排這種跡象。哎喲，你別那樣瞪我嘛！你又不知道我們家裡的情況！爸爸一天到晚隨時都可能會大發雷霆，而迅風的脾氣也差不多一樣糟糕。小敏很可憐，他在家裡的活動都得偷偷摸摸的，爸爸稱讚他，他也愧於接受，因爲爸爸再怎麼肯定他，他的雙胞胎兄弟也無緣分沾。而媽媽則變成像瘋女人一樣，每天晚上都追問他們到底是怎麼回事，可是爸爸和迅風都不肯回答。我們家裡已經沒有寧日了，每天都是折磨，所以當迅風來找我幫他溜走的時候，我覺得這個打算反而可行。」

「妳到底怎麼幫他？」

「我給他錢，我自己的錢，我自己可以任意花用的錢——這是我去年春天幫葛霜接生小羊賺來的。媽媽常常派迅風把她的蜂蜜或是蠟燭送到鎮上去賣，所以我幫他想了一個計畫，叫他開始跟鎮上的人家探問船、打漁和航行的事情。然後我幫他寫了一封信，又簽了爸爸的名字——我平常就常幫爸爸寫信簽名，他的眼力……爸爸還能寫字，但是他看不見自己寫了什麼字，字跡因此就歪扭得不成形，所以最近爸爸賣馬或是辦什麼事情的文件，都是我在幫他寫的。大家都說我的字跡像爸爸，大概是因爲我寫字就是爸爸教的吧，所以……」

「所以妳幫迅風寫了一封信，說他父親放他出門，此後任由兒子出外去發展，與家裡毫不相干。」我說得很慢，蕁麻說的每一句話都使我的心情更加沉重。博瑞屈和莫莉吵架了，於是他又開始酗酒。他的眼力日漸衰退，同時他認定是自己逼著兒子逃出家門。聽到這些事情使我心碎，因為我知道這些問題，沒有一個是我解決得了的。

「迅風還未成年，勞力應該歸父親所有，所以別人若把他當作是逃家的孩子，或是逃學的學徒，那麼他就別想找到任何工作了。」蕁麻講得吞吞吐吐，但她仍努力為自己偽造文書的事情找藉口。我不敢看她。「媽媽包了六排蠟燭，叫迅風送到鎮上，再把錢帶回來。當迅風跟我道別的時候，我就知道他要利用這個機會了，之後他便一去不返。」她身邊的野花盛開，有隻蜜蜂為了採蜜而在花朵間飛舞停駐。

我慢慢地把她的話整理一下。「他偷了錢以便上路？」我對迅風的觀感不斷下降。

「那不是……那不算偷。他一直都幫著媽媽照顧那幾窩蜜蜂，更何況他的確需要路費呀！」

我慢慢地搖了搖頭，蕁麻竟然找理由為迅風開脫，使我非常失望。不過話說回來，我又沒有弟弟，也許天下所有的姊姊都是這樣的。

由於我沉默的時間越來越長，所以蕁麻忍不住可憐兮兮地問道：「你不幫我嗎？」

「我幫不上忙。」我無助地說道。「真的幫不了。」

「怎麼會幫不上忙呢？」

「我怎麼幫？」此時我已經完全在她的夢境裡了。我腳下踩的是踏實的草原，頭上則是春日的藍天，那隻蜜蜂嗡嗡地飛過我的耳朵，我抖抖耳朵將牠揮走。我知道我的夢魘並未消失，我若是後退兩步，馬上就又回到陡峭的滑石坡上了。

「你就幫我個忙，跟爸爸談一談嘛。你就跟爸爸說，迅風離家並不是他的錯，這樣就行了。」

「我沒辦法跟妳爸爸談，我在很遠、很遠的地方，要不是做夢，我們彼此是聯絡不上的。」

「你既然能到我的夢裡找我，難道就不能到爸爸的夢裡去找他嗎？你就到爸爸的夢裡跟他談一下嘛！」

「這是不成的。」很久以前，我父親便將博瑞屈封鎖起來，以免別的精技人接觸到他。這是博瑞屈親口告訴我的。以前駿騎經常汲取博瑞屈的力量做爲施展精技之用，而以他們兩人間的牽繫之深，若其他精技人利用他來對付駿騎，駿騎是無能爲力的。其實我也有點納悶，這是不是表示，博瑞屈曾經擁有一定程度的精技能力？還是說，駿騎之所以能汲取他的力量，只是表示他們兩人之間的關係非比尋常？

「怎麼不成？你不是能到我的夢裡來找我嗎？再說以前你跟我爸爸又是好朋友，這是你自己說的。求求你，爸爸不能再這樣下去了，這會把他折磨死的，而且媽媽也很痛苦。」接著她又輕輕地補了一句：「你既虧欠我爸爸，這次自然要幫忙呀。」

蕁麻的花叢裡的蜜蜂嗡嗡地飛過我眼前，我揮起爪子將牠趕走。我下定決心要讓這一次牽繫迅速結束，因爲蕁麻對於她父親與我之間的關係實在臆測得太多。「蕁麻，我沒辦法去妳父親的夢境裡找他，但是除此之外，可能還有別的辦法。我有個認識的人，我若去找他一談，說不定他就能找到迅風，並叫他立刻回家。」我嘴上這樣說，心裡則不斷往下沉。迅風的確惹人厭，但即使如此，我也想像得出他一旦回到家裡面對博瑞屈的時候，那個場面會有多麼棘手。我強迫自己硬下心來。這實在不是我的問題，迅風是博瑞屈的兒子，所以這得留待這對父子自己去解決。

「這麼說來，你知道迅風的下落囉？你見到他了，對不對？那他現在好不好，安不安全？我每天從早到晚都記掛著他，他年紀小小就獨自出門，不曉得會不會碰上什麼危險。當初我眞不該昏頭昏腦地幫他忙的！快告訴我他現在怎麼樣了。」

「他很好。」我簡短地說道。那隻蜜蜂又飛到我耳邊，接著就停在我後頸上。我想要用爪子將牠揮開，但是一瞬間，就感覺到有個體型相當大的動物壓在我背上。我又叫又掙扎，轉眼之間，我就被龍叨在嘴裡。那母龍將我搖晃一陣，不是爲了要殺我，而是爲了要警告我，於是我不再掙扎，任由母龍將我叨在半空中。牠的牙齒扣住我的後頸皮，雖未穿皮刺肉，卻使我癱瘓且無法動彈。

蕁麻氣憤地站起來抓我，但是那龍將我吊得更高。我先是垂在蕁麻頭上，然後又被那龍叼著，凌空懸在我先前夢魘裡的深谷中。

「啊哈！」母龍出聲警告我們兩人。「若敢反抗，我就把他丟下去。狼可不會飛喔。」牠的聲音並不是從喉嚨與嘴裡講出來的，而是直接穿透我的心思，與我的心靈交流。

蕁麻不敢動。「妳要什麼？」她怒問道，眼神變得冰冷。

「他知道事情。」婷黛莉雅答道，將我搖一搖，我只覺得背脊的每一根骨頭都脫散了。「你們對於埋在冰裡的黑龍知道多少，通通告訴我，還有那個叫做『艾斯雷弗嘉』的島是什麼情況，也給我說個清楚。」

「這些事情我都不曉得！」蕁麻氣憤地答道，她氣得雙手揑起拳頭。「妳放開他。」

「很好。」母龍說著便將我放開，於是我開始不斷地往下掉。接著，母龍倏地伸出細長如蛇的頸子，再度接住我，這次牠張口叼住我的胸膛，上下顎一夾，讓我見識到牠不費吹灰之力就可以把我夾碎，這才將我放鬆，並問道：「那你知道多少呢，小狼？」

「我什麼都不知道！」我喘著說道，緊接著便忍不住嗆著把肺部所有的空氣吐出來，因爲婷黛莉雅正開始要將我夾碎。我對自己說道，放心，這一定快得很，我用不著忍受煎熬；婷黛莉雅沒什麼耐心，牠會速速置我於死地。我瞄了一下蕁麻，看我女兒最後一眼。

蕁麻站著，突然變得越來越大，她伸開雙臂，頭髮隨風飄揚——但風只吹她一人——在她身後出現一輪白亮的光圈，襯著她的臉。她揚頭說道：「這是夢！」她高叫道。「而且是我的夢！我現在就把妳丟出去！」蕁麻一個字、一個字地說出最後面這句話，有如君臨天下的女王般下了命令。這是我第一次領受到我女兒的精技能力有多麼強大。她能夠隨意塑造夢境、改變夢裡情境，正顯示她的精技天賦超絕群倫。

婷黛莉雅將我丟入萬丈深谷。我翻滾著往下掉，但是這個深谷已經不是我夢中的岩谷，而是既沒有顏色，也沒有盡頭的虛空。我在翻滾之間，一眼瞥見婷黛莉雅已經被蕁麻縮回原來的蜜蜂大小。我緊閉眼睛，以便抵抗下墜的頭暈目眩。就在我痛苦地吸一口氣，準備大叫出來之時，蕁麻輕輕地在我耳邊說道：「這只是夢而已，影狼，再說這是我的夢，而在我的夢中，你從來不會受到一絲傷害。現在睜開你的眼睛，醒來面對你的世界吧。」

我在醒來的前一刻，便感到身下壓著柔軟舒服的床墊，而當我睜開眼睛面對黑暗的工作室時，我一點也不驚惶，原來蕁麻已經把夢魘的恐懼化開了。我深吸了一口氣，準備繼續睡覺。在昏昏欲睡之間，我只對於女兒竟會有如此驚人的精技天賦感到非常意外。但是我拉好被子，又把另外半邊枕頭從吉利身下搶回來之後，卻想起了夢境的前半段，這下子倒使我完全清醒。迅風撒了謊啊，博瑞屈並未跟兒子斷絕關係。不，這比斷絕父子關係更糟，因爲迅風離家之後，使得全家大亂。

我躺著一動也不動，眼睛緊閉，希望自己重新入睡，不過我也知道這是癡心妄想。我沒睡著，反而盤算著接下來該怎麼做。那孩子一定得遣送回家，不過我可不想親自叫他回去，因爲他一定會問我是怎麼知道他在說謊的。既然如此，那我就跟切德說，博瑞屈並未准許迅風離開家門好了。可是這一來，我又得跟切德坦白承認我的確又藉著精技與蕁麻聯絡了。唔，這可就不妙了，我粗暴地對自己說道，看來我所有的祕密都逐漸開始洩漏出去，為人所知了。

我打定主意，並極力說服自己，我最多也只能做到這裡。我抑制自己不去想博瑞屈如何酗酒，也不去想莫莉會因為兒子失蹤、丈夫又每天借酒澆愁而變得如何地魂不守舍。我盡量不去揣測博瑞屈的眼力衰退到什麼地步，畢竟光是他不想去找回兒子，或是可能找過，卻毫無下文，就已經夠糟糕了。

天一亮我便起床，我在守衛室拿了麵包、牛奶和燻肉，帶到女人花園去吃。我坐在長椅上，聽著鳥叫蟲鳴，聞著陽光的暖意剛開始接觸大地所散發出來的味道。對我而言，這些事情一向是很大的慰藉，而今天早上，這些生生不息的跡象，讓我再度體會到大地總是如此美好，甚至使我想要留在堡裡，看著夏意逐漸濃厚，果樹開始結實纍纍。

我還沒看到她的人，就先感覺到她在附近。椋音穿著一件淡藍色的晨褸，頭髮未綁，鬆鬆地垂在肩上，那優雅的纖足套著簡單的涼鞋，兩手捧著一杯熱騰騰的飲品。我望著她，心裡只希望我們兩人之間的事情不要變得更複雜。她一見到我默默地坐在樹下的長椅上，便裝作目瞪口呆狀，然後一邊將表情化作笑臉，一邊走過來在我身邊坐下。她坐下之後踢開了涼鞋，彎起腿，收在我們兩人之間的長椅上。

「嗯，早啊。」她招呼道，眼裡仍多少有點驚訝。「我差點就認不出你來了，蜚滋，你看起來好像年輕了十歲。」

「是湯姆才對。」我溫和地提醒道，雖說我明知她之所以故意提起我的舊名，乃是為了嚇我。「不過妳說的我也有同感。如今我天天跟著衛隊操練，說不定這就是我長年以來最迫切需要的慰藉。」

她喉嚨間弄出了個懷疑的聲響，啜了一口熱飲，抬起頭來望著我，酸溜溜地問了一句：「我注意到你並沒有說我的情況也跟你差不多。」

「什麼差不多？難道妳覺得加入衛隊對妳比較好？」我裝作不知地應道。椋音假裝生氣地踢我一腳，我這才補充道：「椋音啊，在我眼裡，妳永遠都是這個模樣；妳就是椋音，從來沒有變年輕，也沒有變老。」

她皺眉想了一會兒，聳聳肩，大笑道：「你這個人講話到底是在稱讚，還是在講風涼話，我老是分不出來。」她湊近了一點，嗅嗅我的氣味。「麝香？如今你天天用麝香香膏呀，湯姆·獾毛？如果你是想要吸引女性伴侶嘛……」

「不，我並沒用麝香香膏。黃鼠狼也有麝香味啊，而這一陣子，我天天跟小黃鼠狼一起睡。」

我是據實以報，但是椋音那種恍然大悟般的陣陣狂笑，倒把我嚇了一跳。過了一會兒，我也跟著她笑起來，她則一邊搖頭望我，一邊繼續笑個不停。她換了個姿勢，以便用她那被陽光曬暖了的大腿貼著我。「這確是你的作風，蜚滋，分毫不差。」她滿足地嘆了一口氣，接著懶懶地問道：「這麼說來，我可以據此推論你的喪期已經結束，而且又重新找到牽繫的伴侶了？」

她的話使得這個燦爛的早晨一下子變得黯淡起來。我清了清喉嚨，謹慎地說道：「不，我看我的喪期是永遠也不會結束了。夜眼與我有如刀與鞘般契合，是百年難尋的知交。」我望著黃春菊花床，平靜地說道：「夜眼之後，再也不會有其他了。我若是再度牽繫，那麼對於牽繫的對象太不公平了，因爲往後我不管跟什麼動物牽繫在一起，都只會把對方當成是夜眼的替代品，永遠也不會真心相待。」

她似乎過度闡釋我話裡的意思。她靠在椅背上，彎起一臂，以手枕頭，抬起頭望著我們頭上枝葉之間的天空。我喝完牛奶，放下杯子，當我正打算以要去幫迅風上課爲由告退時，椋音開口問道：「那麼，你有沒有想過要把莫莉搶回來？」

她揚起下巴。「你深愛著莫莉。至少你一直都說你愛著她。而且她又千辛萬苦、不計得失地懷了你的孩子。你明知道她若有意，大可以把那孩子流掉的。既然她決定要保住孩子，就表示她對你一往情深。既然如此，你就應該去找她，把她搶回來。」

「莫莉跟我都已經是陳年舊事了。她早就嫁給博瑞屈爲妻，兩人一起生活、互相扶持，還一起生了六個孩子。」我僵硬地說道。

「那又怎麼樣？」她轉頭望著我。「上次博瑞屈到公鹿堡把迅風帶回家的時候，我曾經與他擦身而過。我跟他打招呼的時候，他閉口不言、臉色嚴厲，而且他已經老了，走路要靠手杖，眼睛又蒙上白翳。」想到博瑞屈，她不禁搖搖頭。「如果你打算贏回莫莉，他絕對爭不過你。」

「我才不會做那種事情！」

她又啜了一口熱飲，透過杯口的熱氣望著我。「我也知道你不會做那種事情。」她將嘴邊的杯子放下來。「雖說當初他把莫莉從你手裡搶了過去。」

「他們兩個都以爲我已經死了！」我強調道，我的口氣比想像中還要嚴厲。

「那你呢？你眞的認爲自己沒死嗎？」她伶牙俐齒地說道，但她見我神情不悅，臉色便也軟化下來。「噢，蜚滋，你都不替自己設想的嗎？你自己萬分渴望，卻從不伸手去拿。」她湊了上來。「難道說，你認爲莫莉會因爲你所做的決定而感激你？難道說，你眞的認爲你有權爲她的人生下決定？」她又略往後靠，並仔細打量我的臉龐。「你像是幫小狗找個好人家似的把莫莉母女送走。你爲什麼要這樣做？」

這個問題，我已經自問自答許多次，其次數多到我根本用不著想，就馬上有了答案。「博瑞屈比我還配得上她，當時如此，現在亦同。」

「是嗎？我倒納悶她會不會這麼想呢。」

「妳先生今天好嗎？」我硬轉了個話題。

她的眼神一下子像籠上一層薄紗似的令人看不透。「誰知道他今天好不好？他已經跟紅橡爵爺及夫人去山上捕鱒魚了。而我這個人，從來就不喜歡那種野外活動，這你是知道的。」她悠悠地望向遠處，補了一句：「不過紅橡府上的那位千金，也就是長春蔓小姐，對這種活動倒挺爲熱中。我聽人說，長春蔓小姐一聽到有機會上山捕鱒魚，竟高興到跳了起來。」

這種事情毋庸贅言，只需要提個話頭，我心裡就有譜了。「椋音，我感到很遺憾。」

她吸了一口氣。「有什麼好遺憾的？我才不把這些事情看在眼裡呢。我冠了他的姓氏，又享有他的龐大莊園，而且他又任由我保有吟遊歌者的習慣，隨時來去自如。」她歪著頭看我。「我最近在考慮要加入晉責王子的隨行團，到外島去走一走。你看如何？」

我一想到她要同行，心裡就沉了下去。噢，千萬不要。「我看王子這一趟出門，一定比捕鱒魚糟上十倍百倍。我心裡已經有了準備，這次遠征必定艱難又冰冷。況且外島的食物眞是爛透了，如果他們送上一盤豬油、蜂蜜與骨髓混在一起的大雜燴，那就是外島烹飪的極品了。」

她優雅地站起來。「還有魚漿。」她說道。「你忘了講魚漿。外島人不管做什麼菜，都要放魚漿。」她低頭俯瞰著我，伸出一手，把飛到我臉上的幾撮頭髮撥開，指頭輕輕劃過我臉上的疤痕。「總有一天。」椋音平靜地說道。「總有一天，你會了解到，你我兩人不但是絕配，而且無論時空起了多大的變化，眞正了解你，並且不顧一切地愛你的，只有我一人而已。」

我目瞪口呆地望著她。我們在一起多年了，但之前她從未跟我提起「愛」這個字眼。

她的指頭滑到我的下巴，往上一推，把我的嘴巴闔起來。「我們應該要常常共進早餐才是。」她提議道，然後便啜著飲品散漫地走開，她知道我一定會望著她的背影。

「唔。至少妳暫時讓我忘記其他的問題。」我有感而發地對自己說道。之後我把杯子送回廚房，再前往王后花園。也許是因爲剛才跟椋音一談之故，所以我走到塔頂看見那個正在餵鴿子的少年時，我的態度直截了當。

那孩子還來不及跟我道早安，我便搶著說道：「你撒謊。你父親根本沒有把你趕出家門。你是逃家的，而且你還偷了錢做爲路費。」

他目瞪口呆地望著我，臉色變得刷白。「誰告……你怎麼……？」

「我怎麼會知道？如果我告訴你，那麼我就必須向切德和王后稟報此事。你眞的想知道我是怎麼知道的嗎？」

我心裡暗禱自己逮住了他的弱點。過了一會兒，他艱難地吞嚥，又突然不發一語地搖了搖頭。據此我知道我已經收伏他了。既有機會在不讓堡裡的人知道他如何辱沒自己名聲的情況下回家，他也就默默接受了。

「你家裡的人都非常爲你擔心，你實在無權讓深愛你的人爲了你的安危而懸心不下。你打包回家吧，你既悄悄地來，也就悄悄地走吧。哪。」我衝動地把腰際的錢袋拿出來。「這裡的錢夠你平安回家，順便償還你拿的錢了。不告而取的錢，務必要還。」

他不敢直視我的眼睛。「是，先生。」

他沒伸手來接我的錢袋，所以我拉起他的手，轉爲掌心朝上，將那袋錢放在他手裡。我放開他的手之後，他仍呆呆地站著看我。我朝樓梯門一指，他這才怔怔地轉過身，大步朝門口走去。他伸出手才要推門，但是又停住了，然後虛弱無力地說道：「我待在家裡有多痛苦，你是無法了解的。」

「你錯了，我清楚得很，你絕對想不出我的體會有多深。回家吧，乖乖順從你父親的教誨，好好地爲父母賣力，直到你成年爲止，凡是誠實的少年人都該這樣。你難道不是父母養大的嗎？難道你不是父母孕育，而且食物衣鞋，無不是父母所供給？既然如此，在你成年之前，你的勞力就應該爲父母所有。等你成年之後，一切都海闊天空；在成年之後，還有多年歲月任由你發展自己的魔法，到時候你愛怎麼生活，就怎麼生活，因爲那乃是你應得的。你的原智魔法可以等到那個時候再開展。」

他停下不走，頭在門上靠了好一會兒。「不行，我的天賦無法等待啊。」

「非等不可！」我嚴厲地吼道。「你快回家吧，迅風，今天就走。」

他縮著頭，推開門出去，出去後又回身關門。我聽著他踏在樓梯上的腳步聲逐漸遠去，我的原智知覺也感覺到他的存在逐漸遁去。我長嘆了一口氣，知道自己是在要求他去做一件困難的事，希望博瑞屈的兒子有這個骨氣去承受那一切。我眞誠地希望——雖說即使如此期望，我也無法寬心——只要這孩子返家，就能彌補家庭的裂痕。我慢慢地走到那個凹下的牆垛邊，俯瞰塔下的岩壁。

5

登船

有些人的精技天賦乃是長於塑造夢境，然而我們千萬不可鄙視這些精技人。精技獨行者之間，就常有長於塑造夢境的人才，他們在精技小組之中也許難以發揮大用，但卻能運用自己獨有的天賦，以既巧妙且有效的方式爲國王效力。敵軍首領若是做了不祥的夢，會因此而再度考慮是否要興起戰事；我軍的首領若是做了勝利凱旋的夢，則會士氣大振。好夢是難得的大禮，而且對於懷憂喪志、內心疲憊不堪之人而言，好夢可能是最好的慰藉。

——樹滕所著之《精技之次級用途》

當天晚上，我跟切德說，迅風十分想家，所以我叫他回家了，並希望他能藉此彌補父子之間的嫌隙。老人心不在焉地點點頭，畢竟他要擔心的事情太多，相形之下，迅風要不要回家，實在無關緊要。我也把羅網跟我說的事情告訴他，末了我說道：「他知道我眞正的身分，而且我猜他是來堡裡之前就曉得了。」

對此，切德的反應就比較激烈一點。「可惡！如今我要處理的事情多如牛毛，你怎麼就挑現在開始把你的底牌洩漏出去呢？」

「我才沒洩漏自己的底牌。」我生硬地說道。「據我看來，某些人知道我的眞實身分已久，只是這件事到現在才冒出來。你認為我該怎麼做才好？」

「做？你能怎麼做？」他氣惱地反問道。「人家都已經知道了，孩子。羅網看來對我們頗有善意，而我們只能希望他是眞心待我們，同時也只能祈禱此事並未在原智者之間傳開來。」他把一堆卷軸塞進硬皮盒子裡，用力把盒蓋壓上蓋好，然後綁緊皮盒。過了一會兒，他問道：「你剛才是說荷莉，對不對？你認爲是荷莉告訴羅網的？」

「不是我，是羅網似乎在暗示是荷莉告訴他的。」

「你最後一次見到荷莉是什麼時候？」

「十幾年前吧，當時我還跟原血者住在一起。荷莉是黑洛夫的妻子。」

「這我知道！我的記性還沒壞到那個程度。」他一邊思索，一邊繼續捲起下一個卷軸，最後他終於說道：「時間不夠啊。我是很想派你去看看荷莉還在不在，查一查她把這件事告訴多少人，可是已經沒有時間了。所以，跟我一起想想，蜚滋，他們會怎麼運用這個線索？」

「據我看來，羅網倒不像是想要利用這個線索的模樣。聽他的口氣，他只是想要幫我。他既無威脅之意，也沒有拿我的祕密來吊我胃口。感覺上，他倒比較像是在勸我應該對迅風據實以報，才能突破這孩子的心防。」

「嗯。」切德一邊努力蓋緊最後一個盒子，一邊思慮重重地應道。「把茶壺推過來。」他倒了杯茶。「羅網這個人眞是深不可測，是不是？知道的典故既多，又不僅止於晚課上說的原智故事而已。我倒不會說他是那種學富五車的人，但是就像他自己說的，凡是不懂的，他無不多問多學。」切德說這話的時候，眼神遙遠迷茫，無疑地，他是在思索羅網的影響力。「儒雅說，既然晉責沒有精技小組之助，就難免有個『原智小組』來襄助他，這些話我是頗不以爲然的。幸虧到目前爲止，這事也沒有在大衆之間傳開，不過，看來原智小組已經儼然成形，其成員包括儒雅．貝馨嘉和他的貓、吟遊歌者扇貝和羅網，這些人都會隨行王子出航。雖然王子不願承認，但我感覺得出他們這幾個人的互動，多少有點『小組』的形式。他們常常把我排除在外，私下開會，而且關係非常緊密，而這個羅網，就是他們的中心。羅網這人與其說是首領，不如說他是教士之類的人物，也就是說，他不會用命令的方式，而是諄諄規勸，並且常常把『天神』和『神靈』之類的字眼掛在嘴邊——他倒不怕這些話說多了會讓人覺得他神智不清。這人若是意有所圖，那就危險了，以他所知之多，是有能力擊潰我們。我跟他講話的次數屈指可數，但他每次講話都非常直接。我感覺得出他像是要敦促我們採取什麼行動，但到底是什麼行動，他從不明講。嗯。」

「所以——」我一一指出可能的狀況。「也許羅網只是希望我對迅風坦誠一點，唔，既然那孩子走了，所以這就不成問題了。但也許他希望我揭露自己的眞實身分，或者他希望瞻遠王室坦承王子有原智天賦。又或者，也許他是希望藉著王子與我的祕密曝光而讓衆人看清，原來原智天賦一直都存在於瞻遠王室的血脈之中。」然後我的舌頭就凍住了。原智天賦一直都存在於瞻遠王室的血脈中嗎？最後一個確定有原智天賦的王子是花斑點王子，可是他沒有後嗣，後來王位傳給不同的瞻遠血脈。這麼說來，我的原智天賦可能是我那位有群山血統的母親傳給我的，而當惟眞侵占我的身體，讓珂翠肯受孕而生下晉責之時，又將原智傳承下去。我從未將惟眞孕育繼承人的眞相告訴切德，我也不想說出此事。晉責雖是我所孕育，但是在精神上，他十足是惟眞之子。不過，此時我不禁不安地想道，惟眞在利用我的身體時，是不是順便把我這個不潔的魔法傳給了他的兒子。

「蜚滋。」切德說道。我聽到他的聲音嚇了一大跳，因為我已經被思緒帶到很遠的地方去了。「別太擔心。如果羅網的意圖就是要給我們好看，那麼我們就算猜出他的眞正目的，也沒什麼用。反正他會跟著我們隨同王子遠征，我們可以把他看緊一點，而且還可以跟他多談一談——尤其你應該要多找他講講話，就假裝你要多學學原智的事情，這樣就可以使他對你產生好感。」

我輕輕地嘆了口氣。這種騙人的伎倆我已經十分厭倦。我如此告訴切德，他無情地對我嗤之以鼻。「你天生就是要騙人的，蜚滋。你天生就是要騙人的，就像我一樣，這是所有私生子共同的命運。我們這種人很奇怪，雖是兒子，但不能做繼承人，雖然有皇家的血統，卻不是王子。我還以為，到了現在，你早就接受這一切了。」

我只答道：「我會盡量在航行時找羅網談一談，看看他有什麼意圖。」

切德睿智地點了點頭。「在船上套話是最適合不過的了。反正在航程中，除了講話也沒別的事情好做。況且，如果他看似對我們有點威脅的話……唔。」

他用不著補充「海上航行往往會發生許多不幸的事件」，我也知道他就是這個意思。我眞希望他什麼都沒提，但他仍繼續說下去：

「你是不是慫恿椋音跟我們一起出門？因為她在王后面前講了一大篇漂亮話，說王子的遠征歷險，非有個吟遊歌者同行，以便將精采的故事帶回家鄉來不可。」

「我才沒有慫恿她呢。王后准她同行了嗎？」

「我回絕了。我跟王后和椋音說，王子船上的艙房都滿了，況且此去有吟遊歌者扇貝同行。怎麼？你認為椋音隨同前往將會派得上用場？」

「不。我倒認為，這次的遠征跟我上次的遠征一樣：眞相越少人知道越好，更不要編成詩歌在家鄉流傳。」切德回絕椋音使我鬆了一口氣，但我心裡卻暗暗地覺得有點失望。對於自己竟有這種感覺使我備感羞愧，羞愧到我不敢多加探究。

第二天，我排除萬難地騰出時間去看幸運。我只跟他小聚了一會兒，而且也沒出去，就趁著他工作的時候聊聊。晉達斯的弟子要在木板上做鑲嵌的裝飾，所以找幸運把要鑲嵌進去的木件拋光磨亮。在我眼裡，這工作無聊得要命，但是我走上前去的時候，卻發現幸運磨得渾然忘我。我跟他打招呼，他疲倦地抬起頭來跟我笑笑，然後認眞地接下了我帶來的小禮物和紀念品。我問他近來如何，他也不敷衍，直接對我說道：「我還是跟絲凡佳在一起，她父母親仍舊不知道我們兩個的事情，而我也仍努力盡我學徒的本分，不過我想我應該是做得來的。我的想法是，如果我多花點心思在作坊裡，那麼說不定可以早點升爲技士，而等我有技士的身分之後，我就可以大大方方地去見絲凡佳的父親，請他准許我贏取他女兒了。」他嘆了一口氣。「湯姆，這種偷偷摸摸見面的事情，我眞是厭倦透了。不過我看絲凡佳倒喜歡這樣，她覺得這樣格外刺激。但我呢，唔，我希望困難都能擺平，相聚能光明磊落。等我變成技士之後，我就能隨心所欲地與她相見了。」

我本想應道，要升格爲技士要花上好幾年的時間，不是幾個月就能速成的，但我還是咬住舌頭不讓自己說出口。其實這個道理幸運也很明白，如今只要他不要放棄學徒的生涯就好了，至於他若是要幻想早日成爲技士的美景，那又何妨？除此之外，我還能奢求什麼？所以我抱了抱幸運，告訴他說我會想念他。他則熱烈地擁住我。「我不會辱沒你的名聲，湯姆，我向你保證，絕不會辱沒你的名聲。」

我跟著衛隊的同僚一起把各人的海運箱搬上了運貨的板車，然後跟著篷車一路到了碼頭邊。爲了迎接春季慶，公鹿堡城已經妝點得熱熱鬧鬧，家家戶戶的門楣上繫著編花，錦旗處處飄揚。客棧大堂的門口大開，流瀉出歌聲與節慶食物的香味。好些同僚埋怨我們明日啓程，錯過了大節日，然而這也沒辦法，因爲春季的第一天乃是吉日，適合出行。

明天一早，我們會列隊護送王子上船，今天我們只是將行李送上處女希望號，然後爲了要睡哪個艙位而彼此爭奪笑鬧。我們的艙房在底艙，既陰暗又不通風，密閉空間中的成年男子汗臭味與我們腳下的壓艙水冒出來的污臭味瀰漫四周。床位擠得你的下巴碰上我的臉頰，既無隱私，也不得安寧。被煙燻黑的木料彷彿透出了壓抑沉悶的瘴癘之氣。海水震天價響地打在船殼上，像在提醒我，其實我與寒冷，以及無垠的海水與我之間，只隔著一層木板而已。

我迅速地擺好我的裝備，而我的木箱要綁在哪裡、要睡哪個床位，這我是不大在意的。我已經打定了主意，要盡量多待在通風的甲板上。衛隊裡有一半的人不曾有海上航行的經驗，所以他們很不滿我們的艙房竟安排在這麼下面，跟甲板上往來忙碌的水手完全隔開；侍衛多半瞧不起水手，在侍衛眼中，水手們不是明盜暗偷，就是喝酒鬧事。不過據我猜想，由水手的眼光觀之，我們這些侍衛大概也好不到哪裡去。

我一把行李安頓妥當，就立刻朝甲板而去，但是甲板上不易立足，因爲上頭盡是水手與登船的旅客，而且往來人等無不用力推我一把。一箱箱的貨從碼頭上吊起，拉到半天高，然後才慢慢降下來，從甲板上的開口直接放下，收進底艙裡。而水手們不是彼此叫囂，就是大聲地對擋住他們去路的陸地人咒罵。

我一上了甲板就輕鬆地嘆了一口氣，從明天開始，我就要被困在船上，哪裡也去不成了。但是我一從舷梯下來，輕鬆的心情便不翼而飛。以黃金大人的身分出現的弄臣正站在碼頭上，氣得火冒三丈，身後跟著一團捧著各色盒子、木箱、袋子和皮箱的僕人。黃金大人面前站著一個擋住他的去路，不肯讓步的文書，文書一邊搖著頭，一邊閉著眼睛，忍受黃金大人慷慨激昂的責罵。

「哼，明明就是你出了差錯！你講得有條有理，偏偏忘了一樣，那就是錯並不在我。我要隨同王子遠征一事，是幾個月之前就談好的！除了我這樣行遍天下、閱歷廣博的人之外，還有誰能爲王子提出建議？所以說，你趁早滾開吧！既然你說船上的艙房並未分配給我，那麼我就自己上去挑個合適的艙房，搬進去安頓好。至於你，就快滾去查查到底誰該爲這個大錯負起責任吧。」

黃金大人說話的時候，那文書不住地搖頭，而他接口所說的話，我敢說一定是他早已說過，並且再三重複的說辭：「黃金大人，這事若有差錯，還請多多見諒。然而我的名單乃是切德大人親手所寫，上頭又特別交代，唯有這單子上的人才可以登上王子之船，我必須堅守崗位，不得須臾擅離，所以我無法前去探問是否哪裡出錯。上頭交代下來的命令非常明確。」接著他似乎是爲了要擺脫黃金大人的糾纏，補了一句：「也許您是安置在隨行的船隻上。」

黃金大人不悅地嘆了一口氣，轉過頭去看他的僕人；他的眼神像是望著我的身後，但是在那一瞬間，我們兩人四目相接。「放下來！」他對那人命令道。僕人鬆了一口氣地把手中的木箱放在地上，而黃金大人則立刻坐了上去，蹺起腳，以不可一世的姿態對那一團僕人吩咐道：「大家聽著！把手邊的東西放下來。」

「可是……您擋住……求求您，黃金大人……」

他才不管那人有多麼苦惱。「我就坐在這裡，直到這件事解決爲止。」他氣憤不平地宣布道。接著，黃金大人便環手抱胸，昂起下巴眺望海面，彷彿世上的一切俗事都與他無關。

那文書朝黃金大人身後的狀況看了一眼。黃金大人的僕人與衆多行李恰正堵住了整個碼頭的通道，其他旅客被這一團人物行李擋住，漸漸地越聚越多，而推著手推車、扛著一簍簍補給的碼頭工人也被擠得進退不得。那文書吸了一口氣，想要擺出一點權威。「大人，不管這件事如何解決，您本人與您的行李必得移開，不能擋路。」

「我才不移呢。所以我建議你派個跑腿的去通知切德大人，請他應允你讓我登船，除此之外，其他的我全都不依。」

我的心一沉。其實我知道黃金大人這話是要講給我聽，而不是要講給那個文書聽的。他已經看到我，而他認為我會趕快衝回公鹿堡，在切德耳邊講一、兩句話，以便迅速解決碼頭邊的死結。他尚未懷疑這窘況乃是因我而起，但就算我現在後悔了，切德也絕對不肯退讓。我轉身離開黃金大人一手造成的奇景大觀時，還看到他若有似無地對我眨了個眼。無疑地，他到目前還認為黃金大人離開公鹿堡的盛大場面，必會成為公鹿堡的傳奇。

我再也看不下去了。我一邊踏上陡峭的街道朝城堡而去，一邊告訴自己，這沒什麼好擔心的，黃金大人會一直坐在那裡，直到被人趕走為止，如此而已，不可能比這更糟了。明天他雖不能同行，但是我們在極力忍受不適且枯燥的旅程之際，他卻能安安全全地待在堡裡。就是如此，不可能更糟了。

不過，去過碼頭之後，這漫長的一天卻想不出該怎麼打發才好。過去幾天又累又趕，如今到了啓程的前一刻，我卻無事可做。我在營房裡的居處空空如也，只剩下明天要穿的那套制服和身上佩戴的武器；王子衛隊當然必須光鮮亮麗地出門，緊身褲、襯衫和束腰外衣都是公鹿堡藍，胸前繡著瞻遠家的公鹿紋章；新靴子是量著我的腳做的，所以不會磨腳，而且我已經把靴子上油，以免打溼。雖然已經春暖花開，但是因為外島很冷，所以配給的是厚重的毛料斗篷。弄臣送我的那把寶劍則躺在這一堆衣物上，像在對我做無言的斥責。我將寶劍留在營房裡。不管什麼財物，留在營房裡都是很安全的，因為在衛隊中，一個人的榮譽，就是他最貴重的財產。

回到工作室裡，只覺得一切如常。就算切德注意到如今駿騎的寶劍橫掛在壁爐上方，他也選擇了緘口不言。切德打包行李之後，散落了一地的東西，走起來很不方便，於是我隨手將這些東西歸位。切德認爲可能派得上用場的海圖和經卷都已經打包帶走了。因爲無事可做，所以我躺在床上，逗著吉利玩，但是玩了不久，就連吉利也玩厭了，牠離開去捉老鼠。我走到蒸氣浴室，努力洗刷，然後連刮了兩次鬍子。之後我又回到營房，躺在窄小的床上。長長的營房裡很安靜，空蕩蕩的，只有幾個老手跟我一樣寧可早早睡覺，其他人早就泡在公鹿堡城的酒店裡，依依不捨地跟美酒與陪宿女郎道別了。我拉起被子，瞪著天花板上的陰影。

我想著，不知道弄臣會爲了跟上我們而花多大的工夫。切德叫我放心，他說離開公鹿堡城的每一條路都已派人看守，弄臣絕對溜不出去。他必得先前往別的港口，再付出鉅資，說服船長揚帆追上我們，但是現在黃金大人拿不出這樣的錢了，再加上他近來揮霍無度，恐怕他的朋友們也無人願意借貸，也就是說，他被困住了。

如此一來，他會氣我氣得牙癢癢的。他心思敏捷，要不了多久就會發現，他之所以被排除在遠征團之外，都是因爲我暗中搗鬼。他也會知道，我立意要保住他的性命，不管他認爲自己的宿命爲何。但即使如此，他也不會感謝我，畢竟白色先知的催化劑該做的事情，是幫助他改變世界的軌道，而不是改變先知的人生軌道。

我閉上眼睛，嘆了一口氣，好不容易才讓自己平靜下來。等我終於沉入夢鄉之中，我便開始探尋蕁麻。這一次，她坐在橡樹樹枝上，身上穿著無數蝶翼所縫製的禮服。蹲坐在樹下小土丘上的我抬起頭望著她——我又化身爲狼形，每當我進入蕁麻的夢中總是這樣。「這麼多蝴蝶，可憐牠們都死了。」我感嘆著，對蕁麻搖頭。

「別傻了。這只是夢而已。」她站了起來，立在樹枝上，然後縱身一躍。我伸直後腿，想要伸出手臂去接她，但此時她禮服上的所有蝴蝶一起展翅撲動，於是她便有如薊花種子的冠毛般輕盈地飄浮起來。她的頭髮上停了一隻特別大的黃蝴蝶，慢慢搧動翅膀，像是吹著風的黃絲帶，她的禮服則隨著衆多蝴蝶懶洋洋地拍動翅膀而隨時變換色彩。

「喲，那些細腿不會讓妳覺得癢嗎？」

「才不癢呢，這是夢啊，你忘記了嗎？不喜歡的地方，直接去掉就行啦。」

「我敢說，妳一定沒做過惡夢吧？」我敬佩地問道。

「好像有過，在我很小的時候，不過現在我再也不做惡夢了。既然夢境可恨，卻又賴著不肯走，這不是很奇怪嗎？」

「孩子，並不是每個人都能像妳這樣隨心所欲地控制夢境，這眞是個天賜的恩典啊。」

「你會做惡夢嗎？」

「偶爾。上次妳找我的時候，我正在橫越滑石坡，妳記得吧？」

「噢，我是記得啊，但我還以爲你樂在其中。有些人就喜歡冒險，越危險越好，這你知道吧。」

「也許吧。但是有些人這輩子驚險垂危的事情已經遇得夠多，所以恨不得避開危險的困境。」

她慢慢地點頭。「我媽媽有時候會做惡夢，很恐怖的，但即使我入她的夢裡叫她出來，她也出不來；不是她不肯出來，就是她看不見我。至於我父親……我知道他會做惡夢，因爲有時候他會大聲叫出來，但他的夢，我就是進不去，用盡了各種辦法都進不去。」她停下來，想了一會兒。「我想，父親就是因爲惡夢連連，所以才開始酗酒吧。醉了之後，他就呼呼大睡，也不做夢了。你說，他會不會是爲了要躲避惡夢，才天天喝得酩酊大醉？」

「我不知道。」我嘴上這樣說，心裡則埋怨她為什麼要跟我提起此事。「不過我有個好消息要告訴妳：迅風已經上路了，等他回到家，妳父母應該就會放心了。」

她交握雙手，深吸了一口氣。「噢，謝謝你，影狼。我就知道你能幫我。」

我努力以不為所動的態度說道：「要不是妳當初太莽撞，我也就用不著出手了。妳想想看，迅風年紀那麼小，怎能放他出去自己謀生呢？妳眞不該幫他逃跑的。」

「現在我知道了，但是當時我不懂這個道理嘛。唉，眞實的人生為什麼不能像夢境呢？在夢境裡，有什麼不如意的，只要改一下就好了。」她將雙手放在肩上，順著禮服的前襟拂過去，於是一瞬間，她便換上了罌粟花花瓣做成的禮服。「看見沒？現在沒有癢癢的細腿了。要改變很容易，只要你看得出夢裡的什麼成分討人厭就行了。」

「就像妳把那條龍送走那樣。」

「什麼龍？」

「妳明知我指的是誰，婷黛莉雅呀。一開始，牠只是小小的蜥蜴或蜜蜂，接著越變越大，最後就被妳驅趕出去了。」

「噢，你是說牠呀。」她皺起眉頭。「牠只有在你來的時候才會出現，我本來還以為牠是你夢境的一部分呢。」

「不，牠不是人在夢裡杜撰出來的生物，牠跟妳我一樣，都是如假包換的血肉之軀。」蕁麻竟未察覺這點，使我突然煩躁起來，我們兩人的夢中對話，是不是替她招來危險了？

「那牠是誰啊？我是說，當牠醒著的時候？」

「我不是說了嗎，牠是龍呀。」

「世上才沒有龍呢。」蕁麻宣布道，大笑起來，我則震驚得一時講不出話來。

「妳不相信世上有龍？不然當年是誰驅走了紅船劫匪，拯救了六大公國？」

「主要應該是戰士和水手吧。不過這其實也無關緊要了，對不對？事情都過了那麼久。」

「那可不見得，有些人可覺得重要得很。」我喃喃地說道。「尤其是當年親眼所見的人，更是沒齒難忘。」

「這我十分贊同，不過我也注意到，若要說起當年六大公國到底是如何轉危為安，幾乎人人說的都是混淆不清、沒有條理，什麼龍群出現在天邊，接著紅船就毀壞沉沒云云，之後龍群就又消失得不見蹤影了。」

「龍這種生物是會影響人類記憶的。」我對蕁麻解釋道。「牠們……牠們在飛過人們的頭頂上時，似乎也一併吸走人們的記憶——就像妳用抹布吸乾溢出來的啤酒那樣。」

蕁麻咧嘴笑著看我。「這麼說來，龍如果真有這麼大本事，那婷黛莉雅怎麼對我們一點影響也沒有？我們怎麼還記得牠曾經出現在我們的夢裡？」

我舉起一手，比著叫她切莫再說。「以後千萬別再提牠的名字，我可不想再遇見牠了。至於為什麼我們記得有這麼一條龍，嗯，我想這是因為，牠乃是以夢中生物，而不是以血肉之軀跟我們相見的。要不然就是因為，牠乃是血肉之軀的龍，而非……」

我突然想起我是在跟蕁麻講話，於是趕快停口。我講得太多了，我要是再不好好地管住自己的舌頭，遲早會把如何以記憶石為底，用精技力量雕出石龍，以及歌謠和傳說中的古靈是怎麼一回事通通說了出去。

「繼續說嘛。」蕁麻催促道。「婷黛莉雅若不是血肉之軀，那麼會是什麼？還有，為什麼牠老是追問我們知不知道黑龍的事情?你該不會說,那個黑龍什麼的,也是眞的吧?」

「這我不知道。」我小心翼翼地答道。「我實在不曉得世上到底有沒有黑龍。現在先別談這個了吧。」打從她一提起婷黛莉雅的名字,我就緊張起來。此時「婷黛莉雅」四個字似乎飄浮在空中,就像烹調的炊煙將人的行蹤暴露出來。

但是,就算叫了名字就等於召喚對方出現的那個古老魔法爲眞,至少今晚我們躲過一劫。我跟蕁麻道別,不過,離開她的夢境之後,我便重新踏入了自己長久以來的夢魘之中。山壁既陡,滑石又多,每踩一步,碎石就紛紛掉落,所以我不停地往下墜,看來這次恐怕難免一死了。我聽到蕁麻大聲叫道:「影狼,用飛的!趕快飛起來!」我雖聽進去了,卻不知從何下手,反而用力一扭,就在營房裡的窄床上醒了過來。

早晨將近,如今營房的床上大部分都有人了,不過還來得及小睡一下。我本想重新入眠,但是睡不著,因此又跟往常一樣提早起床,此時同僚們均尙未起床。我穿上新制服,又花了好些工夫想辦法讓頭髮服貼,別老是掉到臉上來。夜眼過世之後,我剪去頭髮哀悼,至今仍未長到可以俐落地紮成戰士馬尾的程度。我奮力將頭髮梳到腦後,也只能綁出一個可笑的參差絨球,而且要不了多久必會鬆落,散到我額頭臉上。

我走到守衛室吃了一頓廚房幫我們準備的豐盛早餐。我知道自己即將跟陸地食物告別好一陣子,所以特別放任地大嚼熱騰騰的烤肉、新鮮麵包,以及摻了蜂蜜和牛奶的麥粥。在船上能吃到什麼食物要看天氣,而且不管天氣再怎麼好,能吃到的也只是經過簡單調理的醃肉醃菜和乾貨。要是海象太差,或廚師斷定起火太過危險,那我們就只能吃冷食、啃硬麵包果腹了。那情況眞教人笑不出來。

我回到營房的時候,同僚們大多都醒了。我坐在床上看著侍衛們一邊穿上藍色束腰外衣,一邊抱怨在這麼暖的春天，還要穿這麼厚重的毛料斗篷。切德從未承認，不過據我猜測，我們這個衛隊裡，大概有六、七個人是兼具侍衛與間諜雙重身分；這些人總是沉靜地觀察周遭的動靜，使我不得不懷疑他們的出身大概頗不單純。

至於那個叫做「謎語」，年紀才二十出頭的小伙子則絕對不可能是切德的手下。此時我疲倦得站不起來，而他則是欣喜若狂；他起碼拿著鏡子照了十幾次，尤其又特別留心打點上唇之上那道剛留不久的八字鬍。除此之外，他還跟我說，在這麼重要的大日子裡，他可不准我像個蓬頭垢面的農夫似的列隊出場，所以堅持一定要把他的髮油借我一用。他一身光鮮地坐在床上看著我，不耐煩地不斷用腳點地，一邊叨叨不休地講個沒完，從揶揄我佩劍的劍柄過於豪華，到質問我到底龍是不是真的只要被箭射中眼睛就沒命等等，上天下地，無所不包。他那多到無處可用的充沛精力，就跟神經質地走來走去的狗兒一樣攪得人心神不寧。等到我們衛隊新任的長芯隊長簡潔地命令我們到外面去集合的時候，我還真鬆了一口氣。

隊長叫我們出去集合，並不是意味著我們會立刻出發，只表示我們該到外面排好隊形，開始等待。在衛隊裡待過就知道，侍衛花在列隊的時間，遠比操練和打仗來得多，今天早上也不例外。我足足聽著詔諭鉅細靡遺地把他昨晚如何跟他那三個老相好纏綿悱惻的情事講了一遍，其間還穿插謎語各種追根究柢的問題，隊長才下令叫我們向前走。不過所謂的向前走，其實也不過就是走到正門前的大庭上罷了。我們在王子的坐騎與馬伕之後列隊，然後繼續等下去。不久，衆多打扮整潔，足以彰顯主人非凡身分的僕從和侍童也聚集過來。他們有些人牽馬，有些牽狗，而有些則跟我們一樣，什麼也不做，光是穿戴漂亮地站著等待。

王子與隨行人員終於出來了。阿憨以及協助他出席這種大場合的莎妲，跟在王子身後走出來。今天王子並未多看我一眼，畢竟我只不過是個藉藉無名的侍衛罷了。王后與王后的人走在我們前面，而我們後面則是切德顧問和他的隨員。我注意到儒雅與他的貓也在其中，正在與羅網談笑。雖然切德反對，但是王后已經公開對外宣布，她有幾位「原血朋友」會與王子同行。宮廷中的反應好壞都有，有些人說，我們很快就會知道原血魔法可否有任何好處，有些人則說，至少王子把要弄野獸魔法的邪人弄出公鹿堡了。

在切德與原血者之後則是將要陪同王子遠征的寵臣。這些人之所以要一起來，一方面是為了要討好王子，此外也想藉此探究外島的商機。更後面的則是綿延不斷的人潮，他們既為我們送別，也順便出來享受春季慶的各種活動。不過我拉長脖子看了半天，也沒看到黃金大人的蹤影。等到晉責上了馬，而我們也大踏步地跟在他身後走出城堡大門時，感覺上彷彿公鹿堡所有人都跟上來了。我很慶幸自己走在很前面，因為若是走在人潮之後，路就踏得凹凸不平，而且會布滿軟泥與馬糞。

走到船邊之後，我們還不能就此上船啓程，因為接著還有致詞、獻花以及臨別贈禮等等。我心裡多少希望看到黃金大人和他那一團僕人、行李仍堵在碼頭上，但此時他們完全不見蹤影。我心裡納悶，不曉得此事後來是怎麼收場的，他這個人神通廣大，莫非他用了其他方式登上這艘船嗎？

等到正式的儀禮結束，我早就滿身大汗。接著我們登船，護送王子走到他的船艙，接著王子開始在他的床艙裡接受不克同行的貴族們向他道別，至於將與王子同船的旅客也紛紛登船安置。我們衛隊裡有幾個人駐守在王子的船艙外，而沒事的人，包括我在內，則受令直接到底艙去待著，以免擋住人家的去路。

那天下午，我泰半的時間都鬱鬱地坐在我的海運箱上發呆。我頭上的艙房因為人來人往，不斷地砰砰響，某處有隻狗不停地狂吠。這種感覺就像是被人鎖在木箱裡，而箱外則有人拿著大槌子不斷亂敲。不，我在心裡糾正道，不僅是木箱，這木箱裡還混著壓艙水的臭氣，又有一群手肘挨著手肘，而且還以為要用吼的才聽得見的大男人。為了轉移注意力，我開始揣測弄臣現在到底是怎麼了，可是我越去想，就越覺得窒息。我把下巴抵在胸前，閉上眼睛，希望這樣就能把一切雜事都拋在腦後。

但是根本起不了效果。

謎語坐在我箱子隔壁的海運箱上。「我以艾達神的乳頭起誓，這裡眞是臭啊！依你看，出海之後，壓艙水搖來晃去，臭味會不會變得更重？」

「大概會吧。」我實在不願意在事情發生之前想像那個狀況。我的確曾出過海，可是之前搭船的時候，就算我不是睡在甲板上，至少有需要時也可以隨時上去。但此時在這個密閉的黑暗房間中，即使只是船體起伏有韻地撞上碼頭的晃動，也使我頭痛起來。

「這個嘛。」謎語用腳跟往海運箱上一踢，這一震，使我的頭顱到背脊都感到一陣痠麻。「我從沒出過海。你呢？」

「一、兩次。搭的是小船，又亮又通風，跟這個不一樣。」

「噢。那你去過外島嗎？」

「沒有。」

「你還好吧，湯姆？」

「不太好。昨天喝多了，又晚睡。」

這是胡謅的，可是奏效了。他笑鬧地用手肘推推我，我擠著眉頭瞪了他一眼，然後他就不再理會我了。噪音從四面八方朝我壓過來，我只覺得既悲慘又害怕，不禁開始埋怨自己為什麼早餐吃了那麼多甜點。都沒有人注意我。我的領口太緊了，可是莎妲已經下船，所以不能找她來幫我調整領口。

「阿憨哪。」我喃喃說道。我這才領悟到，原來我的痛苦源自於此。我坐挺起來，深吸了一口污臭的空氣，盡量壓抑作嘔的感覺，這才以精技探尋他。嗨，小個子，你還好吧？

不好。

你在哪裡？

我在一個小房間裡。有一個圓窗戶，而且地板在動。

你那裡比我好得多，我這裡連一個窗戶都沒有。

地板在動哪。

我知道，但是你放心，我們很好。再過不久，閒雜人等就會下船，於是水手就會把纜繩解開，然後我們就出海去快樂探險了，有趣吧？

才不呢，我要回家。

噢，上路之後會比較好玩，你到時候就知道了。

才不會呢。地板在動，而且莎妲說我一定會暈船。

我眞希望誰有先見之明，預先就叮囑莎妲在提到這趟遠行的時候，千萬要多講幾句好話，可惜現在才想到已經太遲了。

那麼莎妲有沒有跟我們來？她在不在船上？

她沒來，只有我來而已。莎妲不肯來，她說她一上船就會暈得很厲害，可是我一定得上船，所以她覺得我非常可憐。她說，她在船上度日如年，一上了船，就會暈船，而且一直吐、一直吐，吐個不停。

阿憨的預言不幸成眞。直到近傍晚時，道別的人才通通下去。我好不容易爬到甲板上去瞧瞧，但是只待了一會兒，船長便大聲咒罵侍衛們的百般不是，並命令我們通通回到底艙去，好讓他的手下有地方幹活。我朝岸上的群眾瞄了一眼，沒看到弄臣。我實在很怕我那一望，會看到弄臣以指責的眼神怒視著我，但是看到他不在場，我心裡又萬分著急。之後我們就被趕鴨子似的趕下去，我們一到底艙，他們就把我們頭上的艙蓋通通蓋緊，我們的艙房因此又變得跟之前一樣陰暗且不透風。我再度棲息在海運箱上。船上的木料塗了柏油防水，而此時柏油的味道變得越來越濃了。我們這艘船附屬的幾條小拖船放了出去，頭頂上傳來船長喝令小拖船的槳手齊一划槳的聲音。船到了開闊的水面上之後，船長的口令就變了，此時船長連連下達各種聽不出個所以然的指令，然後便聽到水手為執行命令而赤腳跑過甲板的聲響。

我聽到召回小舟，並重新將小舟固定在船上的聲音。接著大船重重地在水面上點了一下，船行的韻律就改變了。我推測這是因為船帆張開、開始吃風之故。這就是了，我們終於上路了。有個好心人同情我們下面這些可憐蟲，所以將艙蓋打開了一縫，可是這樣不但沒有比較舒服，反而更令人心神不寧。我努力凝視那一小縫亮光。

「我已經開始覺得無聊了。」謎語老實地對我說道。他正站在我旁邊，用小刀在船殼的厚木板上刻來刻去。

我應了一聲算作是回應。他則繼續進行他的大作。

唔，湯姆．獾毛，我們上路了。你在下面如何？

王子似乎很開心，不過他是十五歲的少年，而且這一趟出海是為了屠龍，並贏回外島貴主為妻，你能期望他如何？我感覺得出切德跟王子同室，並想像他坐在王子身邊的桌子上，而晉責的手指則輕輕地點著他的手背。我嘆了一口氣，我們還得花上不少力氣才能讓我們的精技小組能夠順利運作。我已經開始覺得無聊了。而阿憨的狀況似乎很慘。

啊，我要派個任務給你，這一來正好給你解悶。我等一下會派人去找你們隊長。阿憨人在船尾，需要有人陪著，所以你就去陪他吧。不用說，一聽就知道這一定是切德在透過王子傳話。

他已經暈船了嗎？

還沒，不過他深信他馬上就要暈船了。

那麼，我鬱悶地想道，至少可以上去呼吸點新鮮空氣。

過了一會兒，長芯隊長就點到我的名字。我應聲上前，隊長告訴我，王子的僕人阿憨正病懨懨地倚在船尾，要我負責照顧他。好些人側耳聽到隊長下的指令，便挖苦我說，如今我可成了小呆瓜的保姆了。我反唇相譏，說待在甲板上看顧呆頭鵝，不知比一團大男人困在底艙裡強上多少倍。隨後我便走上樓梯。

我在後甲板上找到阿憨。他攀著一根欄杆，兩眼愁苦神傷地凝視著公鹿堡。那個蓋在懸崖上的黑岩城堡離我們越來越遠。儒雅站在那小個子附近，他的貓跟在身邊。儒雅與他的貓似乎都不想待在此地，而且阿憨將頭探出欄杆外乾嘔之時，連那貓都聽得把耳朵貼在頭上。

「阿憨，湯姆．獾毛來了。你馬上就會好起來，對不對？」儒雅微微地跟我點了個頭，是貴族跟侍衛打招呼的那種方式，他一如往常地以想要探個究竟的眼神凝視著我。他知道我不是普通侍衛。他在公鹿堡城裡落入花斑子手中時，是我救了他一命。他勢必很納悶，我怎麼能突然就衝出來救他性命？不過，他非得繼續納悶下去不可，這就好像我也不得不繼續納悶，他到底跟路德威講了多少黃金大人跟我的事情，是一樣的道理。這些事情，儒雅與我從未談起，而現在也不是說的時候。我裝出什麼都不知情的眼神，躬身為禮。

「我奉命來此，大人。」我的口氣冷淡而不失尊敬。

「很高興看到你。唔，回頭見，阿憨，湯姆．獾毛會好好照顧你的。我要回船艙去了。我敢說你一定很快就會好起來。」

「我快要死了。」阿憨憂愁地答道。「我會連五臟六腑都吐出來，然後就死掉了。」

儒雅以同情的表情望望我。我假裝沒看到，在阿憨身邊站定。阿憨又探出頭去，並強迫自己的喉嚨做出乾嘔聲，我拉住他外套的後領口。啊，是喲，出海冒險，最是精采可期了。

6

航行之夢

……雖然野獸魔法有其他用途。無知之人深信，原智魔法的唯一用途，就是讓人們能夠對動物説話（此處有數字不明）以及爲了邪惡的目的而化身爲動物。最後一位公開在公鹿堡宮廷中坦承自己有原智魔法的人，是炮杖·獅連，他曾説（此處有大片字詞燒毀）也可用於醫治心靈；他還聲稱，我們可以向野獸習得許多有療效的藥草知識，以及如何抵禦（本大段以下的部分已經燒毀。下一張碎片開始：）……將手放在她頭上，緊緊按著，並望著她的眼睛。於是在進行這個恐怖的手術時，他一直站在她身邊望著她，而她既未因爲痛苦而叫出聲，眼神也從未須臾離開他的眼睛。這是我親眼所見，但是……（其餘燒毀。最末四字可能是：）不敢道出。

——切德·秋星嘗試譯寫精技師傅「留好」所寫有關原智的卷軸；此卷軸是在公鹿堡的牆壁內被人發現，而且已有部分被火焚毀

在百般自持之下，我好不容易忍到隔天早上才第一次嘔吐。我已經記不得自己有多少次拉住阿憨的

後衣領，讓他遠遠地探出頭，絕望地對著大海乾嘔了。水手們冷嘲熱諷，根本於事無補，而我是因爲不敢離開阿憨一步，要是我敢，絕對會好好把其中一、兩人揪出來揍個痛快。水手們所講的，可不是對於容易暈船的陸地人那種好脾氣的嘲笑。他們話裡暗藏玄機，就像群起圍攻落單老鷹的烏鴉那樣毫不留情。阿憨與常人不同，他較遲鈍且笨拙，而這群人卻以他的慘狀爲樂，將此視爲他遠不如他們的鐵證。雖然後來另有幾個悲慘的人也加入了船尾的嘔吐行列，水手們還是將矛頭指向阿憨。

到了晚上，王子與切德在甲板上散步，情況才稍微好轉一些。王子似乎因爲海風吹拂以及遠離公鹿堡而變得精神百倍。他站在阿憨身邊，低聲對他說話，而切德則故意將手放在欄杆上，並碰到我的手。此時他背對著我，表面上看來，他像是在聽王子跟僕人之間的對話，同時邊聽邊點頭。

他情況如何？

很嚴重，心情又低落。切德，水手們冷嘲熱諷，阿憨聽了只會更難過。

我也擔心會這樣。不過，王子若是訓斥水手，那麼船長也會下來把他們罵一頓，之後的事情，我不說你也知道吧。

我知道。水手們會私下找各種機會折磨阿憨、給他難堪。

一點也沒錯，所以別去在意那些水手了。據我看來，等他們習慣在船尾看到阿憨，也就不以爲奇了。你有沒有需要什麼東西？

一、兩條毯子。還要一桶清水，好讓阿憨漱口。

於是一整個漫長且疲倦的夜晚我都待在阿憨身邊，一方面是提防水手們的騷擾從言語變成肢體動作，另一方面，也是爲了要護著他，免得他因爲嘔吐太過而從甲板上掉下去。我兩次勸他進船艙去，兩次他都才離開欄杆兩、三步，就開始乾嘔，直到他肚子裡沒東西可吐了，他還是不肯進去。夜越深，風浪就越大，不到天明，我們就因爲大風大雨，加上海浪打上來的水沫而淋得全身溼透。但是儘管既冷又溼，阿憨還是不肯離開欄杆半步。「你可以吐在桶子裡。」我勸道。「進去吧，裡面比較暖和！」

「不，不，我病得不能動了。」阿憨再三地呻吟道。他已經牢牢地把心思都放在暈船上頭，而且認定自己的情況悲慘到無可挽救。我想不出該怎麼應付才好，只好任由他去把事情想像得很糟糕。我敢說，等他悲慘夠了，他就會進艙房去。

天亮之後不久，謎語幫我送了吃的來。我開始懷疑這個看似淳樸且脾氣好的年輕人，說不定眞的是切德的手下，而顯然切德指示他要多幫忙我。我眞希望他這個人沒那麼複雜，不過話說回來，我還是很感激他帶了一整個鐵盤的黏呼呼東西來給我吃。阿憨仍然反胃，但是他也餓了，所以我們兩個分享了食物。結果證明此舉大錯特錯，因爲阿憨嘔出早餐的景象，誘發了我的肚子在不久之後，也將方才吞入肚的早餐倒送出去。

這似乎是那一整個早上唯一讓他感到開心的事情。

「你看吧，人人都會暈船。我們應該現在就回公鹿堡去。」

「這可不行哪，小個子。我們必須一路航行到外島，好讓王子殺了龍，然後贏得貴主的芳心。」

阿憨重重地嘆了一口氣。他雖然包著兩床毯子，卻開始發抖。「貴主有什麼好，我還不太喜歡她咧。據我看來，王子也不喜歡她。那個什麼芳心的，她大可自己留著用就好了，我們還是回家吧。」

阿憨講的話我非常贊同，但是我不敢應和。

阿憨又接口道：「我痛恨這條船，要是當初我沒出門就好了。」

眞是奇怪，一個人要是習慣了什麼東西，久了之後就感覺不到那個東西的存在了；同樣的，直到阿憨大聲地講出這句話，我才恍然領悟到，這話跟他的精技音樂原來是互相呼應的。昨夜一整晚，他的精技音樂都在拍打撞擊我的精技牆；他運用風帆的撲打聲、繩索與木板的吱嘎聲，以及海浪拍打船體的聲音，組成一首憎恨與恐懼交加，悲慘、寒冷又枯燥的歌；他將水手對一條船所可能產生的各種負面情緒通通納入音樂之中，然後以憤怒的音樂做為基礎，將這些情緒大鳴大放出來。我可以豎起精技牆，這樣就不會受到他的影響，但是處女希望號上的某些水手就沒有我這麼幸運了。世上並不是每個人都對精技敏感，但是少數對精技敏感之人會覺得惶惶不安，而在密閉的艙室中，這種感覺迅速蔓延開來。

我花了一點時間觀察船員。這一班船員做事雖然手腳俐落，卻多了一分怨氣；他們的賣力之中夾雜著怒意，而監督他們幹活的領班像是老鷹般仔細地盯著他們，連一丁點偷懶或閒散的跡象也不放過。我之前看他們裝貨時的那股和樂融融氣氛不見了，不僅如此，我還感覺到船員們的摩擦越來越多。斧頭砍樹的震動與聲響會激得樹頂黃蜂窩裡的黃蜂憤怒地嗡嗡亂飛，但是牠們的憤怒卻找不到目標。而如果船員們的怒氣不斷累積，那麼很可能免不了會打架鬧事，更糟的狀況甚至還可能會發生叛變。我眼看著這一鍋油就要煮滾，我知道若是不想點辦法，大家就都得倒大楣了。

阿憨，現在你的音樂很大聲又很可怕。你能不能換個調子？要平靜又柔和的，像你母親的歌那種？

「我沒辦法！」阿憨一邊大叫，一邊技傳。「我病得很重！」

阿憨，你嚇到水手了。他們不知道這歌是哪裡來的；他們雖聽不到，但是有些人感覺得到一點點，然而光是這一點點，就夠他們恐懼害怕的了。

「我才不管呢。反正他們對我也很壞，他們應該把船開回去才是。」

水手又不能自己做主，阿憨。他們必須聽從船長的命令，而船長又必須服從王子的交代。然而王子非得去外島不可。

「王子應該叫水手開回去，然後放我在公鹿堡下船。」

可是阿憨，我們需要你啊。

「我快要死了。我們應該馬上回去。」一想到這裡，阿憨那恐懼與絕望兼具的精技音樂立刻狂洩而出。我們附近有一隊水手正在拉繩索，以便把一片風帆升上去。他們穿的鬆垮褲子在風中飛舞，但他們一點也不以爲意；只見水手們用力得裸臂上的肌肉都糾結起來，接著有板有眼地慢慢把船帆拉高起來。可是阿憨那消沉的曲調滲入他們心裡之後，他們的節奏就亂掉了。結果爲首的那個人因爲重量大到他無法承受，因而踉蹌跌倒。那人氣憤地叫了一聲，幸虧一瞬間，水手們就控制住繩索。但是我也看夠了。

我開始以心靈尋找晉責。他正在他的艙房裡跟儒雅玩石子棋。我趕快把我的問題傳給他：你能不能傳個消息給切德？

可能不大容易。切德雖在這裡觀棋，可是不只他在，連羅網跟他那小男孩也在。

羅網有什麼小男孩？

他有個叫做迅風的男孩。

原智者迅風在我們船上？

你認識他？他跟羅網一起上船，就像侍童服侍主人一般地服侍羅網。怎麼了，這有什麼要緊的嗎？

我心裡想道：對你不見得，對我很重要。在失望之餘，我整張臉都扭在一起了。這個稍後再說，但是你一有機會就告訴切德。你能不能聯絡阿憨，安撫安撫他？

我盡量。可惡！被你這一鬧，這一盤被儒雅贏去了！

我的事情可比石子棋重要得多！我惱怒地答道，切斷了聯絡。阿憨坐在我的腳邊，雙眼緊閉，整個人配著他那驚惶不安的音樂，悲慘地左搖右晃。但是此時我之所以覺得渾身無力，還不只是因爲眼前的情況而已。我已經向蕁麻保證，她弟弟已經上路回家了，如今卻發現那小男孩根本沒回家。我要如何跟蕁麻交代？我只能暫時將迅風的事情丟在一邊，反正我現在也無法解決。我乾脆在阿憨身邊窩下來。

「阿憨，你聽我說。」我輕輕地說道。「水手們不懂你的音樂，所以他們嚇壞了，要是你不停一停，那麼他們可能會——」

我猛然住口。我可不想嚇得阿憨對於水手心生畏懼，因爲恐懼必招致仇恨。「阿憨，求求你。」我無助地說道。可是他依然頑固地眺望著海浪，根本不理會我。

我只能等著切德來幫我了，就這樣等了一個早上。依我看來，晉責曾經以技傳勸慰阿憨，但是阿憨只把那些話當耳邊風。我望著跟在我們後面的那幾艘公鹿堡來的船，三艘船一字排開，像是跟在母鴨身後的一排肥胖小鴨。此外還有兩艘小型的輕型帆船，這兩艘小船在大船之間穿梭，讓貴族們可以在航程之中彼此拜訪，或是傳遞訊息。由於小船除了張帆之外，也可使槳，所以可用以拖曳笨重的大船進出擁擠的港口。這個艦隊的陣仗，算是很大的了。

雨勢漸小，最後終於停歇，但是太陽仍舊沒有露臉，風勢則一直都很強勁。我努力往好的方面去想，並給阿憨打氣：「你看我們的船走得多快啊，要不了多久，外島就到了！外島耶，誰也沒去過的地方，那可多好玩啊！」

但阿憨只是答道：「這樣只是離家越來越遠而已。現在就送我回家。」謎語替我們送來了包括硬麵包、魚乾和摻水的啤酒的午餐，我猜他大概樂得到甲板上一遊。衛隊的人必須一直待在底艙，以免擋了水手的去路；當然了，水手與侍衛隔得越開，就越不可能有機會打架。這個道理雖無人戳破，但我們都心知肚明。我沒講什麼話，謎語卻還是絮絮叨叨地講下去，讓我知道底下的侍衛也出現了異狀：衆人的狀況不忍卒睹，但是不少人發誓說他們以前從未暈過船。這無異於雪上加霜。我把餐點吃了，好不容易勸服這些食物都繼續留在我肚子裡，而不管我說上多少好話，阿憨就是不吃，連啃一口乾麵包都不願意。謎語把我們的餐盤收走並離去。等到切德與王子終於來找我們之時，我的不耐與怒火早就因為彈性疲乏而鬆垮下來了。王子跟阿憨說話，切德則迅速告訴我，王子與他要單獨離開艙房有多麼困難；房裡除了羅網、儒雅和迅風之外，接連又有三、四個貴族來訪，並且逗留不走。切德先前便曾說過，漫漫的航程中無事可做，而許多貴族之所以要與王子同行，打的主意就是要趁這個大好機會討好王子，所以他們是什麼空檔都不會放過的。

「這麼說來，我們哪有時間上精技課？」我悄悄地問道。

他皺起眉頭。「恐怕是騰不出時間來了，不過我會盡量安排看看。」

晉責的手段似乎並不比我高明到哪裡去，他誠意懇切地勸了半天，阿憨卻只是愁苦地望著船尾的大海。

「唔，至少我們好不容易擺脫掉黃金大人。」我有感而發地對切德說道。

他搖了搖頭。「那件事比我原先料想的困難多了。我猜你大概聽人說起，黃金大人為了登船而把碼頭堵住吧？因為僵持不下，最後是城市衛隊把他架走才了事。」

「你派人逮捕他？」我嚇呆了。

「喂，年輕人，你鎮定一點。他是貴族，犯的又是微不足道的罪狀，所以他的待遇絕對比你好得太多。況且他們只會把他羈押個兩、三天，只要所有前往外島的船都出發了，就會放他出來。這樣處理最容易呀，我可不想讓他進到公鹿堡來當面頂撞我，或是跟王后求情。」

「珂翠肯知道我們為什麼要這樣做，對吧？」

「她是知道沒錯，但是她不喜歡這樣，她覺得我們虧欠弄臣太多。但你別擔心，我已經設下重重阻礙，往後黃金大人若要求見王后，絕對難如登天。」

我本以爲我的心情已經跌到谷底，不可能更糟，但事實是，我的心情竟然更爲消沉。想到弄臣入獄囚禁，然後被公鹿堡的貴族奚落排斥的情況，我就很痛恨自己。我當然知道切德是怎麼做到的：他只要放出風聲，暗示黃金大人已經失寵，再也不見容於王后，自然就會傳得人盡皆知。於是黃金大人出獄之後就會被社會揚棄——同時他還身無分文、債台高築。

我的原意只不過是要讓他安全地待在岸上，不要跟我們出航，並不是要讓他陷入絕境。我如此跟切德說道。

「噢，蜚滋，你用不著擔心他。有時候你把衆人都想像成少了你就萬劫不復似的。他這個人能力極強，又足智多謀。你放心好了，他一定應付得來的。要是我下手稍微退讓一步，他現在就跟在我們身邊出海了。」

這也是實情，不過卻一點也無法寬慰我的心情。

「阿憨再怎麼暈船，過幾天也一定會好起來。」切德樂觀地對我說道。「等他好了之後，我會放出消息，說阿憨非你不可，這一來，你就可以大大方方地待在他身邊，不時出入他的房間，他的房間就緊鄰著王子。這樣的話，我們說不定比較有時間聚會。」

「也許吧。」我呆呆地說道。雖然王子苦勸，但我感覺到阿憨那刺耳音樂的威力絲毫沒有稍減，並且不斷磨蝕銷損我的心情。我若是凝神專注，的確可以讓自己相信暈船的是阿憨，而不是我，但是我必須隨時抵抗，不能須臾鬆懈。

「你眞的不要回艙房去？」晉責對阿憨問道。

「不要，艙房的地板起起伏伏的。」

王子聽了不解。「甲板也起起伏伏的啊。」

這回輪到阿憨困惑了。「才不呢。船在水上起起伏伏，這比較不像艙房裡面那麼糟糕。」

「我懂了。」晉責投降了，這是不可能跟他說得通的。「不管怎麼說，你總會習慣，之後就會好起來了。」

「不，才不會好呢。」阿憨惱怒地答道。「莎妲說，大家都說暈船會好起來，但那其實是騙人的。莎妲每次上船都會暈船，而且從頭暈到尾。就是因爲這樣，所以她才不陪我來。」

我還不認識莎妲這個人，但我已經開始恨她了。

「唔，莎妲錯啦。」切德乾脆地說道。

「才不呢，莎妲說得一點也沒錯。」阿憨頑固地答道。「看吧，我到現在還在暈船呢。」他又探頭出去，使勁地乾嘔。

「他會好起來的。」切德嘴上雖這麼說，但是他卻沒有剛才那麼自信了。

「你有沒有什麼有助於緩解的藥草？」我問道。「好比說薑粉？」

切德停住腳。「你這點子很好，湯姆．獾毛，而且我記得我帶了些薑粉出門。我待會兒就吩咐廚子熬個濃濃的薑湯送過來。」

藥湯送來之後，裡面不但有薑味，也有助安眠的拔地麻草根的味道。我很贊同切德的作法：阿憨是一心一意要繼續暈船，在這個情況下，最好的解決辦法可能就是讓他睡一覺。我把藥湯捧到他面前，並且斬釘截鐵地說，這乃是水手們口耳相傳治療暈船的聖品，他喝了一定有效。不過阿憨還是以懷疑的目光看著藥湯，因此我猜我的話並不像莎妲那麼管用。他啜了一口，判斷這薑湯味道還不錯，所以就整碗都喝下去了。不幸的是，這藥湯喝得快，去得也快——下一刻，他就把薑湯吐了出來，有的還從鼻孔噴出。薑汁對於鼻腔內敏感的皮膚而言太過刺激，使他大起反感，以至於不管我怎麼勸，他都不肯再喝，就連小嚐一口都不願意。

我上船兩天了，但是感覺上，彷彿我已經登船了半年。

太陽終於從濃雲之後探了出來，但是由於風大、濺起的水沫又多，所以把陽光所帶來的那一點暖意都趕跑了。裹著溼答答羊毛毯的阿憨睡得斷斷續續，不時在夢魘之間抽動、呻吟，而他的暈船之歌則震天價響。我坐在他身邊的溼甲板上，把各種擔心也無用的事情拿出來想了又想。就在這時候，羅網找上了我。

我抬頭看他，他則嚴肅地對我點點頭。他站到我身邊，抬眼眺望。我順著他的目光，看到一隻海鳥懶懶地在船後的天空中乘風而飛。我沒見過「風險」，不過那隻鳥必定是風險沒錯，因爲這一人一鳥之間默契十足，他們彼此安慰，卻不彼此拘束。我沐浴在他們共享的歡樂之中，雖然此情此景提醒了我有多麼孤單，但是我盡量不予理會。這是最純正的原智魔法：人與野獸一起共享歡樂、彼此尊敬，羅網的心，與風險一起翱翔。我感覺得出他們情誼之深，也想像得出風險與羅網分享飛翔之樂，有多麼愉快。

唯有在此時肌肉放鬆之後，我才發現剛才自己有多緊張。阿憨睡熟了，擠著的眉間也稍微放寬，他的精技音樂裡的風聲也比較沒那麼恐怖了。羅網身上所散發出來的平靜氣氛，讓阿憨與我都有所感，只是我的感應來得比較慢。他的親切與安詳心意囤積在我周圍，稀釋了我的焦慮與疲憊。如果說這就是原智，那麼他運用原智的方式，可眞是我前所未見。這感覺就像是呼氣的熱度一樣單純且自然。我笑著看他，而他也報以笑容，一口白牙在鬍鬚之間閃亮。

「這眞是適合禱告的好日子。不過話說回來，幾乎每一天都是禱告的好日子。」

「你剛才在禱告？」我看到他點點頭，於是繼續問道：「你跟神求什麼呢？」

他揚起眉毛。「求？」

「禱告的目的，不就是要跟神求個什麼東西嗎？」

他大笑起來，聲音像隆隆吹過的風，但是比風和藹。「大概有些人禱告眞的是爲了要求個什麼吧。但我可不，現在我不求了。」

「什麼意思？」

「噢，依我看來，小孩子禱告就是這樣：求神讓他們找回遺失的娃娃、求神讓父親帶著滿滿的漁獲回家，或者祈求沒人發現自己少了一、兩樣工作沒做；小孩子認爲對自己而言，最好的莫過於此，也毫不遲疑地請神祇讓自己如願。不過我已經長大成人，而且當了多年的大人了，要是我還沒一點精進，那可眞該羞愧了。」

我挪動了一下，用比較舒服的姿勢靠在欄杆上。我覺得船雖搖晃，但是一旦習慣，倒也覺得滿舒服的。之前我的肌肉一直緊繃著對抗船的起伏，導致現在四肢都開始痠痛起來。「這樣啊。那大人該禱告什麼呢？」

他低頭望望我，像是覺得這個問題很有趣。他在我身邊坐了下來。「你不知道嗎？那你怎麼禱告？」

「我不禱告的。」話說出口之後，我想了想，然後大笑起來。「但是害怕的時候例外。害怕的時候，我會像小孩子那樣禱告：『求神讓我脫離這個困境，而且我以後絕對不會笨成這樣。只求神讓我活下去就好。』」

羅網聽了哈哈大笑。「這麼說來，到目前爲止，你的祈禱都有應驗嘛。那你有沒有遵守你的承諾呀？」

我懊悔地笑笑，搖了搖頭。「恐怕沒有。我近來又幹了不少前所未見的笨事。」

「就是啊，我們都是這樣的。所以我才揣摩出一個心得：那就是以我的聰明才智，尙不足以知道該請神讓我達成什麼心願，才對我最好。」

「這樣啊。如果你什麼都不求，那你祈禱什麼呢？」

「啊，所謂的祈禱，與其說是請求，不如說是傾聽。多年以來，我的禱告辭不斷淘洗，如今只剩下一條了；我花了一生的時間，才找出最好的禱告辭，而且我還發現，凡是對這個問題思考得夠久的人，都會導出跟我一樣的結論。」

「那就是？」

「你想一想。」羅網笑著吩咐道。他慢慢地站起來，眺望海上。我們身後的船，風帆都漲得鼓鼓地，彷彿求偶的鴿子喉嚨一般。說起來，這景象也的確有其可愛之處。「我一直都很喜歡大海。我還不會說話時，就已經在船上玩了。你朋友對於大海的體驗竟如此痛苦，我眞覺得悲哀，請你告訴他，這一切都會過去。」

「我說了，只是他聽不進去。」

「眞可惜。唔，那就祝你好運了，也許他醒過來之後會好一點。」

羅網走了幾步之後，我猛然想起還有別的事情要跟他談。我站了起來，對著他的背影叫道：「羅網，迅風是不是跟你一起上船了？就是我們提過的那個男孩子？」

他停下腳步，轉過身來。「是呀，你怎麼會問起他呢？」

我示意他走近些，於是他走回來了。「迅風就是我請你去跟他一談的那個有原智的孩子，你還記得吧？」

「當然記得啦。就是因爲記得，所以那孩子來找我，說他願當我的『侍童』，只希望我收留他、多少教他一點的時候，我才會那麼高興。其實，我連侍童是做什麼的都不知道！」他講到那個荒謬的場面，不禁笑了出來，但是看我一臉嚴肅，又正色問道：「怎麼啦？」

「迅風去找你之前，我叫他務必回家，因爲我發現他根本就沒有徵求父母同意就到公鹿堡來了。如今他父母親以爲孩子逃家，又掛心孩子的安危，都難過得不成形了。」

羅網默默地站著，咀嚼這個消息，臉上一點表情也沒有，最後他遺憾地搖了搖頭。「所愛之人突然消失，讓你永遠掛心他的下落，這眞是殘忍哪。」

耐辛的身影一下子從我心裡冒了出來，我不禁納悶，羅網該不會是故意講這句話來刺激我的吧？應該不是，但即使如此，這句可能意有所指的諷刺還是讓我渾身不舒服。「迅風應該回家的，畢竟，除非他已屆成年，或者是父母親放他出門，否則他的勞力應該屬於父母所有才對。」

「有些人是這樣說沒錯。」羅網答道，不過從他的口氣聽來，他可能有點不以爲然。「但是父母有許多種作法可以傷害孩子，況且我以爲做孩子的並不虧欠父母什麼。我認爲，被父母虐待的孩子，應該要迅速抽身，才算明智。」

「虐待？我認識迅風的父親已經幾十年了。是啦，如果那孩子不受管教，他是會給他一巴掌，或是怒罵他幾句。但如果迅風聲稱他父親打他，或是父親棄他而不顧，那麼恐怕是謊話連篇了。博瑞屈不是那樣的人。」一想到迅風可能把他父親講得多麼難聽，我心裡便沉了下去。

羅網慢慢地搖了搖頭，他朝阿憨瞄了一眼。阿憨仍在睡，所以他輕聲說道：「父母若要對孩子棄而不顧、重重剝削，那辦法可多著呢；他們可以否認孩子的內在，他們會禁止孩子施展遭人厭惡的天賦，或是若有似無地忽視孩子，使孩子招來危險。例如，他們會對孩子說：『你不得依循自己的本性。依循你的本性是不對的。』」羅網的口氣雖柔和，但這不啻是毫不留情地把我訓斥一頓。

「他自己就是這樣被教養長大的，所以他也這樣教養他兒子。」我生硬地答道。說起來也怪，我竟在爲博瑞屈辯護，畢竟當年我自己就常常因此而反抗他。

「可見得他沒學到教訓。他至今仍對自己的天賦一無所知，也不知道他之前如此對待另外一個年輕人的時候，對他造成了多大的傷害，他並未從中學到教訓。我是很想可憐他，但是我一想到事情的另一面，也就是說，如果一個人從小就接受適當的教育該有多好——」

「他對我好得很！」我反唇相譏。「當年沒人要收留我，唯獨他肯把我帶大，而且我從未聽過誰說他的不是。」

羅網退了一步看我，臉上飄過一片陰影。「你眼裡殺氣騰騰。」他喃喃地說道。

他這幾個字像是在冰水裡浸過似的，但是我還來不及問他是什麼意思，他便嚴肅地跟我點點頭。「我們還是另外再找時間談吧。晚一點再說。」說完，他便轉身走了。我認得出他那個走路的姿勢。他不是逃走。先前遭人狠毒虐待的動物，必須慢慢訓練，絕對急不得，而博瑞屈碰上這狀況，就會用羅網那種步調慢慢退開。我只覺得自己很慚愧。

我慢慢地在阿憨身邊坐下來，背靠在欄杆上，閉上眼睛。也許我可以趁阿憨睡著的時候打個盹兒。可是我眼睛才一閉上，阿憨的夢魘就逼過來了。感覺上，我一閉眼，彷彿就走下了樓梯，進入下流酒店那嘈雜且煙霧瀰漫的大堂。阿憨那噁心欲吐的音樂充塞著我的心胸，而他的恐懼，則將船的律動，擴大爲一連串毫無規律可言的劇烈起伏。我趕快睜開眼睛。忍著不睡，強過被那種惡夢折磨。

阿憨繼續睡，此時謎語幫我送來一盤鹹肉和一杯淡得沒味道的啤酒。謎語把他自己的份也帶上來了，大概是因爲他不想在擁擠的底艙吃，寧可在開闊的甲板上用餐。我正要搖醒阿憨，叫他起來吃點東西，但是謎語阻止了我。「讓那個可憐的傻子睡一會兒吧，他果眞幸運到睡得著覺，那可眞會讓下面的每一個侍衛都羨慕死呢。」

「為什麼會這樣？」

他哀憐地聳聳肩。「我也不曉得為什麼會這樣，也許是因為下頭四面密閉吧。但氣氛就是很緊繃，所以沒有一個人睡得好。至少有一半的人什麼都不吃，因為他們怕自己吃了之後吐得更厲害，這裡面還不乏經驗豐富、出海多次的人呢。就算你好不容易睡著了，也會被旁人做惡夢的喊叫聲驚醒。也許再過個幾天情況會比較好吧，至於眼前，我寧可跟一群齜牙咧嘴、咆哮怒吼的狗兒待在凹坑裡，也不願意回到底艙去。剛才我上來之前，就有四個人為了誰先拿菜而打起架來。」

我假裝一切都看在眼裡地點點頭，並努力隱藏心底的焦慮。「我敢說，這一切再過一、兩天就好了。開航的這幾天總是比較難熬。」我咬牙擠出了這一番謊話。其實，開航的這幾天通常是最好的，因為此時大家仍對旅程感到新奇，還沒開始覺得無聊。阿憨的夢使得侍衛們都睡不好覺了。我努力做出和善的臉色，但我其實在等著謎語離去。他一拿起空盤子離去，我便傾身將阿憨叫醒。他像是受了驚嚇的小孩那樣大哭著坐起來。

「噓，別哭。你沒受傷。阿憨，聽我說。不，別哭，聽我說。這很重要。你一定要把你的音樂停下來，不然，至少也得弄得小聲一點。」

他的臉皺得像是梅子乾，被我這麼粗魯地叫醒，他十分生氣，覺得我在欺負他。「停不下來！」阿憨哭叫道。「我快死了！」

在甲板上工作的人都轉過頭來瞪著我們，其中有個人還生氣地朝我們比了個驅逐厄運的手勢。就某個層次而言，他們的確多少知道自己的不安起於何處。我跟阿憨講話的時候，他又是嗚咽，又是哭號，不管我怎麼勸，他就是不肯把精技音樂壓低，也不肯打敗暈船與恐懼。直到我想要穿透他重重的負面情緒、對王子技傳的時候，我才領略到他那瘋狂且刺耳的精技音樂有多大的力量。我猜切德與王子大概已經在不知不覺中提高了自己的精技牆，此時要對他們技傳，就像是要在狂風暴雨中吼叫傳訊一樣吃力。

晉責終於了解到他可能難以聽懂我在說什麼，並且開始感到恐慌；他正在用餐，所以無法就此離開，即使如此，他還是想辦法讓切德知道我們的危機。於是他們匆匆結束，並盡速到船尾來找我們。

他們到了的時候，阿憨又睡著了。切德輕輕地說道：「我可以調個強力的安眠藥，強迫他喝下去。」

王子瑟縮了一下。「不好吧。誰對他不好，阿憨都久久不忘。再說，這對我們又有何好處？他現在就在睡，可是他的音樂仍然吵得連死人都受不了。」

「也許我可以讓他睡得非常深——」切德講得有點猶豫。

「可是這說不定會要了他的命。」我打斷他的話。「而他的音樂還不一定會停下來。」

「那就只剩下一個辦法了。」王子平靜地說道。「現在就掉頭，送他回家，讓他下船。」

「不行！」切德氣急敗壞地叫道。「這一來就要耽擱多少天！再說我們碰上龍的時候，總需要阿憨的力量吧。」

「切德大人，不用等到屠龍，我們現在就已經見識到他的強大力量了。而且我們都看得出，他的強大力量我們無從控制。」王子的聲音變得不太一樣，是多了點國王的威儀吧。我想起惟真講話時那種字斟酌的模樣，不禁笑了起來，結果只引得王子皺眉瞪我一眼。我趕快把這個思緒掃到一邊。

「目前阿憨的力量是不受管制的，連他自己都管不住。他對我們沒什麼惡意，但是他的音樂就已經使我們的處境岌岌可危了。想想看，若是他真的被激怒，或是受了重傷，那麼他會造成多大的傷害？即使我們能治好他，讓他不再暈船，並將他的精技音樂舒緩下來，他也仍是把雙面刃，可能傷人，也可能傷到我們自己。除非我們能找到可靠的辦法管住他的力量，否則他心裡一不安寧，我們大家就要遭殃。所以最明智的作法，大概就是掉頭，送他回家。」

「我們不能回去！」切德堅持道。可是晉責與我都瞪著他看，因此他不得不接著乞求道：「讓我多想一晚，我敢說我一定會想出個解法來的。再說，我們也多給他一晚，讓他習慣坐船，說不定天亮之後他就不會暈船了。」

過了一會兒，晉責答道：「很好。」他那個聲調又跑出來了。我不禁納悶，這是他從哪裡學來的聲調。或者，這是因為他終將成為一國之君，所以必會慢慢有這個架式。不管是原因是哪一個，我都樂於見到他有這個變化。至於他決定不馬上掉頭，而要多給切德一天，這到底明不明智，我就無法確知了。不過他做出了決定，並且對自己的決定很有信心。

阿憨醒過來之後又開始暈船。據我猜測，此時他之所以會這麼虛弱，一方面是因為他暈船，另一方面也跟他餓了太久有關。乾嘔是很痛苦的，他不但嘔得腹肌痠痛，喉嚨也乾燥發麻。我好說歹說，他就是什麼都不吃，頂多只肯喝水，而且連水都是很勉強才喝幾口。我真的很想乾脆一把將他提起，拖回船艙裡，可是我知道這一來他一定會又踢又叫，同時他的精技音樂會立刻變得爆烈激昂，但是任他繼續在這裡待下去，我又擔心他會真的生病。

時間一分一秒地過去，每一刻都很難熬，而備受折磨的還不只是阿憨與我兩人而已。我兩次聽到大副氣憤地訓斥那些已經喪失幽默感的船員。第二次罵人的時候，大副還威脅其中一名船員，要是他再不擺出尊敬的臉色，就要把他綁起來、用鞭子抽一頓。船上的氣氛越來越緊繃。

近午夜時，雨勢漸起，雖是綿綿細雨，卻下得彷彿無止無盡。感覺上，我已經一個星期不知乾爽為何物了。我把自己的毯子蓋在阿憨身上，希望溼毯子也能多少增添一點保暖效果。阿憨蜷在甲板上，斷斷斷續續地打盹，不時抽搐，像是做了惡夢的狗一般。我常聽人開玩笑說：「暈船是暈不死人的，只是你在暈船的時候，會希望自己就此死掉算了。」現在我不禁懷疑，說不定暈船眞的會致命；這樣的折磨，阿憨的身體還能忍受多久？

船上吊著的燈籠的幽暗光線映照出羅網的身形之前，我的原智知覺就察覺到有人來了。「你眞是有心人哪，湯姆・獾毛。」他有感而發地說道，在我身邊蹲下來。「這可不是什麼好玩的任務，但你卻時刻不離自己的崗位。」

他的讚美使我感到窩心，卻又不大自在。「這是我的責任。」我輕輕帶過。

「可是你很盡心。」

「博瑞屈教我做事要盡心。」我有點氣憤地說道。

羅網輕鬆地一笑。「不平的冤情要咬住不放，就像凹坑裡犬牛大戰的狗死咬著牛鼻子那樣，這是否也是博瑞屈教的？放開吧，蜚滋駿騎．瞻遠。我不會再說那個人的事情了。」

接著是沉重的靜默。過了一會兒，我開口說道：「希望你不要隨便拿那個名字四處招搖。」

「那是你的名字，你所欠缺的，不就是那一塊嗎？所以你應該要把那一塊補起來。」

「那人已經死了。爲了所有我所愛的人好，那個人還是死了的好。」

「到底是你所愛的人眞的認爲蜚滋駿騎不如死了的好，還是你一廂情願地這樣想？」他對著夜空問道。

我並未看他，我正在眺望船尾的夜景，凝視著跟在我們船後的那幾艘船。在夜空中，那幾艘船的身形顯得龐大笨重，風帆擋住了星光，船上吊著的燈籠則隨船起伏。最後我終於問道：「羅網，你到底要我怎樣？」

「只是要激你思考思考，如此而已。」他行雲流水地答道。「倒不是要激怒你，雖說我似乎有那個本事，講不到三句話就能讓你生氣。但是話說回來，說不定是你心裡一直都有氣，還不斷潰爛化膿，而我只不過是那一把戳破膿瘡，讓膿血爆出來的刀子罷了。」

我默默地對他這番話搖了搖頭，也不在乎他到底能不能看見我的動作。如今我心頭上有這麼多事情，眞希望他就此走開算了。

不過他卻彷彿看出了我的心思似的補了一句：「說眞的，今晚我來找你，其實根本也不是爲了要激你思考，而是要讓你休息一下。我可以看著阿憨，讓你休息一晚；據我看，恐怕自從你開始看顧他以來，就沒睡過好覺了。」

我的確是很想獨處一會兒，看看船上各處的氣氛如何，此外，我更渴望好好地睡一下。因此我只覺得羅網的提議非常誘人，但也就因爲這個緣故，我立刻就起疑了。

「你爲什麼要幫我？」

羅網笑了起來。「難道說，別人對你好一點，眞的這麼不尋常嗎？」

這話撥動了我的心弦。我吸了一口氣。「是不大尋常。」

我慢慢地爬起來，晚上的寒意早已使我的四肢凍僵。阿憨睡得不好，不時夢囈。我一邊舉高雙臂、轉動肩膀，一邊快速地對晉責技傳道：羅網提議要幫我看著阿憨一會兒，我可以答應嗎？

當然可以啦。我連這種事情也要問他，晉責似乎有點驚訝。不過，有時候王子殿下就是太容易相信別人了。請告訴切德一聲。

我感覺到晉責答應傳話。伸展完了，我大聲地對羅網說道：「謝謝你，感激不盡。」

我看著羅網小心地在阿憨身邊坐下來，從他的襯衫裡掏出了一根很小的海笛。不管在什麼船上，海笛都是船上最普遍的樂器，因爲海笛禁受得起惡劣氣候的摧殘，以及粗魯的操弄；任何人只要學一會兒就能吹出簡單的曲調，但是箇中的高手卻能把海笛吹得出神入化，不輸公鹿堡的吟遊歌者。羅網手上有海笛，我一點也不意外，他原來是個打漁人，也許直到如今，他在許多方面仍不脫打漁人的本色。

他揮揮手叫我走開。我走開的時候，聽到笛聲響起。他吹的是童謠的調子，笛聲酣甜輕柔。難道說，他憑本能就知道音樂可以紓解阿憨的情緒？我眞想不透，自己怎麼一直都沒想到要以音樂來撫慰他？我嘆了一口氣。我越來越墨守成規了，我必須經常提醒自己要有彈性一點才是。

我走到廚房，希望有幸得到一點熱食，不過這個願望落空，只拿到一片硬麵包，和一條約莫兩指大小的乳酪。廚子告訴我，我能有這些東西吃算是祖上積德，她才沒有多餘的食物可以浪費，何況這船上滿滿是人，根本就超載了。我本期望能討到一點洗手的水，只要能把我手上和臉上的鹽晶洗掉也就夠了，但是廚子叫我別做夢了，每個人都有當日配給的洗淨水，不是嗎？我既有當日配給的洗淨水可以運用，就應該額手稱慶。這些侍衛啊，哼！連自己都管不好，還想在船上過日子。

我默默退下以避開她的伶牙俐齒。我本想待在甲板上吃東西，但是甲板不是侍衛該待的地方，而且水手們個個都恨不得尋釁，所以我還是乖乖地走到底艙，也就是衆侍衛打鼾、夢囈，或是就著搖晃且微弱的燈籠光線玩紙牌的地方。出航數日並未使我們侍衛房的臭氣稍微消退，先前謎語形容同僚們欠缺幽默感，恐怕並未言過其實，因爲有個傢伙哼道：「小保姆回來了。」光是這話便欺人太甚，足以打上一架——如果我有心要打的話。但是我無心打架，不去理會那人的羞辱，匆匆地把食物囫圇下肚，然後就把我的海運箱裡的毯子拿出來。要在地板上找到足夠伸展之處躺下睡覺，根本就是不可能的。侍衛們橫七豎八地躺了一地，我蜷著身體，窩在衆人之間。我寧可背靠著牆睡，但那是癡心妄想。我脫去靴子，鬆開皮帶，好不容易在地板上躺下來、用毯子把自己蓋好之際，隔壁那人罵了幾句，然後翻過身去。我閉上眼睛，吸了一口氣，恨不得立刻就沉入毫無意識的熟睡之中，因為這種可以閉上眼睛睡覺的機會實在難得。至少在夢中時，我可以逃離這個夢魘。

然而，就在我走過醒睡之間的迷茫領域時，我突然想到，我說不定能找到辦法化解這個困境。於是我也不急著熟睡了，反而趁此找尋蕁麻。

要找蕁麻可不是易事，因為在這個迷茫領域間，阿憨的音樂無處不在，要找到路穿過他的音樂，就像是要在迷霧之中，跌跌撞撞地穿過荊棘之地一樣地困難——當我一想到這個念頭，那樂聲就一下子長出了藤蔓、生出了尖刺。樂聲應該是不會扎人的，這個卻與眾不同。我蹣跚地走在濃霧之中，既餓又渴，背脊冰涼，頭腦則是被刺耳的聲響抓著亂撞。過了一會兒，我停下腳步，對自己說道：「這是夢。」說也奇怪，此語一出，荊棘猶豫地縮開了。我站著不動，思考自己的處境，可是荊棘又開始把我的腳纏住。我再度說道：「這是夢，夢是傷害不到我的。」但這話並未奏效。我蹣跚地往前走，荊棘的刺卻扎入褲管、刺入我的血肉之中，還將我的腳越捆越緊。

我再度停下腳步，急著要讓自己平靜下來。一開始時，這是阿憨的精技提議，但現在卻已經變成我自己的夢魘了。帶刺的荊棘不斷地把我拉下去，我站直起來，拔出惟真的劍，一陣砍伐，荊棘便像是被斬頭的蛇，怕得紛紛讓開。我信心大起，於是讓劍刃上燒著火焰，一方面燒灼藤蔓，一方面也可在濃霧中找路。「上山去。」我對自己說道。「唯有山谷裡才會積霧，山頂一定是清朗的。」而的確我越往上走，霧氣就越淡。

我終於擺脫阿憨的精技濃霧糾纏之後，便發現自己處於蕁麻夢境的邊緣。我站著仰望山頂的玻璃塔。啊，玻璃塔的故事，這我是聽過的。從此處一路過去、直到塔下，都是絞纏的線網繩結。我踅過去時，這些線網繩結便像蜘蛛網似的將我纏住。我知道蕁麻已經察覺到我在此處了，但是她卻任由我獨自奮鬥，所以我只得掙扎著渡過這一片及踝的繩海。在那個古老的故事裡，這一片繩海象徵著那些有口無心的愛慕者們曾經許諾過，卻一個個落空的諾言。而唯有赤誠眞心的男子才能走過這一片繩海，不會被繩結絆倒。

在蕁麻的夢境中，我變成狼，不久我的四條腿都被繩結纏住，我不得不時時停下來，把腳上的繩子咬開。不知什麼緣故，繩子上有大茴香的味道；大茴香這種香料，略撒一點的話，口味頗佳，但如果滿口咬下去都是這個味道，那就澀滯哽噎了。等我好不容易爬到玻璃塔下，仰頭望著蕁麻的時候，我的下巴和胸口都沾滿口水。我抖了抖身體，才開口問道：「妳不邀我上塔去嗎？」

她沒回答，只是靠在陽台的牆垛上，俯瞰著塔下的原野。我回頭一望，只看到那個積了濃霧又長滿荊棘的深谷。那霧氣是不是漫過來了？蕁麻還是不理我，所以我沿著塔底走了一圈。在那個古老的故事裡，玻璃塔是沒有門的，蕁麻也翔實地重塑了故事中的情境。這是不是意味著她有了心上人，而這個心上人卻用情不專？我心裡轉著這個念頭，頓時忘了自己前來找她的目的。繞塔一周之後，我像狼一般地坐下來，仰望陽台邊的那個人影。「誰背叛妳了？」我對她問道。

她繼續眺望。我本以爲她是不會回答了，誰料後來她看也不看我一眼，便答道：「人人都背叛我了。你走開。」

「我要是走開了，還怎麼幫妳？」

「你根本幫不了我。你不是常常說你不能幫我嗎？所以你還不如遠走高飛，任我孤獨一人算了。反正大家都這樣。」

「是誰這樣了？」

此語一出，引得蕁麻狠狠瞪我一眼。她以痛心的口氣怨道：「你忘得可眞乾淨呀！一個是我弟弟迅風，你說他會回家，但是你知道怎麼了嗎？他沒回來！還有我那個傻父親，竟打定主意要出門去找迅風。什麼嘛！眼睛都蒙了白翳的人，怎麼去找人！我們擋著不讓他出門，但他還是走了。他出門之後發生了什麼事情，我們不知道，但是他的馬卻獨自回家。所以，雖然母親大叫著不准我出門，我還是騎上自己的馬，一路循著父親的馬蹄印，終於在路邊找到渾身是傷、淌著血的父親。他正拖著一腳，想要爬回家。我把父親帶回家之後又被母親數落一頓，說我不聽話。如今我父親躺在床上，一天到晚空洞地凝視著牆壁，不管我們怎麼勸，他都不開口。母親禁止我們送酒給他，而父親既不肯跟我們講話，也不肯道出之前發生了什麼事。這一來使得母親更氣我們，彷彿這一切都是我的錯似的。」

蕁麻滔滔不絕地講到一半，淚珠便連連地滾了下來。淚水從她臉頰上滑下，順著她的手臂，從玻璃塔的牆壁上流下來，慢慢凝結成憂鬱的乳白色珠串。我後腿抵在地上，想要用前爪抓住珠串，但是珠串既小又光滑，我一點也抓不住，於是我又一屁股坐下來。我覺得自己整個人開始衰老，同時心裡被蛀空了。我努力告訴自己，莫莉家裡的慘狀與我無關，他們的問題既非我所引起，也非我能解決，然而那個問題可以溯源到很久之前的舊事，不是嗎？

過了一會兒，蕁麻俯瞰著我，大笑道：「怎麼了，影狼？你怎麼不說你幫不了我了？你不是老把這句話掛在嘴邊嗎？」我一時答不出來，於是她又以指責的口氣說道：「我還跟你說話做什麼？你跟我撒謊，騙我說弟弟要回家。」

「我真的以為迅風就要回家呀。」我終於回過神。「我去找迅風，叫他立刻回家，所以我以為他上路了。」

「這個嘛，也許他有意回家。也許他上路之後，就被強盜殺了，或是掉在河裡淹死了。讓十歲的孩子單獨上路可能太過危險，我猜你大概沒考慮到這一點，對不對？你有沒有想過，與其『叫』迅風立刻回家，不如你好人做到底，乾脆親自送他回家，會比較妥當一點？我敢說你根本不管這些，因爲你覺得這樣太麻煩了。」

「蕁麻，妳停一停，讓我說句話。迅風現在很安全，他活得好好的，而且很安全；他仍在這裡，跟我在一起。」我頓了一下，努力吸了口氣。一想到我講出這話之後，接下來必會有什麼後果，我就四肢無力。*怎麼是這種後果呢，博瑞屈？我心裡默默想道。我爲了挽救你所經受的一切痛苦，怎麼會爲你與你的家人惹來這麼慘痛的後果呢？*

蕁麻立刻就問道——我也知道她勢必會問：「那你口中的『他活得好好的，而且很安全』的『這裡』，又是哪裡呢？我怎麼知道你是不是眞實的？說不定你只是我在夢境中塑造出來的人物。你看看自己，人心狼身！你根本就是假象，你說的全是空話。」

「我的眞身並不是妳眼前所見的模樣。」我慢慢地答道。「但我是眞的，而且很久很久以前，妳父親跟我是認識的。」

「很久很久以前！」她輕蔑地奚落道。「影狼又在編故事了。我告訴你，假話不必多說。」她抽噎地吸了一口氣，眼淚簌簌地流了下來。「我已經不是小孩子了。你那些好聽話，根本不見實效。」

她這一說，我就知道自己已經失去了她的信任、她的友誼，以及與女兒共度童年的機會了。突然之間，我心裡覺得好悲哀，不過這個悲哀感的邊緣，還鑲著荊棘蔓延的精技音樂。我回頭望著身後，荊棘與濃霧越爬越高，這到底是我自己的夢境逼近上來，還是阿憨的音樂變得越來越恐怖？我實在不知道。

「我之所以來找妳，其實是想求妳幫忙。」我苦澀地對自己提醒道。

「請我幫忙？」蕁麻差點嗆到。

我想也不想地便答道：「我知道我無權請妳幫忙。」

「的確如此，千眞萬確。」她眺望著我身後的情況。「不過到底是什麼事情，你說來聽聽。」

「想請妳幫忙化解惡夢。」

「我還以爲你做的惡夢，都跟墜落深谷有關哪。」她似乎有點感興趣。

「不是我的惡夢，是別人的惡夢。他是……他的惡夢很強，強到他的夢境會擴散出來，使得大家都做跟他一樣的惡夢。這事情很糟糕，再下去就會出人命了。而且據我看來，把惡夢擴散出來的那個男人，他是控制不了自己的夢境的。」

「那就把他叫醒啊。」蕁麻不屑地道出這個最簡單的解法。

「叫醒他可能會好一點，但就算好一點，也是暫時的，而我需要一勞永逸的解決辦法。」一時之間，我考慮要告訴她那人的夢魘也會危及到迅風，但我隨即便把這個想法推到一旁。就算嚇唬她也沒用，畢竟她不見得肯出手幫忙。

「那麼，你認爲我能幫什麼忙？」

「我想請妳帶我走進那人的夢，改變他的夢境，讓他做個既甜美又平靜的夢。我們若是能讓那人深信，他眼前碰到的事情並不會殺了他，那他就會安心了；他一安心，他的夢就會比較平靜，而他做了平靜的夢，我們才能安眠。」

「這我怎麼做得到？」她以更尖銳的口氣問道：「況且，我何必出手幫忙？我若是幫你，你要怎麼回報我？」

事情演變到這種以利相交的情況，實在是不忍卒睹，但是這怨不得誰，只能怪我自己。說來殘酷，我唯一能夠回報蕁麻的東西，竟不免會惹得她父親痛苦萬分、愧疚不已。我慢慢地說道：「說到妳能幫的忙，妳有種天賦的魔法，能夠走入別人的夢中，並改變別人的夢境，妳的力量說不定強到能夠改變我朋友的夢境，雖說我朋友的魔法也是很強的，但他現在整個人都嚇壞了。」

「我才沒有魔法呢。」

我不予理會。「若說妳爲什麼要幫……我已經跟妳說過，迅風跟我在一起，而且很安全，可是妳半信半疑。這我不怪妳，因爲從表面上看起來，是我先向妳保證迅風會回家，但後來又失信的。不過我要告訴妳幾句話，讓妳轉達給父親。這些話會使他……使他難以承受，但只要他聽到了，就會知道我此言不虛——也就是說，他一聽到，就會相信妳弟弟不但活著，而且還活得好好的，跟我在一起。」

「是什麼話，你快說呀。」

在那一瞬間，我憶起切德的明訓，所以想要先要求她答應幫忙改造阿憨的夢境，才把這些話告訴她。接著我斷然地打消了這個念頭。其實我女兒對我從無虧欠，因爲我從未爲她盡過什麼心力。另外就是我內心憂懼交加，生怕自己若是不先把這幾句話講出來，就會永遠喪失將此說出口的勇氣。畢竟要說出這幾句話，就像是要逼自己以舌頭去舔燒紅的熱炭一樣恐怖。所以我答道：「妳就跟妳父親說，妳夢見一頭狼，那狼嘴上到處沾著刺蝟的棘刺，還對妳說：『當年你對我恩重如山，所以我對令郎亦情同此心；如今我不但庇護，還教導令郎，而我必拚著一死，也不讓他傷到一絲一毫。等我任務一結束，就將他安全地送回府上。』」

就當下的情況而言，我已經把這個訊息包藏得很好了，不過蕁麻還是一下子就逼近眞相，因爲她急切地問道：「這麼說來，你兒子曾經受我父親照顧？而且是多年以前？」

有些決定是這樣：只要你不讓自己多想，就比較容易做出決定。「對。」我毫不遲疑地對自己的女兒撒謊道。「一點也沒錯。」

我望著蕁麻仔細地咀嚼我這幾句話，然後她的玻璃塔開始化爲清水。溫暖且無害的清水流過我的腳下，直到她的陽台緩緩降到地上為止。接著她伸出手，讓我扶著她跨過欄杆。我任她搭著我的前腿，這是我有生以來第一次接觸到——但也不能算是接觸——自己的女兒。她那曬為褐色的指頭，在我的黑爪狼腳上停了一會兒，接著她站了開來，俯瞰著從山腳朝我們蔓延而來的濃霧與荊棘。

「我從未做過這種事情，你知道吧。」

「我也沒做過。」我坦承道。

「在我們走進他的夢境之前，先說說他這個人吧。」蕁麻建議道。此時濃霧和荊棘又爬得更近了。

其實，阿憨的事情，我就算只透露一點也嫌太多，但若是讓蕁麻在一無所知的情況下進入他的夢境，卻可能會影響到我們三人的安危。再說，阿憨的夢境中若是流露出我不想讓蕁麻知道的事情，我也拿他沒辦法。在那一瞬間，我不禁納悶自己是不是應該先問問切德或晉責，再找蕁麻幫忙。最後我嚴正地對自己笑一笑：我可是精技師傅，不是嗎？就身為精技師傅的職權而言，這只要我一人決定即可。

於是我對女兒說，阿憨這個人頭腦簡單，雖是大人的模樣，卻有著孩童般的心靈，但若是論起精技魔法，他的力量可抵得上一支大軍。我甚至告訴她，阿憨為瞻遠王子效力，所以此刻他與王子同行，搭的是同一條船。我還把阿憨的精技力量有多麼高強，以及他的夢境如何影響船上眾人的士氣講給她聽。我也告訴她，阿憨根深蒂固地相信自己會一直暈船下去，很可能會因為暈船而死。我跟蕁麻講話的時候，荊棘越長越快，就要逼上我們兩人。我看得出蕁麻迅速地歸納出一個要點：我必定也在同一艘船上，這麼說起來，她弟弟現正與我在一起，跟著瞻遠王子在海上航行。我心裡想，即使她住得那麼偏遠，恐怕也聽過不少外島貴主以及王子遠征的事情吧。不過我不必納悶太久，因為她一下子就把事實兜攏起來了。

「這麼說來，那條銀龍一直追問的黑龍，就是王子要去殺的龍囉。」

「別把牠的名字說出來。」我乞求道。

蕁麻輕蔑地瞥了我一眼，算是在嘲笑我這似乎沒來由的恐懼，她平靜地說道：「來了。」荊棘立即將我們兩人圈住。

荊棘叢以大火燒樹之姿，發出劈啪的聲音，從我們的腳踝、膝蓋，一路絞捲上來。荊棘刺入我們的皮膚裡，接著一團濃得令人驚懼窒息的霧氣漫來，將我們包住。

「這是怎麼回事？」蕁麻煩躁地叫道。濃霧遮去了她的臉面，此時她再度高叫道：「影狼，快停下來，現在就停！這些都是你的夢，這些東西都是你弄出來的，趕快擺脫它吧！」

蕁麻說著，便將我的夢境剝開，那種感覺，像是有人硬把你蓋的被子掀開。不過最大的衝擊是，蕁麻的動作引發了一個若有似無的遙遠回憶：很久以前，似乎有一個女人曾經一邊扳開我胖嘟嘟的小手，拿走什麼亮晶晶的好東西，一邊說道：「不可以喲，凱沛，這不是給小朋友玩的喲。」

這一刻我還因爲自己的夢境突然被人剝除而感到訝異，但下一刻，我們便直接墜入阿憨的夢境中。濃霧與荊棘不見了，但是我頭上卻是一大片冰冷的海水。我淹在海裡了，不管我怎麼掙扎，都無法升到海面上。然後有人一把抓住我的手。蕁麻拉起我，讓我好好地站在她身邊，不耐煩地叫道：「你怎麼這麼好騙哪！這是夢，不過就是夢而已，何況此處已經變成我的夢了，而在我的夢境裡，我們是可以在水上走路的。來吧。」

她這麼一說，我們就眞的可以在水上走了，但儘管如此，走路的時候，我還是緊拉住她的手。我們周遭盡是無垠的海洋，向四面八方開展，而迎面撲來的大風則是阿憨的精技音樂。我瞇著眼睛張望，心裡想著我們要上哪裡去找阿憨，但是蕁麻在我手上捏了一下，她的聲音穿過阿憨狂亂的音樂，清楚地傳到我耳裡：「我們現在已經很接近他了。」

這話也絲毫不假。再走沒幾步，蕁麻便憐惜地叫了一聲，跪了下來。水波映著陽光，亮得刺眼，所以我看不出她在看什麼。我跟著她跪了下來，也不禁心生哀憐。

阿憨把這場面做得好逼真，他以前一定看過這種情況。阿憨化身的小貓就在水面下隨波起伏，這隻剛生不久、連眼睛都還沒睜開的小貓，就這樣彷彿毫無重量地在大海裡漂蕩。小貓在水裡漂浮的時候，貓毛是散開的，但是蕁麻一捏著貓頸背的多餘毛皮，將牠從水裡拉出來的時候，貓毛卻順著滴下來的水流貼在身上。蕁麻輕輕一搖，水便從貓尾、腳爪、鼻子和張開的嘴巴流下來。她毫無畏懼地將這小不點捧在手裡，嘗試性地用指頭捏捏小貓的肋骨，讓牠的胸腔開始舒活，又將那小不點捧到眼前，朝那張開的紅嘴之中吹了一口氣。蕁麻這樣做的時候，十足是博瑞屈的女兒的模樣，我曾看過博瑞屈朝新生的小狗嘴裡吹氣，以便清掉小狗喉嚨裡的胎膜黏液。

「你現在已經好了。」她權威地對小貓說道。她輕輕地在那小東西身上點了一下，於是小貓的毛髮便突然變得乾爽柔軟。我這才看出，原來這是橘白條紋的小貓，我原來還以爲這是黑貓。「你現在活了，又很安全。你放心吧，任何惡事皆無法近你的身，而且你知道你大可信任我，因爲我愛你。」

聽到這話，我喉嚨一緊，幾乎哽咽。我不禁納悶，這孩子是怎麼會知道自己該說這幾句話？我雖然一生不曾聽過，卻一直都期望有個眞誠可信的人能夠這樣告訴我。那種感覺，就像是看著某人將你一生渴望的禮物送給別人。不過，我既不懷恨，也不嫉妒，我只是好奇，她才十六歲，爲何就能對他人如此付出。就算我能在阿憨的夢裡找到他，就算有人預先告訴我，我只需要說這幾句話就好，因爲阿憨最想聽到的就是這幾句話，我也無法把話說得像蕁麻那樣眞誠。她是我的女兒，十足是我的骨肉，但是當下的她卻使我吃驚、訝異到覺得她彷彿是個跟我扯不上一點關係的人。

蕁麻手裡的小貓動了一動，視而不見地張望一下，然後小小的紅嘴張開了。我心想小貓必定會

「喵」地叫一聲，誰料牠卻嗄啞地輕聲叫道：「媽？」

「不是。」蕁麻答道。我女兒比我勇敢得多，她並不考慮輕鬆地撒個小謊，而是乾脆道出眞相。「但跟你媽媽有點像就是了。」她四下望著周遭的海景，好像她是第一次注意到周遭有海。「這裡不像是你愛待的好地方哪，我們來改一改，好不好？你想去什麼地方呀？」

阿憨有問必答，使我驚訝。蕁麻循循善誘地讓他一點一滴地吐露細節。他倆完成之後，我們化爲玩偶大小，坐在一張很大的床上。我看到遠處有著灰濛濛的旅行篷車的車廂壁。我曾看過許多表演木偶戲或是街頭賣藝的人家，都是搭這種篷車四處旅行表演。車廂一角的天花板吊著乾辣椒和洋蔥串，並飄來刺激的香味。接著我開始察覺到我們周遭充滿音樂，這音樂除了曲調是阿憨的母親之歌外，還有許多豐富的元素，形形色色的音符中，有女人熟睡的穩定鼾聲、車輪的吱嘎聲、拉篷車的動物的緩慢蹄聲等，這些聲音陪襯著一名女子一邊哼著童謠，一邊吹笛的樂聲，令人感到無盡的安全、寬容與滿足。「這裡滿好的。」蕁麻在完成之後，對阿憨說道。「如果你不介意的話，我可能會到這裡來找你喔，可以嗎？」

小貓呼嚕地應了一聲，然後便蜷縮起來。牠倒不是在睡，只是在享受躺在大床中央的安全感而已。蕁麻站起來準備離去。這時我才體會到，雖然我一直在看著阿憨的夢境，但其實只是在旁觀。阿憨早先夢境中那些刺耳與恐怖的成分已經消逝無蹤，不過他母親的世界裡，可沒有我的位子。

「那就再見囉。」蕁麻對阿憨說道，又補了一句：「還有，你別忘了，其實要到這裡來是很容易的；你要睡覺的時候，只需要想想這個靠墊。」她一邊說著，一邊拍拍床上眾多五花十色的繡花枕頭其中一個。「你只需要想著這個靠墊，於是你一做夢，就會到這裡來了。要記得喔。」

小貓又低沉地咕嚕了一聲，阿憨的夢境便開始退去。於是霎時之間，我又站在融化的玻璃塔旁的山坡上了。荊棘和濃霧都不見蹤影，眼前望去盡是峰巒交錯的青翠山谷，山谷裡流著淙淙小溪。

我突然想到一件事。「妳怎麼沒告訴他說，他以後再也不會暈船了呢？」一說出口，我便瑟縮了一下，因為我實在太不知感激了。蕁麻狠狠瞪了我一眼，我發現她眼裡十分疲憊。

「你以為將那些事物找出來，並匯集在他周圍是很容易的事嗎？你可知道，他三番兩次要把夢境變成冰冷的海水。」她揉揉眼睛。「我正在睡覺，不過照這情況看來，我睡醒的時候一定很累。」

「對不起。」我嚴肅地答道。「施展魔法是很消耗元氣的，這我自己清楚得很。我也沒多想，就開口求妳了。」

「哪有什麼魔法。」蕁麻嗤聲道。「變造夢境才不是什麼魔法，只是我能夠做得到罷了。」

說完，她便離去了。我十分害怕，唯恐她把我的話轉達給博瑞屈之後會發生什麼不測，但我壓抑自己別去想那些，因為就算發生事情，我也無能為力。我坐在蕁麻的玻璃塔下，但是既無她在場支撐夢境，所以這夢境已經開始消退了。不一會兒，我便沉沉地睡去。

7

航行

切莫將外島想像成如六大公國一般擁有單一君主的王國，也別誤以爲外島的聯盟像是群山王國的聯盟那麼團結一致。在外島，即使在個別的島嶼上——雖然島嶼很小——也不是由單一的領主或貴族所統治。說得確實一點，外島人之中並無公認的「貴族或領主」這一類人物。外島男子的地位高低，要看他們的戰功大小，以及他們掠劫而得的財物多寡而定；有些男子在母系氏族的支持之下，更使得自己以武力所取得的聲譽維繫不墜。外島的土地乃屬氏族所有，這的確不假。但是外島的土地若不是女人耕種的農地，就是女人採集貝類海藻的海灘，所以土地皆是掌握在女人手中，而且總是母女相傳。

鄉鎮，尤其是港口，並非單一氏族所有，且通常並無法治，而以暴民統治爲其法則。你若是在外島的鄉鎮上遭搶，或是遇到盜匪，可別期望會有城市衛隊出來主持公道。外島人認爲，每個人都必須強迫他人尊重自己，不然，若是被人踩在腳下，也怨不得人。你若是高聲求救，只會讓人認定你軟弱怯懦，根本不值得注意。不過，有時當地的主要氏族會在城鎮裡蓋「要塞」，並在要塞中裁奪正義與紛爭。

六大公國人民心目中的城堡或碉堡之類的建築物，在外島是看不到的。在外島，進逼的敵人多是搭船從河口或港口進攻，而非取道陸路，占領土地。不過，在每一個主要的大城中，都不難看到一、兩個氏族所有的「要塞」。外島的要塞是特別強化、禁得起敵軍攻擊的建築物，不但有龐大的地下室，也儲備了充分的飲水與糧食。「外島要塞」通常爲當地主要氏族所有，而其設計目的，則是爲了要在內亂時避居，而不是爲了要抵禦外國的敵軍。

——甲拜所著之《外島遊記》

我醒來時感覺得出船上已經比較平靜了。我才睡了沒幾個小時，卻覺得自己精神飽滿。我身邊地板上的人個個都在呼呼大睡，彷彿他們已經好幾天沒睡過覺似的——然而事實確是如此。

我小心地起身，把毯子搭在手臂上，跨過一個個伸臂張腿的大男人，把我的毯子收回海運箱裡，換上一件乾淨一點的襯衫，然後回到甲板上。夜色將盡，就要天明了，雲裡的水滴都已流乾，此時偶爾有星子從濃雲之間探頭出來。船帆已經降下，以便利用此時較爲和緩的風勢，光腳的水手們俐落地在甲板上來去走動。此情此景，有如暴風雨之後的黎明。

阿憨蜷縮在甲板上睡覺。他臉上的線條變得鬆懈平緩，呼吸粗嗄但穩定。羅網在阿憨身邊打盹，他曲著雙腿，頭幾乎點在膝蓋上。我的眼睛只能勉強認出棲息在欄杆上那隻海鳥的黑暗身影，那鳥應該是海鷗之類，不過體型特別大。我看到風險的眼睛一閃，於是跟牠輕輕點頭致意，同時慢慢地走上前去，好讓羅網有充分的時間睜開眼睛、抬起頭。他對我一笑。

「現在他睡得比較好，也許最糟的已經過去了。」

「但願如此。」我答道。我小心翼翼地敞開自己的心胸，探聽阿憨的樂聲。現在他的樂聲再也不是精技風暴了，但仍有不時起伏的精技波浪。他母親的歌再度成爲主調，樂聲之中尙夾雜著小貓的呼嚕聲，以及蕁麻保證說他一定備受呵護、時時安全的迴音。聽到這裡，我感到有點不安；這是因爲我目睹阿憨的改變，所以才聽出蕁麻的講話聲，還是切德與王子也聽得出她的聲音，以及她講了什麼話？

「你看起來也睡了個好覺。」羅網有感而發地說道。聽到他的聲音，使我一下子回神。

「是啊，我的確睡得不錯。幸虧有你來幫忙，多謝了。」

他朝我伸出手，我握住他的手，將他拉了起來。站直之後，羅網放開我的手，轉轉肩膀，舒展筋骨。停在欄杆上的海鳥朝羅網踅了一、兩步過來，由於天光漸亮，我這才看出牠的鳥喙與腳爪都是豔黃色的。我依稀記得博瑞屈曾經說過，亮麗的色彩就表示鳥兒吃得好、過得好，所以風險可說是渾身上下煥發著健康的光采。風險彷彿察覺到我的仰慕之情，轉過頭仔細地以鳥喙梳理一根長羽，然後以可比貓兒躍上椅子的輕鬆自若，毫不費力地從欄杆上起飛，伸展長翼，隨風而起。

「眞是愛現哪。」羅網喃喃地說道。他對我笑笑，於是我領悟到，原智者或是動物伴侶因爲對方非凡出衆而感到與有榮焉，那份驕傲，並不輸給父母因爲子女而感到自豪。我對羅網笑笑，他們的欣喜也感染了我。

「啊，你這個笑容倒是很眞誠。我想，時間一久，你就會信任我了。等你開始信任我之後，記得跟我說一聲。」

我嘆了一口氣。其實最禮貌的作法是跟羅網說我已經很信任他了，但是據我看來，我若是說謊恐怕哄不過他，所以我只是點點頭。羅網轉身離去時，我突然想起迅風的事情，不得不尷尬地懇求道：「我還有一件事情想麻煩你。」

他轉過身面對著我，臉上露出眞誠的愉快表情。「我把這當作是你大有進展的象徵。」

「你能不能叫迅風今天來找我？我有話要跟他說。」

他歪著頭看我，像是懷疑地打量著貝殼的海鷗。「你要訓他一頓，指責他爲何沒有回到父親身邊嗎？」

我想了想，我有此意嗎？「倒不是，我只是想跟他說，我必須保護他安全地回到公鹿堡，此事攸關我的榮譽。除此之外，我也希望他趁著航行時，繼續跟著我上課。」我不禁酸溜溜地想道，切德若是聽到我說這話，恐怕一點也高興不起來；我的時間原本就已經很緊湊了，還把事情往自己身上攬。

羅網和藹地笑笑。「聽到這點眞令我高興，我會找個時間叫他來找你的。」他答道，接著像水手般地對我輕輕點頭爲禮。我也點頭回禮，隨後他便離去。

我從技傳得知王子醒得很早，他穿好衣服之後，便走到船尾來看阿憨。王子身後跟著一個僕人，那人手裡提著一個小籃子，裡面裝了溫熱的麵包和一壺熱茶。一聞到這個香味，我才發現自己飢腸轆轆。王子待那人將籃子放在阿憨身邊的甲板上之後便叫他退下。我們兩人默默地站著望海，等著阿憨醒過來。

他的音樂是什麼時候改變的？我今早醒過來的時候，簡直不敢相信自己睡得多香甜、心情多麼輕鬆。過了好一會兒我才領悟到，原來是阿憨變得不同了。

眞是鬆了一口氣，不是嗎？我雖想多說兩句，但卻不敢多言；我又不能搶著說這都是因爲昨晚我把阿憨的夢境變造了一下，因爲那實在不是我的功勞，而說不定連阿憨都沒有察覺到我在他的夢裡。

幸虧此時阿憨醒來，才免去我的尷尬。他咳了兩聲後才睜開眼睛。他先看看晉責，再看看我，接著臉上慢慢地浮現了一抹笑容。「蕁麻幫我改夢了。」阿憨說道。但是晉責與我都還來不及回應，他便接口道：「我覺得不舒服。喉嚨好痛。」

我逮住這個機會改變了話題。「這大概是因爲你乾嘔得太過分了。阿憨，你聽好，晉責幫你帶了熱茶和新鮮麵包來，你喝了茶，喉嚨就會比較舒服了。我幫你倒點茶好不好？」

阿憨沒應半個字，只是再度連咳一陣。我在他身邊蹲下來，摸摸他的臉頰。他臉上熱熱的，不過他才剛醒，身上仍裹著毛毯，這不見得表示他眞的發燒了。他厭倦地推開毯子，但是風一吹來，一身溼衣的他便冷得發抖。他看來虛弱可憐，而他的精技音樂開始出現刺耳的聲音。

王子立刻採取行動。「獾毛，你提籃子。阿憨，你現在就跟我回艙房去。」

「我不去。」阿憨呻吟道。但令我驚訝的是，接著他便慢慢地站起來了。他蹣跚地跨出一步，朝起伏的波浪看了一眼，彷彿突然想起了什麼似的。「可是我暈船。」

「所以我才要你進艙房，你待在船艙裡會比較好。」王子對他說道。

「不，才不會呢。」阿憨堅持道。但是當王子朝艙房而去時，他還是慢吞吞地跟了上去。他的腳步不太穩定，這跟甲板的柔和起伏不無關係，但也可能是因爲他太虛弱了。我趕快走過去，一手挽著籃子，一手扶住他，即使如此，他仍走不穩，中間還因爲咳嗽而停了兩次。等到我們走到王子的艙房時，我原本的擔心已經變成焦慮了。

晉責的艙房比他在家裡的房間豪華得多。設計者顯然以爲，唯有如此才配得上公鹿堡的王子。房間裡有一列窗子可以展望船後的景象，打磨光亮的地板上鋪著厚重的地毯，而桌椅等家具都固定在地板上，以免因爲船體搖晃而移位。我若是在此多待一會兒，可能會對晉責的房間更加讚嘆，但是阿憨直接便朝主房隔壁的那個小房間衝了過去，所以我無法多逗留。阿憨的房間就差遠了，他的房間只比小床鋪多了幾吋，私人物品只能塞在床下；我猜設計者大概是認爲王子必有打點生活起居的俐落男侍，因此才設計了這個小房間，但是如今這個地方竟是留給王子的呆頭寵臣居住。阿憨一回到房裡，立刻便蜷縮在床上。我把他汗溼的衣物脫去時，他呻吟亂叫，而當我一為他蓋上輕暖的被子，他便一把將被子抓去，又抱怨說好冷，牙齒不斷打顫。我到王子床上拿了一條厚被子蓋在他身上，現在我肯定他是發燒了。

茶已經涼了些，但我仍倒了茶，扶著阿憨坐起來喝。在我的技傳建議下，王子派人去煮柳樹皮茶，並拿些覆盆子糖漿，因爲前者可以解熱，後者可以止咳。過了好久，僕人才將這兩樣送來，然後我又花了不少工夫才勸得阿憨服用下去。阿憨的頑固與堅持似乎因爲發燒而減退了不少，所以最後他還是把柳皮茶和覆盆子糖漿都吃下去了。

阿憨的房間小到因爲我坐在床沿，所以門就無法關起，門因而任它開著，我則一邊照料阿憨，一邊觀察前來拜訪王子的人潮。來找王子的人都平凡無奇，但後來王子的「原智小組」，也就是儒雅、羅網、吟遊歌者扇貝和迅風四人進來了。晉責原本坐在桌邊朗誦外島語的致詞，僕人將他們領進來之後，晉責便叫僕人退下，他將卷軸推到一旁，顯然是鬆了一口氣。儒雅的貓跟著他進門之後，便直接走到王子的床上，大搖大擺地躺了下來，對此大家好像都不以爲意。

羅網彷彿覺得很有趣似的瞄了我一眼，之後才跟王子打招呼。「高空清朗無雲，晉責王子。」我正想著，這樣打招呼還真是古怪，但是隨即領悟到，羅網是在轉達他的海鳥，也就是風險所說的話。「觸目所見，除了我們自己的船之外，此外無他。」

「很好。」王子讚許地對羅網笑了笑，轉過頭去看看其他人。「儒雅，今天你的貓感覺如何？」

儒雅舉起手，他的袖子滑了下去，露出上臂那一道又長又紅腫的傷痕。「很無聊。空間太小，關得很煩膩。等到我們再度看到陸地之後，牠才會高興起來。」此語一出，所有的原智者都像是縱容小孩子任性妄為的父母一般地大笑起來。我注意到他們每個人在王子面前都輕鬆自在，只有迅風有點僵硬不自然，而這一方面可能是因為他的年紀與其他人相差太多，另一方面大概是因為他注意到我也在場。記得當年惟眞與親近的貴族也是這樣無話不談，那些以輕鬆的眞情義對待惟眞的人，可比那些對帝尊鞠躬哈腰、百般奉承的人有價值得多了。

因此，羅網轉過頭來看看我，並對晉責開口問的時候，並不會顯得太古怪。「這麼看來，今天湯姆．獾毛是來加入我們的嗎，王子殿下？」

他這一句話問了兩個問題：我今天之所以出現在這裡，是否是為了公開坦承我有原智，甚至要揭露自己的眞實身分？還有，我會不會加入他們的原智小組？我屏住呼吸，聽著晉責代我答道：「倒不是，羅網。他是來這裡照顧我的人，也就是阿憨。我知道你晚上幫忙看著阿憨，讓獾毛多少休息一點，這我十分感激。但如今他因為露宿了幾夜而發燒，而他又只肯跟湯姆．獾毛作伴，幸虧獾毛也答應照顧他了。」

「啊，我懂了。唔，阿憨，沒想到你生病了，多保重。」羅網說著，走到門邊探望阿憨，原智小組的其他成員待在大房間的桌子旁，繼續悄悄地討論，而迅風則憂心忡忡地望著羅網。裹著毯子、空洞地瞪著牆壁的阿憨似乎並未注意到羅網來看他，就連他的精技音樂也減退了，變得很小聲，彷彿他已經沒力氣大奏音樂。阿憨沒有反應，所以羅網輕輕地伸手放在我肩上，悄悄地說道：「我樂於今晚再幫你照顧他一晚，如果你想休息一下的話。而現在呢……」他轉過頭，對迅風招招手，於是迅風臉上一下子蒙上陰影。「我就把我的『侍童』留給你了。你們兩個一定有很多事要談，況且我敢說，如果阿憨有什麼需要的話，迅風一定樂於幫你跑腿。你說是不是啊，年輕人？」

迅風陷入無法拒絕的境地，而對此他心裡清楚得很。他像是被鞭打了一頓的狗兒似的，順從地走到羅網身邊站著，眼睛看著地上。

「是，大人。」迅風輕聲答道，他抬起眼睛望著我。我看了實在很難過，因為他眼裡既是恐懼，又是厭惡，但我又沒做什麼，他竟然如此看待我，未免太不公平。

「迅風。」羅網一開口，便引得那孩子朝他望去。羅網繼續以只有我們兩人聽得到的聲音輕輕說道：「沒事的，你放心待著吧。湯姆只是想趁著航行的時候繼續幫你上課，如此而已。」

「其實不止於此。」我不情不願地說道。聽到這話，他們兩人一起朝我望來，同時羅網還揚起眉毛。「我已經立下承諾了。」我慢慢地說道。「我已經對你家人保證，我不惜一死，也要保障你毫髮無傷。我已經做出承諾，等這一切過去之後，一定要盡全力將你平安帶回家。」

「要是這一切過去了，我卻不想回家呢？」迅風提高音量粗魯地問道。我雖沒看見王子的反應，卻知覺到他在注意我們的對話，然後那孩子憤慨地說道：「等等！你是怎麼跟我父親說上話的？時間根本不夠，你根本不可能趕在開船之前，派信差去找我父親，又拿到我父親的回函，所以你這些話都是騙人的。」

我慢慢地吸了一口氣。等我能夠平靜地講話之後，我才低聲答道：「不，我沒騙你。我是說，我對你家人做出承諾，但我可沒說他們已經答覆了。儘管如此，我仍會遵守諾言。」

「時間根本不夠。」迅風反駁道，但是他的聲音比較平靜了。羅網不以為然地望著迅風。我皺起眉頭，羅網也不以為然地朝我瞥了一眼，但是我定定地迎向他的目光。我的確做出承諾，說我要保住這孩子性命無虞並讓他平安地返家，但這並不意味著我必須高高興興地忍受他的侮辱。

「恐怕你們兩個都會覺得旅途漫長難挨哪。」羅網有感而發地說道。「我就讓你們兩個去作伴了，也希望你們盡量好好相處。我敢說，這個相處的良機，一定會讓你們兩個大有斬獲，但到底是什麼斬獲，你們得自己去摸索，這樣你們才會珍惜。」

「好冷。」阿憨說道。他這一呻吟，正好把我從羅網的訓話之中解救出來。

「你的第一件任務來了。」我生硬無禮地對迅風說道。「你去找王子的僕人，跟他要兩床被子給阿憨蓋。要毛料的。還有，順便替他端杯水來。」

據我看來，他大概認爲替阿憨這種智能不足的人端水有傷他的尊嚴，但是他寧可去跑腿，也不想與我爲伍。迅風匆匆離去之後，羅網嘆了一口氣。

「你們兩個應該要開誠布公才是。」他勸道。「唯有如此，你才能感動那孩子，湯姆。我現在才領悟到，迅風是眞的需要你多關照。他先是逃離家中，然後又逃離你身邊，他總不能一直逃開，否則他就永遠學不會要如何立定腳跟、面對自己的問題了。」

這麼說來，他認爲我是迅風的問題之一嗎？我避開他的目光。「我會找個辦法跟他相處。」

羅網回答的時候疲憊地嘆了一口氣。「那麼，我就把他留給你了。」

他回到桌邊，與原智小組的成員交談，過了不久，他們便離開了。王子繼續朗誦他的演講詞。迅風抱著毯子、端著一杯水回來時，我已經瀏覽過王子的典藏，選出幾個我認爲合適迅風研讀的卷軸了。王子的典藏之中有幾個我從未見過的卷軸，使我有些意外；這幾個講述外島社會型態及風俗的卷軸，必是切德在我們臨出門之前購置的。我從中選了幾個較爲簡單的，準備替迅風上課之用。

我盡量把阿憨安頓得舒服一點。他的熱度不退反升，越是發燙，他的精技音樂就越是雜亂無章。他仍未進食，但至少當我把杯子端到他嘴邊，勉強他把水都喝光的時候，他已經懶得反抗我了。我讓他重新躺好，把毯子塞緊，心裡則不禁納悶道，人發燒的時候，身體這麼燙，爲什麼反而會覺得冷呢？

我弄好之後，抬起眼來，發現迅風正輕蔑地看著阿憨。那孩子看到我斥責的目光，便爲自己辯駁道：「他有個怪味道。」

「他生病了呀。」我重新在阿憨的床緣坐下，指著地上。「你坐那裡，然後把那個卷軸唸給我們聽。不對，是邊緣磨破了的那一個。對了，就是那個。」

「這是什麼卷軸？」他解開卷軸的繩結，多餘地問道。

「這卷軸講的是外島的歷史與風俗。」

「我幹嘛要唸這個？」

我扳著指頭，把理由數給他聽：「一來是因爲你得多認點字。二來是因爲我們要去外島，所以你有必要多知道一點外島的風土人情，以免使王子殿下蒙羞。三來是因爲六大公國的歷史與外島的歷史息息相關。第四是因爲我吩咐你唸，所以你得乖乖唸。」

他垂下眼睛，但我感覺得出他的態度一點也沒軟化，我還得再催一次，他才開口朗讀。不過據我看來，開始朗讀之後，他就變得興味盎然。迅風讀得很順，我只聽著他朗讀的抑揚頓挫，倒沒注意聽他唸的是什麼內容。

切德進來的時候，迅風還在朗讀。我表面上裝作根本沒注意到那老人正在跟王子悄悄講話，然後晉責對我技傳道：*切德請你把迅風支開片刻，好讓我們自在地講講話。*

等一下。

我像在應著迅風朗讀的內容似的點點頭，他一停下來換氣，我便伸手放在他肩上。「今天就這樣吧，你可以走了。但是明天我仍待在這裡，所以你也要來，我會在這裡等你。」

「是，大人。」他的聲調之中既沒有期待，也沒有服從，只是平淡地表達他知道了。我忍住不讓自己嘆氣。他走到王子面前，鞠了個躬，然後王子便叫他下去了。但由於我以技傳提醒晉責，於是晉責又叫住迅風，並說他認爲教育很重要，人人都會受用，所以他也樂於看到迅風天天來這裡上課。迅風以與方才無二的平淡態度跟王子應了聲，隨即離去。

門才剛關上，切德就走到我身邊。「他的情況如何？」他一邊問道，一邊伸手摸摸阿憨的臉。

「發燒兼咳嗽，喝了點水，但是沒有進食。」

切德沉重地在床緣坐下來，他先摸摸阿憨頦下，又伸到他領口內探了一下熱度。「他多久沒吃東西了？」他對我問道。

「至少三天了。這三天以來，不管他吃下什麼東西都留不住。」

切德嗯哼有聲地呼了口氣。「唔，既然如此，那我們就得開始讓他吃點東西才行。鹹味的清湯，肉跟青菜要煮得軟軟的。」

我點點頭，但是阿憨呻吟了一聲，翻過身去面對牆壁。他的樂聲在飄浮，像是因爲遁入了我無緣拜訪的遙遠之處。

切德握住我的手腕，使我分心。*你昨晚對阿憨做了什麼事？是不是因爲你下手了，所以他才生病？*

我實在沒想到切德會這麼問。我出聲答道：「不，我想這只是因爲他暈船、晚上在甲板上淋雨，而且又餓了好幾天所致。」

阿憨大概感覺得到我們在技傳，他轉過頭向著我們這邊，以無精打采的眼神望著我，過了一會兒，他的眼皮又沉下去。

切德走開了，揮手叫我跟上去。窗下的牆邊有一條鋪了厚墊的長椅，他坐了下來，示意我在他身邊坐下。王子正在擺石子棋的棋局，此時他好奇地朝我們兩人瞄了一眼。

「說來也好笑，如今若要講兩句悄悄話，竟然是靠輕聲細語最爲保險。」切德指著窗戶外頭，像要叫我觀察什麼。於是我靠在窗邊，若有其事地點點頭。切德笑了笑，輕輕在我耳邊說道：「我昨晚睡不著，所以乾脆做精技練習，練到現在，我覺得我已經大有進展了。阿憨的音樂不但強烈，而且錯亂得控制不住。然後我突然感覺到有什麼東西……是個人，我想那應該是你吧。但是除了你之外，還有另外一個生物體，我以前好像曾經跟那個生物體打過照面，那個生物體越來越強，之後阿憨的音樂就平靜了下來。」

切德的精技天賦竟然強到足以讓他察覺到周遭的變化，這倒使我頗爲驚訝。我想得太慢，又沉默得太久，才假裝什麼都不知道地問道：「什麼生物體？」

切德咧嘴而笑。「應該是蕁麻吧。你是要用這個方式將她帶入我們的精技小組之中嗎？」

「倒不是。」我說道。彷彿高牆砰然倒下，將我的祕密透露給他知道，然而我雖不願讓自己的祕密走漏，卻也不能否認說出去之後，我的確寬心許多。我突然領悟到，我已經對於各種祕辛感到厭倦，況且又累得無法保護自己的祕密。讓他知道蕁麻的強大力量又何妨？這又不表示我會因此而答應讓他利用蕁麻。「昨晚我請她幫了個忙。我們離開公鹿堡前，我跟她說迅風會回家，因爲當時我眞的以爲迅風就要回家，可是後來我發現他跟羅網上了船……我總不能讓她一直懸心不下，生怕自己的弟弟是不是死在路上的溝渠之中了，所以我就告訴她迅風很安全，他跟我在一起，而且我會看著他。」

「當然當然。」切德喃喃地說道。他的眼裡渴望著更多消息，於是我接口道：

「我請蕁麻做爲報答的，是紓解阿憨的夢魘。她原本就善於控制自己的夢境，而昨天晚上的事情，則證明她也善於控制別人的夢境。」

我密切地觀察切德的臉色，而他也絲毫不放過我的表情。我看得出他正在思索控制夢境這種事情能有什麼用處，而當他想到它的確是不可多得的強大武器時，眼睛都亮了起來。可以用於控制人們心裡的圖像、可以把人們毫無防備的思緒變得陰森可怕，或變得甜美愉快……要是有了這麼強大的工具，那還有什麼事情是做不到的？你可以讓一個大男人夜夜都被惡夢所苦，可以用浪漫美夢來推動兩國聯姻，更可以用猜忌來破壞同盟。

「不行。」我平靜地說道。「蕁麻並不知道自己有著不尋常的天賦，她甚至不曉得她所展現的，正是精技潛能。我永遠都不會把她拉進我們的精技小組裡，切德。」然後我扯了個謊——這是我在一時半刻之間所能想出來的最佳謊言了；切德要是看得出來，一定會以我為榮。「蕁麻最好是以『精技獨行者』的身分活動，這樣對我們最有利。她用不著對精技有全盤了解，像她現在這樣反而最容易控制，其實這跟我年輕時不知而行，是一樣的道理。」

切德嚴肅地點點頭，他根本連反駁這番論述的工夫都免了，我這才看出我的老導師的盲點：他一直都很疼愛我，但即使如此，他仍要利用我，仍會任我受人利用。也許，這跟他自己一直受人利用，是一樣的道理吧。就是因為這樣，他才無從猜測其實我是想要保護蕁麻，不讓她過這種生活。「沒錯，這樣的確最好，你終於想通了。」他讚許地說道。

「你們在說什麼呀？」王子好奇地問道，他起身走到窗邊，眺望著窗外。切德拿了個不相干的事情來搪塞，說我們正在玩眨眼的遊戲：先看著浮在水上的船，然後眨眨眼再看，船便沉入水下了。

「那麼，你說你有話要私下跟我們說，到底是什麼事情？」王子納悶地問道。

切德深吸了一口氣，我知道他一定是在絞盡腦汁找藉口。「我在想，阿憨和蜚滋都在這裡，這個安排真是太好了。如今我們整個精技小組的人都已到齊，我們就放出消息，說阿憨黏著蜚滋，非要蜚滋陪他不可。這樣一來，這個尋常的侍衛跟王子這麼接近，也不會惹人起疑了，而即使阿憨病癒，蜚滋仍可繼續待下去。」

「這我們之前就談過了，不是嗎？」王子質問道。

「是嗎？噢，好像是吧。老人家的記性不好，王子殿下就多見諒吧。」

晉責狐疑地應了一聲，我則技巧地撤退到阿憨的床邊。

阿憨的熱度一點也沒退，切德認爲他還是要吃點滋養的鹹食打底，所以喚來僕人，吩咐了下去。不過那個盛氣凌人的廚子，我自己是見識過的，我對於銜令而去的侍童倍感同情。那少年不一會兒就回來了，只弄到一杯熱水和一塊沉到杯底的鹹肉。切德十分生氣，又派了另外一個僕人，並斬釘截鐵地交代這食物該怎麼做。我哄著阿憨將水喝下，但是他的呼吸聲越來越粗嗄，使人擔心。

食物終於送來了，這次廚子弄得比上次好得多。我用湯匙舀起粥湯，一口一口地餵阿憨吃，可是他的喉嚨很痛，一吞嚥就更加劇，因此吃得非常慢。在切德的吩咐之下，廚子也幫我做了一份，以便我在阿憨身邊進食，不必離開，這後來變成我進餐的常態。能夠優遊自在地進餐，不用去跟別的侍衛推擠搶食，的確是很不錯，但是這一來，我也變得很孤立，除了阿憨、切德和晉責之外，再也沒有其他人可以聊天。我本希望我在王子艙房的第一晚能睡個好覺。阿憨已經安頓好，既不呻吟，也沒抽搐，我甚至還大著膽子希望他會做個安詳的好夢。我睡的矮床橫過他的門檻，一半在他房裡、一半在他房外。我閉上眼睛，本想好好休息，結果卻深吸了一口氣，集中心神，潛入他的夢境之中。

他已經有伴了。此時小貓阿憨躺在大床中央，伏在牠的靠墊上，而蕁麻則安靜地在狹小的房間中走來走去。她好像正在忙著夜晚的日常工作，她一邊哼著小調，一邊把亂丟的衣物摺好，又把食物收進碗櫥裡。她弄好之後，房間變得整齊明亮。「好啦。」蕁麻對那隻凝神注視的小貓說道。「你瞧，都弄好了。東西都擱好歸位，你在這裡安全得很。祝你做個好夢喲，小貓咪。」她踮起腳，吹熄燈火。我突然了解到，雖然我知道她是蕁麻，但此時我是透過阿憨的夢境看她，所以她變成了個矮壯的婦人，臉上的皺紋很深，灰髮在頭後盤成髻。這人一定就是阿憨的母親，我這才察覺到他的母親是在年紀很大的時候才生孩子，從這情況看來，她的年紀幾乎可以當他的祖母了。

然後，阿憨的夢境一下子退開，彷彿方才的我，不過是在眺望遠處窗內的景象罷了。於是蕁麻與我又置身於山坡上，我上方是融化了一半的玻璃塔，而枯乾的荊棘則將我團團圍住。蕁麻站在我身邊，她明白地對我說道：「我做這些是爲了他，不是爲了你，任誰都不應該受這種惡夢的折磨。」

「妳在氣我？」我慢慢地問道。我實在很怕聽到她的答案。

她並沒看我。突然之間，一股冷風吹過我倆之間，而她的答覆則透過冷風傳過來：「你叫我傳達給我父親的那番話，到底是什麼意思？影狼，莫非你是眞的狼心狗肺，所以才叫我傳了這一番話，讓他聽了心如刀割？」

對。不，不對。我無法給她一個誠實的答覆。我很想告訴她，我從無傷害博瑞屈之意。但是果眞如此嗎？博瑞屈將莫莉納爲妻子，不過他們之所以結合，是因爲他們兩人都以爲我已經死了，而非要折磨我。但不管是善意惡意，結果都一樣：他終究是將莫莉從我身邊搶走了。不僅如此，他撫養我女兒，讓她安全健康地長大。是的，就是如此，而且就此而言，我對他十分感激。但是蕁麻終此一生都會對博瑞屈叫「爸爸」，這點我就無法感激了。「那些話，是妳逼著我說出來的。」我答道，聽出自己的口氣非常嚴厲。

「是啊，這可不就像那種古老的寓言故事？你的確讓我如願以償，但是願望成眞之後的情況，卻使我心碎。」

「到底是怎麼了？」我勉強地問道。

她不想告訴我，最後卻還是說了出來：「我告訴他，我在夢裡遇到一匹狼，狼嘴上沾滿了刺蝟的棘刺，這狼向我許諾會照顧迅風，並且將他平安地帶回家。然後我就照你跟我說的說了：『當年你對我恩重如山，所以我對令郎亦情同此心；如今我不但庇護，還教導令郎，而我必拚著一死，也不讓他傷到一絲一毫。等我任務一結束，就將他安全地送回府上。』」

「然後呢？」

「我母親正在揉麵糰，她聽到這話，就告誡我，如果我說的都是妄想跟蠢話，就乾脆別提到迅風的事。當時我跟父親坐在桌邊，母親背對我們，所以她沒看見父親一聽了我這話，眼睛就睜得大大的模樣；父親睜大了眼睛——眼珠子上下左右的眼白都露出來了——瞪著我看了好一會兒，後來便跌落在地上，像屍體一樣茫然無神地張眼瞪著。我以為他跌得不省人事，趕緊和幾個弟弟把爸爸抬到床上，唯恐情況不妙。我母親驚嚇萬分，頻頻問他是哪裡受傷了，可是他絕口不答，只是用雙手遮住眼睛，像是被人鞭打一頓的孩子一樣蜷縮身體，大哭起來。

「他今天哭了一整天，不管誰去勸他，他都不回答。到了晚上，我聽到他起床的聲音。我衝到我的閣樓邊往樓下看，原來他一身旅行的裝束，而且已經穿戴妥當。我母親拖著他的手臂，求他不要出門，但是父親只跟母親說：『女人哪，妳還不曉得我們闖了什麼禍，但我沒那個勇氣告訴妳。我是懦夫，我這一輩子都太怯懦了。』父親甩開了母親的手，然後就走了。」

在那恐怖的一瞬間，我彷彿見到莫莉摔倒在地、無依無靠的模樣。我只覺得心痛。

「他去哪裡了？」我掙扎地問出這一句。

「我猜他是去找你了，無論你現在在哪裡。」她的回答很粗率，不過我從她的口氣裡聽出她話裡帶著一絲希望；她期望的是，我說不定會知道她父親上哪裡去了，以及她父親為什麼非去不可。我一定得打消她的念頭。

「他是不可能來找我的。不過我猜他可能會去一個地方，而且不久就會再度回到你們身邊。」我對自己說道：他一定是去公鹿堡了。博瑞屈這個人直截了當，他會去公鹿堡，想辦法找到切德盤問清楚，但是他勢必見不到切德，反而會碰見珂翠肯。珂翠肯會把我的眞實身分告訴晉責，同樣地，她也會對博瑞屈道出實情；她一向認爲坦誠無僞最好，就算事實眞相會刺痛人心也別隱瞞。

我還在思索那個場面，蕁麻就開口了：「我闖了什麼禍了？」她問道。「我本來還以爲自己很聰明，我以爲我可以跟你談條件，好讓我弟弟平安回家來，結果卻……我到底闖了什麼禍了？你到底是什麼人？你是懷恨我們家的人嗎？我父親跟你結了仇嗎？」然後她更加恐懼地問道：「難道現在我弟弟已經落入你的手中了？」

「妳別怕我，妳用不著怕我。」我連忙說道。但是話一說出口，又不禁懷疑這話有幾分眞實。「迅風現在很安全，我會盡一切力量，早日將他平安地送回家。」我頓了一下，心裡擔心告訴她這麼多到底妥不妥當。她可不傻，她是我女兒哪，要是給了太多提示，那麼她遲早會揭穿我的祕密，到那時候，我可就永遠無法挽回她的心了。「我跟他在很久很久以前就認識了，當時我們很親近，後來我有自己的想法，又反抗他的規矩，所以我們就分道揚鑣了。長久以來，他一直以爲我已經死了，不過他聽了妳的話之後，就知道我並沒有死。然而因爲多年來我從未回去找他，如今他便認定是他占了我的便宜。但其實根本就不是這樣。想必妳一定也知道，妳父親這個人很固執，就算衆人都勸他寬心，但他若是一口咬定事實便是如此，就很難改變他的心意。」

「你以前認識我父親？那麼，你也認識我母親囉？」

「我早在妳出生之前，就認識妳父親了。」這句話雖不是撒謊，卻是個障眼法，故意要誤導她的。過了一會兒，蕁麻輕聲推論道：「這麼說來，那一番話在我母親聽來，是沒有意義的。」

「對。」我肯定地答道，之後我小心翼翼地問道：「妳母親還好吧？」

「她怎麼會好！」我感覺得出她對於我的愚蠢毫無耐心。「我父親離家的時候，母親站在門前對著他的身影大吼大叫，然後回過頭暴跳如雷地對我們說，早知道他這麼頑固，她當年就不應該嫁給他。她問我到底跟父親說了什麼話，連問了一、二十次，我每次都回答說，我只是把我的夢境說出來，如此而已。我差點就把你的事情全盤托出了，不過就算我講了也沒有用，對不對？她又不認識你。」

在那令人膽寒的一瞬間，我藉由蕁麻的眼睛看到了當時的場面：莫莉站在路中間，為了阻擋博瑞屈，她盤起來的頭髮都扯散了；她作勢對博瑞屈揮拳，而那頭跟當年一樣捲的捲髮則輕輕拂過她的肩膀。她最小的兒子，大概六歲左右的年紀吧，抓著母親的裙子，因為目睹父親遺棄母親的恐怖情狀而嚎啕大哭。夕陽西斜，將天邊染得血紅，莫莉對著丈夫的背影尖聲高叫：「你這個瞎了眼的老傻瓜！」那一個個字，彷彿石子般一粒粒打在我身上。「你這一去，不是迷路，就是遭搶！那你還回得了家嗎！」但是博瑞屈卻頭也不回地走了。

蕁麻關掉痛苦的回憶，我霎時發現山坡與玻璃塔都已不見，此時我置身於一處閣樓之中，屋頂很低，幾乎碰到我頭上的狼耳朵。蕁麻坐在自己的床上，膝蓋收在胸前。她和弟弟們都睡在閣樓上，我雖看不見他們，卻可透過阻隔的簾子聽見他們的呼吸聲。其中有個孩子輾轉難眠，不時發出哭叫的聲音。今天晚上，在這個屋簷下沒有一個人睡得好。

我很想懇求蕁麻千萬別在莫莉面前提起我的事情，但是我不敢說，因為我一說出口，她必會察覺我不誠實。我不禁猜疑，說不定她已經開始強烈懷疑她母親與我之間到底是什麼關係了。我避重就輕地答道：「依我看來，妳父親必定不久就回家了。他回家之後，還請妳跟我說一聲，好讓我放心，行不行？」

「如果他眞的回得了家。」蕁麻低聲說道。我這才察覺到，原來莫莉吼出了全家人的恐懼，而且這個恐懼非常眞實。此時蕁麻垂頭喪氣，彷彿若是她道出實情，就會使事情成眞。「上次他單獨出門去尋找迅風，就是被人搶奪一空，又打了個半死。他嘴上從不承認，但我們都知道事情就是這樣。儘管如此，他還是再度單獨出門了。」

「博瑞屈這人就是這樣子。」我說道。我不敢把心底的寄望大聲講出來：博瑞屈騎的是與他相知甚深的馬兒，雖然他從不以原智跟自己的坐騎講話，但是他的馬兒仍照樣與他溝通，並不妨礙。

「是啊，我父親這人就是這樣子。」蕁麻既驕傲又憂愁地應和道。房間的牆壁開始像滴到眼淚的墨漬般暈開，一切漸漸退去，最後連蕁麻的身影也退去了。我醒過來時，發現自己正空洞地瞪著王子艙房的幽暗角落。

接下來幾天，日子過得非常單調，阿憨的病情既沒有變好，也沒有惡化。有時候，他會神清氣爽個一、兩天，然後又再度發燒咳嗽。如今他眞正的病情趕跑了他對於暈船的恐懼，我卻沒有因此而比較輕鬆。我幾次找上蕁麻，請她幫忙化解阿憨的發燒之夢，以免鬧得全船不得安寧。水手們都是很迷信的，在阿憨的影響之下，衆人都惡夢連連，當彼此比較後發現大家做的惡夢都大同小異，便會認定這一定是上天的警告。幸虧這種事情只發生過一次，只不過那天船上差點就鬧叛變。

在這情況之下，我不得不經常且深入地與蕁麻合作，以精技化解阿憨的惡夢。她不提博瑞屈的事情，我也沒有多問，雖說我知道我們各自都在心裡默數博瑞屈出門幾天了。我敢說，如果有他的消息，她一定會告訴我，但是她遲遲不提，一直使我懸心不下。我無可奈何地強化了她與我之間的牽繫，以至於後來我時時刻刻都與她連線。蕁麻教我如何溜進阿憨的夢裡，把夢的背景修改為令人安心舒服的環境，但是我做得不如她好，因為我有時做不到，只能暗示阿憨自己改變，然而蕁麻卻出手就能把環境調整好。

我兩次察覺到切德在觀察我們。我很生氣，卻也莫可奈何，我若是開口趕他出去，那麼蕁麻就會發現他在場了。不過不理會他也好，由於我的老導師越來越大膽，我因而看出他的精技力量越來越強。難道切德一直都沒察覺到自己的變化？還是他早就知道自己的實力，卻隱瞞不讓我知道？我心裡好奇，但是不把心裡的疑點對他提起。

我從來就不認為海上的旅程有什麼刺激的。海上旅程都是一個樣子；過了幾天，我便覺得王子的艙房，幾乎跟我的衛隊同僚們那個摩肩接踵的艙房一樣擁擠閉塞；食物一成不變，船從早搖到晚，而且阿憨的境況令人擔心。由於我們的精技小組實力削減了不少，所以精技課程也沒什麼進展。

迅風繼續天天來找我上課，他大聲地朗讀外島的風土人情，一方面讓他增長見識，另一方面也讓我溫故知新。他朗讀之後，我會問幾個問題，以便測試他是真的將新知記在心裡，並不是有口無心地唸過就忘了。這孩子記憶力不錯，不時也會提問題。迅風上課的態度往往過於粗魯，但至少他順從師長，而我也只求如此。迅風在場，似乎使阿憨寬心了些，因為他聽著這孩子的朗讀聲，臉上扭曲的皺紋便放鬆不少。阿憨很少講話，呼吸聲粗嗄，不時大咳一陣。每逢要哄著他一口一口地吞下粥湯，不但我累，連他自己也累。阿憨近來圓鼓的肚子消了下去，小眼睛的周圍也生出黑眼圈；如今他是個十足的病人，而他對於自己的苦難逆來順受的模樣，看了令人心疼。就他自己而言，他認為自己就快死了，然而就算在他的夢中，我也無法完全化解他這個悲觀的想法。

在這方面，晉責是幫不上忙的。他的確盡了力，而且他是真的很喜歡阿憨，但是他才十五歲，就許多方面而言，都不過是個孩子而已。再說那些貴族對他招呼得無微不至，為了討好王子而挖空心思。在擺脫了珂翠肯嚴苛自制的環境之後，貴族們對晉責諂媚逢迎，天天都有精采的餘興節目；小船在我們的船隊之間穿梭，載送貴族們前來拜訪王子，但也常常載送切德與晉責前往其他船上飲酒作樂、吟詩唱歌。這類的往來一多，就表示晉責無心顧及這趟旅程的愁苦之處，同時也表示貴族們的詭計得逞。然而相對而言，晉責若多關照這些臣子，對他也是好的，畢竟他若想要好好統治六大公國，就得趁現在締結盟友，以奠定基礎。說眞的，別人的邀約，他實在不能拒絕不去。但即使他有正當的理由，看到他難得把心思放在生病的僕人身上，我還是覺得很懊惱。

羅網是我唯一的安慰。他每天都來，並且幫我看護阿憨，讓我出去輕鬆一下。當然，即使有羅網照顧，我仍不可能完全放鬆警戒，棄阿憨於不顧；我還是時時以精技與他相連，以免他一下子陷入了狂野且恐怖的惡夢之中，但是至少我可以趁這個機會離開封閉的艙房，到甲板上去走走，吹吹海風。不過，這倒使我無法與羅網獨處。切德希望我跟羅網套話，我也想跟他聊聊，倒不只是因為切德的緣故。羅網學識淵博但不招搖、體貼且無私的態度，使我大受感動。我感覺得出他在奉承我，他那種奉承，不是貴族們迎合晉責的那種奉承，反而像是博瑞屈對於桀驁不馴的馬匹多加照料的關照。即使我明知羅網的用心，他這一招還是奏效了。漸漸地，我不再對他百般提防。他雖知道我眞正的身分，但與其說這使我多一分威脅，不如說，這使我多一分慰藉。我想要問他一大堆問題：有多少原血者知道蜚滋駿騎至今仍活在世上？有多少人知道我就是蜚滋駿騎？我不敢在阿憨耳及之處問出這幾個問題，雖然他睡在房裡，一直在作發燒的夢，但我也不肯大意，誰曉得他會不會轉手把我跟羅網的對話傳出去，不管是以言語，還是以夢境傳播。

有一天晚上，王子與切德很晚才從什麼餘興節目中歸來，而我一直等著王子斥退了衆僕人，才跟他們兩人談談。他們坐在可以眺望船尾情況的窗下那個鋪了厚墊的長椅上，手握酒杯，靜靜地聊天，我站起來，拋下阿憨，走到桌邊對他們招手。雖然他們都因為跟卓越大人下了很久的石子棋而感到疲倦，但還是興味濃厚地立刻湊了上來。我直截了當地對晉責問道：「羅網有沒有跟你說，他知道我就是蜚滋駿騎？」

晉責露出十分驚訝的表情，所以我知道羅網從未跟他提起。

「有必要讓他知道這件事嗎？」切德埋怨我。

「有什麼理由不該讓我知道嗎？」王子替我回答了，我沒想到他的口氣會這麼尖銳。

「沒什麼，只是這點小事跟我們這一趟出海遠征的目的無關，而我希望讓你的心思隨時都關注在對我們最重要的事務上，晉責王子。」切德的聲音很自制。

「切德顧問，對我而言，什麼事重要、什麼事不重要，也許你應該讓我自己決定比較好吧？」從晉責那粗暴的語氣聽來，這大概不是他們第一次談起。

「這麼說來，從各種跡象看來，你的原智小組也都不知道我的身分？」

晉責遲疑片刻，才慢慢地答道：「的確如此。我們不時會談起『原智小雜種』的事情，而我此刻回想起來，這話題都是羅網起頭的，但是他談起『原智小雜種』的態度，跟他傳授原智歷史與風俗的態度無二：他總是先提起一個話題，然後問幾個問題，引導我們用心思考、深入了解。在他口中，蜚滋駿騎是個歷史人物，此外無他。」

聽到我自己變成別人口中的「歷史人物」，使我頓時鬆了一口氣，但是切德及時在我變得太過自在之前開口道：

「這麼說來，羅網已經正式教導你們這個原智小組了？他教了歷史、風俗……還教了什麼？」

「禮節。他說了不少原血者與牽繫動物的寓言，以及在尋找動物伴侶之前，應該做什麼準備。據我看來，他教的這些東西，其他人大概從小就有所耳聞，他之所以多談，應是為了迅風與我著想。他講故事的時候，其他人也聽得很專心，尤其是吟遊歌者扇貝。我想，羅網所講的故事，大概有不少已經近於散佚的邊緣了，他之所以多講，也有希望我們把故事傳承下去的用意。」

我點點頭。「由於遭到迫害，原智族群四分五裂，避而不談原智的傳統與知識，在這個情況下，一代一代的傳承，難免會越來越少。」

「那麼，在你看來，爲什麼羅網要談起蜚滋駿騎的軼事？」

我看得出晉責照著切德教我如何分析他人舉止的作法，仔細揣想羅網的動機：他這樣做有什麼好處？這個舉動對誰造成威脅？「有可能是因爲他要刺探我知不知情，不過看來又不像是這樣。據我看來，羅網之所以談起蜚滋的舊事，是爲了激發原智小組的成員思考一個大問題：『有原智的，與沒有原智的統治者之間，到底有何差別？』也就是說，如果當年是蜚滋繼位，而不是單純因爲他有原智魔法而被處決，會對時局產生什麼影響？我是否能安全無虞地對大眾坦承說我乃是原血者，以及這對於六大公國而言有何重大意義？還有，有個原血的國君，對於我所有的子民而言，到底有何好處？此外，原智小組要如何參贊要務，輔佐我治理國家？」

「他們要輔佐你治理國家？」切德尖銳地問道。「他們的野心大到那個程度？之前他們只談到要襄助你遠征，要讓六大公國的人都看出，原智魔法的確可以用於正途。然而照你這樣說起來，如今他們還打算在遠征之後繼續輔佐你？」

晉責皺眉望著切德。「唔，這是當然。」

切德煩躁得眉頭都糾結在一起了，我插嘴道：「據我看來，他們有此打算可說是再自然也不過，尤其他們若真能在王子遠征的任務上出到力，那麼就更順理成章了。多年來你一直都告訴我，利用他人、事後便丟棄到一旁，乃是很差勁的政治運作。」

切德仍愁眉不展。「這個嘛……是啦……如果事後證明，他們果眞能在遠征的任務上出一點力的話，那麼他們難免會期望王室給他們一點報償。」

王子冷靜地說話，我感覺得出他壓下了自己的怒火。「就你認爲，倘若他們不是原智小組，而是精技小組，並且在遠征中出了力，那麼他們會期望我給他們什麼回報？」

切德氣了起來。「那根本就是兩碼子事。精技是你家傳的魔法，況且又比原智強大得多，所以你若與自己的精技小組結合在一起，並接受精技小組的輔佐與陪伴，那絕對是順理成章。」切德說到這裡，突然停了下來。

晉責慢慢地點頭。「但是原血也是我家傳的魔法，而我對原血魔法的認識，恐怕比你深刻得多。不過話說回來，切德，你說得沒錯，我對於與自己具有相同魔法之人，的確既是惺惺相惜，又彼此深深信任。正如你所言，這也是順理成章。」

切德張開嘴巴，像是要說話，然後又閉上了。過了一會兒，他再度張開口，但再度把話吞下肚。最後他既煩躁又敬畏地輕聲說道：「很好，你說得有幾分道理。我不見得完全同意你的結論，不過我尊重你的決定。」

「我別無所求。」王子答道。我在這幾個字之間，聽出他未來將要繼位爲王的架式。

切德轉而以凶狠的目光瞪著我。「你爲何提起這件事情？」他惱怒地問道，彷彿我是爲了要挑起他們二人唇槍舌劍，所以才提起這個話題的。

「因爲我想知道羅網對我所求爲何。我感覺得出他待我很好，又想跟我拉近關係、傾心交談。你怎麼會問這個？」

船上是沒有眞正的寧靜的，木料與海水、帆船與海風之間，時時刻刻都在對話，而一時之間，船艙中就只聽得到這些聲響。此時晉責應了一聲。「這倒沒什麼好多想的，蜚滋。我看不出他能從中拿到什麼好處，也許他只是想跟你交朋友吧。」

「他手裡掌握著天大的祕密啊。」切德不滿地說道。「而握有祕密，就掌握了權力。」

「但也免不了涉險。」王子反駁道。「羅網若是揭開這個祕密，那麼不但蜚滋有危險，連他自己也會不保。你只要想想看這會引起什麼後果就知道了。若是他拆穿此事，那麼我的王位難道不會岌岌可危嗎？會不會有少數貴族因爲我母親隱瞞事實、保住蜚滋一命，因此起而對抗王后？」他低聲補了一句：「更不要忘記，羅網若是公布說他知道蜚滋的眞實身分，也等於是將自己送上刀口，因爲此事非同小可，這是有些人會不惜一死，也要保護周全的祕密。」

我看得出切德反覆思索。「的確，羅網一旦說出去，不但會危及蜚滋，也會危及你的王位。」他疲憊地讓步道。「就目前而言，你說得沒錯。他還是把這個祕密藏在心底最爲有利，只要你繼承王位之後對原智者多加招撫，他們便會與你相安無事，但要是有一天你與他們反目成仇呢？到時候你怎麼辦？」

「是啊，到時候我怎麼辦呢？」王子譏笑道。「切德啊，你常常激勵我思考『接下來情況會如何演變？』現在你也應該朝這個方面多想一想啊！如果我母親與我被人推翻，那麼誰會掌權？不用說也知道，到時候掌權的一定是逼我們下台的人呀。這種人一定是原血者的大敵，他們必會用遠比我在位時更加狠毒的手段對付原血者。所以，我認爲蜚滋的祕密很安全，不僅如此，我還認爲他應該把擔心擺在一邊，好好地與羅網交個朋友。」

我點點頭，心裡則不禁納悶道，爲什麼這個主意反倒使我有點不安。

「我還是認爲這個原智小組幫不上忙。」切德喃喃地說道。

「是嗎？那麼爲什麼你每天都問我羅網的海鳥看到什麼景象？你聽到羅網的風險放眼所及盡是老老

實實的商船，難道沒有放下心來？你再想想看，今天風險替我們送來什麼好消息；今天牠飛到柴利格鎮的港口和鎮上盤旋了一圈，而羅網藉由牠的眼睛觀察了當地的狀況。當地並無聚集武器人馬，進行戰事布陣的跡象。雖說城裡的確聚了不少人，不過看那情況，應該是慶典吸引而來的人潮。你說吧，難道這消息沒讓你鬆了一口氣？」

「應該是有吧。不過也不能因此而大意，畢竟這說不定是障眼法。」

阿憨翻了個身，喃喃地說了什麼話，我以此為由，丟下他們二人。過了不久，切德回他的艙房，王子爬上自己的床舖，我則在阿憨的床邊鋪了矮榻。我想著羅網與風險的事情。若能透過海鳥的眼睛看到大海與外島港口的景象，那該多麼有趣！可是我還來不及多想，便開始加倍思念起夜眼。這天晚上，我做的是自己的夢，是狼群在夏日山坡上狩獵的夢。

8

首領團

事情就是這樣：艾達神和埃爾神在黑暗中交合，但是埃爾神並未討得艾達神的歡心。過後艾達神生下大地，隨著大地這個胎兒而流出的水則形成大海。此時大地無甚起伏，不過是一大塊黏土，要到艾達神捏塑過之後，大地才有了變化。艾達神捏塑出一個又一個符文以代表自己的名字，以及埃爾神的名字。艾達神以「神符」拼出了埃爾神的名字，並將代表埃爾神的符文符號，一個一個地置於大海上。這一切，埃爾神都看在眼裡。

接著埃爾神也想拿一塊黏土塑出自己的符文，但是艾達神不肯給祂黏土。艾達神說：「你不過從你的身體裡給我一道液體，做爲生成這一切的種子，如此而已。萬事萬物的血肉，乃來自於我，你給的既少，就不能多拿，所以你別想奢求。」

但是埃爾神可不以此爲滿足。因爲這個緣故，祂創造了男人，又造了舟船，讓男人們遨遊於大海上。埃爾神笑著自言自語：「這麼多男人，她可不能一一留意了，而且再過不久，男人便會踏上她的土地，將她的大地塑造成我喜歡的樣子，這一來，她的大地所代表的，就變成我的名字，而非她的名字。」

艾達神已經早一步想到埃爾神會用這一招，所以埃爾神的男人一來到陸地上，便發現艾達神的女人已經在大地上往來行走、種植糧食蔬果、畜養家禽家畜。除此之外，女人不但不讓男人宰治大地，甚至還不肯讓男人在大地上久留。她們對男人說：「我們會讓你們把鼠蹊間的黏液留給我們爲種，以便生出與我們身形類似的骨肉。但是艾達神所生的大地，永遠都屬於我們的女兒，不屬於你們的兒子。」

——外島吟遊歌者所述說之「世界的誕生」

儘管切德提心吊膽，但由於有風險的幫助，因此羅網所預料的前景非常準確。第二天早晨，瞭望的人便大叫已經看到陸地。到了下午，我們便經過一連串大大小小的外島島嶼。被著綠草的島嶼、遠處的小屋和漁船，在在使出海太久的人感到非常振奮。我努力勸阿憨下床到甲板上瞧瞧，看看我們離岸有多近，但他就是不爲所動，最後他緩慢但篤定地呻吟道：「那又不是家。我們離家太遠，而且我們永遠也回不了家了。永遠也回不去了。」他咳嗽著翻過身背對我。

然而，就算是阿憨鬱悶的態度也無法使我舒鬆的心情變得沉重。我深信他只要一上岸，就會恢復健康、精神十足。知道我們再過不久就可以離開這條擁擠的船之後，每一分鐘都拖得彷彿有一天那麼長。直到隔天下午我們才看到柴利格港，但是感覺上像是已經過了一個月那麼久。一隊小舟划上來迎接我們，順便引導我們的船從狹窄的水道中進入柴利格港，我心裡則恨不得此時能與切德和晉責王子一起待在甲板上。

但是我不能去，只能在王子的艙房裡來回踱步，從視野狹小的窗戶中窺視一點外面的動靜。我聽到船長高喊，以及水手們整齊地在甲板上併攏腳跟的聲音。切德、晉責王子、隨行貴族與原智小組都在甲板上，眺望著慢慢接近的柴利格鎮。我覺得自己有如同伴都衝去打獵，唯獨自己被鍊在狗屋裡的獵犬。我感覺到我們的船帆降下，改由引導船拖行之後，船行的韻律就變了。引導船將我們的船拖到定位，又將我們的船掉過頭，讓我們的船尾朝著柴利格鎮。我耳裡聽到船錨嘩啦入水的聲音，眼裡焦躁地凝視著等待著我們的那個外國城市，另外幾艘六大公國的船也都在附近下錨。

在我看來，全世界大概再也沒有比船隻入港更緩慢的事情了——唯一例外的，就是船隻卸貨的速度，那也是慢得急死人。突然之間，我們的船邊擠滿了小舟，小舟的船槳不停地入水、出水，看來彷彿一條條長了許多腳的水蟲。不久，其中一艘遠比其餘小舟為大的船，便將晉責王子、切德、一些貴族和幾名王子侍衛送往岸上。我望著他們離去，心裡想著他們必定是把阿憨與我都忘掉了。門上響起敲門聲，原來是穿著一身光鮮侍衛制服的謎語，他眼裡充滿興奮。

「我來看著這個弱智傢伙，好讓你回去換衣服。外頭已經有一艘船準備接你們兩個以及其餘的侍衛上岸了。你別耽擱，大家都準備好了。」

這麼說來，他們並未忘記我。話雖如此，他們卻也沒有提早告訴我他們早已做好安排。我聽了謎語的話，便匆匆丟下他和阿憨往底艙而去。衛隊的艙房已經空無一人，大家早在入港之時就已經換好衣服了。沒跟王子同船的人都靠在船尾，急著要走。我迅速地換好衣服，三步併作兩步地回到王子的艙房。要哄著阿憨換上乾淨衣服可不是易事，但是我回房時，發現謎語已經著手幫他更衣了。

阿憨搖搖擺擺地坐在床邊，他的藍色束腰外衣和藍長褲鬆垮垮地掛在身上。看到他換上這身衣服，我才發現他真的瘦了好多。謎語跪在地上，好脾氣地哄著他穿鞋。阿憨虛弱地呻吟，做些無助於穿衣穿鞋的胡亂動作，臉上愁苦得不得了。雖然我以前曾經篤定認為謎語不可能是切德的人，但是從這情況看來，他必是切德的人馬無疑，因為尋常的侍衛絕對不會著手幫阿憨換裝。

「剩下的交給我吧。」我對他說道，口氣有點粗魯。我說不上自己為什麼會覺得必須保護眼前這個矇矓地望著我的小個子男子，但我就是覺得必須保護他。

「阿憨。」我一邊幫他套上鞋子，一邊說道。「我們要上岸了。我們一踏上結實的土地，你就會好起來。你放心好了。」

「不，我才不放心呢。」阿憨篤定地答道。他咳了一陣子，那種咳得全身打顫的模樣，使我看了吃驚。不過我還是幫他披上斗篷，攙著他站起來。阿憨蹣跚地搭在我身上，隨著我離開了艙房。到了甲板上，吹到闊別多日的新鮮海風，他竟然發抖了。他伸手把斗篷拉緊。陽光很亮，不過這氣候並不如六大公國的夏日那般溫暖，高山頂上積雪未化，風仍帶有涼意。

我們的船尚未靠岸，因此搭乘外島的轉運船上岸。幸虧有謎語幫忙，我才好不容易又哄又拉地把阿憨弄上那條時刻搖晃不停的小船。我暗暗詛咒那些袖手旁觀，還把我們的困境當作笑話來看待的同僚們。小舟上的外島人公開地把我們批評得一無是處，根本就不知道我聽得出他們在恥笑堂堂一個王子，怎麼會找這麼個白癡來當同伴。其中一名大聲談笑的外島槳夫就坐在阿憨身旁，所以我只得伸手攬住他，以免他在這既小又無遮掩的恐怖小舟上感到害怕。小舟每次一隨著海浪上下起伏，阿憨的熱淚便從臉上滾下來。水面反射陽光，亮得刺眼，我則趁著水手們費勁划船之際，瞇著眼睛眺望柴利格鎮的碼頭和房舍。

一眼望去，柴利格鎮實在乏善可陳，所以皮奧崔．黑水對於此鎮的不屑，倒也其來有自。柴利格鎮是蓬勃海港陰暗面的總結：突堤碼頭亂七八糟地伸入港中，並且停泊了形形色色的船隻。港邊的船多是船身渾圓、油膩不堪，永遠飄散出鯨魚油與殺戮味道的鯨魚船，但我也看到幾艘來自六大公國的商船、一艘看似恰斯國來的船，此外還有一艘可能是來自遮瑪里亞的船。大船之間散布著供應城中每日海鮮的小漁船，以及比漁船更小，用以捕捉小魚、撈海草，或是給大船送補給的小舟。

岸上則有倉庫、漁人的酒館，以及各式補給的店舖，石造建築多過木造。街道狹窄，有些穿梭在擁擠房舍之間的街道，窄到與小徑相去無多。港灣較爲水淺多石、不適合下錨的那一端水邊有些石造的小屋。不用帆，而靠划槳爲動力的船，拉到高潮線以上放置。他們將漁獲一排排吊掛起來曬乾，又在曬魚竿下面燒火燻烤，這一方面是爲了保存，另一方面也可增添風味。我還看到海邊有一群孩子，不曉得在玩什麼遊戲，樂得尖聲高叫。

我們的小舟送我們前來的這一帶，看來是最近新建的。跟港口的其他房舍比較起來，此處街道寬廣筆直，建材以當地產的石材爲主，木料爲輔，房子大多蓋得比別處高，有的房子二樓還加了渦紋玻璃窗。回想起來，我曾聽人說，六大公國的龍群曾經攻擊這個港口，使得當時的敵軍大量傷亡、一蹶不振。這一帶的房舍新舊大致相同，街道筆直又鋪了路石，在這個無甚規劃、亂七八糟的港口裡，竟有這麼整齊的區域，使我不禁懷疑化龍的惟眞是否眞的曾經到此一遊。即使如此，戰爭的摧殘，竟導致如此整齊的重建成果，實在是個強烈的對比。

港口再過去就是多岩的山坡，山坡較有遮蔽之處長著一叢一叢的大樹。放牧著綿羊與山羊的山坡上，有著運貨篷車的車轍，而炊煙則從幾乎完全隱沒在樹林或山後的房舍中飄了出來。山坡之後是矗立的高山，山頂與高坡上仍積著雪。

我們抵達的時候是低潮，所以用爬滿藤壺的粗厚原木做爲支架的突堤碼頭聳立在我們頭頂上。因爲潮水才退去不久，通往碼頭上的樓梯十分潮溼，且纏著海草。王子與好幾船的貴族已經登岸，陸續有更多公鹿堡的貴族抵達碼頭邊，他們不情不願地讓開，讓王子的護衛隊先行登岸，以便在迎接的外島人面前排出漂亮的陣仗。

最後一個離開那艘搖晃小船的是我，因為我得先把喃喃呻吟的阿憨推上碼頭去。上岸之後，我將他帶離碼頭邊緣，並環顧周遭的狀況。外島的首領團正在歡迎王子，我則落得與阿憨站在一旁，絲毫不知接下來該怎麼辦。我得找個既可讓他安適地休息，又可避開大衆目光的地方。我不禁想著，早知到了岸上這麼尷尬，我們是不是應該留在船上比較好？衆人公開地對阿憨報以不屑或吃驚的眼神，這實在不是什麼好現象；外島人顯然跟群山人一樣，認爲生來就有殘缺的孩子不該養大，阿憨若是生在柴利格鎮，那麼可能活不過一天。

以前我的身分是私生子兼刺客，所以我常常遊走於正式場合的外圍，並不因此而覺得自己受到輕蔑。如果此刻我不用顧著阿憨，那麼我會不著痕跡地混在人群之中，仔細觀察周遭的變化。但此時我人在陌生的土地上，身上穿的是侍衛制服，身邊又倚著個生病且愁苦的小傻子，所以我既別想混入人群，也別想好好觀察了。我只好站在圍觀人群的邊緣，撐著阿憨，聽著王子呈現他練習多日的成果，謹愼地與衆首領招呼、問好、道謝。看來王子應對得很好，不過從他那專注的表情看來，我現在最好是不要以技傳問他問題，以免打擾到他。前來迎接王子的人涵蓋了各個不同的氏族，這只要從他們服飾上的徽章、首飾與刺青的圖案各有不同，便可得知。他們大多是穿著代表階級與財富的毛皮、佩戴貴重首飾的男人，但其中也有四名女子；這四名女子穿著毛皮鑲邊的羊毛料衣裳，我暗想，這可能是意在顯示她們領地的富庶。貴主的父親阿肯・血刃也在場，我看得出他至少帶了六個人來，因爲那六人身上的服飾都有阿肯家族的野豬標誌。皮奧崔・黑水站在阿肯身邊，脖子上掛著以金鍊繫著的象牙獨角鯨。奇怪的是，除了皮奧崔之外，我並未看到其他有獨角鯨標誌的人。貴主就是出身於獨角鯨族，該族在外島各族之間地位特出。我們來這裡，爲的是把晉責與艾莉安娜的婚姻談妥，而他們兩人的婚姻對於貴主的族人而言，必是値得慶祝的盛事。既然如此，爲什麼只有皮奧崔一人代表族人出席？難道獨角鯨族的其他人都反對這樁婚姻嗎？

等到正式儀節終於結束之後，他們便陪著王子與王子的隨員一同離去。王子的衛隊雖少我一人，卻也排著整齊的隊伍跟在王子身後。一時間，我眞怕阿憨與我就這樣被人丟在碼頭上站著了。就在我考慮要拿錢買通個人，請人家將阿憨與我送回大船上去的時候，一名老者走了上來。他的衣服是狼毛領子，領口別著血刃家族的野豬紋章，但是他的服飾似乎不像別人那樣豪奢。他必然深信自己講得一口流利的六大公國語，我則勉強從他那口音甚重的話語之中，聽到幾個稍微熟悉一點的字詞。爲避免侮辱對方，我並未請他改以外島語重講一遍，而是努力揣摩，最後終於猜出是野豬氏族派他來引導阿憨與我前往住處。

他並無協助我之意，不但不幫，反而刻意地避開阿憨甚遠，彷彿那小個子有缺陷的心智會像跳蚤般傳染給他。我覺得他這種行徑實在缺乏敬意，但我還是勸自己多忍耐一點。他遠遠地走在我們前面，即使他必須常常停著等我們跟上去，也不肯稍微放慢腳步。阿憨與我看來頗爲滑稽：我穿著侍衛制服攙扶著他往前走，而他裹著斗篷、一臉苦相地蹣跚而行，周遭的外島人對我們兩人看得目瞪口呆，而我們的嚮導顯然是不想被捲入其中。

那人帶我們穿過城裡新建的那一區，走上一條陡峭狹窄的路。阿憨喘得有氣無力。「還有多遠？」我大聲地對嚮導叫道，因爲他在遠遠的前方。

他突然轉過頭來皺眉瞪我，比著手勢叫我小聲一點，接著伸手指著一棟全爲石造，且比我們方才經過的低地處房子大得多的古老建築物。那建築物有三層樓，呈長方形，以石板爲屋頂，屋頂既尖且高。這是棟平實且實用的建築，蓋得很牢固，很可能是城裡最古老的建築之一。我點點頭沒說話。那建築物入口上方的石板雕了一條野豬，其尾巴與獠牙都凶惡地翹起。這麼說來，那就是野豬氏族的要塞了。

等到我們進入要塞周圍的庭院時，嚮導對於我們緩慢的速度已經很不耐煩，開始嚼起他的鬚髭。不過我已經不在乎了。他打開側門，揮手示意我們走快一點時，我慢慢地挺直站起來，低頭狠狠地瞪著他。接著我以外島語——雖說我知道我的口音很重——對他說道：「王子的同伴並不喜歡趕成那樣，而我是聽他的命令，不是聽你的命令。」

那人臉上閃過疑懼的臉色，他不知道自己剛才是不是得罪了一個看來地位不高，其實卻是不容小覷的人物。接著他較爲客氣地領著我們爬上兩道陡梯，來到一個可以透過渦紋狀的厚玻璃窗俯瞰城裡與港口風光的房間裡。到了此時，我覺得我已經受夠了這傢伙。據我估計，他是某個野豬氏族小首領的隨從之類，既然如此，一進房間，我便立刻斥開他，而雖然他仍賴在走廊上，我照樣把門緊緊關上。

我讓阿憨坐在床上，迅速評估這個房間。這房間另有個門通往一個豪華房間，所以我猜我們是被安置在王子隔壁的小房間裡。阿憨房間的床還好，只有簡單家具，但即使如此，比起他在船上的那個房間而言，這裡已經像是皇宮了。「坐好。」我對他說道。「先別睡著。」

「這是哪裡？我要回家。」他喃喃地說道。我不予理會，潛入王子房裡拿了一瓶洗手水以及幾條乾布。王子的桌上有一大托盤的食物，我看不出那是什麼，但還是拿了幾個切成方塊、又黑又黏的東西，以及一塊看來油膩膩、上面撒滿種子的糕點。除此之外，我又拿了一瓶我認爲應該是葡萄酒的飲料，以及一個杯子。

阿憨已經倒臥在床上，我費了九牛二虎之力將他攙直起來。雖然他喃喃地抱怨，但我還是幫他把手、臉洗乾淨。我很希望這裡有個浴缸可以讓他泡澡，因爲他病了這幾天之後，身上臭得要命，不過那是奢望了。我強迫他吃下食物，喝了杯酒，他一邊抱怨，一邊吸鼻子，但還是吃到了打嗝才停。有次我感覺到他匯集了精技力量要對付我，幸虧那只是虛弱且孩子氣地亂掃一番，對我的精技牆而言，根本就不成威脅。我幫他脫下束腰外衣和鞋子，將他好好地安頓在床上。「房間在搖。」他焦躁地抱怨道，然後他閉上眼睛，躺著不動。再過一會兒，他沉重地嘆了一口氣，在床上伸展了一下後便熟睡了。我閉上眼睛，小心翼翼地進到他夢裡偷窺。小貓蜷成一團，靠著那個繡花靠墊睡覺，這表示阿憨感到很安全。我睜開眼，突然覺得自己累到若能就此躺在地上，也會馬上睡著。

但是我沒睡，反而用剩下的乾淨水洗了把臉。我嚐了嚐，發現那些外島食物難以入口，卻還是吃了下去。那個油膩的東西大概是想做成甜點，而黑方塊則有著濃烈的魚漿味。至於那瓶「葡萄酒」，應該是什麼水果發酵出來的飲料吧，我實在嚐不出那是什麼水果做的，而且就算喝下一杯，也沖不去我嘴裡的魚腥味。

然後，我拿著那一盆髒水做爲掩飾，離開房間到外面探看。如果有人問我在做什麼，我就說我要找個地方倒髒水。

這建築物既是要塞，也是平日的居所。我們的房間位於最高層，這層樓除了阿憨與我之外，不聞其他人的聲響。內牆不但有雕刻，又漆了野豬和獠牙的圖案。走廊上的其他房間門並未上鎖，看來有些房間像是阿憨睡的那種小房間，有些則是寬敞且有精美家具的大房間。這些無一能及得上公鹿堡次級貴族所用的房間。不過這樣講也許太武斷了。據我看來，他們倒無意侮辱我們，畢竟我早就知道外島人待客的風俗與六大公國不同。一般而言，到外島人家去作客的人，其食物與起居必須自理，這是我們來之前就知道了的；王子房間裡之所以會有酒與食物，似乎是因爲貴主一行人在公鹿堡時受到完善的款待，所以以此致意。這一層樓不見僕人的蹤影，據我猜測，他們也不會派出僕人來幫我們打點雜務了。

我們下面這層樓也相去無多。由氣味來判斷，這裡的房間不久前曾有人住過，因爲煙味和食物味滯留不散，其中一個房間甚至還有溼答答的狗味。我不禁想著，他們是不是把二樓的房間撤空，以便給我們居住？這裡的房間比較小，窗戶用的不是玻璃，是上了油的獸皮，另外再加一層厚重的木製護窗板——有的護窗板上還留著很久以前被弓箭射破的痕跡——以擋住外來的惡意入侵。從這情況看來，越是高層的房間，越是留給身分地位高的人使用，這個習慣與六大公國大異其趣。在六大公國，上層的房間是給僕人住的，這樣貴族們才用不著爲了回到自己房間而爬上一層又一層的樓梯。就在我將其中一扇門關起來時，聽到有人上樓的聲音。一群僕人突然出現，扛著行李、日用品與食物等，準備給他們的六大公國主人們使用。他們一走到走廊上便困惑地停了下來，其中一人對我問道：「我們怎麼會知道哪一間房間是誰睡的？」

「我也不曉得呀。」我愉快地答道。「我連髒水要倒在哪裡都不知道呢。」

說完我便溜走了，任由他們去把誰住在哪個房間搞個清楚，心底則納悶道，這些外島僕人要服侍誰，是不是以哪個貴族的僕人最凶來決定的？說不定是哪個貴族的僕人最凶，就把最好的外島僕人派給他。到了一樓，我找到後門。從後門出去有個廁所，廁所後有個髒水坑，我便把髒水倒了。我從另外一扇門進去，經過長廊之後，來到一個很大的廚房，裡面有好些外島男子，有些負責料理地坑裡烘烤的烤肉，有些在切馬鈴薯和洋蔥，有些在揉麵團。他們的心思都放在手邊的工作上，所以我探頭張望的時候，他們都對我視而不見。我在建築物外面走了一圈，發現了另外一道堂皇的大門。從這個大門進去，便通往一處幾乎占據了整個一樓樓面的大廳堂。這個大廳堂的門都是開著的，一方面是爲了要採光，另一方面是爲了要通風。我側頭一看，裡面正是歡迎王子的那一群人，於是將盆子丟在建築物底的長草之中，匆忙地拉挺制服，並重新綁好頭髮。

我悄悄地溜進了大廳堂中。衛隊的同僚們站在牆邊，他們仍有點警戒，但其實這個場合無聊得不得了，而且他們一到此站定之後便無人理會了。老實說，在這個會場裡實在沒什麼好戒備的。

大廳很長，天花板很低。大廳的重頭戲是一列列高度相同的長凳，長凳上坐滿了人，除此之外既沒有王座，也沒有高台，長凳也不是一致朝向某一個人，或是某個方面排列，而是排成一圈圈的環形，讓中間空出來。此時有個禿頭、出身於狐狸氏族的首領——就外島人而言，「首領」就是帶領他們作戰的領袖——正在中央的空地發言。他的短外套是以狐狸尾巴尖端處，與他頭上的亂髮一樣白的狐狸毛做為鑲邊，他的右手少了三根指頭，不過他以敵人的手指骨穿為項鍊，戴在頸上，以資補償。他一邊講話，一邊緊張地摸著指骨項鍊，又不時看看血刃的臉色，彷彿他很不願意開口反對，可是又氣憤到憋不住似的。我只聽到他結尾的那句話：「任哪一個氏族，都不能代替我們所有人發言！任哪個氏族，都無權讓我們所有人蒙上厄運！」

接著狐狸族首領嚴肅地朝廳堂的各個角落點了個頭，這才退回自己的長凳上。另外一人站了起來，走到中央開始發言。我看到王子以及切德大人與前來迎接他們的人一起坐在其中一個長凳上，王子的原智小組則坐在他身後。就我看來，這一群人應該就是外島的首領團，也就是外島各氏族的戰爭領袖的集團，他們為我們王子安排的座位，並未特別彰顯他的身分。王子與其他人一樣，以負責打仗的首領身分坐在前面，身後坐的則是自己手下的戰士。眾人來此討論貴主的婚約，在這個場合中，人人皆是平等，誰也沒有高過或低於誰。難道，在他們眼裡，王子的身分就是如此？我努力平息自己的心情，告訴自己別因此煩惱。

我趁著從外面的豔麗夏陽中走進陰暗的室內，眼睛需要點時間調適的這段時間，觀察到這些因素，然後發現在後排的侍衛之中，謎語身邊還有個空位可以靠著牆站。他幾乎嘴巴不動地對我說道：「外島人跟我們真是差太遠了，朋友。既沒有排出盛宴，也沒有送禮物或是唱歌來歡迎我們王子，只是在碼頭邊『你好嗎、我很好』地隨便招呼了一下，就直接把他帶到這裡來，開始討論婚約的事情。這些人哪，連一點客套話也沒有，就開始談正事。有些人不喜歡讓他們的女人離開母親的土地，住到六大公國去。他們說，這種事情違反自然，一定會招來厄運。不過大部分的人倒不在乎女人能不能嫁到外地。他們認爲，就算會招來厄運，反正都是獨角鯨族倒楣，與別的氏族無關，他們眞正在意的是屠龍的事情。」

聽了謎語的快速簡報之後，我點了點頭。切德選的這個人眞是不錯，我不禁好奇，切德是在哪裡網羅了他。隨後我又趕快把自己的注意力轉移到正在發言的那人身上。現在我注意到地板中央漆了個圓圈，畫得非常精美且抽象，不過還是可以看得出那圈圈其實是一條咬住自己尾巴的蛇。發言人走進了蛇圈裡，他並未先報出自己的姓名再發言，這也許是因爲他認爲大家都認識他，但也或許是因爲他叫什麼名字不重要，重點是他前額有個海獺刺青。他講的話很簡單，並不生氣，倒像是在跟特別笨的孩子解釋一件再明顯也不過的事實。

「冰華並非我們之中任何一人的財產，所以我們無權支配牠。冰華不是牲畜，不能拿來當作聘禮的一部分，況且，牠更不屬於那個外國王子所有。既然牠不是外國王子的財產，那麼他怎麼可以提議要把冰華的頭獻給獨角鯨族的黑水母屋做爲聘禮？他果眞提議以屠龍爲禮，那只有兩種解釋：第一，他一無所知，第二，他刻意要惹惱我們外島人。」

話畢之後，他停了一下，做了個奇怪的手勢；這手勢的意義在稍後便眞相大白，因爲接著晉責王子便慢慢地站起來，走上前與海獺族的代表一起站在發言圈裡。「不，海獺首領，我既不是一無所知，也不是故意冒犯。我之所以要這樣做，是因爲貴主認爲，唯有此舉，才能證明我配得上她。」王子無奈地兩手一攤。「既然如此，我除了接受貴主立下的考驗之外，還能怎麼辦？如果有一名女子當著衆首領的面，對你提出這樣的考驗，還說：『如果你不敢接受考驗，你就是懦夫。』那你會怎麼做？換作是各位，你們會怎麼做？」

在場許多人紛紛點頭，晉責也嚴肅地對衆人點頭回禮，補充道：「那麼我現在該怎麼辦？我已經在我父母的大廳裡，當著你們的戰士和我們的戰士面前，承諾我會接受考驗，設法屠龍了。然而據我所知，食言背信是極不名譽的。那麼，你們這裡，在貴主的族人之中，有沒有什麼風俗可以讓人正大光明地收回從自己嘴裡說出去的承諾？」

方才海獺首領做了個手勢，將發言圈讓出個地方給王子同站，而現在王子也做了同樣的手勢，並對大廳的各個角落行禮，才退回原來的長凳上坐著。王子重新入座之後，海獺首領便開口道：

「如果你是因爲接受女人的考驗而要去屠龍，那麼我是不會認爲你有意衝撞我們外島人的。不過，我還是認爲，黑水族的女兒不應該設下這種考驗，無論這背後有什麼原因，反正想要屠龍就是不對。」

我先前便已注意到，皮奧崔．黑水幾乎是孤零零地坐在最前面那一圈的長凳上，聽到海獺首領的評語，他的眉頭皺了起來，但他並未做出想要發言的表示。阿肯．血刃，也就是貴主的父親，坐在離皮奧崔不遠的地方，身邊都是他們野豬氏族的戰士。阿肯的眉間相當清朗，彷彿此事與他無關——話說回來，此事的確跟他沒多大關係。海獺首領斥責貴主的時候，是說獨角鯨族黑水家的女兒艾莉安娜做得太過分，但是阿肯．血刃可是野豬氏族的人，而且在衆人眼中，他也不過就是艾莉安娜的父親，眞正要爲她的教育品質負責的，是貴主母親的哥哥，皮奧崔．黑水。

沉默的時間越拉越長，看來是不會有人起而爲貴主的言行說幾句好話了，於是海獺首領清了清喉嚨。「瞻遠公鹿氏族的王子，就男人的角度而言，你的確不能將自己說過的話收回去；你已經說出會設法屠龍，既然如此，我也認爲你必得實踐諾言，否則就不算是男人了。」

「但是，即使如此，我們仍然有身爲外島人的職責。冰華是我們的龍。世代以來，我們的母親是怎麼跟我們說的？母親們說，冰華之所以在很久很久以前來到我們這裡，是因爲牠很悲傷，並且想找個棲身之所。我們外島的明智女人們答應讓冰華留下來，而牠為了酬謝，所以承諾必會保護我們。我們都知道牠的精神力量強大，又是不死之軀，我們倒不怕你們真的能取得了牠的性命；我們擔心的是，萬一因為命運作弄，竟真的讓你們好不容易刺傷了牠，到時候，只怕牠不但先殺死你們，還繼續把氣都出在我們身上，屆時我們還能保命嗎？」海獺首領說著，轉了一圈，以便讓所有的氏族都知道，若是得罪了冰華，眾人都會一起遭殃。「如果冰華是我們外島的龍，那麼我們其實也是冰華的人，牠與我們外島人之間有如親族一般共榮共存。牠既是我們的親族，那麼，如果我們殘殺自己的親族，往後難道不用償還血債嗎？我們既然身為牠的親族，那牠是不是可以向我們要求十倍的血債？畢竟我們的法律就是這樣規定的。這個王子是個男人，所以他必得實踐他的諾言，但是事後無論冰華是活著也好，是死了也罷，難道不會因為這樣而掀起大戰嗎？」

此時阿肯·血刃慢慢地吸了一口氣。現在我注意到他做了個動作：他舉起一手，手掌略開，手指指著自己的胸骨。除了阿肯之外，好幾個男子也在做同樣的手勢。這是要求發言的手勢嗎？應該就是，因為海獺首領做了那個如今我已經很熟悉的退場動作之後，阿肯便接著起身上前進入發言圈。

「這裡沒有人想要掀起大戰。我們神符群島的人不想打仗，大海那一邊，王子的農田大地上的人也不想打仗。然而身為男人，既把話說出口，就得實踐承諾。雖然我們這裡都是男人，但是這當中不光是男人的諾言，也有女人的意願在裡面。戰士若是膽敢違反女人的意願，那還能算是戰士嗎？女人的意願之堅，就算是用劍也砍不斷的。艾達神把島嶼都給了女人，而我們是因為艾達神特許，才能走到島上來。既然如此，男人怎能背棄女人所設下的考驗？我們若是不把她們設下的考驗當一回事，那麼我們的母親們就會說：『你的血肉乃是從女人身上所生，但你根本就不尊重女人，你往後別想走在艾達神賜給我們女人的土地上了。從今以後，你的船的龍骨只能浮在海上，別想靠岸，而你的腳也別想踏上沙灘。』果眞如此，那種日子會比戰爭還好過嗎？所以，我們是被男人的誓言和女人的意願所羈絆，而無論是違反男人的誓言或女人的意願，都不免使我們顏面掃地。」

血刃所講的字詞我都聽得懂，但是他這話背後似乎有更深一層的意思，那部分我就無法完全掌握了。外島人顯然有些我們不大清楚的風俗，我不禁納悶，我們將王子與貴主湊合在一起，是不是太過莽撞？我鬱悶地想道，希望我們不是落入了什麼圈套才好。莫非獨角鯨氏族的黑水家族想要燃起六大公國與外島之間的戰火？他們之所以口稱要將貴主嫁給王子，難道只是個騙局，其目的則是要激起雙方的血腥大戰，不管其下場有多麼可怕？

我開始研究皮奧崔・黑水的臉。他從頭到尾都面無表情，他的甥女使我們陷入進退兩難的困境，但是他看起來無動於衷——然而事情似乎又沒那麼單純。我反而覺得，他倒像是刀鋒已經插進自己身體裡，所以只好盡量維持不動了。我突然發現他看來似乎很無奈，他再也不抱希望，因爲他已經知道，不管做什麼動作、講什麼話，自己的處境都無法挽救了。現在他既不打算反應，也沒有暗藏的詭計，只是在等待而已；他已經完成了被賦予的任務，如今只能等著看看別人如何執行此事。我敢說我的推測八九不離十，但是我既不懂，也想不通他爲什麼要這樣做？皮奧崔爲什麼要促成王子屠龍？或者，他其實跟貴主父親一樣無奈，因爲那個年紀比他小很多的女人雖有賴於他，卻又能控制誰能、誰不能走上他母親的領地？

我四下張望。六大公國與外島之間的差異實在太大了，在這個情況下，雙方如何能締結和平的盟約？可是根據傳說，瞻遠家系的先祖，也就是被稱爲「征取者」的那個王者，在年輕時其實是來自外島劫匪。他是因爲看上了公鹿堡的木造碉堡，所以才決定將該地占爲己有。只是與當時相比，現在瞻遠家的血統與作法已經改變很多，若要追求和平與繁榮，端視雙方能不能找到共通的基礎。

只是雙方找到共通基礎的可能性似乎不大。

我抬起眼，發現王子在看我。我之前沒有對他技傳，是因爲我不想讓他分心，此時他既然注意到我，我便傳個消息讓他放心：阿憨在樓上的房間休息。我讓他吃了東西、喝了點酒，才打發他去睡覺。

要是我也能像他那樣就好了。我連洗把臉的機會都沒有，就直接被首領團帶來開會。看這情況，這個會議恐怕永遠開不完了。

耐心一點，王子殿下。會議總有開完的時候，就算是外島人，偶爾也得吃喝睡覺啊。

但你說說看，外島人到底撒不撒尿啊？我越來越內急了。我想過要悄悄地起身去解手，但我若是現在起身走到外面，眞不曉得他們會如何解讀我的動作。

我感覺到一股微弱的精技碰觸，驚訝得我後頸的毛髮都站了起來。阿憨，是你嗎？

不過這個人是切德。我看到晉責要去拉切德的手，以便把自己的力量傳送給那老人，但我阻止了他。不，讓他以自己的力量試試看。切德，你聽得見我們兩個講話嗎？

模糊。

阿憨在樓上睡覺。我讓他吃了東西、喝了點酒，才打發他睡覺。

好。我聽得出，即使是這麼一個字的答覆，他也得費盡氣力，不過我還是樂得咧嘴直笑。切德會技傳了。

停，別傻笑。切德對我斥責道。接著他以嚴肅的目光看了一下周遭的情形。情況差，需要想一想。必須把會議停下，免得事情脫離我們的掌握。

我換成嚴肅的表情，因爲這種表情跟周遭的氣氛比較搭配。阿肯．血刃講完之後，將發言圈讓給一名戴著老鷹徽章的男子。那人進入發言圈之前，兩人還停下來交握手腕——這是戰士與戰士彼此打招呼的方式。老鷹首領很老了，他大概是首領團裡年紀最大的人；他的頭上僅餘稀疏的灰白頭髮，不過動作仍如同戰士一般果決有力。他以指責的目光環顧眾人，突然開口說話，由於少了一些牙齒，使得他的口氣因為漏風而稍微軟化一些。

「男人既然開口承諾，就非得實踐諾言不可，這種事情根本用不著浪費口舌討論。此外，男人必須保護自己的親族。如果這個外國王子來到我們這裡，說：『我已經向一個女人許諾，我會把老鷹族的歐力格殺了。』那麼大家都會說：『既然你已經把話講出去了，那麼你總得試試才行。』但是除此之外，我們也會說：『可是我們之中，有些人是歐力格的親戚，所以你還沒動手之前，我們就會殺掉你。』這才是我們做親族的道理，我們也期待這位王子能夠接受。」老鷹首領以不屑的目光緩緩瞄過在場眾人。「雖然大家以前都是戰士，而且是光榮的人，但如今我聞得出這屋子裡有商人的生意味。各位，難道我們得像是公狗追求母狗一般地嗅聞六大公國來的貨品嗎？難道，你們要拿自己的親族去換白蘭地酒、夏天的蘋果和紅麥嗎？這種事情，老鷹我做不到。」

他輕蔑地哼了一聲，使得任何認為我們的任務有必要多加討論的人都不得不斷了念。老鷹首領離開發言圈回到座位上，跟族中的戰士坐在一起。眾人不發一語地思索著老鷹首領講的話。有些人彼此交換眼色，我感覺得出那個老人家的話打中了眾人的心坎裡。的確有許多外島人一想到王子要殺死外島龍就心裡發毛，但同時他們也非常渴望貿易與和平。當年外島與六大公國一戰，切斷了他們與六大公國以南之地的貿易，如今恰斯人和繽城人的爭執，又重新阻絕了這條商路。要是外島人不能跟六大公國自由貿易，那麼他們就別想染指溫暖的國度所生產的各種物資和奢侈品了。果真走到那個地步，那實在令人心痛，可是在場的任何一個人若是站起來反駁老鷹首領的立場，就不免揹上貪婪惡商的臭名。

我們必須想個辦法讓會議就此結束。趁現在還沒有人起來應和老鷹的話之前趕快結束。切德的口氣顯得非常著急。

老鷹之後，無人踏入發言圈，因為沒人想得出任何解決辦法。然而這沉默拖得越久，氣氛就越緊繃。切德說得沒錯，我們需要一點時間才能想出如何能優雅地脫困；就算想不出脫困的辦法，至少也需要多一點時間，以便找出有多少外島氏族是大力對抗我們的任務，以及有多少外島氏族只是順著大家反對而已。既然其他氏族感到不以為然，那麼貴主還會堅持要晉責通過考驗嗎？或者她會撤銷考驗？她若撤銷考驗，會不會打壞名聲？我們來到這島上連一天都不到，就已經幾乎引發嚴重對立了。

除了處境艱難之外，我還感到晉責的內急越來越嚴重。我開始強化精技牆，以免受到他的影響。我突然想到一個主意。我記得在船上時，由於阿憨個人的不適，導致全船的人都受到影響，現在晉責內急，是否也可如法炮製？

我開放自己的心胸，接受晉責那未經多想就發散出來的身體感覺，然後將之放大數倍，傳送到大廳的每一個角落。我在測試之後，發現不是每一個外島人對精技的接收度都很高，但是許多人都多少會受到精技指令的影響，只是程度各有不同。有一次惟真曾經利用類似的手段迷惑紅船的領航員，讓那人深信他們已經通過重要的陸標，但接著船便直接撞上礁岩。如今我則以精技提醒我所能影響的每一個人，他們必須趕快解放內急的問題，希望藉此來終止會議。

全室的男子都不安地在座位上動來動去。做什麼？切德追問。

終止會議。我冷酷地對他說道。

啊！我感覺到晉責突然領悟到我的用意，於是開始與我協力影響眾人。

誰是帶頭的？我對晉責問道。

他們沒有帶頭的人。他們一起共享權力——至少他們是這麼說的。他顯然對於這個系統不以為然。

會議是大熊發起的。切德簡短地對我說道。我感覺到他引我去注意一名脖子上戴著熊牙項鍊的男子。我這才了解，雖然才這麼一點精技動作，切德卻得使盡渾身的力氣。

你別太累了。我警告道。

我自己知道！他答得很氣憤。就算我離他這麼遠，也看得出他說完之後，累得肩膀垂了下來。

我單獨挑出大熊首領，將注意力集中在他身上。幸運的是，他對於精技沒什麼防備，而且也已經十分內急。我繼續加強他的迫切感，最後他猛然站了起來，走到發言圈之中，其他人做出了讓他發言的手勢。

「我們必須審慎思考此事，我們所有人都要好好想個清楚。」他建議道。「讓我們就此散會，回去跟自己的族人討論討論，看看族人們有什麼想法，然後，明天我們再集合起來，討論我們聽到的消息與看法。各位認爲這樣可好？」

衆人舉起手在空中畫圈，表示贊同。

「那麼，我們今天的會議就到此爲止。」大熊首領說道。

此語一出，會議就結束了。人們立刻起身朝門外快步走去。這可沒有什麼次序規矩，也不分階級高低，反正就是一群人一股勁地往外衝，其中有些人走得比別人更急。

你跟你的隊長說，你必須去照顧病人。你就說我下了命令，要你照顧阿憨，直到他好起來爲止。我們回頭在樓上碰面。

我照著王子的指示跟長芯隊長說了，然後到外面拿了藏在草叢裡的水盆，走回阿憨的臥房。阿憨看起來睡得很熟，連翻身都沒有。我摸摸他的額頭。他還在發燒，但是沒有在船上時那麼嚴重了。儘管如此，我還是叫醒他，讓他喝了水。我得連哄帶騙才能讓他喝下一杯水，之後再安頓他躺好。我鬆了一口氣。坐在這個古怪的房間，遠離讓他認為出海必生大病的船之後，我看出他瘦了很多。唔，現在他可以休養恢復了。他什麼都有了：這裡很安靜，有張好床，有吃的也有喝的，不久後他就會好起來——我努力鞏固自己的希望，看看能不能因此而變成事實。

我聽到晉責王子與切德在走廊上跟人講話的聲音。我站了起來，走到門邊，將耳朵貼在門上。我聽到晉責以疲倦為由辭退，接著關上隔壁房間的門。此時他的僕人一定在房裡等著他。房內再度傳來低聲的對話，而後晉責便斥退了僕人。過了一會兒，連接的房門打開，晉責走了進來，手裡拿著一個黑方塊點心，臉上看來很沮喪，他將黑方塊舉起來，對我問道：「你知不知道這是什麼東西？」

「搞不太清楚，不過有魚漿的味道，裡面可能還摻了海草。撒了種子的糕點是甜的，很油膩，但是是甜的。」

晉責以厭惡的目光打量著手裡的食物，接著不在乎地聳了聳肩，一個一連幾個小時沒吃東西的十五歲少年是顧不了這麼多的。吃了之後，他舔舔手指。「還不錯，只要先知道這東西有魚味，吃起來就不會太意外了。」

「是魚腥味。」我有感而發地說道。

他沒回答，而是走到床邊，低頭俯瞰著阿憨。阿憨正在睡覺。晉責慢慢地搖了搖頭。

「阿憨真是可憐。你看他現在有沒有好一點？」

「希望有。」

「他的音樂變得比以前小聲多了，我有點擔心，有時候阿憨發燒得厲害，我簡直覺得他就要離開我們似的。」

我敞開心胸接收阿憨的音樂。晉責說得沒錯，這音樂的強度跟以前不能比。「這個嘛，他生病了啊，畢竟施展精技需要好體力。」現在我不想多擔心阿憨的事情。「今天切德的表現使我非常意外。」

「是嗎？你一定早就知道他這個人是不達目的絕不罷休的，他既打定主意要學成精技，就會拚命練習到會爲止。」他頓了一下，問道：「你還要不要再吃一點那個東西？」

「謝了，但是不用了。你儘管吃，別客氣。」

方才他問我的時候，人已經往他的房間裡走了，所以這時我看不到他的人影，但不久他走了回來，手上堆了好幾個魚漿糕。他拿起其中一個黑方塊，咬了一口，做出慘澹的表情，接著便一口氣把剩下的都吃了。他以飢餓的目光四下張望。「沒人送吃的來嗎？」

「你剛吃下去的不就是了嗎？」

「不，這只是因爲他們到訪時我們招待他們吃喝，因此他們送些點心表達善意，如此而已。據我所知，切德已經派僕人去買點新鮮食物了。」

「你的意思是說，野豬氏族不會替我們準備吃的？」

「這就不知道了。可能會，也可能不會。切德認爲，我們應該表現得一副我們不期望他們會替我們準備食物的模樣，這一來，如果他們招待我們吃喝，我們就可以把他們的餐宴當作是額外的禮物。若他們不招待，我們也不會餓得前胸貼後背。」

「你可把外島的風俗解釋給隨行的貴族聽了？」

他點點頭。「表面上看來，他們是爲了支持我追求貴主才跟來的。但事實上，他們也希望到外島尋求新的貿易夥伴與商機，所以他們也樂得有機會在柴利格鎮裡四處逛逛，看看他們的市面上賣些什麼東西，以及往後可以帶什麼東西到這裡來賣。話雖如此，我們還是得把我的衛隊、僕人，以及原智小組餵飽。我想，切德應該已經幫我們安排食物了。」

「首領團的人好像對你不夠尊重。」我憂心地說道。

「據我看來，他們其實不大了解我到底是什麼身分。在他們眼裡，『王子』這個概念前所未聞；我才多大年紀，又不曾立下戰功，但我日後竟必然會統治廣大的領土？這點是外島人難以想像的。外島男子沒有統治土地的權力，他們只會展現自己的武力，號令手下的戰士。所以說，在他們眼裡，我多少算作是『珂翠肯母屋的兒子』。紅船之戰結束時是珂翠肯王后執政，他們對王后非常敬畏，因為她不但保障家鄉安全，還召集龍群，反擊外島人——這裡的人是這樣說的。」

「你來這裡還不到一天，卻學了不少嘛。」

他點點頭，似乎頗為自豪。「這些心得，有一部分是因為我把在公鹿堡跟外島人相處的經驗，與我在這裡聽到的事情結合起來看，另有一部分是因為我在船上讀了不少經卷。」他嘆了一口氣。「只可惜我這些心得並不如想像中有用。如果他們好好款待我們——我的意思是說，如果他們招待我們吃喝的話，那麼我們可以推斷他們的確歡迎我們，也願意按照我們的習俗好好款待客人。但是換個角度來看，這也可能是因為他們看不起我們，認為我們柔弱到沒有能力把自己餵飽，蠢笨到連來此必得膳食自理都不知道，所以才要招待我們吃喝。然而推斷歸推斷，我們還是無從得知，他們如果招待我們用餐的話，到底是什麼用意。」

「在他們眼裡，你要屠龍的事情也一樣讓人墜入五里霧中，你到底只是單純要藉著屠龍以證明配得上貴主，還是以此為藉口，殺死外島的守護龍，以證明你可以對外島人予取予求？」

晉責的臉變得有點蒼白。「我沒想到那麼多。」

「我原本也沒想那麼多，不過我敢說，一定有些外島人會往那個方向去想，而這又引出了最根本的問題：貴主為什麼偏偏要用這個任務來考驗你？」

「這麼說來，你認爲她之所以要求我斬下冰華的頭，除了因爲她要看看我願不願意爲了將她娶入門而親自涉險之外，還有別的用意？」

一時間，我只是呆呆地瞪著晉責，我以前曾經像他這麼年輕過嗎？「唔，這是當然，難道你不是這樣想的？」

「儒雅曾經說，艾莉安娜大概是想要我『藉此證明我對她的愛』。儒雅說，女孩大多都是這樣的，她們總是要求男人去做危險、違法，或是幾乎不可能的事情，而且不爲什麼，就爲了要男人證明他們愛得有多麼深切。」

我暗暗將這件事情記在心裡。我納悶著，到底是誰曾經要求儒雅去做了什麼事情？而那件事情到底是跟瞻遠家族的國王有關，抑或只是哪個女孩曾經激使他去做了什麼倍顯男子氣概的事情？

「嗯，據我看來，這位貴主並不是會對你抱有什麼浪漫且輕浮想法的人。她既待你如此，那麼心裡怎麼可能會對你有愛？再說，她也從未顯露出她喜歡與你相伴的跡象。」

在那電光石火的一瞬間，晉責以驚恐的眼神瞪著我，但接著他的臉色便完全舒展開來，輕鬆到我幾乎以爲自己剛才是不是看走眼了。王子不可能會迷戀那種女孩吧？他們兩人的性格背景差了十萬八千里，況且晉責只是意外地侮辱到貴主，貴主就把他當作是被痛打之後不得不哀鳴求饒的小狗來看待。問題是，十五歲上下的男孩子是什麼離譜的事情都會信以爲眞的。晉責輕輕地啐了一聲。「的確如此。她甚至連捺著性子與我相伴都不願意。再說，她也沒有跟她父親和舅舅一起到柴利格鎭來迎接我們。當初提出這種荒謬要求的人可是她耶，但現在她的國人要審理此事是否恰當，她卻不見蹤影。你大概說得沒錯，也許她之所以要求我屠龍，根本就不是要我證明是否愛她，甚至也不是爲了要看看我夠不夠勇敢；也許她會這麼要求，從頭到尾都是因爲她想讓這樁婚姻難以成功。」他悶悶不樂地補了一句：「說不定她就是希望我因為屠龍而送命。」

「如果我們強迫他們同意我們去屠龍的話，那麼不只你的婚姻受阻，說不定六大公國和外島之間還會重新開戰。」切德走進門，同時說了這幾句話。他的臉色看來憂心又疲倦，他不屑地環顧著阿憨的小房間，有感而發地說道：「喲，看來阿憨的房間差不多跟王子與我的房間一樣豪華嘛。有沒有什麼吃的？」

「有是有，只是我不建議你吃就是了。」我答道。

「魚漿塊和肥油糕。」晉責王子補充道。

切德瑟縮了一下。「當地的市場裡就只能買到這些嗎？那我可得派人到船上去拿些糧食下來。今天的衝擊這麼大，我若是吃外國食物的話，恐怕會留不住啊。我們走吧，讓阿憨好好休息。」話畢切德便轉身領著晉責與我走過連通兩個房間的門，來到王子的房間裡，接著他在王子的床上坐下來，補充道：「蜚滋啊，你在會場做的那種事情，簡直貶低了精技。不過我還是必須承認，你這一招讓我們得以從那個艱難的處境之中脫身，但往後你若要用這種方式施展精技，請先問我一聲。」

這是亦貶亦褒。我點了點頭，但是晉責啐了一聲。「問你一聲？這種事情我都作不了主嗎？」

切德很快就恢復過來。「當然是由你作主。我只是在跟蜚滋說，跟外交儀節有關的事務，他最好不要大意地自作主張。」

王子開口想要問話，但就在此時，走廊的門上響起了敲門聲。切德做了個手勢，於是我退回阿憨的房間，將連接兩個房間的門關到只留下一縫，站在一個我可以略微看到房裡情況，卻又不容易被人發現的角度上。切德提高音量，問道：「誰呀？」

走廊上的訪客似乎把這兩個字當作是他可以進來的意思。門打開了，就在我掄起拳頭戒備的時候，皮奧崔·黑水走了進來。他一進來便關上房門，對王子與切德行了個公鹿堡式的鞠躬禮。「我是來告訴二位，二位與諸遠道而來的貴族都無須派人去張羅食物，因爲我們往訪六大公國時受到周全款待，所以現在野豬氏族與獨角鯨氏族都樂於回報盛情。」

這幾句話講得無懈可擊，這必是預先演練過的講詞。切德也以彷彿排練過的完美姿態答道：「多謝您這番好意，只是我們的人已經自行去打點食物用度了。」

皮奧崔一下子變得很不自在，但接著他便坦承道：「我們已經邀請與您同行的貴客一起來享用大餐，也希望有機會好好款待各位。」

切德與王子在表面上都面無表情、不發一語，不過王子憂心地對我大聲技傳道：*早知如此，我應該要警告眾人，如果不是我轉達，切莫接受任何外島人邀宴。怎麼辦？他們會從此將我們視爲軟弱的傢伙嗎？*

皮奧崔憂心地看看切德，又看看王子，他也感覺得出他踩錯了一步。他問道：「我可以與您談一下嗎？」

「黑水大人，我隨時都歡迎您來找我。」王子如同反射動作地答道。

皮奧崔臉上扭出了個若有似無的微笑。「晉責王子，您明知道我只是獨角鯨族的首領而已，根本就不是什麼『大人』，而即使有這個身分，我也不能帶著我們族裡的戰士參加首領團會議。說句老實話，他們的眼裡已經沒有我這個人，今天倘若不是看在我妹妹的丈夫，也就是阿肯·血刃的份上，他們還不肯讓我出席會議。我們獨角鯨族除了肥沃的土地與光榮的血統之外，其他面向上都經歷重大挫折，地位因而越來越低落。」

我心底納悶道，到底一個氏族還能在什麼「其他面向」上經歷重大挫折？但是皮奧崔還沒說完。

「今天下午首領團開會的那個場面，我們並不意外。老實說，自從貴主提出了這個考驗之後，我就料到事情必會走到這一步，而阿肯·血刃也料到某些人難免會因為貴主給王子出了這個考驗，而感到忿忿不平。我下午就想告訴您，當時雖出現那種場面，但我們早有防備的計畫，招待各位住在要塞裡，只是我們保障各位安全的眾多作法之一。我們原本希望首領團不會這麼早就提出反對，就算有人反對，希望也不是像老鷹首領這種地位崇高的首領。幸虧大熊與野豬兩族結盟，所以大熊首領非常突然地解散會議，這才替我們解了圍，要是任由首領團繼續討論下去的話，只怕不但會偏離主題，甚至會到無法補救的地步。」

「早知如此，您大可以在開會之前就警告我們首領團大為反對之事，皮奧崔首領。」切德輕輕地說道，但是王子打斷了他的話，插嘴道：「這麼說來，您認為這是可以補救的了？怎麼補救？」

晉責如此熱切，使我感覺不妙。切德的態度是對的，皮奧崔這個人的確應該斥責一番，因為他竟然一路領著我們步入圈套之中。在這個情況下，他要協助我們脫困，我們怎麼可以毫不質疑呢？

「這可能需要一點時間，但是也用不著太久——可能要花上好些日子，但倒用不著拖上幾個月。我們離開貴國之後便花了許多財富與影響力來買通其他氏族。當然，這些事情我是不能公開承認的。不過，答應要支持我們的人可不能一下子就跳到我們的陣營來，只能趁著野豬氏族為我們說好話的時候，慢慢地靠過來。因此，在首領團意見動搖之際，我建議二位要耐心，而且要小心。」

「小心？」切德尖銳地問道。刺客？他未曾明言的恐懼，清楚地傳入我心中。

「不對，不是『小心』。」皮奧崔道歉。「在我們的語言裡，這個詞有很多個意思，但是在你們的語言裡，每個不同的意思都要配不同的詞。我其實是要請二位……別被人看到。不要讓別人隨便就能找到二位，或是跟二位說話。」

「『避不見面』？」王子問道。

皮奧崔輕輕一笑，聳聳肩。「您的語言裡是怎麼說的就是怎麼說的吧。我們這裡有一句俗話：『如果別人無法找你講話，就無法侮辱你。』我說的就是這個意思。瞻遠公鹿氏族最好是……避不見面，這樣就不會激怒別人了。」

「我們避不見面，好讓野豬氏族代替我們發言？」切德問道。他故意以帶著懷疑的口吻問道：「況且我們要上哪裡去避不見面，以便野豬氏族代替我們發言？」

皮奧崔露出微笑。我站在這裡不容易觀察到他的反應，但在我們多少願意接受他的建議之後，他臉上好像閃過一抹鬆了一口氣的表情。「我會建議各位撤離柴利格鎮。大家都認爲您們接下來會往訪貴主的母屋。老實說，首領團看到您們先到柴利格鎮來，還眞嚇了一跳。因此我建議，各位明天就登上野豬號，與我們一同出發前往威思林鎮，也就是獨角鯨族的故鄉。到了威思林鎮，各位會受到熱烈歡迎與盛大招待，就如同我們在公鹿堡受到的禮遇。我已經把您的風俗報告給母屋的人知道了，他們都認爲這個風俗非常奇怪，不過他們也認爲應該要禮尙往來才算公平。」

皮奧崔提議我們前往威思林鎮的時候，其盼望之情，溢於言表，然而他如此熱切，倒使我覺得事有蹊蹺。他是不是在將我們趕入或誘入險境之中？接著切德開口詢問，我從他的問題之中，察覺到他也與我有同感。「可是我們今天才剛抵達柴利格鎮，況且大家坐了那麼多天的船，都已經很累了。此外王子手下的阿憨一直過不慣海上生活，如今他病得厲害，非得多休息不可，因此我們恐怕無法在明天啓程。」

我知道我們可以在明天啓程，此刻切德就在考慮明天啓程的代價，他之所以在嘴上那麼說，是爲了要跟皮奧崔套話。一時之間，我幾乎對那個外島人感到憐憫；他不可能知道切德與王子正在彼此溝通，更不知道我就躲在角落裡，而我不但觀察著他的一舉一動，還把我的心思傳給晉責與切德。我看到皮奧崔露出失望的眼神，並通知晉責和切德，我認爲他是眞的感到手足無措。接著皮奧崔便說道：「可是二位非得明日啓程不可！至於生病的那一位，就讓他留下來，並找個人陪他就好。只要他待在野豬氏族的要塞裡，安全就不成問題。任何人在這個要塞裡面殺人，就等於是嚴重羞辱野豬氏族的母屋，更何況野豬氏族勢力強大，所以絕對無人膽敢進來要塞裡逞凶。」

「這麼說來，要是阿憨到要塞外頭走一走，他們可能就大膽下手了是不是？或者，若是我今晚想到外面去吃頓飯，恐怕也有性命之虞？」切德的口吻很禮貌，但是他的問題非常尖銳，這是掩飾不了的。

我從這個藏身之處可以看出皮奧崔很後悔方才話說得太快，此時他先考慮要撒謊遮掩，然後又把這個念頭拋到腦後，決定大膽地道出事實。「二位一定早就知道事情終將演變到這個地步，不是嗎？二位都不是傻瓜，我曾經見過二位在協商的時候，先將對方分析透徹，接著比較各方提出的條件，我曾經見過二位一面利誘、一面威逼地讓對方就範。你們到我們這裡來之前，一定早就知道冰華對我們而言並不是普通的生物，衆人會大力反對，也是必然。」

我感覺到切德嚴禁晉責開口，由他來代替晉責發言。「首領團會反對，這點我們想過，就算有人提起戰爭的事情也不意外。但是我們可從來就沒料到，王子的人，甚至於王子本人會受到生命的威脅！晉責可是瞻遠王室唯一的繼承人！您也不是傻瓜，這種事情有多麼嚴重，您清楚得很。這個遠征荒誕無稽，我們肯讓他爲了屠龍的任務而冒這麼大的風險，就已經是極限了。如今您還坦白承認王子確有被人謀殺的風險，而且理由無他，就因爲他願意實踐他對您的甥女的諾言，所以有人起了殺機。結盟的賭注高到這個程度，也未免太離譜了。我已經不願把王子的性命賭在貴主與他的婚約上。老實說，我從一開始就覺得貴主的要求沒什麼道理，爲什麼我們要繼續下去，你必須給一個好理由。」

王子氣得不得了，他以精技對抗立場強硬的切德，所以不管我技傳什麼思緒，都傳不到他心裡。我想我知道切德這樣說是什麼用意，但是晉責卻因爲切德這番話中暗示自己會背棄承諾而火冒三丈。在王子的精技猛攻之下，連阿憨都沉重地呻吟了一聲。

皮奧崔迅速地轉而看著王子。就算他沒有精技天賦，也看得出這個年輕人精神昂揚。「因爲晉責王子已經說他要接受考驗了，若是他背棄承諾，就此逃回公鹿堡，那麼人們會認爲晉責王子既怯懦又軟弱。這一來，雖不至於引起戰爭，但是劫掠勢必再起。我敢說您一定聽過一句我們外島的俗語：『懦夫的財產是留不久的。』」

在六大公國，我們的說法是：「懦夫身上，唯有恐懼是搶不走的。」我猜這兩句俗語的意思相同。這也就是說，如果我們的王子顯露出怯懦的本性，那麼外島人會認爲所有六大公國的人都膽怯軟弱，因此劫掠沿海的事情會趁勢而起。

*安靜點！你要生氣就生氣吧，但是守住你的舌頭！*切德對晉責技傳道。我從未料到切德有這麼強大的精技能力。更令我驚訝的是，他悄悄地對我吩咐道：*看著皮奧崔的臉，蜚滋。*我感覺得出他因此而元氣大傷，但他依然以穩定的語調，平淡地說道：「獨角鯨首領，您誤會了。我並未說王子要背棄屠龍的諾言，他還是會把冰華的頭放在您的貴主面前。這是王子的承諾，而瞻遠家之人絕不會背信。但是這位女子密謀讓王子的性命受到黑龍與外島族人的雙重威脅，那麼，我們還需要在王子殿下實踐諾言之後，把他寶貴的血脈浪費在這種女子身上嗎？您放心吧，王子必會屠龍，但我們並不覺得，王子在屠龍之後還有必要與貴主成婚。」

我照切德所說的仔細觀察皮奧崔的表情，但那是什麼情緒，實在難以解讀：驚訝當然是有的，繼之則是困惑。我知道切德想要探究什麼事情，他想要知道，皮奧崔和貴主最重要的目的到底是什麼，是希望龍頭落地，還是希望與瞻遠家族聯盟？不過，皮奧崔的答案絲毫未露出他的眞正底線。「可是，六大公國最期待的不就是這樁婚姻嗎？不就是要藉著聯姻促成雙方的和平聯盟嗎？」

「身分高的外島女子又不只貴主一人。」切德傲慢地答道。晉責動也不動，我感覺得到他思如泉湧，但聽不出他想了些什麼。「所以晉責王子自然能從那些不會隨便拿他的性命開玩笑的外島女子之中，挑出個好對象。就算跟外島人聯姻不成，王子也可以跟別人聯姻。如果恰斯人有機會與六大公國的王室聯姻，難道他們不會好好掌握機會？我們六大公國有句話說：『大海裡又不是只有一條魚。』這意思您想得到吧？」

皮奧崔仍努力想要掌握這個突然改變的情勢。「可是，如果沒有報酬，王子何必冒著生命危險去屠龍呢？」他不解地問道。

這時終於輪到王子開口了，這話是切德提給他的，不過據我看來，就算切德沒有提示，王子也想得出自己該怎麼答。「因爲我們要讓外島人知道瞻遠家之人說話算話。自從我父親喚醒他的古靈盟友，將柴利格鎮摧毀泰半以來，又已經過了許多年。也許要避免六大公國與外島之間揮軍相向，最好的辦法並不是締結婚約，而是再度提醒貴國人民，我們瞻遠家之人說話算話。」王子的語氣溫和且平靜，他這不是男人與男人講話的口吻，而是國王的口吻。

就連皮奧崔這樣的戰士，聽到王子這番話以及他的弦外之音後，也不得不心生警惕。如果是其他首領講這番話，皮奧崔也許會勃然大怒，但是從王子口裡說出，他反而虛心接受。我看得出他的立場開始鬆動，不過他的甥女可能無法與王子成婚，到底是使他大失所望，還是使他鬆了一口氣，我就無法確知了。「的確，王子一定認爲，我們促使您立誓達成這樣的任務是在耍詐。如今王子又看出您的承諾竟有這麼嚴重的後果，更覺得這是雙重詐騙。艾莉安娜所求於王子的，乃是英雄才做得到的任務，而王子已經宣誓要達成這個考驗了。我若要詐騙得徹底一些，就應該要提醒二位，除了屠龍之外，王子也已經承諾要娶貴主。如果您不是言出必行的瞻遠人，我說不定會要求王子必得娶貴主爲妻。但是我不想詭辯，同時我就此解除聯姻這個誓言的約束。您覺得我們背叛了您，表面上看來也是如此，這我無法否認。我敢說您一定體認到，如果您達成了這個任務，又拒絕與貴主成婚，那麼您就使我們蒙羞，而且屆時由於您贏得無上的光輝，更加倍使我們門楣蒙羞。這樣一來，衆人就會傳言說貴主是個不忠且善騙的女人——我可不喜歡這種名聲。但儘管如此，您若要採取這個立場，我還是尊重您的權利，我絕不會以此爲由對您復仇。恰好相反，我會按住我的劍，承認您有權利感覺到自己受人欺騙。」

我不禁搖了搖頭。皮奧崔講這番話就是要讓晉責心中充滿偉大的情懷，不過我知道他這話另有深意，只是我到現在仍想不透。我們的風俗實在跟外島人相差甚遠。不過，有一件事情我是很肯定的，而且剎那之後，一邊凝視皮奧崔一邊思索的王子也頗有同感地傳來他的思緒：唔，看來我並未改善這個狀況，現在我們彼此都覺得受到冒犯了。現在我該怎麼辦？立刻拔出劍來跟他決鬥？

別傻了！切德嚴厲地斥責道，好像他以爲晉責這話是當眞的。接受他的提議，搭乘野豬號前往威思林鎭。反正我們遲早都要去貴主的母屋，既然如此，倒不如讓他覺得我們在讓步好了。也許我們到了之後，可以多打聽到一點消息也說不定。我們一定要解開這個謎團，但是我希望在解謎的時候，你能離首領團以及外面的刺客遠一點。

晉責王子稍微垂下了頭。我知道這是因爲切德叫他做出這個姿態，不過看在皮奧崔眼裡，他一定認爲王子是在懊悔剛才對他講話太凶。「我們樂於接受您今晚的招待，皮奧崔．黑水，而且明日我們會搭乘野豬號前往威思林鎭。」

聽到晉責的話，皮奧崔大大鬆了一口氣。

「我親自向您保證，我們離開之後，您的手下絕對一切平安。」

晉責緩緩搖了搖頭，他的心思動得很快。如果皮奧崔此舉是為了將王子與衛隊和顧問等人隔開，那麼晉責是不會讓他如願的。「我們的貴族當然會留在此地。他們並非瞻遠家族之人，所以本地人應該不會認為他們跟我屬於同一氏族，並因此而將他們當作復仇的目標。但是我的隨員，包括我的侍衛和顧問，勢必要跟我一起走。我敢說，這點您一定能了解。」

那阿憨呢？他還病得很重呢。我趕緊問道。

我不能丟下阿憨，況且除了你之外，我不放心將他託付給其他人。雖然他不願上船，他還是非得跟我們走不可。他是我們精技小組的一員，再說，我們若是把他留在這裡，那麼他若又做起惡夢，豈不是會弄得天翻地覆？

「六大公國的瞻遠王子，這一點，我們可以處理。」皮奧崔深怕王子變卦，所以答得很急，急到這幾個字都講得有點口齒不清了。

接下來的對話就轉到比較安全的話題上，再過不久，皮奧崔便偕同他們兩人下樓去用餐。切德大聲地對王子說，為了讓阿憨恢復得快一點，應該要安排人送餐點到樓上給他吃，份量要多一些才好。皮奧崔說，沒問題，他馬上叫人送餐點。接著他們便行離去。他們離開王子的房間之後，我吐出憋住的氣，動動肩膀，過去看看阿憨的狀況。他仍在睡，睡得很安詳，根本不知道明天他又得上船出海了。我低頭看著他，送出鎮靜的思緒安撫他。我在門邊的地上坐下來，一點也不起勁地等待著，不曉得等一下會送來什麼外島美食。

9

母屋

當時波辛是黑獾氏族的首領，他手下有一支船隊，戰士個個英勇，劫掠的成果又豐碩，不但有白蘭地和銀飾，還有鐵製的工具。所以，若非因爲他使家族蒙羞，否則他必然可以成爲英雄。

波辛看上了海鷗氏族的女人，他帶著禮物前往那女人的母屋，但是女人不接受他的禮物。那女人的姊妹倒是接下了禮物，並與他共眠。波辛仍不滿足，他再度出海劫掠了一年，才帶著滿船的財富回到黑獾氏族的母屋，但他心裡並不以此爲榮，因爲他的心，已經被不值一哂的情慾所吞噬了。

波辛手下的戰士個個英勇，但是卻頭腦不清，因爲波辛帶著他們去掠劫海鷗氏族的母屋時，他們竟然乖乖聽令。波辛的船隊上岸時，海鷗氏族的戰士碰巧跟他們的女人到田裡去了，於是波辛首領帶著手下的戰士殺死了海鷗氏族的老婦以及近乎成年的男孩，而儘管母屋中僅餘的年輕女人極力掙扎，還是被波辛的人壓制住了，不過有些女人寧死也不願就範。波辛首領在海鷗母屋待了十七天，天天都強迫海鷗氏族的瑟斐芮接受他的身體，最後使得她因此而喪命。她死後，他們便離開返回自家的母屋。

一個月後，黑獾氏族的母屋才得到消息，知道族裡的首領在外闖下大禍，並因此感到羞愧難當。母屋的女人先將男人們逐出她們的土地之外，叫他們永遠不要回來。爲了清償波辛的罪惡，女人們又從家裡挑出了十七個兒子送給海鷗氏族，任由他們奴役。除此之外，所有氏族的母屋皆一律禁止波辛和他手下的人登岸，任何男子若是膽敢接濟他們，視同與波辛同罪。

不到一年，波辛和他的手下就被大海吞噬了，而波辛的姊妹們所生，但是因爲波辛獲罪而獻給海鷗氏族的那些男子則並未變成奴隸，而是成爲保衛海鷗氏族海岸的戰士，以及爲該氏族生養更多兒女的男人。於是眾氏族母屋的女人又重新和平相處。

——外島寓言，出於吟遊歌者翁比

第二天，我們乘船前往瑪烈島。晉責王子與切德到首領團開會的會場，宣布他們決定立即前往貴主母屋。王子發表了一份簡短的聲明，表示他體認到這個爭議應由首領團裁定。身爲男人，他不會背信食言，不過他要讓首領團有機會予以討論，交換意見、達成共識。事後切德告訴我，王子演說時既鎮定且頗有尊嚴，而且由於王子體認到這個爭端唯有首領團自己能夠解決，所以許多原本義憤塡膺的人反而平息下來了。就連老鷹首領也講了好話，他說，一個人若是能堂堂正正地面對挑戰與考驗，那麼無論他出生在哪裡，都值得衆人尊敬。

衆貴族聽到王子要立即離去的消息，則或是略爲驚訝，或是有點失望。根據官方說法，這只是稍微調整了王子的行程。大多數貴族還在公鹿堡的時候，就聽說王子未婚妻的母屋可能難以接待過於龐大的訪問團，因此他們從一開始就沒打算隨同前往瑪烈島，而是計畫要待在柴利格鎮拓展商機。對大部分貴族而言，只要能留在史愷林島與貿易夥伴交好周旋，他們也就滿足了。阿肯．血刃，野豬氏族的首領暨貴主之父則私下對我們保證，他與手下的戰士會留在當地，一方面確保六大公國的貴族們平安愉快，另一方面也會繼續說服首領團的成員們。

切德後來告訴我，他已經強烈建議我們的貴族們接受野豬氏族的款待，住進該氏族的要塞之中，而不要去嘗試當地的客棧是否殷勤待客。除此之外，他也建議衆貴族，走出要塞與外島人交際應對之時，務必將祖傳的徽章標誌戴在顯眼之處，就像外島的各氏族總是戴著本家氏族的動物標誌那樣。其實這是因爲，外島人認定王子出身於「瞻遠公鹿氏族」，所以六大公國的貴族若以徽章顯示他們與王子出身不同氏族，會比較安全。不過據我猜測，切德大概沒有把這一點講出來。

野豬號是外島船，遠比不上處女希望號那麼舒服。我在觀察別人登船的時候，發現野豬號在水波上搖晃得比較厲害，不過它吃水淺，比起吃水深的處女希望號更適合航行於外島各島嶼之間的水道。我聽人說，外島之間的水道往往唯有在低潮的時候*，才能勉強通行，此外一年之中會有一、兩次潮水退得特別低，甚至還可以從這個島步行到另一個島上去。我們要穿過幾個這種淺水的水道，再航入開闊水域，才能到達貴主所住的瑪烈島，以及她母屋所在的威思林鎮。

這麼快就又要上船，對於阿憨實在很殘忍。我盡量讓他睡晚一些才把他搖醒，讓他吃了些從處女希

*原文爲「低潮」，但是船隻要安全通行，似乎應是「高潮」時好通行才對，懷疑是作者小小筆誤。

望號拿來的熱騰騰熟悉餐點。我勸他多喝多吃點，同時只談愉快好玩的事情，至於我們馬上就要登船出海，則絕口不提。阿憨只想回頭繼續睡覺，一點也不想洗臉穿衣。其實我也很想讓他上床去睡，我敢說，唯有如此他才能早日恢復健康，但是將他留在柴利格鎮實在不安全。

我們與王子衛隊、原智小組以及王子本人站在碼頭上，望著人們將聘禮一箱箱地搬到野豬號上時，阿憨仍以爲我們只是趁著早上出來散散步而已。野豬號就繫在碼頭邊，我陰鬱地對自己說道，既然如此，那麼讓他上船應該不成問題。誰知我錯得離譜。阿憨平靜地看著別人經由木板通道走到船上，但是輪到我們上船的時候，他卻站在我身邊，動也不動。「不。」

「你不想看看外島船嗎，阿憨？大家都上船去瞧瞧了。我聽人說，外島船跟我們的船大不相同，我們上去看看嘛。」

他不發一語地朝著我看了一會兒。「不。」他說道。他有點懷疑，小眼睛開始瞇起來。

到了這節骨眼，再騙也無用了。「阿憨，我們非上船不可。船立刻就要開了，馬上就要把王子送到貴主家去，我們得跟著他一起去才行。」

碼頭上，我們周遭的一切活動通通停了下來，一切都已經準備好，而且眾人都已經登船，現在就等阿憨與我上船便可開航。其他船上和路過的人無不瞪著阿憨的古怪舉動，他們的眼神多少都帶著輕蔑。野豬號上的水手只等著我們上船，就要抽回木板過道、放開纜繩了，此時他們斜睨著我們，等得很不耐煩。我感覺得出，光是我們要搭乘野豬號，就已經讓他們感到深受羞辱。我們爲什麼就不能趕快踏上木板過道、趕快躲到底艙去？非得採取行動了。我堅定地抓住阿憨的上臂。「阿憨，我們現在一定得上船。」

「不！」他叫著，狂亂地拍打我，同時他那恐懼且憤怒的精技波也如同大浪一般襲來。我踉踉蹌蹌地放開他，使得圍觀人群看得哈哈大笑。老實說，他們一定覺得很奇怪，爲什麼這個弱智小子氣惱地一拍，就使我幾乎跪在地上？

接下來的場面實在不堪回首：我沒有別的選擇，非得逼他上船不可，但是他恐懼到了極點，所以他也別無選擇。我們兩人就這樣在碼頭上打了起來，我以自己高大的體型、強勁的體力和結實的精技牆，來對付他的精技力量與笨拙的打鬥技巧。

切德和晉責王子自從一開始就知道我們這裡出事了，我感覺得出王子對阿憨技傳，努力要安撫他的心情，但是他的盛怒等於是最好的精技牆，晉責可說是白費工夫。我一點也感覺不到切德，我在想，會不會是昨天那一番發揮耗盡了他的力氣。我第一次抓住阿憨時，用意也只不過是要把他扛上船去，但此時他的精技浪潮卻源源地湧入我體內；由於我們兩人肌膚接觸，因此我等於是大門全開，無可抵擋。阿憨的恐懼緊緊地攫住我，激起了我內心的恐懼，使我怕得想哭。我心裡頓時想起那一次次差點就丟掉性命的恐怖畫面，並感覺到被冶煉的人的牙齒陷入我的肩膀，以及那枝弓箭倏地射中我背上的滋味。我本來已經將阿憨扛到肩上了，但是在他那恐懼的重量，而非體重的重壓之下，我兩腿一軟，跪在地上。圍觀人群爆出如雷的笑聲。阿憨掙脫開來，無語地站著哭泣，他無法逃開，因爲圍觀的人已經將我們團團圍住。

圍觀群眾的譏笑諷刺越來越大聲，比他軟弱的拳頭更令我憂心。我如果抓住他，那麼我的精技牆就等於破了個大洞，然而在他嚴厲的精技攻擊之下，無論如何我都必須讓精技牆發揮完全的效用。在這個情況之下，我只得徒勞無功地以圍捕的方式，橫身阻擋他逃往碼頭上的去路，逼他自己踏上過道。我一朝阿憨走上去，他便退後幾步，多接近木板過道一點，然後圍觀的人群就會散開些。但是接著他便張開雙臂、朝我衝過來，因爲他知道只要一碰到我，我的精技牆便會垮掉，於是我不得不讓他幾步，以免被他的手碰到。在我們一進一退之間，圍觀群衆則笑翻了天，他們大聲喚來同僚，叫大家都來瞧瞧這個連弱智的傻子都打不過的六大公國男子。

最後，是羅網解救了我。也許是因爲野豬號水手的興奮叫聲，使他靠到欄杆邊一探究竟吧。那個身材粗壯的老水手推開圍觀的人群，走下木板過道來到我們身邊。「阿憨，阿憨，阿憨哪。」他安詳地說道。「來嘛。何必鬧得這樣，不需要嘛。」

我很早就知道，動物與人都可以運用原智魔法抗斥，將敵人驅開，誰沒有因爲狗兒露出利牙而嚇得跳開，或是千鈞一髮地躲過貓爪襲擊的經驗？然而人們之所以退讓，一方面是因爲動物以武力威脅，同時也是因爲動物的怒火將人們推開之故。而且我認爲，任何有原智的人或動物，都會本能地抗斥，這就好像碰到危險，你就會出於本能地逃開。但是我從未想過，世上是否有個與抗斥相反，能夠令人鎮定且被吸引的原智力量。

此時羅網朝著阿憨散發出去的那個氛圍，我無以名之。我不是他散發那種氛圍的對象，但是我在阿憨身邊，多少感覺得到一些，於是原本因爲驚懼而豎直的毛髮貼了下來，砰砰亂跳的心也放慢了節奏，而我雖沒有刻意放鬆，但是肩膀垂了下來，下巴也鬆開了。我看到阿憨臉上露出奇妙的表情：他的嘴巴開開，舌頭垂在嘴外—雖然他的舌頭本來就經常伸出來，但此時伸得更長，他的小眼睛也幾乎完全閉上。「輕鬆點，小朋友。放鬆。好啦，跟我來吧。」

羅網的大手扶著阿憨的手臂，而阿憨則以彷彿被母貓從後頸一把叼起的小貓，放心地把自己託付給對方的表情望著羅網。「別看。」羅網對他說道。「眼睛看著我就好，好，走了。」阿憨乖乖聽令，於是原智師傅羅網便像是以鼻環牽著一頭蠻牛那麼容易地領著他走到船上。我站在原地不住地打顫，後背嚇出了一身冷汗。我走上過道的時候，圍觀的人不住地恥笑我，使我羞愧得漲紅了臉。大多數人都多少會講一點六大公國語言，此時他們刻意用六大公國語講話，好讓我聽得出他們的譏刺。我無法假裝自己根本不以為意，因為血液無法控制地衝到頭上，使我滿臉羞紅。我無處發洩心中的怒氣，只能跟在羅網的身後走。我一登船，就聽到他們將我身後的過道抽回船上。我沒回頭看，只是默默地跟著羅網與阿憨，朝著甲板上那個類似帳篷的東西走去。

野豬號的布置比處女希望號更為簡陋。前甲板上有個以木板搭成的永久性艙房。這是我所熟悉的樣式。我聽人說，那個艙房隔成了兩間，大間給王子和切德用，而原智小組則擠在小房間裡。他們另外在後甲板蓋了個臨時性的艙房，這艙房的牆是用杜子撐開來的厚重獸皮鋪設，再以繩索緊緊地將這個帳棚結構綁在甲板的釘子上。他們之所以搭了這幾個房間，為的是要配合我們六大公國之人的感受。其實外島人自己是寧可睡在開闊的甲板上的，況且開闊的甲板，不管要搬貨或是要打架，都比較方便。一看到衛隊同僚們的表情，我就知道他們一定不願阿憨跟他們同房。我在碼頭上的表現實在太丟臉，所以現在我在他們心目中的地位是一落千丈。羅網試著把阿憨安置在從處女希望號搬來的海運箱上。

「不行。」我悄悄地對他說道。「王子希望阿憨待在離他近一點的地方，我們必須將他安置在另外那個艙房裡。」

「那個艙房比這裡還要擠。」他解釋道。但我只是搖了搖頭。

「換到另外那個艙房。」我堅持，於是羅網讓步了。他一走，阿憨便跟上去，臉上仍然煥發著信任的光彩。我跟在他們後面，只覺得自己像是練了一個早上的劍那般地疲倦。事後我才知道，羅網把阿憨安頓在他自己的矮榻上。儒雅坐在角落那張較小的矮榻上，那隻低聲怒吼的貓坐在他的大腿上；吟遊歌者扇貝悶悶不樂地檢查他那張小豎琴上的三根斷弦；迅風左右張望，但就是避開我的眼神，我感覺得出他因為我把阿憨帶到艙房來而感到驚惶失措。大家都沉默不語，小房間裡的氣氛非常凝重。

阿憨在矮榻上躺下來之後，羅網伸出多繭的手摸摸他汗溼的額頭。阿憨困惑地瞪著我們看了一會兒，然後像孩子一般疲倦地閉上眼睛，隨即就睡著了。被阿憨痛擊之後，我也很想像他那樣躺下來休息，但此時羅網拉起我的手臂。

「走。」羅網說道。「你我得好好談談。」

我如果能抗拒的話，一定會抗拒不去，但是他一把手放在我的肩膀上，我的反抗意志就融化了，並任由他將我帶到甲板上。我一出現，水手們又開始譏笑起來，不過羅網不理會他們，一路將我帶到欄杆旁。「就這裡吧。」他從臀部掏出一個皮製的扁酒瓶，拔開塞子，白蘭地的味道便漫了出來。「你喝一點，做幾個深呼吸。你這模樣像是被人打得半死不活似的。」

直到白蘭地的熱度在我體內漫開來，我才發現到自己有多麼需要它。

蜚滋？

王子傳來擔憂的思緒，不過他的思緒微弱得像是呢喃。我突然想起，這是因爲我把精技牆封得很緊，至今都還沒放鬆下來。我小心地將精技牆降低一些，對晉責技傳道：「我沒事。羅網已經把阿憨安頓好了。」

「沒錯，不過我把阿憨安頓好了，這我自己知道，你用不著告訴我呀。」

讓我休息一下，王子殿下，稍後再談。羅網一說，我才知道自己剛才對晉責技傳的時候，也開口把這個思緒說了出來。「是啊，我大概是受了驚嚇吧。」

「你一定是受了驚嚇，只是我看不出你爲什麼會受到驚嚇。我心裡很納悶，那個頭腦簡單的人對王子而言非常重要，對不對？他之所以如此重要，一定跟他能夠抵擋正當盛年的戰士，連你都奈何不了他有關。爲什麼你怕成那樣，不敢讓他碰到你？我碰到他的時候都沒事啊。」

我把扁酒瓶交還給他。「我無權揭穿他人的祕密。」我明白地說道。

「我懂了。」他也喝了一口白蘭地，鬱鬱地仰頭望天，風險懶懶地在我們的船上空盤旋，等待我們出發。船桅上突然抖出了風帆，不一會兒，船帆便吃滿了風，接著我們的船點了一下，慢慢加快速度。

「我聽他們說，這趟航程很短，三天就會到，頂多四天。倘若我們搭的是處女希望號，那就得避開連綿的島嶼，而且最後還是得把船停在深水港裡，改搭淺底船，才到得了威思林鎮。」

雖說我不知道事情是否真是如此，我仍點了點頭。這可能是風險告訴他的，不過，這更像是水手之間的閒聊傳進了他的耳朵裡。

接著他突然問道：「如果我用猜的，你能告訴我，我有沒有猜對嗎？」

我嘆了一口氣。如今打鬥一過，我才體會到自己有多麼疲倦，以及當阿憨用盡全力以他的恐懼與憤怒來對付我的時候，他的力量有多麼強大。阿憨施展了這麼大的精技力量，希望他沒有超出負荷才好，畢竟他的病情就已經榨掉他泰半精力了。他認定那是一場攸關生死的爭鬥，這點我心裡清楚得很。突然之間，我心裡想的都是他的事情。

「湯姆？」羅網追問道。我這才想起剛才他問我的問題。

「我無權揭穿他人的祕密。」我頑固地說道，心裡升起一股無力且絕望的感覺。我雖知道那是因爲阿憨之故，但我還是受到感染。我得想個辦法將之平息下來，免得他將情緒傳染給全船的人。

你能控制住阿憨嗎？王子問道。

其實我沒有把握一定能辦得到，所以我給王子的答覆並不是肯定能做到，只是告知說我知道了。

羅網又把他的扁酒瓶遞給我。我拿過來，痛飲一大口。「我得回去看著阿憨了。他不能沒人看顧。」

「我看得出來。」他拿回酒瓶。「我眞不能確定你到底是在保護他或禁錮他。這個嘛，湯姆・獾毛，你什麼時候放得下心，讓我幫你照顧一下阿憨，你就跟我說一聲吧。看起來，你自己也頗需要休息。」

我點點頭，沒回答，獨自走回分配給原智小組的小房間。衆人都已經逃之夭夭，大概是因爲阿憨不斷地放出令人難以忍受的精技浪潮吧。他是睡著了沒錯，但那是因爲他太疲倦，而非平靜而入睡。我低頭看著他的臉，只覺得他的臉上看來單純，然而那表情既不幼稚也不愚昧。他的臉頰紅通通地，額頭上滲出汗珠，他又開始發燒，所以呼吸得很喘。我坐在矮榻邊的地上。我們竟然這樣對待他，實在使我感到羞恥。切德、晉責與我都明知這樣對他不好，但我們還是逼他上船了。接著我實在累極了，便在他身邊躺下來。

我慢慢呼吸三次，集中心神，準備施展精技。我閉上眼睛，輕輕地把手臂放在阿憨身上，以便加強他與我之間的精技牽繫。我本以爲他會築起精技高牆阻擋我，不料他一點防備都沒有。我溜進他的夢中，只見一隻迷途的小貓，拚命地在滾燙的海水中撲打掙扎。我按照蕁麻以前的樣子，從後頸將小貓提出水面，放入篷車裡大床上的繡花靠墊上，又對小貓保證牠現在很安全。一時之間，我感覺到他的焦慮緩解了一些。然而即使在夢中，他還是認出了我。「可是，這都是你害的！」小貓突然叫道。「我又上了船，都是你害的！」

我預料阿憨講完話之後會很生氣、會反抗，甚至會起而攻擊我，但是他的反應比我料想的更糟糕：他哭了起來。那小貓以小孩子的聲音，開始抽抽噎噎、悲痛逾恆地大哭。他發現我竟然把他騙得這麼慘，心裡失望得不得了，因爲他原本是很信任我的。我把小貓捧起來抱在懷裡，但他還是哭個不停，我安慰不了他，因爲我就是他痛苦的根源。

我並未料到蕁痲會出現。現在是大白天，她不可能在睡覺。回想起來，我大概一直以爲她唯有在睡覺的時候才能施展精技吧。這個想法實在太愚蠢，不過我之前眞的是這麼想。就在我抱著阿憨化身的小貓輕輕搖著的時候，我感覺到她出現在我身邊。交給我吧。蕁痲以女人家看不慣男人低能的口氣說道，接著便把小貓從我懷裡抱過去。我因爲自己鬆了一口氣而感到有點愧疚。我退入阿憨夢境的背景中，然後便感覺到他因爲我退開而變得比較輕鬆。他竟然因爲我在場而緊繃，實在令我傷心，但是這不能怪他。

過了一會兒，我發現自己坐在融化的玻璃塔旁邊。塔下四周都是陡坡，陡坡上布滿死去的荊棘，唯一的聲響是風吹過荊棘叢的聲音。感覺上此地淒涼至極。我靜靜等待。

蕁痲來了。爲什麼要弄這些？她問道，伸手指著四周淒涼的景致。

心境如此嘛。我無精打采地答道。

她輕蔑地啐了一聲，伸手一揮，死荊棘叢就化爲綠油油的夏日草地，玻璃塔則變成山坡上的一圈碎石。她自己坐在被太陽曬得暖暖的石頭上，一邊搖晃著紅裙下的光腳，一邊問道：你這個人總是這麼小題大作嗎？

大概是吧。

那你身邊的人一定累死了。你眞是太情緒化了，不過在我認識的人之中，你還不是最嚴重的，只算是居次。

那最嚴重的是？

我父親。他昨天回來了。

我頓時屛息，同時努力以輕鬆的口吻問道：還有呢？

原來他去公鹿堡了。他一個字也不肯多說，只說他去了公鹿堡。瞧他那模樣，好像一下子老了十歲，可是我又好幾次發現他默默地望著前方發笑。而且，儘管他眼睛都蒙了白翳，他還是一直瞪著我看，好像從沒見過我一般。母親說，她覺得父親好像在跟她道別。父親走到她面前，伸手緊緊攬住母親，彷彿他只要一鬆手，母親就會被人搶去。他的行爲舉止眞是難以形容。一方面，父親像是什麼沉重的任務終於完成似的輕鬆起來，另一方面，他又像是在爲遠行做準備。

他跟妳說了什麼嗎？我盡量保持聲調平靜，以免她發現我其實非常害怕。

什麼也沒說。他跟我母親也是這樣，什麼都不說。這是母親告訴我的。父親回來的時候，帶了很多禮物，人人都有。年紀比較小的弟弟拿到木雕玩具，年紀比較大的弟弟則拿到做工精巧的木製益智玩具。母親與我各拿到一盒木珠串成的項鍊，每一顆木珠都雕成珠寶的模樣。此外他還帶了一匹馬回來，噢，我從沒見過這麼可愛的小母馬。

我雖知道接下來會聽到什麼話，但還是默默希望她不要說出來。

父親自己則戴著一只木球耳環。以前我從沒見過他戴耳環。老實說，我連他有耳洞都不知道。

我想著，黃金大人跟博瑞屈是不是談過了。不過，也許弄臣只是把禮物請珂翠肯轉交。我想問的問題實在太多，卻無一能問得出口。妳現在在做什麼？既不能多問，我乾脆換個話題。

我在做蠟燭。這眞是全世界最無聊的工作。她頓了一下，說道：我父親要我帶話給你。

聽到這話，我心跳幾乎停止。哦？

我父親說，如果我再夢到那頭狼的話，就跟狼說，你早在多年之前就應該回家了。

妳跟他說……我心裡閃過千言萬語。博瑞屈與我已經十六年沒見，我能跟他說什麼？跟他說，他用不著害怕，因爲我不會奪走他的妻女，或是他的家庭幸福？還是跟他說，我一直很敬愛他，至今不變？

不，不能說那個。跟他說，我已經原諒他了？不，我不能這樣說，因爲他並不是明知故犯。我若是說我原諒了他，只會使他自責更深。我想跟他說的事情，數也數不完，但這其中沒有一件是我膽敢交由蕁麻傳達的。

跟他說什麼？蕁麻催促道。她好奇得不得了。

妳跟他說，我無言以對，而且銘感五內，這是我多年來的心情寫照。

這樣講似乎不夠，但是我強迫自己到此爲止。再多講一個字就過於莽撞了。若是要藉著蕁麻跟博瑞屈傳達任何眞正的訊息，可不能隨便說出口就算了，非得仔細思量才行。我不知道她知道多少，也不知道她猜到多少，我甚至不曉得博瑞屈對於我這十六年來的情況知道多少。寧可以後因爲自己很多話沒說而感到遺憾，也不要因爲自己說出去的話收不回來而懊悔。

你是誰？

這我總不能沒個交代，至少要讓她有個可以稱呼我的名字。然而，如果要讓她知道我的名字，那麼這一個是最適合的：改變者。我的名字叫做「改變者」。

她點點頭，既失望又喜悅。我的原智知覺告訴我，在另外一個時空中有什麼生物靠了上來。我將自己從夢境中抽身出來，蕁麻不情不願地放我走。我慢慢地回到自己的身體中，一時間，我仍閉著眼睛，但卻將視覺以外的一切感官展開。我在船艙裡，阿憨躺在我身邊，他的呼吸很沉重。我聞到吟遊歌者用以在豎琴木邊上油的油味，然後聽見迅風小聲地問道：「爲什麼他現在在睡覺？」

「我沒睡。」我小聲地說道，輕輕將手臂從阿憨身上抬起來，以免驚醒他。「我剛剛才把阿憨安頓好。他仍病得很重，我眞希望我們不用帶他上船。」

迅風仍以非常古怪的眼神望著我。吟遊歌者扇貝輕柔地爲上好了弦的豎琴上油。因爲天花板很低，所以我低頭站著，望著博瑞屈的兒子。雖然他恨不得逃開我，但是我有職務在身。「你現在在忙什麼事情嗎？」我對他問道。

他望望扇貝，彷彿期望扇貝幫他講一、兩句話，但扇貝什麼話也沒說，因此他只好低聲地答道：「等一下扇貝要爲外島人演奏幾首六大公國的曲子，我也要去聽。」

我吸了一口氣。如果我想遵守對蕁麻的諾言，就必須跟這孩子親近一點才行。只是，因爲我之前逼他回家，爲此他已經跟我疏遠了，就算現在我把他抓得緊緊的，也無法贏得他的信任。於是我說道：「如果仔細聽的話，可以從吟遊歌者的歌裡學到不少東西，除此之外，你也要多聽聽外島人講什麼、唱什麼，盡量趁此學一點外島語。我們另外再找時間談談你從中學到什麼。」

「謝謝。」他僵硬地說道。直到如今，他仍不願承認自己必須聽從我的命令，也不願表達感激之意，但是現在我還不會強求這些。因此，我只是點點頭就放他走了。扇貝到了門口，回身過來，優雅地揮出雙手，漂亮地一鞠躬。一時間，我們四目相對，而他眼裡的友善之意使我大感意外，他接下來說的話則解開了這個謎團：「注重學習的戰士少之又少，而把吟遊歌者看作是學習對象的人，那就更少了。多謝了，大人。」

「不，是我該謝你。王子殿下要我教導這個年輕人，然而你卻能讓他領略到，學習知識不見得都很痛苦。」扇貝眨了一眼，就在這一眨之中，我下了第二個決定：「如果不至於打擾的話，我也想去聽聽。」

扇貝又漂亮地鞠了個躬。「這是我的榮幸。」

迅風早就出去了，他看到我伴著那位吟遊歌者出來的時候，臉上不大高興。

由於船上生活很枯燥，我所見過的水手總是不管什麼餘興活動都興致勃勃，這些外島水手也不例外。沒值班的水手立刻就聚集過來聽扇貝唱歌。對他而言，這眞是不可多得的舞台。他站在空無一物的甲板上，輕風吹起他的頭髮，而落日襯著他的身影。衆人帶著手邊的工作，就像是女人家帶著繡花或是編織的工作一般，聚到吟遊歌者身邊聽歌；有個人正在把破碎的舊繩子結成腳墊，另有個人一邊聽歌，一邊懶懶地雕著硬木頭。我原先就懷疑，皮奧崔手下的水手們是因爲自己想學也好，是因爲不得不學也好，反正都對六大公國語言略通一二，然而從他們此時聽歌的專注模樣，就可以確定事實確是如此了，就連攀在船桅上的水手也都豎起耳朵傾聽。

扇貝唱了幾首以瞻遠王室爲主題的歌。這個人機伶得很，避開了所有跟六大公國與外島之間長久衝突扯得上邊的歌曲，看來今天我是不必苦苦忍著聽人唱完〈鹿角島之歌〉了。迅風似乎聽得很專心，尤其當扇貝唱出一首原血寓言的歌曲時，他格外全神貫注。扇貝唱這首歌的時候，我注意看著外島水手的反應，心裡則好奇，許多六大公國之人聽到這種歌時均顯得既憎惡且不屑，不曉得外島人是否也是這般心情？但是我看不出他們有何異狀，看來水手們聽了歌之後，只覺得原血魔法是一種奇特的外國魔法。

扇貝唱完之後，一名咧嘴大笑，使得臉頰上的野豬刺青都起皺的外島水手站了起來，他將手邊的木作擺到一旁，拍掉胸膛上和褲子上的蜷曲木屑，對我們挑戰道：「你們認爲那種魔法很強？我還知道一種更強的魔法，而且你們最好也多知道一點，因爲你們說不定會碰上哪。」

接著他以赤腳撓著跟他並肩坐在甲板上的夥伴。那人因爲甲板上坐了這麼多人聽歌而羞赧起來，不過他還是從襯衫裡掏出一根用繩子掛在脖子上的小笛子，吹出簡單、幽怨的曲調，而方才開口的那人，則以粗嗄的聲音，生動地唱出艾斯雷弗嘉島的黑者的故事。他唱的是外島語，他的作風跟一般外島吟遊歌者一樣，很多字並非按照原來的字音唱，所以我更難聽懂。黑者在艾斯雷弗嘉島上神祕出沒，任何踏上艾斯雷弗嘉島，且目的不夠光明正大之人都會受其詛咒。黑者是龍的守護者，但也可能是龍所化成的人形。他跟黑龍一樣，都是黑色的，也因此跟黑龍一樣不可小覷。黑者強如狂風，也如狂風一般殺不死，同時像堅冰一樣冷酷無情；凡是膽小之人，黑者一口咬斷他的骨頭，凡是莽撞之人，黑者一口撕開他的皮肉，凡是——

「還不回去幹活！」皮奧崔突然闖進聽歌的圈子裡。他這一聲命令，雖好脾氣，卻很嚴厲，旨在提醒衆人，他不但是野豬號的代理船長，也是招待我們的主人。那水手停下破鑼嗓子的歌聲，不以爲然地望著皮奧崔。我感覺得出氣氛有點緊繃：從那人臉上的刺青，就可以看出他乃是阿肯·血刃的戰士。其實，大部分的船員都是血刃的手下，血刃只是將這一群人借給皮奧崔，讓他們協助駕船。皮奧崔的頭輕輕地朝那水手一甩，既是斥責也是警告，於是那水手的肩膀便垂下來了。

「休息時間，要幹什麼活？」那人有點虛張聲勢地問道。

皮奧崔的口氣很溫和，不過他的姿態充分說明了絕不允許船員公然反抗。「既是休息時間，就應該好好休息，盧特爾，這樣等到你輪值時，才有力氣工作。若要招待嘉賓，我自會助興。你還不快點下去休息？」

切德和王子從他們的艙房裡出來，好奇地觀察皮奧崔的舉動，羅網則站在切德和王子身後。我不禁猜測，方才皮奧崔可能正在跟他們聊天，但是一聽到那人唱歌，便突然辭退出來制止那個唱歌的水手。我對切德和晉責技傳道：我們是否曾聽說過什麼「艾斯雷弗嘉島的黑者」的故事，還是什麼黑龍守護者的故事？因爲皮奧崔就是不讓那個水手把這首歌唱完。

我沒聽說過，我待會再私下問問切德。

切德？我試著直接跟切德連繫。

他沒有反應，甚至不曾朝我看一眼。

我看他是昨天太過費勁了。

他今天是不是喝了什麼茶湯？我懷疑地問道。任何初學者若是像切德昨天那樣大加施展精技，都會累得爬不起來，然而這老人的行動卻一如平常那樣敏捷。我越想越嫉妒，他不准我喝那東西，可是他自己卻大肆服用？

他幾乎每天早上都會喝一點味道苦澀的湯藥，那裡面是什麼東西，我一點概念也沒有。

我猛然制止自己的思緒，以免王子感應出我的心思。不過我下定了決心，一定要把切德的藥草偷一些出來，瞧瞧他泡的到底是什麼東西。這老人對自己的健康實在太不用心，照他這樣下去，說不定會爲了磨練精技而送命。

只是我找不到機會潛入切德與王子的艙房。這趟航程本來就短，而且接下來幾天過得平淡無奇，我則爲了照顧阿憨和教導迅風而忙得不可開交。事實上，他們兩人還成了一對。阿憨從長睡中醒來時，儘管虛弱且苦惱，卻說什麼都不肯讓我照顧他，不過他倒願意接受迅風的幫忙。那少年對此興趣缺缺也是可以理解的：照顧病人本來就很枯燥，有時候還很煩人，除此之外，迅風也跟許多六大公國的人一樣，根深蒂固地對於身體畸形的人感到厭惡。我屢屢斥責也無法改變他的看法，倒是羅網平易地把阿憨當作是與常人不同之人，使得那孩子的觀念漸漸起了變化。羅網以身教，而非言教來教導迅風，令我這個監護人自慚形穢，同時感到自己有欠考慮。我恨不得自己能把迅風教好，就像博瑞屈把蕁麻教得那麼好一樣，然而我不但失敗，甚至還無法贏得迅風的信任。

當一個人覺得自己沒用的時候，就會覺得度日如年。我很少與切德或王子相聚，在這艘擁擠的船上，實在難以輕鬆地與他們兩人相處，因此我們只能以精技溝通。我盡量少對切德技傳，希望能藉此讓他休養生息，王子則向我傳達切德也對艾斯雷弗嘉島的黑者一無所知。從那天起，皮奧崔便讓唱歌的水手忙得團團轉，所以我們根本沒機會多向那人打聽。我既被孤立於切德與王子之外，又遭到阿憨的抗拒，也就覺得自己十分孤寂，不管上哪裡都找不到平靜。我以舊時的回憶做為慰藉：我回想莫莉與我單純的戀情，以及往日弄臣與我之間那種毫不造作的友誼。我常常想起夜眼，眼見著羅網與他的海鳥相伴，以及儒雅不管走到哪裡，他的貓都跟在身後，使我心裡有些戚然。我在年少時，總是熱烈地與別人締結情誼，如今那種熱情已經不再，而我也沒有尋求其他友伴的心思了。至於蕁麻，博瑞屈邀請我「回家」……長久以來，我一直都很渴望回家，不過我也知道，其實我不是想要回去「家」這個地方，而是想要返回以往的時光。然而就算是艾達神或埃爾神現身，也無法讓我如願。等到我們駛入一處小海港——其實也不過就是海岸邊稍微凹入的小海灣罷了——當皮奧崔興奮地呼喚眾人來瞧瞧他的家鄉時，我只覺得內心已經被嫉妒所淹沒。

羅網走到船尾，在我身邊站定，打斷了我自憐自艾的思緒。「我讓迅風協助阿憨穿鞋。阿憨也樂得上岸，只是嘴裡不肯承認罷了。其實他現在已經不會暈船，只是他的肺太虛弱，令人擔心，還有就是他的思鄉病很嚴重。」

「我知道，但若是待在船上，恐怕不管他的肺病還是思鄉病，都無從下手醫治。等到我們上岸之後，我看看能不能替他找個舒服的地方，讓他安靜地休息一陣子，吃點好的，這樣才有望根治那兩種病症。」

羅網同情地點點頭，而我們的船則逐漸靠到岸邊。一名穿著黃褐色裙子的女子站在岬角上望著我們的船駛近，她身後多有岩石露頭的起伏草地上，散落著綿羊和山羊，更內陸之處，可以看到一縷炊煙，以及坐落在荊豆花叢裡的整齊小房子。在這個玲瓏的海灣裡，只有唯一一個用石柱撐起的突堤碼頭。我看見那女子將雙臂高舉過頭，揮了三次。我本認為她是在歡迎我們，繼而想到，她可能是在跟聚落裡的人做手勢，因為不久之後，人們便從小徑走到海邊來。有些人站在突堤碼頭上等我們，而年紀小的孩子們則在海灘上跑來跑去，興奮地大叫。

我們船上的水手為了展現高超的駕船技巧，俐落地直朝突堤碼頭駛去，接著拋出纜繩，繫緊，之後船便穩下來了，不一會兒，船帆就已通通收起捲好。令我意外的是，站在甲板上的皮奧崔粗聲粗氣地對駕船的野豬族人道謝。這使我再度領略到，我們所面對的乃是兩個聯合起來的氏族，而非單一，而且皮奧崔和船員們顯然都把這件任務當作是少有的大恩惠，說不定還要在這兩個氏族之間記上一筆債務。

等到我們下船的時候，情況就變得更明顯了。皮奧崔率先下船，一踏上碼頭，就對前來歡迎他的衆女子表現極大的敬意。碼頭上也有男人，不過都站在女人身後，不僅如此，皮奧崔還是先跟族中的老婦都殷殷問好之後，才走到女人後頭向衆男子打招呼。我注意到那些男子，除了幾個老人家和一群十幾歲出頭的少年之外，少有可擔任戰士的壯年人，那少數幾個壯年的戰士又都已經因為打鬥而傷殘。我皺起眉頭，將我的思緒傳給切德：到底是他們在習俗上不讓壯丁迎接賓客呢，還是他們的壯丁都躲起來，不讓我們看見？

切德回覆給我的思緒弱得像炊煙。也許是因為他們的壯丁都喪生於紅船之戰中。有些氏族的傷亡特別慘重。

我感覺得出他費了好大氣力才把這個思緒傳給我，所以我就不再跟他對談下去了。此刻他還有很多事情要顧慮。我不是以精技，而是以原智知覺到王子既焦躁不安又失望透頂。這也難怪，碼頭上的迎接人群之中並無艾莉安娜的身影。我對他勸道：你別因此而心煩。我們對他們的習俗所知甚少，貴主沒有現身到底代表什麼意義，實在很難說。你可不能就此把這當作是她不把你看在眼裡。

心煩？有什麼心煩的？我根本沒注意到她沒來。蜚滋，重點不是那個女孩在耍什麼伎倆，而是我們兩邊要結盟。王子的口氣激烈，我一聽就知道這是違心之論。我嘆了一口氣。十五歲啊，感謝艾達神，幸虧我永遠不必再重回那個年紀了。

皮奧崔一定已經跟切德講述他們家鄉的登岸風俗，因為切德繼續在船上等待。後來終於有一名二十出頭的年輕女子以清脆的聲音揚聲說著，瞻遠領地的公鹿家族之子，歡迎率眾下船。

「聽到這話，我們就可以下船了。」羅網悄悄地說道。「迅風會把阿憨照顧好。我們走吧？」

我點點頭，然後彷彿我有權借問似的問道：「風險看到的情況如何？附近可有埋伏的武裝男子？」

他抿著嘴笑了一下。「你想，若是風險看到什麼異狀，難道我不會早早告訴你嗎？倘若事有蹊蹺，那麼不單是你，連我的脖子都很危險哪。你想太多了，其實風險所見與我們看到的無二，就是有個安定整齊的聚落，正在平靜地進行大清早的種種雜務。另外就是在隔幾重山之後，有個非常富饒的山谷。」

於是我們隨著眾人下船，尊重地在王子身後隔一段距離之處站定，讓他接受艾莉安娜．黑水的母屋及領地的歡迎。黑水家的歡迎辭很簡單，而我從其簡略的風格之中，體會到這其實是個儀式：女人們藉著歡迎王子，以及准許眾人下船登岸的這個動作，重伸土地的主權乃屬於她們所有，任何涉足於威思林鎮之人皆必須服從她們的權威。除此之外，令我驚訝的是，野豬氏族的人跟在我們之後下船時也有類似的儀式；野豬氏族在答謝眾女子的歡迎之際，同時也以自己母屋的榮譽起誓，保證每個人都會為其他所有人的行為舉止負責。但他們倒沒有特別提起如果犯忌會受到什麼樣的懲罰。過了一會兒，我才想出這樣的儀式是什麼用意。在這個以海盜立國的國度之中，人們必定要做點安全的防護，以免外族劫匪乘其不意，對自己的家園下手。據我猜測，這可能還有自古流傳下來，成員含括各個氏族的女性聯盟在背後運作。我不禁好奇，男子在外的行止若是超過了在地氏族的容忍限度，那麼他自己的母屋會對他做出什麼樣的懲罰？

歡迎儀式結束後，獨角鯨氏族的女子領著王子一行人前往母屋。王子的顧問們與他同行，後面跟著王子衛隊，而羅網、迅風、阿憨與我則跟在衛隊後面。迅風走在前面，羅網與我則攙著阿憨而行。我們身後是野豬氏族的船員，他們高聲闊論著啤酒與女人，順便嘲笑我們四人。風險在我們頭頂上的藍天御風而行。這一條路建得很好，是以海邊的碎石塡起來的。

我本以爲威思林鎭規模很大，且靠近海邊。野豬氏族的水手們由於不耐煩我們走得太慢，紛紛超過我們。羅網與其中一人攀談起來，那人既急著想趕上他的同袍，又很不願讓人看見他與傻子和保姆爲伍，所以羅網與他聊起來的時候，他回答得甚爲簡短，但仍不失禮貌，畢竟羅網總是激發人們表現出彬彬有禮的那一面。那人解釋道，威思林鎭的港口還可以，不是最好，這裡的海流沒什麼好擔心的，但是這裡的風長年刮個不停，既強又冷，足以「颳掉你的血肉，讓你的骨頭冷得打顫！」威思林鎭則位在下一個山坡之後的谷地裡，由於有山做爲障蔽，所以風只從山上吹過去，不會吹進村子裡。

抵達之後發現事實確是如此。這個小鎭坐落於盆地之中，我們順著山路而下，朝威思林鎭前去，同時發現我們越往下坡走，就感到越暖和。盆地裡的小鎭規劃得很好，最大的建築物是以木料和石材建造，與要塞一樣高的龐大母屋，周圍有些簡單的小屋。母屋的石屋頂上漆了一個非常大的獨角鯨，母屋之後有個精心耕作的菜圃，令我想起公鹿堡的女人花園。這個鎭上的路是環形的一個個同心圓，市場與做買賣的人家大多位於最接近通往海邊的路這一帶。這一切，早在山坡上便可一覽無遺，走近之後反而看不到全貌。

王子衛隊早就走得消失了蹤影，不過謎語回頭來找我們，因爲走得急而有點喘。「我來帶你們去看你們住的地方。」他解釋道。

「這麼說來，我們不跟王子同住了？」我不安地問道。

「他們邀請王子和他的同伴與吟遊歌者等人在母屋裡住下來，至於來訪的外族戰士則另有居所，不住在要塞裡。外族的戰士雖可在白天時到母屋作客，但是不准在母屋裡面過夜，因此王子衛隊不能待在裡面護衛王子。我們都覺得這樣不妥，但是切德顧問叫長芯隊長乖乖接受這個安排。他們撥了間小屋給阿憨，而王子下令要你跟他住在一起。」謎語好像不大自在，接著他彷彿在道歉一般地低聲補了一句：「我會把你的海運箱搬過去。當然，他的東西我也會帶過去。」

「多謝。」

不用問也知道，由於阿憨與眾不同，所以他不能到母屋去作客。唔，至少他們已經想到要另外安置他，沒讓他跟衛隊住在一起，這也算明智了。不過，阿憨被眾人排擠在外也就罷了，還得要我作陪，想來眞有點忿忿不平。我雖不喜歡瞻遠宮廷裡的陰謀，但是離切德和晉責太遠，更使我不安。我知道我們在此地並不安全，然而我們最大的危機，並非我們已經知道的困難，而是我們仍無從得知的險阻。因此，我很想聽聽切德他們碰到什麼狀況，以及婚姻的協商有何進展。但切德既不能要求阿憨與我住進母屋裡，他又需要人照顧，由我來照顧他，可說是順理成章。這一切都合情合理，只是這並不能紓解我心中的鬱悶。

他們待我們頗爲尊重。這個沒有任何隔間的石屋很乾淨，雖然聞起來像是很久沒人居住。這房子必定空了好幾個月，但是火爐邊堆著柴火，燒煮的鍋子也不缺，水桶裡有滿盈的新鮮清水；房裡有張桌子、幾張椅子，角落有張床、兩條被子，陽光從唯一的窗戶照進來，照得一室明亮。這樣的地方已經很不錯了。

阿憨默默地任由我們把他安頓在床上。走了這麼遠的路使他喘得很厲害，臉頰紅通通，不過他這個紅暈的臉色不是因爲發燒，而是因爲他的身體虛弱，卻又消耗了太多體力。我幫他脫下鞋子，替他蓋好被子。據我猜測，即使夏日氣溫高，到了晚上恐怕還是冷得很，不曉得兩床被子夠不夠他保暖？

「你這裡需要什麼嗎？」羅網對我問道。迅風不耐煩地站在門邊，眺望著與我們隔兩條街的母屋。

「不用麻煩你，不過倒需要迅風幫忙一下。」迅風煩躁地望著我，不過對於這點我已經有心理準備了，所以我的決心一點也沒有受到影響。我從錢袋裡掏了幾個銅板出來。「你到市場走一趟，我不知道這裡的市場能買到什麼。你有禮貌一些，看看能不能買點什麼食物回來，比如說，燒湯的肉和青菜，如果有新鮮麵包更好，水果、乳酪和魚，都可以。你就用這些錢去買吧。」

從他臉上看來，他是既恨不得去新的地方探險，可是又怕得不敢去。我把錢放在他的掌心裡，並希望外島人願意接受六大公國的錢。

「然後呢。」我補充道，他聽了瑟縮了一下。「你回船上去。謎語會把我們的海運箱搬來，不過我要你去船上多搬些被褥過來，這樣你我才能在此鋪床而眠，並且讓阿憨多蓋一、兩條被子。」

「可是我要待在母屋，跟王子和羅網他們……」他看到我搖了搖頭，也就說不下去了。

「我這裡需要你幫忙，迅風。」

他朝羅網瞥了一眼，彷彿在懇求那位原智師傅幫他講講話。羅網臉上很平靜，並不偏袒任何人。

「你確定我真的幫不上忙嗎？」他再度對我問道。

「說真的。」我幾乎凍住了，要開口請人幫忙，竟然如此困難。「如果你不介意，還請你晚一點過來一下，讓我休息幾個小時。當然，若是王子的事情絆住你，那就算了。」

「我會過來。多謝你請我過來。」他的第二句話講得很真誠，不是隨便的客套話。一時間，我咀嚼著他的話語，竟不知道該應什麼才好。他這是在稱讚我終於能夠開口請他幫忙。我一見到他在看我，這才領悟到我沉默得太久，不過他的表情仍一如往常地平靜且耐心。我再度體會到他在誘導我，就像訓練師在跟一頭疲倦的動物交朋友。

「謝謝你。」我努力擠出了這三個字。

「那麼，我就跟迅風去市場走一走好了，因爲我也跟他一樣，對這裡的市場十分好奇呢。不過我向你保證，我們絕不會在市場裡閒逛到忘了正事。依你看來，如果我們碰巧找到麵包坊，又能買到一些甜點的話，阿憨會不會有胃口吃呢？」

「會。」阿憨應道。他的聲音軟弱無力，不過看這情況就知道他興趣濃厚。「乳酪也好。」他充滿希望地補充道。

「好啦，那就請你們先找甜點和乳酪吧。」我應和道，笑著轉過頭去望著阿憨，不過他已經轉頭看著別處了。他還是不肯原諒我。我知道這種事情我還得做兩次，因爲我們還要搭船由此回到柴利格鎮，再從柴利格鎮搭船前往艾斯雷弗嘉島。現在我還無法想像搭船返鄉的情況。返鄉？那實在太遙遠了。

於是羅網與迅風出門了。那孩子聊得很開心，那老人也熱切地應對。老實說，他們兩個一起去，我倒鬆了一口氣。這孩子年紀還小，他到了陌生的市場裡，說不定會在無意之中冒犯到他人，或者是碰上什麼危險。不過，望著他們走遠時，我仍不免有點被人遺棄的感覺。

爲了將自己從自憐自艾之中拔出來，我開始一一觀想我所關心的人。我離開公鹿堡之後，幸運與弄臣可能會碰上什麼場面，我盡量不讓自己多想。幸運這個人是很明智的，我得信任他才行。而弄臣，多年來，就算我沒幫到什麼忙，他不也度過來了？不過，一想到此時身在六大公國某處的弄臣一定對我氣得牙癢癢的，我就覺得渾身不自在。我發現自己正心不在焉地摸著他留在我手腕上的銀色印記。我一點也感覺不到他，不過我還是將雙手背到身後。我不禁再度好奇著，弄臣到底對博瑞屈說了什麼，還是他們彼此根本沒見到面呢？

這些念頭一點幫助也沒有，不過除了胡思亂想之外，我也無事可做。阿憨望著我在小屋子裡無所事事地遊蕩。我遞給他一瓢從水缸裡舀起來的冷水，但是他不肯喝。我喝下冷水，並比較這個島上的水味跟他處有何不同。這水有點青苔味，甜甜的，大概是池塘的水吧。我打算在火爐裡生個小火，這樣的話，如果羅網和迅風帶著生肉回來，就可以立刻開始烹煮了。

時間過得非常慢，謎語與另一名侍衛把我們的海運箱從船上抬了過來。我從我的箱子裡拿了些茶葉出來，在一個沉重的燒水壺裡注滿了水，掛在爐火上加熱。不過，與其說我是想要喝茶，不如說我是在找件事情做。我用了黃春菊、茴香和覆盆子根，調配出口味香甜且有定神效果的茶。我將熱水注入茶壺的時候，阿憨的眼神十分狐疑，所以我倒了第一杯茶，也不請他喝，而是把椅子搬到窗前，一邊眺望著山坡草地上的羊群，一邊喝著茶，並努力尋回我曾經在孤獨與平靜之中所享受到的滿足感。

第二杯茶，我遞給阿憨，這次他接受了。我疲倦地想道，也許是因爲我先喝了第一杯茶，他這才相信我不是要下藥迷倒或是毒死他吧。羅網和迅風回來了，他們的手臂上環抱著一包一包的東西，而那少年的臉則因爲走多了路、吸了新鮮空氣而透著紅潤。阿憨慢慢地將自己撐直起來，以便看清楚他們帶回來的東西。「你們有找到草莓蛋糕和黃乳酪嗎？」

「唔，倒沒有，不過你瞧瞧我們找到什麼。」羅網說道，將他的寶藏放在桌上。「燻製的紅魚，鹹中帶甜。小麵包捲，上面撒了種子。還有這個草編的籃子，裡面都是漿果，這是特別爲你買的。我從未看過這種漿果，店家告訴我，他們把這東西叫做『老鼠果』，因爲老鼠總是在牠們的地道裡塞滿了這種果子，以便過冬之用。這果子有點酸，不過我們還找到一些乳酪，可以讓你配著果子吃。這種橘紅色的根菜，顏色很有趣吧。他們說，這個塞在煤炭裡悶熟，剝掉外皮，沾著鹽吃。最後呢，還有這個。雖沒有剛才買的時候那麼熱，但味道還是滿好的。」

最後這一樣，是一個個大如男人拳頭的糕點，包在乾草與海草之中。羅網打開包裝的時候，我聞到魚的味道。這些糕點裡面的餡料是用濃重多油的肉汁煮的白魚。看到阿憨蹣跚地走到桌邊拿起糕點吃，我真是感動極了。他一口接著一口地吃，唯有在咳得太厲害的時候，才不得不停一下。吃到第二個的時候，他的速度稍微放慢，喝了杯茶，將食物沖下肚。喝了茶之後，阿憨咳了好久，我真怕他會嗆到，不過他咳過之後，深吸了一口氣，以水汪汪的眼睛四下張望，然後以顫抖的聲音說道：「我好累喔。」當迅風才剛將他安頓在床上躺好，他就睡著了。

迅風講了不少鎮上的見聞，使我們這一餐生色不少。我默默地用餐，專心聽那孩子講話。他眼睛很敏銳，又愛追根究柢，而且聽起來，市場裡的人看到他的硬幣之後，太多都挺和善的。我心裡猜測道，這大概是因為羅網真誠的好奇心助他一臂之力吧。羅網說，甚至還有個女人告訴迅風，退潮之後可以在海灘上撿到不少小蛤蜊。接著羅網談起他小時候跟母親一起撿蛤蜊的事情，又由此談起他小時候聽到的許多故事。迅風與我都聽得入迷。

我們就著我泡的茶聊天，就在我們的午後漸入佳境之際，謎語來了。「切德大人派我來請你們到母屋去參加歡迎宴。」他站在門口宣布道。

「那你們就去吧。」我不情不願地對羅網和迅風說道。

「你也要去。」謎語對我說道。「我會待在這裡陪著王子的小呆瓜。」

我瞪了謎語一眼。「阿憨。」我輕輕地說道。「他的名字叫做阿憨。」

這是我第一次斥責謎語。他聽了之後怔怔地望著我，我真看不出他是覺得傷心，還是認為我冒犯到他。「阿憨。」他改口道。「我就留在這裡陪阿憨。你知道我那樣說其實沒什麼惡意，湯姆．獾毛。」

他幾乎有點氣惱地補了一句。

「我知道，不過阿憨聽了心裡會難過。」

「噢。」謎語朝床上躺的人瞥了一眼，彷彿因爲聽說他有喜怒哀樂而感到很震驚。「噢。」

我很可憐謎語。「桌上有食物，還有熱水可以泡茶，你自己來，別客氣。」

他點點頭，我感覺到我們之間已經和平了。我花了一點時間綁好頭髮，又換了件乾淨襯衫。雖然迅風百般不情願，我還是拿起梳子幫他梳頭，同時懊惱地發現這少年的頭髮處處打結。「你得每天梳頭才行，難道你父親沒叮嚀你嗎？看看你自己，你的頭髮活像小馬的冬毛。」

他狠狠地瞪了我一眼。「他用的就是這幾個字，一模一樣！」迅風叫道。我知道我說溜了嘴，但我找了個理由搪塞過去。「年輕人，這是我們六大公國的俗語，講這話的人可多了。讓我瞧瞧，嗯，你這樣過得去了。多洗洗臉，也不至於刮了你的皮呀，不過我們現在沒那麼多時間洗臉了。走吧。」

我們走出去，將謎語一人留在桌邊時，我突然開始有點同情他。

10

貴主

外島的婚姻習俗是這樣的：婚姻的長短，全看女人願不願意受到男人的羈絆。這裡不是男人選擇女人，而是女人選擇男人，雖說男人可以追求自己心儀的對象，並致贈禮物，或是將勝利的戰役獻給女子以便示好。外島女子若接受男子求愛，也不表示她會就此與對方廝守，只表示她可能會邀請對方同床共枕。男女之間的情意可能會維持一週，也可能維持一年，或者一生不變，這完全要看女人的意向來決定。屋簷下的一切皆屬於女人所有，而從女人母屋的土地上生產出來的一切，也屬於女人所有；女人所生的兒女，屬於女人所屬的氏族，通常是由女人的兄弟、舅舅，而非孩子的父親教養長大。男人儘管能住在女人的土地上，或是女人的母屋裡，但是男人的勞力乃聽由女人使喚。總而言之，筆者一直覺得很困惑，爲何男人願意屈從於女人之下，不過外島人也同樣地對我們的習俗感到困惑，有時會對筆者問道：「爲什麼你們的女人願意拋下自家豐饒的財富，去變成男人家裡的僕人？」

——費德倫文書所著之《蠻夷之旅記趣》

獨角鯨族的母屋既是碉堡也是住家，是威思林鎮上最古老的建築物。母屋周圍那道圍住主屋和花園的結實石牆，就是第一道防線；守軍就算被敵人打退，仍可退守母屋。石牆和木料上有些燒灼的痕跡，可見得母屋甚至還被人用火攻過。地面這一層全無任何縫隙，二樓有幾個射箭的箭孔，直到三樓才有眞正的窗戶，但即使如此，窗上用的護窗板仍結實得足以擋住弓箭飛石。這種建築物畢竟跟我們傳統的城堡不同，因爲這種要塞既沒有地方安頓牛羊，也沒有大到讓整個村子裡的人都進來避居的處所，更無法貯藏大量飲水與糧食。據我猜測，這種要塞所能因應的並非大規模的圍城之戰，而是在潮水一次起落之間就要進攻完畢並退兵的敵軍。由此又可看出外島人與我們的行事作風及想法有多麼大的差異。

兩個戴著獨角鯨徽章的年輕人向我們點點頭，讓我們進去。一進母屋的牆裡，便踏上一條用碎貝殼和海邊的碎石鋪成的路；這路不但是乳白色的，還閃閃發光。母屋的主屋大門上刻著獨角鯨，門戶大開，寬得足夠三個大男人並肩同行。進門之後，除了幾枝火把之外，便是一片黑暗，感覺上像是踏進了洞穴。

我們在門口停了一下，好讓眼睛能夠適應。母屋裡的空氣充滿了有人久居的味道，包括食物的氣味、燉肉、燻肉味和潑灑出來的酒味，以及鞣製獸皮和人們聚集的氣味。說起來這樣的味道應該很臭，但實際上不然，反而有家的味道，令人想起安全與家人。

入口一進來，緊接著就是一間除了柱子之外便毫無阻隔的闊朗大廳，大廳裡有三個火爐，每個火爐上都在烹煮食物；石板地上鋪著新鮮的乾草，牆邊擺著一列列長凳，牆上做了架子。長凳寬且低矮，從附近有捲起來的獸皮被褥來看，長凳在白天用做爲桌子和椅子，晚上就變成床了；架子高而淺，放著食物和個人用品。雖然許多柱子上都掛著燭台，點著不太亮的蠟燭，但房裡的光線主要還是來自於火爐。遠處左手邊的角落裡有道寬廣的樓梯通往幽暗的二樓，放眼所見，那道樓梯是唯一通往樓上的通道。這樣的設計頗為合理：即使敵軍占據了母屋的一樓，但是樓上的人只要守得住這道樓梯，敵軍就得為更上一層樓而付出重大代價。

大廳裡有很多人，各個年紀都有，散布在各處，像是在等待什麼。我們現在才來顯然是晚了。房裡最大的火爐位於這個狹長房間的盡頭，而晉責王子就在那個火爐旁等待。他身後是切德與原智小組，更後面則是排成三列的王子衛隊。獨角鯨族人讓出路來，讓我們各自就定位。羅網與迅風走上前去跟吟遊歌者扇貝，以及儒雅和他的貓站在一起，我則在衛隊前列的最旁邊站定。

艾莉安娜不在場。隔著大火爐的另外那一邊大多都是獨角鯨族的女人，唯一的壯年男子是皮奧崔，此外還有幾位老爺爺、四名與貴主年紀差不多的少年，以及六、七個年紀小到攀在媽媽裙邊的小男孩。紅船之戰對獨角鯨族的打擊真的這麼大嗎？

野豬氏族的戰士也在，但是他們聚成一圈，沒有跟別人廝混。看這樣子，不管接下來要發生什麼狀況，他們都顯然只是目睹，而非參與。除了他們之外，大廳裡擁擠的人群絕大多數都是獨角鯨族人，這從他們的珠寶、服飾與刺青就可以看得出來。唯一例外的是那些與女人出雙入對的男人，我猜他們大概是與獨角鯨族的女人結婚，或者是同居的外族男子；就我所見，有來自大熊族的、海獺族的，還有一個是老鷹族的。

在場的女子打扮花樣百出，而且人人如此；就算沒有穿金戴銀、佩戴珠寶，也會戴著一身的貝殼、羽毛與種子的裝飾。每個人的頭髮都巧妙地盤了起來，有個女人還將頭髮盤高，一下子增加了不少高度。公鹿堡的女子講究的是一身打扮要表現出協調與柔美，但這裡可不同了，人人各有其獨特的風格。她們那些或是以珠子縫出圖案，或是強調繡花，或是顯出編織之美的各色服飾，若說有什麼一致性，那只能說她們所用的色澤都很豔麗，且都以獨角鯨為主題加以變化。

據我推測，大火爐邊這一圈人大概是貴主的親戚，站得越靠近火爐的，跟貴主的關係越接近，當中多數是女人。所有的獨角鯨族女子都很專注，近乎熱切，整個大廳漫著一股緊繃的氣氛。我開始納悶，不知道哪個人是貴主的母親，以及我們在等什麼。

全場幾乎寂靜無聲。接著四名獨角鯨族男子從樓上下來，將一名皺巴巴的老婦人抬入大廳裡。老婦人坐在一張以扭曲發亮的楊木所製，上面鋪著熊皮的椅子裡，她那稀疏的白髮編爲辮子，有如王冠一般地盤在頭頂；她的眼睛黑且亮，穿著一件紅色的袍子，袍子各處縫著一顆顆獨角鯨形的象牙鈕釦。那些男子將老婦連人帶椅地抬入大廳之後，並不是將椅子放在地上，而是放在厚重的桌子上。這一來，老婦人不用起身也看得到屋子裡的人。她嘟囔了一聲，坐挺起來，望著聚集在此的人群。她以粉紅色的舌頭舔了舔起皺的嘴唇，瘦削的腳上套著厚厚的獸皮平底鞋。

「唔，大家都在嘛！」老婦人宣布道。

她說的是外島語，聲音很大，那是因爲年紀大、耳朵背的人，通常講話會特別大聲。她似乎並不在意這個場合有多麼正式，也不像其他女人那麼緊張。

接著獨角鯨氏族的上母以瘦骨嶙峋的手抓著扭曲楊木製成的扶手，傾身向前。「那就叫他出來啊。是誰想追求我們獨角鯨氏族的貴主艾莉安娜？到底是哪個戰士這麼大膽，竟敢請衆母親答應讓他與我們的女兒上床？」

我敢說，事前一定沒有人警告晉責他可能會聽到這樣的字眼。他應聲而踏上前一步，但是臉紅得像甜菜根。他對老婦人行了個戰士禮，清朗地以外島語宣布道：「我前來求見獨角鯨族的衆位母親，希望能將獨角鯨族的血脈，與我的血脈結合在一起。」

老婦人瞪著他看了一會兒，接著轉過頭，怒視著抬椅子的其中一名年輕人。「怎麼會有個六大公國的奴隸站在這裡?這人是誰送來的禮物?還有,爲什麼他在說我們的話,還說得這麼差勁?他若膽敢再講,就把他的舌頭割下來!」

頓時全場鴉雀無聲,只是後頭突然有個人大笑起來,但立刻就被人制止了。晉責保持沉著,並不親自對氣呼呼的上母解釋自己的身分,這點倒是很高明。貴主近親之中有個女子走到上母身邊,踮起腳尖,焦急且低聲地對上母講了一番話,不過上母不耐煩地揮手叫她走開。

「吱吱喳喳地說什麼呀,艾梅妲?妳明知道妳這樣呼呼噓噓地講話,我根本就聽不見嘛!皮奧崔呢?」她像是在找一隻不知掉落何方的鞋子似的四面張望,她一看到他,便揚起眉毛。「他在那裡呀!他說的話我聽得最清楚,這妳難道不知道?你這懶散的無賴,還不滾過來,跟我解釋解釋這是怎麼回事!」

要不是皮奧崔的臉色十分憂慮,否則說眞的,看到那位老婦人像使喚孩子般地差遣那個飽經風霜的戰士,還眞令人感到親切又幽默。皮奧崔大步走到老婦人面前,單膝跪下,接著又站起來。老婦人伸出一手放在他的肩膀上。「這是怎麼回事?」

「奧美崔。」皮奧崔輕輕地說道。據我猜測,由於他的聲音低沉,所以可能比那女子尖銳的嗓音更容易讓老婦人聽得清楚。「這都是爲了奧美崔,記得嗎?」

「奧美崔。」老婦人一說出這個名字,眼裡立刻湧出淚水。她四下張望。「還有珂希呢?小珂希也回來了吧?叫她過來讓我看看呀。我的小珂希,可終於回來了。」

「不。」皮奧崔簡短地說道。「奧美崔和珂希都不在。就是因爲她們不在,今天才會這樣安排,記不記得?今天早上我們在花園裡散步的時候談過的,記不記得?」皮奧崔一邊說,一邊點頭鼓勵她。

老婦人望著皮奧崔,也跟著他點起頭來,接著突然停住,搖搖頭低聲說道:「不記得了。我記得我們說著薺菜花已經開完了，還有今天的梅子可能會酸酸的……別的就記不得了。皮奧崔，那件事有什麼重要的嗎？」

「有，上母，那件事很重要，重要得很呢。」

她露出困惑的神情，突然生起氣來。「重要，重要，重要！男人說什麼這很重要，但是男人懂什麼？」她那尖銳粗嗄的蒼老聲音因爲生氣加上要揶揄對方而大聲起來，她的手在大腿上一拍，以示輕蔑。「男人就知道要上床和歃血，就知道這兩件事情重要！男人哪知道羊毛怎麼剪，莊稼怎麼照顧，哪知道過冬要準備幾簍鹹魚、幾桶肥油？重要？哼，果眞重要，就讓奧美崔去處置吧。如今的『主母』可是奧美崔了，所以我應該可以好好休息。」她放開皮奧崔的肩膀，緊抓住椅子的扶手。「我需要休息！」她可憐兮兮地抱怨道。

「上母，您說得一點也沒錯，您的確需要多休息。我們現在就送您回房，這裡的事就放心交給我來處理吧。」艾莉安娜從幽暗的樓梯口冒出來。她匆匆地朝我們走來，頭髮有一半用許多細小的星星夾子夾了起來，其餘的則披散在肩上。看那情況，這髮型倒不是刻意爲之。有兩名年輕女子緊跟在她身後，從二樓追了下來，然後便驚慌地停下腳步，彼此低聲地商量起來。據我猜測，這兩個女子原本是在幫貴主弄頭髮，可是做到一半，貴主聽到上母提高了音量，便擺脫她們，衝下樓來。

人們紛紛退開，讓她走過來。我幾乎不認得她的身形，倒是那神態舉止仍與之前所見無二。從我上次見到她至今已過數月，而她跟晉責一樣，在這幾個月之間都抽高不少。她臉上孩童般胖呼呼的模樣已經消退，取而代之的是成年女子的輪廓。她穿過眾女性親戚朝我們走過來時，六大公國的男子個個都看得愣住了，而我也不例外。她的衣裳裹住了肩膀，卻讓她驕傲地露出翹起的胸部。她是撫摸了乳頭，好讓乳頭高挺起來嗎？我想著想著，就發現自己有了生理反應。我趕快定一定神，對晉責斥道：控制好你的思緒。他一定聽到我技傳過去的話，但他還是動也不動，照樣緊盯著貴主裸露的胸膛直看，彷彿他這輩子從沒看過女人的裸胸似的——事實上，他可能眞的沒看過。

貴主既沒瞧他一眼，也不因爲他看得目瞪口呆而斜睨一下，只是直接走到上母身前。「這就交給我來吧，皮奧崔。」她以開始帶有女人味的聲音說道，接著，她對抬椅子的那幾個男人吩咐：「你們都聽到上母說她要休息了，我們感謝上母今晚大駕光臨，並希望她安適好眠、精神健朗。」

那幾名男子應和著貴主對上母的祝福，喃喃地答了幾句話，便抬起上母的椅子朝二樓而去。貴主沉默且挺直地站著，轉過身去望著上母的背影，直到她消失在樓梯間的暗影中，才深深地吸了一口氣。此時晉責正怔怔地望著貴主的後頸。由於頭髮盤起，她優雅的頸線露了出來。我心裡尋思道，這衣裳眞是裁剪得當，她背後的刺青都恰好藏在衣服底下，一點也沒有露出來。一聽到貴主深呼吸，那少年像是大夢初醒，突然猛盯著皮奧崔的腳，彷彿一下子對那老戰士的腳產生了莫大的興趣。皮奧崔則毫不客氣地瞪著晉責，好像晉責是條沒規矩的狗，他若是不看緊一點，桌上的肉就會被這條狗叼走。

貴主站挺，轉過身面對我們，以目光掃過了在場衆人。她的頭飾是獨角鯨的角所製，但我實在想不出他們是用了什麼辦法讓那件頭飾放出藍色的光澤；頭飾周圍的星形夾子閃閃發光，而我直到此時，只能篤定深信晉責在寶藏海灘上撿到的那個墜子，的確是預兆了今日的情景。雖說我仍不知道這背後有什麼涵義，也沒時間多想。

不知怎地，貴主竟還笑得出來，她略帶狡黠地輕笑了兩聲，聳聳肩。「我都忘了現在該說什麼了。誰來代表『主母』，好讓我們進行下去？」別人還來不及回應她的要求，她的目光就望了過來，與晉責四目相對。之前晉責的臉就漲得通紅，此時更是紅得發燙，但貴主不理會他的羞澀，平靜地說道：「你知道嗎，今晚我們的兩個傳統儀式都湊在一起了。今天碰巧是我要以『流血女人』的身分，與族人相見的日子，而你正好又是今天來到母屋，要求與我結爲伴侶。」

晉責的嘴唇蠕動了一下，據接下來的結果推測，大概是在無聲地喃喃重複「流血女人」這幾個字。

貴主大笑起來，不過方才的輕快氣氛已經不見，現在她的笑聲有如冰塊碎裂般清脆冰冷。「難道說，你們的人都不爲這個舉行儀式嗎？你們的男孩子難道不需要將自己的血染在寶劍上，才能成爲男人？男孩子總要展現他有能力殺戮，才能眞正成爲男人啊。不過，女孩變成大人的時候，是用不著寶劍的，因爲艾達神讓女孩開始流血，並就此讓她變成眞正的女人。男人要用劍才能流血，但是女人的血肉本來就會流出血來。」艾莉安娜說著，將未戴任何戒指的手貼在平坦的小腹上。「我已經流了身爲女人的第一次血，所以已能夠孕育生命。如今我與各位相見之時，已經是個完整的女人了。」

衆人紛紛嗡嗡地應道：「歡迎妳，艾莉安娜，妳是獨角鯨族的女人了。」據我看來，此時她又回到她未竟的儀式中，衆人也皆依循傳統的方式應對。皮奧崔退回族人之間，所有獨角鯨族的女人都走上前將艾莉安娜團團圍住，正式地祝賀她成爲大人。一群頭髮鬆鬆地披在肩上的女孩聚在一起，瞪大了眼睛望著她；其中一名個子特別高且近乎成年的女孩指著晉責，對同伴們講了幾句讚許的話，於是女孩們便咯咯地笑起來，靠到她身邊去，又是喃喃低語，又是點頭碰肘地談論起來。這些女孩大概都是艾莉安娜的玩伴兼朋友，只是如今她已經脫離她們這一群，晉升爲女人了。不過，從艾莉安娜如此收放自如地控制情況看來，她大概早就以女人之姿周旋於族人之間，而今天的儀式，只不過是正式地肯定她的身體已經追趕上她的精神態度。

所有女人都祝賀了艾莉安娜之後，她又走回火爐的火光之中。祝賀與招呼聲止歇，一室人衆安靜下來。一時之間，衆人顯得有點尷尬。皮奧崔擺了幾個姿勢，強迫自己直直地站好。晉責站在原地，看來對他而言，這幾分鐘可能像是好幾個小時那麼長。

最後，方才跟上母輕聲講話的女子走上前來。她的臉上有些羞紅，顯然是覺得自己越權了，但是除了她之外，也沒有別人出面代表。她清清喉嚨，不過開口的時候，聲音還是有些顫抖：「我是艾梅妲，獨角鯨族的母親之女。我是貴主的表姊，比她大六歲。雖然我人微言輕，不過今天我代表上母發言。」

她頓了一下，似乎是要讓別人有機會駁斥她無權擔此重任。在場有不少年紀比她大的女子，無人開口，倒是有好些人輕輕地點頭鼓勵她。大部分的人都露出痛心的表情。艾梅妲深吸了一口氣，顯然是爲了要讓自己定定神，她接口道：

「我們今天之所以在母屋聚會，是因爲有個外族的男人來到我們這裡，請求讓他的血脈與我們的血脈結合在一起。他所求的不是別人，正是我們的貴主艾莉安娜。此事非同小可，因爲將來艾莉安娜貴主的女兒也會成爲貴主，進而成爲我們大家的主母和上母。戰士，你站上前來。你是什麼人，竟敢追求我們獨角鯨族的貴主？哪個戰士膽敢前來尋求衆母親的許可，以便與我們的女兒上床，讓我們的女兒生出女兒，將來成爲獨角鯨族的母親，快站出來！」

晉責急促地吸了一口氣。其實以他平時的水準而言，現在應該不會那麼緊張才對。不過這也不能怪他，大家都感覺得出今晚的場面不對勁，而且不只是因爲我們這些外國人打斷了外島人的傳統儀式。我感覺得出人們正傾盡全力彌補鴻溝，藉著退回傳統以便化解悲劇，但我們已經沒有小心行事的空間，因爲晉責已經以穩定的聲音宣布道：「是我。我想讓獨角鯨族的貴主，成爲我兒女的母親。」

「那麼，你要如何供養她，以及她所孕育的兒女？你想將你的血脈與我們的結合在一起，那你對獨角鯨氏族能做何貢獻？」

此語一出，我們便踩上堅實的土地了。切德已經爲此做好萬全準備。謎語*用手肘碰碰我，於是我與衆侍衛整齊劃一地退到旁邊。我們後面有一堆用帆布蓋住的東西，此時長芯隊長揭開了帆布，接著每個侍衛各捧了一樣東西送到前面，而切德則一一報出禮物的內容。呈送聘禮的時候，晉責沉默且驕傲地站著。這也難怪，禮物十分豐盛。

我們從處女希望號改搭野豬號來此之時，匆促地將一部分聘禮搬了過來，包括一箱箱產自修克斯公國的白蘭地、一大捆來自於群山王國的貂皮、提爾司公國所產的彩色玻璃珠簾、珂翠肯親手打造的銀耳環、畢恩斯公國所產的棉布、亞麻和精細的毛料等，至於其他禮物，就只是唸過去，必須等下一趟船運來。光是把禮單唸完就花了不少時間，三名熟練的鐵匠以三年時間籌製的各項器具、六大公國血統最好的公牛一頭、母牛十二頭、六對拉車的去勢公牛，以及六對拉車騎乘用的馬、一群獵犬和兩隻訓練給女士狩獵之用的灰背隼。除此之外，切德代替晉責王子唸出的禮物之中，有的還只是夢想，像是六大公國與外島之間通商並且維持和平、在外島漁獲收成不好的時候致贈糧食，以及讓外島人自由到所有六大公國港口貿易。這個禮單極長，不待切德一一唸完，我這一天的疲憊就席捲而上了。

不過，當他唸完，艾梅妲開口說話的時候，所有疲倦感都消散得無影無蹤。艾梅妲對衆人說道：「這些都是貢獻給我們獨角鯨族的禮物。各位母親、女兒、姊妹們意下如何？這個對象，有沒有人反對？」

艾梅妲說完之後，室內一片寂靜，這顯然是意味著大家都贊成，因為她接著便嚴肅地點了點頭。她轉過身對艾莉安娜問道：「我的表妹，獨角鯨族的女人，貴主艾莉安娜，妳意下如何？妳可想要這個男人？妳可願意接受他？」

*前面作者提到謎語替蜚滋看顧阿憨，此刻卻又提到謎語，應是筆誤。

那瘦削的年輕女子踏上前時，皮奧崔緊張得脖子上的肌肉都緊繃起來。晉責伸出一手，手掌朝上，艾莉安娜站到他身邊，將手放在他的手上，兩人肩並肩地站著。接著她轉頭望著晉責，兩人四目相對，於是那年輕人的臉再度羞紅起來。「我會接受他。」艾莉安娜嚴肅地說道。我注意到她並不回答她到底想不想要晉責。接著她吸了一口氣，更大聲地說道：「我會接受他，而他會跟我上床，讓我生出我們獨角鯨族母屋的女兒。前提是，他得先將冰華的龍頭放在這個火爐前，才能稱我爲妻子。」

皮奧崔的眼睛緊閉了一下，又趕快睜開，他強迫自己望著甥女開出高價將自己賣了出去。他的肩膀動了一下，也許是因爲他幾乎要哭出來，卻又強忍住。艾梅姐伸出一手，有個人將一條細長的皮帶遞給她。她踏上前，一邊說話，一邊用皮帶將晉責和艾莉安娜的手腕綁在一起，打了個結。

「就此言定，以結爲證。晉責，只要艾莉安娜接納你，就別與其他女子上床，不然其他女子難逃艾莉安娜一刀。艾莉安娜，只要他能討得妳歡心，就別與其他男子上床，不然其他男子難逃與晉責決鬥的命運。現在，爲祈求將來艾達神讓你們有孩子，快將你們的血混合在一起，印在母屋的爐前石上，獻給艾達神。」

我實在不想看這個場面，但我還是看了。艾梅姐先將刀子交給晉責。他在上臂劃了一道傷口，讓血液奔流出來，期間不曾顯露出任何痛苦。他擠著傷口，讓血液順手流下，流過了皮帶，滴落在他的手掌裡。艾莉安娜也照著做了，她的表情非常嚴肅，甚至有點麻木，彷彿此舉已經遠超過蒙羞所能形容，丟臉到一切都提不起勁來了。等到兩人手掌都積了小量血液之後，艾梅姐便引導兩人的手合在一起，然後他們跪了下來，各自在爐前石上留下一個混了兩人血液的掌印。接著兩人轉過身面對群衆，艾梅姐則將綁住他們手腕的皮帶解了下來，交給晉責。晉責嚴肅地接下皮帶。艾梅姐轉到他們兩人身後，一手放在艾莉安娜、一手放在晉責的肩上，宣布道——我想她是盡量以喜慶的口吻說話，但聽起來仍覺得她的語氣很平淡：「以此爲誓，這兩人從此結合在一起，受誓言之約束。各位族人，請祝賀他們。」在場衆人紛紛道賀，但是看這情況，並不像見證了一對親愛情侶的幸福結合，反倒像是他們對這兩人的英勇行爲大爲讚許。艾莉安娜在族人的讚許聲中低下了頭，我想，就某種角度而言，她也是族人的犧牲獻祭，只是我還看不出這到底是什麼道理。

我已經結婚了？晉責混雜著驚訝、失望與憤慨的精技思緒朝我襲來。

要等你砍下冰華的頭才算。我對他警告道。

要等你在公鹿堡舉行眞正的婚禮之後才算。切德勸慰道。

王子看來茫然。

大廳突然動了起來。人們抬進一張張大桌板，布置了各色食物；好些外島的吟遊歌者在伴奏之下唱起歌來，他們果然按照外島的傳統，竭盡其力地將他們唱出來的字拉長、扭曲，所以我幾乎聽不出他們在唱什麼。我注意到有兩個外島的吟遊歌者朝扇貝走去，並邀請他到吟遊歌者聚集的角落去。他們似乎是眞誠地歡迎扇貝。姑且不論出身背景，嫻熟音樂之人總是彼此惺惺相惜，對此，我又再度有了深刻的體會。

晉責把艾莉安娜對他說的話技傳給我：「現在你一定得拉著我的手，跟著我一起走，因爲我要帶你去見見我的表姊、堂姊們。你要記住，她們是我的長輩。雖然我是貴主，但我對長輩是一定要尊重的，所以你也得尊重長輩。」艾莉安娜講這些話，好像在教小孩子。

「我會盡量不讓妳蒙羞。」晉責有點僵硬地說道。他講這話不大得體，但是這又不能完全怪他。

「那你就面帶微笑，而且要保持安靜，戰士們若是到了自己氏族之外的母屋皆是如此。」她反擊道，接著便拉起晉責的手。她明白地讓大家都看得出是她在牽著晉責。我心裡想，這倒滿像是用鼻環牽著一頭得獎的公牛。那些女人並未上前看看晉責，而是由艾莉安娜帶著他去拜訪一團又一團的女人。晉責對每一團女人行外島人所接受的戰士禮——也就是說，他不但鞠躬，同時伸出如今染著血的右手、手腕向上。女人們對晉責微笑，同時對貴主稱讚她的好對象。依我看來，換作是別人的婚禮，或者氣氛如果輕鬆一點，那麼這些女人們會揶揄一番，甚至調笑艾莉安娜。但是今天這個婚禮不同，對象又是晉責，所以她們的評論就比較保守，並且顧全禮數。不過這一來，正式宣示的緊繃氣氛不但沒有紓解，反而延長下去。

既然其他的戰士都已經自由走動、享受盛宴，於是切德也叫我們解散。不過我穿過人潮的時候，他特別對我叮嚀：多聽多看，別閒著了。

一直都是如此。我答道。其實他用不著提醒我盯著王子，畢竟，除非我搞清楚他們背後在搞什麼鬼，否則我實在無從得知誰有意傷他，或是會如何下手。因此我雖在婚宴上走動，但總是跟王子若即若離，並隨時跟他保持微弱的精技接觸。

這種聚會跟公鹿堡的慶典大不相同。這個婚宴上並未根據賓客的品級或品味安排固定的座位，而是將餐點排開，讓賓客自由拿取，然後一邊吃，一邊四處遊走。火爐附近的地坑裡燒著火，讓烤羊肉保持熱度，還有一個個大托盤上裝著一隻隻全雞。我從一大盤燻燭魚中取了幾條試吃，發現這魚酥脆，調味恰到好處，吃來齒頰留香。外島麵包比較黑，沒有發酵，是用很大的圓盤下去烤的，要吃的時候就用手掰下一片，在麵包上堆些切好且調味了的泡菜一起吃，或是沾著魚油和鹽食用。就我個人的感覺，所有食物的口味都太重了，十之八九，不是醃的，就是燻製或鹽漬，只有羊肉和雞肉是新鮮的，但就算是這二者也裹著海草調味。

吃吃喝喝、聊天唱歌、喧鬧賭博等活動均同時進行，眾人的吼聲大得震耳欲聾。過了一陣子，我開始觀察到一個變化：年輕的獨角鯨族女子開始纏上男性，不只我們衛隊的人，連儒雅與扇貝亦受到青睞。我看到幾個衛隊的同僚傻笑著，任由女伴牽著他們走到外面，或是消失在黑暗的樓梯中。

她們是故意要將晉責的衛隊誘開嗎？我焦急地對切德技傳道。

在外島，這種事情完全要看女人的臉色。他答道。她們並沒有守貞的習俗。我們早就告誡侍衛要多加小心，但無須冷淡。在她們眼裡，王子的戰士和同伴今晚都是可以上床的對象，不過這一定得是女性先邀約才行；如果女性沒有先表示有意，男性就霸王硬上弓，那就犯了大忌。不知你是否注意到，總之我現在點醒你吧：這裡本來就缺乏成年男子，就這裡有這麼多女人來看，只有這些孩童仍算是太少。這裡的人都說，若是在婚禮這一晚填滿空虛的子宮，那麼生下來的必是個幸運的孩兒。

這種事情怎麼沒有人先告訴我？

難道你介意嗎？

經過一番鬼鬼祟祟的偷窺之後，我終於找到我的老導師。他坐在晚上當床的長凳上，一邊啃雞腿，一邊跟年紀只有他一半大的女人聊天。我一瞥，發現儒雅和他的貓消逝在樓梯中，拉著儒雅的那個女子至少比他大上五歲，但是儒雅毫不遲疑。迅風不見人影，不過此時我沒時間多想，也無須擔心他的去向，畢竟他年紀還太小，不可能被這些作風大膽的女人看上眼。就在這時候，我發現晉責人在門口，就要走出母屋，貴主那一群咯咯笑著的少女朋友們則將他團團圍住。艾莉安娜看來不太高興，不過她還是拉著晉責的手，牽著他走出去。

我想跟上去，但這可不大容易，因爲有一名捧著一大盤甜點的女人橫身擋在門口與我之間。她除了要請我吃這些黏呼呼的蜜餞之外，還別有用心，不過我裝作遲鈍得看不出，且不在乎她的意圖，只是故做粗野貪婪地抓了一大把，塞了一嘴。不知怎地，這個動作倒使她大爲受用，立即放下托盤，跟著我走。我走到門口時，她還跟在我旁邊。「解手的地方在哪裡？」我對她問道，但是她聽不懂六大公國語，於是我比手畫腳地問她。她的表情很困惑，不過還是朝外面的一處低矮房子一指，然後就往屋子裡走了。我一邊朝廁所走去，一邊東張西望地找晉責。庭園裡有好幾對進展到不同程度的情侶，有兩個男孩提著水桶走回母屋。但是晉責在哪裡呢？

我終於找到他了。艾莉安娜坐在蘋果樹叢附近隆起的草地上，晉責就坐在她身邊。其他女孩圍成一圈，將他們兩人包圍起來。從她們沒有盤起的頭髮可以得知她們尚未成年。據我看來，她們的年紀約在十到十五歲之間。無疑地，她們是艾莉安娜多年的玩伴，只是從今晚開始，艾莉安娜就把同伴們拋在後頭，因爲她已經晉升爲女人了。

沒那麼簡單。晉責悶悶地告訴我。她們已經把我掂斤估兩了一番，好像我是從市集裡便宜買來的馬。「如果他是戰士的話，爲什麼沒有疤痕？」「他難道是氏族之外的棄兒嗎？爲什麼他臉上沒有氏族的刺青？」除此之外，她們還調戲艾莉安娜，其中有一個叫做萊絲拉的，咄咄逼人，眞是惹不得呀。她是艾莉安娜的表姊，現在正在嘲笑艾莉安娜，說就算她是個女人，有婚約的名義，但是她敢說艾莉安娜不曾親吻過。萊絲拉聲稱雖然她還沒流血過，但已經被人徹底地吻過好幾次。蜚滋，這裡的女人怎麼一點也不知道羞恥與含蓄爲何物？

我直覺認爲這件事情沒這麼單純。晉責，她們在把艾莉安娜逼出去。往後她再也不是她們的一份子了，所以今晚她們會啄她一頓，將她嘲笑得一無是處。這種場面無論如何都會發生的，說不定還會被視爲她成人儀式的一部分。我很不必要地補上一句：小心點，配合她一些，免得不明究裡地讓她蒙羞了。

我根本就不知道她要我怎麼配合。晉責無奈地答道。她斜眼瞪我，但同時又把我的手抓得很緊，像在抓住激流裡的救生索。

他的思緒傳入我腦海裡，清楚得彷彿我就坐在他身邊。譏笑艾莉安娜的那個女孩身材較高，年紀也可能比較大。我知道光憑女人的年紀不足以判斷她們初經的時間。說眞的，要不是她的頭髮披在肩上，否則我會認爲她已經成年。萊絲拉輕佻地對艾莉安娜刺激道：「原來如此。妳先拘束住他，這一來，除了妳之外，別人就不能擁有他，可是妳自己卻連吻他都不敢！」

「也許那是因爲我還不想吻他。或者是因爲我想等到他證明他配得上我之後再說。」

萊絲拉搖了搖頭，她的頭髮上繫著小鈴鐺，以至於那番尖酸諷刺的話中還配著鈴鐺的響聲。「才不呢，艾莉安娜。妳這個人我們是知道的。從小妳就是我們之中最膽小、最沒骨氣的，我敢說妳就算成爲女人，也還是那個樣子。妳不敢吻他，而他又懦弱到不敢強迫妳。他只是僞裝成男人，但其實他根本就是個嘴上無毛的男孩子。是不是呀，『王子』？你跟艾莉安娜一樣膽小嘛。不然，就由我來教你怎麼把膽子放大好了。瞧，他根本連艾莉安娜的胸部都不看一眼！是不是因爲她的胸部太小，他看不見哪？」

晉責的處境眞是尷尬，不過我也不知道該勸他什麼。我在果園邊界的圍石上坐了下來，然後像喝了太多酒，想要把酒意發散掉的人那樣拚命地用手摩臉。我希望人們會以爲我是喝醉了而不理會我。我並不想目睹晉責陷於這個進退兩難的局面，但我又不敢丟下他不管。我垂下肩膀，仰著頭，彷彿在眺望遠方，但事實上是在以眼角觀察他們的動靜。

晉責僵硬地答道：「也許是因爲我很尊重貴主，所以她沒給的，我也不會硬拿。」我感覺得出他在說這句話的時候，特別以鋼鐵般的意志管住自己，以免眼神飄向艾莉安娜的胸脯；其實他時時刻刻都感覺到她那靠得很近、裸露且溫暖的胸脯，同時已經幾乎快要無法自制。

艾莉安娜的頭撇到一旁，所以晉責沒看到她的表情，而看來她對晉責的答案並不滿意。

「但是你並不尊重我，對不對？」那小蕩婦故意刺激晉責。

「對。」晉責簡短地說道。「恐怕妳並不值得尊重。」

「那就對了。既然如此，你就跟我接吻，讓我看看你有沒有膽量吧！」萊絲拉意志高昂地對晉責命令道。「若是艾莉安娜錯過什麼好的，我自會在你吻過之後，跟她說個明白。」接著，她像是要硬逼晉責行動似的，不但突然把臉湊到他面前，同時還狡猾地伸出一手，抓住他的胯下。晉責又氣又怒地叫了一聲，猛然站了起來，而萊絲拉則頑皮地叫道：「原來不只是等著接吻而已呢，艾莉安娜，妳看看呀，還有一支一人大軍撐起了帳篷等著妳呢！妳都已經遭人圍攻了，還能撐上多久？」

「萊絲拉，妳住口！」艾莉安娜怒道。她也已經站了起來，氣得滿臉通紅。她並未望著晉責，而是怒視著她的敵人，由於憤怒之故，她的胸部起伏劇烈。

「我何必？既然妳不想跟他做一點有意思的事情，那我爲何不能將他納爲己有？其實他本來就應該是我的人，這就跟我本來該是貴主是一樣的道理。啊，反正哪，等他將妳帶回他的母屋，而妳變成他母屋裡的下等女人之後，我就變成貴主了。」

好幾個女孩聽得驚訝地倒抽了一口氣，但是艾莉安娜非但不驚慌，反而更憤怒了。

「萊絲拉，妳這人滿口謊話，老是不改！當年有兩個產婆，而那兩人都證實，妳曾祖母的確是雙胞胎之中的妹妹。」

「艾莉安娜，許多人都說，第一個生出來的不見得就是姊姊。妳曾祖母從小就體弱多病，我曾祖母卻健康強壯，所以，妳的曾祖母根本無權繼任貴主，而她的女兒、孫女也無權繼位，妳也不例外！」

「體弱多病？是喲！若是體弱多病，她怎能活到今天並成爲上母！萊絲拉，妳若是不收回這連篇謊話，我就要讓妳把謊話吞入肚子裡！」艾莉安娜以銳利且威脅的語氣說道。她的講話聲傳得很遠，不只是我，院中眾人都轉過頭來看著這場女人之間的爭執。此時晉責踏上前，張開口打算要說話，但是艾莉安娜伸出手平放在他胸前，將他推了回去。此時年輕女孩們站成一圈，圍住這兩個即將打起來的對手，同時也將晉責阻隔在圈子之外。他朝我望來，似乎在向我求救。

我看是別介入的好，艾莉安娜的動作很明白，她就是不要你插手。

我希望我的建議是對的。然而我正打算對切德技傳，問問他的意見時，皮奧崔出現了。我猜他先前大概是躲藏在建築物的牆角後，所以我才沒看見他，此時他大步地朝坐在矮牆上的我走過來，一派輕鬆地側倚在矮牆上。「他最好是置身事外。」皮奧崔悠閒地對我說道。

我轉過頭，故作矇矓地望著他。「你說誰？」

他針鋒相對地望著我。「你們王子呀。他最好是置身事外，讓艾莉安娜去擺平就好。那是女人家的事情，況且她並不歡迎他插手。你應該把這個意思傳達給他，如果能的話。」

皮奧崔說，你別插手，讓艾莉安娜去擺平就好。

什麼？晉責錯愕地追問道。

爲什麼皮奧崔找你講話？切德質問道。

我不知道！

然而我嘴上則對皮奧崔說道：「我只是王子手下的侍衛，大人，我不是王子的顧問。」

「你是他的保鑣。」皮奧崔快活地答道。「或者說，你是他的……那個詞，用你們的話是怎麼說的？『伴護』？就像我之於艾莉安娜。你做得不錯，但你又不是隱形人。我已經發現你在看著他了。」

「我是王子手下的侍衛，所以我本來就應該保衛他的安全。」我反駁道，故意講得模糊結巴。我方才出來的時候應該帶杯酒才是，我身上若是有濃厚的酒氣，就能騙他相信我眞的是醉了。

皮奧崔已經不看我，我也轉頭望著小土丘。我身後的母屋門口一陣喧譁，然後我便聽到人們陸續聚集過來的聲響。那兩個女孩已經扭打在一起，萊絲拉輕輕鬆鬆地便把艾莉安娜按在地上，即使我隔得很遠，仍能聽到躺在地上的艾莉安娜發出痛苦的喘息聲。皮奧崔失望地嘟囔一聲，就像看著手下的高材生與人對決的教練一般激動。萊絲拉撲到身材較小的艾莉安娜身上，但就在此時，艾莉安娜將雙膝收到胸前，狠狠地重踢對手的腰部。萊絲拉飛了出去，一個踉蹌，跌倒在地。艾莉安娜翻身爬起，也不顧一身精緻華服以及精心盤整的頭髮，便撲身壓在萊絲拉身上。皮奧崔的脖子與手臂的肌肉都繃緊起來，不過他一動也不動。我站了起來，以便看個清楚。其他來自公鹿堡的侍衛也站在我身後，跟我一樣伸長了脖子望著。從母屋裡出來的外島人對女人打架看得津津有味，但並不至於目不轉睛。很顯然地，對於他們而言，女人打成這樣並沒什麼好大驚小怪的。

艾莉安娜坐在萊絲拉的胸部上，用左右膝蓋壓住她的雙臂，牢牢地把那個子高大的女孩釘在地上。萊絲拉不斷踢腳、掙扎，但是艾莉安娜一把拉住她的頭髮，教她的頭不能動彈。艾莉安娜伸出另外一手，抓了一把土塞進萊絲拉的嘴裡，鬥志高昂地叫道：「就讓誠實的泥土洗去妳嘴裡的謊話！」晉責退了一步，驚訝得嘴巴大張。他深切地感覺到艾莉安娜的裸胸狂野地甩動，並因為喘氣而劇烈起伏。我感覺得出，他不但被這兩個女孩的粗野打鬥嚇到，同時也被自己的生理反應嚇到。圍觀的那一圈女孩則又叫又跳地鼓勵這兩個鬥士。

萊絲拉高聲尖叫，同時用力甩頭掙脫艾莉安娜的手，因此留下一把頭髮抓在艾莉安娜手上。艾莉安娜狠狠地打她一巴掌，按住她的喉嚨。「快稱我一聲貴主，要不然，妳就等死吧！」

「貴主！貴主！」那個年紀較大的女孩高聲叫道，然後便開始嚎啕大哭，然而與其說她是痛得哭出來，倒不如說是失望透頂，同時羞愧得無地自容。

艾莉安娜一手按住萊絲拉的臉，撐著讓自己站起身來。兩個女孩走上前想要扶起輸家，但是艾莉安娜對她們警告道：「不准動她！就讓她躺在那裡，她該慶幸我今天身上沒帶刀子。如今我是女人了，從今以後，再有人膽敢出言不遜，說我不是貴主，就等著跟我的刀子相見吧！還有，這個男人是我要的，從今以後，再有人膽敢碰他一下，也等著跟我的刀子說道理吧！」

我朝皮奧崔瞥了一眼。他笑得可開心了，嘴裡的每一顆牙齒都露了出來。艾莉安娜兩大步便走到晉責身前，晉責目瞪口呆地望著衣衫不整的新娘，接著艾莉安娜以如同我攀著馬鬃上馬的輕鬆姿態，抓住晉責的戰士馬尾，將他的頭拉到她面前，命令道：「你現在吻我。」

晉責在他們兩人嘴唇相貼的前一剎那切斷了他與我之間的精技感知。不過，無論是我，或是圍觀的任何男子，就算沒有精技，也感覺得出那一吻的熱度。艾莉安娜牢牢地以唇鎖住晉責的嘴，當晉責笨拙地伸手環住她，將她拉近時，她還故意貼上去，以她的裸胸摩著晉責的胸膛。之後她掙脫開來，晉責還在喘氣，她便直視著他，提醒他：「把冰華的頭放在我母親的火爐前，你才可以稱我爲妻子。」說完，她繼續依偎在他圈起的手臂之中，並轉頭對她舊時的玩伴宣布道：「妳們這些女孩，如果想繼續待在這裡玩，就待吧，但我可要帶我丈夫進去吃大餐了。」

接著她掙脫了晉責的手臂，並且再度牽起他的手，而晉責則溫馴地傻笑著跟隨她。萊絲拉坐起來，憤怒與羞愧交加地望著他們兩人的身影。艾莉安娜領著她的獎品穿過人群之時，許多女人喝采叫好，而男人則羨慕地咕噥作聲。我瞄了皮奧崔一眼。他似乎驚呆了，不過片刻後他便直視著我，頑固地說道：「她非這麼做不可。她之所以這樣做，是做給那些女孩們看的；她要讓那些女孩知道，如今她已經成爲女人，而這個男人是她的人，別人不得沾惹。」

「我想也是。」我淡淡地應和道，但這根本就是胡扯，我才不相信。依我看來，方才那一吻，可能超出他對於艾莉安娜和晉責的盤算，既然如此，我就更必須找出皮奧崔的眞正意圖爲何。

這晚上其餘的時間，就在吃吃喝喝、聽外島吟遊歌者唱歌之間度過，但是這些跟那一場精采的主權宣示實在不能比。我拿了塊肉餅和一杯啤酒，躲到安靜的角落去享用餐點，不過其實我是趁此將方才的事情技傳給切德。

他們倆個進展得太快，遠出乎我的意料之外。切德答道。不過我還是覺得這其中必有蹊蹺。艾莉安娜到底是想要晉責這個丈夫，抑或只不過想藉此對眾人明確宣示，晉責既是她的人，其他人就別想染指？還有，她是不是企圖以情慾來激起晉責爲她屠龍？

我覺得我說這些不免有點遲鈍，不過我還是說了：這是我第一次領悟到，如果艾莉安娜嫁給晉責，並搬到公鹿堡去，那麼在某些人眼中，這等於是她自動放棄了在家鄉的權力與地位。萊絲拉說，艾莉安娜會變成「晉責母屋裡的下等女人」，這是什麼意思？

切德不大願意回答，但他還是說了：這是他們這裡的俗語，所謂「別人母屋裡的下等女人」，指的是女人被外族劫走之後，沒有變成奴隸，而是被人收爲妻子；不過這種女人生的孩子不屬於任何氏族，因此備受歧視，有點像我們那裡的私生子。

既然如此，艾莉安娜爲什麼要答應這樁婚姻？爲什麼皮奧崔肯讓她嫁到外地？還有，如果艾莉安娜搬到公鹿堡之後就失去了貴主的身分，那麼我們還要促成這樁婚姻嗎？切德，這件事情我怎麼看都不合理。

這裡面不明朗的因素可多了，蜚滋。我感覺得到此事沒有表面上那麼單純。你眼睛睜大一點。

因此我密切地注意這個漫長夜晚的動靜。由於此地偏北，入夜之後，太陽仍遲遲不沉下，所以雖稱之爲夜晚，其實是個漫長的黃昏。等到新人該就寢之時，晉責便宣布他會待在樓下的大廳睡覺。「以免別人認爲我賺到了非分的好處。」此舉使得這個婚禮又多添了個古怪的轉折，我發現萊絲拉因此而得意洋洋地對她的密友宣揚了一番。這對新人在樓梯口分手：艾莉安娜上樓，而晉責則前去跟切德坐在一起。今天晚上，晉責會睡在母屋裡，因為他已經正式與這氏族裡的女人成婚，不過他不是到樓上跟艾莉安娜共寢，而是睡在大廳裡的床板上。王子衛隊也解散了，侍衛們有些直接回到戰士的住處去睡覺，有些仍待在溫柔鄉之中，但是只要他們不在母屋的圍牆裡過夜，就一切沒問題。我很想上前跟切德和晉責悄悄一談，但我也知道別人看來一定覺得很奇怪，所以我還是朝自己的住處走去。

我走沒幾步路就聽到身後有腳步聲，回頭一看，原來是羅網，疲倦已極的迅風則拖著腳步走在他身邊。迅風的臉頰很紅，看來這孩子喝多了酒。羅網對我點了個頭，於是我放慢腳步，等他們跟上來。羅網走上來之後，我懶懶地對他說道：「眞是大開眼界了。」

「是啊。我想，在外島人眼裡，現在我們王子已經跟他們的貴主成婚了。我原本還以為這只不過是在貴主母屋的火爐前將王子與貴主的婚約稍做確認而已。」羅網的口氣有些疑惑。

「恐怕對外島人而言，『結婚』跟『宣布婚約』並沒什麼不同。在外島這裡，由於財產與子女都屬於母親，所以他們對婚姻的看法與我們有很大的出入。」

他緩緩地點頭。「是啊，女人倒不必懷疑她生下來的是不是自己的孩子。」他有感而發地說道。

「孩童屬於女人所有，而不屬於丈夫，眞的差別很大嗎？」迅風好奇地問道。他講話倒還正常，不過開口的時候，我聞得出他的呼吸中帶有濃厚的酒味。

「依我看，這要看男人的態度而定吧。」羅網嚴肅地答道，之後我們三人便默默地走路。雖然我不願讓自己多想，卻仍不禁想到蕁麻、莫莉、博瑞屈和我。到底蕁麻算是誰的孩子呢？

我們走回小屋這一路上，周遭都悄然無聲，沒參加母屋婚宴的人早就睡了好一陣子。我輕輕地開門，畢竟阿憨需要多休息，我不想吵到他。開門的縫隙透進房裡的光，使我看到謎語躺在阿憨床邊的地上，他睜開一眼，一手摸著身邊的劍，但是一看清來人是誰，便又閉上眼睛，重新入睡。

我不動聲色地站在門邊，屋裡除了他們兩個之外，還有其他生物，只是謎語沒注意到而已。一隻大且圓得像是肥貓，不過頭長得像黃鼠狼的動物伏在桌上，牠那蓬蓬的尾巴直直豎起，前爪抓著我們的乳酪，不住地以圓眼睛打量我們，那銳利的牙齒清晰可見。

「那是什麼？」我輕輕地對羅網問道。

「那應該是本地人所謂的『強盜鼠』，不過那東西絕對不是老鼠，我從未見過這種動物。」他輕聲說道。

那隻強盜鼠望向我們身後，注意力全都集中在迅風身上；我感覺到一陣低語拂過我身邊，我知道他們兩個正彼此以原智溝通。迅風臉上露出微笑，他踏上前，從羅網與我之間擠過去。我伸出一手想要抓住他，但是我尚未碰到他，羅網便將手放在他的肩膀上，用力將他拉回來。這個突然的舉動使得強盜鼠警覺起來。羅網大聲說道：「乳酪給你可以，但你立刻就走。」然後，他以我倆認識以來最嚴厲的語氣對迅風質問道：「你剛才在幹什麼？我教你的東西，你都當耳邊風嗎？」

強盜鼠叼著乳酪，一溜煙地從開著的窗戶出去了。

迅風失望地叫了一聲，扭著想要掙脫羅網的手，但是那個結實的老人把他抓得很緊。那孩子生起氣來。看來迅風主要是因為羅網對他發脾氣，因而感到氣憤。「我又沒做什麼，我只是跟牠打招呼而已！我滿喜歡牠的，我感覺得出牠跟我一定合得來，而且我要——」

「這跟小孩子見到賣玩具的人，就恨不得自己也要有個漂亮玩具的心態，有什麼不同！」羅網疾言厲色。毫無疑問，他的確是在指責迅風的不是。他放開了迅風的肩膀。「因為牠毛皮光亮、動作迅速、腦筋又動得快，所以你就要跟牠牽繫在一起？哼，除此之外，牠還跟你一樣年輕愚蠢、凡事好奇。你之所以感覺到牠在探尋你，並不是因為牠正在尋找伴侶，而是因為牠覺得你很有趣。但是，覺得對方很有趣並不是彼此締結原智牽繫的良好基礎！況且你年紀太小，性格也不成熟，不夠資格尋找伴侶。如果你膽敢再試，我必定處罰你。這就好像任何一個小孩，若是刻意替自己或同伴招致危險，那麼我一定會懲罰他，是一樣的道理。」

謎語已經坐了起來，此時他望著這一幕，驚訝得嘴巴大張。羅網與迅風都是王子的原智小組成員，這並不是什麼祕密。我這才想到，我剛才差點就洩漏出自己也有原智天賦的事實。就連阿憨也睜開惺忪的睡眼，怒視著他們的爭吵。

迅風悶悶不樂地一屁股坐在椅子上。「危險。」他喃喃地說道。「什麼危險？我要是能留下牠的話，說不定會找到一個關心我的伴侶，這算什麼危險？」

「你對這個動物一無所知，卻妄想要跟牠牽繫在一起，你說這危不危險？牠家裡有沒有伴侶和幼兒？我們離開這個海島時，你是只帶走牠，還是把牠一家都帶走？牠以什麼為食，一天吃多少？你要在牠有生之年陪牠同居於此，還是說，我們離開的時候，你要帶著牠一起走，讓牠遠離此地所有的同類，使牠不得不一輩子孤獨無偶？迅風，你根本就沒顧慮到牠的處境，你當下只想到要跟牠建立關係，除此之外你什麼都沒想。你這不是跟醉鬼一樣？你只顧著今晚要跟年輕女孩共度一夜，卻根本不去打算明天之後要怎麼辦。這種行為我無法原諒，不只是我，任哪個眞正的原血者都無法原諒。」

迅風怒視著羅網。謎語則唐突地在這緊張沉默的氣氛中開口：「我從不知道原智者與動物牽繫是有規矩的。我以為他們可以跟任何動物牽繫，一個小時，甚至一個月都有可能。」

「這是許多非原血者對我們的錯誤印象。」羅網沉重地說道。「由於原血者這群人多年來不得不遮遮掩掩，生怕被人認出，所以會有此誤解也是難免。但是這個錯誤印象，卻使人們誤以為我們在利用動物之後便將之棄如敝屣。假使原血者是這種行事作風，那麼要是有人說，我們會吩咐大熊去別人家裡大肆破壞，或是指使大狼去咬死人家的雞群或羊群，也就不足爲奇了。其實，原智牽繫並不是人凌駕在動物之上，而是人與動物在彼此尊重的平等基礎上，建立一生依存的長久關係。這樣你懂了嗎，迅風？」

「我沒有惡意。」他僵硬地答道，語氣中既沒有悔悟，也沒有道歉之意。

「因爲玩火而把房子燒掉的孩童也沒有什麼惡意！光是沒有惡意是不夠的，迅風。如果你要成爲原血者，那麼你一定要隨時遵循我們的規矩，而不是只有你稱心如意的時候才肯遵守。」

「那如果我不服呢？」迅風賭氣說道。

「那你就自稱爲花斑子吧。如果你不服這些規矩，那你不過只是個花斑子。」羅網沉重地吸了一口氣，吐了出去。「不是變成花斑子，就是被遺棄者。」他輕輕地說道。我感覺到他在講最後這句話的時候盡量不看著我。「至於爲什麼有些人寧可遠離自己的族類，這我就不知道了。」

11

威思林鎮

這裡的女人對氏族上地的依戀是很驚人的。她們經常說起艾達神以祂的骨肉造出大地，而大海屬於埃爾神的故事。所有的土地都屬於氏族的女人，氏族的男人雖然幫忙耕種與收成，但是收成如何分配、土地要種植什麼作物、各種作物所占比例如何，一概由女人決定。這些重要的事情之所以完全聽由女人決定，並非單純因爲土地乃是女人所擁有，而是出於對艾達神的崇敬。

男人死後葬在哪裡都可以，大多是海葬，但是所有的女人都一定要葬在自己氏族的土地上。爲尊重死者，埋葬女人的那塊土地會荒廢七年，七年之後再重新耕犁，這類土地的第一次收成，會做爲特殊祭典之用。

外島男子往往四海遊蕩，離開家鄉的港口之後便一去多年，但是外島女子幾乎一生都須臾不離開自己出生的土地，連婚嫁時，也是男子搬進來與女子的家人同住。

如果外島女人死去時身在外地，那麼外島人會用盡一切手段將女人的屍體運回氏族土地上安葬，否則不但使氏族蒙羞，甚至是對神明的大不敬。就算必須發動戰爭才能奪回女人的屍體，外島人也在所不惜。

——費德倫文書所著之《蠻夷之旅記趣》

我們在威思林鎮的貴主母屋作客了十二天。他們的待客之道與我們大不相同。母屋樓下一角，闢爲晉責王子與切德的就寢之處，而原智小組則與王子衛隊一起在母屋外的大房子裡過夜。阿憨與我繼續住在小屋裡，迅風與謎語時常來探訪我們。切德每天派兩個侍衛去村子裡採購食材，送一份到我們這裡，大部分則留給衛隊，並且不忘送一份到母屋去。雖然皮奧崔已經承諾他會供應食物，但切德還是決定自理，畢竟我們若是一切都仰賴母屋的資源，那麼不免被人視爲能力不足，笨到不懂得籌備飲食。

在這裡留久一些倒也有些好處。阿憨逐漸恢復健康，他還是咳嗽，而且走一段路就喘不過氣來，但現在睡得比較好，開始對周遭的事情感到興趣，吃喝也正常，精神逐漸好轉。對於我強迫他上船，以及他終究還是得坐船離開這兩件事情，他全算在我頭上，就算閒聊，我們也不免扯到這上頭而變得一言不合。有時候，我甚至覺得乾脆整天都不要跟他開口說話比較好，不過接著我便發現，他對我一肚子氣，根深蒂固，難以拔除。我爲了要贏得他的信任而煞費苦心，但我們兩人之間的芥蒂卻還是這麼深，我想起來就覺得懊惱。我趁著有機會跟切德小聚一下的時候跟他說了，他卻將我這種心情斥爲多此一舉。「你也知道，若是阿憨不怪在你頭上，卻怪在晉責頭上的話，事情會更糟糕。所以，就這件事情而言，只好讓你當箭靶了。」這個道理我懂，但是他這番話並沒有讓我心裡好過一些。

謎語每天會來小屋幾個小時，代我照顧阿憨，因爲切德常常派我暗地裡照看晉責。羅網和迅風也常常來。羅網罵過之後，迅風變得比較收斂，且對羅網和我較爲尊重。我每天都替那孩子上課，並要求他在練劍之外，也不可荒廢射箭，如此讓他每日忙碌不已。阿憨會走到屋外看著迅風與我在圈羊的圍籬中過招。練習的時候，我們用皮帶將劍刃綁起，可是每當那少年刺中我時，阿憨都樂得大聲叫好。我得承認，每當這個時候，我不但皮肉瘀青腫痛，心情也同樣受到不小的傷害。其實我之所以要跟迅風過招，主要不是為了磨練他的技巧，而是為了讓自己不至於生疏。以教導這孩子為名，不但使我有勤加練習的藉口，同時也讓我得以對外島人展現我的劍術。外島人雖不至於聚集過來看我們練劍，但是我不時會看到一、兩個年輕人倚在附近的牆邊看我們過招。我心裡想道，倘若我真的被人盯上了，那麼我絕對要讓他們在報告上寫我這個人並非容易對付。畢竟，我不認為外島人對我的密切監視，只是起於隨意的好奇心。

在威思林鎮，我隨時都感覺到有人在盯著我。不管我走到哪裡，附近總有一兩個逗留不去的閒人。我無法特別指出是哪一個少年，或是哪個老婦人在監視我，但隨時總是有人在偷看我的動靜。不只我，連阿憨也有危險。他的危險在於，只要我們一出門，人們就以異樣的眼光看他，一看到他便退避三舍，彷彿他身上有什麼傳染病。他們目不轉睛地盯著我們看，我想，就算阿憨是雙頭牛，也不會引起更多的注意了。這點他自己也知道。後來我察覺到，他不假思索，便直覺地運用精技來避免人們注意他，不過，現在不像過去他所使用的那種，會讓我不支倒地的強烈精技風暴「你沒看見我」！如今的阿憨，是時時刻刻對周遭的人宣布他這個人一點也不重要。我把這個觀察記在心裡，打算找個時間跟切德討論。

我很少有機會跟我的老導師相聚，而我對他技傳的時候則盡量簡潔，畢竟我們兩個都認為，他應該多留點力氣，以備晉責找他商量之用。此外切德也認為，既然皮奧崔已經認定我是王子的保鑣，那麼我若是比較公開地保護王子，也沒什麼害處。「只要別讓他發現你除了『保鑣』之外，還有別的身分就好了。」切德警告道。

我在觀察並保護王子的時候盡量離得遠一點，以免礙事。雖說晉責從未抱怨過，但是我成天鬼鬼祟祟地跟在他身後，他是不大自在的。如今鎮上的人都認爲他和艾莉安娜已經成婚，所以沒有人會阻止他們兩人見面相聚，唯有彷彿石像一般站著、幾乎令人忘了他的存在的皮奧崔，時時地提醒我們，貴主家族之中仍有人希望在晉責達成條件之前，兩人還是保持單純的交往就好。感覺上，皮奧崔與我除了各自看顧著晉責與貴主之外，也彼此監視。就某些層次而言，我們幾乎成爲搭檔。

而我也藉著這個機會了解爲何獨角鯨族的貴主不只對於獨角鯨族非常重要，甚至連其他氏族都另眼相看。外島人的傳統上，是女人擁有土地，也擁有土地上的產物，而在這之前，我一直以爲獨角鯨氏族的財產就只有羊群。直到有一次，我尾隨著晉責和艾莉安娜一路散步走過多岩的起伏丘陵，這才發現該氏族眞正的財富所在。他們兩人站在山脊上，皮奧崔遠遠地跟在他們身後，而我則離他們更遠。等我也走到山脊上俯瞰下面的山谷時，不禁驚訝地咋舌。

這個山谷裡有三個大湖，即使在盛夏，其中兩個湖仍冒著蒸氣。湖邊綠意盎然，整座山谷裡都是精心耕作的農地。我跟在他們身後走下山時，發現島上隨時皆有的涼風不見了，我彷彿走進了熱碗之中，並聞到富含礦物質的水味。農地裡的大石頭、小石頭都已經清理出來，整整齊齊地堆爲石牆。由於這個山谷很暖和，不但穀物長得特別好，連一些我本認爲柔弱得禁不起北地寒霜的植物和樹木也欣欣向榮。外島各群島的氣候如此嚴苛，這個島卻因爲熱得冒泡的溫泉而變得溫暖且豐饒。贏得獨角鯨族的貴主爲妻的確是個大獎，外島的土地大多貧瘠，如今獨角鯨族貴主控制了外島的糧食來源，在這個情況下，若能與之聯盟，的確具有非凡的價値。

不過，我不免注意到，即使是在盛夏之中，許多農地還是荒蕪一片，耕種的人手也不如我預期中多。我先前發現到的人口特性再度顯現出來：下田的人以女人和女孩爲多，男人和男孩只占少數，屆於盛年的男性少之又少。我看了眞是不解，這裡的女人既有這麼豐饒的土地，爲什麼她們會缺乏下田的幫手？任何男人若是成為獨角鯨族女人的伴侶，他的孩子就可享受瑪烈島上豐饒的物產，照理來說，其他氏族的男子應該會更熱烈地追求獨角鯨族的女人才是。

有天傍晚，晉責和艾莉安娜騎著兩匹骨瘦如柴的小馬，跳著障礙玩。這種小馬用途很多，在這裡，不管是什麼事情都派得上用場。他們的跑道位於散落著巨岩的山腳下一片到處是石頭的草地緩坡上，在一對對岩石之間架起樹枝，就充做給馬跳的障礙了。這種小馬被人鬧得不得不跳的時候，竟能跳得那麼高，眞是令人驚訝。綿羊已經把草和樹叢吃得很短，天空越來越藍，再過不久，星星就會出來。他們並未用馬鞍，而晉責為了追隨身邊那位大無畏的騎士，努力激勵他那匹瘦削又任性的公馬跳過障礙的同時，已經摔下馬兩次了。艾莉安娜是眞的樂在其中，她像男孩子一樣跨騎，腿上的黃裙子裹住她的腿，隨風飛起；她的小腿完全裸露在外，腳上也不穿鞋。她的臉頰泛紅，頭髮被風吹亂，騎起馬來什麼都不管，只顧著要讓晉責見識到她的馬術比他厲害。晉責第一次落馬的時候，艾莉安娜繼續往前騎去，眾人都聽到她恥笑晉責的哈哈笑聲。第二次落馬時，艾莉安娜倒騎回來，看看晉責有沒有受傷，而皮奧崔則捉住那匹難纏的小動物，將牠牽回晉責身邊。我的注意力十之八九都放在晉責身上。我覺得很驕傲，因為他兩次落馬，都沒有失態或是變了臉色。

這些小馬瘦得一點肉都沒有，騎在馬上顛簸還比被馬抖下來瘀傷更為嚴重。

艾莉安娜倒是騎得挺順的。我揶揄道。晉責瞪了我一眼，於是我趕快補了一句：當然，這其中的竅門可多了。我想，她一定很佩服你不屈不撓的毅力。

我看那個小霸王倒很佩服我花花綠綠的瘀青。他雖將艾莉安娜說成「小霸王」，但是口氣中卻自有一絲甜蜜的情意。接著王子彷彿為了趕快轉移我的注意力，補充了一句：你朝你左手邊看，是不是有人躲在矮樹叢旁的那群巨岩之後。

我沒有轉頭，但是眼神朝那個方向瞥了一眼。那邊的確有東西，不過不能確定伏在岩石後頭的，到底是人，還是什麼大型的動物。王子重新上馬，緊緊抓著他的坐騎，那隻小馬則一邊跑過草原，一邊激烈地扭動跳躍。他的坐騎顯然已經玩倦了，不過艾莉安娜開心的笑聲使得晉責勇氣十足，所以他一直傾盡全力，不讓馬將他抖下來。晉責跳過了先前沒跳過的障礙，艾莉安娜揮手對他致敬。她似乎眞的對晉責的成就十分讚許。我一瞥皮奧崔，發現就連他那張鬱悶的臉上也擠出了一絲微笑。大家都開心得大笑，而我也一邊笑，一邊走上前。

你往那一帶騎，然後滾下馬，你滾下馬時，務必讓馬朝大岩石的方向跑過去。

晉責以精技傳來輕蔑的嘟囔聲，不過他還是照做了。他的小馬逃開之後，我便跳了起來，全速追了上去。表面上看來我是想要把那匹馬逮住，但其實是故意要趕著那匹馬往前衝。我們一人一馬把那個躲著不動、穿著苔蘚綠和棕色衣服的女人給嚇著了，她無暇他顧，忙不迭地逃走，我是從她跑動的姿態，以及我聞到的一股若有似無的氣味而認出她來。我雖很想追過去，但還是站住腳，立即對切德與晉責技傳道：

那個人是漢佳！也就是貴主帶去公鹿堡的那個僕人。現在漢佳在島上，而且在監視我們的行動。

他們兩人都沒有回答，只傳回一波恐懼的情緒。

我故意假裝笨手笨腳、就是逮不住小馬的模樣，最後皮奧崔終於走上來幫我。我把小馬朝著他的方向趕過去，有感而發地說道：「瞧我們把那個老婦人嚇的！」

他一把抓住這匹執拗頑抗小馬的前額鬃毛，抬頭望著天空，從頭到尾都避開我的眼神。「我們很幸運，王子並未因爲摔下馬而受傷。」接著，他轉頭對我們的被保護人說道：「我們該回去了。馬兒跳得疲累，而且天色馬上就暗了。」

我不禁納悶，他到底是不是想要警告我，摔馬也就罷了，幸而王子沒有受到比摔馬更嚴重的傷害？我再度進逼：「那個可憐的老婦人會不會出事？我們是不是過去看看她比較好？剛才我們把她給嚇壞了。眞不曉得她躲在這些大石頭後面做什麼。」

他沉著地應道：「她大概是在撿柴火，或是在找什麼草藥吧。我們用不著擔心她。」接著他高聲叫道：「艾莉安娜！玩夠了吧？我們該回母屋去了。」

你把漢佳嚇得逃走的時候，艾莉安娜的臉色先是震驚，現在則是恐懼。

艾莉安娜聽了皮奧崔的話之後點了點頭，可見得王子的判斷很正確。她立刻從馬背上溜下來，拿起套在馬頭上的繩結，讓牠自由地奔向山坡。皮奧崔也拿開王子坐騎的馬頭繩結，放走了馬，之後我們步行回母屋。艾莉安娜和晉責走在前面，此時他們兩人沉默不語，跟先前的開心談笑大不相同。看到這個情況，我心裡沉重了起來；晉責才開始學著要愛上這個外島女孩，但每次他們兩人稍微有一點進展，就會因爲可恨的政治與權力問題而被分開。我突然有些憤怒，口氣因而變得很凶。

「躲在樹叢裡的那個人是漢佳，對不對？如果我記得沒錯，貴主去公鹿堡的時候，服侍貴主的侍女就是漢佳。」

皮奧崔還保持得這麼鎭定，我眞的很佩服。他雖避開我的眼神，但聲音仍舊很平靜。「不會吧，我們離開公鹿堡的時候，漢佳就辭掉工作了。貴主與我都認爲她待在六大公國應該會比較快樂，所以我們也讓她如願地辭職了。」

「說不定她已經自行回到威思林鎭，說不定她害了思鄉病。」

「這裡不是她的家，她不是我們母屋的人。」皮奧崔堅定地宣布道。

「這可怪了。」我決定無情地追根究柢，雖說我若只是個尋常的侍衛，應該頂多只會好奇地問問，不會使手段套話。「可是在外島這裡，母親那邊的親族不是最重要的嗎？貴主怎麼可能會將她母系親族之外的人收爲貼身僕人？」

「通常是這樣沒錯。」皮奧崔的口氣越來越僵硬。「只是我們啓程前往公鹿堡的時候，母屋裡的女人都空不出時間，所以我們才僱用漢佳做爲侍女。」

「我懂了。」我聳聳肩。「我一直很納悶，艾莉安娜的母親和姊妹怎麼沒來幫她打點婚禮？她們過世了嗎？」

皮奧崔搖晃了一下，像是我打了他一棒似的。「不，她們還在。」皮奧崔痛苦地說道。「但是她那兩個哥哥都死了，死於科伯·羅貝的戰爭之中。艾莉安娜的母親和妹妹還在，她們……有要務纏身，不克前來。要是能來的話，她們早就來了。」

「噢，當然，當然。」我淡淡地應道。我深信皮奧崔講的句句實言，但我也敢說，有些話，他一定藏著沒講。

當天晚上夜深了，阿憨也沉沉睡去之後，我藉由精技將傍晚的事情告訴切德，並盡量單獨對他傳訊，以免王子知道我們在談什麼。我從晉責與我的精技連結之中，感覺到他睡得並不安穩。那孩子潛藏在心底失望且不耐煩的情緒使我緊繃，但我在對切德描述皮奧崔跟我之間的對話時，盡量把晉責對我的情緒影響撇到一旁。切德雖然對皮奧崔的反應大感興趣，不過我如此率直地追問皮奧崔，還是令切德感到煩躁。這裡的事情一層底下藏著一層，就像是弄臣做的空心木球套件。我敢說，皮奧崔跟貴主一定自有他們的打算，就算他們母屋裡也不是人人都知道他們打的是什麼主意。不過有些人就心知肚明，艾梅姮就是一個。他們也跟貴主的曾祖母講了，只是她記不住那麼多罷了。萊絲拉和她母親的舉止倒頗耐人尋味。如果艾莉安娜嫁給晉責，並隨著晉責搬到公鹿堡，萊絲拉就會成爲貴主，但她卻還跟艾莉安娜爭著要得到晉責的青睞，萊絲拉的母親似乎也暗中鼓勵女兒多加把勁。難道，萊絲拉是認爲，與其把貴主的頭銜從艾莉安娜那裡搶過來，倒不如有朝一日成爲六大公國之后會更加尊貴？據我看來，艾莉安娜把屠龍的事情看得很重，萊絲拉母女卻都不把屠龍當一回事。論理，萊絲拉野心勃勃，艾莉安娜和皮奧崔應該都很擔心才對，可是他們兩人都不以爲意，彷彿是因爲把心思放在別處，所以顧不到這麼多了。唯有在萊絲拉的意圖明白到無法忽視時，艾莉安娜才會將之逐開。

好比說，她們兩個在結婚典禮那天晚上打起架來？

是訂婚，蜚滋，只是訂婚而已，我們並未正式肯定那天晚上的儀式爲婚禮。王子一定要在家鄉，在公鹿堡成婚，婚禮也一定要盛大舉辦。但是回到我們剛才講的，不，還不只是那天晚上打架的事情而已，從那之後，萊絲拉又有好幾次要博取晉責的好感，而且都是趁著貴主不在眼前的時候。

艾莉安娜知道嗎？

她怎麼會知道？

說不定晉責會告訴她呀。我揣測道。艾莉安娜知道之後會怎麼樣，我眞的很好奇。

我一點都不想知道她會有什麼反應。情況已經夠複雜了，說不定這只是表姊妹之間的角力。我倒眞想知道，漢佳到底在這之中扮演什麼角色？她眞的只是個瘋顚的老婦人嗎？或者她其實頗不單純？你眞的沒看錯人？

對，我很確定。我不但用眼睛看出她就是漢佳，還經由我的鼻子加以確認，因我身上還留有相當的狼性，所以我對嗅覺十分肯定，但我不想告訴切德我的確聞到她的氣味。

我們越談，切德越擔心，於是我就讓他去休息了。我走到門邊檢查小屋的門有沒有拴好，然後不無遺憾地把窗戶的護窗板也闔上。我在密不通風的房間裡總是睡不好，通常若是感覺得到風拂過我的臉，我會睡得比較好，但是既然今天看到漢佳，我就不想讓任何人有機會把我看個清楚。

我抱著這樣的心情入睡，早上起來之後，便設法將晚上的夢魘歸咎於入睡前掛心太多事情。不過說句老實話，把那場夢稱之爲「夢魘」並不公平，因爲那個夢一點也不恐怖，只是帶著點不同於精技漫遊的不安感、栩栩如生的情節，以及一些其他的東西。我夢見弄臣，不是身爲黃金大人的弄臣，而是他當年的蒼白瘦弱模樣。他跨上石龍，坐在乘龍之女身後，一起飛上蔚藍的天空。但是霎時之間，他又變成黃金大人。當年這個與石龍連在一起、沒有靈魂的少女雕像，是在弄臣的奔走之下才有了生命。此時弄臣騎在她身後，黑白相間的斗篷在他身後翻飛。他的頭髮整齊地綁在頭後，有如戰士馬尾一般地隨風飛起。他的表情既堅定且頑固，使得他看來跟身前的石雕少女一樣沒有靈魂。他的手搭著少女的腰，沒戴手套。我覺得很驚訝，因爲就我記憶所及，長久以來，弄臣不管做什麼事情都戴著手套。他們越升越高，越升越高，接著弄臣突然伸手一指，於是那少女便以膝蓋指揮石龍，朝著弄臣那纖細手指所指的方向飛去，之後雲霧便籠罩了他們。我驚醒過來，發現我的手正按在當年弄臣留在我手腕上的那幾個蒼白指印上。我翻來覆去，但總是無法完全清醒，所以乾脆又再度睡去。

這次我眞的做了精技漫遊，並且看到十分惱人的場面：蕁麻和婷黛莉雅在山坡上講話。我知道那是蕁麻的夢境，因爲我從未看過哪片草地上的花開得如此鮮豔、如此均勻，簡直像是一幅精心織就的織錦畫。婷黛莉雅的體型如一匹馬大小，伏在地上，看來似乎並沒有什麼壞心眼。我踏入夢境之中。蕁麻的背挺得很直，以近乎冷淡的聲音對那母龍問道：「那跟我有什麼關係？」

蕁麻對我悄聲傳訊：*你怎麼拖了這麼久？難道你感覺不出我在召喚你嗎？*

「其實我是聽得到的，妳知道吧。」婷黛莉雅平靜地指出。「他之所以沒聽到妳的召喚，說不定是因爲我不想讓他聽到。所以，妳懂了吧，如果我要讓妳孤立一人，妳就別想有伴。」藍龍突然轉過頭，以牠那冰冷的眼神打量我，牠的眼裡已經沒有美麗的光彩，只剩下暴怒。「我想，這個道理你也是很明白的吧。」

「妳想要什麼？」我對牠問道。

「你明知道我爲何而來。你對黑龍知道多少？牠是眞的嗎？世上眞的還有另外一條成熟且完整的龍嗎？」

「我不知道。」我老實地告訴牠。我感覺得出牠在拉扯我的心靈，想要知道除此之外我是不是藏了什麼話沒說。那感覺就像是關在囚牢裡，半夜有隻老鼠以冰冷的腳爪從你身上爬過去一樣。婷黛莉雅抓住了我對於囚牢和老鼠的記憶，想要藉此來破解我的心防，於是我趕快緊閉我的精技牆。不幸的是，這一來，我不但把婷黛莉雅擋在我的精技牆外，連蕁麻也被擋掉了，她們兩個突然變成抖動紗簾之後的朦朧身影。

婷黛莉雅開口了，牠所說的話宛如宿命一般，使我無法抗拒：「你們人族本來就該服侍我們龍族，這是自然的法則。只要乖乖聽話，我就會讓你和你的人繁榮壯大，若是忤逆，我就把你們掃到一邊。」突然之間，蕁麻身邊的藍龍變得如同巨塔一樣高大。「或是乾脆吃了。」牠特別地補充道。

我全身爲恐懼所懾。藍龍在根本上認定蕁麻跟我是一夥的，這只是單純因爲牠總是藉由我女兒才連得上我，還是因爲牠察覺到蕁麻與我的血緣關係？這有差別嗎？我的女兒陷入危險，這都要怪我。我又錯了，而我根本就不知道如何才能保護她。

不過那些都無所謂了。方才我還覺得這片鑲著花朵的草原看來有如織錦畫，但此時蕁麻站了起來，彎下身抓起她的夢境，像在抖毯子般地一甩，於是那藍龍便飛了出去，變得越來越小，最後消失無蹤。蕁麻站在虛空之中，將織錦畫一捲，收入圍裙的口袋裡。一時之間，我也不知道我是在她的夢境裡，還是在她的夢境之外，不過她的聲音傳了過來：你得學著對抗牠，把牠驅逐出去，怎麼可以蜷縮成一團藏起來呢？影狼，你要記著，你是狼，可不是老鼠，至少我是這麼想的。她的身影開始退去。

等等！王子堅決地技傳。我不知道他是怎麼做到的，但他就是捉住了蕁麻，使她無法脫身。妳是誰？

蕁麻非常震驚，她的驚訝有如波潮一般向我襲來。她掙扎了一會兒，晉責仍牢牢地捉住她，她不客氣地質問道：我是誰？你怎麼魯莽地就闖進這裡來，你是誰啊？放開我。

蕁麻的斥責，晉責根本不放在眼裡。我是誰？我是六大公國的王子，我高興去哪裡就去哪裡。

一時間，蕁麻聽得目瞪口呆，接不上話，然後她說道：你是王子？聽她這語氣就知道，所謂王子云云，她不但不當一回事，而且還嗤之以鼻。

正是，所以妳不要再浪費我的時間，立刻說出妳到底是誰！聽到晉責對蕁麻下令，我不禁瑟縮了一下。霎時間，周遭靜得出奇，此時蕁麻回答了——我並不意外她的態度是如此。

噢，是喲，既然你問得這麼禮貌，那我當然要告訴你啦。「無禮王子」，本人乃是七大屎坨國的「我才不信王后」。而且呢，就算你「我高興去哪裡就去哪裡」，但這裡是我的地盤，你別想到我這裡來撒野。改變者，你應該多跟益友親近，並離損友遠一點。

蕁麻的動作，我看得很清楚，她一下子便看清晉責是怎麼鎖住她的，此時她輕輕鬆鬆地擺脫他，接著消失得無影無蹤。

蕁麻對我鄙夷至極，她的情緒像一堆飛石般朝我掃過來。我驚醒了。我一方面對於女兒敬畏有加，另一方面對藍龍十分畏懼，同時則努力讓自己回神。我得好好想想該怎麼做才好，但是我還來不及想，切德的思緒便衝入我腦海之中。

我們得私下談一談。他既興奮又激動。

私下？哪有私下可言？可惡，爲什麼他偏偏選在今晚窺看我的舉動？

私下？門兒都沒有。晉責氣呼呼地打斷了切德與我的精技對話。她是誰？你們這樣子多久了？給我說個清楚！你們怎麼敢偷偷訓練別的精技學生，還瞞著不讓我知道！

回去睡覺！阿憨費勁地以介於嘟囔與命令之間的口氣說道。回去睡覺，不要再大吼大叫了。那不過是蕁麻跟她的龍而已，沒什麼好大驚小怪的。回去睡覺吧。

大家都知道，偏偏就我不知道？眞是令人無法忍受！晉責的技傳介於憤怒與沮喪之間，並且夾纏著發現大家都已經得知，唯獨自己被蒙在鼓裡的遭人背叛感。她到底是誰？立刻就給我說清楚！

我牢牢地守著自己的心思，開始祈禱，雖說我也知道這一招可能無效。

切德？王子點名要切德說話。

我不知道，大人。那老狐狸優雅地撒了個謊，絲毫沒有良心不安。我暗暗咒罵了他一頓，卻又對他感到十分敬佩。

蜚滋駿騎。

別人用眞名叫我的時候，自有一分莫名的威力。我不禁抖縮了一下，立刻求饒。此時此地，千萬別用那個名字叫我，免得被藍龍聽去了。其實我怕的不是婷黛莉雅，而是擔心蕁麻發現我眞正的身分；近來我的祕密，點點滴滴地落了不少在她手裡。

湯姆，你說。

不能這樣子說。如果非談不可，那我們就面對面，口說耳聽地談。黑暗中，在我附近的阿憨嘟囔了一聲，拉起被子蒙住頭。

那麼你現在就出來見我。王子的口氣非常嚴厲。

這不好吧。切德對我們兩人勸道。還是等到早上比較好，王子殿下，半夜三更地把侍衛叫到身邊來，難免惹人疑問。

不，現在就說個明白。你們兩個聯合起來瞞著不讓我知道這個蕁麻的事情，這才叫不好。我現在就要知道這是怎麼回事。我清楚地體會到王子的情緒，就像我正站在母屋裡他們睡覺的長凳邊。我感覺得出，他掀開被子時，冷冽的空氣拂過他裸露的胸膛，可是由於他滿腔怒火，所以一點也不以爲意，我也感覺得出他一腳踩進靴子裡的氣憤心情。

等我一下，讓我穿好衣服。切德很疲倦，但他還是讓步了。

不用了，切德顧問，你待在這裡就好。你不是說你什麼都不知道嗎？既然如此，你來了也是多此一舉。我自己單獨去跟蜚滋……湯姆見面就行了。

此時他已經火冒三丈，但仍努力克制，沒有說出我的名字。雖說我多少肯定他的自制力，不過眼前的僵局實在使我無暇他顧。他是王子，而且正在氣頭上，照他自己的想法，他覺得自己理應生氣。待會他問我的時候，我該如何回答？他今晚是把我看作朋友、導師，還是堂兄，抑或家臣？我察覺到阿憨坐了起來，望著我穿衣穿鞋。

「我出去一下就回來，你一個人待在這裡沒問題的。」我對他勸道，雖然我自己也不知道他一人留在小屋裡安不安全。

留阿憨一個人在小屋裡不好吧。我對王子技傳道，希望他會因此而免我出門。

那就帶他一起來。王子簡潔明快地命令道。

「你要來嗎？」

「我聽到他叫我去了。」阿憨疲倦地答道。他長長地嘆了一口氣。「你就是這樣，就算我不想去，你也會逼我去。」他一邊在黑暗中摸索衣物，一邊埋怨我。

感覺上，我彷彿等了一年之久，他才穿好衣服。我本想幫忙，但是他氣沖沖的，說什麼也不肯讓我插手。最後我們終於一起離開小屋，走上村子裡的小路。在外島這裡，這種古怪的昏暗微光就算是夜晚了。這種昏暗的色澤使我的眼睛備感恬適，我發現這種感覺其來有自：在夜眼眼中，牠與我一起在黎明或是黃昏打獵時，周遭便是這種灰撲撲的世界；在這種因爲不辨顏色，所以不會因之而分心的柔和光線中，眼睛最容易看出獵物的細微動靜。我走起路來輕快如風，阿憨卻拖著腳步，遠落在我身後，而且不時咳嗽。我提醒自己他尚未痊癒，因此捺著性子放慢腳步配合他。

小型蝙蝠飛過房舍上空。我一眼瞄到一隻強盜鼠鬼鬼祟祟地從承雨桶飛躍到門口的台階上，我不禁好奇牠是不是迅風想要結交的那隻，接著便將這個念頭拋到腦後。我們已經離母屋很近了。母屋的庭院中空無一人，雖說他們會派人瞭望海岸與港口的狀況，卻不會派人守護母屋，顯然對自己人並不防備。我不禁想著，關於漢佳這個人，皮奧崔還藏了多少話沒講？他跟貴主顯然都是很提防漢佳的，況且皮奧崔還說她是外人，既然如此，爲什麼他沒派人站崗，以提防漢佳？

我們不走正門，領著阿憨經過圍住羊群的石牆和樹籬，繞到母屋後面。戶外廁所附近有些樹叢，樹叢間有個牲口棚，而王子就站在牲口棚角落等我們走上去。他煩躁地動來動去，我察覺得出他等得很不耐煩。我不發一語地舉起手，比畫著叫他到樹籬間的隱蔽處跟我們會合。他技傳道：

別過來找我。站著別動。不，躲起來，不然你們回去好了。

我停下腳步，對於王子突然下這命令感到十分不解。接著我突然看出他爲什麼會這麼慌張了。艾莉安娜在睡衣外披著斗篷，從門口探出頭來，左右張望。我趕快伸出一手按住阿憨的胸膛，將他推回樹籬後，以免被人看見。我們差點就來不及了。我比手勢叫阿憨別說話，但他還是抱怨道：「他講的話我也聽到了呀。」

我們要非常安靜才行，阿憨。王子不想讓艾莉安娜知道我們在這裡。

爲什麼不想？

就是不想。所以我們必須躲在這裡，而且要保持安靜。我躲在樹籬之後，蹲了下來，並拍拍身邊的地上，示意阿憨也蹲下來。他弓著背，藏在陰暗的樹影之間，怒目瞪我。我是很想就此帶著他回去，但如果我們現在就走，那麼我敢說，艾莉安娜一定會聽到阿憨拖著腳走的聲音，因此還是待在這裡等一下比較好。她必然不會逗留太久，大概只是要去廁所而已。我從樹籬之間的縫隙望出去，並對王子技傳道：趁她還沒看到你，趕快過來這裡跟我們躲在一起。

不行，她已經看到我了。你們快走，我再找時間跟你談。此時，晉責竟然升起精技牆，嚴密地護衛他自己的思緒，這令我感到難以置信，因而當艾莉安娜直視著他，在北國夏日滯留不去的黯淡陽光之中朝他走去時，我是藉著原智知覺而感覺到晉責雖站著不動，卻輕輕顫抖。

看到艾莉安娜敏捷地走上前，並緊緊地挨著他身邊，我心裡大吃一驚。看這情況，這兩人已經不是第一次偷偷見面了。我很想轉開眼睛不看，但最後還是從樹籬的隙縫中，密切地窺視他們兩人的舉動。艾莉安娜的聲音很輕，幾不能辨。「我聽到門開了又關，等我開窗一看，發現你站在這裡等著。」

「我睡不著。」晉責伸出手，像是要握起她的雙手，但中途又垂手放在身側。我不是看到，而是感覺到晉責銳利地朝我這個方向瞄了一眼。

走開。我明天再找你談。晉責傳送給我的思緒細小緊密，所以可能連阿憨都不曉得。他的話裡帶著皇家命令的意味，也就是說，他期望我乖乖聽令，馬上就走。

我不能走。你明知道這很危險，晉責，快叫她回房間去。

我無從得知他有沒有收到我的思緒，因爲他已經再度把精技牆封閉起來，並將全副心思都放在艾莉安娜身上。我身後的阿憨站起來打了個哈欠，睏倦地說道：「我要回去睡了。」

*噓，不行。我們得靜悄悄地待在這裡。別講出聲。*我焦急地窺視那一對年輕男女，但就算艾莉安娜聽到阿憨的聲音，她也沒露出什麼跡象。我不安地想著，不曉得皮奧崔身在何處，還有他若是發現這兩人私下幽會，會對晉責做出什麼處置？

阿憨沉重地嘆了口氣，他彎下身，乾脆一屁股坐在地上。*這眞蠢。我想回去睡覺。*

艾莉安娜低頭望著晉責收在身側的手，歪著頭仰望他。「那麼，你在等誰？」她的眼睛瞇了起來。「你在等萊絲拉嗎？她約你在這裡等她嗎？」

晉責臉上冒出了一個非常古怪的笑容。他是因爲自己激得艾莉安娜起了嫉妒之心而感到驕傲嗎？他的聲音比艾莉安娜更輕，我從他的唇形看出他在說：「萊絲拉？我爲何要在月光之下等待她？」

「今晚沒有月亮。」艾莉安娜尖銳地糾正他。「至於原因麼，哼，因爲她肯將身體交給你呀。不過，與其說她覺得你很好看，倒不如說她是故意要讓我下不了台。」

晉責將雙臂收在胸前。我不禁納悶，他做這個動作，到底是因爲他得意洋洋，還是他怕自己伸手攬住她？艾莉安娜清瘦窈窕，晚上她的頭髮結成髮辮，直垂至臀，我幾乎感覺得到從她身上撲至晉責臉上的熱度。「是這樣啊。那麼，妳說她覺得我好不好看呢？」

「誰知道？萊絲拉喜歡古怪的東西。她那隻貓，尾巴歪七扭八，又比別的貓多了一個腳趾，可是她卻說她的貓很漂亮。」艾莉安娜不在乎地聳聳肩。「她會爲了把你搶過去，而跟你說你長得很好看。」

「是嗎？但是說不定我並不想讓她把我搶過去呀。就算她漂亮又怎麼樣，也許我根本就不想要她。」晉責對她說道。

當艾莉安娜抬起頭望著晉責的時候，整個夜空都因爲她而屛住呼吸。我看到她的胸部因爲深呼吸而起伏，然後她鼓起勇氣，以輕如微風的聲音問道：「那麼，你到底想要什麼呢？」

晉責並未將她擁入懷中。我想，他若是伸出手，說不定艾莉安娜會抗拒，所以他沒有摟住她，只是伸出一手，以指尖輕輕抬起她的下巴，彎下身，偷偷在她唇上一吻。偷偷一吻？可是她根本就沒有逃開，她不但沒有逃開，反而在他們的嘴唇相碰時踮起腳尖。

我這樣匍匐在樹籬暗處偷窺他們兩人，眞像是那種不知檢點的老頭子。我知道晉責這樣很危險，而且他們兩個冒險偷情，也實在太傻了，但是想到他在別人安排的婚姻之下，說不定還能嘗到戀愛的滋味，也爲他感到高興。他們兩個的吻終於結束，我希望晉責會請艾莉安娜回房間去，畢竟讓他擁有這一刻固然很好，但如果他們兩個除了親吻之外，還要更進一步，那我就非得介入不可了。說眞的，我實在很不願意板起臉來對待他們，不過我繼而勸告自己，若是走到那個地步，的確非得拉住他們不可。

我帶著恐懼，聽著艾莉安娜輕輕問道：「一個吻。你想要的，就是一個吻而已嗎？」

「現在除了一吻之外，我已經不能再多奢求了。」晉責答道。他的胸膛起伏得很厲害，彷彿剛跑了一大段路。「至於其他，我若是現在貪求，那就名不正言不順了。」

艾莉安娜露出不解的笑容。「若是我願意獻身，你就不算是貪求了。」

「可是……可是妳說過，除非我把龍頭送來此地，否則妳是不會嫁予我爲妻的。」

「在我們這裡，只要女人首肯，就沒有問題，這跟結婚——或者你所謂的嫁予你爲妻——是不相干的。女孩成人之後，她可以自由決定愛把哪個男人帶回自己床上，但這並不表示她得跟每一個男人成婚呀。」她望向他處，謹愼地補充道：「不過，你是我的第一個。有些人認爲，第一個比發誓相守的那個人更為特別。當然，並不是這樣我就會變成你的妻子，除非你把龍頭帶到母屋的火爐前，否則我不算是跟你結婚，也不算是你的妻子。」

「我也樂於讓妳變成我的第一個。」晉責謹慎地說道。接著，他艱難得如同要將大樹連根拔起般地說道：「但那不是現在。我要先達成我對妳的承諾才行。」

艾莉安娜非常驚訝，倒不是說她對於晉責肯重視然諾感到意外。「你的第一個？眞的？你還沒跟別的女人在一起過？」

晉責沉默良久，好不容易才擠出話來。「一切從婚後開始——這是我們那裡的風俗，雖然不是每個人都遵照這個規矩。」他的口氣很僵硬，像是生怕艾莉安娜會因為他守貞而嘲笑他。

「我很願意做你的第一個。」艾莉安娜坦承道，她踏上前，這次晉責伸出雙臂摟住她，他們兩人深情擁吻之時，她整個身體都貼在他身上。

由於有原智知覺，所以皮奧崔還沒出現，我就知道他走過來了。他們兩人吻得那麼忘我，恐怕就算是有一群羊從他們身邊繞過去，他們也渾然不知吧。我一看到那個老戰士從母屋的轉角冒出來，便立刻站了起來。他的手放在劍把上，目露殺氣地叫道：「艾莉安娜。」

艾莉安娜從晉責懷裡跳了出來，愧疚地伸出一手掩嘴，彷彿這樣就能遮去方才的熱吻。晉責站得筆直，這態度値得大加讚許。他轉過頭，定定地望著皮奧崔。從他的姿態看來，他既不後悔，也無須感到羞愧，更沒有男孩子的輕浮；他那模樣，看來就像是與屬於自己的女人擁吻的成年男子，只不過他們的吻被人打斷了。我屏住呼吸，不能確定我若衝上前，到底是會救了晉責，還是會搞砸一切。

這個沉默的對峙既凝重且警戒，皮奧崔與晉責四目相對，然而那不是挑釁的眼神，而是在拿捏對方的斤兩。最後皮奧崔開口了，不過他是對著艾莉安娜說話。「妳該回臥房去了。」

皮奧崔一說，艾莉安娜便轉身飛奔，她赤腳跑過庭院，不發出一點聲響。即使艾莉安娜走了，皮奧崔和晉責仍繼續彼此瞪視。最後皮奧崔說道：「取來龍頭，這是你自己說出口的。既然身爲男人，你就要言出必行。」

晉責嚴肅地點了點頭。「的確如此。身爲男人，我保證一定做到。」

皮奧崔開始轉身，但這時晉責又開口了：

「艾莉安娜願意給我，但她是以女人，而不是以貴主的身分給我。就你們的習俗而言，她可以任憑自己的意思，要給就給嗎？」

皮奧崔的背僵硬了起來，他慢慢地轉過身，不情不願地說道：「這必是女人才能給，不然誰能給呢？艾莉安娜的身體屬於她自己，她是可以獻身給你沒錯，但是除非你把冰華的頭帶來，否則她就不是你眞正的妻子。」

「啊。」

皮奧崔再度慢慢轉身，舉腳就要走，但晉責又開口叫住了他。

「這麼說來，艾莉安娜比我還自由。我的身體和我的種，屬於六大公國所有，我可不能興之所至就任意獻身，只能與自己的妻子分享。這是我們的風俗。」我幾乎聽到他吞口水的聲音。「在我們的風俗裡，就算艾莉安娜願給，我也不能接受，否則便是有違操守，這點希望能讓她知道。」晉責越講，聲音越低，而他接下來的話是在懇求。「我既不能光明正大地接受，所以想請求她不要誘惑，或是刺激我。沒錯，我是個男人……但我也只是個男人而已。」他的解釋很怪，但是很眞誠。

從皮奧崔的口氣聽來，他雖不肯把晉責看在眼裡，此時卻對他生出了敬意。「我會如實轉達。」

「她會……她會因此而看輕我嗎？她會認爲我沒有男子氣概嗎？」

「我可不會。而且我會讓她了解，男人要有多大的毅力，才能在女人願意給的時候縮手。」皮奧崔站著打量晉責，彷佛今天才認識這個人，接著他以非常悲哀的語氣說道：「你的確是個男人，你的確配得上我妹妹的女兒。你母親的孫女兒會豐饒我的家系。」皮奧崔最後這句話聽來像是當地的諺語，倒不像是他眞的冀望那個遠景。接著他便轉身默默地離去了。

晉責深深吸了一口氣，吐出來。我唯恐他會以精技探究我在什麼地方，但幸而他之後便轉身朝艾莉安娜的母屋走去。

坐在地上的阿憨已經睡著了，他的頭垂在胸前，不時點一下。當我溫柔地搖醒他，並扶著他站起來的時候，他呻吟了一聲，蹣跚地跟我走回小屋，一邊喃喃地說道：「我想回家。」

「我也想回家。」我答道。然而說到「家」，我心裡想到的並不是公鹿堡，而是那個俯瞰著大海的草原，草原上有個女孩穿著豔紅裙子對我招手。我想回去的家，不在現在這個世界上，而是在已逝的過去，想回也回不去了。

12

叔姪

龍島險地，危機四伏。
神龍利齒，斷送人命。
正當青春年少，何必前去送命？
何必爲了贏得僚友動容，而攀冰壁、跨冰溝，踏上暗藏的冰縫？
冰華雖沉睡於堅冰之中，但寒風中迴響著冰華之歌！
冰華呼吸而成霜風，並以酷寒燒灼你的骨架血肉。
牠以酷寒燒黑並剝下你臉上的皮膚，讓你臉上只餘疼痛的粉紅血肉。
既當青春年少，何苦冒險前去？
果眞要爲了贏得心上人，而走入冰天雪地，踏上不見天日的黑岩之中？
你能否找到唯有在退潮時才顯現出來的洞穴？
你能否數著心跳，算準時間，及時返回，以免海浪撲來，將你的鮮血抹在你頭頂上的藍冰之中？

——外島歌謠〈神龍的歡迎〉，獾毛譯

隔天便傳來消息，說王子屠龍的事情已經解決了，因此我們將返回柴利格鎮，再從該鎮出發前往艾斯雷弗嘉島獵取冰華的頭。我本懷疑我們之所以立刻要出航，是否跟我在前一天晚上看到的情景有關，但後來我看到他們放開一隻信鴿，通報我們即將出發的消息，這才認定是我多心，我想屠龍之事已經解決的消息一定也是藉由信鴿傳來的。

接下來一片忙亂，所以我免去跟王子會談那個尷尬的問題，但我心裡還是因其他事情而煩心。阿憨說什麼都不肯上船，就算勸他，唯有搭上這條船，做完了事情才能早點回家，他也聽不進去，這些道理已經超過他心靈與邏輯的極限。他自從與我們在一起之後，已有了不少進展，如今他講話不但較為流利，遣詞用字也較有層次。他就像一盆長年不見天日，但是終於曬到太陽的植物，如今他理解力增強，並且展現出極大的潛力，與當年我在切德塔樓見到的那個弱智僕人已不可同日而語。不過，他畢竟仍與常人不同，而且有時候他就像小孩子一般容易受驚，並故意唱反調——碰到這種場面，跟他講再多道理也沒有用。最後，切德在我們出航的前一天晚上對他下了效力很強的安眠藥，因此我整個晚上都注意著他的夢境，以免他出了什麼問題。阿憨在夢裡很不安，而我也只能盡所能地安撫他。蕁麻竟沒來幫我，實在令我擔心，不過在另一個層次上，我反而慶幸她沒來。

隔天早上，我們把阿憨搬到手推車上時，他仍睡得很熟。我在崎嶇顛簸的路上推車往突堤碼頭而去，只覺得自己像個呆子，幸而羅網與我同行，彼此聊了些閒話，他的態度好像這種事情乃是天天可見的常事。

我們離開的場面比抵達時還要盛大。碼頭邊有兩艘船，所有六大公國之人都已經上了野豬號，而貴主、皮奧崔和其他幾個同行的人則搭乘旁邊那艘比較老、比較小，旗杆上飄著獨角鯨旗的船。上母來到船邊為貴主送行並祝福，我知道這又是一套儀式，但是我還沒看多少，躺在床上的阿憨便不安地翻來覆去，於是我想我還是乖乖待在他身邊，免得他醒來又鬧著要下船。

我待在分配給我們的小艙房裡，坐在阿憨的床緣，設法將平靜且安全的氣氛傳給他，可是儘管我全力防堵，船隻特有的搖動與聲響仍滲入他的夢境中。他大叫一聲，驚醒並坐起身，睜開昏花的雙眼打量艙房的景象，哭喊道：「我在做惡夢！」

「不，這是眞的。」我對他說道。「但是我會保護你，阿憨，我向你保證。」

「你怎麼保護我！我人都在船上了，你還能怎麼保護我！」他叫道。方才他坐起來的時候，我伸出手臂環著他，好讓他覺得安心，但此時他一下子把我甩開，用被子將自己裹起來，翻身面對牆壁，開始難以自抑地痛哭起來。

「阿憨哪。」我呼喚道，但自己也不知道該怎麼辦才好。我覺得自己太過殘忍，帶他上船實在是大錯特錯。

「你走開！」雖然我已經立起精技牆，他這個精技指令的威力還是強大得使我的頭像要斷掉似的往後一甩，接著我站了起來，摸索著走出我們與原智小組同住的這間狹小艙房。我強迫自己停下來。

「要不要我找個人來陪你？」我無助地問道。

「才不要！你們都恨我！你們聯合起來騙我，給我下藥，又把我弄上船，好讓我死在海上。走開！」

其實我也樂得離開，因爲他的精技彷彿劇烈的冷風般將我往外推。艙門低矮，而我走出去的時候太早站起來，頭就結結實實地撞在門楣上。這一撞讓我頭昏腦脹，只能蹣跚踉蹌地走到甲板上。阿憨殘酷的大笑則有如第二波打擊。

不久我就發現這種事情絕不是意外。也許第一次是意外，但是接下來幾天阿憨大量運用精技力量，使我狀況百出，我再怎麼想把這些事情歸爲巧合，也變得太過牽強。如果我先察覺他在搗蛋，那麼我偶爾是能夠成功地反制的；但若是他先瞧見我，那麼我就得等到自己覺得這船搖晃得太過厲害時，才會知道是他在作怪，儘管我努力穩住自己、保持平衡，最後仍不免跌倒，或是撞上甲板邊的欄杆。

但是在撞上門的時候，我還以爲是自己太笨拙。

我去找晉責和切德。這次搭船到柴利格鎮是我們在外島期間最自由且沒有顧忌的一段航程，因爲皮奧崔、貴主和他們的侍衛跟我們不同船，而幫我們開船的野豬族人，又對於我們這些人如何往來不感興趣，因此我們較不需要裝模作樣。

我直接走向王子的艙房，敲了敲門。切德叫我進去。一進門，我便發現他們兩個都已經安頓好了，桌上甚至已擺出了餐點。那些都是外島食物，但至少份量足夠且精緻，所以當晉責朝我點頭，邀我坐下一起享用的時候，我就老實不客氣了。

「阿憨的情況如何？」晉責劈頭便問道。於是我詳細地報告一番。說眞的，我幾乎鬆了一口氣，因爲我很怕晉責會立刻叫我解釋蕁麻的事情。我講述了阿憨的不適與氣憤，最後下了結論：「無論他的精技力量有多高，我看我們是再也無法強迫他搭船了。我們每多搭一次船，他就多痛恨我幾分，而且變得越來越難以捉摸，難保我們不會引起他的重大反感，然而果眞惹惱了他，不管我們再怎麼補救，他都會用精技力量來對付我們，我們則無從將他平息下來。如果我們可以安排將他安全地留在柴利格鎮的話，我建議前往艾斯雷弗嘉島的時候，就不要帶他同行了。」

切德重重地放下玻璃杯。「你明明知道這是不可能的，既然不可能，你還問什麼？」接著他以惱怒來掩飾自己的愧疚與遺憾。「我發誓，我從沒想到阿憨會這麼難纏。眞的沒辦法讓他了解到我們的任務有多麼重要嗎？」

「也許王子跟他講得通吧。如今阿憨非常氣我，我再怎麼勸，他也聽不進去。」

「氣你的可不只阿憨而已。」晉責冷淡地評論道。他那鎮靜的語氣使我心驚膽跳，由此可見，他是眞的動怒，不是隨便敷衍得過去的。如今他像成年男子手握武器般確實控制住自己的怒氣，所以他隨時出手，必定成傷。

「我先告退，讓你們兩個慢慢談吧。」切德起身的動作稍顯匆促。

「噢，不必。既然你說從沒聽說蕁麻和她那條龍的事情，我敢說不但我聽了會收穫甚多，連你聽了也會收穫不少呢。」

切德慢慢地坐回椅子裡，在王子的冷嘲熱諷之下，他是溜不成了。我突然了解到，這老人不但一點都不可能幫我講話，說不定還樂於看著晉責把我逼到角落裡。

「這個蕁麻是誰？」晉責毫不拐彎抹角地問道。

所以我也直接答道：「她是我女兒，雖說她並不知道我們是父女。」

他往椅背上一靠，好似我剛才潑了他一盆冷水。我們三人久久沉默不語。切德最可惡了，他舉起手掩住嘴，但是我已經看見他在偷笑。我狠狠地瞪他一眼，他乾脆放下手，大大方方地咧嘴而笑。

過了一會兒，晉責應道：「喔。」然後他下了個結論，彷彿這個消息最重要的影響就在於此。「我有姪女了！她多大了？我怎麼從沒見過她？還是我見過，只是我不知道而已？她上次待在宮裡是什麼時候？她母親是哪一位夫人？」

這一番話問得我無言以對，但切德幫我做了回答，我眞是恨死他了。「她從未來過宮裡，王子殿下。她母親是製燭商人，而她父親……她以為她父親是博瑞屈，也就是公鹿堡前任馬廄總管。她現在應該是十六歲了。」切德說到這裡便停住，似乎是要讓王子有時間消化。

「迅風的父親？那麼……迅風是你兒子？你以前跟我說你有個養子，可是——」

「迅風是博瑞屈的兒子，他跟蕁麻是同母異父的姊弟。」我深吸了一口氣，接著聽到自己的聲音在問道：「你有沒有白蘭地？葡萄酒不行，要講這個故事需要烈一點的。」

「看得出來。」他起身幫我拿了白蘭地過來。在這一刻，他比較像是興高采烈地等著聽家族密史的姪兒，而不像是王子。對我而言，這件事情實在是難以啓齒，而切德假意同情地一邊聽一邊點頭稱是，使我更爲彆扭。晉責把所有曲折的始末都問明白之後，不禁搖頭嘆息。

「這麼說起來，博瑞屈家的孩子是分屬兩個父親的了。我母親雖跟我講了你的人生故事，但是湊上這一段之後，才變得比較合理；莫莉和博瑞屈兩人把你拋下不顧，彼此共組家庭，這樣無情無義，你一定很痛恨他們吧。」

聽到晉責講這種話，我實在很驚訝。「不。」我堅定地說道。「不是這樣的。他們兩人都以爲我已經死了，既然如此，他們彼此求個依靠，怎能說是無情無義？況且，如果莫莉必得有個依靠，那麼……那麼我也樂於見到她選了個配得上她的男人。再說，博瑞屈也終於替自己找到了一點幸福。他們甚至一起保護我的孩子。」我的喉嚨越來越緊，最後幾乎講不下去。我灌了一大口白蘭地，好讓喉嚨放鬆一點，同時深吸一口氣。

「博瑞屈比我更配得上莫莉。」我好不容易說道。多年以來，我一直都是這麼跟自己說的。

「我倒納悶她自己是不是這麼想的。」王子沉思道。他一看到我臉上的表情，便趕快補充：「請見諒，這件事實在沒有我說話的餘地。只是……只是我母親竟然從未插手，也從未說破，我實在很驚訝；她常常用很不得已的口氣對我說，我是唯一的王位繼承人，所以我的肩膀上不知擔著多少責任。」

「在這方面，她以蜚滋的情緒爲重，而且不聽我的勸。」切德解釋道。我聽得出他因爲終於替自己撇清關係而大為自豪。

「我懂了。不，老實說，我實在想不通。不過現在的問題是，你是怎麼教她精技的？你曾經在她家附近住過，還是……？」

「我從未教過她。她雖然會精技，但那都是她自己摸索出來的。」

「可是，自己摸索精技不是十分危險嗎？」晉責更訝異了。「你怎麼都不管哪，要是她出了什麼事情怎麼辦？你明知道她是瞻遠王位的備位繼承人！」他這幾句話是衝著我說的，然後他轉過頭，以斥責的語氣對切德質問道：「是不是你擋著不讓她來？是不是你以什麼保證瞻遠家族的名聲為由，所以不讓她到宮裡來？」

「絕無此事，王子殿下。」切德流利地反駁道。他以鎮靜的眼神望著我，同時對晉責說道：「我多次請求蜚滋讓我把蕁麻召進宮裡，好讓她了解到她之於瞻遠王室的重要性，並且接受精技教育。但是在這方面，蜚滋駿騎個人的感覺又占了上風，王后與我的勸告，他根本聽不進去。」

王子深呼吸了好幾次，輕聲說道：「怎麼會有這種事？這根本就不對嘛。這非得補救不可。不然我自己來好了。」

「你要怎麼做？」我追問道。

「當然是把蕁麻的眞實身分告訴她！而且要派人將她送入宮，讓她接受與出身相配的款待，並接受各種教育，包括精技在內。我的姪女竟然被人當作村姑一般地養大，以做蠟燭和養雞度日！要是她有必要繼任瞻遠家族的王位怎麼辦？我母親怎麼會任你這樣胡作非為，我眞是不懂！」

你望著眼前這個自以為是的十五歲少年，並且突然察覺到他有能力把你整個人生弄得天翻地覆，世界上還有比這更恐怖的事情嗎？我只覺得虛弱欲吐，毫無招架之力。我輕聲懇求道：「你不懂我的顧慮，你這樣做，不是在幫我，反而是在害我呀。」

「沒錯，我的確不懂。」晉責雖一下子便應和了我的話，但他的怒氣越來越高漲。「別說是我，其實連你自己也不懂。你到處幫別人決定他們到底應該對自己的人生知道多少，但是這種事情會產生什麼後果，你又比我多知道多少？你只是採取了你認為最安全的作法，然後一心希望萬一事情出了差錯，別人既不會發現是你所引起，也不會怪到你頭上！」晉責越講越激動，而我不禁開始懷疑，他的怒火可能沒那麼單純，他不只是氣蕁麻的事情而已。

「你在生什麼氣？」我坦率地質問道。「這又跟你無關。」

「跟我無關？跟我無關？」他氣得站了起來，椅子差點翻倒。「蕁麻怎麼會跟我無關？難道她不是瞻遠家的人？難道她沒有精技天賦？你可知道——」他頓時哽咽難言，最後搖搖頭、定定神，才以較為溫和的口氣問道：「你可能不知道，我多希望能夠跟同年齡的親人一起長大！如果我能跟這樣的人一起談談心事，如果有這麼個人，能夠幫我分擔一點治國的責任，不必一切都非靠我一人不可，那該多好！」他不再看我，而是直瞪著艙房的牆壁，像要嘗試能不能看透，之後他輕輕地啐了一聲。「如果有這樣一個人，那麼今日待在這個艙房裡的，說不定就是她，而不是我了。我們可以將她許配給外島的男人，而不必非我不可。要是我母親和切德能夠以兩個瞻遠家的孩子來奠定和平的話，誰知道……」

聽到這話使我渾身發冷，但我不想告訴他，就是因為我不想讓蕁麻遭人利用，所以才護著不讓她與王室接觸，不過我還是把一部分真相說了出來。「我從來就沒想到要用你那個角度去看待蕁麻，所以我也從未想到她的事情會對你產生什麼影響。」

「嗯，蕁麻的事情對我確實有很大的影響，你現在可知道了。」他突然把焦點轉向切德。「而你的疏忽也太不可原諒。這個女孩是繼承瞻遠王位的第二順位，排在我之後。像她這麼重要的身分，不但要正式入檔，還得有人見證，早在我啓程之前，就該把入檔與見證的事情辦妥！若是我出了什麼事，若是我因為要把冰凍的龍從冰層裡面挖出來而死的話，眾人一定會因為猜測誰該繼位而亂成一——」

「這事早在多年之前就辦妥了，王子殿下，文件已經保存於安全之處。在這方面，我可沒有疏忽。」切德似乎因為晉責竟然指責他辦事不周而憤怒至極。

「那很好。不過，二位能不能跟我解釋一下，這麼重要的消息，為什麼你們一直瞞著不讓我知道？」他怒視切德，接著狠瞪著我，最後他的眼神定在我身上，並斥道：「看起來，你倒一直忙著為別人下決定哪！你只用自己認為最好的作法去做，也不問問別人是不是眞的覺得這樣最好。但是我告訴你，你並不一定是對的！」

我忍住怒氣。「下決定的麻煩之處就在於此：除非你下了決定，並且實行，否則你無從得知對或錯。但是人生的事情本來就應該交給大人去做決定，而大人做了決定之後，不管好壞，也只能悶著頭承擔。」

晉責沉默不語，過了好一會兒，他說道：「那麼，如果我現在以大人的身分做出決定，並且把蕁麻的身分告訴她呢？我們做了那麼多錯事，至少糾正這麼一點，也是應該的吧？」

我吸了一口氣。「求求你，這種事情實在不能這樣突如其來地坦白說出。」

他沉默了更久，之後狡黠地問道：「你以後會不會突然在我毫無準備的時候又告訴我，我還有別的祕密親戚吧？」

「沒有了，就只有蕁麻而已。」我嚴肅地答道。然後我比較正式地說道：「王子殿下，我求求你。就算非得告訴她不可，也讓我來講吧。」

「這樁任務，也的確該由你承擔。」他有感而發地說道，而已經面帶嚴肅好半天的切德則再度笑了出來。晉責以近乎嫉妒的口吻補充道：「她的精技天賦好像很強。想想看，若是她與我們同行，那麼事情會有多大的變化呀。我們可以仰賴她，而說不定若是有她在，我們就可以把阿憨留在家裡了。」

「事實上，她跟阿憨配合得很好。她不但善於平撫他的心情，也頗得他的信任。在我們前往柴利格鎮的航程中，就是她半夜解除了阿憨的心防。然而你剛才說的事情呢，不行，王子殿下，如今的阿憨既強大又脆弱，所以不管我們把他留在什麼地方都不成。況且，我們遲早要摸索出如何與他應對才行。我們教他越多，他就變得越危險。」

「我想，對阿憨而言，最好的解藥就是帶他回家，讓他重新過他所熟悉的生活。到那時候，想必他的脾氣會好很多——不幸的是，我還得先找到龍，砍下龍頭，才能帶他回家。」

能夠改談蕁麻以外的話題使我鬆了一口氣，然而在我們將蕁麻的話題拋在一旁之前，我還有一點要聲明。「王子殿下，這些事情迅風都不曉得。他不知道蕁麻是我女兒，也不知道她是他同母異父的姊姊，而我希望你也別拆穿。」

「噢，我當然不會說了。我敢說，當年你決定隱瞞蕁麻的事情時，一定沒想到這對於她的弟弟妹妹會有什麼影響。」

「你說得沒錯，當時我是沒想這麼多。」我僵硬地答道。

「唔，就目前而言，我是不會多說的。但是你也該想想看，換作是你，若是這麼大了才發現自己的父母親是誰，那麼你會有什麼感覺？」他望著我，搖了搖頭。「你想想看，若是你現在突然發現，原來你不是駿騎的兒子，而是惟眞的兒子，或是切德的兒子，你會做何反應？果眞如此，你眞的會感激那些早就知道眞相，可是卻以『保護你』爲名，一直瞞著你的人嗎？」

我眼前突然裂開一道驚懼懷疑的巨大鴻溝，雖然我一直告訴自己這其實是幻象。以切德而言，他的確有這種數十年來將我蒙在鼓裡的本事，但是從各種跡象推斷起來，我的生父應該是駿騎無誤。不過，晉責已經達成他的目的了，他已經讓我切實感受到，我若是被人騙了這麼久，那麼我會有多氣憤。「我大概會恨死他們。」我坦承道，我直視著他的眼睛，補充道：「這也是我之所以不想讓蕁麻知道的又一個理由。」

王子噘起嘴唇，稍微點了一下頭，與其說那個動作在對我承諾他會幫我保守祕密，不如說他藉此承認，若是把這個祕密講出去，那麼後果恐怕不好收拾，而這已經是他最大的極限了。我希望這個話題能就此打住，但是他微微地皺著眉頭，突然問道：「那麼，這位『我才不信王后』，怎麼會跟繽城的龍交好？難道，她是跟婷黛莉雅同一陣線嗎？」

「才不呢，王子殿下！」我眞的嚇到了，晉責竟然以爲蕁麻在跟我們作對。「據我看來，婷黛莉雅是因爲監看我的心思，所以才會發現蕁麻這個人。當她與我施展強大的精技力量，或是以你與阿憨的親身經驗而言，在你們做精技漫遊的時候，婷黛莉雅就會找上我們。牠一定是從繽城使節團那裡聽說我的事情，畢竟使節團在不久之前才到公鹿堡拜訪過。當時我們練習精技均不曾小心提防，牠大概因此把我當作是主要目標了。後來牠察覺到我在夢中與蕁麻相會，大概是想從她那兒套一些關於我的消息——婷黛莉雅想要知道我到底對那條名爲冰華的黑龍知道多少。既然孵化於雨野原的所有幼龍都很脆弱，那麼婷黛莉雅若想找個伴侶延續龍族的後代，恐怕就只能期望冰華了。」

「這麼說來，我們根本就無法保護蕁麻。」

我不禁以帶著一絲驕傲的語調說道：「蕁麻證明了自己能夠輕鬆地應付龍，她不但能保護自己，還能保護我，連我都出乎意料。」

晉責打量著我。「既然如此，我敢說來日她還是能保護自己，如果說，那藍龍一直都只能在夢境中威脅到她——只是我們對這個婷黛莉雅所知不多，要是有人跟牠說，牠若想尋覓伴侶，只能期望黑龍，那麼牠恐怕會急如星火。蕁麻也許能在夢中與牠平分秋色，但要是那條龍親自飛到蕁麻家門口呢？博瑞屈的房子擋得住發怒的巨龍嗎？」

我實在不願意想像那個畫面。「看來婷黛莉雅只會趁著晚上到蕁麻的夢境裡去找她。說不定牠並不知道蕁麻家住哪裡。」

「但這也可能只是因為，目前婷黛莉雅決定待在雨野原看顧小龍。然而明天晚上，甚至一個小時之後，牠說不定會急了起來，於是便拍拍翅膀，飛到蕁麻家去了。」晉責閉上眼睛，以雙掌掌根處頂住太陽穴按摩了起來。等他又睜開眼睛之後，他望著我，搖頭說道：「我真不敢相信，你竟然從未考慮過這一點。我們該怎麼辦？」他也不等我想出答案，便轉頭對切德問道：「我們船上有沒有信鴿？」

「那是當然，王子殿下。」

「我要送封信給我的母親，蕁麻必須接到公鹿堡去住，這樣她才會安全哪……噢，不不，應該直接對蕁麻技傳，警告她處境危險，然後叫她去找我母親，這樣可比信鴿快多了。」他改而把手放在眼睛上，揉了一陣。他沉重地嘆氣，把手放下來。「很抱歉，蜚滋駿騎。」他柔聲但真誠地說道。「我是可以不插手的，只是現在蕁麻處境這麼危險，我實在無法旁觀。你竟然沒考慮到這些，我真的太震驚了。」

我低下頭。聽到他這一番話，我心裡有個奇妙的感覺——倒不是憤怒，也不是絕望，而是「無可避免的結果終於應驗」的感覺。突然之間，有如一道冷流穿過全身，我手背和手臂上的寒毛都了站起來。我心中霎時出現弄臣滿足微笑的形影，再低頭一看，發現我的指尖再度扣上弄臣留在我手腕上的印記。剛才那一刻，彷彿有人在石子棋上走了個致命的棋步，也像是狼終於被獵人追得走投無路；那個變化大到連恐懼與遺憾都不足以形容，碰上這等劇變，人只能呆呆地站著，等著隨後必到的大雪崩席捲而來。

由於我久久不言，最後切德終於叫道：「蜚滋駿騎。」我聽得出他很關心，而他望著我的和藹表情幾乎使我心痛。

「博瑞屈已經知道我沒死了。」我笨拙地說道。「我請蕁麻幫我傳話給他，而那些話的弦外之音，只有他聽得出來。我非得跟他說上一、兩句話不可，因爲我答應了蕁麻，而且我眞的很想讓博瑞屈知道他兒子……也就是迅風，正跟我們在一起，並且一切平安。後來博瑞屈去找珂翠肯，可能還跟弄臣說上了話。所以……他已經知道了。」我深吸了一口氣。「說不定，博瑞屈早就料到遲早會召蕁麻入宮。他一定在猜測她有精技天賦，否則，她怎麼會從我這裡得知迅風一切平安的消息？他是駿騎的『吾王子民』，精技是怎麼一回事，他清楚得很。要是當年駿騎沒有封鎖博瑞屈就好了，要不然，我現在就可以跟他心靈交流——不過，目前我可能沒那個勇氣跟他一談……」

「博瑞屈是駿騎的吾王子民？」坐在椅子上的晉責往後一頂，讓椅子的前腳騰空，只有後腳著地。他驚愕地望著我們兩人。

「是啊，博瑞屈將他的力量提供給駿騎王子，以做爲駿騎施展精技之用。」我確認道。

晉責搖了搖頭。「現在又多一件從來沒人跟我提過的事情了。」他砰的一聲，讓椅子四腳著地。「到底要發生多大的事情，才能讓你們兩個把所有的祕密抖出來？」他氣憤地質問道。

「這又不是祕密。」切德沉重地說道。「只是件陳年舊事，而且看來無關緊要，不值得一提。蜚滋，你確定博瑞屈被駿騎封鎖了？」

「對。我也不知嘗試過多少次，就是無法進入他的心中。我們住在山裡的時候，我還曾經想借博瑞屈的精技天賦一用，可惜徒勞無功。蕁麻也說，她想進入博瑞屈的夢境中，但不管怎麼試，就是進不去。不管駿騎用了什麼方法，反正他是眞的把博瑞屈封得滴水不漏。」

「眞有趣。我們眞該探究一下當年駿騎是怎麼封住博瑞屈的。我們要是無法化解阿憨的精技威脅，至少還可以封住他。」切德以他平常推論事情的語氣說道，也不管他說出這話，會不會有人覺得刺耳。

「夠了！」王子打斷了切德的話。切德與我都因爲他如此激動而嚇得跳了起來。接著晉責交握手臂抱胸，搖了搖頭。「你們兩個怎麼回事？像個木偶師傅般躲在幕後拉扯著絲線，要其他人的舉止行動皆受你們操控！」他凝視著切德，然後又慢慢地轉過頭來凝視著我，逼使我們兩個都得迎上他的目光。其實晉責年輕又沒什麼防備，但此時他卻如同獵人打獵一般精明地傲視切德與我。「有時候，我覺得你們兩個眞是恐怖啊！我坐在這裡聽著你們如何捏塑蕁麻的人生，怎麼可能不去揣想，長久以來你們如何刻意出手干涉我的人生？切德，你正經八百地講起如何才能將阿憨的精技力量封鎖起來，聽到這裡，難道我心裡不會暗暗警惕？若是我哪裡妨礙到你們的計畫，你們會不會聯合起來，用同樣的方法對付我呢？」

晉責竟然認爲切德與我是同一種人，這使我驚訝且膽寒，但即使如此，我也想不出能用什麼話來反駁他。畢竟如今晉責雖不情願，卻仍出門遠征，目的則是爲了迎娶別人爲他選擇的新娘。我不敢轉過頭去看切德，誰知道我們這麼彼此一望，會被王子說成什麼樣子？所以我不敢左顧右盼，反而凝視著我手中以兩指托住的白蘭地酒杯，並將酒杯搖一搖、轉一轉。這是惟眞在思考時的習慣性動作，姑且不論惟眞從晃動的酒液中看出什麼端倪，總之我瞧了半天，腦中還是一片空白。

我聽到切德將椅子往後一推，在地板上摩出刮擦聲，於是我甘冒大不諱地朝他那邊瞄了一眼。他站了起來，慢慢地繞著桌邊走，一時間，看起來彷彿比幾分鐘之前老了好幾歲。王子困惑地轉過身去望著他，而那老刺客則若有所思地單膝跪在王子面前，低下頭，斷斷續續地對著地板說道：

「王子殿下，有天你終會變成國王陛下，這就是我的唯一打算。我不但不會傷你分毫，也不會誘導別人對你下手。其他人只會在你正式加冕時才對你宣誓效忠，但如果你想要，現在就解除我對你的誓言吧，畢竟從你出生以來——不，是從受胎開始——我便誓死輔佐你繼任了。」

我眼裡湧出淚水。

晉責將手壓在臀下，身體往前傾，他對著切德的後腦勺說道：「而你卻撒謊：『我對這個蕁麻和龍什麼的一無所知。』」他把切德那無辜的語氣模仿得惟妙惟肖。「這話可不是你說的嗎？」

一陣長長的沉默。我暗暗可憐那老人跪在地上的膝蓋。最後切德深吸一口氣，不情不願地說道：「我認為，如果你我彼此都知道我在撒謊，就不能算是說謊了。我這個地位的人，有時候不得不對主君撒個謊，這樣的話，別人問到某些話題時，主君才能誠實回答。」

「噢，起來吧。」王子的口氣既輕蔑，卻也覺得好笑。「瞧你把事實真相扭曲得這麼嚴重，看來我倆已經弄不清你在講什麼了。你啊，就算宣誓效忠我一千次，但只要隔天一想到有什麼可以為你自己脫罪的託詞，你就會立刻講起不知所云的話。」晉責站了起來，伸出一手，切德也伸手拉住。晉責將他拉了起來。那老刺客伸直背時，狀似痛苦地嘟囔一聲，然後才繞過桌子回到位子上坐下。王子明白地戳穿了切德那誇張的詭計，但是切德看來卻一點也不以為忤。

我不禁想著，這一幕到底對我有何啓示。我以前便注意到，這少年和老刺客之間的關係，與我少年時大不相同，就我的看法，晉責與切德之間之所以無法水乳交融，關鍵就在這裡。切德跟我坐下來聊天的時候，我們是以受過訓練之人的觀點來聊，因此一點也不覺得我們這一行那些見不得人的祕密有什麼好羞恥的。我暗暗拿定主意：往後我們在王子面前可不能那樣子聊天了。晉責不是刺客，所以我們這一行的凶惡算計，最好是別讓他見到。我們不該在他面前謊稱這些黑暗面不存在，但終究而言，也許我們最好別讓他注意到這些事情才好。

也許晉責就在提醒我們這一點。我搖了搖頭，心裡暗暗對這少年感到欽慕。他身上散發著王者的氣質，就像獵犬的孩子會追尋蹤跡一樣地自然。他已經知道如何驅使我們、利用我們了。我倒不會因此而覺得自己遭到貶抑，只是更加確定我對他的看法。

但是他立刻就打散了我心裡那麼一丁點舒適自在。「蜚滋駿騎，我希望你今晚在夢中與蕁麻一談。你要告訴她，她必須前往公鹿堡，請我母親保護她，而且這是我的命令。這樣她才會相信我在夢中所說的話並不是在哄她。這你辦得到嗎？」

「一定要用那些說詞嗎？」我不情不願地問道。

「這個嘛……修改一下亦可無不可。噢，隨便你愛怎麼說就怎麼說好了。只要能讓她了解到她的處境眞的很危險，非得立刻前往公鹿堡不可，這就行了。我會寫封短函給我母親，立刻以飛鴿送出，以便確保大家都了解到這件事情的嚴重性。」晉責站了起來，沉重地嘆了一口氣。「現在呢，我要去睡了。我要把門關起來，在眞正的床上睡覺，而不要像什麼熊頭、鹿頭等上好的打獵紀念品那樣，無奈地被人供在大廳的牆壁上。我從沒像現在這麼累過。」

我樂得離開那間艙房。我在甲板上轉了一圈。海風清新，風險在船上空飛翔，天氣清朗。對於晉責交代給我的這件任務，我到底是恐懼還是期待，我實在說不上來。晉責並沒說我必須告訴蕁麻她是我的女兒，然而她一到了公鹿堡，這個祕密恐怕終將不保。我搖了搖頭。我已經不知道自己該期望什麼了。不過我倒是十分確定自己極害怕一件事情，那就是晉責談起婷黛莉雅的角度。他的說法使我膽戰驚心。我原來一直認爲蕁麻足以抵禦婷黛莉雅，這是不是太錯估形勢了？那藍龍眞有辦法得知蕁麻家住哪裡嗎？

我只覺得今天的時間過得特別慢。我去看了阿憨兩次。他縮在床上，面對牆壁，口中堅持說他病得很厲害。但是老實說，我猜他雖然不肯承認，不過他大概已經習慣海上航行了。我跟阿憨說，他看來沒什麼病，要不要到甲板上走一走，此時他在努力乾嘔，還眞的差點就把肚子裡的東西吐在我腳上。不過他終究沒吐成，最後是毫不做作、天崩地裂地咳了一陣，所以我想還是別去招惹這個小個子比較好。我出去的時候，肩膀「不小心」撞在門框上。阿憨笑得可開心了。

我揉著肩膀上的新傷，走上甲板。到了前甲板上，發現謎語擺出了一張帆布棋盤和一把沙灘上撿來的小石頭。他正在想辦法教船上的兩個水手玩石子棋。我丟開這個令人不安的情景，望向他處。儒雅的貓爬到船桅上，船長惱了起來，外島水手看得大樂，而儒雅與迅風則說盡好話，想要勸那貓下來。風險站在桅杆較高處，恰巧是貓所不及之處，牠稍微展翅，又呱呱叫著示威，把貓氣得不得了。最後羅網出來，勒令風險別鬧，並幫忙把貓勸下來。

日間的時光便這般過去，然後令我又愛又怕的夜晚便來臨了。我回到阿憨與我所睡的艙房。先前迅風幫阿憨端了晚餐來，從放在地上的空盤碗看來，他的食欲似乎好得很。我把碗盤堆起來放在一旁，過了一會兒便撞上這些食器。阿憨咯咯地笑了起來，由此可見他大概發覺了我動作笨拙。我跟他道晚安，但是他理都不理我。

整張艙床都被阿憨占去了。我把被褥鋪在地上，又花了許多工夫，才讓心境平靜到能夠進入睡醒之間的過度狀態，並且由此進行精技漫遊。我用盡了所有方法就是找不到蕁麻。這一來使我憂心忡忡，根本也睡不著了，幾乎一整晚都在徒勞無功地精技漫遊，可是蕁麻就是不見蹤影。

我躺在黑暗且不透氣的狹小艙房中，告訴自己，要是她發生了什麼不測，我是一定會知道的。畢竟她與我之間有精技牽繫，而她若是碰上危險，必定會大叫出來。我安慰自己，我女兒阻擋我、不讓我進入她的夢境中，也不是第一次了，況且我們上次相聚時她十分生氣，因爲我竟「讓」王子進入我們共享的天地，也許她是藉此來懲罰我吧。不過我睜眼瞪著黑暗的艙房時，又想起上次見到婷黛莉雅的時候，牠聲稱隨時都可以遮蔽蕁麻，讓我找不到她。當時藍龍是怎麼跟蕁麻說的？「如果我要讓妳孤立一人，妳就別想有伴。」到底我女兒現在在哪裡？莫非她被困在夢魘之中，被那藍龍折磨得生不如死？不，我堅定地對自己說道，蕁麻一向善於在夢境中保護自己。我詛咒切德灌輸給我的推論，切德分析，藍龍爲了得到牠要的消息，不免將戰場轉換到牠較占上風之處——例如，親身飛去找我女兒。

龍能飛多快？有快到能在一夜之間，就從雨野原飛到公鹿公國嗎？當然不可能。不過因爲無從得知，所以也無法確定。我拉扯著短小的被子，在木頭地板上輾轉難眠。

早晨終於來臨，我眼睛裡都是血絲，但還是踉蹌地站起來。不知怎地，我的腿竟纏在毯子裡，這一絆，使我的小腿骨撞在床緣上。我狠狠地詛咒，然而阿憨似乎從頭到尾都睡得很熟。我離開艙房之後便直接去找王子做報告。他嚴肅且沉默地聽完，並未指責我爲何沒想到蕁麻無力抵擋來襲的巨龍，還笨到以爲這樣是在保護女兒，切德也不發一語。王子只說道：「希望這只是因爲她在氣你。信鴿昨晚就起飛了，信一送到公鹿堡，我母親會毫不遲疑地派人去把蕁麻接來，我已經在信上寫明她的處境非常危險，絕對不能耽擱。我們已經盡了全力了，蜚滋駿騎。」

這麼一點安慰實在讓我無法安心。從那時開始，我心中縈繞的念頭，不是想像藍龍如何大啖蕁麻的嫩肉，就是在想像王后衛隊去博瑞屈家接蕁麻的時候，博瑞屈會如何激烈反應；唯一能讓我稍微分心的，是阿憨的悶怒與技巧性的報復。我第二次在抓門把時刮傷指關節，不禁對阿憨講白了：

「阿憨，我知道這是你在搞鬼。可是這是不公平的。你討厭上船，但這怎能全怪在我身上？」

他慢慢地坐起來，兩條光溜溜的腿在床緣晃著。「那不然要怪誰，嗯？是誰逼我上船，逼我死在這條船上的？」

我發現我講錯話了。我不能告訴他，我只是在照王子的吩咐行事。切德說得沒錯，這件事情再怎麼錯，都得怪在我身上。我嘆了一口氣。「我是把你送上了這條船沒錯，阿憨，但這是因為，如果我們要屠龍，非要有你幫忙不可。」我盡量裝出溫馨且興奮的語調。「難道你不想幫助王子？難道你不想參加王子的冒險？」

阿憨瞇著眼睛望著我，彷彿我在說瘋話。「什麼冒險？嘔吐不停，除了魚之外，什麼都沒得吃？為什麼一天到晚上上下下、下下上上？除此之外，周遭的人都在納悶我怎麼還沒死，這算是什麼冒險？」阿憨交握著肥短的手臂抱胸。「冒險故事我聽多了。冒險故事裡有金幣、魔法和漂亮的女孩可以親親，但是冒險故事裡可沒有嘔吐！」

在那當下，我真的很想應和他。我離開艙房時，踉蹌地在門檻上絆了一下。「阿憨！」我怒道。

「不是我！」阿憨聲稱，話雖如此，他還是照樣大笑起來。

我們這兩艘小船輕快地破浪前進，風勢也對我們有利，不過我卻仍覺得這段旅程像是沒完沒了。白天時，我一方面監督迅風課程的進度，一方面照顧阿憨，並盡量別在身上添加太多小傷；晚上時，我則努力與蕁麻牽繫，卻毫無成果。等我們抵達柴利格鎮的時候，我覺得自己彷彿變成破爛的殘骸，而外表恐怕看來也跟我心裡的自覺一樣糟糕。我站在船欄邊望著逐漸靠近的柴利格鎮時，羅網走到我身邊。

「你放心，我不問你有什麼祕密。」他輕輕地說道。「不過我看你扛這擔子太吃力了，需要我幫忙的時候，你說一聲就是了。」

「謝謝你，其實你已經讓我的擔子減輕不少了。我也知道自己這幾天對迅風很不耐煩，幸虧你幫忙注意他的功課。除此之外，你有空就來看看阿憨，以免他太無聊。這就已經幫了大忙了。很謝謝你。」

「好，那就這樣吧。」羅網遺憾地說道，他在我肩上拍一拍，然後就走了。

待在柴利格鎮的時光使我覺得度日如年。我們晚上睡在野豬氏族的要塞裡，而我連白天時也大多都待在屋裡。阿憨的咳嗽還沒好，據我看來，他的病勢並沒有他嘴上說的那麼嚴重。雖然一天到晚逗留在他的病床邊無聊至極，但我考慮再三，還是覺得不要外出比較好，因爲我兩次誘勸他出外走走，都遭到別人以有色眼光看待。阿憨的處境就像是一群健壯的雞之中，冒出一隻跛腳的小雞；在這個情況下，其他人一逮到任何藉口，就會不客氣地往他身上啄下去。雖說阿憨並不喜歡我，但是讓他一個人待在房間裡，我又不放心，而且，他雖然從未要求我待在房裡陪他，不過只要我稍微離開他身邊，他就會找個藉口跟上來，要不然就是過幾分鐘之後把我叫回去。

切德第一次拜託羅網來陪阿憨的時候，我以爲他的用意是要拉近羅網與我的關係，但接著他便將我召過去，叫我穿上外島人的服飾，甚至還匆促地在我臉頰畫上貓頭鷹刺青，並吩咐我趁著晚上去外面探聽消息。切德以油墨和松脂在我下嘴唇做出一道扭曲的傷痕，好讓人們一看就知道爲什麼我不愛說話，偶爾說話又多偏重喉音，另外給了我不少外島錢幣，讓我得以在外島人過於悶熱的酒館中，喝著難以入口的啤酒度過一晚。在那次之後，切德又派我出去了幾次，每次都打扮成不同氏族的貿易商。柴利格鎮是個往來頻繁的貿易城，誰也不會注意到哄鬧的酒館裡有哪些陌生的臉孔。而我的任務便是坐在酒館裡聽聽有些什麼市井閒聊和故事。外島首領團開會協商的事情，引起人們莫大的興趣，所以酒客們會打點厚賞，好叫外島的吟遊歌者們將他們會唱的每一首有關於艾斯雷弗嘉島和冰華的歌都唱出來，此外衆人還爭相講述家庭故事，好叫酒友們刮目相看。我一邊聆聽，一邊分析歸納出這些閒談與傳奇中，有哪些普遍相同的因素可能爲眞。

艾斯雷弗嘉島的冰層中一定冰凍了什麼東西，只是曾經清楚看過那東西的，都是上一輩的老人了。

男人們大肆宣揚自己父親前往艾斯雷弗嘉島的往事。去過的人，有些是在沙灘上紮營，再一路行過冰河去看一眼，也有些是趁著數年才有的低潮使得該島南岸的冰下通道露出來時划船進去。但是走冰下通道這一途非常危險，因為人一進入四周皆為藍冰的通道之後，特別容易迷路，或是算錯時間、待得太久，而來不及在漲潮之前退出來；等到漲潮一起，將人困在裡面，那就連屍骨也不得見了。至於強壯敏捷、睿智機伶的人，則可藉由冰下通道來到一處巨大的洞穴，到了這洞穴之中，便可請堅冰中的黑龍賜福。有些人跟黑龍求到了打獵的好本領，有些人求到了女人運，也有人為自己的母屋求得多子多孫。故事就是這麼說的。

他們也提到，別忘了準備些供品獻給「艾斯雷弗嘉島的黑者」。有些人把黑者說得像是隱士一般，有些說成是守護黑龍的神靈，但總而言之，大家都認為黑者很危險，所以還是用點禮物討好他才是。有人說，送給黑者的供品，最好是生鮮的紅肉，有人則認為，唯有用茶葉、新鮮麵包和蜂蜜，才能買通黑者。

我兩次聽到人們從艾斯雷弗嘉島說到紅船之戰，這方面的話題談得比較少，畢竟外島人並未光榮戰勝，因此少有人會沉浸於戰爭的事蹟。聽起來，在紅船之戰時，科伯．羅貝與蒼白之女本想在艾斯雷弗嘉島上建立要塞。沒人提到他們為什麼選定以該島為基地，但是他們擄獲的六大公國人，確實有不少被送往該島為奴，一直工作到死。除此之外，就算是不滿羅貝掀起戰爭的外島親族，也都被他擄為奴隸，加以冶煉，然後送往島上，此後便下落不明、生死未卜。由於這層因素，艾斯雷弗嘉島除了以傳奇黑龍出名之外，又蒙上了一層羞辱與悲慘的氛圍。如今已經沒有人願意為了證明自己膽識過人，而冒險前往該島了。

我把這些事情謹記在心，回去時仔細向切德和晉責報告。我的老導師與我常常在夜半長談之中，思索這些因素對於王子的任務是好是壞。有時，我覺得我們之所以窮究這些迷霧般的謠言，是因爲我們對於艾斯雷弗嘉島所知實在太少。

晉責與首領團開了兩次會議，每次一開就延續好幾天。這兩次會議的結論，就是他們給我們的屠龍任務設下了詳細條件，彷彿我們不是去屠龍，而是參加什麼摔角或是射箭比賽似的。切德最氣憤的是，野豬氏族沒跟他商量過一字一語，就全權安排了這場協商，使我們不得不遵守協商結論。我並未親眼目睹，不過我聽人說，王子冷淡但仍不失禮地表示他對屠龍的條件相當失望之時，血刃非常意外。

「血刃既然已經代替我們答應下來，我們也不好反悔。」切德嚴肅地對我說道。「但是當晉責跟血刃說：『我的諾言屬於我自己，所以唯有我才能代表自己做承諾。你以後切莫擅自代我發言。』的時候，噢，血刃臉上的表情可眞精采。」

切德說這件事時，一邊啜飲著白蘭地。此時我們待在要塞中那個原來我們待過的房間。阿憨與晉責在隔壁房裡，我只聽得出他們講話的音調，聽不出他們在講什麼。晉責在平靜地對阿憨解釋，爲什麼隔天早上他必須再度上船，而阿憨的語調則介於小孩子的埋怨與成人的憤怒拒絕之間。看來晉責進行得並不順利，不過，既然血刃都代我們答應了如此嚴苛的條件，就算阿憨拗著不肯上船，情況又能差到哪裡去呢？

我們去威思林鎭時，留在柴利格鎭的六大公國貴族收穫頗豐，比我料想的還好。許多家族已經跟外島的各個氏族正式締結爲貿易聯盟。切德交代他們要多彰顯自家紋章的作法，使得他們看來跟代表瞻遠家的公鹿扯不上什麼關係，所以外島各氏族都對他們很好。晉責幾乎每晚都與貴族們共進晚餐，回來時均說起貴族們與外島人之間的貿易協商又有什麼進展。如果王子能把龍頭獻給貴主，那麼六大公國與外島就因爲婚姻與貿易而緊緊相繫，如此一來，打仗對誰都沒有好處，那麼，我們的目的就達成了。

但是首領團已經鐵了心不讓我們有好日子過。瞻遠王子是可以對黑龍挑戰，但是首領團為這場人龍對決設下了綿密的規定：我們出發前往艾斯雷弗嘉島的時候，不能把整個王子衛隊帶去，只能帶屈指可數的幾個戰士同行，但是在這有限的名額之中，王子的原智小組就占了大半。儘管切德建議晉責將原智顧問留下來，把名額留給健壯的戰士，但是到目前為止，晉責仍不予考慮。由於晉責出言挑釁，所以貴主會與我們一起出發前往艾斯雷弗嘉島，既然如此，我們推測，除了皮奧崔必然陪同貴主之外，獨角鯨氏族與野豬氏族勢必也會派出幾個戰士同行，雖說他們不見得會幫助我們。首領團會擇定一條船送我們前往艾斯雷弗嘉島，船上會有六名首領團代表負責監督我們遵守他們的規定。這幾位代表是首領團從野豬與獨角鯨氏族之外的六個不同氏族中選出來的戰士。他們若是受到黑龍的威脅，是可以自衛的，但除此之外，他們既不能傷害黑龍，也不得以任何方式幫助我們。船隻所能裝載的有限，我們能帶的食糧器具不多，而登岸之後，這些東西都必須扛在背上走。

「我很驚訝他們竟然沒有指定王子必須在一場單獨打鬥之中一決勝負。」

「他們雖然沒有這麼指定，但也相去不遠了。」切德酸溜溜地說道。「他們規定，晉責必須率先挑戰黑龍，他們甚至強烈建議晉責應該嘗試給黑龍致命一擊——如果真有這麼個致命一擊的話。幸虧他們的戰鬥經驗都很豐富，所以他們也知道在激烈的打鬥之中，到底是誰給予對方致命一擊，其實沒人能確定。他們會派個吟遊歌者同行。太好了，我們現在可不正欠個吟遊歌者嗎？」切德搔著臉頰上的鬍碴，疲倦地說著反話。「倒也不是說這些安排真的有哪一樣讓我們寢食難安的。畢竟我從一開始就說了，所謂的『屠龍』，與其說是跟活龍纏鬥，不如說是挖冰行動還比較貼切一點。因此我一直希望能多一點人手協助挖冰。」他輕咳了一聲，志得意滿地接口道：「不過呢，我手上有個東西，說不定抵得上許多額外的人手。」

「到底晉責能帶幾個人？」

「十二人。而且這十二個名額，我們一下子就塡滿了。你跟我，羅網、儒雅、扇貝、謎語、阿憨、長芯，再四個侍衛，就沒了。」他搖了搖頭。「我是希望，晉責至少把儒雅跟扇貝留下來，多兩個驍勇善戰的能手，情況就完全改觀了。」

「那迅風呢？照你這樣算起來，迅風要留在這裡了？」迅風留在這裡，我到底是覺得鬆了一口氣，還是覺得忐忑不安呢？這我自己也說不上來。

「不，我們帶他一起走。他只不過是個孩子而已，不會占到十二名戰士的名額。」

「我們明天出發？」

切德點點頭。「這一星期來，長芯四處張羅補給品。我們從六大公國帶來的糧食已經吃得差不多了，接下來我們只能吃本地的糧食。長芯已經把我們一團十來個人所需要的東西都打點好，而且我也已經提醒他，除了人之外，貓的需要也得考慮在內。我們所有人都要攜帶武器，無論是否受過相關的武器訓練都一樣。你要用斧頭嗎？」

我點點頭。「也替迅風準備一把。他自己有把弓，有幾枝箭，不過你剛才也說了，用斧頭鑿冰比較適用。」

切德嘆了一口氣。「說到這個，我就無能爲力了。蜇滋，到那個時候，我們會面對什麼局面，我實在很茫然。我們的食物、帳篷、武器和工具都齊全了，但是除此之外還需要什麼，我一點概念也沒有。」他很吝嗇地只爲自己倒了一點點白蘭地。「我聽人說，就連皮奧崔也對這些安排大感失望。我不否認自己聽到這個消息時，心裡還眞有點爽快。皮奧崔和貴主會陪我們同行，血刃也會上船，不過我猜他大概不會留下來看我們屠龍。首領團訂定這麼多比賽規則，眞是給人添麻煩哪。他們不但限制我們只能帶兩隻信鴿，還規定我們只能在任務結束，準備離開艾斯雷弗嘉島的時候，用信鴿帶信請他們派船來。這樣囉唆，簡直與伴護無二。」

他這話使我想起別的事情。「依你看來，珂翠肯收到信了沒？」

他以憐憫的目光瞧了我一眼。「這很難說，你也知道嘛。強風、暴雨，或者是老鷹……有可能耽擱或者攔截住信鴿的事情實在太多了。況且信鴿只會飛回自己的窩裡、飛回配偶身邊，所以珂翠肯也不能送個回信給我們。」然後他矜持地問道：「你有沒有想到要試著跟博瑞屈聯絡一下？」

「昨晚。」我答道。切德揚起眉毛，我只得回答：「沒有結果。我覺得我像是一隻撲在燈籠玻璃罩上的飛蛾，再怎麼努力也碰不到他。多年以前，我曾經一瞥莫莉與博瑞屈生活的情況，不是心靈與心靈的交流，而是……唔，多說無益，事情都過去了。我當時大概是為了要看看蕁麻，但那並不是從她的角度看出去的情況。」

「很有趣。」切德柔和地說道。我一聽就知道他已經把這個資料儲存起來，以備日後不時之需了。

「但你還是聯絡不上蕁麻？」

「對。」我不願多談，也不願讓自己流露出任何情感。我傾身向前，伸手將他的白蘭地拿過來。

「省著點喝。」切德警告道。

「我又沒醉，怕什麼？」我不耐煩地反駁道。

「我沒說你醉。」切德平淡地答道。「只是我們剩得不多，而我們到了艾斯雷弗嘉島之後，可能會比現在更需要白蘭地。」

我把酒瓶放下來。就在此時，晉責走回房間，阿憨跟在他身後，一臉惱怒。阿憨一邊走進房裡，一邊宣布道：「我不去。」

「你要去。」晉責頑固地答道。

「不去。」

「要去。」

「夠了！」切德像是在喝止七歲小孩。

阿憨一屁股在桌邊坐下，低聲說道：「不去！」

「不，你得去。」晉責堅持道。「你若是不去，就得孤零零地自己留在這裡。到時候這裡只剩下你一個人，你連講話的對象都沒有，只能乾坐在房裡，直到我們回來爲止。」

阿憨張口、噘唇、吐舌，一氣呵成，接著他以粗短的臂膀抱胸，仔細打量晉責。「我不管。反正不是孤零零的，我找蕁麻不就得了。她自會跟我講故事。」

我大吃一驚，坐直起來。「原來你能跟她說到話。」

阿憨看我的眼神很凶。看這情況，似乎他這才了解到，他原本只是想用這話來刺激晉責，沒想到卻讓我聽到了求之不得的消息。他搖晃著雙腿。「也許吧。但你就是不行。」

我心裡有千百個疑問，但我知道我們之間的互信薄弱、經不起蹂躪，而且我也不能逼他太緊。

「原來是你擋著，不讓我跟蕁麻講話，對不對？」

「不對。是蕁麻不想跟你講話。」他一邊說，一邊打量我，彷彿他想要看看，他若說是蕁麻不想跟我講話，是不是比他說是他擋著不讓我跟她講話，更能使我氣憤難平。他猜對了，事實確是如此。我傳送出隱密且細微至極的訊息給晉責：幫我問問蕁麻安不安全。

阿憨朝我一瞥，又瞧瞧晉責，再轉回來看我。王子緘口不言。晉責跟我一樣清楚：我們方才的精技傳訊被阿憨知道了，既然如此，現在晉責不管說什麼，阿憨都會起疑，況且這小個子男子早就被晉責惹得一肚子火。我重拾前一刻的話題：「這麼說，我們出發的時候，你不會跟我們一起走嗎？」

「對。我絕不搭船。」

我知道我說這話實在狠心，不過我還是講了：「要是不搭船，那你怎麼回家？我們回家的時候非得搭船不可啊。」

阿憨露出遲疑的臉色。「可是你們又不是明天要回家，你們是要去龍島。」

「先去龍島，沒錯，但是去過龍島之後，我們就回家了。」

「你們回家之前，先來這裡接阿憨。」

既然阿憨看穿了，晉責也只好讓步。「也許吧。」

「也許吧，如果到時候我們還有命的話。」切德推演道。「其實我們一直期望有你幫忙屠龍呢，要是你留在這裡，少了你這個人，那麼……」那老人的尾音越拖越長。「那麼龍可能會把我們都殺掉哪。」

「活該。」阿憨氣憤地說道。但據我看來，我們已經使他的決心稍微動搖了。此時他皺著眉頭坐著，那肥嘟嘟的手緊抓著桌緣，像是有什麼心事。

切德一邊思索，一邊慢慢地說道：「如果蕁麻常常跟阿憨講故事，免得他太無聊，那麼她應該是沒什麼迫切的危險才是，蛩滋。」

切德這話若是為了要誘使阿憨接著說點蕁麻的事情，那麼他可要大失所望了。那小個子男子輕蔑地嗯了一聲，接著交握手臂抱胸，往後靠在椅背上。

「算了吧。」我輕輕地對眾人說道。蕁麻氣到切斷了她與我的一切連繫，這背後可能的原因太多了。不過我堅定地告訴自己，她生命無虞，雖然很氣我，但總比她和家人一起遭受巨龍襲擊好太多了。

我很想知道她的情況到底如何，不過我也知道我別想多打聽到她的消息。我心裡一直都祈禱我們送出去的信鴿飛得快一點。如果蕁麻一定會氣我，至少也要讓她待在安全的地方氣我才好。

晚上時，大家各忙各的，沒說什麼話。我們三人開始打包行李，此外切德則憂心忡忡地拿著一張貨物清單，喃喃地唸了半天。阿憨特別做出他絕不打包的姿態。稍晚時，晉責開始把阿憨的衣物和用品收到行李袋裡，但是阿憨一再將行李袋摜在地上，於是他們兩個就任由那個行李袋躺在地上不管。等我們都上床睡覺的時候，那行李袋仍在原地。

我睡得並不好。如今我知道蕁麻是故意避我，所以我不但找到她阻擋我的障礙，還摸得出她的障礙是什麼形狀。討厭的是，阿憨看著我不得其要地摸索著，且因爲我無從突破她的障礙而看得津津有味。要不是阿憨在一旁觀望，說不定我再多加把勁，就能闖進蕁麻的夢境裡了。但最後我還是放棄，並試著讓自己眞正睡著。不過我睡得不安寧，一整夜都在做夢，所有被我傷害過，或者被我辜負的人們通通入了夢，從博瑞屈到耐辛，而其中弄臣瞪著我的眼神更是栩栩如生。

隔天早上，我們很早就起床，不發一語地吃了早餐。阿憨正在慍怒的邊緣，等著誰若是誘他上船，或是命令他上船，他就給誰好看。但是我們三人有志一同，誰也不去向他開口，偶爾交談一、兩句，也當作他不在房裡一樣。我們各將自己的行李袋裝好，謎語也來幫我們搬東西。切德讓謎語揹起他的行李袋，晉責王子則堅持要揹自己的行李。最後我們便出發了。

謎語揹著切德的行李，跟在切德身後一步之處，長芯與另外四名侍衛跟在我們後面。我對他們四人一點都不熟。詔諭是個年輕人，我滿喜歡他的；裘樂和達敗兩個都是經驗老到的好手，彼此又是好朋友；至於巧捷這個人，我只知道他在玩骰子的時候，的確不失「巧捷」之名。衛隊的其他成員以及六大公國的衆貴族要留在柴利格鎮，而我們這一小團人則朝碼頭而去。我們走過鋪著鵝卵石的街道時，我不禁問道：「要是阿憨不追上來，那怎麼辦？」

「那就讓他待下來。」晉責正色道。

「你明知道我們不能讓他待下來。」我指出，而晉責則嘟囔了一聲，當作是回答。

「我可以回去要塞把他拖過來。」謎語遲疑地提議道。我聽了瑟縮了一下，切德則不發一語地搖了搖頭。

事情說不定會演變到我們非得找人去把他拖過來的地步。我有感而發，悄悄地對切德與晉責技傳道。我不能出手，因爲他的精技會把我震倒。但是你們是否記得，以前有幾個僕人揍了阿憨、搶了他的銅板——阿憨的威力對他們就起不了作用。若是找這種對精技毫無感應的人去把他拖上船，應該就沒問題了。當然，接下來幾天，他可能會鬧得我們毫無招架之力，但至少會跟我們在一起。

再說吧。晉責嚴肅地答道。

越往碼頭走，人就聚集得越多，最後我們終於發現，這些聚集的人潮是來觀看我們啓程的。野豬號昨天就上貨完畢，只等著我們幾個人上船，就要趁著早上的潮水出發。外島群衆的情緒頗爲怪異，感覺上，彷彿他們是來看一場比賽，而我們是比較不被看好的那一方。雖然沒有人對我們丟擲腐爛蔬菜，或是破口大罵，但是那凝重逼人的沉默氣氛，也就跟丟菜砸人或是髒話惡罵差不多了。六大公國的貴族聚在船邊爲我們送行，祝我們好運。他們圍著王子，祝福他此行順利。我順從地站在王子身後聽著，突然領悟到他們對於王子的遠征所知甚少，更不懂得當中有何艱難。他們好意地跟王子開玩笑，誠心祝福他好運，沒有人露出擔憂的神色。

我們登船之後，還是不見阿憨的蹤影。我的心往下沉，腹中也因爲驚懼而絞痛起來。晉責惱怒阿憨也罷，但我們絕不能丟下他。我除了擔心他會在我們不在時出什麼事情之外，也唯恐他一人留在此地，少了王子的保護，不曉得會是什麼情況？若是晉責不在，六大公國的貴族們恐怕不會把這個懵懂的侍童當一回事吧？我倚在欄杆邊，從聚集在港口的人群，一路望向山邊的要塞。羅網走到我身邊。「嗯，很期待這段航程囉？」

我苦笑。「我唯一期待的航程，是回家的那一段。」

「阿憨還沒上船呢。」

「我知道，我們還在等他。他不願意再上船了，但是我們都希望他會回心轉意，自動前來。」

羅網睿智且緩慢地點了點頭，然後就走開了。我仍站在欄杆邊，焦急地啃著拇指。

阿憨？你來不來？船馬上就要開了。

臭狗子，你煩不煩哪！

阿憨喊出這個綽號時，話裡包藏著巨大的怒氣，所以他一叫，我便彷彿聞到自己身上的狗騷味。我感覺得出，他除了氣憤之外，卻也不免感到恐懼，並且因爲我們拋下他離去而傷心。我們即將離去，使得他又氣又擔心，不過據我看來，他不見得會頑固地堅持到底。

時間和潮水是不等人的，阿憨。你快下決定吧，因爲潮水到位，我們就非得開船不可。等到船開了，你再說你改變了心意、想要跟我們一起走也來不及了，我們沒辦法叫船開回來接你。

不在乎。說了這三個字之後，他一下子以精技牆將自己嚴密地封了起來。我好像惹得他更加氣憤了。

過了不久，最後的物資紛紛送來，預告著船即將開航。有個箱子是從處女希望號上搬來的，其中裝了許多一小桶、一小桶的東西。我看了不禁一笑，心想切德是不是突然想起他在處女希望號的什麼地方藏了一批白蘭地；接著又送上一批武器與工具，我們的糧食補給品之間還有些狹縫，所以切德要盡量多塞點將來可能會派得上用場的東西。最後終於到了開船的時刻，上船跟王子送行的人紛紛下船，首領團的代表們也已帶著他們的行李上船。所有最後一刻才搬上船的東西都被推到一邊，以免擋路，而待會要拉我們的船出港的那幾條小拖船都已經坐滿水手，持槳待命了。羅網走過來，焦急地站在我身邊。

「我看他是不會來了。」我輕輕地說道，心亂如麻。「我要去跟王子講一聲，我們得派人去找阿憨才行。」

「我已經派人了。」羅網嚴肅地答道。

「你去跟晉責王子說過了？那麼王子怎麼說？」我們船上的侍衛並無人一人下船。

「噢，不是，沒跟王子說。」羅網心不在焉地答道。「我是說，我派了人去了。就是迅風。」接著他像是自言自語地說道：「希望這個考驗不至於太艱難，但他應該做得來吧。不過也許我應當自己去才是。」

「迅風？」我心裡把那個半大不小的少年拿來跟阿憨比一比，最後搖搖頭。「迅風說什麼也拖不動阿憨的。阿憨不但拗，而且一氣起來，力氣特別大，說不定還會傷到那孩子。我還是去瞧瞧得好。」

羅網抓住我的手臂。「不！你別去！你瞧，迅風做到了，阿憨不是來了嗎？」

羅網的口吻一下子輕鬆了不少，彷彿迅風達成了什麼空前絕後的重要任務——不過平心而論，事實確是如此。我望著他們兩人走過來。那矮個子男子步履維艱地跟在那瘦削的男孩身後，迅風揹著阿憨的背包，同時像是在保護阿憨似的握緊了他的手。我看了十分驚訝，但即使隔著這麼遠，我仍能清楚看出那孩子的態度：他揚起頭，以警戒的眼神面對周遭的每一對眼睛，宛如在警告眾人，你們最好別取笑這個憨癡男子，也別擋住我的去路。我從未看過如此英勇的場面，使我對那孩子的印象一下子改觀。若是要我牽著阿憨的手穿過重重人群，這在我的意志方面可能是一大考驗，但是迅風就這樣領著阿憨走過來了。他們走近之後，我看到阿憨的表情，這才領悟到這絕對不是隨便叫個人去把他叫來這麼簡單。

「這是怎麼一回事？」我悄悄地對羅網問道。

「這是原血魔法。其實這部分你已經知道很多了。」他輕聲說道，並未轉過來望著我。「這一套將對方吸引過來的魔法，自然是原智者對原智者施法最有效，但就算對方沒有原智，也能將對方拉近一點。這陣子以來，我特別叫迅風多做練習。今天的考驗太過艱難，由他上場可能太早，但是他做得很成功。」

「是啊，我看得出來。」那孩子牽著阿憨走向木板過道時，阿憨臉上有種信任的表情。走到木板過道前，阿憨遲疑地停下腳步；迅風輕輕地跟他說了什麼話，然後繼續牽著那小個子男子的手，領著他走上過道。我心裡為了該不該把這幾句話講出來而交戰，但最後我的好奇心使我開口問道：「我知道如何以原智將對方推開，我想我用不著人教就會用了。但是原智可以把人拉近？這是怎麼做到的？」

「啊，喔。把對方推開的技巧，可說是本能，不過通常而言，把對方拉近的這種技巧，也是本能。我本以為這個技巧你早就知道了，不過我現在才想通，原來你是因為不知道，所以從沒把這個技巧應用在阿憨身上。」他歪著頭打量我。「有時候，你不懂的事情讓我感到困惑；怎麼說呢，連這都不知道，簡直像是你忘記了，或者是你心裡少了一塊似的。」我猜他大概也知道這一番話使我一下子變得很不自在，因為他突然改變語調，並且換個角度，說起通論來：「我想，這種吸引力，或是用於自己的子女幼獸身上，或者用以吸引伴侶，這應該是所有生物共通的本能，只是各種生物的吸引力高低可能有所不同。也許你也曾經用過，只是你自己不知道。不過，一個人如果擁有魔法的天賦，就應該多加努力學習，這個道理，你現在可懂了吧。因為你得了解，才會應用呀。」他頓了一下，才補充一句：「我願意再給你一次機會，讓你有機會多學習。」

「我得趕快去看看阿憨，把他安頓好。」我說著匆忙地轉身。

「對，我知道你任務多，而且你爲王子所做的事情，有許多是不爲人知的。我敢說，不管哪一天，你都有辦法隨便找個理由來忙這忙那。但是人總是得爲人生大事騰出時間來呀！所以，我希望你抽個空來找我。這是我最後一次給你機會，至於要不要接受，就看你自己了。」

我還來不及走開，羅網便轉過身，一語不發地離去，獨留我在原地。風險從我頭上的船桅起飛，高叫一聲，馭風而行。水手們將纜索拋擲出去，把木板過道抽回來。小拖船上的人開始齊力划槳，把我們從碼頭邊拉開，拉到船帆吃得到風的地方。我暗自打定了主意，今天一定要找個時間去跟羅網問問原智魔法的事情。我希望這話並不是謊言。

但是世上的事情哪有這麼簡單的。由於貴主、貴主的父親阿肯·血刃，以及貴主舅舅皮奧崔都在船上，晉責與切德幾乎一天到晚都跟他們在一起。我難得有機會跟他們私下講一、兩句話，只能像以前那樣，成天守在阿憨身邊。此時阿憨鬱悶至極，他難免要讓我也嘗嘗悲慘的感覺，因此上一趟航程中，他作弄我的那些擦撞瘀傷又再度出現，而我拿他一點辦法也沒有。如果我豎起精技牆以抵擋他那若有似無的精技影響力，那麼我就無法察知切德與晉責傳來的消息，所以也只能忍著點了。

更糟的是，這一帶水域很不好走；洋流與風浪極強，時時刻刻都與我們作對。我們的船整整搖晃顛簸了兩天，不但阿憨眞的暈船了，連扇貝、迅風和儒雅也都暈船了，而我們這一團的其餘成員雖然沒暈船，但是吃得少，走到哪裡，都緊緊抓著把手。我曾一瞥貴主攀著皮奧崔的手臂在甲板上散步。她的臉色非常蒼白，兩人看起來都不像是暢快舒適的模樣。這種日子拖過一天又一天。

我再也沒找到機會去跟羅網請教原智知識。我偶爾會想起自己立意要多學一點，但我總是在眼前有十幾件事等著我去處理的時候，才會想到羅網。我勸自己，是因為受限於環境因素，所以才沒有去找他。但坦白說，我也不知道自己爲何如此畏縮。

我們的目的地終於出現在地平線上。即使隔著這麼遠，這島就已經讓人覺得那不是什麼好地方了。艾斯雷弗嘉島位於外島諸群島的極北之處，地形崎嶇，看來一片陰森森。那裡的夏天軟弱無力，因爲就連短暫夏日稍微暖和的那幾天，也無法將前一年冬天累積在山區裡的冰雪融化。尖齒般的連綿高山間積滿了雪，整個島嶼都爲冰河所盤據。有人說，所謂的艾斯雷弗嘉，其實是兩個小島，只是綿延的冰河把兩個島連接起來了；不過這種說法能找得到什麼實據，我實在很懷疑。由於潮水低，所以艾斯雷弗嘉島周圍露出一圈黑沙沙灘，沙灘盡頭的懸崖以及突入海中的光禿巨岩，是經年都不會被冰雪蓋住的。儘管整個島都埋在冰河之下，有些地方仍有巨岩突出。除此之外，這島上霧濛濛的，說不上是冰雪因爲曬了太陽而蒸騰起來，還是被北風吹起來的飛雪。

我們的船越近艾斯雷弗嘉島，就走得越慢，因爲不但北風強勁，連海潮也與我們作對。我站在船欄邊，這時晉責與貴主也出來看艾斯雷弗嘉的風光，切德和皮奧崔則跟在他們身後。晉責皺眉眺望。「那樣冷僻的地方，看起來什麼生物都無法生存，更何況是巨龍呢？爲什麼龍要待在艾斯雷弗嘉島上？」

貴主搖了搖頭，輕聲說道：「我不知道，但是在我們的傳說之中，艾斯雷弗嘉島就是有龍，所以我們一定得去那裡。」她說著，將羊毛斗篷拉得更緊，北風似乎把島上的風雪都吹進我們骨髓裡了。

到了下午，我們繞過一處岬角，開進艾斯雷弗嘉島唯一的海灣。我們的情報中曾經提到此地有個突堤碼頭的遺跡、有一些傾頹的石造建築物，像是曾有人煙，但後來被人遺棄。我一眼就看到沙灘上方的石崖上有個五顏六色的東西。就在我一邊凝視著那東西，一邊揣測那是什麼的時候，突然有個人影從那裡面鑽出來，所以我想那一定是帳篷或是遮棚之類的物品。那個男人走到懸崖邊，他那黑白相間、附有兜帽的斗篷在他身後翻飛。他並未揚手跟我們打招呼，只是站在那裡等著我們。

船桅頂的瞭望員大聲地對船長報告情況，於是他們又回到甲板上。切德對皮奧崔問道：「那人是誰？」

「我不知道。」皮奧崔的口吻聽來十分害怕。

「說不定是傳說中的『黑者』。」血刃猜測道。他熱切地傾身向前，打量著懸崖上的孤獨身影。

「我一直都很納悶，不曉得黑者是不是眞有其人。」

「我才不想知道黑者是不是眞有其人呢。」貴主輕聲評論道，她的眼睛睜得很大。我們開進海灣之後，欄杆邊擠滿了人，大家都很好奇在目的地等待我們的那個孤獨身影到底是誰。直到我們在海灣裡下了錨，放下幾艘小船，以便將人貨載往岸上之後，那個人才離開懸崖頂，走到沙灘上，站在高潮線望著我們。在他還沒拉下兜帽之前，我心裡就突突地跳著，同時有著不祥的預感。

在等我的人，是弄臣。

13

艾斯雷弗嘉島

說起紅船之戰中外島人最厲害的武器，大概非「冶煉」莫屬。時至今日，人到底如何「冶煉」，仍不可得知，但是冶煉的可怕後果，卻令很多人都有深刻的體會。冶煉之名，出自第一次受到這種恐怖攻擊之地，一個名爲冶煉鎮的產鐵礦城鎮；當時紅船劫匪趁夜攻打該鎮，幾乎全村都被殺害或是擄爲人質。事後劫匪送信給公鹿堡，要求以金子做爲「贖金」，並威脅如果不付贖金，就要釋放人質。這封信看在當年的黠謀國王眼裡，只覺得不合情理，所以他拒付贖金。後來劫匪果然說話算話，將看來毫髮無傷的人質釋回，並且趁夜開走。

不過人們很快就發現，這些釋回的人質不知被人施了什麼神祕魔法，個個都不再是原來的模樣了。他們雖然知道自己是誰，也知道自己的家人是哪些人，但是他們既不在乎自己，也不在乎家人。他們的道德倫理完全被剝削殆盡，一心只想著如何立刻滿足自己的需要，並會毫不遲疑地爲此而偷盜、謀殺或是凌辱女子。有些人被自己的家人「拘禁」起來，但是無論家人如何努力，也無法讓他們變回原來的樣子。凡是被冶煉過的人，沒有一個能夠復原。

紅船劫匪在大戰中一再運用冶煉這個利器。我們所愛的人被冶煉成一支在我們的土地上亂闖的恐怖大軍。對於科伯·羅貝和他手下的劫匪而言，冶煉不需情緒或財務成本。將被冶煉過的人殺死，是一件敗壞風俗、泯滅人性的任務，然而這任務卻落在我們自己人頭上。冶煉的傷痕殘留至今，冶煉鎮至今仍然荒蕪。

——費德倫所著之《紅船之戰史》

我跟其他侍衛一起搭乘第一艘小船登岸，過了一會兒，搭載著切德與晉責，以及貴主、皮奧崔與阿肯·血刃的小船卡在沙灘上。我們踩進淺水中，拉住船舷，趁著下一次浪花打來時將船拉至高處，好讓他們下船時可以踩在乾沙上，不會把腳弄溼。我從頭到尾都意識到弄臣站在俯瞰沙灘的高地上望著我們。他一動也不動地站著，但是寒風似乎在替他說話；寒風將他的斗篷以及長長的金髮吹得翻飛，發出簌簌的聲響，如今他既不擦那些能讓臉色看來白亮一些的脂粉，也不塗那些使人一看就知道他是外國人的遮瑪里亞油彩；此時他那棕色的肌膚、高挺的五官與淡金色的髮絲，使他看來活像是傳奇故事中的人物。他那一身對比分明的黑白衣裳，將黃金大人那種懶怠閒散的氣氛一掃而空。據我猜測，此時大概只有切德與我看得出那人就是弄臣了。我試著以眼神跟他打個招呼，可是他對我視而不見，直到王子下了船，走上沙岸，他才揮揮手，並開口說話。

「我已爲各位準備了熱茶。」他對我們喊道。雖然風聲簌簌，他的話仍清楚地傳到我們耳中。他只說了這麼一句，接著朝帳篷一指，便轉身回去。

「你們認識他？」阿肯·血刃追問道。他的手輕靠在劍柄上。

「我認識他很久了。」切德沉重地答道。

「但他是怎麼來的，以及他為什麼要來，我就不知道了。」

王子努力壓抑自己，以免自己瞪著那遠去的身影直打量。他朝我瞄了一眼，我匆忙地低頭看地上。

那人是黃金大人嗎？晉責問道。他是眞的納悶，那人的變化實在太大，大到他分辨不出來。

不，但也不是弄臣了。不過兩者都是他的諸多面向之一。

你少小題大作了。這是切德。他氣惱地對我們兩個斥道。但是在表面上，他則朗聲說道：「他對我們無害，交給我來處理就行了。衆侍衛，你們繼續待在這裡協助卸貨，貨物都要抬到高潮線以上，以免被漲潮打溼。」

切德隨便用這兩句話便俐落地驅走我。在他查明事況動向之前，他要先把弄臣與我隔開。我盤算著要把那些話當作耳邊風，照樣跟著切德朝弄臣的帳篷走去，但此時謎語用手肘推了我一下。「看來我們最好是去那邊幫忙。」

接下來這艘小船載的是阿憨和原智小組。阿憨緊抓著船舷，手都抓得發白了，眼睛緊閉。羅網的手輕輕放在阿憨肩上，但是阿憨縮著不讓他碰。我嘆了一口氣，走過去照顧阿憨。最後那艘小船載的是首領團派來的戰士。

等到所有的貨物都卸下並用帆布蓋起之後，都已經是晚上了。我特意瞄了一眼，切德在最後一刻才吩咐人搬上船的那一箱小木桶，其中一桶漏出了一些黑色粉末，我這才發現那不是白蘭地。我在恐懼兼期待之餘，認出那就是切德拿來做爆炸實驗的粉末。難道，他就是因為有這個靠山，所以才沒有全力跟首領團周旋，以抗議他們給的名額太少嗎？他打算如何運用這東西？

我一邊思索著，而我們的臨時住家也慢慢成形了。長芯十分善於領導統馭，我們這幾個侍衛加上原智小組，人數雖少，但是他指揮衆人，以穩定的步調將一切打點好。他在山坡最高處的空地上選了個可以清楚瞭望周遭動靜的地點，我們將帳篷整整齊齊地搭成一排，挖了解手用的地坑，又去沙灘上撿拾浮木。冰河融化的雪水從我們營地旁流過，如此我們的飲水就有了著落。侍衛中年紀最輕，約莫二十歲的詔諭，被派任去監看四周狀況，而鬚髮花白、碩壯得如同野熊一般的達敗則負責做菜；巧捷和裘樂兩人，長芯隊長叫他們先去睡覺，以便晚一點跟詔諭換班；謎語被派去跟在王子身邊，以因應王子的需要。至於我，則不意外地被派去照顧王子的僕人，阿憨。此時名義上是歸長芯隊長管轄的原智小組成員被派去做些營地的雜務，之後才讓他們去沙灘上散步。我敢說，這對於其中某些成員而言，例如年輕的貴族青年儒雅，一定是個前所未有的體驗，但是他仍然給予身為總指揮的長芯應有的尊重，交代下來的任務，他都樂意照做，這點值得讚許。我注意到儒雅好幾次以厭惡的目光望著弄臣那五彩繽紛的帳篷，不過他並未出言不遜。切德和王子去弄臣那裡接受他的招待，貴主、皮奧崔和阿肯·血刃也去了。

阿憨一直垂頭喪氣地坐在他、羅網、迅風和我四人同睡的帳篷裡，達敗在不遠處打點要當晚餐的那一鍋熱粥，我則在火邊擺了個小鍋燒水，準備泡茶之用。這島上什麼樹都沒有，往後燃料一定很難獲得。我不安地在我們的帳篷裡走來走去，等著水燒滾，同時覺得自己像是同伴都四處飛奔，唯獨自己卻被綁在柱子上，那兒也去不成的狗。

首領團派來的戰士把他們的補給搬上岸，另外搭了一排帳篷，不跟我們在一起。他們用的是只容一人的小帳篷。我偷偷打量他們的模樣，他們個個都是身經百戰的老手，而且都不年輕了。我不知道他們叫什麼名字，不過我聽人說，在出任務時自己叫什麼名字並不重要，重要的是你代表什麼氏族，而他們的氏族歸屬，只要看臉上的刺青便能一目了然。「大熊」氏族派來的人，身形碩大、膚色黝黑，果然如熊一般，為首的似乎便是這個人。「貓頭鷹」氏族派來的是個瘦高且年齡較長的人，他也是他們的詩人與吟遊歌者。「渡鴉」氏族派來的人髮色黧黑、眼睛明亮，的確頗有渡鴉之風。「海獺」氏族派來的人個子矮小、身體厚實，左手少了兩根指頭。年紀最輕的是「狐狸」氏族派來的人，他一上了艾斯雷弗嘉島，就顯得悶悶不樂。「老鷹」氏族派來的是個瘦高的中年人，今晚由他守夜，所以儘管其他人盤腿坐在火邊進餐、輕聲聊天，他則站在一旁，以警戒的目光巡視四周，一察覺我在瞪他，還毫不客氣地回瞪我一眼。

感覺上，這幾個人倒對我們沒什麼惡意，由於職責所在，他們必須監督我們恪遵首領團所設下的規則，但除此之外，倒不像是會對我們的任務橫生阻礙。說起來，他們比較像是在等著看這場比賽會是哪一方得勝。在船上時，他們毫無顧忌地跟我們混在一起，他們的詩人跟扇貝之間還生出既是競爭，同時又惺惺相惜的友誼。如今上岸了，他們可能會刻意不跟我們往來，但是據我猜測，這種氣氛大概只能維持個一、兩天，畢竟我們兩邊人數加起來也沒多少，地形又如此淒涼險峻。

另有兩個比較精緻的帳篷設在弄臣的五彩帳篷旁邊，一個是給貴主和皮奧崔用的，一個給切德和王子。自從上岸之後，這幾個人就不見蹤影。弄臣邀請他們到他的帳篷，但是我不曉得他們在帳篷裡做什麼。切德跟王子連用精技給我送個小小的提示都沒有。我幫著在弄臣的帳篷旁設立這兩頂比較大的帳篷，然而從那五彩帳篷裡傳出來的喃喃低語聲，就跟帳篷裡飄出來的茶香一般地令人心迷，卻又不可捉摸。

暮色升起之後，弄臣和晉責的原智小組都到船上去享用阿肯·血刃所準備的餞別宴，血刃與他手下的野豬氏族戰士都不會留在島上。但願我能了解這背後的邏輯就好了。這是因爲血刃不希望別人把野豬氏族與獨角鯨族的愚行聯想在一起？還是說，他只是藉此確立皮奧崔的領導地位？我皺起眉頭，踢著冰冷的泥土。我不知道的事情實在太多了，然而，儘管我很想一探血刃與皮奧崔的究竟，但即使船上有豐盛的大宴，阿憨說什麼都不肯再度上船，他寧可待在島上跟我們一起吃平淡的食物。我聽到近乎冰凍的地上有著拖曳腳步的聲音，於是轉過頭去看。謎語對我們大力揮手，笑著走上來。

「如果你喜歡的不外乎雪啦、草啦、沙子啦，那麼這個地方還眞夠刺激的。」他說著，蹲在火邊烤手。

「我還以爲你要陪著王子在船上過夜呢。」

「不，王子叫我退下，他說船上沒什麼用得上我的地方。再說我也樂得留下來，站在牆邊看著別人大吃大喝，實在很沒意思。你今天晚上忙什麼？」

「還不是老樣子，就是陪阿憨啊。我正在幫他燒水泡茶。」

謎語輕輕地說道：「如果你願意的話，我倒可以待在這裡，等水滾了之後幫他泡茶。你也可以去伸伸腿、走一走什麼的。」

我感激地接受了他的好意，轉頭望著帳篷裡的阿憨。「阿憨，我去散散步，你不介意吧？謎語會幫你泡茶。」

那小個子男子把披在肩上的毯子拉得更緊。「不在乎。」他鬱鬱寡歡地答道。由於咳嗽得厲害，聲音十分嘎啞。

「唔，那就好。你眞的不要跟我去散步嗎？如果你起來動一動，一下子就暖和起來了呢。說眞的，阿憨，這裡其實沒有那麼冷。」

「才不要。」他別過頭去。謎語同情地對我點點頭，頭往外一甩，示意我可以走了。

我走開的時候，聽見謎語說道：「別這樣，阿憨，打起精神來嘛，用你的笛子幫我們吹首曲子如何？有音樂的話，就可以把夜色擋在外面喔。」

令人意外的是，阿憨眞的吹奏起來了。我慢步走遠時，聽見他在試奏他母親的歌；我清楚地感覺到他全心全意地吹奏，而原本不斷散發出來的精技敵意也舒緩了下來。感覺上，像是放下了沉重的包袱般輕鬆。阿憨不時停下來喘氣，樂聲因而斷斷續續，但是我希望他有興趣吹奏音樂，就表示他正在康復。我感覺到弄臣與我之間瀰漫著一股詭譎的氣氛。要是弄臣與我之間的關係，也能這樣舒緩下來就好了。雖然我倆之間一個字也沒有說，甚至沒有靠近到聽得見彼此講話的距離之內，但我還是感覺到他的憤怒有如冷風一般地颳在我的皮膚上。我眞希望他今晚留在他的帳篷裡，果眞如此，我就有機會私下跟他聊一聊了，但他卻獲邀到船上去吃餞別宴。我不禁揣測，到底是王子因爲對弄臣感到十分好奇而邀他赴宴，還是切德爲了要把那暈黃之人看住而邀他？

夜色昏黃，我在沙灘上散步，並發現此地果然跟切德的間諜說的一樣。潮水已經退了，沙灘變得更廣大。淺水中升起兩排東倒西歪的石柱，石柱上爬滿了藤壺，顯示那裡原來是個突堤碼頭。沙灘上曾經蓋了些石屋，但如今已經傾斜倒塌爲廢墟，只餘一排及膝高的石牆，宛如空空的頭顱骨上的牙槽；石屋的其他幾面牆壁則或散落在屋內，或散落在屋外。我看得皺起眉頭。這未免破壞得太徹底了，看來像是有人刻意要抹殺掉這個聚落。莫非是此處曾經受到劫匪襲擊，而劫匪不但要把人殺光，還故意要把此地弄得不能住人？

我爬到沙灘上方的低矮峭壁上，迎接我的是一片多岩的草叢，天色暗下去之後，草根處便爬上了陰影。懸崖上沒有大樹，只有一些堅韌扭曲的矮樹叢。現在雖是夏日，我們頭頂上的冰河卻吹出冬意。我走過沒有牛羊啃噬過的草原，草頭的結穗擦過我的綁腿，發出簌簌的聲響。我悄然地走到一處採石的凹坑邊緣。天色要是再暗一點，我很可能會落入坑中，跌得不省人事。我站在邊緣往下望。這地面下有幾呎泥土，泥土再下去便是黑岩壁，岩石表面上有細微的銀紋。我渾身打了個冷顫。有人在這裡開挖記憶石。群山王國外的那個巨大露天礦場所開挖出來、惟眞用以雕刻石龍的，不就是這種石材嗎？採石坑裡積了一層水，映照出頭頂上那一片沒有星子的天空。水面上凸出兩個巨大的石頭，像是兩座光禿的小島，從那石頭的稜角看來，應該是人工開挖出來的。

我離開採石坑，走回營地。我很想將此事告訴切德和王子，但是更想與弄臣一談。我站在懸崖的邊緣，俯瞰著下了錨的野豬號在海灣中搖晃，大船邊繫著幾條登陸用的小船。明天野豬號就要離開，將血刃送回柴利格鎮，而其他人則待在島上，開始尋找那條凍在堅冰裡的黑龍。海浪拍岸的聲音非常規律，理應會使人感到輕鬆才對，但我聽來不但不輕鬆，反而只覺得這無情的浪潮像是想要慢慢吞噬這座島嶼。這是我第一次對海浪聲產生這種聯想。

有一隻大型的動物匍伏在離海岸不遠處，我一看便嚇得僵住，並努力打量那到底是什麼東西。浪花打來，將那動物遮去，等到浪花退去，那動物又露了出來。牠露出水面的時候動也不動，我瞇著眼看，但是水面漆黑，牠的身形也一片黑暗，我只能判斷其大小約與小鯨魚差不多。我皺起眉頭想道，那麼大的動物怎麼會待在淺水裡？這類動物理應不會離岸這麼近，除非是死了，或者是被潮水沖上岸。我的原智知覺告訴我，牠仍有著模糊且零散的低度生命，但是我卻感覺不到牠有瀕死動物的絕望感。

我站在沙灘上望著。潮水漸退，看來那動物不但形如爬蟲、體型巨大，且是由好幾大塊黑色石頭所組成，在月光下閃耀著溼潤的光芒。海浪放開沙灘，退回海中，如今在我眼裡，只有那個逐漸現形的熟悉身影。人要是看過伏臥的龍，就一輩子不會忘記那個情景。我心跳越來越快，莫非這就是我們此行的謎底？

晉責，我想我找到你要找的龍了。你找個藉口到甲板上去，朝岸邊看。潮間帶上有條石龍，潮水一退就露出來了。

我並不是光對晉責技傳，切德也收到了消息。過了不久，晉責與晚宴上的眾人便走到甲板上，凝視著岸邊，但是我想他們看那石龍大概不如我看得清楚，此時船上燈籠的燈光，將龍的身形映照出來，使我看得分外明晰。不過有了這額外的光線，加上潮水退得更遠之後，我才發現我看錯了；我原本以爲那是石龍，現在看起來，不過是好幾塊間隔很近，但是並未連在一起的巨石。第一塊巨石雕的是龍頭與前臂，第二塊是龍頸和龍肩，再來三塊是龍背和後腿，最後有好幾塊龍尾。這些巨石若是融合在一起，那就有龍的形樣，但像這樣各自分開地堆在溼沙上，只會使我聯想到孩童玩的積木。

這就是龍嗎？貴主就是要我們把這石龍的頭送到她母屋的火爐前嗎？我問道。

我跟晉責之間有精技連結，我看到他指著石龍，也感覺到他照這個意思問了皮奧崔，但是皮奧崔沒回答，阿肯．血刃倒大笑起來，並且搖了搖頭。由於與晉責心靈相連，所以我清楚地聽到血刃的回答，恍如我也置身於甲板上。「不，才不呢，那不過是蒼白之女的古怪行徑罷了。以前蒼白之女曾叫她的奴隸在此開採石頭，並堅持她的白船一定要用這島上的黑色石頭來做壓艙物。看這情況，她還吩咐奴隸去雕刻黑色石頭，至於爲什麼要做這雕刻，我們可能永遠也不會──」

「已經晚了。」皮奧崔突然打斷血刃的話。「而你又要乘著明天早上的潮水開船呢，兄弟。且讓我們在明日面對島上的惡劣環境之前，在船上多安睡一晚吧。晉責王子也不妨早點入睡，我們明天一大早就要出發，前往傳說中的眞龍所在之地。這趟行程十分艱苦，大家最好都多休息。」

「皮奧崔果然想得周到。那麼，我就祝各位好運。晚安了。」阿肯立刻應和皮奧崔的提議。

切德在眾人散去之後，有感而發地說道：唔，轉得眞硬哪。阿肯一定是發現到皮奧崔可不想讓我們聽到那種故事。你多看看那裡還有沒有什麼線索，蜚滋。

弄臣聽到他們說的事情時，有什麼反應？我對切德問道。

老實說，我一點也不在乎。他乾脆地說道。

弄臣是怎麼到這裡來的？他爲什麼要來？爲什麼你把我跟他分開，不讓我跟他講話？我再也忍不住而將這些問題問出來，同時，不免因爲他們到現在還沒把答案告訴我，而散發出氣惱的情緒。

噢，你生什麼悶氣呀。切德煩躁地斥責道。他輕輕幾個字帶過，等於什麼也沒說。他那個人，你是知道的。你等明天再說吧，蜚滋，等我們都上岸了，隨你愛怎麼詰問他都可以。想也知道，他對你一定是比對我們坦誠的。至於我爲什麼要把弄臣帶上船，這其實不是爲了把他跟你隔開，而是爲了把他跟首領團的代表們隔開。他已經跟大家坦白說了，他會盡一切力量說服我們放棄屠龍的計畫。看來皮奧崔和阿肯雖覺得弄臣頗吸引人，又深不可測，貴主卻還是很怕他，艾莉安娜甚至連正眼看他一眼都不敢。

王子打斷了切德的思緒。一開始，首領團以爲他是我們偷偷弄到艾斯雷弗嘉島來的祕密盟友，因此認爲我們有詐騙之嫌。然而我們指出，我們無從得知首領團會給我們設下什麼樣的條件，並預作安排，他們才察覺到那個推論不合理。

弄臣聲稱他是站在龍那一邊的時候，貴主和皮奧崔做何反應？我對他們兩人質問道。

切德似乎已經仔細想過這個問題了。他們的反應很奇怪。我本以爲皮奧崔和貴主會因此而痛恨他，但事實上，皮奧崔看到他，彷彿鬆了一口氣，幾乎像是很慶幸有他在此。至於我，則很慶幸弄臣沒有多加闡釋。我希望往後你們兩個講話的時候別讓貴主或皮奧崔看到，畢竟他們若是發現你們兩個是多年好友，那麼可能會認爲你也反對我們的屠龍任務。

切德話中有警告意味，他在輕輕試探我對王室的忠誠，但是我不理他。我會私底下找機會跟他講話。我對他說道。

是啊，就是這樣。切德這話既有確認，也有命令之意。

船上的人已經散去，回床上睡覺。我朝我們的營地望了一眼。看起來營地的人也都睡了。營火燒得不旺，我還沒吃晚餐，若是現在能夠吃點熱騰騰的粥，再繼續去探險，應該是很不錯的，但目前熱食還吸引不了我。

潮水越退越多，此時石龍幾乎整個都露了出來，周圍的水深只及腳踝高。我知道到了早上，我一定會因為鞋子溼答答而感到後悔，但是如果我想探探這石龍有沒有藏著什麼祕密，那麼此刻可是最好的時機。這石龍並非精技小組的成員合力雕成，而是蒼白之女的手下所雕，我多少猜得出她所為為何。我早就懷疑，帝尊和精技師傅蓋倫把精技書庫的典籍偷出去賣了，莫非這些典籍最後落入了科伯．羅貝，也就是紅船之戰時的外島領袖手中？果真如此，那麼羅貝與同為一丘之貉的蒼白之女，必會試著雕鑿出他們自己的石龍，以便對抗我們六大公國的石龍。事情大概就是如此，就算有所出入，也八九不離十了。

我走近那亮閃閃的潮溼石龍，並注意到上面既未攀著海草，也沒有黏附著藤壺，石龍的表面仍一如當初雕好時一般光潔。我一觸之下，只覺得石龍冷、溼、硬，若有似無地觸動了我的原智——但這卻又與尋常生物有所不同，直到我又摸了相鄰的石塊之後，才比較肯定一點，因為這相鄰的石塊之中，也藏匿著蒸騰不已的生命——話雖如此，這兩個石塊的生命跡象卻完全不同。我唯恐這是什麼人所不知的陷阱，因而改以精技力量探索石龍，但是什麼感應都沒有。我拂過那既沒有海草也沒有藤壺附著的岩面，接著突然感覺到眾多聲音憤怒地爆發出來，隨即又消失。

我慢慢地轉過頭去望著身後，這才發現我這舉動有多麼傻。原來我方才聽到的精技怒語，並不是因為距離遙遠，或是因地理障礙而有如蒙上了一層膜。我小心翼翼地將指尖伸入潮溼的石縫中，再度知覺到許多聲音一起發話，彷彿是從極遠之處傳來。我出於反射動作地抽回手，在襯衫上擦一擦，並退後一步。我不安地思考剛才冒出來的念頭。

這種石材是記憶石，雖然採自於這個島上，但這種石頭與惟真用以雕琢石龍的石材絲毫不差。群山王國的石頭花園中所有石龍都是用記憶石雕成，有些石龍是古靈雕的，有些是想要將他們的記憶永久保存下來的精技小組雕的，所以我所見到的石龍，不但要靠工具一刀一鑿地雕琢出來，更要靠雕刻者以記憶和心念來賦形，最終石龍會將雕刻者盡皆吸收進去。我就曾經目睹惟真化入他所雕出來的石龍之中。石龍不但要求惟真將他所有記憶，以及他的生命貫注於龍體之中，還要吸取水壺嬸的記憶與生命，才能展現生機，而那老婦人也一如惟真那樣志願真誠地貢獻出一切。水壺嬸曾是精技小組的一員，只是其他成員早已去世，她那個精技小組所侍奉的國王也已經不在，但她仍義無反顧地為當下的瞻遠國王效力。然而，儘管水壺嬸年歲見識甚高、惟真心誠意堅，光是他們兩個人仍只恰恰夠讓石龍甦醒過來而已，這點我心裡很清楚。惟真從我身上取了一些記憶給石龍，後來我又莽撞地把我另外一些記憶餵給乘龍之女的雕像。那石龍吸取人的記憶的力道極強，當時的我，可以輕易地將我的所有都獻給乘龍之女，畢竟，少了那些記憶，也算是某種解脫。

但也許除去記憶並不是解脫，反倒是禁錮。畢竟石龍所取得的記憶若是不夠，就無法新生，也無法飛翔了，不是嗎？乘龍之女的例子，我曾親眼目睹；其他石龍都已起飛，唯獨她仍是不成形的石雕，待在露天礦場裡。就乘龍之女的情況而言，倒不是石龍所擁有的記憶不夠，而是雕鑿石像的人不願意自動放棄個人來成就整體。雕鑿乘龍之女的精技小組首領有所保留，不肯把自己的記憶奉獻給整體，只願意將自己的記憶化入乘龍之女雕像中的少女身上。或許有所出入，至少當我問為什麼這個雕像沒有甦醒並飛離之時，水壺嬸是這麼跟我解釋的。據我猜測，她之所以要跟我講這個故事，為的是要以此讓我體會到，除非我奉獻出一切，否則惟真的龍是不會滿足的，因此我最好別沾惹惟真的龍。

我真希望此時水壺嬸就在我身邊，也把這條石龍的故事告訴我。但話說回來，我自己可能已經猜中這條石龍的來歷了。這石龍不是一整塊巨石雕成，而是用好幾塊巨石合雕而成，雕刻這條石龍的人也沒有將自己的記憶投入石龍之中——非但如此，石龍還可能是紅船之戰的慘痛紀念：那些被冶煉的人，他們的記憶和情感到哪裡去了？合成這石龍的一塊塊巨石就是線索。蒼白之女的白船是以一塊塊的記憶石做爲壓艙物。她和科伯．羅貝是不是已經從竊走、盜賣至外島的精技卷軸之中，學到了如何喚醒石龍的魔法？果眞如此，他們爲什麼沒有創造出外島之龍，並對六大公國的海岸加以報復？這會不會是因爲，蒼白之女和羅貝不願爲了石龍而犧牲自己？還有，他們是不是以爲，只要靠著他們從六大公國之人身上偷取而來的記憶，就足以讓石龍甦醒？

由此觀之，蒼白之女和羅貝並未眞正體認到世世代代的精技小組之所以要遠行到頡昂佩城，以及頡昂佩城之外的根本理由。蒼白之女和羅貝可以偷取六大公國之人的記憶，並且永遠地將他們的記憶禁錮在黑色石頭之中，但他們無法從這些纏雜的記憶中淬鍊出一貫的目的。然而缺了這一貫的目的，石龍就無法新生。即使是那些往群山而行的精技小組，也不是個個都能夠賦予石龍生命啊！有些人娶了群山女子爲妻，在愛情中度過一生；有些人開鑿石龍，卻徒勞無功。創造石龍畢竟不是易事，就算是齊心一力的精技小組也不見得能夠遂願。各個雕鑿者都將自己的記憶灌注到單一一塊石頭之中，然而石龍體內若盡是恐懼、憤怒與絕望，那麼就算能將之喚醒，恐怕也不過是條狂野錯亂的龍罷了。

難道說，羅貝和蒼白之女的目的，就是要創造出一條狂野且錯亂的石龍？

在我的人生中，的確有一段時間非常、非常想要化入石龍之中；到現在我都還記得，惟眞不肯讓我幫他雕鑿石龍的時候我有多麼傷心。不過年紀增長後，我慢慢體會到他的用心。夜眼在世時，我不時會將此事拿來細細咀嚼：我若眞的與惟眞齊力雕鑿石龍，那麼這石龍甦醒之後，將是什麼情況？而如今，不管我想不想加入精技小組，都已經是其中的一員了，然而我從來就沒有因此而寄望，有朝一日要偕同晉責、阿憨與切德一起創造出屬於我們的石龍。我們這個精技小組不是靠著意志齊一，而是因爲偶然的機會而誕生的；我們既然缺乏齊心一力雕鑿石龍的意志與心力，那就更不可能為了以石龍來紀念我們的小組，而同時終結我們個人的生命了。

我緩緩踱步，離開沙灘上的巨石，並努力壓抑自己，不要多想那些被禁錮在巨石之中的記憶。那些人的自知自覺，也與他們的記憶一起被禁錮在黑色石頭之中嗎？如果不在其中，那麼黑色石頭中的東西算是什麼？

我再度對晉責與切德技傳。在紅船之戰中，不是有些六大公國的人受到冶煉嗎？我想，我找到他們被冶煉的記憶和感受了。

什麼？切德難以置信地問道。

我解釋之後，我們三人之間久久懸著一股訝異恐慌的氣氛。最後，晉責遲疑地問道：我們可以把那些記憶釋放出來嗎？

釋放出來又如何？冶煉出來的記憶雖在，但是當年被冶煉的人許多都已經死了。再說，我也不知道這些記憶能否釋放，以及如何才能釋放出來。我越想越不安。

切德的思緒則鎮靜且退讓。就目前而言，我們絕不能妄動。也許等我們對付過冰華之後，皮奧崔會比較願意多把他知道的消息講給我們聽，不然，也許我們可以安排一艘六大公國的船到這裡來，悄悄地把該送回家的送回家——我感覺到他在心理上不在乎地聳聳肩——不管那個該送回家的是什麼東西。

我們帳篷附近的火堆已經燒得只剩一抹將熄的紅點了。我略撥了一下，將燒剩的柴火推上前，於是又冒出了一、兩個火花。我的燒水壺裡的水略溫，鍋底也還剩一些粥。謎語已經離開，不是去站崗，就是去睡了。帳篷的入口低矮，我爬了進去，用觸覺找到我的海運箱。在黑暗之中，阿憨只是蜷縮在毯子下的身影。我摸索著自己的杯子，並且盡量不要吵醒他，但他的聲音還是從黑暗中傳來，把我給嚇了一跳。「這地方糟透了，我打從一開始就不想來的。」

我也頗有同感，但我在表面上只是說：「我也覺得這裡荒涼，不過跟我曾經去過的許多地方比較起來，這裡並不差到哪裡去。況且大家又不是因爲愛上這個地方而來的，只是我們努力適應，盡自己的本分罷了。」

阿憨咳了兩聲。「我曾經去過的地方，就屬這裡最糟糕了，你還硬要我到這裡來。」他又咳了一下，我從這咳嗽聲中感覺到他非常疲憊。

「你夠不夠暖？」我歉疚地問道。「我的毯子分一條給你好不好？」

「我好冷喔，冷到了骨子裡。這個地方都是冰，連我也快被凍成冰了。不只我，我們大家都會被凍成冰。」

「我去燒點熱茶，你要不要來一點？」

「再說吧。有沒有蜂蜜？」

「沒有。」話雖如此，我終究抵擋不了去探一探的誘惑。「不過，也許找得到喔。我的毯子給你，我去把茶熱一熱，再去找找看有沒有人帶了蜂蜜來。」

「好吧。」阿憨不抱希望地應道。

我把那床毯子蓋在阿憨身上並塞好，我們兩個已經好多天沒有這麼親近了。「阿憨，我眞希望你別一直氣我。其實我不想拉你來這裡的，連我自己都不想來。只是爲了幫助王子，我們非跟著來不可。」

阿憨沒有回答，我察覺到他對我仍然一樣冷淡，不過至少並未趁此襲擊我。我倒知道誰可能會帶蜂蜜來。我離開帳篷之後便朝山上的大帳篷那一區走。王子與貴主的帳篷架在高處，而弄臣那個五彩繽紛、隨風飄搖的帳篷，則坐落在王子與貴主的帳篷之間。周遭一片黑暗，弄臣的帳篷卻彷彿透著光芒。

走到他的帳篷外，我卻裹足不前了。門片緊緊地綁在帳篷上，我小時候，有次不請自來地闖進了弄臣的房間裡，至今我仍因爲那個唐突的舉動而後悔不已——一方面是因爲，看到弄臣的住處之後，反而使我更覺得他這個人神祕難測，另一方面則是因爲，這個插曲使我們之間的信任裂開了一小縫。弄臣雖然從未明白道出我若想保住他這個朋友必須遵守什麼規則，但是他的言行舉止之間，已經把他立下的規矩講得很清楚了：任何關於他個人，以及任何他視爲是在刺探他個人隱私的問題，他想答就答，除此之外，就別癡心妄想了。還有，我若嫌他對自己的事情交代不夠清楚、想要多加查訪，這種事情也在禁止之列。因爲這個緣故，所以我呆呆站在他的帳篷門口，任由島上的冰河吹出來的寒風拍打，心裡則考慮著自己到底該不該冒險闖進他的帳篷中，畢竟弄臣與我的友誼，不是已經因爲重重考驗，而裂開許多縫隙了嗎？

然後我彎下腰，解開繩結，走進帳篷裡。

我看不出這帳篷是用什麼布料做的，也許是絲緞什麼的吧，但不管是什麼材料，反正就是織得很緊密，讓帳篷裡一點也不透風。帳篷裡透出的光來自一個設在地上小坑中的玲瓏火盆，這絲緞般的帳篷封住了火盆冒出的熱氣，火光卻因爲帳篷布這一層彩殼而變得斑斕；即使如此，裡面也不至於太亮，不如說是氣氛溫馨怡人。火盆以外的地方蓋了一層薄毯子，帳篷裡只有一個睡墊放在角落裡，睡墊上有幾條羊毛被；以我這狼鼻子一聞，就知道那床被有弄臣的香水味。帳篷的另外一個角落裡放著幾件衣物、幾樣用品，我發現弄臣也把那個沒羽毛的公雞冠帶來了。這我倒不驚訝，畢竟我也將從異類的海島上撿來的那幾根羽毛藏在海運箱裡帶來。有些東西，就是重要到你會隨身攜帶。

他的食物少得可憐，鍋子也只有一把。由這情況看來，顯然他無法長期單獨撐下去，幸虧我們來了。他的用具裡沒有武器，雖有幾把刀子，但看來都是做菜用的。不曉得是什麼船把他丟在這島上，而爲什麼他沒有把自己照顧得更好呢？不過，我倒是找到一小罐蜂蜜。

這裡沒有紙筆，所以我無法留言，其實若是能留言，我也只想告訴他，我不想讓他到島上來赴死，這就是我當初之所以出此下策的原因。最後，我把公雞冠挪到他的床上正中央，然後又把這頂簡單的木冠拿在手裡把玩。一時間，公雞眼裡的寶石因爲光線的照耀而微微地閃耀。弄臣一看到這公雞冠，就會知道這是我放的，以及我爲什麼要這樣做：我可不要讓他懷疑我是不是企圖掩飾行蹤，我要讓他一看就知道我來過這裡。出了帳篷之後，我又用自己的打結方式將門片綁起來。

阿憨幾乎睡著了，但是我倒了熱茶，又加了蜂蜜時，他慢慢坐了起來，並將陶杯接了過去。我加了不少蜂蜜，他一連喝了半杯，沉重地嘆了一口氣。「這樣好多了。」

「要不要再來一杯？」要是再給他一杯，我自己就所剩不多了，不過既然有這個機會重新與他交好，那麼我可不會輕易錯過。

「再來一點。麻煩你了。」

我察覺到他的防心降低了些。「哪，杯子給我。」我一邊加茶、倒蜂蜜，一邊說道：「你知道嗎，阿憨，我眞想念以前的時光，以前我們多融洽呀！如今你一直生我的氣，我覺得好累。」

「我也覺得很累耶。」他將陶杯接過去，坦承道。「原來討厭別人也是很累的，這我到現在才知道。」

「是嗎？既然很累，那你何必一直氣我？」

「因爲蕁麻氣你，而我要幫她呀。」

「啊。」我不容自己多想，而是單純地說道：「我看，蕁麻不但氣我，還說得一副義憤塡膺的模樣，對不對？」

「嗯。」阿憨悲傷地拖著尾音說道。

我慢慢地點了點頭。「不過蕁麻沒事吧？她沒受傷，也沒碰到什麼危險，對吧？」

「她很氣，因爲她必須離開家裡。因爲龍的關係。我也覺得那很可怕，所以我叫她到我們這裡來，因爲我們要去把龍的頭砍下來。不過她叫我別擔心，她說：我爸爸會幫我把龍殺了，所以她是很安全的。」

我頓時感到天旋地轉。這麼說來，這事情已經確定了。信鴿已經回到公鹿堡，而王后也迅速地將蕁麻納入她的羽翼之下，而且有個人，不曉得是珂翠肯還是博瑞屈，已經把蕁麻眞正的身世告訴她了。爲什麼他們要說出來，以及他們是如何措辭的，這都不重要，重點是，蕁麻已經知道了，所以她才這麼氣我。不過氣歸氣，她還是拐彎抹角地透過阿憨，讓我知道她已經曉得我是她父親，也知道我之所以前來此地，爲的是要保護她。多年來的各種情緒一下子在我心中爭戰不已。我不禁好奇，她是知道了我的一切呢，還是只知道她是別人的女兒，然而光是因爲她生父的家世，就足以使她陷入險境。此外，有沒有人跟她解釋精技是怎麼回事？蕁麻知道我有原智嗎？我一直希望能由我自己親口告訴她我就是她的父親，只是我該對她說多說少，卻一直拿不定主意，因而作罷。如今是由其他人告訴她，那麼蕁麻是覺得比較好受呢，還是比較難受？我不知道。我不知道的事情太多，蕁麻對我的認識卻太少。

然後我彷彿被來襲的大浪淹過一般，陡然想到另外一個念頭：如果她人在公鹿堡，且能夠施展精技，那麼我們就可以跟王后聯絡，把我們的進展告訴她。接著又有個古怪的訝異感襲來：既有蕁麻，那麼晉責王子的精技小組就可以成形了。

阿憨將陶杯遞還給我，將我從雜思中驚醒。他把杯裡的茶都喝乾了。「你現在有沒有暖一點啊？」

我問道。

「有。」阿憨坦承道。

「我也是。」我答道。但是我之所以覺得暖了一點，跟這寒夜有多冷無關。人的一生中偶爾會碰上心頭怦怦直跳，激烈到什麼寒意都無法上身的程度，就像我現在這樣。我感覺到活力與圓滿，我犯下的一切罪愆，都已得到赦免。阿憨蜷縮著窩在他的床上，身上還蓋著我的被子，但我一點也不在乎。我小心地說道：「如果蕁麻今晚到你的夢中，你就跟她說——」說我愛她。不行，現在說這個還太早，況且如果要說，起碼第一次的時候，應該是我親口跟她說才對；要是現在說，她只會覺得這是她從未見過、無形無影的父親所講的一句空話。這可不行。「你能不能請她讓王后知道我們一切平安，而且已經到了這個島上？」我刻意講得空泛些，畢竟我無法確定婷黛莉雅是不是能聽到阿憨與蕁麻之間的對話。

「蕁麻不喜歡王后。王后好得過頭，送了一大堆漂亮的裙子和香香亮亮的東西給她。她又不是蕁麻的母親！可是她把蕁麻帶在身邊，而且除非有侍衛陪著，否則不准蕁麻出去。蕁麻恨死了。另外她每天都有上不完的課，眞是謝謝你呀！」

我雖然擔心，但是聽到這話仍不禁笑了出來。我想不出她有什麼好跟珂翠肯作對的，不過再想一想，也就看出這無可避免。這話活脫是蕁麻的口氣，只是藉由阿憨的聲音講出來而已。如今她最大的威脅，乃是太多裙子與太多課程，這眞讓我鬆了一口氣。雖說這一來我的人生可能會複雜很多，但我仍樂得暈陶陶的。

阿憨睡著了，不過我還想多待一會兒。我出了帳篷，拉緊門片，走到將熄的火堆邊，把鍋底剩下的粥刮起來吃了。既是最後一個吃的，就得把鍋子洗淨以便明天之用。我用沙子與海水擦洗鍋子，絲毫沒有感覺到海水之冷，以及沙子之粗。我的心思已經飄到很遠的地方去：珂翠肯會把蕁麻安頓在我的舊房間裡嗎？我女兒會穿戴著公主的珠寶與衣裝嗎？我把剩下的一點茶葉和燒水壺裡的水注入杯子中，我雖想在茶裡加點甜味，但是在這黑暗之中，卻遍尋不到那蜂蜜罐在哪裡，所以我就只能喝原味茶了。這茶既濃且苦，卻因爲今晚我的人生起了大變化，嚐起來格外美味。

14

黑者

尋常的精技人可以藉由自己的天賦去影響清醒之人，讓對方產生執念，認定事物必然如何。同樣地，「精技夢人」也可藉由自己的天賦去影響睡眠中的人，讓對方認定這世界必然如何，其結果就如同將精技施於清醒之人一樣有效。說起來，精技夢人可說是在以精技對抗自己的思緒。雖然大多數人都無從控制自己晚上要做什麼夢，但是精技夢人卻恰恰相反，他們不但極可能從未有過隨意做夢的經驗，甚至還難以領略爲什麼其他人會對自己的夢境束手無策。

——精技師父般懇所著之《精技之夢》

我睡得很好，什麼夢都沒做，在海浪聲之中醒來。天色才剛亮起，不過衛隊的人和首領團都已經起身活動了。我以冷得像冰的水洗了洗臉。漲潮的潮水蓋住了石龍，如今我已知道那石龍的方位，因而能以原智知覺到海浪下隱隱透出的嘈雜聲響。我朝下了錨的船望了一眼，很想問問羅網對那石龍有什麼想法，但是接著便感到十分愧疚。我對他尚未全心信任，直到如今，都還未向他求教原智的知識；既然我都不願爲了自己而學習原智，那麼還有權利請他用他的知識爲我解說石龍的事情嗎？我冷酷地提醒自己，一天的時間不多，況且近來我一天中的每一分、每一秒都已經占滿了。

我走回阿憨睡著的那頂帳篷，但我實在太膽小，最後還是決定讓他繼續睡。我漫步到做菜的火堆邊。粥才剛開始滾而已，長芯隊長也沒什麼事情要派我做。我再度望向海上的船，看來船上並無活動的跡象，大概是他們一整晚都在聊天吧。我再度走到採石坑。在白天的光線下，我彷彿看到雨水之下有些白骨，又有人的頭顱骨，採石坑的邊緣很陡，因此我也不想多加探究。不管這裡出了什麼事，總之都是很久以前的舊事，還是我自己的問題比較迫切些。我漫步走到首領團的帳篷邊。首領團聚集在帳篷外，一開始，我還以為他們是圍在石桌邊吃早餐，但是我走近之後，發現那時有時無的講話聲，其實是他們不斷吵架的聲音。我站定，一邊望海，一邊抓腮伸腿，接著單膝跪下，假裝在綁鞋子繫帶，其實是在凝神傾聽。他們低聲地彼此咒罵，不大容易聽得清楚，不過也已經足以讓我聽出，原來他們在祭拜黑者的傳統地點，也就是那石桌上放了供品，但是黑者卻沒有把供品拿走。我站起來朝他們走過去。

我一臉傻笑，又裝出最濃重的六大公國口音，以破爛的外島語問他們曉不曉得貴主一行人何時會回來。身材高大、臉頰上有個抽象的大熊刺青之人答道，他們什麼時候回來，就是什麼時候回來。我像聽不懂對方在講什麼話的人一般，心不在焉地笑笑點頭，然後我朝那石桌努嘴，問他們晚餐吃什麼。我朝石桌走了三步，才有兩個人湊上來擋在石桌與我之間，不讓我靠上去。

大熊對我說道，那是供品，不是給人吃的，而且我應該去山下跟我的隊友一起吃早餐，他們可沒有多餘的可以施捨給乞丐。我盯著大熊，像是聽得一頭霧水似的順著他的話尾學了一、兩句，然後擺出燦爛的笑容，祝他們眾人日安，接著便離去。我已經看到那石桌上的情況了，石桌上有個陶鍋、一小條黑麵包、一盤泡著油的醃魚。即使我一早起床、飢腸轆轆，也覺得那些食物看來不太開胃，我看這實在不能怪黑者沒把供品拿走。他們竟然會因為供品明顯被拒而如此不安，我看了只覺得好玩。從他們的話中聽來，他們認爲島上有個神祕居民會趁夜來拿走供品，但是供品竟然一樣也沒少，他們因此而緊張了。這些人一個個都是首領團千挑萬選出來、最能一心一意地達成任務的勇猛戰士。我所認識的戰士對於信仰與迷信之類，大多採取非常務實的態度，也就是說，他們也許會爲了「祈求好運」而丟出一把鹽，但很少有人會把鹽巴被風吹到一邊去之類的「惡兆」當一回事。據我推測，首領團的代表希望黑者會接受他們奉獻的供品，而黑者若收下禮物，就意味著准許他們上岸，可是黑者卻不拿供品，所以他們就急了。我暗暗納悶道，這件事不曉得會不會影響他們對於我們遠征的態度？

我走回我們的帳篷，一邊揣想，他們如果有這種想法，就表示過去一定有人或有什麼動物曾經收下供品。這麼說起來，這個島上眞的有人居住，或者，取走供品的，只不過像是曾經挑起迅風的好奇，又偷走我們食物的強盜鼠之類的動物？

我發現阿憨已經醒了。今天他對我稍微和善一些，也肯讓我幫他穿上衣服了。他咳了一回，咳得漲紅了臉，上氣不接下氣。我表面上不動聲色，心裡卻很擔心。久病不癒的咳嗽最是折磨人，就算是高大健壯的戰士也禁受不住，更何況是既不高大又不健壯的阿憨。他這個肺病拖得太久，如今還得住在這透風的帳篷裡，與冷冽的初春天氣搏鬥。雖然憂心，但是我伴著他走到火邊去吃熱粥、喝熱茶的時候，什麼也沒說。

平常人面臨困難或不大愉快的任務時，往往以幽默挖苦的話來加以排解，此時謎語和其他侍衛們也不例外。他們粗野地彼此說笑，把我們的食物說得一無是處，又百般嘲諷那幾個前來監督我們的「保姆團」。長芯坐在一旁，待衆人食畢之後，便分別派遣事情讓其他人去做；他已經認定我爲王室擔負的職責就是把阿憨照顧好，所以一切雜務都不派給我。既然如此，我就帶這個小個子去散步了。他對於採石坑和雪水匯成的小溪都沒什麼評語，也沒有對盤桓在我們頭頂上的藍色冰河發表任何感言，但是當我刻意沿著沙灘散步，經過淹在水裡的石龍時，他卻搖搖頭，嚴肅地對我說道：「這裡很糟糕。」他緩緩四下張望，又補了一句：「這裡曾經發生過慘事，到現在還沒結束。」

我很想趁此多問問他，但就在此刻，阿憨舉起肥短的手臂，指著船，叫道：「他們來了！」他說得沒錯，那幾艘載滿乘客的小船已經朝著岸上而來。皮奧崔、血刃和貴主坐一艘，切德、王子、儒雅和他的貓以及羅網另坐一艘，而弄臣、迅風和扇貝則搭最後一艘船。扇貝似乎興致高昂，他比手畫腳地解釋著什麼事情，迅風則聽得咧嘴直笑，一副樂陶陶的樣子。我輕輕地嘆了一口氣，對自己笑笑，弄臣這麼快就以他的魅力迷倒了迅風和扇貝。我眞希望他不要來這裡，我很怕關於他自己的那個預言會應驗，話雖如此，他來了我還是高興的。我不能否認這點，我的確想念他。

那三艘船划到岸邊時，在沙灘上等待的已經不只阿憨與我兩人了。謎語和另外一名隊友跑上前，將皮奧崔的小船拉到海浪打不到的地方；長芯與我先把王子的船拉上去，繼而再拉弄臣的船。弄臣上岸的時候，連朝我瞄一眼都沒有，所以別人是無法看出我們彼此認識的。等到衆人都站上沙灘之後，首領團的代表便將阿肯．血刃圍住，毫不遮掩地拉高嗓門，跟血刃說黑者並未接受供品，衆人應該要體認到他其實對我們這一團人非常反感，既然如此，貴主就應該歇手，並解除王子屠龍的承諾。

他們剛才就吵起來了，但是我現在才知道，原來他們把黑者有沒有收下供品看得這麼重。接著我又把早上在石桌邊的見聞技傳給切德和王子。我在傳話的時候，他們兩人都沒朝我多看一眼。他們禮貌地站開了些，讓血刃和皮奧崔去討論，而貴主自己則獨自佇立在一旁，眺望著大海，不與男人們爲伍。她臉上露出不顧一切的堅決，那神情如石雕像一般地難以撼動。

他們繼續討論黑者的事情，但我因爲注意著弄臣的動向而分心，因此沒有多聽。弄臣離我不遠，此時他正融洽地與扇貝和迅風聊天，他身上穿的那一層層黑白相間的衣裳，令我想起當年他仍是黠謀國王的弄臣時的打扮，不禁喉頭一緊。他朝我這個方向瞥了一眼，白蘭地酒般的眼珠閃了一下。接著他斜覷著首領團與皮奧崔和血刃的對話，那情況有如獵犬一聞到獵物的氣味，就凍結不動。他的注意力轉移到他們身上，越湊越近，根本就不在乎對方會不會認爲他這個舉止太過粗野。

他們的討論已經演變爲爭執，在憤怒之餘，外島語講得既快、喉音又多，所以他們在講什麼，我幾乎跟不上。皮奧崔叉手抱胸，退了一步，離開談話圈。接著，他也不看那團人了，反而轉頭往側面望去，不過他轉頭之際，又同時伸手在劍鞘上用力一拍，發出很大的聲響。六大公國之人並不使用這個肢體語言，但是這動作的涵義是再明白也不過了：如果對方還要爭執不休，那就等著用刀劍來論個高下吧。首領團顯然並不想接受皮奧崔的挑戰，他們都轉而望向他處，不看皮奧崔，並將焦點集中在血刃身上。血刃以大幅度的動作來表示他也無可奈何，接著又伸手朝他女兒的方向揮一揮，最後聳聳肩，彷彿在說，女人都是這樣，她們的行事作風根本不是男人可以理解的。看這情況，他們好像要講定什麼事情似的。

臉上有大熊刺青的首領團代表退了下來，走到貴主身邊。我敢說貴主一定已經察覺到那人走近，但是她卻看也不看他一眼，反而一直眺望著大海盡頭的地平線。大風吹過她身邊，拂起她那藍色斗篷的兜帽邊緣，也扯著她的繡花裙子，露出了她腳上套著的海豹皮靴，以及塞在靴子裡的羊毛褲，而她既不理會大風，也不理會在一旁等待的大熊。大熊清了清喉嚨，貴主照樣望著海上，最後他也只得開口說道：

「艾莉安娜貴主，能說句話嗎？」

艾莉安娜終於轉過頭來看著大熊，不過她的表情並未鼓勵他說下去，頂多只是意味著她知道他說了話，如此而已。大熊把這當作是貴主已經准許他說下去的表示，他講得既清楚又正式，據我猜想，他的用意是要讓衆人都聽見也聽懂他說的話。貓頭鷹湊了上去，大概是爲了要見證他們的對話，以便將來傳予後世。吟遊歌者是不會把別人的隱私放在眼裡的。

「我們剛才在講什麼，我敢說妳一定聽到了，但我還是明白說吧。昨天晚上，我們把供品放在石桌上，獻給黑者，在習俗上，不管我們爲了什麼理由來到這裡，都得獻祭才行。但是今早一看，供品仍在桌上，一樣也沒少。雖然自古以來大家就說，就算獻上禮物也無法收買黑者、使他認可我們的行動，但他若是收下祭品，至少表示他准許我們上岸並在此冒險。但是今早一看，才知道他根本就不准我們上岸，別的就更不用說了。貴主，我們跟著妳來這裡時，就已經知道妳給妳的愛慕者設下的考驗有欠考慮，但是那時候妳不聽我們的勸。如今黑者也有異議了，妳總不能視若無睹啊！黑者不准我們來這裡，我們的推論是，這是因爲妳惹惱了他。我們只是來此看看妳對冰華的挑戰公不公平，但我們可沒想到，黑者根本就不准我們上岸！妳這不只是把妳丈夫和自己置於險境，而是把我們全部的人都拖下水！就算到頭來妳能如願，恐怕憤怒的諸神會降臨，連我們這些見證人也都一併懲罰。」

我看到艾莉安娜眨了個眼，紅潤的臉頰彷彿又更紅了些，她一直都在盯著遠處，唯有從她那動也不動的身形看得出她還在聽。大熊把聲音放低，但是照樣傳得又遠又清楚。「撤銷妳的考驗吧，貴主，如果妳想換個比較正當的考驗，那亦無不可。就叫他獻上獨角鯨的角，或是野熊的牙齒，並要求他必須單打獨鬥。妳要他獵殺什麼都好，只要是人類有權獵殺，並與人類相當的生物都可以，但讓我們就此離開艾斯雷弗嘉，也不要去招惹保護這個島的黑龍吧。冰華不是人類該殺的，貴主，就算是爲了對妳的愛意，也不該殺死牠。」

直到大熊說完話之前，我都以爲他勸得動艾莉安娜，但是他這番話實在太羞辱人，連我都感覺得出他話裡帶刺。艾莉安娜答話的時候，看也不看他一眼。「我的考驗照舊。」艾莉安娜對著他說道。接著轉頭面對晉責，補了一句：「因爲此事攸關獨角鯨氏族的榮譽，勢不可免。」

艾莉安娜講這句話的口氣好像在道歉似的，彷彿她因爲自己非得講出這句話不可，而感到十分遺憾。晉責慢慢地點了個頭，以此接受她設下的考驗，並肯定她認爲這場考驗照舊的說法。這是他們兩人重信義、重然諾的表示。看到此景，我才領略到切德似乎早就看出來的事實：這一對若能結爲夫妻，那麼他們的力量一定不可小覷。

大熊的雙手放在身側，但是握緊爲拳，並且揚起了下巴。貓頭鷹呆呆地點了點頭，好像在努力把這場面謹記在心。

貴主轉過頭去對皮奧崔說道：「我們是不是該準備出發了？我聽人說，龍的藏身之處離此很遠，又艱苦難行。」

皮奧崔嚴肅地點點頭。「我們一跟妳父親道別了就出發。」

我聽在耳裡，覺得皮奧崔像是在斥退血刃，但是阿肯不但不以爲忤，反而還鬆了一口氣。「我們必須趁著這個潮水開航。」血刃應道。

「見證！」大熊氣憤地叫道，而他這一叫，衆人都轉過頭來看他。「見證！我們這些人是應著首領團的要求而來的，如果我們死在這裡，那麼獨角鯨族與野豬族就以金子償還人命，賠補給我們的母屋。因爲我們來此並非出於自己的選擇，而且我們也不想促成這場衝突。如果我們因爲衆神的暴怒而死，就不要讓我們的家族白白爲了我們蒙受不公而哭泣。」

大熊說完話之後，衆人一片沉默。「見證。」皮奧崔粗暴地退讓道。阿肯．血刃也呼應道：「見證。」

我察覺得出這是一個我不太熟悉的外島習俗。切德似乎知道我感到困惑，便解釋道：大熊用這話困住了他們兩邊的人，此後不管我們的行動有何不名譽或是不幸之處，都算在野豬和獨角鯨這兩個氏族頭上。大熊此舉，等於是說在場的每一個人都成了見證人。

皮奧崔和血刃爽快地接受了大熊開出來的條件，但是大熊卻有點無法適應；他幾次握緊拳頭，然而他們根本不把他放在眼裡，所以最後他轉身走開，而貓頭鷹則跟了上去。據我推測，大熊他們本以為可以藉由打架或是比劍來平息爭議，誰料皮奧崔和血刃卻乾脆讓步，這一來，他們反而不得不繼續執行監督屠龍的使命。

跟貴主父親道別的儀式拖得又久又長。首領團的人、切德、王子、皮奧崔和貴主都一一上前跟血刃正式道別，而我們其他人則站在一旁，非正式地見證這一切。阿憨在沙灘上亂走，用指頭戳著被他驚動的那些小螃蟹。我假裝要看住阿憨，實則慢慢地朝弄臣靠過去。弄臣似乎也察覺到我的用心，所以他走開了些，離迅風和扇貝遠一點。等到我走到可以跟他輕聲講話的距離時，我便悄悄說道：「儘管我費心安排，但你還是來了。你是怎麼來的？」

雖然我們兩個一般高，但是不知怎地，他就是有辦法冷淡地低頭俯視我。從他那靜止不動的表情看來，他心裡怒火高漲。我本以為他是不肯回答了，誰料最後他冷冷地答了三個字：「用飛的。」他傲然站著，看也不看我一眼。他並未就此走開，我多少有點信心大增，但是又不禁懷疑，他之所以沒走，也許只是因為不想讓人注意到我們兩個在講話。我不理睬他的嘲諷。

「你怎能生我的氣？你明知道我為什麼那樣做。你自己說的，如果你來了，就會死在島上，所以我才安排不讓你跟著來啊。」

一時間，弄臣沉默不語。我們一起望著阿肯．血刃推開一艘小船。血刃手下的兩名野豬戰士抓起船槳，奮力划開，從他們的表情看來，他們是樂得趕快離開這個地方。弄臣斜睨了我一眼，他的眼珠顏色變深了，看來像是玻璃杯裡的濃茶顏色，而少了油膏粉彩的遮掩之後，他的臉顯出光潤的黃棕色。「該做的就得去做，這點你應該尊重我才對。」他斥責道。

「如果你知道我要去赴死，難道你不會阻止我嗎？」

問他這個問題大錯特錯，而且這話一說出口，我就發現自己太欠考慮了。他望著港灣裡的船。船上的水手正努力拉起船錨、升起船帆。他嘴唇幾乎沒動地低聲說道：「恰恰相反。我多次察覺你會因為你的理念或是頑固的性子而有性命之危，但我總是尊重你的決定，任你堅持自己的理念或脾氣。」

然後他轉過身，慢慢地走開了。迅風以古怪的眼神瞥了我一眼，匆匆地跟上去。我注意到儒雅望著他們的身影，表情非常輕蔑。我聽到腳步踩在沙灘碎石上的聲音，轉過身去，原來是羅網正朝著我走來。我實在很難直視他的眼睛。不知怎地，我心裡有一股愧疚感，彷彿我拒絕讓他替我上課，就是侮辱了他。不過，就算羅網有這種情緒，他也掩飾得很好。他抬起下巴朝弄臣與迅風的背影一點。「你認識他，對不對？」

「當然。」羅網的這個問題使我嚇了一跳。「他是公鹿堡來的黃金大人，你不認識他嗎？」

「一開始的時候認不出來。直到切德大人稱他為『黃金大人』之後，我才察覺到他跟黃金大人有相似之處。但是，即使知道他的名字，我仍覺得根本就不認識他，不過我看你一下子就認出他來了。他這人真是古怪啊，你知覺得到他嗎？」

我知道羅網在問什麼。我若以原智知覺去探索弄臣，是什麼都察覺不到的。「知覺不到。不只如此，他這個人還毫無氣味。」

「啊。」羅網只應了這麼一聲，不過我猜我這話就讓他想不完了。

我低頭望著腳下的沙地。「羅網，對不起。我一直想騰出時間去找你，但老是抽不出空來。我不是對你的知識不感興趣，也不是不把你的課程放在眼裡，只是事情太多太雜，所以連我想做的事情也沒空去做了。」

「好比說，現在就是這樣。」羅網答道，同時咧嘴而笑。他揚起眉頭望著阿憨。那小個子男子翻開了一塊浮木，蹲下來，全神貫注地打量藏在浮木下的蟲子和螃蟹，根本就不管海浪幾乎漫上了他的腳。要是我再不叫住他，他就得穿著溼鞋走一天的路，那麼他今天可就難捱了。我對羅網笑笑，感謝他的體貼，然後趕快過去照顧阿憨。

船還沒開出我們的視野之外，長芯隊長就開始交代事情了；他以老戰士那種輕鬆但精確的態度，指使衆人將我們的補給品打散爲容易搬動的份量。從他準備的背袋數量看來，他顯然是要我們每個人各揹一袋到我們的下一個營地去。方才在沙灘上戳沙子的阿憨如今鬱鬱寡歡地坐在我們的帳篷裡，肩上披著一床毯子。其實天氣也沒那麼冷，我有點擔心他會再度發燒，於是去找長芯隊長一談。

「我們今天要走多遠？」我問道，側著頭指著阿憨的方向，讓長芯知道我是因何而問。

長芯順著我的提示看過去，擔心地皺起眉頭。「聽說從這裡走到龍的藏身之處要用上三天。不過想必你也知道，即使如此，也看不出這距離是近是遠；經驗老到的旅行者輕裝走上一天的距離，換作是揹著全裝備的朝臣，恐怕要三天才走得到。」他抬起頭，先掃視了清朗的天空，又心事重重地打量著島上積雪的祟多山峰。「這趟路，任誰來走都很吃力。」他有感而發地說道。「在冰河上走，時時刻刻都是冬天。」

我謝過長芯後便離去。別人已經開始拆卸他們的帳篷，阿憨卻還堵在我們帳篷的門口。我本想裝出開心的表情，但是一想到眼前的任務，我的心就直往下沉。光是拉他上船，他就恨我至此，那麼要是我硬拖著他橫越冰河，他會恨到什麼地步？「該打包囉，阿憨。」我振奮地對他說道。

「爲什麼要打包？」

「這個嘛，因爲如果我們要屠龍，就得走到龍那裡去呀。」

「我不想屠龍。」

「唔，其實也用不著我們屠龍。屠龍是王子的事，我們只要在旁邊幫忙就好了。」

「我不想去嘛——」他悲哀地拖長了尾音。不過接著他便站起來，踏出帳篷外，彷彿期望我一下子就將帳篷拆卸完畢似的，我這才鬆了一口氣。

「阿憨，這我知道。這裡又是雪，又是冰的，我也不想走呀，但是我們非去不可，因爲我們是『吾王子民』，所以我們一定得去幫忙。好啦，在拆帳篷之前，我們兩個得先多穿些衣服，穿得暖一點，好不好？」

「我們又沒有國王。」

「以後晉責王子終究會登基爲王，到那時候，我們就是他的手下了，所以我們就是『吾王子民』，而且現在就已算是吾王子民。不過如果你喜歡說是『王子子民』的話也可以啊。」

「我不喜歡雪，也不喜歡冰。」他不情願地踏入帳篷，無奈地四下張望。

「我馬上就把你的衣服找出來。」我安撫道。我這一生做過千奇百怪的事情，因此像侍童一樣地伺候這個小個子男人穿衣，倒沒有怪到不能接受。我拿出他的衣服，幫他一一穿上，感覺上，我好像是在幫身材高大的小孩子穿衣服。阿憨抱怨說，我幫他多套上一件襯衫之後，內層的袖子便倒捲起來，又抱怨多穿了這雙襪子之後，靴子變得太緊。等到幫他穿好衣服，連我也熱得冒汗了。我叫他到外面去，並告誡他離海浪遠一點，自己則多穿了一層衣服，又把阿憨與我的東西打包好。

當我察覺到我之所以那麼怕走遠路，是因爲冷天總是使我的舊傷痛得厲害時，我不由得笑了一下。我提醒自己，由於不久前做過精技治療，現在的我已經沒有舊傷了，雖然皮膚表面做出了假的傷痕，假裝舊傷仍在，但我再也不會因為天冷而筋肉抽扭、痛徹骨髓。我轉動肩膀，對自己證明，這種動作再也不會牽動我背後那道深入骨肉的傷疤。這種感覺眞不錯。我把阿憨與我的背包拖出來，並拆卸帳篷時，忍不住咧嘴直笑。

長芯要監管我們每個人要多揹多少東西，於是我把行囊搬到他所在之處。營地裡只剩下一頂帳篷沒拆，指揮官已經決定要在沙灘上設一個貯藏庫，而現在他正在跟切德討論到底要留一個人，還是留兩個人來看顧這些東西。切德主張只留一人，他希望身邊多一個人手，然而長芯不失禮，卻很頑固地堅持要留兩個人。「這島上的氣氛令人不安，大人，而且您我都知道，衛隊的人都很迷信。首領團一直在說黑者如何如何，如今連我的人也在說他們昨夜彷彿看到一個神祕人物，鬼鬼祟祟地在我們的營地外圍走動。要是單留一人的話，恐怕光是揣想就想瘋了，若是留兩人，他們可以賭骰子、聊天，較能顧得全我們的糧食補給。」

最後切德還是讓步，留下兩人看守物資，長芯指派袞樂和達敗留守。安排好之後，切德轉向我。「湯姆．獾毛，王子的人，那個叫做阿憨的，他已經準備好，可以出發了嗎？」

「我已經盡量幫他打點好，應該是可以出發了，切德大人。」但是他不大高興。

我們這裡又有誰高興了？「好極了。我有幾件額外的東西，在找到龍之後可能會用到，長芯已經把那東西打散成便於攜帶的份量了。」

「謹遵汝令，切德大人。」我一鞠躬。切德匆匆地走開，而長芯則交代了一小桶切德的火藥給我，讓我塞在背包裡。我私下嘟囔了一聲，我沒想到這東西雖小卻那麼重。我們這一趟只帶兩桶，除了我這一桶之外，另外一桶塞進了謎語的背包，其他則留在營地裡。

若是只有一個人，那麼不待血刃的船開遠，就可以出發。但若是一大團人，不管要走多遠、去哪裡，那就截然不同了。一直到近中午，眾人才整裝完畢。我注意到弄臣沒靠別人幫忙，就迅速地把他那頂五彩帳篷拆下來。不曉得那是什麼質料，收摺起來之後倒不大。他那頂帳篷的骨架布料全靠自己一肩扛起。我是因爲早就知道不能因他的個子瘦削而小看了他的力氣，要不然，我一定會很驚訝。他置身於我們之中，卻非屬任何一方。對於承領過神蹟之人，戰士們大多謹慎地另眼相看，首領團對於弄臣便是如此。他們倒不是瞧不起弄臣，只是他們覺得，最好是不要注意他，也不要被他注意到比較好。我們衛隊的人則認爲弄臣的事情跟他們無關，況且他們可一點都不想被召去幫忙扛他的行李，搞不好還要伺候他。扇貝好奇地從遠處望著弄臣，他感覺得出這其中可能有什麼好故事，但是他的感覺還沒有強烈到要湊上前去。只有迅風毫無攔阻地迷上弄臣。他把自己的背包放在地上，倚著背包與弄臣聊了起來。跟弄臣講話是很有趣的，何況迅風隨時開懷大笑，似乎帶給他更多靈感。羅網望著他們兩人的互動，臉上浮出讚許的表情。看到這裡，我才頓時領悟到，這是迅風第一次對別人表現出和善親近的模樣。我不禁納悶，弄臣是如何化解迅風的防線，雖說此時我也注意到儒雅正以輕蔑的眼神注視著他們二人。他抬起頭，發現我在看他，便轉而望向他處，但是我感覺得出，雖然表現上看不出來，他實際上頗爲不安。我開始想道，我是不是要找個機會悄悄地跟儒雅講講話，以便平息他的恐懼。他一定是想起了他對黃金大人的第一印象，也就是弄臣與我在他家作客時的事情。我不難猜出他在擔心什麼：他認定弄臣是在化解那年輕人的心防，然後把他誘上床。我看我得趁著儒雅把他的疑慮跟別人提起之前及早介入才行，因爲據我推測，外島人很可能比六大公國之人更難忍受這種行爲，無論弄臣有沒有神蹟都一樣。

長芯分給我們一人一枝鐵杖，我從來就沒想到這東西能派上什麼用場。不久後我便看出，眞正建議我們要帶鐵杖的人其實是皮奧崔，因爲接著切德把我們集合起來，讓我們在出發之前先聽皮奧崔訓話。皮奧崔與貴主也都揹著沉重的背包，跟眾人不遑多讓。黑水幫我們準備了三台雪橇，此時雪橇上已經堆滿我們的糧食用品,而貴主就站在雪橇邊等待。她穿著純白狐狸毛所製成的長外套,頭上套著各色毛皮拼成的小帽,把她那一頭烏溜溜的長髮都收在裡面;她腳上穿的是以海象皮爲靴底,以連毛鹿皮製成寬大靴筒的靴子,這靴子一路穿到膝蓋那麼高,再用皮條綁緊。要不是她臉上表情那麼嚴肅,這一身打扮還眞像是雪白的新娘禮服。穿著雄壯笨重、腳上套著黑狼毛皮與鹿皮製成的長褲的皮奧崔,遲緩地走到貴主身邊。我這一生所見的原智者,沒有一個具備變身爲動物的本事,但眼前這個皮奧崔卻彷彿是搖身一變,化成了大野獸一般,他那一身重重疊疊的皮衣,使他的身型一下子大了許多,幾乎會使人哈哈大笑。不過,他講話的時候,我們每一個人都凝神傾聽,生怕錯過了一字一語。

「我知道黑龍長眠之處。」他說道。「我之前去過兩次,但即使如此,要帶領大家到那裡去,還是很困難。這整座島上都是冰河,就算你知道地點,也不見得能走得到。石頭跟泥土年復一年地留在原地,但我們即將要踏上的冰河是世界上最不安穩的冰河之一。冰河會沉睡,也會滑動;有時冰河打個哈欠、甦醒過來,於是上頭便裂開了一條深且闊的裂縫,但接著它便又睡著了,然後風雪吹過,遮掩掉那個會令人粉身碎骨的裂縫,而除非謹慎明辨,否則根本看不出這雪地是實是虛。

「你若是掉入了冰河的裂縫之中,那就跟被雪怪吞噬無異;你會一路墜入黑暗之中,人生也就此告終。我們會悲悼你掉了下去,但是我們會繼續前進。」

皮奧崔一邊說話,一邊慢慢地掃視我們所有人。被他這麼一看,許多人差點就忍不住打顫,我也不例外。

「大家要跟著我走。」他繼續說道。「不只要跟著我的路線走,還要跟著我的腳步走,但即使你跟著我的腳步走,也不能輕信你腳下的冰雪。一踏上冰河之後,你在踏出每一步之前,都要先探測一下。前面一個人走過去、兩個人走過去,甚至三個人走過去,可能都沒問題,但你若是踏上去,也許那層冰殼就塌了。所以，在你每踏出一步之前，務必先用手杖探一探。這個動作的確挺累人，不過還是請你確實探路，除非你活得不耐煩了。」他再度冷冷地掃視過衆人，最後才說道：「跟著我走。」

接著他也不再費力多說，就邁開步伐帶領我們離開沙灘。貴主跟在他身後，接著是王子，再來是切德。黃金大人占了接下來的那個位子，也沒人跟他爭。之後是拖了一台雪橇的原智小組，他們身後是首領團派來的監督人，再後面才是拖著第二台雪橇的長芯和詔諭，以及拖著第三台雪橇的巧捷和謎語。我是倒數第二個，在我身後是步履沉重遲滯的阿憨。我已經把他背包裡的東西挪了一部分到我背包裡來，但還是留了相當的份量，以免傷到他的自尊心。不過開拔不久，我就感到後悔，並且下定決心，明天務必讓阿憨空手，這樣他才走得輕鬆。如今一方面因爲背包重，一方面因爲咳嗽久久不癒，所以他根本跟不上皮奧崔所設定的步調。等到我們走到冰河邊緣時，主要隊伍與我們兩人之間已經拉開一大段距離了。走上冰河，就得一步一探。我本以爲這樣一來他們必會放慢速度，所以我們總能追得上去。但這個想法終究落空了，因爲我沒料到阿憨把皮奧崔的叮囑奉爲圭臬，他每踏出一步之前都要再三刺探，像在叉魚一般。不久他便喘得厲害，不過我雖好意勸告，由我來幫我們兩人探路就夠了，卻被他頑固地拒絕。

「我可不想被雪怪呑進肚子裡。」他憂鬱地說道。

你們看得到我們走的路線嗎？晉責對我技傳。

清楚得很，你別擔心。如果需要你們等一下，我自然會通知你。阿憨探路探得這麼勤奮，至少可以讓他的身體暖和起來。

暖過頭了！累死人了！阿憨抱怨道。

「你用鐵杖探一探就好，用不著一路刺入地裡面。」

「我就要。」他反駁道。我想，就算再勸也是沒用，乾脆任由他去，只是要領著他，以他跟得上的速度龜步前進，那可眞是把滿腔壯志都消磨殆盡。我只覺得無聊得要命，而且一下子生出過多的時間來思考我們的處境；這一連串發生的事情令人不安，我又說不上到底哪裡不對勁，也許就像阿憨說的：這裡曾經發生過慘事，到現在還未結束。

風颳個不停，但是天上清澈蔚藍。每隔不久，就會看到特別豎立在雪地上的小樹枝，棍子上別著顏色光鮮的布條。看這情況，皮奧崔應該就是順著這些路標而行；他往往停下腳步，扶正小樹枝，或是在小樹枝上別上新的絲帶。但即使如此，他們那一大隊人還是走得比阿憨和我快得多。我望著他們越走越遠，最後變得像是在雪地上跳著古怪的探索之舞的一排小人偶。我們的影子越拉越長，映在晶瑩白雪中的倒影，是一抹蒼茫的藍暈。我們走過的這一片白色大地似乎既不是全冰之地，也不是全雪之地，只是表面上蒙著一層薄薄的雪，但底下乃是壓實了的冰尖，所以說起來，我們其實是在冰尖上走路。

在某個時刻，我下定了決心，今晚一定要去找弄臣說話，不管別人會怎麼想歪、講什麼閒話，我都當作不知道。但是這個念頭剛過，我就感到切德傳來的一抹思緒，他隱密地只對我一人問道：年輕人，你還是我的人吧？

他應該要對我的答案引以爲傲。我敢說，就算是他，也沒辦法在這片刻之間想出比我更好的答案了。一如以往。我答道。

我感覺到他似乎冷冷地一笑。啊。這個嘛，至少你沒跟我胡說八道。他跟你說什麼？

你說弄臣嗎？

不然還有誰？

我們只談到我爲了保住他的性命，所以不想讓他跟來。但是看起來，他覺得我這理由太薄弱了。

他大概認爲，這必是我爲了方便把龍挖出來、砍下龍頭，不讓他礙事，才指使你丟下他。切德頓了一下。貴主邊走邊哭哪。她並沒有回頭看，因此我沒看到她臉上的淚痕，但是從她的呼吸聲，可以聽得出她一路都在哭；她兩次舉起手，用手套揩掉淚水，而且兩次都朗聲說這雪地上反射的陽光太刺眼，刺得她都冒眼淚了。我們兩個一起想想，蜚滋，她爲什麼要哭？

我不知道。這趟路不好走，但我看她並不是那種會因爲艱難疲累而哭出來的女人。也許她怕黑者報復，也許她怕首領團會嚴懲她的家族，和她父親的家族——

噓！阿憨氣惱地以技傳打斷了我的思緒。她會哭，是因爲她很傷心，就這樣。你們別再吵了，專心聽音樂！不要再打岔了！

切德與我立刻掩住自己的思緒。原本他與我都深信我們的技傳很輕，除了我們之外，別人都聽不到；但我敢說，現在切德一定跟我一樣納悶：該不會連王子也察覺到我們在談什麼吧？接著我又不禁想道，方才切德爲何要悄悄對我一個人說，不讓晉責知道？我繼續邁步，眼裡望著前面那一群越來越小的身影。他們快要爬上大風堆起的雪丘上了，要不了多久，就會消失在雪丘之後。早上皮奧崔說這裡的冰河不安穩，這話可一點不假。有些地方，地上吹得有如糖霜蛋糕的表面那麼平滑，但有些地方看來卻像是糖霜蛋糕摔在地上的情況。現在雪地上的行跡還很清楚，但是我也知道，天色暗下去之後，地上黑影曲折，到時候就難辨行跡了。我氣憤地回頭看看阿憨，他仍照常龜步前進。

我一方面是氣他噓聲叫我別吵，另一方面是因爲他實在太慢，所以乾脆轉身輕快地走開了。不過我並未大意，照樣用鐵杖探路後才邁出步伐。我本以爲阿憨一抬起頭，發現我把他丟下來了，會急得趕上來，但是我回頭一瞥，卻發現他照樣好整以暇地慢慢走。我生氣地瞪著他，然後注意到他的舉動有點不尋常，簡直像是在跳舞一般；他會用鐵杖刺、刺、刺，才搖搖晃晃地踏出一步，接著刺、刺、刺，又換另一腳踏出一步。我把精技牆降下來，聽聽他那無時不在的音樂；通常我是聽得出他用什麼聲響做為音符。阿憨的音樂中，每發出有如颮風般的歎息聲，他便踏出一步，而他用手杖刺、刺、刺的動作，則與音樂中那低沉穩定的撞擊聲相和；我再度封住自己，不用精技、只用耳朵傾聽，但是我卻怎麼也聽不出他的精技音符出自於這島上的什麼聲響。

我停下來休息的時候，阿憨慢慢趕了上來，他的眼睛原本仔細打量腳下的雪地，此時抬起頭，先怒瞪我一陣，接著眺望我身後，眉頭皺得更厲害。「他們走了！你怎麼沒把他們看住？如今他們走了，我們怎麼知道要上哪裡去找他們！」

「沒關係的，阿憨。」我對他說道。「他們的行跡，我還看得見，再說，那邊山頂上不是有根竿子，竿子上綁了布條嗎？所以我們走這裡是錯不了的。你放心，我們會趕上去的，只是我們得快一點才行。」其實我很擔心天色漸暗之後，地上的暗影會變得更深，到時候恐怕行跡難辨。不過我努力壓抑，以免嚇到他。只是我可不想跟他孤零零地走在這大冰河上。

他突然舉起肥短的手臂，激動地指著山脊。「你看！沒關係了！那邊還有一個人！」

我順著他的指頭望去，心裡懷疑是不是王子派人順著原路走回山頂上為我們指路。阿憨說得沒錯，山頂上是有個人，但是雖然隔得這麼遠，且光線黯淡，我仍看得出他並不是我們那一團裡的人。他的動作靈敏，走路的姿態看來頗為眼熟，只是我一時說不上到底是哪一點眼熟。他匆匆地越過山脊，然後就不見了，我僅能看到他的背影而已。我感覺到一股涼意流過全身。我發狂似的對切德和晉責技傳道：黑者！黑者在跟蹤你們！

剎那之後，我就為自己的失態感到後悔。晉責顯然覺得我的反應很好笑。我看過了，但我們後面沒人呀，蜚滋，只有白雪和黑影。你們爬上山頂了沒？

我們離那座山還很遠呢。阿憨心不在焉的，所以走得很慢。才沒有心不在焉！阿憨出聲的時候把我嚇了一跳。剛才我只對晉責技傳，阿憨怎麼全不費工夫就聽到我們在說什麼？只是在聽音樂而已。可是你老是打岔。

切德技傳而來的思緒彷彿油滴在水中般散開來。我剛問皮奧崔，我們還要多久才紮營，他說我們馬上就要休息過夜了。你們上了山脊之後應該就能看到我們。他已經把預定紮營的地點指給我看，那地方什麼遮蔽的地形地物都沒有，你應該一眼就能看到我們做菜的營火。

做菜的營火？馬上就要開飯了？

對呀，阿憨，馬上就要開飯了。你一到，我們就開飯了。我從船上帶了些甜點來，如果你在我吃完甜點之前趕到，我就分些給你吃。

我雖聽了搖頭，但仍不禁佩服晉責的腦筋動得這麼快。此話一出，阿憨也不理會他的「音樂」了，他將探路的責任完全交付給我，自己則一心一意地跟在我後面走。反正我也認爲皮奧崔的警語說得有點誇張。雖然冰河多變，但既然都已經有一大團人走過去了，那麼再多走一、兩個人，應該也沒關係吧。

事實也的確如此，我們順利地循著他們的足跡爬上山丘，途中停了幾次，讓阿憨咳嗽、喘氣。

我們一走到山脊上就看到他們的營地。營地周圍以二十多枝鐵杖插了一圈，鐵杖上還綁著亮麗的絲帶，皮奧崔顯然是以此來標出衆人的安全活動範圍。王子與貴主的大帳篷已經架起，有如兩朵大香菇，而在微弱的天光之中，弄臣的五彩帳篷就像是開在雪地上的一朵鮮花。由於帳篷裡有光源，那鮮豔的帳篷布便如同彩色玻璃窗般放出光芒；原本看來只覺得花花的圖案，如今則變成騰躍翻滾的蛟龍與海蛇——唔，弄臣已經以此宣示，他到底是跟誰站在同一邊了。

我們其他人住在幾個單調的褐色帳篷裡，生了兩個小火堆。首領團的人不但帳篷離我們稍遠，而且還自己生火，不與我們共用，彷彿藉著這樣的動作便可以對諸神表明心跡，證明他們跟我們不是一夥的，天神若是要對我們施以懲罰，可別把他們牽扯進去。

我既沒看到黑者的蹤跡，也沒看到有什麼可能躲了人的地方，不過我不但無法寬心，反而因此更加憂慮。

我們下山往營地走，路上首次遇到冰河裂縫。這條冰河裂縫蜿蜒到遠處，但是並不寬，所以我直接就跨過去了，阿憨卻遲疑再三，一直低頭凝視著邊緣爲淡藍、深處爲全黑的深邃裂縫。「走吧。」我鼓勵他。「快到營地了，我好像聞到他們做菜的香味了呢。」

「好深哪。」他打量了半天之後，終於抬起頭來。「皮奧崔說得沒錯。裂縫會把我一口吞入肚，那我就完了！」他說著退開了一步。

「不，不會的。阿憨，你別想太多，裂縫只是地上裂開而已，並不能張口吞人。走吧。」

他深吸了一口氣，咳嗽起來，咳完之後又說道：「不。我要回去了。」

「阿憨，不行哪。馬上就要天黑了。只是裂縫而已嘛，跨過去就是了。」

「不。」阿憨搖了搖頭，他的下巴揚了起來。「太危險了。」

最後我不得不跨過裂縫，走回他身邊，拉著他的手苦勸。阿憨突然在我腳步跨到一半時，怪裡怪氣、誇張至極地大力一躍，使我意外地腳下一滑，而且一時之間，我心中眞的浮現出自己落入裂縫中、誰都拉不住我，而我一直往下落的景象。阿憨察覺到我驚懼不已，勸慰道：「瞧，我剛才不是跟你說這很危險嗎？你差點就摔死了。」

「我們去營地吧。」我提議道。

他們果然已經準備好熱食等我們了。謎語與詔諭已經吃飽，正在輕聲地跟長芯談晚上如何排班守夜的事情。我將背包放在火邊，安頓阿憨在我背包上坐下，然後接過巧捷幫阿憨與我舀好的熱食。我們晚餐吃的是燉鹹肉，因爲是鹹肉，所以味道太鹹，煮的火候又不夠。我怎麼這麼快就習慣了公鹿堡那種鮮美多汁的料理呢？想到這一點，我不禁咧嘴笑出來。難道我忘了如何靠著侍衛的配給撐下去嗎？在我這一生之中，勞累了一天，到最後吃得比這還差，甚至什麼都沒得吃的時候，也在所多有。我又咬下一口。理論上，這些念頭應該會讓我嘴裡的食物嚐來更爲可口，但是我卻覺得食物的味道並沒有長進。我偷偷看了阿憨一眼，心想他應該會抱怨一番，但他只是疲倦地瞪著爐火，碗擱在膝上，差一點就會翻倒。「你該吃點東西，阿憨。」我勸道，他像做夢似的悠悠地望了我一眼。我扶正他的碗。阿憨吃了幾口，可是吃得意興闌珊，平日他對食物的那副熱切模樣完全不見。我不禁擔心起來。我三兩口吃了晚餐，站了起來，任由他在將熄的小火邊慢條斯理地咀嚼食物。

切德、晉責和原智小組在另外那個火堆邊聊天，甚至還傳出笑聲。一時間，我對於他們那種熱鬧融洽的情景感到頗爲嫉妒。過了一會兒，我才注意到弄臣並未跟他們一起，他大概已經回帳篷去了。此外我還注意到，皮奧崔與貴主也雙雙缺席。我朝他們的帳篷望了一眼。他們已經睡了嗎？唔，也許還是早點睡最好，想必明早皮奧崔會很早就催我們啓程。

切德大概是注意到我在火光的邊緣徘徊，他起身離開火邊，彷彿要去伸展一下似的，而我則靜靜地跟在他身後。我們兩人處在黑暗之中，我立在他身後，輕輕說道：「我很擔心阿憨。他一副心不在焉的模樣，而且他的脾氣起伏不定，一下子氣惱、一下子恐懼、一下子激昂。」

切德慢慢地點點頭。「這個艾斯雷弗嘉島，很奇怪……到底怪在哪裡，我說不上來，可是我感覺得出有什麼東西在扯著我。我又怕又煩，擔心得超出了應有的程度，然後這情緒一下子又消失了。這個島像是藉著精技對我傳話，要是力量像我這麼微薄的人都感覺得到，那麼阿憨的感受會有多麼強烈？」

我聽得出他在貶損自己的精技天賦不如人。「你的精技越來越強了，而且每天都有進展。」我肯定地對他說道。「不過，你說得沒錯，我也整天都感覺到莫名的憂慮在啃噬我——雖說有時我本來個性就會如此，但今天這個憂煩的感覺比平常更難以捉摸。這會不會跟困在石龍裡的那些記憶有關？」

他無奈地哼了一聲。「這我們怎麼會知道？我們頂多也只能照顧阿憨吃好睡好，如此而已。」

「阿憨的精技力量越來越強了。」

「我知道。這使得我這一丁點精技天賦，變得更微不足道。」

「耐心點，切德。時間一久，一切都會水到渠成。你起步晚，之前又沒受過訓練，能夠有這個水準，已經很不錯了。」

「耐心、耐心，我除了能耐心一點，還能怎麼辦？我已經盡力了，可是成果還是太少。是啊，你當然會很鎮定，你的精技天賦就如你曾想要的那麼強，甚至一輩子都用不完，而我卻只能在生命的盡頭緊抓著這殘存的些許天賦不放。人生還有公平可言嗎？癡呆的傢伙擁有源源不絕的天賦，而我的天賦卻少得可憐！」他轉頭對我說道：「你的精技天賦那麼充沛，你卻從頭到尾都無心運用你的天賦，而我呢，我卻一輩子苦苦追求而不可得之，這算什麼？」

我越聽越覺得不對勁。「切德，這地方在伺機獵食我們的心靈，它會把我們內心的恐懼與絕望不斷放大。好好防備，把你的精技牆立起來，除了你自己的邏輯之外，別的都不要輕信。」

「嗯。我被自己的情緒拖累了，這個經驗我從未有過。但是這一次，與其多談，還不如多休息，你我都一樣。你盡量照顧好阿憨，我會看著王子；晉責的心情也變得很沉鬱，跟平時那種輕快的模樣差很多。」他摩擦著戴手套的雙手。「我已經老了，蜚滋，老囉。而且又累，又冷。等到這一切都過去，我們都平安返航的時候，我一定會很快樂。」

「我也是。」我熱忱地說道。「不過我還有件事情要跟你說。很奇怪，是不是？我本以爲你我彼此技傳，既隱密，又不爲外人所知，但如今我若要私下跟你講句話，卻非得把你找出來不可。據我看來，我現在還不能託阿憨幫這個忙；他到現在還怪我害了他，氣得牙癢癢的。所以最好還是由你或王子跟他提比較好。」

「什麼事？」切德不耐煩地問道，他一直動來動去，他那把精瘦的老骨頭一定很受不了這股嚴寒吧。

「我們的信鴿一定已經飛抵公鹿堡，而王后也立刻派人去跟博瑞屈說了，因爲蕁麻已經到公鹿堡，且受到周全的保護。她甚至知道自己之所以會有危險，跟我們此行要來取龍頭有關。」

切德聽出了我的言外之意。「而阿憨能在夢中跟蕁麻講話，所以我們可以跟公鹿堡以及王后聯絡了。」

「可以這麼說。不過得謹慎些就是了。阿憨還在氣我，他若是看出我十分期待，反而會趁此捉弄，讓我大失所望。況且蕁麻也在氣我，我沒辦法直接跟她聯絡，也不知道我若是透過阿憨傳話，會不會被她當作是耳邊風。」

切德惱怒地嘟囔了一聲。「蜚滋，你現在才想到要配合我的計畫，未免也太遲了吧。我並不以斥責你爲樂，但若是當初我們發現蕁麻有此潛力時，你就讓我們把她召到公鹿堡去訓練，她不但不會蒙受生命危險，你跟她也不會因此鬧僵，使我們諸事不便了。倘若她受過訓練，那麼就算沒有你，王子或是我也可以跟她聯絡的。總之，要不是你百般推託，我們與公鹿堡之間早就有聯絡的管道了。」

我知道我這樣反駁很幼稚，但我還是忍不住說了：「果眞如此，你八成會以爲王子匯集力量爲由，就把蕁麻一同帶來這裡。」

切德像是碰上了個頑固得說什麼都不肯讓步的學生似的，悠悠地嘆了一口氣。「你愛怎麼想就怎麼想吧，蜚滋，只是我求求你，你別像是被蜜蜂螫痛了的蠻牛般，橫衝直撞地亂想一通。就讓蕁麻在公鹿堡待個幾天，讓我跟王子商量看看，要讓她對自己的身世知道多少，以及要如何透過阿憨來跟她聯絡。果眞要蕁麻與阿憨彼此傳話，也得讓阿憨有所準備才好。」

我鬆了一口氣。我原本也擔心提到這消息會使人——不過我擔心的不是我，而是切德——像蠻牛一般地莽撞起來。「你放心。就照你講的，一切慢慢來吧。」

「這樣才好。」切德心不在焉地答道。我知道他一定已經開始思索，多了這幾個棋子之後，要如何在棋盤上布置新局了。

最後，我們便互道了晚安。

15

儒雅

在沙杜斯齊大君統治「邊疆國」的時代，何昆是白色先知，而狂眼則是何昆的催化劑。沙杜斯齊大君在位的時候發生大旱，直到他死時，大旱仍無紓解的跡象。有人說，這是天神對邊疆國的懲罰，起因是沙杜斯齊大君之母，沙杜斯婆女王，由於王夫史流文出水痘而死，在哀痛逾恆、氣憤難耐之餘，把國內所有祭祀「葉神」的聖樹樹叢都燒了。可是天上之所以降下甘霖，是爲了要滋潤聖樹，而非給大人小孩止渴，既然雨水再也滋潤不到聖樹，於是此後雨水就不下了。

何昆深信，他身爲白色先知的任務就是要使邊疆國恢復昔日的豐饒。他認定，若要讓舊日的風光再現，必得先有水，因此他吩咐他的催化劑研究水文，以及如何挖深井取水、開渠道引水，或者以祭禱祭品求雨。他常常叫狂眼思考，她要做什麼改變才能將水引入家鄉的大地，但是不管狂眼怎麼回答，何昆都覺得不夠好。

狂眼倒不在乎水多水少。她在乾旱期出生、長大，因此她只知道乾旱期的景象和生活型態。她眞正在乎的是山腳下、峽谷中，在爪狀荊棘的保護下，長在貼地之處，形小肉軟、種子很多的梨果果實：「悉琵果」。狂眼往往丟著正事不做，溜到山腳下的荊棘叢裡，回來時，裙子上、頭髮裡沾著許多種子，嘴巴則因爲吃多了悉琵果而染成紫色。這往往惹得白色先知何昆勃然大怒，並且因爲她沒把自己的工作做好而打她一頓。

然後，他們住的小屋附近，原本只有黃土之處，開始長出了爪狀荊棘；爪狀荊棘交纏的莖刺，保護了泥土免受烈日曝曬，所以荊棘底下慢慢長出了悉琵果的藤蔓。悉琵果過了季節就乾掉了，接著地上長出青草，於是有不少兔子在荊棘底下住下來，並以青草爲食，而狂眼便抓了兔子，替白色先知燉兔子湯。

——柯德仁文書所載，有關於白色先知何昆的故事

雖然切德建議我早睡，但是我並沒有馬上就上床。我回到火邊，發現阿憨凝視著餘燼，在冰河撲上來的寒意中打顫。我打發他起身，到我們兩人與謎語、韶論同住的帳篷裡睡好。帳篷裡雖然擁擠，但這樣大家的體熱比較不容易散去，睡起來會暖和一點。阿憨躺好，長嘆了一聲，咳了一陣，又嘆了一口氣，才開始睡覺。我心裡納悶道，不知他今晚會不會去找蕁麻講話？也許到了早上再問問吧，此時我只要知道蕁麻好好地待在公鹿堡裡就已滿足。

我離開帳篷，走入星空下。火已經差不多熄了，雖然長芯總是刻意在火盆中留下幾塊木炭，好讓火慢慢延燒，但是我們的燃料太少，不足以讓營火持續不斷地燒下去。晉責的帳篷裡有個黯淡的燈光，大概是個小燈籠什麼的。弄臣的帳篷也亮亮的，像珠寶般在暗夜中閃閃發光。我悄悄地橫過雪地，朝那鮮豔的帳篷走去。

我聽到弄臣的帳篷裡傳來輕柔的講話聲，不禁停下腳步；我聽不出他們在講什麼，不過我聽出了那

是誰的聲音：迅風說了什麼話，弄臣逗趣地答了一句，然後那少年咯咯直笑。那氣氛聽來既安寧又友善，我頓時覺得自己被他們刻意排除在外，一時間，差點就轉身回帳篷去了。但接著我斥責自己不該嫉妒別人。弄臣多交了個朋友，而這對於迅風而言也是再好不過。既然不能敲門，我就大聲地清清喉嚨，站上前將帳篷的門片掀起一角，一注光線映在雪地上。「我能進去嗎？」

弄臣遲疑了一剎那。「要進來就進來吧。別把外頭的冰雪捲進來就是了。」我的習性，他是再清楚也不過了。我拍掉綁腿上的溼雪，又跺腳抖掉鞋底黏著的冰雪，才弓著身子走進帳篷。

弄臣有個少見的本事：他若想退回自己的小世界，就能順手創造出獨屬於他的氛圍。上次我進到他帳篷裡時，這裡面雖然布置精美，但感覺上頗爲空曠，但如今他人在帳篷裡，便覺得處處都有他的影子。地板中央有個金屬火盆，裡面燒著火，但幾乎不冒煙，空氣中滯留著一股清香的熱茶味。迅風盤腿坐在一個繫著流蘇的坐墊上，弄臣則半躺半坐地倚在他的睡墊上。迅風腿上放著兩枝箭，一枝是灰撲撲的箭頭，另一枝則漆著亮麗的色彩，顯然是出自於弄臣的手筆。

「您有什麼事找我嗎，大人？」迅風快速地問道，我聽得出他是很不願離開的。

我搖了搖頭。「我根本就不知道你在這裡。」

弄臣坐了起來，而我也了解到剛才迅風怎麼會笑得那麼開心。弄臣的指尖纏著五根細細的黑線，黑線末端吊著一個玩偶。我看了會心一笑。弄臣刻的戲偶，穿著玩雜耍的、黑白相間的衣裝，頭上是蓬蓬的白髮，而那蒼白的臉龐則活脫是他小時候的模樣。他那細長的手指輕輕一動，那戲偶便對我點點頭。「什麼風把你吹到這裡來呀，湯姆·獾毛？」弄臣與他的木偶一起對我問道。他再輕輕一動指頭，那個小弄臣便歪著頭，等我回答。

我想了一下之後，答道：「因爲舊日情誼。」我在隔著火盆，與迅風相對的位子坐了下來。那孩子憎惡地瞥了我一眼，接著便望向他處。

弄臣的臉上有些淡漠。「我懂了，歡迎。」話雖如此，他的語氣卻毫無熱度，顯然我打擾到他們了。接著一陣尷尬的沉默，我這才體會到自己犯了多大的錯誤。那年輕人對於弄臣與我之間的交情一無所知，所以我不能隨便開口——這一來，我反倒想不出該講什麼才好了。那少年悶悶不樂地凝視著火焰，顯然在等我離開。弄臣開始把指尖上的線一條一條地解開，將戲偶放下來。

「我從沒看過這樣的帳篷，這是遮瑪里亞來的嗎？」即使聽在我自己耳裡，都覺得這像是巧遇陌生人時所說的，沒什麼意義的客套話。

「其實是雨野原來的。我猜這料子是古靈所織，但這圖案可是按著我的想法做上去的。」

「古靈？」迅風嗅到了這其中必有故事可聽，馬上急切地問道。弄臣嘴邊浮出一抹若有似無的微笑，我猜他一定也看出我臉上露出的興味濃厚。

「雨野原的人是這麼說的啊，他們說，很久很久以前，雨野原上有許多古靈所居的大城。古靈到底是什麼、長得什麼模樣，這很難說得準，但反正雨野原上的沼澤中，的確有些深埋在泥濘裡，以石材蓋起的大城。偶爾人們費盡心思進入石城，並在殘存僅有的乾燥房間裡找到遠古之前、不同於我們的人所留下來的寶藏。這些搶救回來的東西，有些非常神奇，其用途與功效，就連雨野原的人也不是完全了解，但有些東西則跟我們做的東西很像，只是質地完全不同。」

「就像這枝箭？」迅風舉起那枝箭頭灰撲撲的箭。「你說這箭是雨野原來的。我從未看過這樣的東西。」

弄臣瞥了我一眼，才望向迅風。「那枝箭是『巫木』做的。巫木是少有的木料，比這帳篷的料子還稀罕呢。這帳篷布比絲還細，卻比絲強韌，摺起來可以一手握住，撐開來卻很結實，既能保留熱氣，也能抵擋寒風。」

迅風好奇地伸手摸了摸帳篷布。「這眞的挺不錯的。沒想到帳篷裡竟然這麼暖和，況且我滿喜歡帳篷上這些龍的。」

「我也喜歡龍。」弄臣應和道。他又倚回床墊上，並凝視著火盆，眼中跳躍著兩朵小小的火焰。我往後靠，離火光遠一點，打量著他；他臉上出現了他小時候所沒有的稜角，而頭髮的顏色似乎也比以前深得多。他小時候，頭髮若是沒綁起，便蓬鬆地飄散在臉龐周圍，如今他就算沒綁頭髮，髮絲也如同馬鬃一般服貼地垂在他肩膀上，就像現在這樣。「我就是因爲龍才來這裡的。」

弄臣瞥了我一眼。我交叉手臂抱胸，更往後躲入暗影之中。

「雨野原上有一群龍。」弄臣對迅風說道。「只是都羸弱不堪，只有一條名叫婷黛莉雅的母龍，長得精力充沛又健壯。」

那少年朝弄臣湊近了一點。「這麼說來，繽城商人說的是實話囉？他們眞的有龍？」

弄臣歪著頭，彷彿在考慮要怎麼回答才好，嘴邊又浮出了若有似無的微笑。最後他搖了搖頭。「我倒不會那樣說。與其說『繽城商人有龍』，倒不如說雨野原上有龍，而繽城恰巧坐落在那條龍自己畫出來的地盤之中。那條龍很美，一身豔藍，晶亮如寶石。」

「你親眼見過？」

「不但見過。」弄臣對那困惑的少年笑笑。「還跟牠說過話。」

迅風屏住呼吸。他似乎已經忘記帳篷裡多了我這個人，不過弄臣接下來的話是講給迅風聽，還是講給我聽的，這就很難說了。「這帳篷就是那條藍龍叫雨野原的人送給我的。」

「爲什麼藍龍要叫他們送禮物給你?」

「牠之所以叫他們送禮物給我,是因爲牠認爲我會毫不動搖地爲牠效力。況且牠與我早已認識,只是那不曉得是在多麼久遠之前,而且當時牠不是現在的牠,我也不是現在的我。」

「這是什麼意思?」那孩子以爲弄臣在戲弄他,但我看弄臣並無此意。

「我的族人早就跟龍族有所往來。而婷黛莉雅俱備龍族所有的記憶,因爲龍族的記憶,就像一顆顆閃亮的珠子從絲線上滑下般,通通存在牠心裡。那記憶不但回溯到牠仍是海蛇之時,又回溯到更早之前,牠還是蛋之時,再回溯到當年產下牠這顆龍蛋的龍之時,又回溯到那龍仍是海蛇之時,又回溯到那龍仍是龍蛋之時,再回溯到產下龍蛋的龍之時,又回溯到龍仍是海蛇——」

弄臣如連珠砲般清晰輕快地講了這一番話,逗得那孩子笑得喘不過氣來。「夠啦!」那孩子叫道。

「一直回溯到很久以前,有條龍曾經認識我這樣的人之時。而要是我也有龍的記性,說不定我還能對牠說:『啊,是呀,我想起來了,當年確是如此。有緣再度相見,眞是難得啊。』只是我並沒有龍的記性,所以當婷黛莉雅說,牠見過的人,就僅有我這人最能信任的時候,我也只能信以爲眞了。」

他這個故事講得扣人心弦,那孩子聽得入迷了。「那麼牠要你爲牠效什麼力?」迅風迫不及待地問道。

「哈!」弄臣抽回眼神,不再看迅風。接著搖頭轉肩地伸展一番,但是突然之間,他那修長的食指,竟不偏不倚地朝我臉上指來。「他知道。因爲他已經允諾要幫我了。是不是呀,湯姆·獾毛?」

我瘋狂地搜索自己的記憶。我有允諾要幫他嗎?或者我只是說,時機到了之後,我會做出決定?我笑了笑,以難得的狡黠答道:「時機一到,我必盡力而爲。」

他必定聽出我這話非常疏遠,但他卻像我已經答應了他似的笑笑。「不只你,我們大家都會盡力而爲，就連年紀小小的迅風，博瑞屈之子暨莫莉之子，也是一樣。」

「你爲什麼要那樣稱我？」那孩子一下子大受刺激。「對我而言，我父親什麼都不是。什麼都不是！」

「無論你怎麼看待他，對他而言，你仍是他兒子。也許你可以不承認他，但是你卻無法令他不承認你。人世間，有些關係是不能用言語截斷的，這些關係就是存在，而且無法抹滅。然而，也就是因爲有這樣的關係，所以世界與時間才得以維繫啊。」

「他跟我之間才沒什麼維繫呢。」那少年憤恨地堅持道。過了一會兒，他發現自己打斷了弄臣的故事，而弄臣可不會自動把故事說下去。他又停頓一會兒，終於還是退讓一步，開口問道：「那麼，龍到底要你來這裡效什麼力？」

「噢，你明知故問！」弄臣坐直起來。「我在沙灘上講的話，你都聽見了，況且這裡人少，所以流言傳得很快。你們來這裡屠龍，而我則是來這裡看你們屠龍不成。」

「怎麼可能？除非龍跟我們大打一場。除非龍先攻擊我們。」

弄臣搖了搖頭。「不。我只是來此見證龍會活下去。」

迅風先望望弄臣，又望望我，然後又盯著弄臣，接著他遲疑地說道：「這麼說來，你是我們的敵人囉？如果我們要殺死龍，你就會跳出來跟我們打一仗？可是你只有一個人啊！你只有一個人，怎能跟我們作對？」

「雖說有些人視我如寇仇，但是我不跟人作對，也不與人爲敵。迅風，我剛才說了，我是來這裡看著大家屠龍不成，就是這樣，如此而已。」

那孩子不安地動來動去。我幾乎感覺得出他的心思，而他開口的時候，十足是博瑞屈的口吻，像得差點令我心碎。「我已經立誓效忠王子殿下了。」他深吸了一口氣，但是再度開口時，語氣仍舊困惑遲疑。「如果您跟王子殿下作對的話，大人，那麼我絕不能放過您。」

從頭到尾，弄臣的目光都定定地望著那孩子。「如果你相信這樣做才對，那麼你絕對不會放過我，這點我非常確定。」他輕輕說道。「如果時機到了，眞是這樣的場面，那麼你我要不了多久就會變成仇敵了。然而我會尊重你由衷的選擇，相信你也會尊重我由衷的選擇才對。但眼前我們一塊旅行，朝同一個方向前進，既然如此，我們爲何不能像湯姆·獾毛來訪的用意那樣，因爲彼此的情誼而好好相處呢？」

迅風的眼神再度於弄臣與我之間飄移。「這麼說起來，你們兩個是朋友了？」

「我們是多年的老朋友了。」我答道，而弄臣則幾乎在同一時間開口說道：「我們交情之深，不是朋友二字可以形容的。」

就在此時，儒雅·貝馨嘉大剌剌地翻開帳篷的門片，探頭進來，氣憤地叫道：「我就擔心會演變成這個局面！」迅風驚訝得嘴巴張開，抬頭望著儒雅。弄臣不耐煩地嘆了一聲，我則是第一個回過神來回答儒雅的。

「你的擔心未免多餘。」我穩重地說道。而完全想錯了儒雅意思的迅風，則焦急地反駁道：「不管誰勸誘我，我都絕對不會背叛王子殿下！」

據我猜測，迅風這句話，使得儒雅如墜五里霧中，現在他也不大確定這是怎麼一回事了，所以只能輕蔑地對迅風吩咐道：「迅風，你馬上出去，回你床上去睡覺。」再對弄臣說道：「你別以爲事情這樣就了結了。我會把我心底的憂慮告訴王子。」

儒雅的話剛說完，弄臣與我都還來不及反應，便聽到謎語朝我們營地外圍大吼道：「站住！你是什麼人？」

我推開迅風，迅速地衝出帳篷，差點把儒雅給撞倒——不過說真的，就算撞倒儒雅，我也不會感到遺憾。我察覺到他跟在我身後，而我知道迅風和弄臣也會追上來。我衝到謎語站崗的位置時，只見幾乎全營地的人都從睡夢中驚醒，衝出來看這到底是怎麼一回事。

「你到底是誰？」謎語再度叫道。由於這情況甚為可疑，他的口氣格外氣憤且挑釁。

我一衝到謎語身邊便問道：「在哪裡？」

「那裡。」謎語舉手指著，輕聲答道。此時我也看到一個人影，然而那果真是個人嗎？冰河表面的積雪被風吹得凹凸不平，加上我們的火光黯淡，使得北國夜色中的那抹灰黑不辨真假，看不出那是人影，抑或只是雪影。積雪的高山在雪地上蒙上另外一層顏色較深的影子。我瞇著眼睛望著，有個人站在我們火光所及的範圍之外，我雖只看出朦朧的身形，卻已足以確認那就是我下午看到的那個人。我聽到皮奧崔在我身後喘息道：「黑者！」他的口氣恐懼至極，而此語一出，首領團的人也不安地竊竊私語起來。弄臣突然出現在我身邊，他那修長的指頭緊抓住我的上臂，他問的聲音很輕，大概只有我聽得到，別人都沒有察覺。「那人是誰？」

「你快站出來！」謎語命令道。接著他拔開佩劍，離開我們這一圈人，往前邁入黑暗之中。長芯將火把插入火堆的餘燼裡，火把不久便點燃，他立刻高高舉起火炬，只是這時那人已經消失了。火光一出，黑影便隱遁不見，而那人也如同黑影一般消逝得無影無蹤。

那人一出現，使得全營不得安寧，然而那人一消失，則使得全營陷入混亂。眾人七嘴八舌地爭著講話：謎語和其他幾個侍衛衝上前去檢查那人方才站著的位置，而切德則大聲告誡，叫他們別衝上去亂踩。等到切德與我前往檢查時，那地方早就人跡雜沓，就算那人留下什麼痕跡，也全都被踩得看不見了。長芯將火炬舉得更高，但是我們已看不出有什麼前來此地或離開此地的確實足跡。那人剛才待的地點，不但在皮奧崔以鐵杖標示出來的營地地界之內，同時也正好有我們一行人日間抵達營地時的足跡穿過。

一名外島戰士開始大聲地對埃爾神祈禱。鐵石心腸的戰場老手，竟然對以無情冷血著稱的神祇祈禱，這種場面實在令人惶惶不安。那人粗嗄地祝禱道，如果埃爾神肯把矛頭指向他處，那麼他必定以大禮與犧牲答謝埃爾神。羅網震驚得有點失神，而就算就著火炬的亮光，也看得出皮奧崔臉色十分蒼白，貴主則有如象牙雕像般一動也不動，臉上毫無表情。

「也許那只是光影的錯覺而已。」扇貝說道，不過沒人把他的話當一回事。首領團沒發表意見，他們圍成一圈，悄悄地討論起來，語氣甚為擔憂。皮奧崔也不發一語。

「不管那人是誰，反正他已經走了。」最後切德宣布道。「大家散了吧，晚上盡量多睡一會兒。長芯，每班派兩人站崗，並把火生大一點。」

我們雖派了人守夜，但是首領團的代表似乎並不信任，他們還是派了個自己人出來看著。除此之外，他們還在營地外圍的雪地上鋪塊海獺皮，放了好些供品。我看到皮奧崔護著貴主回到他們的帳篷去，但我猜他們兩人這一夜大概都睡不著了。我心裡很納悶，為什麼皮奧崔嚇得魂不守舍？要是能多知道一點黑者的事情就好了。

我想切德可能會想要與我一談，但是他卻只是用指責的眼光瞪了我一眼。我第一個想到的念頭是，莫非切德在怪罪我沒把那位深夜訪客逮住，但接著我就想通了：他氣的是弄臣仍站在我身邊。我直覺地走開兩步，跟弄臣離遠一點，隨即便煩躁地阻止自己的腳步。我愛站哪裡，應該由我自己決定，而不是看切德的意思。我做出面無表情的臉色，針鋒相對地迎向切德的眼神；不過他輕輕甩了甩頭，轉過身，陪著王子走回帳篷去了。

站在我身邊的迅風一開口，我就察覺到他很害怕。「我該怎麼辦？」他一定不肯承認自己嚇得喪膽，但是他的口氣已經把心情表露無遺，所以我努力揣想，當我還是他這個年紀的時候，要怎麼樣才能使自己定心，於是便想起了博瑞屈的竅門：派個工作給他。

「你跟上去，陪著王子。我看你今晚最好睡在王子的帳篷裡，因爲你耳力好，又有原智，什麼人要湊近王子的帳篷都瞞不過你。你記得把這兩點跟切德顧問及王子一提，順便告訴他們，是我建議你今晚守護王子的。好了，你快拿著毯子去找王子吧，若是等到他們就寢再打擾就不好了。」

他目瞪口呆地望著我好半晌，然後才流露出感激的眼神。他與我四目相對，眼裡既沒有憎惡，也沒有保留。「你知道我對王子是忠心耿耿的。」

「我清楚得很。」我肯定道。我感到好奇，駿騎第一次聲稱博瑞屈乃是他的人的時候，博瑞屈的臉上是不是也像此時的迅風一樣放出光彩。我突然感覺到，用這幾句話就買到博瑞屈這個兒子的忠心，未免便宜得過頭了；倘若迅風的忠心與勇氣有他父親的一半，那麼晉責手上就多了個無價之寶。迅風奔入黑暗的營地。我聽到身後有腳步聲，於是轉過身。羅網走了上來，而儒雅跟在他後面一、兩步之處。羅網彷彿看得出我的心意。「那孩子大了之後，必定是個光明磊落之人。」

「那可不見得，他要是養出了違反自然的品味，那就不成器了。」儒雅將羅網的話加以衍伸。他以一副蓄勢待發、非打場架不可的態勢踏進我們這個小圈子，而他那如一抹白影的貓則站在他的腳邊。這眞是太糟糕了，我既不希望儒雅散布流言，也不想跟他打架，可是看這情況，恐怕是免不了。弄臣搶在我之前平靜地說道：

「當時的事情實在不幸，但是事過之後，你卻仍故意要一直折磨自己。如果我非得再度跟你說個明白不可，那麼我就說吧：我對那個男孩子一點威脅都沒有。幾個月前，我們兩人在你家裡有所往來，但那是個僞裝，爲的是我必須匆促離開，需要有個言之成理的藉口，以免別人起疑。你又不是傻子，你親眼見過湯姆·獾毛與我爲王子效力，雖從來沒有人給你清楚的解釋，但是你不用奢望了，往後也不會有人跟你說明。有一點我倒可以跟你講個清楚：對我而言，那男孩並無肉體上的魅力，而我對那男孩的身體也無非分之想，你我之間也是如此。」

如果儒雅在意的眞是這一點，那麼這番話應該足以讓他寬心了。但是當然，他絕對意不在此——這只要從他那原智貓兒的耳朵警備地貼在頭上的模樣，就可以看出端倪。他以低沉的聲音問道：「那麼你跟惜黛兒呢？惜黛兒跟我可是有婚約的啊！你破壞了我倆之間的信任，難道你還敢大言不慚地說，對你而言，惜黛兒並無肉體上的魅力，而你對她的身體也無非分之想嗎？」

一股寒冷且沉默的氛圍逐漸朝我們逼近，然而這氛圍並不全是因爲冰河之故。我難得看到弄臣如此愼重其事地斟酌用字。我察覺到扇貝湊過來，站在緊鄰著我們圈子之處，那些原本已經朝帳篷走去的人，也停下腳步，準備看一場好戲。我心裡納悶道，不知將來吟遊歌者會如何轉述他眼見的場面，更不知道弄臣接下來會說什麼話。「我上次見到惜黛兒的時候，她是個可愛的孩子。」弄臣平靜地說道。「然而她也像孩子一樣，喜新厭舊、沒有定性。她既對我感到好奇，我便也藉此大加發揮了，這點我承認。我剛才已將當時爲何要那樣做的理由告訴你，但我並未破壞你們兩人之間的信任。信任既在於你們兩人之間，所以唯一能破壞這互信的人，乃是你們自己，而你們終究撕毀了彼此之間的信任。事情都過了一陣子，也許如今你回頭看，會發現到惜黛兒給你的，僅是孩童般的信任，而非年輕女子的愛意。我敢打賭，除了你之外，她還認識其他年輕人。其實她不是眞的選擇了你，儒雅，你只是常跟她在一起，而她父母又很贊成，如此而已。所以當我出現，而惜黛兒察覺到她可以有所選擇的時候——」

「你別想把這一切罪過都推到我身上！」儒雅低吼道，他的貓也應和著吼了一聲。「你色誘了她，把她從我身邊偷走，然後又把她丟在一旁，使她羞愧得無顏見人。」

「我……」一時間，弄臣驚訝得說不出話來，不過他再度開口的時候，聲音已經變得堅定且自制。「你錯了。惜黛兒與我之間的往來，通通發生在你面前，畢竟我的用意便是如此！我既沒有私下與她相會，當然更沒有色誘她。我的確是丟下了她，但我可沒有使她無顏見人。」

儒雅搖著頭，態度有些狂烈；弄臣越是平靜，他就越激動。「不！不，就是因爲你那可恥的慾望，所以惜黛兒與我之間的一切才會被你破壞殆盡！你現在還大言不慚地說那是個僞裝、是個障眼法。我母親原本希望我們會在一起，可是你不但粉碎了我母親的夢想，還使惜黛兒的父親蒙羞，如今她父親連跟女兒同處一室都受不了了。你說這一切只是無傷大雅的玩笑？不，不，我說什麼也不信。」

我覺得很不自在。那個騙局，我也有一份。當時我們在貝馨嘉府上作客，表面上看來是爲了享受在附近山野中打獵的樂趣，其實是爲了追蹤王子，以及綁架王子的那些花斑子的下落。由於找到王子的行蹤，必須立刻離去，所以黃金大人製造了一個理由，讓殷勤待客的貝馨嘉夫人歡迎我們離開：黃金大人對惜黛兒小姐——也就是儒雅的未婚妻——展開大膽的攻勢，運用其財勢、魅力與恭維，讓年輕的惜黛兒應接不暇。等到儒雅意圖介入時，喝得醉醺醺的黃金大人則對那年輕人說，他也歡迎儒雅一起到他的床上來作樂。我們之所以這樣做，全是爲了王子，因爲唯有如此才能迅速離開貝府、追上王子的行蹤，卻又不至於因我們突然離去而使人起疑。但是那件事的後遺症至今仍尾大不掉。我突然害怕起來，再這樣下去免不了會起衝突。王子殿下，恐怕我必得請你介入不可。儒雅跟弄臣吵得很厲害，而我看儒雅勢必要打上一架。

「很遺憾。」弄臣說道，他這三個字說得很有感情，無論任何人都不會懷疑他的誠意。接著他頓了一下，最後才說道：「說真的，儒雅，感情的事永遠不嫌太晚。我看你對惜黛兒用情很深，既然如此，你回到六大公國之後，就當面把你的心意告訴她。給她一點時間，等到她長成女人，再看看她是不是對你有意。她若對你有意，你們必可快樂相伴。但如果她無意，唔，那麼你就知道，你們兩人之間是無法長久的，無論我有沒有出現都一樣。」

儒雅才不想聽這些，他的臉一下子漲紅、一下子蒼白，接著他突然叫道：「你得還我一個公道！」他飛身朝弄臣撲上去。

羅網伸手要拉住儒雅的肩膀，只是遲了一步；我想要橫身擋在弄臣身前，但也遲了一步。儒雅迫不及待地朝弄臣撲了上去，兩人在雪地上翻了好幾滾。儒雅發出如貓一般的嘶叫聲，而我猜是因為羅網用了什麼辦法制止，所以儒雅的貓才沒有躍上去為他助陣。我上前一步，想要拉開兩人，但就在此時，衣衫不整的王子出現在現場，並對我技傳道：

讓他們發洩發洩吧，蜚滋。這最好是由他們自行解決，若是你捲了進去，那麼我們整團人就不得不選邊站了。儒雅已經醞釀了好久，光用言語恐怕無法擺平。

可是弄臣從不動手。我認識他這麼久了，從沒看他動手過！

不過呢。這是切德，他陰沉地、滿足地說道。現在他可得動了。

我猜他們兩人都以為儒雅三兩下就會打贏，不過他們對弄臣的了解可沒有我多。弄臣看來雖弱不禁風，但即使我在體能最好的顛峰時，他要應付我也綽綽有餘。有一次我受了傷，是他一路將我抬回他的小屋去休養，而他那些空中翻滾的奇技，不但需要靈巧的身體，也需要很大的力氣。我知道他要打倒儒雅絕不是問題，問題是我怕他根本不想動手，而且我的恐懼並非空穴來風。此時儒雅騎在弄臣身上，他的拳頭結實地打在弄臣的胸膛、肩膀與下巴上的聲音，聽得我心驚膽顫。

*你快制止！*我對王子懇求道。*你快下令叫他們停下來！*

*任他們打完，才能真正了結此事。*這是切德的提議。我聽了不禁對他怒目而視，我認為他之所以要讓迅速聚集過來的眾人親眼看到弄臣被儒雅擊敗，另有其他的原因。

*那我自己出手好了！*然而我踏上前去之際，卻發現打鬥的局勢已經完全扭轉。弄臣雖被儒雅壓住，但是他不斷扭動，最後儒雅只壓住了他的臀部。弄臣抓住儒雅的膝蓋窩，接著不知用什麼手法一扭，便一下子將儒雅抖落下來，然後兩人上下易位，儒雅反而被他壓住了。我雖一直等著看弄臣反擊，但是看到他的手法如此靈活俐落，仍十分意外。

他可不意外。他看似毫不費力地便將儒雅在空中亂揮的雙手壓制在地上。弄臣的一邊鼻孔流出深紅的血液，滴落在儒雅身上；儒雅不斷掙扎，所以弄臣將他按得更緊。我看得出來，弄臣雖不願傷人，卻不得不將儒雅的一邊手肘往外扭，直到那年輕人痛得叫出聲來為止。儒雅的貓雖待在我身邊，卻狂野地嘶吼；羅網看似輕輕地摸著貓背，但是那貓卻像是被鐵箍圈住似的不能動彈。

弄臣把那個不斷掙扎的年輕人壓得死死的，我感覺得出，儒雅因為那個暈黃的男人竟彷彿沒出什麼力氣，就把他給壓制住而氣憤不已。通常一個人若敢侮辱對方沒有男子氣概，總認為對方是不可能三兩下就把自己制住的。「夠了。」弄臣的口氣很堅定，他這話不但是講給儒雅聽，也是講給我們所有人聽。「到此為止，往後此事我絕不再提。」

儒雅突然軟癱了下去。弄臣繼續將他壓制了一會兒，才將他那四肢無力的身體推開，吃力地踩出一步，搖搖晃晃地站起來。然而就在他正要走開的時候，儒雅打了個滾，站直身子，並且再度朝弄臣撲來。我一個箭步跨上前，在此同時，弄臣則像背後長了眼睛似的，柔軟輕靈地退到一旁，所以儒雅與我突然撞個正著。那少年目瞪口呆地抬頭瞪我，而我則低頭俯視著他。他蹣跚地後退了一步，轉身對弄臣破口大罵：「他都站了出來，隨時準備為你一戰，你還說他不是你情人！」

弄臣有如一陣風，一下子穿過暗夜雪地，虎視眈眈地逼近那少年身前，他針鋒相對地說道：「他不是我的情人。對我而言，他何止是情人？他比情人更加珍貴。我是白色先知，而他是我的催化劑，我們之所以在此，是為了要改變時代的軌道。所以我來這裡看著冰華活下去。」

皮奧崔已在不知不覺間來到我們這一圈人的邊緣。在黑暗中，只見他雙肩下垂，好像剛才中了一箭。首領團原本是為了看場好戲而聚集過來，此時他們則竊竊私語。但是我沒時間看他們的反應。儒雅看來就像是一頭尾巴甩來甩去、身體匍伏在地，隨時準備出擊的大貓。他衝著弄臣大吼道：「我才不管你或他號稱什麼，你是什麼東西，我清楚得很！」

他最後那幾個字，簡直不是用講，而是用吐的吐出來，然後他便出手了。這一次，弄臣正面迎擊。儒雅連連擊出重拳，但是弄臣左閃右躲、通通避過，最後還抓住他的身體。不過弄臣不是藉此將他推開，而是為衝上來的儒雅加把勁，直接將他的臉朝下推送到雪堆裡。接著弄臣撲了上去，將儒雅釘死。他伸出一臂勒住儒雅的脖子，另一手抓起儒雅的右手，將之拗彎、折到身後。儒雅狂亂辱罵，幾乎掉下眼淚，弄臣則粗聲地警告道：「你愛玩幾次，我都可以奉陪。你再亂扭，我就讓你肩膀脫臼。我是說真的。等你平靜了，準備要放棄時，告訴我一聲。」

我真怕那孩子會笨到把自己弄得受傷。弄臣將全身重量分布在雪地上，將儒雅壓緊，任他掙扎。儒雅兩次想要翻起來以掙脫弄臣的拘束，但兩次我都聽到他痛苦地呻吟。弄臣的確說到做到。最後儒雅乖乖地趴著不動，但是他可沒有平靜下來，他大口喘氣、厲聲咒罵：「這都是你的錯！你怎麼也否認不了。一切都被你破壞了。如今我母親已死，而我也什麼都沒有了。什麼都沒有了。因為我什麼都沒有了，所以我無法跟惜黛兒求婚，因為我沒有求婚，所以惜黛兒非常羞愧，她的父親則怪罪都是我們母子不好，才使他女兒蒙羞，還不肯讓我跟她見面。要不是你出現，這一切都不會發生，而我也仍然擁有我的人生。」

「若是我沒出現，如今王子不是死了，就是比死了更糟糕。」我已經不自覺地湊到他們兩人身邊。除了我之外，別人可能都沒聽見弄臣低聲說的這一句評語。

儒雅發出受挫失望的嘟囔聲，將臉埋入雪地裡，整個人動也不動。弄臣並未逼他承認自己的挫敗，反而放開那少年，站了起來。一想到弄臣此時會痛得多麼厲害，我便不禁瑟縮了一下。

他喘息著說道：「那不是我造成的。我並未殺了你母親，也沒有使你母親蒙羞，那是花斑幫的人造成的，你要怪，就去怪他們吧。還有，那個年輕女孩也沒做什麼錯事，頂多就是跟陌生人打情罵俏罷了，你也用不著把罪名安在她身上。寬恕她吧……也寬恕你自己。你身不由己，而且爲人所利用。惜黛兒也是一樣。」

弄臣精闢的話一刺入儒雅的靈魂之中，他的痛苦便噴發出來，散布在夜空中。我不管以原智或精技，都知覺得到那濃濃的愁苦，彷彿蒸騰且臭不可聞的毒液，迫不及待地從他的身體裡衝出來。弄臣轉身走開時，那年輕人並未上前追打，而是側身躺在雪地裡，浸潤在化不開的哀傷之中；他的貓難過地低聲呼嚕了一聲，一待羅網放手，便奔到他身邊。弄臣與那人和貓離得很遠，他一邊喘氣，一邊用袖子揩臉，但是一看到自己的鮮血將雪白的衣袖染髒了，又不禁搖了搖頭。他又走開了幾步才彎下身，以手抵在膝蓋上，喘著氣，大口吸入寒冷的空氣。

王子終於說話了：「這事到此爲止，往後不得再橫生枝節。我們這一團人不多，容不得衆人因此而分裂。儒雅，你已經挑戰過了，算是遂了心願。黃金大人，你能待在這裡，是因爲我肯容忍。你公開宣誓說你反對我的任務，這我認了，這就好像我接受首領團派人來監督我作爲正派，是一樣的道理。但如果你因爲此事而對儒雅不懷好意，那麼我的耐性就磨完了。果眞如此，我們會將你驅逐出去，任你自生自滅。」

我覺得最後面那幾句語出威脅。我走到弄臣身邊，等著他的呼吸平息下來。羅網走上前，蹲在儒雅身邊。儒雅躺在雪地上，懷裡抱著他的貓，有如抱著娃娃，好讓自己安心下來的孩子。羅網低聲地跟儒雅說了些話，但我聽不見他說的是什麼。迅風站在原地，看看這一方，又看看那一方，不知該顧哪一邊才好。我攙著弄臣的手臂，扶著他走回他的帳篷。如今打鬥結束了，他反而顯得有點怔忡。「孩子，你把王子殿下顧好。」我在經過迅風身邊時對他說道。「事情結束了。我們回頭再談。」

迅風點點頭，目送著我們離去。弄臣腳步有點蹣跚，所以我緊緊地抓著他。我聽到長芯訓斥衛隊的人因爲看熱鬧而沒有專心站崗。營地的人慢慢散去睡覺。

我把弄臣送回帳篷裡，然後拿了他的手帕立刻去外頭集雪。我返回帳篷之後，發現他已經在那個迷你火盆裡加了點油。火焰冒了出來，使得絲綢般的帳篷布上漾出跳躍的光影。弄臣用血跡斑斑的手按住鼻孔，在小巧的燒水壺裡放了點水，過後才坐回床墊上。他的鼻血差不多已經止住了，但是剛才被儒雅的拳頭打中之處已經開始瘀青。他小心地靠在椅墊上，看來可能整個左半身都痛得厲害。

「這得冷敷才行。」我對他說道。我在他身邊坐下，輕輕地把包著雪的手帕貼在他臉頰上，他卻轉開了臉。

「求你別這樣！那是冰啊，而我自己都已經冷得過頭了。」他抱怨道，接著又疲倦地補了一句：「自從到了這地方，我就從早到晚，沒有一刻暖和。」

「不過呢。」我無情地說道。「至少也得搗到你不流鼻血爲止，況且除非冷敷，否則明早你的臉必定腫得像麵糰。我看你是必然會有黑眼圈了，無論敷不敷都一樣。」

就在我指尖將要拂到他臉頰的那一刻，弄臣以沒戴手套的手抓住我的手腕，軟弱無力地懇求道：「求你別這樣，蜚滋。」

這一觸，使我宛如從陰暗的馬廄踏入陽光普照的庭院中，一時間什麼也看不見。我縮手，而包著雪團的手帕掉在帳篷地上，接著我眨了眨眼睛，但是方才所見的影像已經印在我眼皮內側了。我無法清楚說出我看到的是什麼，也許我其實什麼都沒看見，那一觸卻也使我一下子恍然大悟。我顫抖著吸了一口氣，魯莽地伸手去摸他的臉頰。

「我可以把你治好。」我對他說道。我會想到這一層，使我自己驚訝得喘不過氣來。精技治療的能力與知識彷彿火熱的威士忌酒在我的血液中奔騰。「我看得出哪裡不對勁，有的地方破裂了，而且你皮膚底下有些地方積了血塊。弄臣，我可以用精技把你治好。」

他再度抓住我的手腕，不過這一次，他是拉著我的手去貼住他的臉頰。我再度感覺到他那富含精技天賦的指尖碰到我的皮膚時那種彼此深深相繫的感覺；他則立刻順著我的手臂往下溜，改而抓住我的袖口。「不。」他輕輕地說道，但腫脹的臉上冒出一絲笑容。「你還沒學到教訓嗎？瞧我們為你做精技治療之後，讓你吃了多少苦頭！要接受精技治療，必須有積貯的精力，但是我已經沒有力氣了。就讓我的身體以自己的步調，慢慢將自己修補起來吧。」他放開我的手腕。「還是謝謝你。」他平靜地補了一句。「你的好意我心領了。」

我打了個哆嗦，眨了眨眼，看著弄臣，彷彿我剛剛才醒過來。想要施展精技的欲望慢慢地退了。我蹙著眉頭想道，有了本事就恨不得找機會賣弄，我這可不是就是切德的個性嗎？我看到他，就像看到牆上有幅畫掛歪了，便衝動且本能地想去把畫扶正。我嘆了一口氣，毅然決然地把剛才的想法丟開，叉手護胸，並坐正身體，離他遠一點。

「你看出來了，對吧？」弄臣問道。

我點點頭，但接著我被他嚇了一跳，因爲他心裡想的跟我根本就是兩回事。「一定得想辦法給王后送個消息才行。依我看，惜黛兒並不知情，應該救救她才是。況且她如今處境悲涼，我也脫不了關係，就這一層而言，我也希望有人搭救她。她的父母之中，哪一個是身在花斑幫，與路德威裡應外合的人，這我不敢亂猜，說不定那兩人都有份。他們之所以因爲惜黛兒而蒙羞，是因爲她碰巧助了我們一臂之力，而且，由於如今儒雅與瞻遠家之人同一陣線，所以他們就再也不想讓女兒與儒雅成婚了。」

對喔，這些都有跡可循，所以弄臣一說，我立刻就看出來了。回想起來，當「黃金大人」開始對惜黛兒獻殷勤時，她的父母顯然各有不同的打算；惜黛兒的母親似乎恨不得女兒藉此高攀，但她父親就比較小心了。他們是認爲可以藉由黃金大人，讓花斑子有個直通公鹿堡社交圈的管道嗎？還是，他們認爲富甲一方的黃金大人，可以資助他們達成目的？

「都好幾個月了，儒雅怎麼不早跟晉責坦白說呢？」我生起氣來。王子的確已經原諒了儒雅，也歡迎他重新成爲自己的朋友與同伴，但他怎麼可以扣著這個重要的消息不說呢？

弄臣搖了搖頭。「依我看來，即使到了現在，晉責仍尚未看出這底下的脈絡；他可能多少起了疑心，但是他不敢多想。晉責是個眞正的原血者，他可不是花斑子，就他的標準而言，那些花斑子實在太陰險，所以他想像不出惜黛兒怎麼會跟這種奸計扯上關係。」他彎下身撿起地上的雪團包，哀傷地打量了一番，最後還是小心翼翼地把雪包貼在腫脹的臉頰上。「到處都是冷，冷，冷，煩死了。」他有感而發地說道。他以單手打開床墊盡頭的小木盒，拿出套在一起的一杯一碗，再從杯碗底下拿出一個小布包，各在杯碗倒了些茶葉，繼續說道：「在我看來，這些片片段段若要說得通，只有一種解釋。惜黛兒的父親認爲女兒羞辱家門，所以撕毀婚約；儒雅據此推論，必是她與我私通，而她的父親捉姦在床。這是儒雅唯一想像得出來的理由，他因此而怪罪我把他和惜黛兒之間的大好前程給毀了。但是事情可沒有這麼單純。惜黛兒的雙親之中必有一人，或是兩人都是花斑子，他們與貝馨嘉大宅往來密切，並藉此攔截了王子寄給儒雅的信，又以儒雅的名義回了信。王子之所以能不爲人知地待在貝府裡，乃是出於他們的安排。送給王子的那頭貓，八成也是由他們經手，交給貝馨嘉母子轉送給王子。他們原本對於儒雅的打算，是要讓他跟自家的女兒成婚，藉此取得貝馨嘉府的財產與地位，以遂行花斑幫的目的。但是惜黛兒與我打情罵俏，使她父母大爲失望，而花斑幫的第一個計畫之所以失敗，又都是因爲你我從中作梗之故。就是因爲這樣，她父母才認爲女兒使家門蒙羞。」他嘆了一口氣，靠回他的床墊上，接著把包著雪的手帕換了個位置摀著。「不過我遲至今日才想通其中的脈絡，也沒有什麼好高興的了。」

「我會通知珂翠肯。」我把這事攬了下來，但沒告訴弄臣我要怎麼告訴珂翠肯。

「好吧，就算我們解開了這個小小的謎團，但是今晚我們又碰上了更大的謎團。那人到底是誰？他是什麼人物？」弄臣沉思道。

「你是說『黑者』？」

「當然。」

我不在乎地聳聳肩。「住在島上的隱士呀。若是有人迷信地送了祭品，這隱士便大方地收下，若是什麼也不送，這隱士便埋伏突擊。這是最簡單的解釋。」切德教我一個道理：簡單的解釋，往往就是正確的解釋。

弄臣緩緩地搖頭，以難以置信的表情望著我。「才不呢，你也不可能相信那一套吧。我小時候，覺得你這個人充滿了……重要性吧，但從那時以來，我從未見過像他那樣重要的人。他這個人很重要，蜚滋，重要極了，他也許是我們人生所見最重要的人。難道你沒感覺到，那人的前因後果，宛如霧氣一般地懸在空中嗎？」他小心地拿開雪包，急切地靠上前。他的鼻尖垂著最後一粒鮮紅的血珠，我比了個手勢讓他知道，他毫不在乎地用已經染了血的袖子揩掉。

「倒沒有，我什麼感覺也沒有。老實說——噢，艾達神、埃爾神哪！為什麼我現在才想到？一開始，我們的哨兵大聲地叫住黑者時，我並沒看到人，後來他把黑者所在之處指出來，我才矇矓地看到他的身形。這是因為我用原智知覺不到他啊，一點也知覺不到。那人就跟被冶煉過的人一樣一片空白……他是被冶煉過的，弄臣，既然如此，他的舉止，我們根本無從預期。」

雖然帳篷裡頗為舒適，但我卻不禁打了個寒顫。我已經多年沒有跟被冶煉過的人打交道了，但是那種人的無情行徑，是無法輕易忘懷的。我還是切德手下的刺客學徒時，曾經辦過一件任務，那就是盡量屠殺那些被冶煉過的人，無論用什麼手法，多殺一個是一個。那個黑暗的記憶至今仍揮之不去，我竟然殺死那麼多六大公國之人，雖說我也知道，除此之外別無他法。冶煉過的人，人性盡失，而且再也無法復得。

「冶煉？噢，怎麼會是冶煉！」弄臣震驚的反應打破了我的沉思。他搖了搖頭。「不，蜚滋，他沒有被冶煉過；他不但沒有喪失自己的人性，反而有著上百個人生的重量，如同十個英雄般地偉大。他……撥弄命運。就跟你一樣。」

「這我就不懂了。」我不安地說道。我最討厭弄臣搬弄玄虛，但是他卻樂此不疲。

他靠上前，眼裡閃著激切。他一邊說，一邊從火盆上拿起燒水壺，將滾水注入杯裡與碗裡，一股薑粉混著肉桂的香味撲鼻而來。「其實從古至今，每一片刻剎那，都充盈著諸多選擇，只是人們往往因為太過習慣，所以變得毫不自覺。就連我偶爾都得提醒自己，即使我好像沒做什麼選擇的時候，我也已經做了選擇了。但是有時，人是迫於情勢，而不得不提醒自己這個道理；好比說，我偶爾會碰上一種人，這種人的可能性與潛力之大，光是他的存在，就會使現實大起波濤。在我眼裡，你就是這種人，至今仍是如此。你這個人應該是不太可能存在的，因此打從一開始我就覺得十分驚訝。在我所見的衆多未來之中，有你存在的未來，實在是少之又少；在大部分的未來之中，你在小時候就死了，而在其他的未來之中……嗯，你在其他未來之中，是如何慘死的，應該用不著跟你一一說明吧。你這一生有多少次千鈞一髮地與死亡擦身而過？我向你保證，蜚滋，在與我們所處的時間平行的其他未來當中，你在當時就命喪黃泉了。然而如今你仍在這裡、跟我在一起，光是你這個人到現在還活著，就已經是難能可貴。而既然有你存在，你呼吸的每一口氣，就改變了時代。你就像是一個嵌在乾木頭之中的楔子，隨著你每一次呼吸，你都更深入『可能會有什麼變化』的木頭。隨著你步步前進，你劈開了木頭，於是從木頭中爆出了千百個新的可能性，每個可能性又分岔出千百個枝椏，如此一直分枝下去。」他頓了一下，察覺到我一臉頗爲懊惱的表情，不禁大笑出來。「這個嘛，不管你喜歡或是不喜歡，反正你就是這樣子，催化劑。今天晚上，黑者給我的感覺也是如此！他周身閃耀著衆多的可能性，多到我幾乎看不見他的身影。你都已經很不可能存在了，但是他比你更不可能存在！」他從袖管裡抽出一條黑手帕，先揩去臉上所有的血跡，再將雙手擦拭乾淨，接著他小心地把有血跡的那一面摺在裡面，將手帕塞回袖管裡。他躺回墊子堆上，眼睛凝視著帳篷頂上的暗影。「可是他到底是誰，又是什麼人物，我可就連一點線索都沒有了。我以前從未見過他，這意味著什麼？這意味著，除非我們來到此地，否則他就無法影響未來嗎？」

他拿起冒著熱氣的碗遞給我，一邊略帶歉意地說道：「我只帶了一個杯子。你知道的，旅行嘛，總是要盡量輕便。」我接了過來，能夠捧著熱熱的茶碗取暖，眞是太好了。我猛地想起，此時在六大公國正是夏天，只是如今身在外島，又在冰河上紮營，所以連夏意也軟弱無力。他拿起杯子，微微地皺著眉頭、四下張望。「你拿了我的蜂蜜，對吧？你該不會碰巧把蜂蜜帶在身上吧？加點蜂蜜，比較能帶出薑粉的香味，茶喝起來也比較有暖意。」

「對不起。我把蜂蜜留在我的帳篷……不對，昨晚我把蜂蜜留在火邊，但今早起來，卻怎麼也找不到了。」講到這裡，我頓住，因爲我突然有了個全新的領悟。「也許不是找不到，而是被人拿走了。」我補充道。「弄臣，外島人帶了些供品要送給黑者，黑者卻一樣都沒拿，但他一定是把蜂蜜當作是我們送他的禮物。所以你的蜂蜜就不見了，早上怎麼找，都找不到。」

「你認爲是黑者拿了我的蜂蜜？而且他還把蜂蜜當作是你留給他的供品？」

我實在沒料到他聽了我的推論會興奮成這樣。我啜了一口弄臣泡的茶，薑粉有讓身體溫熱起來的效果，我感覺到暖意慢慢從我肚子裡擴散出來，雖然他這句話使我不安。「總不大可能是我們營地裡的人拿的吧。只是他如何在我們的帳篷之間來去，並且無人看見？」

「不但無人看見，也沒人知覺得到。」他糾正道。「你剛才說，你以原智是知覺不到他的，由此看來，其他的原智者可能也察覺不到黑者。所以，我認爲是他拿了蜂蜜。而他拿了蜂蜜之後，他的命運就跟我們的綁在一起了。」他開始喝茶，在享受茶湯的暖意之際，陶醉得眼睛幾乎閉上。等到他把杯子放下來時，茶都已經快要喝光了。他伸手去拿一條黃色的薄被，披在肩上；那被子跟他的帳篷布一樣，彷彿薄若無物。接著他踢開了靴子，把瘦削的腳收在床墊上。「這一來，他跟你我二人就緊緊相連。依我看來，這非常非常重要，有可能會改變我們此行的結果，你看得出來嗎？尤其是，如果我放出風聲，說黑者已經接受了我們的供品的話。」

我心裡前前後後地把各種可能性想了一遍。弄臣若是放出這個風聲，是不是能贏得外島人的擁戴？貴主和皮奧崔是不是會公開反對他？果眞如此，他們會怎麼看待我。尤其，他們會怎麼看待切德與我的關係？想到這裡，我心就涼了。「果眞如此，那麼我們這一團人會分裂得更深。」

他舉起杯子，將餘茶飲盡之後才答道：「不，那只會將已經存在的區隔暴露出來。」弄臣望望我，那表情彷彿在可憐著我。「我一生蓄積，爲的就是這個任務啊，蜚滋。命運給了我這麼好的武器、這麼好的優勢，你總不能期望我將之擱置不用吧。如果我非得死在這個冰冷荒涼的島上不可，那麼至少也要讓我知道自己能達成目的，才能含笑瞑目吧。」

我把碗裡的茶湯喝完，將碗放在他的杯子邊，堅定地說道：「我可不要聽你講這些……胡說八道的東西。我才不信這些。」

但儘管嘴上這樣說，我心裡卻充滿恐懼，這恐懼感緊緊地箝住了我的五臟六腑，比寒氣、比我曾遭遇過的危險都還要厲害。

「而你認爲，只要你堅持不信，事情就不會發生？你這才是胡說八道，蜚滋。你還是接受吧，既然我們所餘時間不多，還是好好珍惜時間才是。」弄臣的口氣極爲鎭靜，我突然想要跳起來把他打醒；如果死亡迫在眼前，那麼他說什麼都不該平靜地接受，而應該起而反抗才對——要不然，我就要逼他反抗。

我吸了一口氣。「不，我才不信，而且我也不會接受。」我突然想到一個念頭，於是便努力以開玩笑的口氣說出來，但講出來的聲調卻有如威脅。「你別忘了，你是白色先知，而我是你的催化劑啊。我乃是改變時局的人。既然我有這本事，那麼即使你認爲已經確定的事情，我也能加以改變。」

玩笑話講到一半，我就發現弄臣變了臉色。當時我就該住口的，只是話匣子一開，就無法收勢。弄臣的表情非常淒涼，令我覺得像是他頭上的血肉全不見，只剩白骨而已。「你在說什麼呀？」他恐懼地低聲問道。

我避開他的眼神。我非得避開他的眼神不可。「這話你跟我說了不知多少次，我只不過是把同樣的話講給你聽而已。就算你是先知，未來命運都脫不出你的預言，但我可是催化劑。改變時局，全操在我手中。說不定連你預言的，我都能改變。」

「蜚滋，求你別這樣。」

一聞此言，我轉過頭去望著他。「什麼？」

弄臣正在用嘴巴呼吸，彷彿他剛才參加賽跑卻輸了，喘得很急。「求你別這樣。」他乞求道。「我非死不可，你就讓我死了吧，別費這些心思了。我還以爲，我們在沙灘上談起時，就已經說服你懂得這個道理了。我不是沒有機會脫逃，我可以一直待在公鹿堡，或者躲到繽城，甚至回到家鄉。但是我哪裡也沒去，反而來到這裡面對自己的命運。老實說，我心裡很害怕，這也沒什麼好隱瞞的。我早就知道你一定很難接受，然而多年以來，我一直在朝這個方向前進。你很了解一個人對於家人與國王應該盡什麼職責，你對這方面的事情了解得極爲透徹。既然如此，你就把這當作是我對於自己的身分應盡的職責吧。如果你光是爲了保我活命，就設法阻擋我、不讓我去死，那麼我的人生就變得毫無意義了。果眞如此，我們從以前到現在所經歷的一切苦難，就等於是一場空，而這也等於是讓我的餘生都活在明知自己任務失敗的折磨之中。你眞的要陷我於此嗎？」

他露出可憐兮兮的表情。我等了一會兒，讓他平靜下來，才輕聲說道：「這樣啊。你的意思是說，如果你在我眼前喪命，就算我能出手阻止，也得袖手旁觀，眼睜睜地看著你死？」

他突然有點困惑。「應該是吧……」

「但要是你死錯了呢？要是我看到熊把你咬死了，但其實你應該要死於雪崩呢？到時候，我若是不出手，你不就死錯了嗎？而你若是死錯了，那麼還是一切都落空啊。」

他望著我，眼神一片空白，好半晌之後才說道：「但是……不。是不是錯，你一定會知道。我敢說，到了那關頭，你一定會知道我有沒有——」

「那要是我看不出來呢？要是我判斷錯誤，那怎麼辦？」

「我不……」他詞窮了。

我乘勝直追。「現在你知道這事有多荒謬了吧？我是不可能眼睜睜地看著你死的，弄臣，這點你知我知。既然如此，你這不是在要求我變成另外一個人嗎？這一來，就等於是你在出手做改變，而不是我在做改變了。然而，有次你不是告訴我，促成變化乃是我的任務，而不是你的事情嗎？所以，你就別奢求我了吧。如果命運要求你非死不可，這個嘛，那麼我大概也活不成了。到那時候，對你我而言，救不救你又有什麼差別呢？」我突然站了起來。「還有，從此以後，此事我們絕不再談。這是我的決定。已經晚了，我又累，我要去睡了。」

弄臣臉上流露出大爲寬慰的神情，使我非常震驚，但我也由此體會到，他對於自己必須面對的命運有多麼恐懼。他從來不在人前露出這個心情，然而這可眞的需要過人的勇氣。我掀開帳篷門片時，弄臣喚道：「蜚滋，說眞的，我一直很想念你。別走，今晚就睡這裡吧。求求你。」

於是我便留下了。

16

精靈樹皮

精靈樹皮乃是俗稱，正確而言，應該稱為岱文樹的樹皮。這是藥效強勁的興奮劑，不幸的是，此藥有個副作用，會使用藥者感到躁鬱且恐懼。因此，恰斯國的奴隸主常讓奴隸服用此藥，一方面可增長奴隸的工作時數，一方面又可使他們意志消散。長期固定服用此物會使用藥者上癮，有些人說，即使是偶爾服用此藥草，也會使人的性情產生永久性的變化：用藥者不但會疑神疑鬼，就算是最親近的同伴也會視如仇敵，同時還會貶抑自己、認為自己一無是處。然而，縱使有這種種缺點，但有時為了多點耐力衝勁，冒點風險仍舊值得。卡芮絲籽或是辛丁可能會導致用藥者的情緒激烈地上下起伏，甚至使用藥者產生如同極樂般的錯覺，因而做出愚蠢且危險的舉動，所以比較起來，精靈樹皮的效果還算是穩定的。

品質最好的精靈樹皮，是老幹新枝的末梢樹皮。首先沿著樹枝生長方向切一刀，接著在刀痕末端，沿著樹枝橫劃一圈。接著，小心地用指甲摳，或用刀子將樹皮剝下。剝落的樹皮會立刻捲成柱狀，就將柱狀的樹皮收在涼爽乾燥之處，直到樹皮乾得可以磨成粉末為止。粉末狀的藥粉可溶入茶中飲用。

如果需要立刻使用，也可用剛採得的新鮮樹皮泡茶，但在此情況下，就很難以茶湯的顏色深淺，來判斷藥效的高下了。

——瑞凱所著之《百草要略》

隔日清早，整個營地的人都還沒起床，我就從弄臣的帳篷出來了。我睡得很差，一夜都被無以名之的夢魘所困。到了快天亮時，我睜大眼睛躺著，恨不得自己擁有蕁麻那種化惡夢為好夢的本事。一想到她就停不下來。我很想私下跟切德和晉責講兩句話，別說其他人，連阿憨都不想讓他聽到。我走到營地邊緣去解手。値班的是巧捷，經過時心不在焉地跟我點了個頭。我直接往王子的帳篷走，腳步很輕。我已經忘記昨晚指派迅風守在王子的帳篷裡了，但那孩子就像狐狸一般警覺，因為我一走近，帳篷門片便掀起一角，不但露出他那一對警戒的眼睛，還露出一枝抵在弓弦的箭頭。

「是我。」我急忙說道。迅風將弓弦放鬆並放下弓，使我鬆了一口氣。我絞盡腦汁要找個任務支開他，卻只想得到要叫他去拿點乾淨的雪，好融了給王子洗臉之用，並提醒他別走出營地的地界之外。

迅風一走開，我便溜進陰暗的帳篷中。「醒了嗎？」我輕聲問道。

晉責沉重地嘆了口氣。「現在醒了。我覺得自己好像一夜都沒睡。切德大人？」

切德嘟囔一聲算作是回答，然後便把被子拉起來，蒙住頭。

「這很重要，而且我必須講得很快，不然迅風就回來了。」我警告道。

切德將被子拉開了一條小縫。「那就快說吧。」他打了個無止境的哈欠。「都這把老骨頭了，不只要走一整天，還要在雪地上過夜。」他憤恨不平地說道，好像是我把他害慘了似的。

「弄臣跟儒雅打過架之後，我跟弄臣談了一下。」

「噢，是啊。我們也跟儒雅談了一下——唉，哪是談呢，他自顧自地講了下去，還講了大半夜，我們也插不上話。我以前怎麼都不知道你們在長風堡弄出來的障眼法這麼逼眞哪。我們任由迅風跟黃金大人待在一起，不加阻止，儒雅對此很懊惱。」切德沒好氣地說道。

晉責看到我皺起眉頭，不禁竊笑。「老實說，儒雅寧可相信黃金大人有斷袖之癖，也不願看清事實。根據弄臣的推演，將王子出賣給花斑幫的，必是惜黛兒的雙親，或是雙親之一。我則猜這叛徒是惜黛兒的父親，而這位父親之所以撕毀婚約，不讓女兒嫁給儒雅，與其說是因爲她做出了愚蠢的行徑，不如說是因爲儒雅反抗花斑幫。」

切德給我的獎勵是將他的鼻子伸出被子之外。我看著他左思右想，努力將各種因素拼湊起來，確認是否合理，過了一會兒，他很勉強地說道：「對，他說得沒錯。惜黛兒的父母的確處在有利的地位上，他們要出賣王子乃是易如反掌。要是我們能多一隻鴿子就好了！可惜我手頭上只有一隻公鹿堡的鴿子，另一隻要用來給首領團送消息，請他們派船來接我們。所以我們騰不出鴿子送消息給公鹿堡啊。」

我望著切德，揚起了一邊眉毛。「阿憨與蕁麻如何？」我直率地問道。我納悶著，他是不是瞞著什麼都沒告訴王子。

切德搖了搖頭，他那一頭白髮絞纏在被子上。「不行。他們兩個雖能互通音訊，但還不足以傳送這麼重要的訊息。你想想看，萬一他們對這訊息的解讀有了偏差，或是那女孩根本不相信阿憨所說的事情，那會有什麼後果？這可不行。若要用精技傳訊，至少他們兩人都必須受過訓練，先用簡單的消息測試收發無誤之後，才能把這等大事託付給他們。」他沉重地嘆了一口氣，聽來簡直是在深切責備我的不是。「今晚就讓阿憨睡我們的帳篷。在他入睡之前，晉責會請他跟蕁麻問好，並請她傳達個簡單的消息給王后，這消息要能引起王后在思考之後，給我們答覆，如果順利，明天晚上就能傳達比較重大的消息了。但是我們懷疑某人爲叛徒這種事情，除非我們確信消息能夠正確傳達，否則是不能隨便傳遞的。」

切德對自己點了點頭，轉動眼珠，望向晉責。「同意嗎？」

「同意。」晉責自己也輕輕嘆了一聲。「要是這位『我才不信王后』，願意跟我直接以精技溝通就好了。」他也刻意地瞪我一眼，把他直到現在都還沒跟姪女相認的罪狀，通通歸在我身上。

「我也是爲她好啊。」我僵硬地說道。

每次一逮到機會就要占便宜的切德則圓滑地應和道：「你當然是爲她好啊。蜚滋，你待人處世，一向都是出於崇高的動機。不過下一次你因爲『爲了誰好』而做出重大決定時，麻煩你想想今天的場面。另外不妨稍微想想，我好歹虛長你幾歲，比你多些經驗，也許下一次，你對我的意見會多倚重一點。」

「您的高見，我會謹記在心。」我雖沒有反駁，但我的口吻卻冷淡且僵硬。我從來也無法想像，切德與弄臣會像是爲了搶一塊破布而相爭的兩隻小狗，爲了爭奪我的忠誠之心而時時較量。他們兩人都推辭說這件事全看我一個人如何決定，但是他們顯然都深信，若是不多敲敲邊鼓，我就不知該如何下決定。迅風捧著一鍋滿滿的雪回來，於是我便告退了。我走時，王子以若有所思的眼神望著我，但我並未感覺到他與我心靈接觸。

到了此時，差不多整個營地的人都已經醒了。謎語跟我說，皮奧寉起得很早，已經出去探勘今天要走的第一段路程了，他還針對今早吹過雪地那股富含水氣的和煦暖風嘟囔了幾句。就連阿憨也已經起身，還爲了要找乾淨衣服穿而把他背包裡所有東西都翻了出來。我告訴他，爲求輕便，所以沒有多帶衣服來換，只能穿昨天穿過的衣服。他露出不悅的表情，於是我提醒他，他在成爲王子的人之前，根本只有一套衣服，什麼也沒得換。阿憨聽了之後，眉頭緊緊地皺了起來，一副深思狀，搖了搖頭，說他根本不記得有過那般情況。這實在不值得爭辯，所以我乾脆地幫他穿上衣服，就帶他出去，好讓我們的人拆帳篷。

早餐是麥粥，粥裡有些鹹魚。我幫我們兩人舀了吃的，雖說阿憨與我都對於這種餐點興趣缺缺。接著我將他背包的東西都挪到我的背包裡來，同時自始至終都一直都在激勵他的士氣；我跟他說，現在我們已經知道如何在冰河上行走了，今天一定會跟得上大家，而且走得很順。阿憨雖然點頭，但是他的表情卻是不大相信的模樣，使我看了心裡一沉。

我故作輕鬆地說道：「我昨天晚上睡不好。一直做惡夢。但是你既有蕁麻作伴，想必一定是做了好夢。」

「才不呢。」阿憨脫下連指手套，以便搔搔鼻子，然後又花了一番工夫才把手套戴回去。「昨天晚上都是惡夢。」他鬱鬱地說道。「蕁麻也使不上力，我找她幫忙，她只說：『你快離開那地方，不要多看。』但是到處都是壞東西，教我走到哪裡去呢？我在雪地裡走了又走，惡夢卻一直跟上來、瞪著我看。」他又脫去連指手套，若有所思地按著鼻子。「有個惡夢是他的鼻子裡有蛆，還會動來動去，我一看就覺得好像我自己鼻子裡也有蛆在蠕動。」

「不，阿憨，你的鼻子好得很，你別想太多了。走吧，我們去走一走，看看大家在做什麼。」

阿憨與我是最早做好出發準備的人之一。我急著想早點動身，因爲天上的雲氣壓得很低，空氣中的水氣很多，一想到待會可能會下雨或下雪，我就覺得不妙。雖然皮奧崔在營地走來走去，一邊以憂慮的眼神望著天色，一邊懇求大家早點出發，但眾人看來都還得忙上好一陣子才能把手邊的事情處理好。阿憨開始抱怨說他太累，又抱怨這層層的衣服綁得他走不動。我爲了轉移他的注意力，因而帶他去看弄臣拆帳篷。迅風已經在弄臣身邊幫忙了，那少年的背包、弓箭和箭筒整齊地堆在一旁，他則聽著弄臣的指示，把支撐帳篷布的木杆子拆下來。我一眼瞄到迅風昨晚把玩的那枝箭也插在他的箭筒裡。

這帳篷三兩下就拆下來了，接合的木杆一段段拆開之後，不過像箭那麼長而已。我本以為弄臣那個小火盆是沉重的陶器，但我好奇地拿起來一看，發現其質地輕盈，且有許多毛孔。我的背包裡多塞了阿憨的東西，而弄臣的背包打點好之後，其大小與重量竟與我不相上下。然而他將肩帶安在肩上，一股勁地扛著背包站起來時，卻連吭也沒吭一聲。我從未見過收拾得這麼迅速俐落的帳篷，因此對於古靈設計這些用品的技巧又多了一分欽佩。

「古靈做出了這麼精巧的東西，但後來卻消失了。我一直都很納悶，不知道他們最後到底是何下場。」與其說我在試著聊天，不如說我在找話題引開阿憨的注意力。阿憨又在摩鼻子了。

「龍群一滅絕，古靈也就跟著滅絕了，龍和古靈是彼此缺一不可的。」弄臣講話的口吻像在感嘆葉子是綠的、天空是藍色的一般，彷彿這是人人都可以接受的事實。

我還來不及針對這個驚人言論講一、兩句感言，阿憨便放開鼻子，將手垂下來。「古靈是什麼？」

「這就沒人知道了。」我對他說道。一瞥見弄臣的表情，我便趕快住口；瞧他那臉色，倘若我不把這機會讓給他來說，他就要打斷我的話了。至於弄臣對古靈的知識是從何得知，以及他為何選在此時講出來，我則是茫無頭緒。迅風因為察覺到接下來必有什麼精采故事而湊近了些。

「阿憨，古靈存於遠古的時代，他們不但壽命長，而且據我猜測，他們不只記得自己漫長的人生經驗，還記得上溯幾代祖先的人生經驗。」

阿憨為了理解這段話，想得眉頭都皺了起來。迅風已經聽得入迷。我插嘴道：「你是真的知道，還是猜測的？」

弄臣想了一會兒。「我雖未向古靈，也未向龍請教過，但我敢說這已經八九不離十了。」

這下子輪到我如墜五里霧中。「龍？為什麼要跟龍請教古靈的事情？」

「因為龍與古靈是……相生的。」弄臣謹慎地選擇用字。「不管是口耳流傳，或者是文字紀錄之中，凡是有龍之處，總是必有古靈，反之亦然。也許原本龍就是出於古靈，而古靈出之於龍，或者龍與古靈若是脫離了對方，就無法生存下去。這是我觀察到的情況，但為何如此，我就無法解釋了。」

「這麼說來，如果你真的讓龍群重新繁衍，那麼古靈也會重生囉？」我魯莽地問道。

「也許吧。」他猶豫地笑笑。「我不知道。但果真如此，也不是什麼壞事啊。」

我們的時間只夠談這麼多，因為皮奧崔又走了回來，催促眾人盡早動身。王子叫喚阿憨，於是我們趕快跑過去。切德皺著眉頭瞪了我一下。你們談了那麼久，到底是在談什麼？

古靈。我答道，我知道雖然是我跟切德彼此技傳，但是連王子和阿憨都能察知我們的心思。黃金大人深信，如果他讓龍群重新在世上繁衍，那麼古靈也會重生。他認為古靈與龍息息相關，雖然他說不出個所以然。

就這樣？

對。我以一字簡答，讓他知道我厭惡他處處刺探。我好奇晉責不出一語，到底是表示他贊同切德的態度，還是恰恰相反？然後我告訴自己，那根本無所謂。待時機一到，真要由我決定龍族是生是死，我自會決定。但在時機未到之前，我才不要讓自己因為這個難題而痛苦折磨，也不要因為切德或晉責而切斷我與弄臣的友誼。

皮奧崔整好隊伍。今天阿憨與我插在原智小組與首領團之間。皮奧崔警告我們，暖風吹過我們前頭的冰河，因此冰河表面的狀況更加難以預料。我們會走以往的人走過的舊路，循著標示舊路的小旗子走，但是我們仍應謹記，冰河上的狀況隨時在變，即使前人屢次行過的舊路也未必完全可靠，因為風雪會搭在新近裂開的冰縫上，使其看來像是結實的雪地。他再警告我們，務必切實確認之後，才可踏出每一步。接著我們便排成一長列隊伍出發。前面這一段路。阿憨與我都跟得上。他還是咳嗽，但是沒咳得那麼厲害了，而且踏出的每一步都十分果決。今天皮奧崔走得比較慢，總是深深地將鐵杖插入雪地中，確認無誤後才踏出下一步。他說這天氣詭譎，倒是說得一點也不差。雖然暖風吹得我們紛紛將兜帽拉下、領口鬆開，卻也將溼雪吹成變化莫測的形狀；那怪模怪樣的冰雪映出來的藍影，使我們走過的雪地看來有如夢境。

皮奧崔兩次棄舊路不走，繞道而行。第一次，他才戳進雪地，那地表的硬殼便順勢掉落，接著雪地紛紛崩裂，落入深不可見底的大冰縫之中。看來暖風搶在我們抵達之前，以蓬鬆的冰晶在冰縫上搭成一道橋，只是這橋太過脆弱，什麼重量都撐不住。皮奧崔沒說什麼，便帶著我們掉頭，繞過那個大裂口。

下午的時候，我們又繞道了一次。尚未二次繞道之前，阿憨便已經因爲走得太累而提不起勁來，溼雪黏上他的靴、褲，使得腳步遲滯，無法走快，不久便被衆人拋得老遠，我們只能望雪興嘆。但我們剛從一處低矮的山脊上下來，便碰上循著原路朝我們走回來的大隊人馬；原來前面的雪地很軟，皮奧崔的鐵杖一探，就深深地沉了下去，所以他領著衆人往回走，以便找一條比較結實的路徑。爬山是很累的，阿憨一邊爬一邊咒罵。

白中帶藍的雪地反射出夏日的陽光，刺得我們的眼睛很痛。我們瞇著眼，最後眼淚流了下來，眉頭也因爲緊繃而痠痛。但是皮奧崔仍催促我們不斷前進。

今天我們不但走得比較遠，也走得比較久。太陽都已經開始沉入地平線了，皮奧崔仍毫不停歇。阿憨與我遠遠落在大隊人馬之後，不久後，我就開始納悶皮奧崔會不會領著我們走上一整夜。阿憨兩次停下來，說什麼都不肯再走一步；他很累，溼雪透過靴、褲，使他冷得要命，而且他又飢又渴。他把我心中所有的怨言都講了出來。聽他不斷抱怨，只使得這種種狀況變得更難以忍受。光是要逼迫我自己前進，就已經夠困難了，更何況還要苦勸他往前走。今天阿憨的音樂單調且無變化，是由踩在雪殼上的鬆脆聲，以及鐵杖插在堅冰上的尖銳聲所組成，時時刻刻像是無情的風雨一般打在我身上。

如果我在阿憨前面，他就落得更遠，所以我必須走在他後面，並且忍受他那種刺、刺、刺、走的韻律。周遭景物的影子越拉越長，而阿憨的情況又活脫是昨天的翻版。他一步走得比上一步慢，我跟在他身後，不禁越來越氣，越來越難以忍受。我的憤怒有如定時補充煤塊的火堆，緩慢但穩定地逐漸加溫。我接下這項任務多久了？爲什麼我非得忍受這種不堪？爲什麼切德要派我來做這種有失身分的工作？這簡直就是懲罰，或說是刻意的羞辱。我曾經爲瞻遠王室上戰場賣命，但由於過去十幾年來我浪跡在外，切德爲了報復，所以逼我來做這種低下的工作，照顧這個既胖又臭的白癡。我努力回想這背後的道理，並問自己，若不是我來做，到底該派誰來照顧像阿憨這種精技奇才。儘管如此，我卻再也無法勸服自己這個討人厭的任務眞有其必要。我的心情低盪下來，盪入了沮喪、憤怒兼痛恨的谷底，好不容易才能平撫自己的心情。我好言對阿憨哄勸道：「阿憨，求求你走快一點。你看，他們已經開始紮營了。你不想趕快到營地去取暖嗎？」

他轉過頭來怒視著我。「你光會說好聽話。但是我知道你對我存的是什麼心，你想用刀子刺我、用石頭砸我、用大棍子打我。當初逼我來這裡的人是你，如果你敢傷我，我會讓你傷得更重，因爲我比你更強。我比你強，所以我不必聽你的。」

他這幾句話使我心生警惕，於是我豎立精技牆，凝神聚氣以便對付他。然而就在他以精技巨浪襲擊我的前一刻，我對他的一切敵意突然消散得乾乾淨淨，就像是蓋上溼毯子的火堆一般，一瞬間連火星都沒了。阿憨的精技朝我重擊，有如鐵鎚打在乳酪上。他並未碰觸我，但我卻覺得他像是用力一捏，把我全身都捏碎了。我蹣跚地走了兩步，最後還是不支倒地，感覺全身一點氣力也沒有。然而就在這個時候，阿憨突然對我問道：「我們是不是瘋了？我們在幹什麼呀？」

那是孩童失望地哭喊的聲音，一定是他剛才爲了對付我而豎立起精技牆，所以也跟我一樣，一下子感到怒氣全消。他搖搖擺擺地走過雪地來到我身邊時，天上憋了很久的雨水突然傾倒下來。他伸手要碰我，我趕緊滾開。我雖知道他是好意，但我還是很怕，因爲他若是觸摸到我，我的精技牆就形同無物了。「阿憨，我沒受傷，眞的。我眞的沒受傷，只是有點暈而已。」而且還頭昏腦脹、耳鳴，身上痛得像是騎馬時突然被馬甩出去。我把膝蓋挪到身下，好不容易撐著自己站了起來。「阿憨，別碰我了。但是你注意聽我說，有人在作弄我們，他利用精技，把壞念頭放在我們的腦子裡，但我們現在還不知道對方是誰。」有人在運用精技對付我們，這是千眞萬確的，我不會弄錯。

「我們不知道對方是誰啊。」阿憨癡癡地說道。我微微地察覺到晉責正設法要對我技傳。不用說，一定是他在剛才阿憨攻擊我的時候，察覺到一些波動。我冒險降下精技牆一會兒，以便對他們二人技傳道：*小心！立起精技牆！*然後趕緊把我的精技牆封得滴水不露，以免剛才不知不覺侵入我心中的那股精技力量再度滲透進來。我知道我應該反擊，不然至少也要循著精技追索源頭爲何。我再三鼓起勇氣，才敢把精技牆降下來；我瘋狂地施展精技，探索四面八方，以便找出到底是誰在引起阿憨與我的內鬨。

奇怪的是，我什麼也沒找到。我感覺得到切德、晉責與阿憨，他們三人的精技牆都防得很緊。我想過要探索一下蕁麻，但最後還是覺得不妥；也許對方到現在都還不知道蕁麻，果眞如此，我可不要將她暴露給我們的敵人知道。我吸了一口氣，再度以精技牆將自己包覆起來，但是圍起精技牆只讓我稍稍覺得比較安全一點而已。我們有了個未知的敵人，在我還沒摸清對方的底細之前，我是不會安心的。

「這跟讓大家做惡夢的是同一批人。」阿憨肯定地說道。

「這我就不知道了。也許吧。」

「但我知道。錯不了的。就是害我們做惡夢的那些人。」他為了強調，邊講邊點頭。大雨不斷地打下來，把雪都噴在我們身上。希望他們已經架好帳篷，讓我們一到營地就有個遮風避雨的地方。我們今天一整天都在溼雪之中爬行就已經夠糟了，現在還降下大雨，將我們從頭到腳打個溼透。「走吧，阿憨。我們去營地吧。」我建議道，困難地將腳從溼雪中拔出來，一步步踏出去。我一邊遲緩前進，一邊告誡他：「你的精技牆可不能鬆懈。不曉得是誰要挑撥我們兩個起內鬨。他們想要我們彼此鬥起來，卻不知道我們是朋友呢。」

阿憨哀憐地望著我。「我們有時候是朋友，可是有時候會打起來。」

這句話說得眞切。我們不時會打起來，沒錯，而且我一直都很討厭照顧阿憨的這個任務，這也是千眞萬確。對方察覺到我對他的嫌惡與厭煩，並將這個情緒擴大再擴大，這就像以前惟眞會找出敵軍的恐懼和傲慢的情緒，然後搧風點火，直到對方犯下致命的錯誤為止。這是個精妙且計畫周詳的攻擊，對方已經摸透了我的心思，所以察覺得到我私底下對別人是什麼想法。說起來眞是令人寒毛直豎。

「我們有時候會打起來，沒錯。」我坦承道。「但是我們並不會眞的打傷彼此。其實我們只是意見不合而已，而朋友之間，意見不合乃是常事。即使你氣我、我氣你，我們也不會動壞念頭，想要把對方打傷，因為我們是朋友。」

阿憨突然深深地嘆了一口氣。「可是我剛才是眞的想要傷你。在船上的時候，我還常常故意讓你撞到頭。對不起。」

這眞是我這一生聽過最有誠意的道歉了，我得回饋一下才行。「我硬拉著你上船，我也有不對呀。」

「我原諒你了。不過，要是你硬拉我上船回家的話，那我還是會把氣出在你身上。」

我過了一會兒才接口道：「這很公平啊。」我盡量不讓恐懼與絕望的情緒在我的言語中透露出來。

阿憨突然站住，並握住我的手，使我嚇了一大跳。即使有精技牆擋著，我仍感覺得到他的溫馨關懷源源灌入。「我媽替我洗耳朵的時候，我總是氣得要命。」他對我說道。「但她知道我是愛她的。我也愛你啊，湯姆，你送我笛子，還有粉紅色的糖霜蛋糕。我會努力，以後盡量不要對你那麼壞了。」

雖只是三言兩語，卻打進了我心坎裡。阿憨站在那裡，嘴巴微開，舌頭吐出，壓在毛線帽下的小圓眼睛斜睨著我；這傢伙可說是一副青蛙樣，而且還流著鼻涕，可是時至如今，已經很久沒人因爲這種簡單、誠心的小事情而愛我了。不知怎地，他這幾句話喚醒了我心中的狼性，當年夜眼慢慢地搖動尾巴，表示牠開始接納我，而在我眼中，阿憨彷彿是夜眼的翻版：我們是同個狼群了。「我也愛你，阿憨。走吧，我們去營地避雨吧。」

雨水越來越冷，等我們蹣跚地走到營地時，已經不是下雨，而是在打冰雹了。切德走上前來迎接我們。他一走近到可以低聲講話的距離，我便警告他：「你的精技牆要封好。有人在用精技迷惑我們，就像惟眞在紅船之戰時施展精技、惑亂敵人那樣。那人……他們想要讓阿憨與我互相鬥起來，差一點就達成目的了。」

「到底是誰在要詭計？」他追問道，彷彿認定我一定知道答案。

「就是害我們做惡夢的人。」阿憨急切地對切德說道。切德皺起眉頭，我無奈地聳聳肩，我的答案頂多也只是如此。

今晚的營地眞是糟糕透了。一切不是潮溼，就是溼透，我們每天配給的燃料只能生起小火，但是今天連小火也生不起來。皮奧崔再度設下地標，做爲營地的邊界，他自己則冒險走到營地外面，爲大家探勘明天要走的路徑。貴主的帳篷裡透出微弱的光亮，大概是點了一根蠟燭吧。在夜色中，弄臣的帳篷宛如一朵盛開的鮮花。我很想丟下這一切去找他，但是切德要我待在這裡，同時我也體會到此時自己必須全力支援切德。

王子的帳篷像是變小了，因爲裡面晾了一地的溼衣服，然而就算是晾到明天，衣物也不會乾爽，這點大家都心知肚明。切德與王子已經換了衣服，鐵杯裡點了一根胖大的蠟燭，燭火上擺著一小鍋雪水。我教阿憨穿上羊毛襯衫和乾襪子，然後拿了他的外套和靴子到外頭去把溼雪塊抖下來。不知怎地，進了帳篷再出來之後，覺得這風雨變得更加冷得刺骨。我拿著阿憨的衣物回帳篷裡，在地上騰出一處，把他的外套和靴子晾開。明早我們得重新套上這些溼衣物走路，想必明天的行程會很難受。嗯，多想無益，我在心底對自己這麼說道。但是我進了帳篷之後，仍不禁哀歎道：「這怎麼一點也不像我從小到大聽的那些，爲了娶得美嬌妻而屠殺猛獸的故事呀！」

「就是嘛。」阿憨悲傷地應和道。「應該是流血廝殺嘛，怎麼會盡是溼雪呢？」

「我看你不見得喜歡流血廝殺勝過溼雪吧，阿憨。」王子嚴肅地反駁道。不過在這一刻，我倒是比較贊成阿憨的看法。感覺上，與其這樣無止境地長途跋涉下去，倒不如乾脆激烈地打鬥一場算了。然而看這情況，到頭來，長途跋涉與流血廝殺這兩樣，我大概都躲不掉。

「我們有敵人了。」我對他們宣布道。「而且這個敵人知道如何用精技來對付我們。」

「你已經說過了。」切德說道。「但是王子與我已經談過，我們都不覺得有人在用精技對付我們。」他將那微溫的水倒在茶葉上，連他自己都皺著眉頭觀望，不曉得這種水溫能不能把茶葉泡開。

聽到切德這話，我心裡倒有些迷糊了。我本以爲對方若會攻擊阿憨與我，就一定會嘗試攻擊精技小組的其他成員。我把這個想法說了出來，並補了一句：「爲什麼對方只針對阿憨與我下手？在外人眼裡，我們不過是下層僕人啊。」

「任何對精技稍有涉獵之人，都一定察覺得出阿憨與你並沒有表面上看來的這麼單純。也許他們發現阿憨的精技力量強大，所以為了去除這層阻礙，故意誘發你們內鬥。」

「但是對方為什麼不乾脆攻擊王子以及王子的首席顧問？為什麼對方不誘發你們兩人內鬥，種下高層統帥失和的因子，反而要從最底層的人下手？」

「要是能知道原因就好了。」切德想了好一會兒之後說道。「但我們就是不知道啊。說眞的，就是你與阿憨有那種受到攻擊的感覺，王子與我倒是毫無知覺，直到你們兩個鬧了起來，我們才發現事情不對了。」

「你們鬧得不小哪。」晉責疲憊地揉著太陽穴，補上一句。他突然打了個大大的哈欠。「眞希望這一切趕快過去。」他輕輕說道。「我又累又冷，況且我也不是眞心想要屠龍。」

「這有可能是對方在巧妙地運用精技影響你的看法。」我警告道。「你父親就善於此道，他曾經藉此炫惑許多紅船的瞭望員，使得紅船一頭撞上礁岩。」

王子搖了搖頭。「我的精技牆封得可緊了。不，這不是外來的，而是出自於我的內心。」他望著切德從茶壺裡倒了些黃色的茶湯出來，皺眉，然後再把茶壺放下，讓茶葉多泡一會兒。

「不是精技。」切德懷恨地應和晉責的話。「是那個可惡的弄臣，他一直在跟原智小組和首領團的人大發議論，一方面引起他們同情黑龍，同時又掐著首領團比較迷信這一點不斷施力。王子殿下，你可不能動搖，別忘了，你已經對貴主承諾，你會把龍頭放在她母屋的火爐前了。」

「的確如此。」皮奧崔一邊沉重地感嘆道，一邊掀開帳篷的門片。「我可以進來嗎？」

「請進。」晉責答道。「沒錯，我的確給了承諾，但我可沒承諾會以此為樂啊。」

我雖以原智知覺到有人走近帳篷，但我原以為大概是迅風或謎語。我實在想不出這外島人為何來此，同時希望他會等我走了之後再跟王子與切德打招呼。但是他對我點了個頭，似乎是在肯定說我可以留下來。當他開口時，不談前頭的路途有多麼艱難，反而擠出了個笑容。「今天這一趟路，大家都不好走，明天的路也很吃力。我們外島人對於這麼悲慘的行程自有我們的解決辦法，而今天這麼溼冷，我也該把我們外島人的方法拿出來跟你們分享了。」他嘆了一口氣。「天氣狀況恐怕會使我們的任務更加艱難。雨水滲入雪地之後，會使原本堅固的雪地變得鬆動，所以明天我們跨過山脊時，一定要特別小心雪崩與冰縫。」

他一邊說話，一邊打開油膩的布巾，拿出一塊烏黑的糕點。我不但餓，而且鼻子很靈，一下子就聞出那糕點曾浸泡在白蘭地酒之中，以便久存。皮奧崔掰了一塊，原來這糕點裡放了葡萄乾、油脂屑，另外還有一些可能是蘋果乾之類的東西，使白蘭地的味道更加濃烈。阿憨雖疲倦，卻仍急切地坐直起來。我的精技牆仍封得嚴密，但我仍多少察覺得出他的擔心爲何：魚油，那蛋糕吃起來會不會有魚油味呢？

皮奧崔似乎注意到我目不轉睛地瞪著那東西，他咧嘴笑著，並把他剛掰下來的那一塊遞給我。「我們這幾個人裡，就數你最冷最溼了。」他有感而發地說道。這倒是眞的，因爲大家都已經換上比較乾的衣物。我一邊吃著，他則一邊說道：「我們的戰士稱此爲『勇氣糕』。勇氣糕是用濃重的蜂蜜、果乾和有提神效果的藥草所做，做好之後，將糕點泡在白蘭地裡，以免變質。成年男子只要吃一點勇氣糕，就能打鬥一天，或是走上兩天的路。」

我滿口都是白蘭地酒的香甜味，但吞下去時卻感到一股熟悉的口感。這蜂蜜、油膏和水果的甜味將精靈樹皮的苦味包藏了起來。我知道必須警告切德，雖然我整個疲倦的身體已經因爲期待著待會兒精靈樹皮會激起的興奮感而繃緊起來。

接著我周遭的世界突然消退。

我不知道這該如何解釋。我第一次察覺到自己有原智，是在我碰上被冶煉的人時。我從來就不知道自己擁有「原智」這個額外的力量，直到我碰到那些活生生、但卻不會在我的知覺網中留下痕跡的人，才發現自己能知覺到別人所不察的東西。人類本是彼此糾纏的生命網之中的一份子，但是冶煉的過程卻將人們從這生命網中扯落下來，於是就變成了任意吃喝、行暴，對於其他活生生的生物毫無憐憫或同情的個體。而我是在碰上被冶煉過的人之後，才發現到這個「原智知覺」將我與世上所有的生物連在一起。

此時的體驗與當時頗類似，只是我的處境不是觀察者，反而與被冶煉的人差不多。我本以爲，精技魔法只會將我與其他精技人連結在一起，但此時我卻感覺到，精靈樹皮的藥力一下子將我從這世界之人組成的精技網中扯落下來，於是無論是精技天賦高的大聲喧譁，還是其他只有些許天賦的喃喃聲，都頓時消逝了。我眨了眨眼，伸出指頭挖挖耳朵，一時間還搞不清到底發生了什麼事。我眼可見、耳可聽、鼻可聞、手可觸，舌頭也仍嚐得到食物的味道，但是另外還有一種直到這一刻之前，我都渾然不知，且無以名之的知覺，因爲我咬了這麼一口而瞬間完全崩潰。突然之間，我必須要費很大的勁才能對晉責和切德技傳，我雖想施展精技，但這就像是要叫凍僵的手去抓住東西一樣地徒勞無功。我憶起往日我對他們技傳的時候會有什麼感覺，不過此時我只知道自己的精技知覺麻木得毫無反應。

皮奧崔笑笑地遞了一塊勇氣糕給阿憨。那小個子男子嘴巴開開，手拿著糕點，正要湊近嘴巴。我衝上前拉開他的手腕。阿憨仍空著嘴嚼動了一下，有如已嚐到那糕點的滋味。坦白說，要不是這食物對我們精技小組是個重大威脅，不然他那模樣看來還眞好玩。「精靈樹皮！」由於失去精技力量，所以我以語言把這幾個字叫出來，彷彿光用講的不足以警告他們。

接著我馬上改以緩和的音調，假裝我只是在針對阿憨一個人說話。「不，阿憨！你吃了這種藥草就會不舒服，這你是知道的。糕點給我，我保證等一下就拿個好吃的給你。阿憨，你不能吃這個，我求求你。」

「什麼藥草？我又沒生病！這塊是我的，你不能跟我搶！你下午說我們是朋友，不可以互相打傷。你放手！這不公平。用搶的很不禮貌喔！」

他本來就愛吃甜食，因此說什麼也不肯放手，但是我實在連一口都不敢讓他嚐。我對精靈樹皮的反應從未像現在這麼強烈，我感覺到藥力瞬間發散，而我不禁懷疑，隨後我到底會跌入多深的憂鬱谷底。我把那塊糕點從他手裡挖了出來。阿憨癱坐在地上，氣憤地哭了一聲，然後開始大咳起來。我趕緊把糕點遞給切德，同時靈機一動地幫切德找了個下台階。「大人，我絕不會在他面前吃，因爲我知道他最愛吃甜食。要是他見到二位享用，而他又不能吃，那麼恐怕會大吵大鬧，弄得大家一夜不得安寧呢。」

也許切德和晉責正在跟我技傳，說不定阿憨爲了報復，正努力要使我跌在燭火上，我卻什麼感覺都沒有，他們三人無一能接觸到我的心靈。我仍能藉由原智知覺到他們仍在原地。這倒是個安慰。但是原本我與他們三人互通聲息的精技線路一下子被抹滅了。皮奧崔皺起眉頭，看來幾乎要動怒。切德的反應很快，他立刻說道：「噢，是呀，阿憨，我還記得上次你吃了這藥是什麼情況呢。這東西對你不好喔，你別鬧，這才好嘛。我敢說我們一定能找出一樣好吃的食物補償你。」接著他對皮奧崔一眨眼，使出了彷彿兩人共謀般的眼色。「上次王子的手下吃了之後，先是一天一夜不睡，接著一連好幾天陷入陰鬱，不管用什麼辦法都無法使他的心情好轉。我們有任務在身，若是出了這種事情，那可就不好了。好啦，阿憨，你的眉頭別皺成那樣嘛。王子帶了幾根糖條出來，捨不得吃，就是要留給你呢。」

王子已經在他的背包裡東翻西找了，而切德則連忙接過我手裡的糕點，順勢堆回那一大塊糕點裡，迅速以裹布包了起來，並立刻塞進他自己的背包中。「我敢說，王子與我都一定會喜歡這個滋味，不過還是等阿憨睡了再吃吧。」他低聲對皮奧崔說道。「不說別人，我自己就挺喜歡精靈樹皮帶給老年人的刺激感，只是我以前都不知道外島人也用這種藥草呢。」

「精靈樹皮？」皮奧崔是裝作一無所知的模樣嗎？「好古怪的名字。我們外島沒有那種植物。勇氣糕裡放的藥草各有不同，每個氏族的母屋都有令人覬覦的特殊配方，絕不外傳。但是我可以告訴你，這塊勇氣糕是我自己家裡做的，用的是貴主母屋的配方，而世代以來的獨角鯨族勇士吃的都是這種勇氣糕。」

「這是當然！」切德輕快地說道。「我迫不及待要在晚一點的時候嚐嚐看。不然就睡個好覺，明早再吃一些，以便增強活力。可憐的湯姆，我知道你承受不了精靈樹皮的藥效！你雖愛吃這個，但我看你今晚恐怕不成眠了。我以前不就告訴過你，這東西千萬別在晚上時多吃嗎？你這個人就是屢勸不聽啊。」

我雖忐忑不安，卻仍裝出笑臉。「這倒是真的，切德大人。雖然您再三訓斥，但我顯然沒聽進去。」他的眼神微微一變，看來他實在是太了解我了。

接著切德倒了點淡而無味的茶，啜了一口，然後大聲咳嗽，幾乎噎到，並且用力敲打胸口，才喘著對我說道：「你退下吧，湯姆．獾毛。你去吃點東西，但請你在入睡前到這裡來一下。我想阿憨今晚會睡在這裡。」

「是，大人。」切德輕輕地比了個動作，我注意到了。

我離開帳篷之後，繞道轉了一圈，才走到營地最偏僻的角落。雨已經停了，風還是很大。到了營地的邊緣，我將兩根指頭深深插入喉嚨中，拚命催吐，看看能不能把剛才吃下去的糕點吐一點出來。但是一點效果也沒有。我餓得太久，食物一落肚就吸收了。最後催吐出來的那一點東西，苦澀得使我發顫。我吃了一把溼雪，試著去除嘴裡的澀味，又踢了些鬆軟的雪以蓋住我的嘔吐物。我一邊打顫，一邊走回帳篷區。我之所以會發抖，不只是因為天冷而已。一個人若是曾經被人下過毒，心情就永遠無法完全平復；你的身體若是吸納了什麼毒物，同時你還深知，隨著你每一次心跳，那毒物會使你的身體不斷變化，那眞是恐怖到無以言之的經驗。我以前就嚐過精靈樹皮，感受過它的威力，然而要是那勇氣糕裡還放了其他藥物，而那些藥物我不但沒嚐過，也尙未察覺到它們正在對我的身體造成什麼破壞呢？我勒住自己的心思，不讓自己朝那個方向多想。因為那是說不通的，我對自己說道，勇氣糕是皮奧崔送的禮物，看來並不像是有詐。我們來到此地，爲的是完成他所要的屠龍任務，既然如此，他怎麼會給我們下毒？不過皮奧崔給我吃的藥量多到足以讓我的精技魔法完全失效，因此我就是無法單純把此事看作是我運氣太差。

我又冷又溼又抖得厲害，在我將自己平息下來之前，實在不想去跟我們帳篷的侍衛混在一起。我像是出於本能要退回安全所在似的，信步走到弄臣的帳篷前。我笨手笨腳地以僵硬的手摸索帳篷的門片，輕聲叫道：「黃金大人。」叫完之後才想到他說不定有別的客人。

大概是我音調有什麼不尋常，使他察覺到我非常憂煩，他一下子拉開門片，招手叫我趕快進去。但是進去之後，他便說道：「站在那裡就好，別把水滴得到處都是。」他已經換掉了健行穿的衣服，如今穿著溫暖乾燥的黑色長袍，令我好羨慕。

「皮奧崔給我吃了一口糕點，裡面放了精靈樹皮，所以我已經失去精技魔法了。」由於牙關打顫，我講得斷斷續續。

「脫掉你的溼衣服。」幾乎當我一進帳篷，他就開始在他的背包裡翻找。此時他拿出了一件長長的紅棕色衣裳。「這件你大概能穿。你穿了就知道，其實還滿暖的。怎麼你吃了一口就魔法全失？以前精靈樹皮對你倒不會有這種效果。」

我搖了搖頭。「反正事實就是如此。而且今天有人用精技陷害阿憨與我，讓我們彼此仇恨，最後差點就讓我們互打起來。幸虧我察覺到阿憨大概是要用精技攻擊我，便立起精技牆，腦海裡因此突然只剩自己的思緒、不受外界干擾，這才知道我雖然一天到晚都得照顧他，但我並不痛恨這個任務。這並不是他的錯，況且就算我不喜歡這個任務，我也不該把氣出在他身上，是不是？我若眞有什麼不滿，那也應該氣切德，而不是阿憨。當初是切德硬把他塞給我照顧，而我認爲，他之所以硬要我去照顧阿憨，有一半是因爲他要讓我忙得不可開交，以免我常來找你、受你影響。他想要我乖乖地照他的指示去做，不要多想——」

「停！」弄臣叫道。他好像嚇到了。我趕快住口，又張開嘴，想要問他是怎麼回事，但是他伸出兩手，示意我什麼都別說。「蜚滋，看看你，我從未見過你這樣叨叨不休，這眞是……令人心神不寧啊。」

「是精靈樹皮的關係。」體力源源不斷地湧出來，多到使我打顫。這時我已經脫下溼衣服，堆成一堆，感激地接過弄臣遞過來的衣裳，我一摸，就因爲那冰冷的質感而瑟縮。「好冷啊。冷得像鐵似的！這衣裳是什麼做的？魚鱗嗎？」

「你就相信我，把衣服套上去吧。這衣服暖得很快。」

到了此刻，我也沒別的選擇了。我把那衣服從頭上套下去。那長袍幾乎及踝，而我肩膀動一動，衣服就鬆開了。

「好怪啊。剛才我覺得肩膀、胸膛的部分緊緊的，但是我動一動之後，這衣服就合身了。你看，連袖子都夠得到我的手腕。簡直像是輕薄的鎧子甲，眞是不可思議啊。這又是古靈的寶物嗎？這是雨野原來的嗎?我眞的很好奇,不知道這是誰做的,用什麼材料做的?你瞧我一動,這色澤就變了。」

「蜚滋,你別再嘰嘰呱呱地講下去了。我聽了好擔心。」弄臣一把抱起我那堆溼衣服,衣服開始滴水。「我把這些衣服拿到外面去晾,不過看來明天早上是不可能乾了。你還有沒有別的衣服?」

「有,在我背包裡,不過我的背包留在王子的帳篷裡。切德的那一桶炸藥也留在那裡了。阿憨的東西也差不多都在我背包裡,不過這倒沒關係,因爲他也在那裡,那些東西他都用得到。所以啦,還好東西都在那裡了。」我察覺到自己喋喋不休,努力叫自己住嘴,省得弄臣開口。

過了一會兒,我開始發抖,不久便感覺到這袍子把我的體溫傳回自己身上。我嘆了一口氣,躺在弄臣的床墊上,拉過一條被子,把冷冰冰的腳蓋起來。過了一會兒,我拉開被子,焦躁不安地換了個新姿勢。弄臣走進帳篷,看到我站了起來,繞著他的小蠟燭走來走去,感到很好奇。「怎麼了?」

「感覺上像是有千萬隻螞蟻在我皮膚底下爬來爬去似的。」我將散落在臉上的頭髮撥到腦後,重新紮成戰士的馬尾。「我沒辦法站定,沒辦法住口,雖然思考毫無頭緒,腦子裡還是轉個不停,這實在不合理。」我突然覺得自己的手太大,開始一一地按得每個指節喀喀作響,然後又把手搖一搖,讓關節放鬆。我抬起頭,發現弄臣在凝視著我,嚇得牙齒打顫。「對不起。」我連忙道歉。「我就是管不了自己。」

「看也知道。」他喃喃地應道。接著他以比較親切的口吻說道:「我眞希望能幫得上忙,但你就是吃了藥草才有這症狀,所以恐怕也不宜運用藥草茶讓你紓解。此外我也擔心,你過了這症狀之後,心情不曉得會陰鬱成什麼樣子。我從未見你這麼焦躁。如果說,剛吃下精靈樹皮後的興奮越高,緊接而來的陰鬱谷底就越深,那麼恐怕大家都會遭殃啊。」

弄臣的臉色非常嚴肅。我答道:「我也很害怕。不,應該說是我知道自己應該要怕,但現在我就是無法讓自己把心思擺在這上面，因爲我想得很多，多到連我自己都無法招架。我要怎樣才能在明早之前把衣物弄乾？可是我等一下得去向切德報告，而我又不想穿這件袍子走過營區，雖然這袍子很暖。光是想到要把溼衣服穿回去，即使只是走回晉責帳篷這麼短短一段路，我就冷得發抖。我的背包連同我所有的乾衣服都在他那兒，阿憨的東西也在我背包裡。可是這樣很好，因爲他也在那裡，他會需要他的乾衣服。」

「噓。」弄臣打斷我源源不斷的思緒，懇求我住口。「噓，求求你靜一靜，蜚滋，讓我想一下。你以前每次喝精靈樹皮茶，頂多也不過是精技力量受到影響，而且過後就沒事了。我們能不能期望，等到精靈樹皮的效用消退之後，你的精技力量就會回來？」

我誇張地聳聳肩。「我不知道。依我看來，我們或許不能以我服用精靈樹皮的往例來推測這次的情況會如何。阿憨差點也吃了，我告訴你了沒？」

「還沒。」他小心翼翼地說道，好像我有點瘋了——然而這也可能與事實相去不遠。「你能不能靜一靜，別扯嘴唇、扯頭髮了。把手交疊在大腿上坐好，然後把今天一天的經過告訴我。請你從頭開始講。」

弄臣一提，我才發現自己一直在拉著下唇。我把雙手放在大腿上，交疊起來，努力地把他當作切德一般地報告。他越聽臉色越沉重，然而連我也知道自己正喋喋不休，情節破碎不連貫，東拉西扯的，反覆地講個不停。還沒交代完，我便忍不住站起來，在他的小帳篷裡走來走去，很是激動。我突然心生一計。「來！」我叫道，伸出裸露的手腕，朝他走去。「我們來試試看，我的精技力量是不是眞的消失了。你就像以前那樣用精技來探測我吧。」

他凝視著我，表情頗爲驚訝，但是提不起勁來。他臉上露出一抹無力且難以置信的笑容。「你這是在要求我這樣做？」

「當然啦。我們可以藉此看出情況有多糟，如果你還能用精技探得到我，那麼說不定藥力消退之後，我的精技力量也會回復。我們來試試看嘛。」我在他身邊坐下來，伸出手臂放在他的膝蓋上，手腕朝上。他低頭看看他留在我手腕上那幾個褪色的指印，不以爲然地斜睨著我。

「不。」他縮身避開我。「蜚滋，你今晚失常。平時，你絕不會讓我做這種事，更不會開口要求我這樣做。不行。」

「怎麼，難道你怕了不成？」我故意激他。「你就試試看嘛。試試看又不會怎樣！」

「什麼不會怎樣？會使我們失去對於彼此的尊重啊！你現在的狀況跟喝醉了沒兩樣，我怎能趁虛而入？蜚滋，不行。你別再誘惑我了。」

「你別擔心，明天我還是會記得這事是我提議的。弄臣，我有必要知道我的精技魔法是不是已經消失了。」在我靈魂的深處多少覺得這有點不妥。我很想停下來仔細思考一番，但是由於焦躁不安，我根本靜不下來。我只覺得內心有一股巨大衝動，逼著我立刻動手、現在就做，做什麼都好，那些使我毫無招架之力。

我傾身抓住弄臣瘦削的手腕。他沒戴手套，也沒有抵抗。我將他的指頭一一對準我手腕上的指印，屏息以待。但是我什麼感覺也沒有。我困惑地轉頭望著他。

他已經閉上了眼睛。過了一會兒，他睜開那一對失望的棕色眼眸，難以置信地說道：「什麼也沒有。我的指頭感覺得到你的手溫，我想探尋你，卻找不到你的人。就是這樣。」

我的心猛跳了一下，立刻全盤否認測試的結果。「這個嘛，我看這也不能證明什麼。這是我們前所未有的經驗，既然如此，該有什麼結果，誰能說得準？這算不了什麼。這不算數。明天，我明天醒來，說不定會發現精技力量又回來了。」

「也可能什麼都沒有。」弄臣望著我的臉，輕輕地說道。他的指頭仍停在我的手腕上。「也許我們不該試圖以精技牽繫。」

「也可能什麼都沒有。」我應和道。「也許我明早醒來之後，發現自己正如此刻一般，既孤獨，而且什麼聲響都聽不到。也許。」我站了起來，將我的手腕從他鬆鬆的手掌中抽出來。「這個嘛，這種事情就算多想、多擔心，也沒什麼用處，不是嗎？倒不如想想明天的天氣到底是乾燥還是潮溼。明天會怎麼樣呢？」我停了一下，心想自己是不是應該要鎮定下來，但最後還是把心裡的疑問爆出來了。「你看皮奧崔是不是故意給我下毒？他知道精靈樹皮會抑制精技力量嗎？還有，他怎麼會知道我有精技天賦？此外，他應該會希望我幫助王子屠龍，既然如此，他爲什麼要下毒？除非他實際上並不希望我們殺掉冰華。也許他把我們誘到這裡來，是爲了要讓王子任務失敗。但是這樣說不通啊，不是嗎？」

他似乎被我這一連串的問題打得無力。「你能不能靜一靜，蜚滋？」他真誠地問道。我想了一會兒之後，搖了搖頭。

「我停不下來。」我一邊講，一邊焦躁地動來動去。我突然覺得痛苦悲慘，用什麼姿勢都站不舒服、坐不住。我已經睏了，卻想不出如何才能讓自己平靜入睡。一時之間，我恨不得一切通通蒸發，讓我平靜一下。我將頭埋入雙手中，閉上眼睛。「我這一生，不管做什麼都是錯。」

「今天晚上會很難熬了。」弄臣苦惱地說道。

17
冰華

這是怡撒爾．海獺鞋與冰華，以及後來怡撒爾的下場。當時海獺鞋母屋的上母是薇撒爾，她很討厭怡撒爾帶回家裡一起同床共枕的那個男人，理由有三：那男人是O型腿，又是凹胸，大家都知道這兩種特徵有可能會遺傳給孩子，而薇撒爾可不希望她的母屋裡盡是衰弱的O型腿孩子。其次，那男子有頭紅髮，而薇撒爾也不希望她的子孫長出紅頭髮。此外，每逢春天來臨，島上的楊柳生出柳絮的時候，那男子就會流鼻涕、掉眼淚，所以春天的工作他都不能做。有一年夏天，怡撒爾去山上的高坡摘取越橘時，薇撒爾便吩咐眾女子從田裡撿些大到打了會痛，但不至於造成大傷的石塊和泥塊，趕走了怡撒爾的床伴。這些女人都是怡撒爾的姊妹、姑姑、阿姨們，以及怡撒爾的母親，她們之所以這麼做，也是爲了她好，因爲她們看不慣她一走開，那男子便露出靦腆的笑容。

怡撒爾回來，發現她的床伴已經逃走之後，痛哭失聲，又大吼大叫，最後賭咒說她要去找冰華，請牠教訓自己的親族。大家都知道，對自己的母屋復仇，這可是犯了很大的忌諱，但是怡撒爾在暴怒之餘，根本聽不進眾人對她的勸告，也不肯接受眾人在趕走她那個蒼白無力、骨瘦如柴的小伙子之後，爲她安排的健壯黑髮戰士。怡撒爾前往艾斯雷弗嘉島，趁著一年之中最低的潮水時溜進冰河與海面之間的隙縫，一路來到島中央，以便懇求黑龍應允她那邪惡的願望。

怡撒爾一路航行到籠罩全島的冰河之下，將小舟停靠在淤沙岸上，接著點起火把，但是她沒有停下來讚嘆冰華的冰墳之美，而是立刻往上爬，順著彎曲的隧道，來到能夠看到困在冰層中的龍之處。她在冰面上融出了一個坑，將她帶來的羊血倒入坑中，並要求冰華讓所有將她床伴趕走的女人通通不孕。

——外島吟遊歌者的歌詞，獾毛翻譯

我對於那天晚上以及接下來那一天一夜的記憶非常模糊，我的心靈極不願回想痛苦的種種。切德後來跟我說：「那都是你自己心裡想出來的。」他竟然滿不在乎地把我所經受的痛苦一句帶過，使我有如遭到蜂螫一般刺痛。我很想對他說：人生就是在我們自己的心裡面。人生若不是在我們心裡，否則是在哪裡？我們如果不在心裡揣摩人生的意義、體會人生的逆境，否則是在哪裡？而且世上之事，也是因爲有人認爲它有其意義，才生出意義，不然，轉眼也就消逝了。

幸虧我熬了過來。如果有人誤以爲精靈樹皮不是毒藥，那麼那人想必從未像我這樣陷入憂鬱的深淵之中。那天晚上稍晚，切德派謎語來找我。我赤著腳、穿著古靈做的滑稽長袍，任由他用條大被子將我圍了起來，匆匆地護送回王子的帳篷。如果我記得沒錯，我到了帳篷裡之後，一連跟切德講了好幾個小時，講的全都是我有多麼鄙視、嫌惡自己的事情。晉責後來跟我說，他從沒想到有人能編派出那麼一大堆虛無縹緲的罪惡，聽得他快要煩死了。我還記得他幾次想要跟我講道理。我甚至公開說我想要自殺

——這念頭雖常常在我腦中一閃而過，但是我從未說出口。晉責對於這種傷感的妄想感到不齒，而切德則指出，自殺不但是自私的行為，同時一點也無助於糾正我的愚行。據我看來，到了那節骨眼，他已經對我頗為擔心了。

不過，那也不是我的錯。我之所以講了一夜，直到天明還不住口，乃是藥物造成的躁鬱，並不是在道出理性之下的種種考量。我從未打算要跟晉責透露我年少輕狂的行徑，但是到了早上，他大概已經知之甚詳了。就算他之前曾經對於精靈樹皮或是卡芮絲籽存有一絲幻想或好奇，我也敢說，經過這一夜之後，他絕對會對那些東西敬而遠之。

阿憨聽到後來，再也無法忍受我那叨叨不休的情緒轟炸，所以他們召來謎語，將他送到原智者的帳篷去，請羅網安頓他睡覺。切德與晉責原本打算那天晚上要嘗試以精技跟蕁麻聯絡，但是我有如高燒般地大發囈語，以至於他們根本無法集中心神。阿憨落荒而逃之前，他們三人曾聯合起來，試圖對我技傳，只是他們也跟弄臣一樣徒勞無功。我將弄臣也已經試過的事情告訴切德時，他的臉色霎時陰沉了起來，看得出他根本就反對我與那個暈黃之人做精技實驗。

第二天，謎語與羅網兩人都陪著阿憨跟我一起走。我敢說謎語是切德派來的，但羅網呢，我想他應該是自願前來。直到如今，到底阿憨講了什麼話，使羅網覺得他有必要陪著我一起走，我仍毫無頭緒。我沉默地在陰鬱黑暗之中前行，晶亮的冰晶與輪廓柔和的吹雪，對我而言像是無盡的折磨。謎語與阿憨走在前面，兩人很少講話；羅網走在我正後方，一整天都沒說半個字。夏日開始施展威力，將雪丘雕刻成奇形怪狀的風勢甚為柔和，幾乎稱得上是溫暖。我記得羅網的海鷗在我們頭上盤旋了兩圈，孤獨地高鳴之後，便返回海邊去了。一看到羅網的牽繫動物，使我想起失去夜眼的心傷，一下子難過地悼念起來。我並未哭出聲，淚水卻不斷地從我臉頰滑下來。

情緒往往比體力活動更令人筋疲力竭。早在皮奧崔宣布要紮營之前，我就已經累得麻木了。我呆呆地站著，望著他們搭起帳篷。我模模糊糊地記得皮奧崔跟切德說，他實在沒想到他的勇氣糕會使我疲憊無神，並且向切德道了歉。切德則叫皮奧崔不必放在心上，因爲我這個人本來就性情起伏不定，服用起藥草來一點也不知道節制。我知道切德這話是說給皮奧崔聽的，儘管如此，這話仍然像是匕首一般刺入我心中。後來羅網幫我端了碗粥來，但是我吃不下。全營地的人都還醒著，我就跑去躺下了，其實我也沒睡著，而是凝視著帳篷的陰暗處，揣想我父親怎麼會跟我母親發生關係——瞧他們兩人這一發生關係，生出多少後患啊。我聽到羅網在帳篷外為阿憨吹奏笛子，於是一下子想念起那小個子男子的精技音樂。最後我一定是睡著了，而且睡得很沉。

等我醒來時，天色已經不早了。帳篷裡盡是侍衛們的凌亂床墊，除了我之外空無一人。我狐疑起來：他們怎麼沒叫醒我，也沒拆除帳篷、收拾物品，以便開始今天的行程呢？我掀開被子，感覺到冷颼颼的，低頭一看，發現自己還穿著古怪的袍子，於是趕快套上外褲、穿上外套。我將袍子塞在我的背包裡時，心裡仍納悶營地怎麼一點聲響也沒有。該不會是天氣太糟，使我們無法前行吧？

我從帳篷裡出來，只看到眼前是一片高聳的冰河山脊，一股柔風不斷吹來，風中還夾雜著許多從雪山上吹下來的雪晶。營地空空蕩蕩，陶製的火盆裡起了小火，火上架著三角架，撐著一個鍋子，而羅網正在照料鍋子裡的食物。由於火的熱度融化了陶盆周圍的雪，陶盆於是沉入雪地中。「啊，你醒了。」他笑著對我說道。「我敢說你現在一定覺得好多了。」

「我……是啊，好多了。」我答道。發現到自己的確好轉，連我都有點驚訝。昨天那種沒來由的陰鬱心情已經遠去。然而我高興不起來，一方面因爲失去精技力量而感到沉重，另一方面又因爲屠龍的重任而感到畏懼，不過，使我想要了結殘生那種絕望到極點的感覺已經消失。我心中興起一股遲鈍的憤怒。皮奧崔竟然使我受到這麼多煎熬，眞是太可惡了；我知道切德對他另有打算，容不得我報復，但是他的勇氣糕含有巨量的精靈樹皮，任誰吃了都會產生嚴重的副作用，我才不相信他們族裡的人吃了這種配方不會出毛病。皮奧崔明明就是在給我下毒。可惡，這是我第二次遭人下毒了。我希望在返回六大公國之前，命運會賜予我良機，讓我跟他將此事做個了斷。然而我一生所受的刺客訓練都不容我有進行私自報復的餘裕，打從黠謀國王第一次將我變成他的人開始，我就受到再三教誨：我的才能必須爲王室所用，絕不能私自裁判，也不得私自報復。我有一、兩次漠視這個守則，都造成了嚴重的後果。我一面環顧營地，一面提醒自己切莫輕忽。

我們的營地是緩和的雪坡，附近有一塊黑色石頭衝破了雪層，指向天空，不遠處則是陡峭的高山。我們所處的地方像是杯緣破了一角的杯子，散落的黑色石頭不時從雪層中突出，杯底盛著結硬且緩緩下降的雪層，而我們的營地就架在杯中殘飲的硬殼上。

「你很沉默。」羅網溫和地說道。「你哪裡痛嗎？」

「倒沒有，多謝你關心，我只是在想事情而已。」

「想你的精技魔法已經消失了嗎？」

他見我朝他瞥了一眼，趕快舉起一手阻止我胡思亂想。「你放心，沒人看出你的祕密。是阿憨碰巧跟我講了，我才知道的。他看你那樣子，心裡很難過；他既氣你，又爲你擔心。昨天晚上他向我解釋，你心情鬱悶、講話講個不停，又坐立難安也就算了，但他之所以覺得事情不妙，主要是因爲你一直在他心中，但現在你卻不見了。阿憨跟我講了個他小時候的故事：有一天晚上，他跟母親走在熱鬧的慶典市集裡，他母親突然鬆了手，沒拉住他，他在洶湧的人潮中走了幾個小時，不但眼睛看不到母親的人，心裡也與母親斷了線。聽他講的情況，應該是他母親本來要遺棄他，但是想想還是後悔了，所以才回來找他。不過阿憨花了好多工夫跟我說他知道母親就在那裡，她卻不肯讓阿憨探知她的思緒。至於你，阿憨說，你則是消失了，像是死了一般，就像他現在對亡母的感覺一樣，但奇怪的是你仍到處走動，他也仍看得見你。你這模樣把他給嚇壞了。」

「在他眼裡，我大概跟被冶煉的人差不多。」

羅網同情地瑟縮了一下。由此觀之，他大概碰過被冶煉的人，所以他知道那種人的空虛感有多麼恐怖。不過他卻說：「不，朋友，我用原智還是知覺得到你。你並沒有失去原智魔法。」

「我又沒有伴侶，要這魔法有何用？」我刻薄地答道。

他沉默了一會兒，最後不抱希望地說道：「這我也可以教你，如果你哪天有空坐下來好好學的話。」

我眞不知道該怎麼回答才好，所以我乾脆問了個問題：「爲什麼我們今天到現在都還沒出發？」

他困惑地看了我一眼，笑了笑。「我們已經到了呀，朋友，這裡是最靠近目的地的搭營地。皮奧崔說，以前從這附近就可以模模糊糊地看到龍的身影。晉責王子、切德和其他人都跟著他和貴主去找龍，而首領團派來的見證人也去了。哪，在那上頭。」他往上一指。

冰河遠遠看起來平滑柔順，但那是騙人的。走上去就知道，冰河上其實有許多起伏，如今一望，只見我們的人如同一長列螞蟻在山坡的冰面上移動。我看得出領頭的是穿了厚厚一身毛皮的皮奧崔，貴主則緊跟在他身後。大家都在那裡，跟著皮奧崔在我們頭頂的高山上爬行，只有羅網與我留在此地。我對他指出這一點。

「我不想讓你醒來時孤獨一人。謎語說，你曾提過你想了結殘生。」他頑固地搖了搖頭。「我相信你是不會自殺的。不過，你昨天憂鬱成那樣，我不想賭運氣。」

「我不會自殺的。我一時瘋了，過去就好了，況且那也不是我眞正的想法，而是藥草的毒性使然。」我替自己找理由開脫。事實上，回想起昨天講的那些狂言亂語，我只覺得羞愧，更因爲我竟將這種念頭說了出口。六大公國會將自殺之人看作是懦夫。

「你既明知藥草亂性，還何必服用？」他毫不寬貸地說道。

我咬住舌頭。誰曉得切德如何解釋我突然變得失神迷惘？「這藥草可以止痛、提神，我以前用過。」我平靜地說道。「但是這一次，我實在沒料到劑量竟然那麼高。」

羅網長嘆一聲。「我懂了。」他只講了這三個字，但他的不以爲然顯而易見。

我把鍋子裡凝結成塊的東西吃了。這是外島食品，魚腥味很重；這東西本是煮過的魚泥，以油脂將魚泥結起，做成黏黏的乾燥塊狀，要吃的時候只要加點雪水，就可以煮成油膩的濃湯。雖然味道很差，但是我吃過之後，覺得自己添了不少元氣。我仍覺得周遭有股奇怪的靜寂，不只是少了阿憨的精技音樂而已，我已經逐漸習慣與晉責、切德、弄臣和蕁麻之間彼此互通的那種感覺，但如今這一切連線都沒有了。

羅網看著我吃了東西，之後幫忙把鍋子弄乾淨。我將陶盆裡那一點火用炭掩蓋起來，雖然我看這火苗大概存不久了。然後——「我們去找他們如何？」羅網邀請道，我嚴肅地點點頭。

皮奧崔在小徑的左右插了杆子，並在杆子上綁了明亮的紅布，羅網與我順著皮奧崔標出來的路爬上去。一開始我們並未多交談，接著他開始邊走邊講話，於是我終於開始聽課了。

「剛才你問我，你既沒有同伴，那麼要這原智魔法有何用。我知道你至今仍悲悼你的狼，而這其實是合情合理的。若是你的狼一死，你就只爲了要排遣自己的寂寞，就趕快跟另外一個伴侶牽繫在一起，那麼我必會瞧不起你。原血者不是那個作法，這就好像鰥夫不應該只爲了幫失恃的孩子們找個母親，並且讓自己在床上有人相伴，就找個女人結婚。所以，你等一等是對的。但即使你目前無伴，也無須因此而背棄自己的魔法。

「你很少跟我們這幾個原智者講話。有些人不知道你跟我們一樣擁有原智魔法，就會以為你鄙視原智，好比說迅風就是這樣。依我看來，即使你不想讓他們知道你也是原血者，也應該化解他們對你的誤解。至於你為什麼要遮掩自己擁有這兩種魔法，我就不懂了——至少不是全懂。王后已經說過，她不會再容忍人們濫殺原智者，況且就你而言，無論在什麼情況下，王后必會保護你。此外你擁有精技魔法，在我們六大公國，這個魔法廣受尊崇。你大可以正大光明地以這兩種魔法為王后與王子效力，為什麼要偷偷摸摸的呢？」

我假裝喘得太厲害，沒辦法立刻回答。山坡很陡，爬起來是很累沒錯，但是還不至於使我連話都講不出來的程度。不過最後我還是屈服了。「若不加遮掩，那麼遲早有人會把這些片片段段都湊合起來，最後打量打量我，說：那個原智小雜種沒死嘛。黠謀國王好意將他養大，他竟然恩將仇報，把國王給殺了。如果有人講到這些，那麼就算王后頒布保護原智者的法令，也顧不到我了。」

「所以你要終其一生，以湯姆・獾毛的身分現身。」

「差不多就是這樣了。」我雖極力掩飾，語氣中仍不免流露出怨天尤人的情緒。

「你有沒有感覺到？」羅網突然問道。

「我覺得這樣做最明智，雖然並不容易。」我無奈地答道。

「不，不。用原智呀你。你有沒有感覺到，那種無邊無際，與其他都不同的龐大感覺？」

我停下來，靜靜地站著。一個人若是聽慣了日常生活的聲音、聞慣了烹煮的香味，久了也就習以為常、不加注意了，原智知覺也是一樣。但此時我動也不動地站著，彷彿在傾聽，但其實是在以原智來知覺周遭的生命網。我感覺得到羅網，溫熱、健康，離我很近，我也感覺得到山上那一列疲倦程度不一的人。我對具有原智的人稍微比我對平常人的知覺更敏銳些。我沒感覺到羅網的鳥，我猜牠正在海上覓食吧。「只是些平常的——」我立即便住口了。我感覺到什麼了嗎？有沒有感覺到一個非常龐大，但是卻若有似無的生命泉源？像是一扇門突然打開了一會兒，然後又關了起來。我動也不動，閉上眼睛。沒有了。「沒什麼。」我評論道，再度睜開眼睛。

羅網一直在觀察我的表情。「你剛才感覺到了。」他對我說道。「而我到現在都還感覺得到。下次你感覺到的時候，好好掌握住它。」

「掌握住？」

他懊惱地搖搖頭。「算了。這就是那種你會『改天』找個時間跟我求教的問題。」以羅網與我而言，這就算是在罵我了。我之前並未料到被他這麼一罵，會使我羞愧得無地自容。不過我知道這是自己活該。我鼓起勇氣，虛心地問道：「你願意邊走邊教我嗎？」

他轉過頭，抬起眉毛，善意地假裝驚訝狀。「噢，好啊，蜚滋。既然你請我教了，我就邊走邊教你吧。你從前面那團人裡挑個人，挑個沒有原智的，這樣我才好跟你解釋這是怎麼一回事。有些原血者推測，我們之所以有這種能力，是因爲獵人在捕捉集群性動物時，必先把其中的某一隻個別挑出來，做爲捕獵的對象，才好出手。你大概也見過幼小的小狼或是其他肉食動物，因爲無法做到第一步，所以怎麼也逮不住獵物；牠們一股勁地朝一大群鳥或一大群羊、鹿衝過去，卻讓整群動物都逃掉了——當然，這就是成群結隊的優勢。被獵食的動物成群結隊，可以掩飾個體的存在，讓獵人無從分辨出個別的動物。」

雖然經過耽擱又耽擱，但我終於開始跟著羅網上課了。在我們趕上衆人之前，我已經能夠將切德從那一群人之中個別挑出來，即使他走在我視線之外，我也能感知到他。除此之外，我又兩次以原智知覺到那個龐大的生物，不過我有一點與羅網不同：這種體驗，我以前就有過了。雖說我因爲自己把話憋在心裡而變得消沉，但我仍什麼也沒說。我知道自己感覺到的是龍，錯不了的，我本以爲接下來龍翼的巨大影子會從我頭上畫過，但是那感覺瞬間又消失得無影無蹤，而我頭上的天空仍然清澄蔚藍，什麼都沒有。

我們趕上衆人時，大家正站在突起岩石的陰影裡。岩石表面上刻著外島的符文，那些彎曲的符號一路延伸到地面以下。首領團派來的那幾個見證人站在離岩石較近之處。他們來這島上，本來就不情不願，此時更是明白地把不悅的表情掛在臉上。除了不悅之外，他們臉上卻也帶著點等著看笑話的逗趣神情，使我感到很納悶。其中一名首領團代表單膝跪下，頑固地以腰間佩戴的小刀砍著不爲所動的冰層，像在戳刺敵人一般。他先連戳個十多下，接著拂開掉下來的那一點冰屑。看起來，他那樣敲根本就無濟於事，但他卻執意地戳砍下去。

長芯的手下帶了工具前來，鏟子、十字鎬、撬桿等都有，但是到此時還沒有一人動手。他們跟尋常的士兵一樣，枯燥且無動於衷，只等著長官一聲令下，交代工作。至於他們爲什麼還沒動手，這倒不難得知。我們走上前去時，切德和晉責與貴主和皮奧崔相對而立，原智小組懶散地站在旁邊，阿憨則坐在外圍的雪地上，一邊大聲地哼歌，一邊點頭打拍子。

「是啊，但到底是哪裡？」切德質問道。從他的口氣聽來，這個問題他已經問了不止一次了。

「就是這裡。」皮奧崔耐心地答道。「這裡。」他雙臂一伸，把我們所在的這片高原都含括在內。

「這岩石上刻的符文就寫著：『這是冰華長眠之處』，我已經按照約定把你帶到這裡來了，貴主也陪同前來，以便見證你的任務。接下來就看你了。你必須把冰華挖出來，取下牠的頭。王子不是在他自己的母屋中，答應說他一定會達成這個任務嗎？」

「對，但是我之前並不知道王子為了取下冰華的頭，得先把整條冰河都挖起來！我本以為這裡總有個標記什麼的，誰料這裡除了冰雪和岩石之外，什麼都沒有。你說我們該從哪裡開始挖？」

皮奧崔無奈且沉重地聳聳肩。「應該從哪裡開始挖都可以吧。」聽了這話，一名首領團派來的代表爆出刻薄的咯咯笑聲。切德近乎狂亂地四下張望。從他望見我時那一閃而過的神情看來，他知道我終於到了，但他大概認定此時我這個人派不上用場。他再度對皮奧崔質問道：

「你上次來到此地看到冰華的時候，牠是在什麼地方？」

皮奧崔慢慢地搖搖頭。「我只來過這裡兩次，都是跟著阿姨來的。當時我年紀很小，阿姨帶我來這裡是為了教我道理。我從頭到尾都不曾看見冰華，只看到岩石上的符文。大約已經有上百年以上沒人清楚見過冰層裡的龍了。」

這段話似乎使那個貓頭鷹氏族的人想起什麼，因為他突然撇下首領團，走了上來，輕輕笑著點頭說道：「我過世的祖母在還是小女孩時，曾經見過冰華。我真該把我祖母的話告訴你們，也許你們可以長點見識。當年我祖母的祖母帶著孫女兒來這裡獻祭，以便祈求冰華保佑我們的羊群多生小羊。到了之後，高祖母指著唯有在正午陽光最強時才能看見的一團黑影，對祖母說道：『這就是冰華。以前牠比較容易看到，但是冰層年復一年地堆上去，於是牠就越沉越深了。如今我們只見得著朦朧的黑影，而總有一天，人們會認定牠根本就不存在。所以妳現在要看個仔細，別讓我們的子孫懷疑前人的智慧，讓我們蒙羞。』」那吟遊歌者突然開口，也突然地住了口，風吹紅了他的臉頰，也吹起了他的長髮，他志得意滿地點著頭。

「這麼說，你知道我們應該從哪裡開挖囉？」

那貓頭鷹族的人大笑道：「我不知道。更何況，就算我知道，也不會告訴你。」

王子以比較溫和的口氣問道：「我倒是很好奇她們如何獻祭，而冰華又如何接受祭品。」

「獻羊血呀。」那貓頭鷹族的人立刻答道。「她們割斷羊的喉嚨，讓羊血流在冰上，接著衆位母親研究羊血形成的小水窪形狀。何處的血滲入冰層中，以及何處的血留在冰面上，便知道冰華對於她們獻出來的祭品是否滿意。之後她們將羊屍留在原地，獻給黑者，最後便回家了。隔年春天，我們家的羊泰半都生了兩隻，而不是一隻羔羊，所有的母羊都是順產。」那貓頭鷹族的人以刻薄的目光掃視衆人。「以前我們曾因尊崇冰華而享有這樣的好運。你們若是對牠輕蔑藐視，那麼你們的家族必定會厄運連連。」

「而我們既在這裡，恐怕連我們的家族也會遭殃。」海獺消沉地感嘆道。

「我們獨角鯨族的母屋已經承受了一切後果，你們是不會被波及的。」皮奧崔嘴裡這麼提醒他們，眼睛卻望向他處。

「你倒會講漂亮話！」貓頭鷹鄙夷地嗤聲道。「你竟爲了女人家異想天開的怪念頭，就要將冰華置於死地，我看你還怎麼有資格代替牠發言！」

「到底龍在哪裡？」切德打斷他們的話，他的憤怒不言可喻。不過回答的卻是大家都沒想到的人。

「龍在這裡。」迅風平靜地說道。「錯不了的。牠的生機時有時無，如同潮水一般起起伏伏，但牠確實是在這裡沒錯。」那孩子說著，整個人輕輕晃動。扇貝將手放在他肩上，而羅網則丟下我，迅速走到迅風身旁。

「你看著我！」羅網對那孩子命令道。迅風遲遲不予理會，所以他用力地搖晃那孩子。「你看著我！」羅網急切地再度命令道。「迅風！你還年輕，又從未牽繫過，你也許不懂我跟你講的道理，但是你得把自己管好才行。你別去找牠，也別讓牠進去你心中。我們都感覺得到牠是個強大、絢爛且令人敬畏的生命體，但你千萬別讓牠吞噬了。我感覺得出牠具有獅豹一般的狡詐魅力，無論你想不想跟牠牽繫在一起，牠都能夠將你納入掌中。」

「你們感覺得到龍？牠眞的在這裡，而且還活著？」切德難以置信地問道。

「噢，是啊。」晉責不情不願地說道。這是我第一次察覺到他的臉色有多麼蒼白。除了他之外，衆人的臉都被凍得紅通通。他一動也不動地站著，離我們稍遠些。他望著貴主。「黑龍冰華的確在此。牠還活著，雖然我實在不知道爲什麼牠埋在冰下還能活著。」他沉思地頓了一下，眼神飄到很遠的地方。「我可以用我的心靈拂過牠的，我可以探尋牠，但是牠卻不理會我。除此之外，我也不知道我怎麼會一下子感覺到牠，又一下子覺得牠消逝得無影無蹤。」

王子竟然輕率地就把他有原智的事情講出來，眞是令人驚訝。我努力克制自己不要目瞪口呆地望著他。還有，我幾乎察覺不到冰華，而晉責卻清楚地知覺到牠的存在，這也使我覺得驚訝。之前我已經探知王子的原智天賦不及我，難道，因爲他多跟羅網求教，所以格外精進嗎？隨即我又想到另外一個狀況，心裡嚇了一大跳。他講的到底是原智，還是精技呢？在夢中，藍龍婷黛莉雅是以精技來接觸我，而我猜牠之所以找到蕁麻，也是藉由精技之故。我望向切德。那老人家看來正在深思，且非常迷惑。接著我望向阿憨，這才肯定這一定是精技之故。他似乎完全融入正在哼唱的音樂之中，還不時點頭打拍子。我眞希望能聽見他的精技音樂，更希望能促使他將精技牆樹立起來。我從未見過他這麼興高采烈。

「你千萬別探尋牠！」羅網喝止道，根本不管王子的階級比他高。「龍會惑亂人心，這是許多非常古老的故事裡都提過的；龍可以迷住那些毫無防備的心靈，使人們近乎奴隸地爲牠們奉獻至死。最古老的那首歌，還警告人們千萬別吸進龍吐出來的氣。」羅網突然轉過頭，像是指揮官在號令部隊一樣地對扇貝說道：「你知道我說的是哪一首歌，對不？這歌就很適合今天晚上唱給大家聽。我小時候根本不把這些古老的歌謠當一回事，年紀大了之後，才發現古老的歌謠之中藏著許多實在的道理。所以今晚我想要再聽一聽。」

「我也想聽聽。」切德出人意料地應和道。「還有其他談到龍的歌曲，我也都想聽聽。但是就目前而言，如果王子的原智小組能夠知覺到這條龍，那麼也許可以指引我們到底該從哪裡開挖。」

「把牠的方位告訴你，好讓你把牠挖出來殺掉？才不呢！這種事情，我才不幹！」迅風突然暴躁地叫道。我從未看過他沮喪成這樣。切德立刻圍住他。

「你這麼快就忘了你誓言效忠王子嗎？」

「我——」那孩子無言以對，臉一下子漲紅，然後又變得刷白。我望著他掙扎著要表現對王子的忠誠，恨不得能幫他一把。我大概比在場的任何人都更了解他有多麼無所適從吧。

那老刺客定定地凝視著迅風，這時羅網平靜地對切德說道：「你別逼他。」

「這與你無關。」切德也平靜地答道。此時我第一次看到羅網發怒。他的肌肉隆起，胸膛劇烈起伏，他克制住自己，但我看得出他花了多大力氣才做到，同時王子殿下也看出羅網的變化。

「你別逼他。」晉責講的雖是跟羅網一樣的話，卻是王子下令的口吻。「迅風，別著急。你對我忠心耿耿，這我並不懷疑，況且我不會要求手下在自己內心的聲音與自己的誓言之間擇一，藉此來測試他們的忠誠。我認爲把這樣的重擔壓在部下肩上，並不是什麼光榮的事情，再說連我自己都不知道這該如何選擇。」他突然朝貴主望去。貴主並未迎向他的目光，而是眺望著山下的積雪平原。晉責突然朝艾莉安娜走去，使我嚇了一跳；皮奧崔踏上前一步，像是要將他擋下來，但是晉責並不是要碰觸她，只是平靜地說道：「請妳看著我，好不好？」

她轉過頭，抬起下巴迎向晉責的目光。除了眼裡有一抹堅毅不屈的神情之外，她什麼表情都沒有。晉責一時之間並沒說什麼話，彷彿希望她會主動開口似的。四周一片沉寂，只聞大風吹起冰河上的冰晶之聲，以及整裝待發的戰士們換姿勢時，腳踩在雪地上的窸窣聲，就連阿憨都不哼歌了。我瞥了他一眼。他看來很迷惘，像在努力回憶什麼事情。貴主還是沉默不語，所以晉責嘆了一口氣。

「妳對這黑龍知道得可多了，但是妳卻不肯多說一句。妳交給我的這個任務，絕不是少女替追求者設的門檻，這點我清楚得很。再說妳之所以要求我屠龍，也不是什麼女人家異想天開的怪念頭，對不對？妳可否將妳之所以要求我屠龍的背後因素告訴我，好讓我判斷一下現在該怎麼做最好？」

我本以為晉責已經贏得了她的心，但是他講到最後一句話時，卻出了問題。我察覺得出，由於晉責有可能會縮手不做他之前答應要做的事情，使得艾莉安娜十分懊喪，她原本誠實以待，此時卻勃然大怒，其脾氣比起任何從小出入宮廷的貴族小姐毫不遜色。「你是這樣履行諾言的嗎？你曾許諾會屠龍，如果你現在嚇破膽，就直說了吧，也好讓大家都知道你現在已經沒了勇氣。」

她其實無心考驗晉責，這點我看得出來，晉責也看得出來。他因為她既無心要考驗自己，卻又毫不留情地刺傷他的自尊而更為憤怒。他深深吸了一口氣，挺起胸膛。「我言出必行。不，這樣說還不夠正確。應該說是，我已經給了妳承諾，現在妳則決定要求我履行承諾。其實妳大可以解除我的承諾，讓我免了這個任務，但是妳並沒有這樣做。既然如此，那麼基於我母親，以及我父親雙方家族的榮譽，我會履行已經發誓要做的事情。」

羅網開口了：「人們為了取肉食用而獵鹿，甚至為了保護自家的牲畜而殺死來犯的狼。但這既不是鹿，也不是狼，王子殿下。如果傳說故事說得不假，這龍可是跟你一般聰明。況且牠並未挑釁我們，所以沒有非殺牠不可的理由。你一定知道——」他停了口，即使他在盛怒之中，也不能把王子有原智的祕密洩漏出去。「你一定知道我現在必須點醒你，這個冰華還活著。我不知道為何牠到現在還有一線生機，也不知道牠這一線生機是強或弱。冰華的生機起伏不定，時有時無，就像是將熄的火焰。說不定我們大老遠來到這裡，也只是湊巧見證到牠逝去的那一刻罷了。果真如此，那就沒什麼不名譽的了。況且我已經跟在你身邊旅行了這麼久，久到我敢說，你不是那種腳邊若躺著奄奄一息的生物，還會趁虛而入之人。也許你會證明我想錯了。我希望我沒有，但是——」講到這裡，羅網轉過頭望著原智小組的同伴。「如果我們不照著王子的要求找出龍的位置，如果我們不把冰華從層層束縛的堅冰中釋放出來，那麼別說王子要取下龍頭，冰華這樣便已經必死無疑。你們幾個人要怎麼做，但憑你們自己的意見，不過我倒不吝於施展艾達神所賜予的天賦，以便找出龍的位置，並且將牠挖出來。」

首領團派來的特使們一直都站得遠遠。我朝他們望了一眼，看到弄臣雖不是站在他們之間，卻站在他們旁邊，彷彿藉此明白宣示他的心意取向。但我倒不很驚訝。諸特使之中的吟遊歌者，也就是貓頭鷹，臉上那種專注傾聽、一個字都不能放過的模樣，像極了椋音；今天的一切都會烙在他心中，以待有朝一日，以外島吟遊歌者特有的飄搖、拉長曲調，將他的所見所聞唱出來。其他人臉上則顯露出恐懼和猜測的神情。他們的頭兒，也就是大熊，突然捏起拳頭在胸膛上一打，引起了所有人的注意。

「你別忘了我們，也別忘了我們為何來到此地。果真如你們那幾個魔法師所說的，冰華仍未死，而你們趁著牠一息尚存之際將牠挖出來，那麼我們會全程見證。若這位六大公國的農民王子趁著冰華羸弱無力、不堪一擊之際，將我們的龍殺死，那麼所有的氏族都會群起而攻之。到時候，大家不僅要對付默許這種懦夫作為的獨角鯨氏族和野豬氏族，還要對付六大公國。所以，如果這位年輕的王子屠龍，是為了要與神符群島的人結為聯盟，以避戰禍，那麼他就必得以議定的方式行之；也就是說，他必須與我們的龍公平地一戰，絕不能趁著牠奄奄一息地躺在地上之際，卑鄙地將龍頭砍下來。兩個戰士決鬥之時，如果對方倒臥在地，但並非爲你所傷，而你卻趁虛而入，割下對方的首級作爲戰利品，那也是勝之不武。」

弄臣靜靜地站著聆聽大熊的宣示，他的站姿似乎多少讓衆人將大熊視爲他的代言人。弄臣並未將手臂環在胸前，也沒有凜然地傲視衆人，而是目不轉睛地注視著晉責——那是白色先知的思索眼神。他一生的志願是要將世界推上更好的軌道，然而他眼前的那人可能會變成他的大敵。那眼神使我背脊發涼。

接著弄臣彷彿察覺到我在望著他，突然轉過來看著我。他的眼神明明白白地問我：我會怎麼做？我會如何選擇？我避開了他的眼神。我無法選擇，現在還無法選擇，我對自己說道，等我看到了龍，就知道該如何選擇了。我心中還有個怯懦的聲音在喃喃說道：「若是冰華在我們把牠挖出來之前就死了，那麼這一切就通通迎刃而解，我也就用不著反抗切德，也用不著反抗弄臣了。」我猜切德與弄臣都察覺到我心底這個祕密的希望，但即使如此，也無法使我心安。

答覆大熊的是皮奧崔。他以跟頑固的孩童解釋了上百次的疲憊無奈語氣說道：「此事的一切後果概由獨角鯨母屋承受。果眞龍將興起，並詛咒我們世代的子孫，果眞我們的親族同胞起而對付我們，我們也無怨無悔。前因既由我們而起，後果便概由我們承受。」

「你大可以用承諾來拘束你自己！」大熊氣憤地叫道。「但是你的承諾拘束不了冰華！誰知道牠會不會因爲我們前來見證你背叛牠，而對我們加以報復？」

皮奧崔望著他腳下的雪地，他似乎是在匯集勇氣，要讓自己鼓足力氣繼續撐著肩上的重擔，然後他像在朗誦大典的台詞般慢慢地說話，他的語調像麵包一樣平淡。「果眞到了必須選邊的時候，你們就拿起武器來對付我吧。我在此發誓，我一定坦然面對。如果我敗了，就讓各位的血親，在我死之前拿著武器刺入我身體裡吧。」

皮奧崔講到一半，艾莉安娜便大驚失色地喘了口氣，跳上前，彷彿要擋在他身前。但是皮奧崔卻以我前所未見的粗暴態度將她拉到一邊，並且繼續牢牢地抓著那少女的上臂，將她擋在一臂之遙，好像無論他將什麼禍事沾惹上身，都不要把她拖下水。艾莉安娜將頭埋在手中，身體劇烈起伏，似乎在強忍住情緒，不讓自己大哭或大叫出來。

「冰華若果眞如傳說中所講的那麼英明神武，那麼牠一定會知道你們處處維護著牠，牠一定不會因爲我們在此地的所作所爲而找各位的母屋算帳。這樣你們可滿足了？」

皮奧崔話畢，猛然將艾莉安娜拉近身，緊緊擁住她，彎身在她頭髮裡喃喃地講了什麼話——但是內容我聽不清楚。聽了皮奧崔．黑水的話之後，在場的每個外島人表情都顯得十分沉重。對外島人而言，這番話必定有重大涵義，我只能大致摸索。據我看來，皮奧崔是再度把他自己以及眾人跟這件任務綁在一起了。是不是他應允萬劍穿心之事，有什麼見不得人的羞愧之處？我不知道，只能猜測。

眼見這一切的晉責臉上變得毫無血色，切德動也不動地站著，不發一語，而我則不禁再度想道，此時我若能跟他們技傳對話就好了。照這情況看來，接下來的變化恐怕詭譎莫測。挖出龍的時候，如果龍死了會如何，如果仍活著會如何，如果牠起而與我們大鬥一場會如何，如果牠毫不反抗會如何，如果我們屠龍取頭，但是皮奧崔卻因爲堅守諾言而死會如何……接著我發現自己突然緊盯著首領團派來的見證人，把他們當作戰士一般地打量，估計哪幾個人大約可以輕鬆撂倒，以及哪幾個人大概非得我使出極端的手段才能擺平。我朝長芯瞄了一眼，看到他正輕聲地對手下交代事情。我心裡想，從此以後，王子可能日日夜夜，心頭都有個揮之不去的陰影了。

但是最怪的大概莫過於羅網、扇貝、迅風和儒雅這幾個人。他們丟下眾人，自顧自地走了出去，在冰坡雪丘上亂走，眼睛直盯著地上，彷彿他們每個人都搞丟了鑽石戒指，並立志非要找回來不可。第一個停下腳步的人是羅網，他不發一語、動也不動地等待其他人。接著迅風在距離羅網約十來步的地方停下來，而儒雅則在一個船身的距離之外，爬下一面陡峭的冰坡，然後站定。最後一個選定地點的是扇貝，他臉上看來有點猶豫；他走得很慢，雙臂大開，像是在捕捉衆人都感覺不到的體溫，最後他走離他們三人，在離羅網約十五步之處停下。那吟遊歌者抬起頭望著羅網，臉上似乎有些遲疑，而羅網則緩緩地點頭。「沒錯，我相信你的感覺是對的。牠的確很大，比我所見過的任何生物都還要大。我站在這個地點感覺牠最爲清楚，但此處到底是牠的心臟所在，還是牠的頭部，我就無法確知了，也許這是牠尾巴尖端最接近地面之處也說不定。現在你們每個人都找個東西把現在的位置標示出來，然後朝我走來，看看到底是不是在我這個位置感受最強。」

扇貝脫下連指手套丟在腳邊，儒雅則把他的鐵杖插入雪地中，他們開始謹愼地朝羅網走去。晉責與我互望一眼，接著彷彿只是出於好奇一般地朝原智師傅走去。我望著晉責的臉，但是據我看來，他並未體會到我所知覺到的強烈感受。那一線生機時有時無，如將熄的燭光般閃爍不定；即使我與王子並肩站在羅網身邊，我所感應到的龍也不是恆定的。但是我認爲羅網說得沒錯，對龍的知覺，就屬在此地最強。

羅網與其他原智小組的成員一直望著地上，像是能看穿雪地，但如今他們一個個抬起頭。晉責耐心等著羅網抬頭看著他。我不知道他們兩人在那一望之間互通了什麼心意，也許他們在彼此較量也說不定。不過當羅網緩緩點頭時，王子也輕點了一下，以示同意。接著他轉頭望著切德。

「我們就從這裡開始挖。」

18

冰

王后陛下，

您知道我一直是您最忠誠的僕人。您的決斷一向明智，這點我毫不懷疑，只是我也籲請您在下判斷時同時考慮到，也許是因爲長久以來隱忍不發之故，才使我們一下子超過了公義的界線，演變成懲罰行動。我向您保證，報告上所說的「花斑子大屠殺」實在言過其實；然而，如果說我們原血者曾經做了什麼錯事，那麼應該說，我們錯就錯在長久以來袖手旁觀，沒有毅然地採取行動，沒有早點讓我們原血者之中的叛徒看清，我們再也不願忍受他們對我們自己人的迫害。這件事情就某個層面而言，乃是自清門户，而我們竟必須滌清自己的血脈也使我們感到羞恥。懇求您，在我們清理門户的時候，您且轉開頭，別多看吧。

——王后於「血洗嚴酷鎮」之後所收到的匿名信

所以我們就開始挖冰了。

長芯派謎語和詔諭回營地將鏟子、十字鎬和撬杆拖上來。他們走了之後，他嚴肅地對王子問道：

「洞要挖多大，大人?」晉責與切德在雪地上畫出了一塊足夠讓四個男人同時開挖，且不至於互相干擾的地方。謎語、詔諭和我三人先挖，令我意外的是，長芯也加入挖冰的行列。我猜是因爲能跟來的侍衛很有限，因此他認爲自己也非得動手不可。我們衛隊的人有心要挖，只是情況有點奇怪；衛隊畢竟擅戰，不擅耕作，況且大家雖然都知道該怎麼湊合著做點挖掘的工作，但是人人都沒有在冰河上開挖的經驗——包括我在內。如今這個經驗眞是使我開了眼界。

挖冰跟挖土是不同的。泥土鬆鬆軟軟，鏟子一下去就會讓開，冰卻緊緊結合成一塊。上層的鬆雪最討厭，感覺上像是在剷細麵粉，每一鏟雪都輕若無物，但是鏟子每次下去會剷到哪裡，卻很難控制。下面那一層就不會那麼糟，一打破冰殼之後，感覺上就是在挖起密實的積雪。挖得越深，就越難挖；挖深了之後，就不能一下去便剷起一堆雪，而是必須先用十字鎬把冰敲成碎屑——敲冰的過程會使得冰屑、冰塊四射——等到冰層鬆動之後，才能將冰剷起來丟到洞外，讓其他人用雪橇把碎冰拖到遠處，以免擋住洞口。如果穿著外套挖，我的背會滲汗，但如果把外套脫掉，襯衫上又會凝出一層霜。

挖洞並非全靠我們衛隊之人。王子跟原智小組達成協議，因此將碎冰拖離洞口的事情是交給他們去做的。挖了一陣子之後，我們這兩團人開始輪流敲雪、剷雪、運雪。這天天黑時，我們的洞已有肩膀深，洞底仍不見黑龍的身影。

晚上時風力變強，把冰河表面上的鬆脫冰晶吹得翻飛。我們聚集在營地裡，一邊圍著那小小的營火取暖，一邊進用微溫的晚餐。我不禁想道，不知道大風會把多少冰雪颳入我們挖好的大洞裡。

一天的勞動雖使衆人忘了早上的分裂，但是夜色降臨之後，又重新勾起人們的回憶。我們瑟縮在火邊，帳篷環在我們身邊圍成一圈，這一圈帳篷多少能擋住一點風，在這荒涼且一望無際的冰原上，彷彿給人一種溫暖避風的錯覺，但其實這層保護只是聊勝於無。這地方不大，大家卻壁壘分明。首領團之前就已經對原智者和弄臣較為友善，此時更是有說有笑，並交換食用對方的口糧。扇貝為我們唱歌的時候，他們那位瘦巴巴的吟遊歌者，也就是貓頭鷹，就坐在他的隔壁。扇貝清唱了兩首歌，不用樂器伴奏，因為此地又招風，又凍寒，他既怕凍壞了樂器，又怕自己的指頭凍傷。第一首曲子講的是，由於龍極為魅惑人心，所以有個男人為了龍拋下家人與家園，從此一去不返。這故事中就算藏了什麼重要的道理，我也聽不出來，但是就像羅網提過的，這首歌描述的是那人吸入了龍吐出的空氣，至此便全心為龍奉獻了。第二首歌雖也提到龍，但是描述得更為隱晦，不過當扇貝努力高唱，與掃過的大風對抗之時，大家都凝神傾聽。唯一吵鬧的聲音來自阿憨，他坐在晉責附近，哼著小調，整個人擺來擺去。雖然切德幾次噓聲叫他安靜，但是隔個幾分鐘之後，他便又重拾曲調了。我看了很是擔心，卻無能為力。

白天時，我曾看到皮奧崔和貴主探頭俯瞰我們挖洞；他們兩人的臉色都很僵硬，介於希望與恐懼之間。晉責走過去跟他們說話，但是我既沒有聽到晉責說什麼，也沒聽到他們答什麼。貴主瞪著王子的眼神，彷彿晉責是在她心事重重時還上前跟她搭訕的陌生人。晚上時分，他們兩人並未到火邊用餐、烤火，而是直接回帳篷，唯有從帳篷裡透出來的微微燭光，還能看出他們人在這裡。

扇貝唱完歌，我們也謝過他之後，我已經很想睡了。我雖想跟切德、晉責和弄臣聊聊，但是卻更想睡覺；在精靈樹皮的體力透支之後，我的身體尚未完全恢復，而一整個下午在寒風中做吃重的工作，更使我筋疲力竭。

我站了起來，但是切德招手要我過去。我上前，他則吩咐我將阿憨帶回王子的帳篷，並安頓他睡覺。我本以為他此舉是為了要找個藉口跟我私下講講話，不過我走近阿憨之後，心裡對他更是憂心忡忡。阿憨一邊不斷哼歌，一邊左搖右晃，眼睛則陶醉地閉上。我畏縮著不敢碰他，就像是曾經燙傷的小孩不敢再湊近火邊一樣。接著我想道，既然現在我的精技已然消散，那麼他的精技若真能衝擊到我，其實也沒什麼好怕，反倒會使我鬆了一口氣。只是我碰到阿憨之後不但沒有受到精技的衝擊，他甚至連一點醒過來的跡象都沒有；我再度用比較堅定的力道搖一搖他，他依舊陶醉其中，所以最後我不得不硬拉著他站起來。阿憨像是突然嚇醒的嬰兒般啜泣起來，以至於我拉著他朝王子的帳篷前去時，心裡非常羞愧。當我將他沾滿雪塊的靴子和外衣脫下，他只是不太連貫地喃喃抱怨天氣太冷。我沒多催，他便鑽入被子裡。我將他的被子塞緊。

切德和王子進帳篷時，我才剛把阿憨安頓好。「我挺擔心他的。」我說著，歪著頭朝阿憨的方向一點。那堆隆起來的被子底下已經傳來哼歌的聲音了。

「是龍的關係。」切德煩惱地說道。

「是不是龍不知道，只是我們這樣想而已。」晉責疲憊地補充道。他坐在床墊邊緣，開始脫去靴子。「我們試過要對阿憨技傳，但是感覺上，他人雖在，就是不理會我們。」

我把憋了一天的消息告訴他們：「我的精技力量消失了。毫無恢復的跡象。」

王子沉重地點點頭，倒不驚訝。「我也試著跟你技傳，但是感覺上，像是你這個人根本就消失了。眞是詭異。」他抬起頭看著我。「而我這才了解到，原來在我一生之中，你一直與我相伴；在我心底的角落，有個小小的你。這你知道嗎？」

「我就怕會這樣。」我坦承道。「切德跟我提過。他說你從小就做不少有關一狼一人的怪夢。」

一時間，晉責顯得非常訝異，但接著他臉上慢慢地浮現一抹微笑。「那就是你？跟夜眼？」他突然深吸一口氣，別開了臉。「那是我這一生最好的美夢。小時候，我往往會在晚上入睡之前，期待自己能夠再做同樣的夢，不過我從不曾重複夢境，但是偶爾會夢到個新的。嗯。這麼說來，打從小時候，你就在教我如何施展精技找尋你了。還有夜眼。噢，艾達神慈悲，蜚滋，你一定很想念牠！在我的夢裡，你跟牠彷彿是一體的，這你知道嗎？」

眼淚突然迸出。我轉過頭，揩了揩臉，免得眼淚掉下來。「可以這麼說，如今蕁麻還仍然把我當作是狼形人心。」

「這麼說來，你以前也曾走入她的夢中？」

王子的口吻之中是不是有一絲嫉妒？「倒不是刻意。我從未想過我那樣是在教你，或是教蕁麻。有時候我會刻意透過她去看看博瑞屈和莫莉的情形，因爲我愛他們，又很想念他們，另外還有個原因，那就是蕁麻是我女兒。」

「那我呢？」

在這當下，我眞是慶幸此時我的精技力量消失。我壓根就不想讓王子知道我在他受孕之際扮演什麼角色。惟眞的確利用了我的身體孕育晉責，但是晉責仍是國王陛下之子，除了年幼時他的心靈呼喚著我的心靈之外，不管用什麼角度來看，他都不是我兒子。「你是惟眞的兒子。我並未刻意找你，甚至沒察覺到你夢見了我——你小時候夢見我的事，我是一直到最近才曉得的。」

我朝切德瞥了一眼，卻發現他幾乎沒在聽我們講什麼，這使我非常意外。他像是有什麼心事，對眼前的事情視而不見。「切德？」我擔心地問道。「你還好吧？」

他突然吸了一口氣，彷彿我嚇到他似的。「我看阿憨大概是被龍迷住了。我剛才費了一番工夫要引起他的注意，可是他的音樂很強，蓋過了一切。雖然王子與我都無法以精技察覺到龍，但是我在對阿憨技傳的時候，卻察覺到有個什麼東西。不過這眞的很詭異……那種感覺，像是你沒看到本人，而是看到他的背影。我只察覺得出有個什麼東西在那裡，卻不知道那到底是什麼。晉責說，偶爾他會以原智知覺到冰華的氣息，可是立即又散掉了，就像風向一轉便將氣味通通吹散了一般。」

我靜止不動地站立片刻，以原智去知覺周遭的情況。過了一會兒，我對他們說道：「冰華一下子在，一下子不在。然而到底是牠在刻意掩飾自己的生機，以瞞過我們的原智知覺，還是如同羅網所說的，牠只差一步就會死了，我實在無法確定。」

我朝晉責一瞥，他的思緒已經轉到其他事情上了，說不定他根本沒聽到剛才切德跟我在說什麼。「我今晚要試著跟蕁麻聯絡。」他突然宣布道。「我們總得跟公鹿堡互通聲息，而我們只能期望蕁麻幫助我們做到這點。除此之外，我在想，如果阿憨真的是被龍迷住，需要有人將他喚回，那麼那人非蕁麻莫屬。就算阿憨不是被龍迷住，我們恐怕也得靠著蕁麻才能聯絡上他。」

我嚇了一大跳，我不希望他去找蕁麻。「你找得到她嗎？」

「這就難說了。可惜我不認識她，若是我認識她，那就容易得多了。」他那口吻明白地告訴我，他之所以不認識蕁麻，都是我的錯。我猜他大概是聽出我剛才問那句話語帶保留，因而覺得很刺耳。想到這裡，我不禁吞了口口水，並且讓他繼續講下去。「我只跟她心靈接觸過一次，那次還是透過你。今晚要靠我自己獨力找出，恐怕會很困難。」

我心裡一下子升起莫名的恐懼，我知道接下來這句話不該問，但還是忍不住問出口了。「如果你聯絡到她，要跟她說什麼？」

他冷峻地瞪了我一眼才答道：「眞相啊。我知道之前沒人要告訴她眞相，但是至少總得有個瞻遠人跟她說說吧。」

我知道他這話是在挑釁我。今天一日的變化，想必他一定很不好受，所以王子殿下的行徑一下子變得像是個暴躁易怒的十五歲少年，一心只想找個目標，把過錯都推給對方。我再度努力克制，不把他那些話當一回事。「眞相嗎？眞相很多面呢，你想把眞相的哪個層面告訴她？」我問道，在等著他答話時，我努力在臉上擠出笑容。

「就目前而言，我只會把屬於我的那一層真相說出來。我會告訴她，我是晉責王子，而我急著要請她跟我母親傳個消息，並且請她將我母親的建議轉達給我；我大概讓母親知道，我們要多提防惜黛兒的雙親，並且將她救出來。然後，如果這個信息她聽得進去，也肯轉達，我再將阿憨被龍迷住而無法自拔之事告訴她，如果她使得上力，我再請她幫忙把他拉回來。」他突然嘆了一口氣。「要是跟她聊上一回，能談到這麼多，那就算我走運了。」他又以悲哀的眼神瞧著我。

我想，在這一刻，我最在意自己失去了精技天賦；我既無從得知他們講了什麼，因此很不希望晉責去找蕁麻。萬一他不小心說溜了嘴怎麼辦？我都還沒有機會讓蕁麻直接認識我這個人，要是晉責使她對我產生不好的印象怎麼辦？晉責彷彿聽到了我的心聲。

「這你可得相信我，對不對？」

我吸了一口氣。「我的確相信你啊。」我盡量講得真誠，不讓他覺得我是在信口說說。

「我會陪著他。」切德對我說道。他看到我臉上那副失望的模樣，樂得大笑出來。「不過你別說你相信我，你的信任我可擔待不起。」

「但是我非得信任你不可。」我答道，於是切德點點頭。我再問道：「今天的事情你們如何看待？倘若我們挖出龍時，牠還活著，而我們仍試圖取下龍頭，首領團派來的那些人會不會出手攻擊我們？」

「會。」晉責答道。「一定會。據我看來，光是黑者不同意我們到島上來這件事情，就勾起了他們內心無限的恐懼。」

「你說得沒錯。」切德應和道。「我注意到，晚上眾人都散去之後，他們又在營地的外圍放了一份供品。」

我對切德搖搖頭。「我知道你心裡打什麼主意。但就算我辦得到，這恐怕也不太好。如果祭品被人收走，他們會不會把這解釋爲，由於他們已經公開反對王子屠龍，所以黑者終於贊成他們了？切德啊，現在才搞這種手段，未免太晚了。」

「說得也是。」他毫無歉意地應道。「況且，若是你在偷祭品的時候被他們逮到，說不定反而惹得他們立刻採取行動。不行，最好還是等一等吧。」他嘆了一口氣，接著勤奮地摩擦著雙臂。「這地方眞是冷啊。我年紀都這麼大了，實在禁不起這寒氣。」

王子不以爲然地翻了個白眼。

我換了個話題。「你們兩個去找阿憨的時候一定要多加小心。還有晉責，你去找蕁麻時務必謹愼。我敢說，那天阿憨跟我碰到的事情並非我們想像出來的，那天眞的有人在教唆他與我用精技攻擊對方。不管對方是誰，那人一定還在；他曾經找上阿憨的心靈，而你去找阿憨時，對方可能會找上你。他若跟住你，晉責，那麼他就可能趁著你今晚去找蕁麻的時候找上她——就算沒有這件事，你也可能會引得藍龍婷黛莉雅注意到有你這個人。」我突然覺得自己像個懦夫，我既無法保護晉責，也無法保護蕁麻。

「要小心。」我再叮嚀了一次。

「我會的。」晉責的口氣很煩躁，我知道他並未把我諄諄的警告當一回事。我朝切德望去。

「我們認識那麼久了，你看過我什麼時候不小心過嗎？」我的老導師對我問道。

我幾乎說了出來：噢，有啊。那次你拋下一切，全心追求精技境界，你忘了嗎？我怕的是你會重蹈覆轍，因而使我盡心保護的人遭到危險啊。不過我把話忍在心裡，只是點了個頭。「今晚你們要做的事情這麼多，而我卻一點也幫不上忙，這感覺眞是怪。感覺上，我好像很沒用。如果這裡沒別的事，那我就去睡了。我累死了。」我轉動雙肩。「早知今日，我待在公鹿堡的最後一個月就應該要練習劇土，而不是練劍。」

王子勉強地咯咯笑了兩聲。切德則嚴肅地對我問道：「你今晚要去看弄臣嗎？」

「對。」我開始警戒，等待他接下來的問題。

「你今晚會睡他那裡嗎？」

我並沒問他怎麼會知道我曾在弄臣的帳篷裡過夜。我以不帶任何情緒的口吻答道：「可能會，也可能不會。我不知道。如果我們談得晚了，或者他要我作陪，我就會待下來。」

「別人看在眼裡會覺得很奇怪，這你知道吧。別，你別瞪我，又不是我這樣想。我們都認識這麼久了，難道我還會懷疑你在選擇同床共枕伴侶時，會有什麼古怪癖性嗎？我的意思只是說，別人可能會認爲你一定是贊同弄臣對於冰華的看法。也就是說，你一定認爲我們不該履行貴主交付給王子的任務，而應該在把龍挖出來之後，就把牠放走。」

我默默地站了一會兒，想著此事。最後我平靜地說道：「切德，別人會怎麼想，我管不著。」

「你不試著稍作迴避？」

我直視著他的眼睛。「不，他是我的朋友。」

切德咬住嘴唇。過了一會兒才非常謹慎地問道：「你能不能勸他照我們的思路來想事情？」

「照你的思路來想事情？」我糾正他。「恐怕很難。這不是他一時天馬行空想出來的主意。切德，他終其一生都相信他是白色先知，而他的人生任務之一，就是要讓世上重見龍群。所以我大概是勸不動了。」

「你們兩個交情匪淺，再說他又很關心你。」切德頗技巧地評論道。

「所以我才更不願藉此來影響他。」我撥開臉上的頭髮。因爲挖冰而流的汗水逐漸乾去，使我開始發寒。我身上痠痛，心裡也痛。「切德，就此而言，你必須信任我才行。我不是你的工具，也無法保證一定會如何作爲，無論我們挖出來的龍是生是死都一樣。起碼這一次，我必須忠於自己。」

切德臉上皺起憤怒的線條，使我霎時間感到痛心。他望向他處，將臉上的表情藏在暗影裡。「我懂了。我原本還以爲，你既立誓效忠瞻遠家族，那麼你必定會更積極才是。此外我還誤以爲你至少會看在我的份上，畢竟我們的交情很深，說不定比你跟弄臣的交情更深。我眞是笨哪。」

「噢，切德。」我突然倦怠到幾乎說不出話來。「你我之間的交情難以估算。打從當年許多人要對付我的時候開始，你就一直開導我，像父母親一般地照顧我、保護我。我願意爲你捨命，這點你千萬別懷疑。」

「況且他是個瞻遠人。」晉責突然插嘴，瞪著切德與我。「還是個已經因爲他對家族的誓言而付出許多代價的瞻遠人。所以，蜚滋駿騎．瞻遠，我以王子的身分命令你，這一次，你只需立誓效忠自己；你要一如你忠於黠謀國王，之後忠於惟眞國王那樣地忠於自己的心。這是國王的命令。」

我大吃一驚。我驚訝的不只是晉責的命令如此慷慨——之前的瞻遠國王從未想到要許我這麼大的自由——還驚訝他竟然一下子就從惱怒的十五歲少年，變成了王位的繼承人。他看到我不解的臉色，微微地皺起眉頭，完全沒有察覺他自己這個轉變有多大。我這才想到自己應該回答。「謝謝，王子殿下。歷來的瞻遠國王許給我的恩賜，都遠遠不及於你送我的這份大禮。」

「別客氣。我只希望自己這樣做不至於太傻，因爲無論你下了什麼決定，我都必須謹守對貴主的承諾，也就是砍下龍頭。但願這個冷凍的龍頭會帶給她諸多喜悅啊。」他突然又變回憂鬱少年了。我望著他，不禁再度想起他的日子有多麼難熬；離開瑪烈島之後，連偶爾偷偷一吻都不可得了。據我看來，從我們離開艾莉安娜的母屋之後，晉責恐怕連跟她說句悄悄話的機會都沒有。他看到我一臉同情，於是搖了搖頭。「誰知道這事到底怎麼做才對？我也只能盡力，並且希望自己猜中罷了。」

「我也有同感。」切德嘟囔道。

「我也有同感。」我也應和道。切德彎身看著小火盆，成功地撥動餘燼，使得火盆裡冒出了一束小火苗。他拿了一小塊煤炭，添在那小火苗邊緣。

「這種事情，我已經老得做不來囉。」切德最愛把這句牢騷話掛在嘴邊。

「你才不老呢。除非你不做這種事情，那你才是太老了。我倒覺得出這趟遠門對你滿好的。」我在他身邊蹲下來。「切德，你相信我，這件事情與你或是弄臣誰才能操縱我無關，而且你們也不該拿這點來測試我的心到底向著你，還是向著他。」

「不然這到底是什麼？」他不情不願地問道。

我努力給他一個答案。「我必須先看清全局，才知道我該站在哪一邊。我們尚未離開公鹿堡就知道貴主會這麼要求王子，其中必有隱情。說不定將來你會慶幸，還好我遲疑了，沒有盲目地遵從她的意願。貴主的侍女漢佳跟花斑幫多少有些牽扯，無論你要下多大的賭注，我都敢賭她跟他們有關係。首領團大多不贊成屠龍之事，但是艾莉安娜、皮奧崔和他們的母屋仍堅持將這個任務交付給王子。他們爲什麼要這樣？這樣做對他們有什麼好處？一個腐爛的龍頭，有什麼大不了的？」

「艾莉安娜好像不太願意硬將這個任務塞給我。」晉責有感而發地說道。「她的確要我達成任務，心意堅如金石，但是她並未對這個任務抱著熱切的期待，反倒像是既恐懼又無奈。彷彿她之所以要求我屠龍，並非出於她的本意。」

「那這到底是誰出的主意？皮奧崔嗎？」

切德緩緩地搖搖頭。「不對。皮奧崔的利益跟艾莉安娜一致，況且艾莉安娜又敬愛他；她若是爲了討皮奧崔的歡心才要求王子屠龍，那麼應該會樂在其中才對。不對。好啦，蜚滋問出了我們該問的基本問題：到底是誰在幕後指使？」

我盡所能地猜個答案：「應該是漢佳。艾莉安娜和皮奧崔多少都得聽命於她，這我們是見過的。況且她跟花斑幫有所往來，而花斑幫又恨不得我們失敗。」

「花斑幫啊。」切德思索道。「這麼說，你認為不可能是弄臣說的那個蒼白之女在幕後指使？」

「這我就不知道了。我們對蒼白之女知道多少？除了弄臣跟我們講的以外，我們對她一無所知。外島人談起她的時候，把她當作是惡魔一般，不過他們之所以迴避不談，是因為她是舊時代的壞人，因此不會有現在這種恐懼且揮之不去的氣氛。我常聽人說，我們六大公國的龍群殺死了蒼白之女和科伯·羅貝，但是外島人還是將他們兩人跟這座島連在一起，說他們在艾斯雷弗嘉開採黑色石頭，以做為他們的白船的壓艙物。另外，我們上岸之處那條荒廢的石龍，就是紅船之戰時代進行冶煉的遺跡，這是絕對錯不了的。」我冷不防地打了個哈欠。

「噢，去睡吧。」切德斥責道。「至少你可以休息，但是今晚王子與我要探得很遠，努力說服蕁麻幫幫我們。我得坦白承認，我的確很想知道最近六大公國發生了什麼事，如果花斑幫已經在國內興風作浪，就表示他們是雙管齊下。」

「也許吧。」晉責應道，打了個哈欠。我突然可憐起他來：我要去好好睡一覺了，他卻還得忙上大半夜。不過，我向他們道晚安，並離開他們的帳篷時，察覺到晉責把蕁麻當作是個挑戰，而他對這個挑戰既期待又害怕。我一邊走遠，一邊將內心的憂慮拋在一旁。擔心又有何用？我人又不在棋局之中。或許，我一直都不在棋局之中，只能任人宰割吧。我心中存著這個念頭，走起路來只覺得天旋地轉，但我還是勉強自己繼續走下去。餘生都沒有精技力量有那麼糟糕嗎？難道我不能把沒有精技力量，視為是從精技魔法之中解脫出來嗎？

我在衛隊的帳篷待了一下。長芯疲倦地守望著帳篷門口的動靜，他默默地對我點了個頭，而我則溜進那群沉睡的戰士之間，然後又退了出來。他倒沒問我在做什麼。我是切德的手下。不，不只有我，帳篷裡這一個個沉睡的身形，也都是切德的手下。每一個跟隨王子到艾斯雷弗嘉島的侍衛，親自挑選，個個既忠心又謹愼。這樣的人會多麼拚命執行長芯的命令呢？

我心裡仍想著這個問題，腳下已經到了弄臣帳篷的外面。我聽了一會兒風聲，風颳起冰晶，現在已經積到腳踝高了，不時就會有些冰晶打在我臉上。但是聽來聽去，只聽到風聲跟冰晶的窸窣聲，弄臣的帳篷裡則是一片寂靜，只見帳篷裡唯一的小火盆，在鮮豔輕薄的帳篷料子上映著移動的人影。「我可以進來嗎？」我輕輕問道。

「等一下。」他輕聲答道。我聽到帳篷裡有窸窣的布料聲，雖說那個小小的聲音在這大風之中幾不可辨。過了一會兒，他解開帳篷門片的結讓我進去。我進去的同時也將身上沾著的霜雪帶入。弄臣看了瑟縮了一下。雖然爲時已晚，但我仍趕快推掉衣物上的霜雪，接著從外套中掏出那件古靈做的袍子。

「哪，我把袍子帶來還你了。」

弄臣半躺半靠在他的床墊上，已經蓋上被子，火上放著一個小小的燒水壺，看來說不定會有熱飲可喝。他揚起眉毛，笑道：「可是我覺得你穿起來挺帥的呀，你眞的不要留下袍子嗎？」

我嘆了一口氣。他那輕快活躍的語調實在與我今晚所見的場景相去太遠。「晚上切德和晉責要去找蕁麻，透過精技。他們生怕是冰華迷住了阿憨，所以想找她一起把他拉回來。」

「而你決定不幫他們？」

「我幫不上忙啊，我連一丁點精技力量都沒有。我之所以知道阿憨怪怪的，是因爲他一直在哼歌；

他以前只會把他的音樂用精技展現出來，倒不會擺在嘴邊哼唱。現在他為什麼會嗯嗯哼哼、喃喃自語的呢？這個變化眞大，可是我很討厭變化，尤其討厭那種我無法理解的變化。」

「人生本來就是變化。」弄臣平靜地說道。「而死亡的變化更大，我們非得認命不可，蜚滋。」

「認命、認命，煩不煩哪？我都已經認命一輩子了。」我將袍子放在他的床墊上，重重地在床墊尾端坐下來，逼使他讓出個位子給我。我脫下連指手套，手伸向那微弱的小火，希望能稍稍烤暖一點。

「啊，催化劑啊，這會不會是因為你沒看出自己所引起的各種變化？有些變化是因為你認命地接受現實而引起的，有些則是因為你瘋狂地掙扎。你當然可以說你討厭變化，但你就是變化啊。」

「噢，拜託。」我將膝蓋縮到胸口，雙手抱腿，頭擱在膝蓋上。「今晚別談那些了。談談別的，什麼都好，就是別說那些了。我求求你。我今晚實在無法思考選擇跟變化的事情。」

「很好。」他的聲音很溫柔。「那你要談什麼？」

「談什麼都好。談談你吧。我們把你丟在公鹿堡城，那你是怎麼來的？」

「我不是跟你說了嗎？我是飛來的。」

我抬起頭，氣憤地望著他，他則笑吟吟地向我示威。那是他的招牌笑容，也就是即使他在撒謊，也保證是在跟你講眞話的笑容。「不，你才不是飛來的呢。」我堅定地說道。

「很好。你說不是，那就不是吧。」

「一定是珂翠肯不顧切德的勸告幫助你逃脫，之後你搭了一艘以鳥名做為船名的船到這裡來。」我努力猜測道，因為我知道，就算他的故事講得再怎麼誇張，總也能搜括出幾分眞實性。

「老實說，在珂翠肯與我短暫的會面之中，她倒是勸我留在公鹿堡別走，我看她是強忍著才沒有多說什麼。至於在我離開時，正好碰上了前來公鹿堡的博瑞屈，那可就純粹是因為我交了好運。不過，既然我答應要把這個故事說給你聽，那就讓我從頭說起吧。就讓我們回到我最後在碼頭上見到你，並以為你會匆匆地跑去幫我跟切德說項的那一刻吧。」

我瑟縮了一下，但是弄臣不疾不徐地接著說道：「碼頭總管召來城市衛隊，他們非常有效率地把黃金大人和行李等物通通挪開。你大概也猜到了，他們這一關，就把我關到你們的船開航之後。他們賠了許多不是，又說這是天大的誤會云云，才將我放出來。但是此時碼頭事件已經傳遍全城，所以黃金大人帶著行李回到住處時，發現債主們已經在住處等他了。債主們深信，黃金大人之所以非要跟著王子出門不可，必定是想要遠走高飛，根本不想還錢——話說回來，黃金大人的意圖也確是如此。債主們高高興興地剝光了黃金大人的家當，幸虧裝著生存最低限度的必需品背包沒有被債主拿走，因為頗有遠見的黃金大人把這個背包留在公鹿堡的房間裡。」

那小小的燒水壺開始冒出蒸氣，他拿起燒水壺，將熱水注入一把有著豔麗彩繪的茶壺中。

我不禁笑了出來，伸手在帳篷裡一揮。「你說的最低限度的必需品，就是這些東西？」

他挑起一邊眉毛。「是啊，文明的探險之旅總不能少了這些。」他蓋上茶壺的蓋子，那蓋子活脫是一朵玫瑰花的化身。「況且一個人何必嘗試以比此更少的必需品過生活？好啦，我剛才講到哪裡了？噢，對了。黃金大人沒了財產，也壞了名聲之後，已經不再是黃金大人，而是個急於躲債的人了。那些自認為對他知之甚深的人，發現他竟然如同蜘蛛一般靈敏矯捷地從住處外牆爬下去，一躍到地，然後一溜煙跑入巷子之中，消失無蹤，簡直目瞪口呆。」

他故意讓我等上一等。他揉揉眼睛，又若有所思地對我笑笑。我緊張地咬著臉頰的肉，幸好他終於接口道：

「之後我去找珂翠肯，至於我用的是什麼方法、走的是哪一條路，就留待你去想像吧。我想，珂翠肯發現我在她的臥室裡等她時，一定非常驚訝吧。而她正如我方才跟你說的一樣，力勸我留在公鹿堡裡，待在她的羽翼之下，等著你們完成任務之後返鄉歸來。我當然非得拒絕她不可。此外……」講到這裡，他停頓片刻。「我跟博瑞屈聊了一下──我跟他碰面的事情，你大概已經知道，或是猜到了吧。他竟然跟你一樣，一下子就認出我來，我眞的很意外。他問了我一些問題，不過他之所以要問，並不是因爲需要答案，畢竟他先前跟珂翠肯見面時已經猜到了幾分，所以他問我，只是爲了要確認一下而已。」

接著他停了好久，我以爲他不會再說下去了，最後他柔聲說道：「我講到某段時，博瑞屈氣得幾乎要一拳打死我，然後便突然大哭起來。」他又停住了。我坐在床尾，只覺得舌頭彷彿已經燒成了灰，什麼話也說不出來；我幾乎希望他就此打住，不要再講，雖然後來他還是說了下去，但我知道有很多話他隱而不談。

「我在失去公鹿堡的任何奧援之後，竟笨到爲了要看看債主們搶剩的東西之中有沒有助於我逃亡的，而回到我在客棧的住處。二樓一整層空空如也，有如蝗蟲過境。但是最糟的還在後面。屋主看到我進門，之前債主們給了他好處，要他聽到我的消息，或看到我的人，就立刻通知他們。唉，屋主眞沒有白賺那些髒錢，因爲第二波憤怒的舊朋友出現了。你大概會以爲，既然這些人以前從我這裡賺走不少賭注，那麼他們應該會很滿足才對，可是，此時他們竟然一副義憤塡膺的模樣！

「所以啦，我又逃了。這一次，我穿過了整個公鹿堡城，然而我怕的竟然不是債主，而是那些憤怒的『朋友們』。你背叛過我，蜚滋，不過話說回來，這大概也是冤冤相報吧，畢竟我也背叛過你。」

「什麼？」

他竟講出這種話，實在令我驚訝，但是當我們兩人的目光交會之時，我看到他眼中有著古老的愧疚，這才想起我們在群山王國的時候，我的敵人曾利用弄臣對付過我。「你明知道我從來不曾認爲那日是你的錯，當時你受了他們利用，弄臣，那不是你自己啊。」

「那麼你背叛我的時候，說不定那也不是你，而是受了切德唆使吧。不過，反正都已經造成破壞了。我一想到自己都已經一路撐到這裡，卻被我最信任的人所騙，只覺得又氣又怕又孤獨。我爲了混淆追兵而步行前進，可是步行走不遠，所以我邊走邊想下一步該怎麼走。我心裡想道，怎麼會這樣呢？催化劑怎麼會把事情改變得如此離譜，離譜到白色先知竟完全失敗？然後我慢慢看出，事情不能這樣看，這底下必有比我原先所見更深切的脈絡在運作。於是我決心好好地爲這個更深切的脈絡做準備，雖然我猜不出當中到底有什麼樣的因果。」

我早已經把下巴擱在手臂上，以便看著他講故事，此時我嘆了一聲，將弓著的背肌放鬆下來。弄臣從被子裡伸出手，將那一點茶水倒入一個杯子與一個碗中，示意我任選其一。那茶壺明明就是一人份的旅行用茶壺，他仍願意跟我分享，使我大爲感動。我拿起碗，啜了一口。在這片永遠由冬天主宰的土地上，那滿口的花香味嚐來春意滿盈。茶水透過陶碗的熱氣，很快就消散了，所以我捧著茶碗的暖意只維持了一會兒。弄臣也以修長且優雅的指頭捧著杯子喝茶。

他一直沒開口，沉默越拉越長，最後我催促道：「繼續說啊。」我知道在高潮處停頓一下、賣弄玄虛，乃是說書人的技巧，但是我並不怪他把故事講得這麼精采。

「這個嘛，第二群債主聽了第一群債主碰上的事情之後有所準備，我一逃，他們就追上來了。我跑得雖快，但是黃金大人的衣飾難免有些與衆不同，即使混在人群之中也藏不住，況且背包又重，要快也快不起來。你記得公鹿堡外豎立著見證石的山丘吧？」

「當然記得。」我聽了一頭霧水。若是要躲避債主，說什麼也不該逃到那裡去。那山丘光禿禿的，只見四個巨大的黑色石頭傲然聳立；長久以來，六大公國之人總是到此地立誓，而情侶們也到這此立下海誓山盟。人們還傳說，若是兩人在此決鬥，那麼諸神必會伸張正義；正當的那一方就算在別處吃了虧，但是到了見證石前決鬥一定會得勝。那地方詭怪且莊嚴，什麼草叢藤蔓都沒有，在被人追捕之際，跑到那裡可說是無處躲藏。「但是，為什麼要去那裡呢？」

他像是言猶未盡地聳了聳肩。「我反正是走不遠的。然而我若是被那些債主們逮到、抓回公鹿堡，那麼他們不但會剝光我的裝備，還會逼我做苦工還債。這一來，不但我自己完蛋了，連我未竟的任務也毀了。所以我乾脆嘗試自己很久以前想到的一個主意，把我自己交付給命運。我以前就猜想，見證石其實是精技出入的門戶，跟你在緊急時藉以逃脫的精技石柱是一樣的。唯一的不同之處是，見證石每一面刻的符文在許久前被某人或某種力量刮除了。也許是因為見證石年代久遠，石面上的符文自然地磨平，又也許是因為古代的某個精技人故意將符文磨掉，讓這些出入門戶再也不能發揮功能。總之，符文就是抹掉了，原刻著符文之處只剩一些凹凸不平的痕跡，因此哪個石面通往何處，已經無從得知。我揹著沉重的背包朝見證石跑去時，想起你跟王子經過精技石柱而到了寶藏島之事，因此我知道，若是我選錯了石面，說不定會直接掉入冰冷的海水中。」

一陣恐懼襲來，我慢慢地坐直起來。「弄臣，還有更糟的呢！要是出口的石柱倒了下來，碰巧出口的石面貼在地上，那你不就直接被推進地裡了？還有，要是出口的石柱已經碎裂，或——」

「我朝見證石跑去時，已經把這些可能性都想過了。幸運的是，我根本無暇選擇，甚至無暇考慮我指尖剩下的精技力量還夠不夠我催動精技石柱。我只知道我一定要、一定要進去才行，最後我以指尖接觸石面，用力朝見證石拍下去。」

他頓了一下。我殷切地傾身朝他靠去，一顆心幾乎從嘴裡跳出來。對我而言，要通過精技石柱可不是什麼簡單的事情；我們只知道精技石柱是石面上刻著符文的記憶石，可以做為通往遠地的門戶，但除此之外便一無所知。我這一生以精技穿越石柱的經驗不超過十二次，每次都充滿恐懼與不安。帝尊手下那些生嫩的精技人，有些甚至在被迫使用精技石柱之後喪失了心智，而晉責與我到寶藏島的那一次，也使他的記憶變得雜亂，並使我們兩人疲倦不堪。

弄臣甜甜地對我一笑。「你別擺出那種臉色嘛，你明知我熬過來了呀。」

「代價呢？」我問道。我知道這一定是有代價的。

「疲倦。我到了一個地方，但我不知道那是什麼地方。那是個荒廢的大城，一片死寂，我從未去過。其他我就說不上來了。我倒地就睡，不知道睡了多久，醒來時，天色已經大白，精技石柱則矗立在我身旁。這個石柱閃閃發亮，上面則連一片地衣或苔蘚都沒有，每個符文清清楚楚，彷彿昨天才刻上去的一般。我戒慎恐懼地對石柱上的符文研究許久，然而我也知道，其實這幾個石面給我的，除了希望之外無他。最後我從中選出兩個覺得合適的，再度進入。」

「不要啊。」我呻吟道。

「沒錯，我的感覺就是這樣。我出來的時候，覺得自己好像被人痛打了一頓。不過我倒是來對了地方。」

他頗樂在其中地故意誘我問問題。「哪裡？」我問道。

「你記得那個傾頹的廣場，像是古代市集的地方？就是逐漸被森林掩蓋之處？我就站在石柱頂上，而一時之間，我恍如在夢中，頭上戴著公雞王冠。其實你看過我那個模樣啊。你記得的嘛。」

我緩緩點了點頭。「那地方在前往石頭花園的路上，眾石龍沉睡的石頭花園。當年我們把石龍喚醒，請牠們擊退來襲的紅船，而如今眾石龍，包括化龍的惟真在內，又再度沉睡了。」

「一點也沒錯。我再度沿著那森林的小徑走去，之後便看到惟真化身的龍。不過我要找的不是他，而是乘龍之女。乘龍之女在沉睡，她的手臂攬著龍頸，就跟你說的一模一樣。我將她喚醒，讓她知道我非得到這裡來不可，接著再度跨上龍背，騎在她身後。她騎著飛龍把我送到這裡來，接著便折返回去。所以我說老友，你看，我眞的是飛來的，沒騙你。」

我一下子坐直起來，整個人都清醒了，腦中瞬間閃過上百個問題，但是我先問了最重要的一個。「你是怎麼喚醒乘龍之女的？要喚醒石龍，必須精技與原智雙管齊下，這點我清楚得很！」

「的確如此。然而我指尖上有精技，至於鮮血，那更多得是。」他一邊說，一邊揉著手腕，也許是因爲想到手腕上的傷口。「我以前沒有原智，現在也沒有，但你也許記得，我爲了喚醒乘龍之女，曾經在她的雕像上補了幾刀，並將自己注入了乘龍之女之中。」

「我也是。」我愧疚地說道。

「對，我知道。」他輕柔地說道。「你那些東西都還在她那裡。你將難以忍受的回憶與不願感受的情緒，通通給了她；像是你被母親遺棄、從未與父親相認、你在帝尊地牢裡的酷刑折磨，以及最重要的一樣：你失去莫莉母女的痛苦。你將你的激憤、痛心與遭到背叛的感覺通通塞給乘龍之女。」他輕輕地嘆了一口氣。「你不願去感受的那一切情緒，都仍在那裡。」

「我很久以前就把那些拋開了。」我慢慢地說道。

「應該是說，你把你的心割了一塊給她，所以在那之後，你的心就不完整了。」

「我倒沒用這個角度來想事情。」我僵硬地答道。

「你當然無法用這個角度來想。」弄臣鎭靜地對我說道。「那些事情到底有多麼恐怖，你也記不得了，因爲你已經將那一切的記憶都送給乘龍之女了。」

「能不能不要再談這個了？」我問道。我幾乎生氣、害怕起來，但卻又摸不清到底有什麼好怕，或有什麼好生氣的。

「反正我們也談不下去，因為在多年以前，你就把這些都丟開了。世上只有我知道你對這一切感受有多深，只有我還記得，把這一切丟開之前的你，是怎麼樣的人。別忘了，我們兩人之所以相牽相繫，不只是因爲精技與命運，也因爲你我各付出了一份『自我』，在乘龍之女體內活了下去。就因爲我知道我們給了她什麼，我才能喚醒她，還能讓她知道我的任務有多麼急迫，所以她就帶我來艾斯雷弗嘉了。

「那是一場奇怪的旅程，既狂野且美好。你知道我以前跟乘龍之女一起飛行過，就是當她與衆龍群一起攻擊那些進攻六大公國的紅船，以及蒼白之女旗下的殘忍白船那次。當時我陷身於眞正的戰鬥之中，那感覺很詭異，我一點也不喜歡。」

「那種感覺，沒人會喜歡的。」我應和道，將額頭擱在膝蓋上，閉上雙眼。

「大概是吧。不過這一次跟她一起飛行的感覺就不同了。這次既不必目睹血腥的場面，旁邊也沒有其他龍，放眼望去，就只有她與我而已。我坐在她身後，攬住她細瘦的腰。你知道她不是獨立的個體，而是龍的一部分，但不如說，她就像是龍的手或腳，只是具備少女的外形罷了。所以，她並未跟我說話，不過，奇怪的是她竟面露微笑，偶爾還轉過頭來看看我的表情，或是指出地上的什麼東西給我看。

「她飛行起來一點也不知道累，從我爬到她身後，那一對強大的龍翼大力拍擊、讓我們升到森林的樹冠之上，直到我們降落在艾斯雷弗嘉島的黑沙灘上爲止，她一次也沒有休息過。而我也不休息。一開始，我們飛過群山王國之外的蔚藍夏日天空，然後我們越飛越高，我的心臟怦怦直跳，腦袋也昏沉起來，接著飛過通往群山王國的積雪山峰和多有旅人行跡的隘口，才再度回到夏日的天氣裡。我們飛過了群山王國的大小村落，他們的房舍散落在山凹處或山坡上，牛羊牲畜則在陡峭的草原上吃草，有如春日颳起大風之後，果園的草地上散落的那一地白色蘋果花。」

我彷彿也在心中看到了那個景象，我微笑聽著他講述他們在大清早飛過六大公國的一個小村落時，一個年輕人抬起頭來看到他們，大叫著衝回屋子裡。弄臣繼續談起，從高空看下來時，河流變得像是衣服上的銀線，農田則像是一塊塊補綴；還有大海，有如起皺的紙，高起處鑲著銀邊。在我心中，像是陪著他一起飛行。

我一定是在他的神奇故事之中睡著了。我醒過來時已經夜深，帳篷外的營地一片寂靜，小火盆裡只剩下殘焰。我蓋著一條被子，縮著身體睡在床邊，弄臣則如小貓般蜷縮著睡在床上，額頭幾乎與我碰在一起。他的呼吸緩慢均勻，而他那修長的手則伸到我們兩人中間，掌心朝上，彷彿要送什麼東西給我，或是要跟我求個什麼。我惺忪地將手蓋在他的手心上。這動作並未驚醒他。說也奇怪，我只覺得心裡平靜而安祥。我閉上眼睛，沉沉睡去，一夜無夢。

19

冰下

自古以來，外島人便劫掠不斷。

在紅船之戰前，外島人掠劫六大公國沿岸的事情便時有所聞，且已成常態；往往是外島某個氏族的首領領著一船手下迅速打擊，之後便帶著牲畜、收成的穀物回去，偶爾連人也被擄走。畢恩斯公國首當其衝。不過該公國倒自得其樂，就像修克斯公國以他們與恰斯國之間的邊界衝突爲消遣一樣。畢恩斯大公似乎認爲對付外島劫匪是他自己的事情，因而少有抱怨。

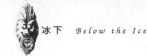

但是，科伯·羅貝所率領之紅色船身的紅船艦隊一出現，雙方交鋒的狀態就改變了。突然之間，外島的船是成群結隊地出現，劫匪的主要目的不再是爲了迅速搶走穀物牲口，而是爲了要強暴、破壞；他們帶不走的東西，便放火燒掉，或是將之毀壞，於是牛羊雞鴨橫屍遍野，田裡的農作和穀倉的存糧則付之一炬。束手旁觀、毫不反抗的居民，也被劫匪所殺。這種劫匪除了奪取財物之外，還非要大肆破壞不可。

然而在那個時候，我們還不知道蒼白之女這個人，也尚不知她對羅貝的影響有多大。

——費德倫所著之《紅船之戰史》

隔天早上，我們走到地坑邊時，謎語與我同時大聲呻吟起來：夜裡的吹雪把我們昨天挖的大坑填了半滿，但我們還是得開工。雖說新雪比較輕，又不扎實，但是要把這麼多雪剷到坑外，還是頗爲困難；這簡直像是在剷羽絨，而每一鏟下去，至少會有半鏟隨風飄到坑洞後方。等我們清到昨晚停工的地方時，都已經快到中午了。我們改用十字鎬，重新展開鑽冰、撬冰、剷冰的過程。

一開始我就覺得痠痛，過了一會兒又感覺不痛，但是再過一會兒，其他地方又痛起來。晚上我累得倒頭就睡，既沒做夢，也無懊悔。晚上又起了風。每晚都會起風，所以每天早上都要先把夜裡的落雪清走才能開挖。不過，我們的地坑總算慢慢地越挖越深了。地坑挖深到無法一鏟將冰剷出坑外時，我們就在地坑的一頭挖了條斜坡；有了斜坡之後，我們便將冰剷到雪橇上，再由兩人合力拖到地面上，拉到遠處倒掉。挖冰的工作無聊至極，而且坑底總看不見龍的身影；更糟的是，我對冰華的原智知覺，不是變得更強，反而更加微弱。

打從第二天開始，挖冰的人手就逐漸增加。第一個加入的生力軍是晉責王子。他捲起袖子，撈起十字鎬，大力砍冰。切德的活動則僅限在坑洞邊監督，他那模樣令我想起儒雅的貓——那貓兒坐在坑洞邊緣，以高高在上、不爲所動的神態睥睨著我們挖冰。

貴主一走到地坑裡，晉責便停下工作，叮嚀她多小心，免得他一敲下去、碎冰飛迸，把她給傷了。艾莉安娜聽了，面露哀傷與調情兼而有之的笑容，反過頭來叮嚀他，他才應該多小心，免得她一敲下去、碎冰飛迸，倒把他給傷了。之後她開始與晉責並肩工作。她使起十字鎬來頗爲上手，就像鄉下女孩一樣靈巧。「以前我們春天整地以便耕種時，艾莉安娜都會幫忙將田裡的石頭挖出來。」皮奧崔感嘆道。我轉過頭，發現他正望著艾莉安娜，臉上的表情是驕傲與懊悔參半。「好啦，把你手上的鏟子給我，你去休息一下吧。」

我看出了他的用意，所以就將鏟子交給他了。從那之後，皮奧崔與貴主都與我們並肩工作；他隨時保持與他的被保護人離不到幾步的距離，而貴主則是隨時保持與王子離不到幾步的距離。這是多日以來，她第一次對王子表露情意，而王子似乎大受鼓舞；他們每每趁著揮下冰鑿的空檔、喘著呼吸的同時，輕聲跟對方說上一、兩句話，兩人也總是同時休息。皮奧崔有時不以爲然，有時又以十分殷切的目光望著他們。我想，他雖不准自己動情，但他還是喜歡上我們的王子了。

原智小組一心要營救黑龍，最後他們認定幫忙挖冰並不礙於這個目的。接著弄臣也以柔軟但強韌的身段協助挖冰、運冰，而首領團派來的代表也因此謹愼地來到坑洞邊觀望。到了第三天，他們就開始幫忙將一車又一車的雪冰從坑洞裡拖出去倒掉。據我猜測，他們最大的動機應該是想要瞧瞧這個冰封的黑龍長得什麼模樣。

到了第五天，切德派了謎語和年輕的韶諭回去海邊的基地拿補給品。皮奧崔對於此行頗爲猶豫，一而再、再而三地叮嚀他們一定要順著他插旗子的路線走，千萬不能走偏了。他以嚴肅且擔憂的眼神望著他們兩人離去。謎語和韶諭拖了個雪橇，因爲他們回來時，除了食物之外，還要將剩下的十字鎬和鏟子帶來，畢竟如今幫手多了不少。切德叫他們將所有帆布都帶來，他希望能用帆布做個擋風牆，甚至說不定還可以把整個坑洞蓋起來。這一來，我們就用不著在每天早上開工時，都先費一番工夫把昨夜的落雪清走。據我猜測，他們可能還會把剩下那幾小桶火藥帶來；若是在晚上想起火藥，我只會希望那東西千萬別跟我扯上關係，但是到了白天，在努力與百年堅冰奮戰之際，我卻不時渴望測試看看那些火藥有什麼能耐。

挖掘的工程繼續下去。停下來休息時，望著坑洞的洞壁可清楚看見這冰是一層層累積上去的，每過了一年，就多積了一層冰。我突然想到，我們在往下挖冰時，像在往逝去的年代前進，而想著想著便納悶起來，不知此時我腳下站著的這層冰，是多少年前的落雪所累積而成？冰華在這裡待多久了？牠是怎麼到這裡來的？我們越挖越深，但是仍不見牠的蹤影。切德與晉責每隔不久就會向原智小組請教，而原智小組每次都跟王子及王子的顧問確認他們仍然不時會知覺到冰華的生機。這點我也有同感，不過這一來也使我體會到，我自己的原智能力比晉責高得多。我雖不如羅網那麼敏感，但我想自己大約與迅風相當；扇貝大概比晉責強一些，儒雅又比那吟遊歌者強，但仍不及我的敏銳。如今我察覺到，原來即使衆人都有原智，天賦高低卻各有不同，心裡對此倒有點五味雜陳。我以前一直以爲，原智天賦這東西，是有就有，沒有就沒有的，現在我才領略到，它就像音樂或園藝的天分一樣，各人的秉性相去甚遠，精技力量也是如此。

也許就是因爲阿憨的精技天賦超群絕倫，所以他才會深深地被龍迷住吧。那小個子男子幾乎變成白癡了，整天只是茫然地望著前方，嘴裡不住哼歌，偶爾停一下，舉起手比個手勢。在我看來，他哼的調子和手勢都沒什麼意義。有次我在挖掘一段時間，輪到我休息之時，走到他身邊坐下；我猶豫地將手放在他的肩膀上，嘗試能否找回我的精技力量。阿憨的精技一直都像是熊熊烈火，我本希望能藉此將自己的精技天賦點燃，但卻什麼火花也沒有，倒是在過了一會兒之後，他像是蒼蠅停在馬身上，而馬不耐煩地抖開蒼蠅一般地甩了甩肩膀，抖開了我的手。他甚至連對食物的興致也減退了，這是我最擔心的。除了我的第一個精技導師蓋倫之外，連惟眞也再三告誡我，太過浸潤於精技之中會招致種種危險。對於新的學生而言，他們必須跨越的第一道鴻溝，就是要避免自己被精技洪流捲入。然而許多人往往過不了這一關，並且因此而賠上寶貴的人生。精技經卷中記載了不少頗爲看好，但是卻被精技洪流所呑噬的學生故事，這些人一心浸潤於那種獨一無二的精技感觸，因而斷絕了他們與我們的世界的一切連繫。最後他們對吃喝、與人交談都失去了興趣，甚至連打點自身的起居都不在乎了。精技經卷上一再警告，精技人必須愼防自己變成「一個胡言亂語的大孩子」，看來阿憨似乎再差一步便無法回頭了。我以前一直認爲，這危險乃是來自於一個人沉迷於精技本身，我自己就常常感受到精技洪流對我的召喚，但是如果切德與晉責的推論正確，那麼阿憨恐怕並非被精技所惑，而是被其他更爲強大的心靈所惑。我幾次逗他跟我講話，但他只是隨便應了一聲，最後更在煩躁之餘對我說道：「你走開！我這麼忙，你還來鬧，這樣很不禮貌耶！」之後他就又開始空洞地凝視前方、左搖右晃地哼歌了。

我體內的精技天賦仍杳無音訊。

這本來就十分惱人，再加上晉責已經跟蕁麻聯絡上，使我更爲喪氣。

他兩次聯絡上蕁麻，並努力讓她相信他就是王子，此外他需要她的協助。第一次，蕁麻一下子緊緊地封起她的精技牆，把晉責擋在外面，並對他說，她才沒心情聽這些無聊故事，況且怎麼會有個王子想要藉著夢境跟她聯絡呢？第二次，她比較沒那麼抗拒了——我猜是因爲晉責挑起了她的好奇心——甚至還試著去拉回沉迷其中的阿憨，只是她也徒勞無功。不過據我看來，她之所以這麼做，是因爲她眞的關心阿憨，倒不是爲了要討王子的歡心。晉責從頭到尾都伴在蕁麻身邊看，但他實在無法領略她那一套「夢境想像成眞」是怎麼回事。他只能解釋，阿憨似乎是去了個遙遠的地方，那地方有著繁複華麗的音樂，而阿憨哼的小曲只是那富麗音樂的一小部分而已。他這樣比喻誰聽得懂？至於晉責請蕁麻帶話給王后的事情，蕁麻說，如果碰巧有機會私下與王后陛下一聚，她會把她做的「怪夢」告訴王后，但是她說什麼也不會當著宮廷裡衆仕女的面前講出來，免得鬧出笑話。她已經因爲不懂宮廷禮儀而出醜過幾次，所以她一點也不想給她們多添笑料。

聽到這裡，我心裡一陣劇痛。倘若我從一開始就答應讓她知道自己的身世、讓她經常出入宮廷，那麼她就會在宮廷貴族之間長大成人，也不至於現在被別人恥笑是鄉巴佬、不懂規矩了。我好奇珂翠肯不知會不會多加指點，讓蕁麻能夠擔任起王位第二順位繼承人的角色。我很想跟蕁麻多談，問問別人跟她講了多少，並親自向她解釋為什麼我沒有一開始就讓她以王位繼承人的身分在宮中養大。但是既已失去精技天賦，所以我什麼也不能說，只能夜夜懇求王子在跟蕁麻講話時，務必考慮周到。

我們日復一日地挖冰。每個人都挖到背痛，且食物有限，又沒什麼變化。晚上很冷，每夜颳風，我們天天都盼望著我們的人趕快帶著帆布回來，但他們卻沒有回來。切德決定多等一天，然後再多等一天，他們仍舊沒回來。首領團聲稱他們在晚上時瞥見黑者繞著我們的營地走，卻沒拿走供品；接著颳起大風雪，就算黑者曾留下什麼蹤跡，也都吹散了。弄臣與我深夜聊天時，說到他幾次感覺到黑者就在附近，並猜測他是不是在監視我們；我也有那種被人監視的不安感，卻看不出有什麼人在盯著我們。據我看來，羅網也覺得有點不對勁，因為他兩次將在海邊覓食的風險召來，請牠偵查營地附近的狀況；後來他告訴我，風險所見僅是尋常的雪地、冰山，以及突出的岩石，除此之外無他。

羅網趁著我們不是在挖洞，也非進餐或睡覺的短暫空檔，繼續替我上原智課程。他以不帶殘忍的語氣說道，其實我目前沒有原智伴侶反而好，因為這一來，我會比較專注於原智魔法本身，不會只想到要如何運用原智與動物伴侶溝通。他還補充，迅風在沒有羈絆的情況下學習原智，也因此而獲益不少——從這話聽來，那少年的原智課程並未中斷。

羅網替我上課的重點，是讓我認知到原智魔法不只是使我跟一切有原智的人與動物相繫相連，而是使我與一切生命體的大網連在一起。羅網可以用他的原智將阿憨裹起來，這一來，雖然阿憨毫無感覺，羅網卻能更敏銳地體會到他的需要與感受，他甚至親自示範給我看。這其實不容易做到，因爲這等於是要把自己的需要和感受拋在一旁，反而將他人的感受和需要置於第一位。「你好好觀察母親——不管是女人或雌獸——如何照顧幼兒，就會發現母親在照顧幼兒時便是如此，幾乎是出於天性，毫不費力。一個人只要有心，也可以將同樣的觀念應用在他人身上。細心關照他人的需要是一件值得做的好事，這讓你由衷體察到別人的心情，而你若能做到這點，就不可能怨恨對方了。這道理就是這樣：越是對對方有深刻的了解，越不可能怨恨對方。」

我心裡想道，我大概一輩子也不可能達到那種境界，但我還是努力練習。有天晚上，我趁著跟晉責和切德一起在他們的帳篷裡進餐時，以我的原智將切德籠罩起來；我把自己飢腸轆轆、後背痠痛，又對於自己失去精技之事耿耿於懷的心情拋在一旁，專心地注意那老人家。我將他看了個仔細，彷彿他是我即將下手的獵物。我研究他的坐姿——他的背挺直，像是僵硬到無法駝背；我還注意到，他在用湯匙舀起那團算作是晚餐的蒼白糊狀物時，手上仍戴著手套；他的鼻子和臉頰紅通通的，前額卻凍得毫無血色，表情則像是在沉思。然後我首度察覺到他內心的陰影——他那寂寥的感覺，可以一路回溯至人生的早年。我突然體會到他年事已高，然而卻因爲命運的詭異安排，竟要在晚年時，跟著不久之後會被他造就爲國王的少年，一起在冰河上紮營。

「怎麼了？」切德突然質問我。我嚇了一跳，這才發現自己一直在瞪著他。

我趕快掰了個答案。「我剛才在想，我們都認識這麼多年了，可是我卻好像從來沒有真正認識你。」

切德的眼睛大睜，彷彿他很怕聽到我這樣說。他皺起眉頭。「我倒希望你心裡多想點有用的東西。唔，我剛才在想，謎語和詔諭早該帶著補給回來了，可是到現在仍不見蹤影。白天時我問羅網，能不能請他的鳥去察看詔諭和謎語的行蹤。羅網說，要叫他的鳥兒去找特定的兩個人是近乎苛求，這就好像我要叫你去找特定的兩隻海鷗一樣困難。所以他請他的鳥兒去找兩個帶著雪橇的人，但是風險並沒有找到。」他搖了搖頭。「只怕凶多吉少了。我們得再派人回去，這還不只是爲了要找謎語和詔諭，同時也是爲了把我們所需的補給帶回來。今天長芯跟我說，我們還有四天的存糧，而如果他再把每人的配給減少一些，還可撐上五天。」他疲倦地摩擦戴著手套的手。「我從沒想到挖冰要挖這麼久。我們之前得到的報告都說，多年前冰華頗靠近冰面，甚至朦朧可見，可是我們挖呀挖的，卻什麼也沒找到。」

「冰華是在這裡沒錯。」王子要切德放心。「我們每天都更接近牠一些。」

切德不以爲然地噴了噴鼻息。「是啊，說得像是我若每天往南走一步，就會更接近公鹿堡似的，問題是，誰知道這樣下去要多久才會走到公鹿堡。」他嘟囔了一聲，站了起來。即使底下墊了幾床被子，他坐在這種冰冷的地上顯然還是不太舒服。他在帳篷裡走動一下，小心地伸展雙腿與背脊。「明天，我要派蜚滋去瞧瞧謎語和詔諭的下落，還有，我要你帶著阿憨和弄臣同行。」

「爲什麼要帶他們同行？」

切德認爲這是理所當然。「阿憨不能幫忙挖掘，所以少了他無差。再說，讓他離龍遠一點，說不定就復元了。果真如此，你就讓他跟裘樂和達敗待在海邊看守補給品，有什麼消息，再跟我們技傳就是了。」

「但爲什麼要帶弄臣去？」

「因爲雪橇裝滿東西的時候，要兩個人才拉得動。我看阿憨是幫不上忙的——說句眞話，我看你說不定還得把他放在雪橇上拉呢。你是少數幾個能照顧阿憨的人，所以你非去不可。蜚滋，我知道這不是你想要選擇的任務，但是除此之外，我還能派誰去呢？」

我歪頭望著他。「這麼說來，你不是故意要在龍挖出來之前，把弄臣跟我調開囉？」

他嘆了一口氣。「如果我派你去，但沒派弄臣去，你會問，我是不是故意要把你們兩個分開；如果我反過來，派了弄臣去，但沒派你去，你也會懷疑我使詐。我是可以請羅網照顧阿憨，再另外派個人跟他們同行，可是羅網又不知道阿憨有精技力量。況且若是謎語和詔諭遇上了什麼危險，你也比別人更有辦法應付……」他突然放下手，以無奈的口吻說道：「隨你吧，蜚滋。我可沒權力派弄臣上哪裡去，但是你若請他跟你去，他就會去。你就看著辦吧。」

他這麼一說，我倒怯懦起來了。也許我一直在探求自己爲什麼要走這趟路，但說不定追究理由根本就是緣木求魚。「好，我去。而且我會請弄臣跟我一起去。說實在的，挖冰挖了這麼多天，能夠調劑一下也好。你開張單子，把你要我帶回來的東西列出來吧。」我私下則決定到海邊巡一遍，並將我找得到的浮木都拖回來，不管那些浮木會添多少重量；若能生個大火，讓切德烤個暖和，不知有多好？就算只夠生一夜的大火，那也值得了。

「那你們就準備明天一大早出發吧。」他叮囑道。

我樂得暫時丟下挖冰的工作，但弄臣想的卻不如我這麼單純。「但是，要是我們還沒回來，他們就挖到龍，那該怎麼辦？要是我沒能在此保護冰華呢？」

「首領團和原智小組都跟你一樣反對屠龍，你不覺得有他們就夠了嗎？」

我們已經躺好，準備就寢，此時我們照著多年前在群山王國時避寒的老辦法，背靠著背睡，以便取暖。不過我其實無暖可取，因爲弄臣的體表總是涼涼的——這有點像是在跟蜥蜴共眠。不過，就算他不能給我多少暖意，至少他的背實實在在地靠著我，讓我覺得自己不孤獨，這是自從夜眼死後就無以慰藉的感覺。即使朋友熟睡，但有朋友做靠山，總是令人覺得安心。

「這我就不知道了，我已經十分接近我所預言的終點了。」他頓了一下，彷彿期待我提出問題，但那是我根本不想多加探索的課題。「依你的想法，我們應該去嗎？」他憂心忡忡地問道。

由於肌肉痠痛，我換姿勢的時候不禁呻吟了一聲。「其實我並沒有多想。長久以來，都是切德吩咐，我就去做了，這次也不例外。不過我的確想查一查謎語和詔諭的下落，並看看阿憨遠離冰華的影響力之後，能不能恢復，再說——」我又換了個姿勢，並再度呻吟一聲。「再說，我覺得能出去走走，不用挖冰，也是不錯的。」

弄臣沉默不語。我也沒說話，但我心裡頗納悶，爲什麼他久久下不了決心，最後我不禁大聲笑了出來。「噢，對喔，我差點忘了。我是催化劑，也就是造成變化的人。然而，這必須是你所想要的變化才行。這麼說來，你是拿不定主意，不曉得該反對還是贊成好，對不對？」

弄臣依然久久沉默不語，我以爲他已經睡著了。自從我們來這裡之後，今天是最溫暖的，所以今天的挖冰工作更加潮溼。我聽著風聲，並希望晚上的寒意會使得冰河面上結一層冰殼，這一來，落雪就不會掉入我們挖好的大洞裡了。我矇矓地快要入睡，弄臣卻開口了：「你啊，講出我的心聲時，有時候眞使我嚇一大跳呢。那我們就去吧。我們帶這個帳篷出門，如何？」

「好啊。」我應了一聲，接著便睡著了。

我們隔天早上就出發。長芯給了我們三天的糧食，並告訴我們，這份量應該夠我們回到海邊的基地了。我們將弄臣的豪華帳篷拆下來放到雪橇上，長芯則在一旁諄諄告誡，如果我們一路到了海邊，都沒遇到我們的人，就要叫駐守在該處的人多加注意，以防黑者出沒。如果看到什麼跡象，證明謎語與詔諭已遇害，就立刻回營地報告，而如果路上碰到謎語與詔諭正在回程上，就立刻掉頭，跟著他們一起回來，羅網的鳥會不時察看我們的狀況。我一邊點頭，一邊整理弄臣的帳篷，並準備三人份的被褥放在雪橇上。阿憨果眞如切德所預料的，非得放在雪橇上拉走才行。我們怎麼勸，也勸不動他邁開腳步走路；倒不是他抗拒不肯走，而是他根本就不合作：他會走個幾步，便再度沉迷著哼起小調。晉責與切德都前來與我們道別：晉責拉下阿憨的軟帽，蓋住他的耳朵。我知道他一定是努力想以精技喚回阿憨。我雖感覺不到，但是從晉責臉上那專注的表情看來，必是在施展精技無疑。阿憨緩緩地轉過頭，望著王子，慢吞吞地說道：「我沒事。」說完之後，又繼續凝視著遠方了。

「好好照顧他，湯姆。」王子屢試不成，轉移目標，粗暴地對我叮嚀道。

「我會的，大人。我們會速去速回。」我說著，拉起雪橇的繩子出發。阿憨裹得像個蠶繭似的坐在雪橇上。

雪橇的滑雪板上了厚厚的一層蠟，因此在雪地上走得很順——幾乎太順了，因爲如今我們是下坡而非上坡，所以我還得停下來將雪橇的拖板放下，增加一點阻力，免得雪橇從我頭上凌空飛過。雖然我們是沿著皮奧崔插著布旗的路線走，但弄臣揹著背包走在我們前面，仍時時插入鐵杆，探測雪地扎不扎實。

天氣暖和，雪黏在我的靴子上，走起來很吃力，等到我們走至平地上時，滑雪板也開始沾雪，變得不好拉。因爲雪軟，所以這次雪橇壓出來的痕跡比我們來時還深，滑雪板沉入雪中的同時，朝上的那一面也累積了一層沉重的溼雪。不過天氣很好，而且拉著阿憨與雪橇前進再怎麼累，仍舊比將雪冰從地洞剷出去來得輕鬆。我奮力前進之時，弄臣送我的那把華麗寶劍也不時打在我腿上，因爲長芯堅持，別人不帶，至少我得帶武器。一路上都標了皮奧崔插的布旗，因此我們走得比來時還快，儘管地勢起伏，仍是下坡較多。我們聽到的聲音還不只是阿憨的哼歌聲、滑雪板的喀吱聲，和我們踩破軟化冰殼的窸窣聲而已；暖和的天氣喚醒了冰河，於是我們聽到遠處冰裂雪崩的聲音，有如雷聲一般地隆隆響了很久。接下來又有幾次冰雪推擠崩裂聲，但都是在遠方。

弄臣開始吹口哨，我看到阿憨因為注意到他的口哨聲而坐直起來，心裡著實高興。阿憨仍然在輕輕哼歌，但是我開始隨口談起周遭景致如何如何之後，偶爾也能逗得他講一、兩個字。他的反應使我沒來由地高興起來，但也使我心裡納悶，精技是不受距離限制的魔法，然而阿憨卻因為我們離龍漸遠而慢慢地回神。我實在想不出這到底是因為什麼緣故，恨不得能馬上跟晉責和切德討論。

我幾次想要對他們技傳，都徒勞無功，一敗塗地。我的精技力量就是消失了，如果我一直想下去，就會覺得自己好像少了一塊。最後我把那個念頭拋在腦後。沒有就是沒有，我實在無能為力。

白天暖、晚上冷，再加上夜裡颳風，先前的行跡都已消失。我幾次想要察看有沒有謎語和詔諭從這裡經過的跡象，均看不出個所以然。放眼望去，視野極廣，但是無垠的雪地上什麼也沒有，當然更沒有像是兩個大男人、加上一個雪橇這麼大的東西。我告訴自己，也許他們一直留在海邊基地那裡，還是因為出了什麼事情而無法速返。我努力不讓自己把他們失蹤、我失去精技以及黑者出沒這幾件事情連在一起；我知道的線索太少，無法就此論定是誰在搞鬼。我乾脆不理會那些，全心享受這輕快的一天。我突然聽到鳥兒的尖叫聲，抬起頭，看到一隻海鷗在我們頭頂上盤旋。我揮了揮手，跟風險打招呼，心裡想著牠會不會把這個動作轉達給羅網知道。

我們經過先前的營地時，天色尚早，而且我們還有力氣，所以就繼續走下去了。晚上我們就在雪橇後紮營。阿憨還是偶爾會哼哼歌，但他不但開始會對我準備的簡單晚餐頗為期待，吃了之後又大表失望。帳篷裡睡上三人是比較擠一點，但是也暖得快。弄臣一連講了幾個單純的兒童故事，直到我們都睏倦得快要睡著。弄臣每多講個故事，阿憨就哼得少些、問得多些，換作是以前，我一定覺得他這樣三番兩次打斷故事很煩，現在我卻因此而感到寬心。

我在阿憨拉起被子時問道：「你幫我跟切德和普責道聲晚安，好不好？」

「你自己去說啊。」他不耐煩地答道。

「我沒辦法說啊。我吃了壞東西，現在我沒辦法跟他們說話了。」

阿憨以手肘撐在地上，半坐起來瞪著我。「噢，對喔。我想起來了。你已經不見了，眞是糟糕。」他沉默了一會兒。「他們也跟你說晚安，並且謝謝你跟他們打招呼。還有，我可能要待在海灘上比較好，但是他們現在還沒下決定。」阿憨滿意地深吸了一口氣，縮回被子裡。

這下子該我驚訝得坐起來了。「阿憨，你現在不咳嗽，也不會喘不過氣了。」

「對啊。」他翻了個身，故意趁著翻身時踢了我一下。我差點就要出言指責他，但就在此時，他說道：「他跟我說：『把你自己補好啊。別傻了，把你自己補好，別煩人了。』所以我就把自己補好了。」

「是誰跟你說的？」我嘴上這樣問，但我心裡感到很愧疚，切德、普責跟我怎麼就沒想到要以精技去治療阿憨？以精技治療他最爲迅速快捷。不過說來羞愧，我們竟然都沒有爲他設想到。

「嗯。」阿憨長嘆了一口氣。「他的名字是有來由的，但是一時說不完。我睏了，別再跟我講話了。」

我們就談到這裡爲止。阿憨沉沉地睡去，我則猜測冰華其實另有其名，不是人取的，而是龍與龍之間互相叫喚的名字。

晚上我驚醒了一次，我好像聽到帳篷外有小心走路的腳步聲。我爬到帳篷門口，不情不願地踏到外面的冰寒之中。我繞著帳篷走了一圈，但是沒看到什麼動靜。

早上時，弄臣幫我們燒水泡茶，我則繞著營地走了更大一圈，回來時將我的發現告訴他們：「昨晚有人來看我們。」我盡量以輕鬆的口氣說道。「那人繞著我們的營地走了一大圈，接著在那天的雪地躺下來，躺了好一會兒，最後循著原路回去了。你們說，我該不該去追查他往何處而去？」

「何必呢？」阿憨問道。弄臣則沉思道：「我想切德大人與晉責王子可能會想要知道此事。」

「我想也是。」我說道，望著阿憨。他疲倦地嘆了一口氣，眼神轉為迷茫。

過了一會兒，他說道：「他們說：『去海邊。』晉責說，他記得他留在海邊的袋子裡還有一些楓糖做的糖果。他們說，我們應該趕快去海邊，把東西帶回來，並且叫那些侍衛跟我們一起回來，還說：『現在別去查那些足跡通往何處。』」

「既然如此，那就不管那些足跡了。」要是我能親身聽見切德是如何推論的就好了。

我們拆了帳篷裝到雪橇上，阿憨也理所當然地爬上去。我想了一想，最後還是認為讓他坐雪橇最單純；由我來拖他走，總比我去配合他那緩慢的腳步容易得多。弄臣按著昨天的規矩，走在前面，以雪杖探路，我則拉著雪橇跟在後面。今天天氣很好，溫暖的風拂過這冰雪世界的表面。我正想著如果我們照這個速度，應該可以在明天中午之前抵達海邊。就在這時候，阿憨突然發話了：

「蕁麻說她很想念你。她問說，你是不是恨她。」

「我怎麼會——什麼時候？她是什麼時候問的？」

「晚上的時候。」阿憨微微地擺擺手。「她說，你就這樣走開，然後就再也不回來了。」

「但那是因為我吃了壞東西，所以沒辦法跟她聯絡了啊。」

「是啊。」阿憨滿不在乎地應了一聲。「我跟她說，你現在沒辦法跟她講話了，她聽了很高興。」

「她聽了很高興？」

「她本以為你死了啊，還是出了什麼事之類的。現在她有朋友了，是一個新來的女孩。我們會很快就停下來吃東西嗎？」

「我們晚上才吃。我們的配給不多，所以要省著點用。阿憨，蕁麻她——」

我話說到一半，就被弄臣失望的驚呼聲給打斷了。他那根堅固的雪杖突然深深地沉入雪地中，他拿起雪杖，往左走兩步，然後再度插入雪裡，但這次雪杖又沉了下去。

「你坐好。」我叮嚀阿憨，從雪橇上拿起一根備用雪杖，走上前站在一臉困惑的弄臣身邊。「雪軟？」我對他問道。

他搖了搖頭。「感覺上，這只是表面上有一層冰殼，而冰殼下就什麼都沒有了。剛才要不是我抓得緊，這雪杖早就整根都掉了進去。」

「那麼要格外當心才行。」我拉住弄臣的衣袖，回頭再度對阿憨叮嚀道：「阿憨，你坐在雪橇上，別下來！」

「我餓了！」

「你背後的背包裡有吃的，你坐好，吃點東西。」看來最好的辦法就是讓阿憨有事可忙。我拍拍弄臣，示意他跟我一起行動。我們兩人一起朝右邊走了三步，這次我將雪杖插下去；地表的冰殼有點硬，但是冰殼下卻什麼都沒有。

「怪就怪在皮奧崔的布旗插在這冰殼上。」弄臣說道。

「要把布旗換個位置插著，也不是什麼難事。」我指出。

「問題是，若是有人把布旗插在那裡，他就得從冰殼上走過去。」

「大概是晚上時冰殼比較硬吧。」這到底是冰河上自然形成的凹陷，或是有人故意要引誘我們走入陷阱，我實在無法確定。「我們回雪橇那裡去吧。」我提議道。

「就回去吧。」弄臣應和道。

然而當我領著弄臣離開那個表面上看不出什麼端倪的冰縫時，我們兩人卻一起踩破冰殼、跌了下去。我們驚惶地大聲叫嚷，結果我只是陷到膝蓋處，弄臣則是腰以下都埋在地裡。我們掙扎著要脫身，我不禁因爲我們剛才竟嚇成那樣而大笑出來，看過只不過是此處的雪地比較軟罷了。弄臣因爲掙扎著要爬上冰殼而越陷越深，我跟他說：「把你的手伸過來。」他抓住我伸出去的手，掙扎著朝我游過來，但就在此時，我們兩個卻一起壓破了腳下的第二層冰殼，不住地往下掉。

我在掉下去之前，瞥見阿憨恐懼得糾扭在一起的臉龐，然而我們往下掉之際，也扯落了大量的冰雪隨著我們掉落，我們等於被冰雪團團圍住，阿憨悲傷的叫聲因此一下子就聽不見了。我一方面緊抓著弄臣的手，一方面探索周遭有沒有什麼具體的、抓得住的固體，但是四周摸起來盡皆溼溼軟軟，我們則在無盡的軟雪和冰屑之中不斷往下滑。

大白天的飄雪看來輕柔蓬鬆，但雪若是被壓實到像麥粥那麼濃稠，那就無法呼吸了。冰雪鑽入我的衣服裡，像是不但有生命，還想要吸取我的體溫。冰雪變得越來越稠密，我掙扎著將空著的手彎回來以遮住自己的臉龐。我們還在慢慢地往下掉，連帶扯著許多冰雪隨著我們崩落。我從頭到尾都緊抓著弄臣的手，我還知道他並未用空著的那隻手去保護自己的臉，而是緊緊抓住我外套的肩膀。周遭都是密實的冰雪，沒有空氣，無法呼吸。

然後，我們像是通過了漏斗的細管，突然變成快速滑落。我開始像游泳一般地踢腿，並感覺到身邊的弄臣也學著我的動作。我們越滑越慢，最後停了下來，周遭冰冷黑暗。我非常害怕地掙扎了一下，因爲在瀕死之前，身體都會命令我們要做最後掙扎。此時，很不可思議地，我的腳竟探到了無雪之處。我吸了一口幾乎不帶雪的空氣，掙扎著朝無雪處而去，並拖著弄臣跟我一起走。他四肢無力，我很擔心他已經窒息了。

四周幽暗，盡是崩落的冰雪。我拖著弄臣走在及臀的雪中，此時冰雪突然放開了我。我踉蹌地在及膝的雪地中走了幾步，最後終於脫離了束縛。我聽到弄臣急促的喘氣聲，我自己也大口地吸了一口氣，接著又吸了一口。我們吸進來的空氣中仍有細小的冰晶，但縱使如此，也比剛才好上太多了。我們置身於黑暗之中。

我搖搖頭，甩開頭髮裡的雪，並伸手從領口中掏出一把雪丟掉。我的帽子掉了，還掉了一隻靴子。周遭黑暗一片，唯一的聲音是若有似無的冰雪摩擦聲，以及我們自己粗嗄的呼吸聲。「這裡是哪裡？」我喘氣問道，我的聲音像是落在一大桶穀子裡的老鼠模糊吱吱叫。

弄臣咳嗽兩聲。「下面啊。」我們已經放開了彼此的手，但是我們坐得很近，身體相碰。他蜷縮在我的腳邊，同時我感覺到他好像在做什麼。接著他的手裡便綻放出一朵蒼白的綠光。我眨了眨眼，一開始只看到一個焰心，之後才發現那光線來自他手裡的小盒子。「這個撐不了多久。」他警告道。在綠色的光線下，他的臉色看來陰森森。「頂多撐上一天。這是古靈的魔法，屬於最昂貴、最罕有一級。我的財產泰半都換成了手上這個小東西，並不是通通都揮霍在賭博和白蘭地上頭。」

「眞是感謝衆神哪。」我誠摯地說道。在那一瞬間，我不禁納悶，羅網說，世上有一句眞正的禱告辭，是不是就是這類的呢？那光線雖黯淡，對我而言卻是無上的安慰。光線只夠照亮弄臣與我兩人，我看到他的帽子仍留在他頭上，他的背包肩帶斷了一條，現在只能單肩揹著了。不過說眞的，背包沒有整個扯掉已是萬幸，我的劍和繫劍的腰帶可是通通都沒了呢。弄臣把他的小背包重新繫緊，一時間，我們兩人都不說話，各自拍掉衣服上的冰雪，然後才抬起頭觀察我們四周的景況。

但是我們什麼也看不見。我們的光源實在太小，只能看見剛才鑽出來的雪坡；我們現在位在冰下的大洞之中，不過這古靈燈籠照不到洞壁，頭頂上連一絲透下來的光線都沒有。據我猜測，就算我們剛才掉下來時在冰層裡鑽出了什麼空隙，也馬上就被隨我們滾下的冰雪封起了。接著——「阿憨！噢，艾達神保佑，千萬要讓他把剛才發生的事情技傳給晉責和切德知道。希望他就待在雪橇上別動。可是晚上那麼冷，他要怎麼辦？阿憨！」我心裡想著那個孤零零地待在雪橇上的小個子，突然激動得大叫出來。

「噓！」弄臣嚴厲地制止我。「要是他聽到你的叫聲，說不定會爲了到裂縫邊瞧瞧而走下雪橇。你靜一靜。阿憨待在原地比較安全，而你恐怕得讓他獨自去面對日夜的變化了。他會對他們技傳的，蜚滋，阿憨的心也許不靈敏快捷，可是絕對周全完整，況且他有不少時間可以好好想想接下來該怎麼做。」

「也許吧。」我讓了步。我的心頭一緊，從我失去精技力量以來，心情就很低落，又以現在最爲沮喪。接下來這一刻，失去夜眼的痛楚再度襲來；我眞想念牠的本能，以及牠那百折不撓的模樣，如今我是多麼地孤單。

*不但孤單，而且還自艾自憐。*這辛辣的思緒彷彿眞的是夜眼在對我講話。*你站起來，做點事情啊。弄臣能不能活下去還要靠你，說不定連阿憨能不能活也得靠你呢。*

我深吸了一口氣，抬起頭。小盒子發出的閃爍綠光並未照出前方有什麼，但那並不表示前方一定沒有値得一看的東西。如果這裡沒有出路，我們就得冒著危險，想辦法從雪坡中挖一條路逃出去。但如果這裡有出路，那麼我們就非得找出來不可。就這麼簡單。光是站在這裡，像是走失的小狗兒一般地嗚嗚叫，對我自己一點好處也沒有。我伸手將坐在地上的弄臣拉起來。「走吧，既然上不去了，不如四處走走，看看這是什麼地方。再說，動一動，我們會暖和一點。」

「那就走吧。」弄臣的語氣對我如此信任，使我幾乎感動流淚。

此時若是有根雪杖倒是很不錯，只是雪杖早就不知道掉在哪裡了，因此就由弄臣拿著他的盒子照著，我們兩人一起摸索著走上前。

我們一路往前走，不曾遇到任何障礙。如果屏住呼吸，可以聽見水滴在地上的聲音。我們腳下處處是冰，踏碎時發出窸窣的聲音。我們看不見頭頂上的洞壁，這感覺像是置身於沒有星星的夜空下，只有一步步踏到地上時，才是我們與世界的唯一接觸。我們連黑暗的洞壁都沒看到，直到迎頭撞上，才知道洞壁在此。

一時間，我們兩人都站著摸索洞壁，什麼話也沒說。我在這寂靜之中察覺到弄臣抖得很厲害，呼吸聲很尖銳。「你冷成這樣，怎麼不早點告訴我？」我質問道。

他吸了吸鼻子，疲弱地笑笑。「你就不冷嗎？說了也是白說。」他又顫抖著吸了一口氣。「這是冰，還是岩石？」

「把燈拿高點。」他把燈拿高了些，我仔細地瞧了一回。「還是看不出來，但總之是我們穿不過的東西。我們順著洞壁走就是了。」

「我們說不定會順著洞壁，一路走回原地。」

「是有可能，若果真如此，我們也莫可奈何。如果我們順著洞壁走回原地，那至少知道這地方沒有出路。對了，等一下。」我伸出一手放在牆上與我肩膀同高之處，另一手則去掏繫在腰部的小刀。小刀不見了。唉，想也知道。不過弄臣的小刀還在，所以我借了他的，想要在牆上做個記號。牆壁很堅硬，我頂多也只能刮點碎屑下來。

「往左還是往右？」我對他問道。我已經完全失了方向，不分東西南北了。

「左。」他一邊說著，一邊輕輕地往左手邊揮了揮。

「等一下。」我粗魯地說道，接著脫下我的外套，但是他擋著我，不讓我將外套披在他肩上。

「你這樣太冷了！」弄臣抗議道。

「我早就覺得冷了，但是我的身體一直都暖得比你快，況且，要是你因為太冷而倒下去，那可是對我們兩個一點好處都沒有。你別擔心，我要是冷了，就會跟你討回來。你現在穿上就是了。」

弄臣一下子便屈服了，我這才知道原來他這麼冷。他將背包放在地上，把古靈的燈交給我，接著扣上斗篷。他抱緊外套，可是仍在發抖。我舉起那個光盒，這才看出他臉色之所以難看，並未純粹因為這光線是綠的。他若有似無地朝我一笑。「這衣服還有你的體溫呢。謝謝你了，蜚滋。」

「要謝就謝你自己吧，這是你在我當你僕人時送我的。走吧，該走囉。」我趕在他之前揹起背包。

「這裡還有什麼好東西？」

「恐怕沒什麼派得上用場的，就是幾件我不想失去的私人用品。袋底有個小扁瓶，裝了白蘭地，此外好像還有一點蜂蜜蛋糕。我帶了蛋糕，一來是為了應急，二來是為了招待阿憨。」他苦笑一聲。「應急啊，可是沒想到是應這種急。儘管如此，這蛋糕還是不能馬上吃，應該要存得久一點比較好。」

「你說得沒錯。我們走吧。」

他兩手抱胸，並未伸手來拿燈，所以我拿著燈領路，我們沿著黝黑的洞壁往前走。從弄臣走路的模樣就知道他的腿已經麻掉了。我的心幾乎被絕望所吞噬——但我心底的狼性不把那些當一回事。我們還活著，而且還在動，既然如此，那就還有希望。

我們蹣跚前進。這路好像沒有盡頭。時間已失去意義，因為時間已經變成在黑暗中一步步前進的動作了。有時候我閉上眼睛、避開綠光，讓眼睛休息一下，但即使如此，我好像也還看得見。有次我閉上眼睛時，弄臣顫抖著問道：「那是什麼？」

我睜開眼睛。「你在問什麼?」我問道,因眼裡看到藍色的殘光而眨了眨眼,但是那藍色的殘光還是沒消失。

「那個呀。那是光吧?你闔上盒子,看看到底是盒子發出來的光,還是其他光的反射。」

要把盒子闔起來可不容易,我的指頭冰冷,而掉了靴子的那一腳也冷得麻木了。盒子蓋上之後,那藍光仍沒有消退。藍色的光源是不規則形,邊緣看來很朦朧。我眨了眨眼,重新一看,心裡總覺得這光源應該是尋常熟悉的形狀才對。

「很奇怪,對不對?我們走上去瞧瞧。」

「那不就得離開洞壁?」我問道。不知怎地,我就是很遲疑。「誰曉得那藍光有多遠。」

「既然有光,必有光源啊。」弄臣指出。

我吸了口氣。「那就走吧。」

我們朝藍光走去,但是它卻沒變大。地上轉爲凹凸不平,所以我們舉起麻木的腳往前走的時候,步履踉蹌。接著藍光開始變化,在數步之間,我們對它的觀點就全變了。我們左邊有一道牆擋住了視野,所以只能看到牆壁冰面上反映出來的光線。我們經過那道反射牆,看見藍光映照出一條藍白冰層構成的甬道。我們希望大增,加快了腳步,匆忙地走過一處彎道。突然之間,眼前一片大亮。我們逐漸走近,眼睛逐漸適應之後,才看出這是怎麼回事。我們繼續前行,光源變亮,再經過一條狹窄甬道之後,便置身於光亮的冰世界中。

那藍光實在看不出是來自於何處,彷彿是穿過了重重窗戶、鏡子與稜鏡,最後才射到我們眼前。我們走進一處由裂縫與陷窟所構成的奇異迷宮之中,冰壁蒼白閃亮。我們走的通道時大時小,腳下則無一吋平地;感覺上,那凹凸的起伏,有些像是昨天才裂開的尖銳冰縫,有些則像是融化的水經年累月地雕塑出來的。碰到有岔路的時候，我們總是選大路走，然而往往走上一小段路，甬道就又縮小了。我心裡很害怕，但是我沒有告訴弄臣；我怕我們不過是循著冰河裡毫無章法的裂縫亂走而已，恐怕我倆沒有理由期待能循著裂縫走到什麼地方。

但接著我察覺到這條路除了我們之外還有其他人走過的第一個跡象，雖然那個跡象難以捉摸。一開始，我以爲是自己故意牽強附會。地上溼滑之處似乎撒了沙子以便止滑，接著牆壁看來像是抹平過。之後我突然聞到一股異味，就在我確認那的確是新鮮的人類排泄物味道時，弄臣開口了：「你看前面的樓梯，那應該是人工做的。」

我點點頭。我們絕對是在往下走，而眼前的冰坡上鑿出了寬而淺的階梯。又走了十幾步之後，我們發現右手邊的冰層中挖出了一間冰室。那是一間以天然的冰隙擴大而成的廢棄場，垃圾、糞尿都往那裡倒，橫死之人也朝那裡丟。我看到一隻瘦得見骨，且蒼白得恐怖的裸腿從糞堆中伸出來；另外一具屍體趴在糞堆旁，肋骨從破爛的衣物中穿刺而出。幸虧寒冷，才不至於惡臭撲鼻。我停下腳步，輕聲對弄臣問道：「你看我們應該繼續往前走嗎？」

「這是唯一的路。」弄臣顫抖地說道。「我們非走下去不可。」

他瞪著那具隨地棄置的屍體。他又開始發抖了。「你還冷嗎？」我問道。我們目前所在的甬道似乎比黑暗中那個大山洞稍微暖一些，光線像是從甬道中發出來的。

弄臣鬼魅般地一笑。「我很害怕。」他閉上眼睛，將忍著沒掉下來的淚水擠到金黃色的睫毛上。「我們走吧。」他以較爲堅定的語氣說道，超過我，走在前面領路。我跟在後面，心裡也充滿恐懼。

不管倒垃圾和排泄物的人是誰，總之絕對是很馬虎的人。冰牆與冰地上都潑灑得斑斑點點。我們走得越遠，就越顯然有人爲痕跡。最後我們經過一個釘在牆壁高處的蒼白圓球，它比南瓜大一些，只放光、不發熱，這就是藍光的來源。我停下腳步，瞪著那圓球直打量。當我好奇地伸出手想要摸摸看的時候，弄臣卻抓住我的袖口，把我的手拉下來。他搖搖頭，無言地告誡我不要亂摸。

「那是什麼東西？」我輕聲問道。

他聳起一邊肩膀。「我不知道。但我知道是那女人的。你千萬別碰，蚩滋。走吧。我們得走快一點。」

於是我們匆匆而行。但是走到第一個地牢時，還是停了下來。

（上冊完）

◎敬請期待最終精采結局《刺客後傳3弄臣命運（下）》

中英名詞對照表

A
Almata 艾梅妲
Amber 琥珀
An Account of Travel in A Barbarous Land 蠻夷之旅記趣
Antler Island 鹿角島
Arkon Bloodblade 阿肯・血刃

B
Bear, The 大熊（族）
Bearns 畢恩斯
Beast Magic 野獸魔法
Bendry 班德利
Bingtown Traders 繽城商人
Bingtown 繽城
bit 馬銜
Black Man, The 黑者
Black Rolf 黑洛夫
bond 牽繫
Bowsin 波辛
Bresinga 貝馨嘉
Brief History of the Out Islands, Red Ships 外島紅船簡史
Brusque 阿魯
Buckkeep Town 公鹿堡城
Buckkeep 公鹿堡
Burrich 博瑞屈

C
Calling 精技召喚
Capable 能耐
carris seed 卡芮絲籽
catalyst 催化劑
Cateren 柯德仁
Celerity 婕敏
Chade Fallstar 切德・秋星
Chalced States 恰斯國
Chandler 製燭商
change-maker 造變者
Changer, the 改變者
Charm 護符
Chivalry 駿騎
Chronicles 紀事
Churry 裘樂
Cindin 辛丁
City Guard 城市衛隊
Civil Bresinga 儒雅・貝馨嘉
Clerres 克拉利斯
Cockle Longspur 扇貝・長刺
Coteries 小組
Cottlesby 科德比

Councilor 私人顧問
Crend 克鎌
Cresswell 魁斯維
Cursed Shores, the 天譴海岸
Customs of Buck Duchy 公鹿公國

D
Deft 巧捷
delventree 岱文樹
Desire 欲念（王后）
Dog and Whistle 狗與哨子
Dragon's Head 龍頭之歌
Dragon's Welcome, The 神龍的歡迎
Dret 德萊特
Drub 達敗
Dutiful 晉責（王子）

E
Eagle, The 老鷹（族）
Eda 艾達
Edge Lands 邊疆國
El 埃爾
Elderling 古靈
elfbark 精靈樹皮
Elliania 艾莉安娜
Excellent 卓越

F
Farrow 法洛公國
Farseer 瞻遠
Fedwren 費德倫
FitzChivalry 蜚滋駿騎
Flicker 明滅
Fool 弄臣
Forge 冶煉鎮
Forged Ones 被冶煉的人
Forging 冶煉
Fox, The 狐狸（族）
freedom earring; freeman's earring
自由耳環；自由人耳環

G
Galen 蓋倫
Galeton 長風鎮
Garetha 嘉蕾莎
Gilly 吉利
Gindast 晉達司
Ginna 吉娜
Girl on Dragon 乘龍之女
God's Runes 神符群島
Golden 黃金大人
Gossoin 葛霜
Grart 葛拉特
Great Mother 上母
Grimston 嚴酷鎮
Gunrody Lian 炮杖・獅連

H
Hands 阿手
Hap 幸運

Harvest Fest 豐收慶
Heart of the Pack 獸群之心
Hearth 火爐
Hearthstone 爐前石
Hedge witch 鄉野女巫
Heliotrope 向日葵
Henderson 韓德森
Henja 漢佳
Hest 詔諭
hetgurd 首領團
Histories 歷史
History of Chalced's Slave Customs 恰斯國奴隸風俗演進史
History of the Red Ship War 紅船之戰史
Hod 浩得
Holly 荷莉
Hoquin 何昆

I

Icefyre 冰華
I-Doubt-It-Very-Much, Queen 我才不信王后
Island Aslevjal 艾斯雷弗嘉島
Ivy 長春蔓

J

Jamallia 遮瑪里亞
Jamallian 遮瑪里亞人
Jhaampe 頡昂佩
Jinna 吉娜
Jofron 喬馮
Junket 饗宴鎮
Just 明證

K

Kaempra 首領
Kebal Rawbread 科伯・羅貝
Keppet 凱沛
Kettle 水壺嬸
Kettricken 珂翠肯（王后）
King Slayer 屠人國王
King's Circle 吾王廣場
King's Man 吾王子民
Kip 獸皮
Kossi 珂希

L

Lacey 蕾細
Laudwine 路德威
Laurel 月桂
Leaf God 葉神
Leftwell 留好
Lesser Uses of the Skill 精技之次級用途
Lestra 萊絲拉
link 牽繫
liveship 活船
Longwick 長芯

M
Maiden's Chance 處女希望號
Malta 麥爾妲
Mannerless, Princess 無禮王子
Marn 麥恩
Master 師傅
Mayle 瑪烈島
memory stone 記憶石
minstrel bard 吟遊歌者
Molly 莫莉
Moonseye 月眼城
Motherhouse 母屋
Mountain Kingdom 群山王國
Myblack 黑瑪

N
Narcheska 貴主（奈琪絲卡）
Narwhal clan 獨角鯨族
Nettle 蕁麻
Nighteyes 夜眼
Nim 小敏
Nimble 敏捷
Nosy 大鼻子

O
Oerttre 奧美崔
Old Blood 原血者
Ombir 翁比
On Skill-Pillars 論精技石柱
On the Calling of Candidates
論精技召喚
Others 異類
Out Island Travels 外島遊記
Out Islands 外島
Outislander 外島人
Owl, The 貓頭鷹（族）
Oxworthy 蠻牛

P
Pale Woman 蒼白之女
Patience 耐辛
Pecksies 靈界
Pelican's Pouch 鵜鶘的喉囊
Peony 琵翁妮
Peottre Blackwater 皮奧崔・黑水
Piebald, Prince 花斑點王子
Piebald, the 花斑幫
Pins 別針
Pirate Isles 海盜群島
pome 梨果
Portal Stones 門石
Porte 波爾特
Prilkop 普立卡
Prince's Guard 王子衛隊
Prince's Man 王子子民
Prosper 繁盛

Q
Queen's Garden 王后花園

Queen's Guard 王后衛隊

R

Raichal 瑞凱
Rain Wilds 雨野原
Raven 渡鴉（族）
Realder 瑞爾德
Red Ship War 紅船之戰
Red Ships; Red-Ship Raiders 紅船劫匪
Redda 蕾妲
Redoaks 紅橡
Regal 帝尊
repel 抗斥
Revke 瑞維奇
Riddle 謎語
Ripplekeep 漣漪堡
Rippon 瑞本
Risk 風險
robber-rat 強盜鼠
Rory Hartshorn 羅力．賀瓊恩
Rosemary 迷迭香
Ruddy 紅兒
Ruften 盧夫頓
Ruler of all River Lands 河地之王
runes 符文
Rutor 盧特爾

S

Sa 莎神
Sacrifice 犧牲獻祭
Sada 莎妲
saff oil 瑟夫油
Salt 鹽利
Sandtongue 沙舌
Sardus Chif 沙杜斯齊大王
Sardus Prex 沙杜斯婆
Satrap Esclepius
沙崔甫．伊司克列大君
Scentless One 沒有氣味的人
Scroll 卷軸
Seal, The 海獺（族）
Seawatch Tower 望海塔
Selden Vestrits 瑟丹．維司奇
Serferet 瑟斐芮
Shadow Wolf 影狼
Shellbye 甲拜
Shoaks 修克斯
Shrewd 黠謀（國王）
Silver Key 銀鑰酒店
Six Duchies 六大公國
Skill dreamer 精技夢人
Skill Dreaming 精技之夢
Skill one 精技人
Skill 精技（n.）；技傳（v.）
Skillmaster 精技師傅
Skill-pillar 精技石柱
Skill-poke 精技信號
Skill-walking 精技漫遊

Skyrene 史愷林島
Sleuvm 史流文
Smithy 鐵匠
Smokewing 煙翼
Solicity 殷懇
Solo 精技獨行者
Springfest 春季慶
Stablemaster 馬廄總管
Staffman 杖人
Starling Birdsong 椋音・鳥囀
Steady 穩重
Stone game 石子棋
Stone Garden 石頭花園
Stronghouse 外島要塞
Stuck Pig 籬笆卡豬
Svanja 絲凡佳
Swift 迅風
Sydel 惜黛兒

T

Table of Herbs 百草要略
Taker 征取者
The Gray One 灰衣人
The Mother 主母
Theldo 席爾多
Thick 阿憨
thippi-fruit 悉琵果
Thornbush 荊棘
Thrift 儉樸
Thyme 百里香
Tilth 提爾司
Tintaglia 婷黛莉雅
Tom Badgerlock 湯姆・獾毛
Tradeford 商業灘
Treatise on A Lost Folk 湮沒之古靈人
Treenee 樹膝
Tusker 野豬號

V

Venturn 凡尊
Verdant 無邪大人
Verity 惟真
Verity-as-Dragon 化龍的惟真
Vixen 母老虎

W

Warrior's Prayer 戰士禱告辭
weasel 黃鼠狼
Web 羅網
White Prophet 白色先知
white ship 白船
White 白者
Wild-eye 狂眼
Wisal 薇撒爾
Wit 原智
Wit Magic 原智魔法
Withywoods 細柳林
Witmaster 原智師傅

Witness Stones 見證石
Witted; Witted one 原智者
wizardwood 巫木
Women's Garden 女人花園
Wuislington 威思林鎮

Y

Ysysal Sealshoes 怡撒爾・海獺鞋

Z

Zylig 柴利格鎮

BEST嚴選 061

刺客後傳3
弄臣命運・上冊（經典紀念版）

原著書名／The Tawny Man Trilogy 3: Fool's Fate
作　　者／羅蘋・荷布（Robin Hobb）
譯　　者／麥全
企劃選書人／楊秀眞
責任編輯／楊秀眞、王雪莉

行銷企劃／周丹蘋
業務企劃／虞子嫺
行銷業務經理／李振東
總編輯／楊秀眞
發行人／何飛鵬
法律顧問／台英國際商務法律事務所　羅明通律師
出版／奇幻基地出版
城邦文化事業股份有限公司
台北市 104 民生東路二段 141 號 8 樓
電話：(02)25007008　傳眞：(02)25027676
網址：www.ffoundation.com.tw
e-mail：ffoundation@cite.com.tw
發行／英屬蓋曼群島商家庭傳媒股份有限公司城邦分公司
台北市 104 民生東路二段 141 號 11 樓
書虫客服服務專線：(02)25007718・(02)25007719
24 小時傳眞服務：(02)25170999・(02)25001991
服務時間：週一至週五09:30-12:00・13:30-17:00
郵撥帳號：19863813　戶名：書虫股份有限公司
讀者服務信箱 e-mail：service@readingclub.com.tw
歡迎光臨城邦讀書花園　網址：www.cite.com.tw
香港發行所／城邦（香港）出版集團有限公司
香港灣仔駱克道 193 號東超商業中心 1 樓
電話／(852) 2508-6231　傳眞／(852) 2578-9337
e-mail：hkcite@biznetvigator.com
馬新發行所／城邦（馬新）出版集團　Cité (M) Sdn Bhd
41, Jalan Radin Anum, Bandar Baru Sri Petaling, Lumpur,
57000 Kuala Lumpur, Malaysia.
Tel: (603) 90578822　Fax:(603) 90576622
e-mail：cite@cite.com.my

封面設計／黃聖文
插畫繪製／郭慶芸（Camille Kuo）
書衣設計／楊秀眞
文字校對／金文蕙
排　　版／浩瀚電腦排版股份有限公司
印　　刷／高典印刷有限公司
■2005年（民94）10月4日初版五刷
■2014年（民103）9月4日二版一刷

售價／450元

國家圖書館出版品預行編目資料

刺客後傳3弄臣命運・上冊／羅蘋・荷布（Robin Bobb）著; 麥全譯 - 初版 - 臺北市：奇幻基地：家庭傳媒城邦分公司發行；民103. 09
面：公分. -（BEST嚴選：061）
譯自：The Tawny Man Trilogy 3: Fool's Fate
ISBN 978-986-7576-91-8
874.57　103004840

ISBN　978-986-7576-91-8
EAN　471-770-208-744-9

Printed in Taiwan.

城邦讀書花園
www.cite.com.tw

廣　告　回　函
北區郵政管理登記證
台北廣字第000791號
郵資已付，免貼郵票

104台北市民生東路二段141號11樓

英屬蓋曼群島商家庭傳媒股份有限公司城邦分公司 收

請沿虛線對摺，謝謝

奇幻基地

每個人都有一本奇幻文學的啟蒙書

奇幻基地官網：http://www.ffoundation.com.tw
奇幻基地粉絲團：http://www.facebook.com/ffoundation

書號：1HB061　書名：刺客後傳3弄臣命運·上冊（經典紀念版）（最終部）

奇幻戰隊好讀有禮集點贈獎活動

活動期間，購買奇幻基地作品，剪下封底折口的點數券，集到一定數量，寄回本公司，即可依點數多寡兌換獎品。

點數兌換獎品說明：

5點 奇幻戰隊好書袋一個

10點 2012年布蘭登·山德森來台紀念T恤一件
有S&M兩種尺寸，偏大，由奇幻基地自行判斷出貨

15點【蕭青陽獨家設計】典藏限量精繡帆布書袋
紅線或銀灰線繡於書袋上，顏色隨機出貨

兌換辦法：

2014年2月～2015年1月奇幻基地出版之作品中，剪下回函卡頁上之點數，集滿規定之點數，貼在右邊集點處，即可寄回兌換贈品。

【活動日期】：即日起至2015年1月31日

【兌換日期】：即日起至2015年3月31日（郵戳為憑）

其他說明：

＊請以正楷寫明收件人真實姓名、地址、電話與email，以便聯繫。若因字跡潦草，導致無法聯繫，視同棄權

＊兌換之贈品數量有限，若贈送完畢，將不另行通知，直接以其他等值商品代之

＊本活動限臺澎金馬地區讀者

【集點處】

1	6	11
2	7	12
3	8	13
4	9	14
5	10	15

（點數與回函卡皆影印無效）

為提供訂購、行銷、客戶管理或其他合於營業登記項目或章程所定業務之目的，英屬蓋曼群島商家庭傳媒(股)公司城邦分公司，於本集團之營運期間及地區內，將以電郵、傳真、電話、簡訊、郵寄或其他公告方式利用您提供之資料（資料類別：C001、C002、C003、C011等）。利用對象除本集團外，亦可能包括相關服務的協力機構。如您有依個資法第三條或其他需服務之處，得致電本公司客服中心電話(02)25007718請求協助。相關資料如為非必要項目，不提供亦不影響您的權益。

個人資料：

姓名：＿＿＿＿＿＿＿＿＿＿＿＿ 性別：□男 □女

地址：＿＿＿＿＿＿＿＿＿＿＿＿＿＿＿＿＿＿＿＿

電話：＿＿＿＿＿＿＿＿＿＿ email：＿＿＿＿＿＿＿＿＿＿

想對奇幻基地說的話：＿＿＿＿＿＿＿＿＿＿＿＿＿＿＿＿

＿＿＿＿＿＿＿＿＿＿＿＿＿＿＿＿＿＿＿＿＿＿＿＿

請剪下右側點數，貼於背面的集點處，集滿5點以上，即可寄回兌換抽獎

1